欧亚古典学研究丛书

乌云毕力格 主编

天竺云韵

《云使》蒙古文译本研究

萨其仁贵 著

上海古籍出版社

本成果受到中国人民大学“中央高校建设世界一流大学（学科）和特色发展引导专项资金”支持，项目批准号：17XNLG04

序

萨其仁贵博士的学术专著《〈云使〉蒙古文译本研究》即将由上海古籍出版社出版，我很高兴为我指导的博士研究生的第一部学术著作写序言。

萨其仁贵是我在北京大学蒙古语言文化方向上招收和培养的第二个博士研究生。我招收博士研究生的蒙古语言文化研究方向，属于外国语言文学一级学科下的亚非语言文学；而国内其他兄弟院校的蒙古语言文学专业，则属于中国语言文学一级学科下的少数民族语言文学。从学科划分来说，我们是属于国别文学研究，不是民族文学研究。另外，北京大学的东方文学研究中心是全国一百多所教育部人文社会科学重点研究基地中唯一的东方文学研究基地。蒙古文学研究是东方文学研究的重要组成部分，因此北京大学的蒙古文学研究也秉承北京大学东方文学研究中心的学术理念，强调在跨国界的平台上去研究东方各国与不同文化间的交流与互动，具有很大的开放性和包容性，对民族语言和外国语言的要求也更高。因此，在东方文学平台上如何培养结合东方学与蒙古文学研究的专门的学术人才？这是我首先考虑的问题。

蒙古文学研究先驱呈·达木丁苏伦、宾·仁钦等人的研究思想也早已不局限于自己的民族或国家的范围，他们把蒙古文学研究与东方文学研究乃至世界文学研究联系起来，从更广阔的视野来审视和研究自己的文化和文学。我在研究呈·达木丁苏伦的比较文学思想的过程中深深感受到这一点。而其中，最重要的条件是掌握多种语言，在这基础上研究蒙古文学才能达到更高的水平。

蒙古文学在历史上深受古代印度文学的影响，虽然多数古代印度文学作品是依据藏文译本转译成蒙古文的，但是熟练掌握梵语和熟悉古代印度文学、文化的学者在蒙古文学与印度文学关系的研究中具有不可替代的作用。但因为国内蒙古文学研究界缺乏驾驭梵语材料进行研究的人才，所以这方面的学术工作一直未能很好地开展。我就是根据蒙古文学研究中紧缺梵语人才的实际需要，依托北京大学东方学的梵语优势，希望把萨其仁贵培养成比较熟练地驾驭梵语来研究蒙古文学的专门人才的。当初我希望她去学梵语的时候，她对我说："老师，我已经掌握蒙、汉、英三种语言了，在这基础上做研究就可以了，何必还要学习梵语？"显然，萨其仁贵在当时还没有全面理解掌握梵语在蒙古文学研究中的重要性。当今人文社会科学研究领域，愈来愈需要多语种人才。以蒙古学为例，蒙古学本身是个庞杂的体系，不仅如今的蒙古人分布广泛，而且在历史上所跨越的地域辽阔，所接触的民族和语言也多，后期对蒙古的研究和记录亦被载在多种语言的资料之中。蒙古文化也是在不断地受到外来文化影响下走到今天的。因此，要在蒙古的历史、语言、文化等各个方面进行深入的学术研究，必须熟练掌握相关的学术语言和资料语言。北京大学外国语学院开设梵语、藏语等在其他高校很少有机会学到的东方语言课程，为我们学习这些语言具备了得天独厚的条件。

萨其仁贵在攻读博士学位期间花费很大的精力刻苦地学习了梵语，并学习了藏语，均达到了阅读和研究梵语和藏语文献的程度，终于写出了以古代印度伟大诗人迦梨陀娑创作的梵语名诗《云使》的蒙古文译本为研究对象的博士学位论文。该论文在国内外学者研究《云使》的基础上，梳理了《云使》传入蒙古地区的版本源流、翻译途径和翻译原则，对《云使》蒙古文译本与其藏文底本和梵文原本之间进行了细致入微的跨语言的对照分析，又讨论了三个现代蒙古语译本的不同特征，从而全面勾勒出《云使》蒙古文译本的古今演变及发展，并深入探讨了古代蒙古文学中对印度文学翻译的相关问题。如果完全从梵语专业的角度衡量，该论文可能还存在一些不足，但是从蒙古文学的学科建设角度来讲，是迄今为止国内第一部直接用梵语来研究翻译成蒙古语的古印度文学作品的专著，对国内的蒙古文学研究及蒙古文学与印度文学关系研究具有很重要的突破性意义。

论文最突出的原创性特征就是小题大做的文本分析和运用多种语言文字的比较研究。纵观蒙古文学的研究,宏观论述的研究多,缺少深入的文本分析;然而,如果没有深入而扎实的文本考证和分析,就不会有准确的宏观论述。萨其仁贵的论文涉及梵语、藏语、中世纪蒙古语、现代蒙古语(回鹘体蒙古文和基里尔蒙古文)以及英语、汉语等多种学术资料语言和学术工作语言。作者比较好地掌握和运用这些语言的第一手材料,从大量的学术资料中提炼出问题并比较好地解决了问题。在《云使》梵语原著、藏文译本和蒙古文译本之间的考证及对照研究方面取得了比较可靠的结论,也总结出《云使》蒙古文译本中的各种问题,提出了有较强说服力的观点。我相信这些观点和结论对今后蒙古文学史的研究具有重要的学术参考价值。在细致入微的文本分析和蒙、藏、梵多语种文献比较研究方面,这部作品也将能成为今后青年学者的榜样。

我想,萨其仁贵应该是比较好地发挥了北京大学东方学研究的优势,学习和掌握了相应的学术语言,在东方学的大的平台上完成了研究蒙古文学的博士论文,为以后的科研工作打下了坚实的基础,这是一个很好的开端。学术研究,是一条漫长的路,必定有其枯燥的和艰苦的一面,尤其是在博士阶段开始学一门甚至是两门语言,并利用这些语言进行研究,在有限的时间内完成较重的任务,想必压力是比较大的。遇到类似情况,希望年轻朋友们首先调整心态,“不以物喜、不以己悲”,不受外界干扰,坐得住冷板凳是关键。我希望我指导的博士生以后都要从事学术研究,做教学工作,而万万不能有把博士学位当作跳板的思想。如果没有坚定的从事学术研究的决心和意志,我不建议也不接受青年朋友报考我的博士研究生。这并不是说做博士研究生就没有了生活乐趣。以萨其仁贵同学为例,刚入学的时候她对我说:“老师,我读博士期间不谈恋爱,一心完成学业。”听到这话我笑了:“你怎么能不谈恋爱呢,该谈的还是要谈的,生活不能只有学习啊!”这几年我带的博士生中,男生少女生多。我并不反对女同学在攻读博士学位期间谈恋爱和生孩子,而希望她们学业和爱情双丰收,相互促进,在学术、工作和家庭中能找到平衡点，从而更加坚定稳步地实现自己的学术理想！

萨其仁贵博士毕业之后进入中国人民大学国学院博士后流动站做研究，并获得国学院的资助项目，进一步修改和完善博士论文，使之付梓成书。作为导师，我感到由衷的高兴，在祝贺萨其仁贵的同时还要感谢帮助我指导过萨其仁贵博士论文的各位老师！北京大学梵巴语专业的同事们在我培养萨其仁贵的工作中给予了我很多帮助，这是要铭记的。感谢中国人民大学国学院的资助和支持！我希望萨其仁贵博士继续发挥自己的梵语优势，在蒙古文学及相关领域的研究中有所作为！也希望我们的青年朋友们注重语言的学习，在掌握原典和多语种材料的基础上展开研究，这样才能更好地推进学术研究。

三十年前，我在中央民族大学历史系学习的时候，因为酷爱文学，曾经把季羡林先生翻译的《沙恭达罗》中译本翻译成蒙古文，今天我的学生萨其仁贵研究古代印度伟大诗人迦梨陀娑的长诗《云使》的学术专著即将由上海古籍出版社出版，细想起来，这也是一种缘分，是文学和学术的缘分，是古代印度文学和蒙古文学的缘分，《〈云使〉蒙古文译本研究》是这种缘分开出的学术的花朵。

陈岗龙

2018 年 5 月 15 日于北京大学燕北园

目　录

序 …… i

绪　论 …… 1

一、《云使》简介 …… 1

二、《云使》蒙古文译本 …… 6

三、《云使》研究概况 …… 10

四、研究思路与文章结构 …… 43

五、个别概念的界定与说明 …… 45

第一章　《云使》蒙古文译本产生的历史背景与版本源流 …… 48

第一节　《云使》入选藏文大藏经《丹珠尔》的原因 …… 48

一、《云使》与梵语诗学 …… 49

二、《云使》与《诗镜》在藏族文学 …… 52

第二节　《云使》蒙古文译本与蒙古文佛经翻译传统 …… 56

一、藏传佛教与蒙古文佛经翻译传统 …… 56

二、蒙古文《丹珠尔》与藏蒙《正字智者之源》 …… 60

第三节　《云使》蒙古文译本版本源流及特征 …… 63

一、《云使》版本对比及蒙译本版本源流 …… 64

二、《丹珠尔》之《云使》版本特征分析 …… 71

本章小结 …… 82

第二章 《云使》蒙古文译本与藏、梵文文本对照分析 84
第一节 词汇层面的文本对照分析 84
一、《云使》蒙古文译本参照梵文文献的推测 84
二、《云使》蒙古文译本中的藏译本影响 88
三、《云使》蒙古文译本偏离藏、梵文本 104
四、《云使》蒙古文译本与藏、梵文本的一致性 109
第二节 句子层面的文本对照分析 119
第三节 篇章层面的文本对照分析 127
本章小结 135

第三章 蒙古文《丹珠尔》之《云使》译本“非文学化”问题探讨 137
第一节 蒙古文《丹珠尔》之《云使》译本与集体佛经翻译 137
一、从蒙古文集体佛经翻译译程角度分析 137
二、从译者的佛经翻译心理角度分析 141
三、从蒙古文《丹珠尔》翻译总纲领角度分析 145
第二节 《云使》文本的难度比较分析 154
第三节 《云使》与蒙古喇嘛文人的藏文创作 161
本章小结 166

第四章 20 世纪《云使》蒙古文译本 168
第一节 额尔敦培勒译本(E 译本)研究 168
一、E 译本与《丹珠尔》译本的重复 169
二、E 译本对《丹珠尔》译本的纠正和改动 171
三、E 译本没有参照梵文文献和《智者之源》 175
第二节 萨嘎拉扎布译本(S 译本)研究 178

一、同一名词的不同写法 …… 178
二、不同名词的同一种译法 …… 179
三、从汉文音译导致的专有名词混乱现象 …… 179
第三节 宾·仁钦译本(R译本)研究 …… 181
一、R译本对传统的继承 …… 182
二、宾·仁钦与呈·达木丁苏伦《云使》译文对比研究 …… 183
三、R译本对现代蒙古文学的影响 …… 187

结 论 …… 189
一、蒙印文学关系中的《云使》转译 …… 190
二、蒙古文佛经翻译中的“逐字译”现象与“译经语言” …… 195

附录一 蒙古文《丹珠尔》之《云使》译本拉丁转写与校对 …… 198
附录二 《云使》藏文译本拉丁转写 …… 247
附录三 梵文《云使》天城体、拉丁转写、汉译文以及语法解析 …… 286
附录四 蒙古文《丹珠尔》之《云使》影印版 …… 382

参考文献 …… 407
后 记 …… 415

绪　论

蒙古地区与印度，虽然在地缘上相隔、政治和经济上独立，但文化关系源远流长。早在成吉思汗统一蒙古高原之前，印度的佛教文化已通过中亚和西域地区传播到了蒙古高原，从而在蒙古语词汇中留下了不少由回鹘语转借而来的梵语词汇。蒙元时期，蒙古统治阶层归依藏传佛教，实行了"政教二道"治国政策。后来随着元朝汗廷北退，藏传佛教也逐渐淡出了蒙古人的生活。到了 16 世纪后半叶，藏传佛教格鲁派领袖和蒙古土默特部俺答汗因各自的政治需求，在青海仰华寺会晤（1578 年），从此掀开了蒙古人全面归依藏传佛教的历史篇章。通过藏传佛教的佛经翻译活动，大量的古印度作品传到蒙古地区，其中《云使》是唯一一部不含佛教内容也不以宣传和解释佛教教义为目的的古典梵语抒情诗，在蒙藏印文学关系中具有特殊地位和重要意义。

本书将结合外部研究与内部研究、宏观分析与微观探究，在《云使》蒙古文译本、藏文底本和梵文原本之间进行详尽的文本对照分析的基础上，全面讨论蒙印文学关系中的《云使》蒙古文译本。在绪论部分，首先介绍《云使》以及《云使》蒙古文译本；其次梳理和总结《云使》前人研究；再次交代本书写作思路与文章结构，并对书中几个概念予以说明。

一、《云使》简介

《云使》（*Meghadūta*）是古代印度古典梵语①抒情长诗，也是印度文学史上的第一部抒情长诗，被誉为"梵语抒情诗的典范"。

---

① 梵语按照时间顺序分为吠陀梵语（吠陀语）、史诗梵语和古典梵语。

1.《云使》的作者及其作品

《云使》的作者迦梨陀娑(Kālidāsa,公元4—5世纪)是古代印度文学史上首屈一指的人物,是"最伟大的梵语诗人和戏剧家"。在印度文学史上以迦梨陀娑的名义流传下来的作品较多,经学者们鉴别,目前被认为迦梨陀娑真作的共有七部,包括三部戏剧、两部大诗(叙事诗)和两部小诗(抒情诗)①。三部戏剧为:

《沙恭达罗》(*Abhijñānaśākuntala*),七幕剧,是迦梨陀娑最为著名的戏剧,讲述的是婆罗多族祖先婆罗多的父母豆扇陀国王与静修林女子沙恭达罗之间的故事。该剧1789年首次被译成英文,译者为历史比较语言学奠基人威廉·琼斯(William Jones, 1746—1794年)。汉译本从20世纪20年代开始出现了从英、法文转译的版本。1956年诞生了季羡林先生依据梵文原著翻译的《沙恭达罗》。1995年,蒙古国的根敦达尔玛(Ж.Гэндэндарам)先生根据印地语版本首次把《沙恭达罗》翻译成了蒙古文。

《优哩婆湿》(*Vikramorvaśīya*,又译《广延天女》《健日王与广延天女》等),五幕剧,描写的是国王补卢罗婆与天上的歌伎优哩婆湿之间的故事。1962年,由季羡林先生译成汉文。据季先生分析该剧名声虽不及《沙恭达罗》,但其艺术成就与人物刻画并不亚于《沙恭达罗》。迦梨陀娑"在梵语戏剧领域也取得了空前绝后的成就",主要靠的是以上两部剧作。

《摩罗维迦和火友王》(*Mālavikāgnimitra*),五幕剧,描写火友王

---

① 在古代梵语文学中,"kāvya"(文艺作品,literary composition)有两种,一种为"śravya"(可听的),即说唱艺术;另一种为"dṛśya"(可看的),即表演艺术。"可听的"艺术有散文、韵文和散韵结合等不同形式。其中,韵文(padya)形式的"诗"可分为"大诗"(mahākāvya)和"小诗"(khaṇḍakāvya)两类。"大诗"一般指题材重大(如讲述帝王将相的故事)、篇幅较长而分章节的叙事诗。有时候称之为"史诗型大诗"(epic poem),如迦梨陀娑的两部大诗《罗怙世系》和《鸠摩罗出世》分别为19章和17章,前者讲述以罗摩为主的太阳族世系诸王的故事,后者讲述印度教大神湿婆和雪山女神曲折的婚姻以及他们的儿子战神的诞生和统帅天兵镇压魔鬼的故事。"小诗"一般为主题单一、情节简单、篇幅较短的抒情诗,主要有宗教、爱情和自然风景等题材。《云使》是属于爱情题材的小诗或抒情诗。

（历史人物、公元前 2—1 世纪）和宫娥摩罗维迦之间的故事。相对而言，这部剧虽然情节生动、戏剧性强，但思想性弱、艺术手法显青涩，被认为是迦梨陀娑初露戏剧才华的早期作品。

两部大诗（叙事诗）为：

《罗怙世系》（*Raghuvaṁśa*），共 19 章，约 1 579 诗节。讲述的是史诗英雄罗摩家族世代帝王的故事。罗怙是罗摩的曾祖父，全诗从罗怙的父亲叙起，重点写罗摩的事迹（第 11—15 章），接着又写了罗摩的子孙后代。但全诗"最末三章是一连串帝王的简略叙述，也没有煞尾，因此有人认为是一部未完的稿子。"①

《鸠摩罗出世》（*Kumārasambhava*），共 17 章，约 1 096 诗节。而"一般只承认其前 7 章或 8 章是原作，认为第 9 章以后是后人续作的"②。鸠摩罗是印度神话中的战神，湿婆的儿子。在他出生之前天界遭到魔王的扰乱，而能镇压魔王的统帅必须由毁灭神湿婆生出来才行。由此，在众天神的参与之下，雪山女神乌玛与湿婆，历经一系列曲折故事终成夫妻。但第 9 章以后才出现鸠摩罗的诞生和降魔，即"战神尚未出生之前原作已结束"，但这并没有影响该诗在印度文学中的地位。《罗怙世系》和《鸠摩罗出世》是印度"六部大诗"中的两部，被看作是"大诗的典范"。

两部抒情诗（小诗）为：

《云使》（*Meghadūta*）。

《时令之环》（*Ṛtu-saṁhāra*，又译《六季杂咏》），共六章，分别描写印度的六个季节，即春季、夏季、雨季、秋季、霜季、寒季。据前人分析，该诗的艺术水平相对逊色，一般认为是迦梨陀娑的早期作品。罗鸿汉文译注、拉先加藏文译注的《时令之环》于 2010 年 12 月由中国藏学出版社出版。黄宝生先生所译《六季杂咏》由中西书局于 2017 年 8 月新鲜出炉。

可见，迦梨陀娑的才华主要通过戏剧、叙事诗和抒情诗三个方面得以体现。他"在抒情诗领域达到的成就并不亚于他在大诗和戏

① 金克木译：《云使》前言，人民文学出版社，1956 年，第 7 页。
② 同上。

剧方面达到的成就”①。《云使》是其抒情才华的集中表现，也是迦梨陀娑最完整、最没有争议的诗篇。甚至有人认为“《云使》是迦梨陀娑最著名的，的确也是他最卓越的诗作”②。

2.《云使》的内容

《云使》是以“雨云”当作“使者”而抒发情怀的诗歌。它讲的是：居住在北方喜马拉雅山中的一个药叉③，因疏忽职责受主人财神的惩罚，被贬谪到南方罗摩山静修林中，承受与妻分离一年的痛苦。在那里，他因思念爱妻变得如痴如狂，骨瘦如柴。雨季来临之际，他看到山顶上乌云密布，内心更加激动④、热泪盈眶，便有了请求雨云给心爱的妻子捎带自己安好信息的想法。于是他给雨云指出了一条北行路线，串联了从罗摩山到喜马拉雅山的名胜古迹、山川河流、城镇乡村，从而表达了作者对大好河山的眷恋与热爱。到了喜马拉雅山，药叉又用从远到近的方式描述药叉们居住的阿罗迦城以及自己的家园，最后引出爱妻，并以 18 个诗节的篇幅形容爱妻的容貌，想象她在离别日子里的各种情形。接着对爱妻倾诉衷肠，表述自己的痴情狂爱，并安慰和鼓励妻子团聚的日子即将到来，他们很快会享受爱情的甘甜。最后，药叉祝福雨云翱翔天际，永远不要和闪电夫人分离。

《云使》构思奇特、想象丰富，诗人别出心裁地选择了“药叉”和“雨云”的视角，从而很自然地把人间、神界和大自然连接起来，给诗篇创造了宏伟的抒情背景。诗中多次把“雨云”与“河流”的关系描

---

① Arthur A. Macdonell, *A History of Sanskrit Literature*, London, 1900, p.335.

② Albrecht Wezler, Foreword of *Kālidāsas Meghadūta, edited from manuscripts with the commentary of Vallabhadeva and provided with a complete Sanskrit-English vocabulary* by E. Hultzsch. (1998 edition), New Delhi: Munshiram Manoharlal Publishers Pvt Ltd, p.xii.

③ “药叉”，来自梵文 yakṣa，在佛教文学中又译“夜叉”“捷疾鬼”等。但在《云使》中“药叉”为印度神话中的小神灵，是财神俱毗罗的随从，感情丰富而心地善良。有别于佛教中的“夜叉”概念。

④ “内心更加激动”的原因是，在印度雨季里在外行走极不方便，从而雨季到来之际在外的旅人都会返回家乡，雨季也就成了亲人团聚的季节。而在这个季节，药叉想到自己无法回家时，内心变得更为激动以致托云送信。

述为相思相爱的情人关系，以此渲染整个诗篇浓烈的爱情氛围，实现了“自然颂”与“爱情赞”的巧妙结合。在爱情方面，虽然在写分离和思念的痛苦，但整个诗篇洋溢着一种积极乐观的上进精神，“思念或哀伤的情绪并非占主导地位，而对富贵的展现和激情的抒发才真正使它（指《云使》——引者）成为了抒情诗”①。

3.《云使》的形式

从形式上来讲，《云使》共由 111 个诗节、444 个音步（pāda）构成②。整篇通用了一种特殊的格律——“缓进调”（Mandākrāntā）。“缓进调”的特点为每个诗节由四个音步（诗行），每个音步由长短（重轻）固定的 17 个音节构成，朗诵时第 10 个音节后稍作停顿。每个诗节的韵律结构图如下：

— — — — ︶︶︶︶︶ —　— ︶ — — ︶ — —

— — — — ︶︶︶︶︶ —　— ︶ — — ︶ — —

— — — — ︶︶︶︶︶ —　— ︶ — — ︶ — —

— — — — ︶︶︶︶︶ —　— ︶ — — ︶ — — ③

“缓进调”为迦梨陀娑首创，除了《云使》，在《罗怙世系》的少数章节中曾用过。“缓进调”因如浓云缭绕、缓缓前行而得名。《云使》整个诗篇通用如此复杂的格律完成，充分展示了迦梨陀娑的诗歌创作才华。这也是在其他语言的翻译中难以体现的一个特征。

---

① Sushil Kumar De ed., *The Meghadūta of Kālidāsa*, New Delhi, 1970（2nd edition）, from the Introduction, p.xxxii.

② 《云使》各种版本的总诗节数互不一致，由 110 至 127 节不等，精校本为 111 个诗节。关于“诗节”和“音步”的概念请看绪论部分“五、个别概念的界定与说明”。

③ 此处，“—”表示重音节，“︶”表示轻音节。“轻音节”，是指含短元音、其后只有单辅音的音节。“重音节”，一是指含一个长元音、其后跟随一个或两个辅音的音节，二是指含一个短元音、其后不只一个辅音相随的音节。——引自（德）A.F.施坦茨勒著，季羡林译，段晴、范慕尤续补：《梵文基础读本》，北京大学出版社，2009 年，第 7 页。另，以“随韵”（ṃ/ṁ）和“止声”（ḥ）结尾的音节也要看作是“重音节”。

总之,《云使》构思奇特、想象丰富、韵律整齐、艺术高超、思想积极向上,从古至今在东西方文坛上均享有崇高的地位。

二、《云使》蒙古文译本

《云使》最早的蒙古文译本是 18 世纪中叶从藏文转译而来的。《云使》的藏译本是在 14 世纪初由克什米尔大学者、诗人苏曼室利(Sumanaśrī),藏族译师祥曲则茂(Byang chub rtse mo)和文法家南卡桑保(Nam mkha' bzang po)在西藏萨迦寺翻译完成的。该译本后被收录到藏文《丹珠尔》声明部(德格版 sgra mdo, se, 314b1 - 351a7;北京版 sgra rig pa, zhe, 365b3 - 380a8),也是《云使》目前为止唯一一部藏译本。

在清朝乾隆时期,从 1742—1749 年间 225 卷(函)北京木刻版藏文《丹珠尔》全部被翻译成了蒙古文,即北京木刻版蒙古文《丹珠尔》[①](以下简称蒙古文《丹珠尔》)。随之产生了《云使》最初的蒙古文译本,本书称之为蒙古文《丹珠尔》之《云使》译本。到了 20 世纪中叶,又相继出现了《云使》三种蒙古文译本,它们分别转译自《云使》藏、汉和英文译本。此外,蒙古国学者呈・达木丁苏伦(Ts. Damdinsuren, 1908—1986 年)先生也曾从藏文翻译了《云使》前六个诗节。

1. 蒙古文《丹珠尔》之《云使》译本

蒙古文《丹珠尔》由《赞颂统会》(Maγtaγal-un čiγulγan, 第 1 卷)、《本续解》(Tantra-yin tayilburi, 第 2—88 卷)和《契经解》

---

① 其实,在蒙古文《丹珠尔》中把宗卡巴文集(《黄教初祖宗克拔著百千法语经》,共 20 卷)和章嘉呼图克图一世阿格旺却丹的文集(《灌顶普惠广慈大国师章嘉喇嘛著百千法语经》,共 7 卷)也包括在内刊行了。这是藏文《丹珠尔》所没有的。因而,蒙古文《丹珠尔》算上这 27 卷,总共为 252 卷。但是,目前世上仅存的三套蒙古文《丹珠尔》中都没有这 27 卷的内容。只有在日本东京大学图书馆馆藏的不完整的蒙古文《丹珠尔》中才有这 27 卷的内容。所以,目前整套保存的蒙古文《丹珠尔》的内容是与北京版藏文《丹珠尔》一致的。——参见《蒙古文〈甘珠尔〉〈丹珠尔〉目录》(上),远方出版社,2002 年,序,第 11 页。

(Sudur-un tayilburi,第 89—225 卷)三大部分组成。其中,《契经解》第 116 卷(总 204)、第 117 卷(总 205)为"声明部",第 116 卷题目为"旃多罗巴"(Candrapa)①,含 20 篇文章;第 117 卷题目为"辞藻"(Ilete ögülekü),含包括《云使》的 8 篇文章,《云使》为最后一篇。

蒙古文《丹珠尔》之《云使》译本,是由喀尔喀蒙古(今蒙古国)政教领袖哲布尊丹巴一世札纳巴咱尔(Jñānavajra, 1635—1723 年)的两个徒弟洛桑坚赞(Blo bzang rgyal mtshan)和格勒坚赞(Dge legs rgyal mtshan)合译完成的。除了《云使》,格勒坚赞还翻译了"辞藻卷"中《长寿字库》《长寿字库之广注如意牛》《诗镜》《韵律宝生》《韵律宝生注》《韵律鬘赞》等 6 篇文章。在《云使》蒙古文译本跋文中提到译者为"兴教活佛哲布尊丹巴之徒弟",除此之外并没有发现二位译者更多的个人信息。

2. 蒙古文《丹珠尔》之《云使》译本的特殊意义

历来,佛经翻译是印度文学传入蒙古地区的主要途径。大量的印度民间故事和佛教文学通过佛经翻译途径传入到蒙古地区。其中《云使》的身份比较特殊,它是在蒙古文佛经翻译活动中唯一一部非佛教文学的、非民间文学的、非理论著作的古代印度古典梵语书面文学作品。这部享誉世界的印度古典名著《云使》是如何被收录到藏文大藏经《丹珠尔》之中?从梵文到藏文,再从藏文到蒙古文的过程中具体发生怎样的变化?佛经翻译思想和翻译原则如何影响这部纯文学作品的翻译?以及《云使》对蒙古文学的影响如何得以体现?这些都是以藏传佛教为桥梁的蒙印文学关系中备受关注的问题,而对其研究相当薄弱。因而,本研究以蒙古文《丹珠尔》之《云使》译本为重点,掌握源语文本(梵文)、中间文本(藏文)和目的语文本(蒙古文)三种语言文本的基础上,对《云使》蒙古文译本进行全面系统的研究,从而回答在蒙印文学关系与蒙古文佛教文学翻译史上围绕《云使》而产生的一系列问题。

3. 20 世纪《云使》蒙古文翻译

1956 年,迦梨陀娑被世界和平理事会列入"世界文化名人",在

① 这里包含了以梵文语法家 Candragomin(月官)的文章为首的有关语言学的论著,故得卷名"Candrapa"。

世界范围内掀起了纪念迦梨陀娑的活动热潮。在中国，季羡林和金克木两位先生分别翻译了迦梨陀娑的《沙恭达罗》和《云使》，季羡林先生也撰文《印度古代伟大诗人迦梨陀娑的〈云使〉》来纪念迦梨陀娑。这一年"蒙古国人民也与世界人民一同纪念迦梨陀娑，并为增强蒙印两国政治、文化关系正在努力采取种种措施"①。蒙古国学者呈·达木丁苏伦先生，根据藏文《丹珠尔》之《云使》译本用基里尔蒙古文转译了《云使》前六个诗节，并发表在蒙古国《文学》报纸上（1956 年）。20 世纪 60 年代，《内蒙古日报》把它转写成回鹘体蒙古文转载。后来，1982 年由仁钦戛瓦、斯琴朝格图摘录整理的《智者之源》一书也收录了该译文。可惜，此书中把它误认为是蒙古文《丹珠尔》中的《云使》译文②，这一点应予以纠正。

1959 年首届国际蒙古学家大会在蒙古国首都乌兰巴托举行的前夕，蒙古国甘丹寺住持大喇嘛额尔敦培勒（Erdenipil）为了"引起国际蒙古学界对《云使》旧译本（指蒙古文《丹珠尔》之《云使》译本——引者）的关注和研究"再次从藏文翻译《云使》。译者额尔敦培勒喇嘛，1887 年出生在今蒙古国扎布汗省，当年翻译《云使》时已近 70 岁高龄。印度学者罗凯什·钱德拉在他的论文中提到，他于 1957 年 5 月在蒙古国见到"在额尔敦培勒的指导下完成《云使》另一部蒙古文翻译的译者 Ese-tabkhai"③。由此可推，该译本大约在 1956—1957 年间完成，译者应为师徒二人。而在译本后面署名为"额尔敦培勒译"，因而在本研究中把它称作为"额尔敦培勒译本"

---

① （蒙古）道·策德布主编：《呈·达木丁苏伦全集》，乌兰巴托，2004 年，第 229—331 页。

② 仁钦戛瓦、斯琴朝格图摘录整理：《智者之源》（Merged γarqu-yin oron，蒙古文），内蒙古人民出版社，1982 年，第 61—64 页。该书收录的是呈·达木丁苏伦的六个诗节的译文。而文后记载到"1742 年，洛桑坚赞所译，被收录《丹珠尔》工巧明论部。"《丹珠尔》之《云使》所属"声明部"，而不是"工巧明论部"，译者为洛桑坚赞、格勒坚赞二人。另，原书版权页的汉文名为《智慧之鉴》，而在本研究中对藏蒙正字法词典 *Merged γarqu-yin oron* 的汉文名统一称作《智者之源》。

③ Lokesh Chandra, The Mongolian Meghadūta, *Studies in Indo-Asian Art and Culture*, volume 2, New Delhi, 1974, p.99a.

（简称“E 译本”）。

额尔敦培勒喇嘛还让他的朋友萨嘎拉扎布（Sagarajab）先生从汉文再次翻译了《云使》，由此《云使》的另一部蒙古文译本萨嘎拉扎布译本（简称“S 译本”）产生。S 译本是从我国金克木先生的译本转译而成的。E 译本和 S 译本均为散文体，并在每个段落之前都标注了序号，即原来的诗节变成了段落。

还有一部《云使》蒙古文译本是由蒙古国大学者、语言学家、作家宾・仁钦（B.Rinchen，1905—1977 年）院士从英文转译而成的。他所依据的是 1943 年在加尔各答出版的梵孟英（梵文-孟加拉文-英文）合璧本中的英文散文体翻译。即他通过英文散文体翻译理解诗意之后，再把它翻译成蒙古文诗歌。宾・仁钦的译本（简称“R 译本”）共有 120 个诗节，每个诗节由 4 个诗行组成。该译本完成于 1962 年，次年（1963 年）宾・仁钦院士把《云使》已有的四个全译本，即蒙古文《丹珠尔》译本、E 译本、S 译本和 R 译本的手抄本合订为一本在乌兰巴托出版。其中，R 译本为基里尔蒙古文①手抄形式，其余三个译本为回鹘体蒙古文（传统竖写蒙古文）手抄形式。

1981 年，R 译本被转写成回鹘体蒙古文并与和蒙古文《丹珠尔》译本合为一本在北京由民族出版社出版。其中，蒙古文《丹珠尔》之《云使》译本的录入充满了错误，无论是阅读还是研究，都不可取。另外两个译本，E 译本和 S 译本在我国一直没有出版。

蒙古文《丹珠尔》之《云使》译本产生于 18 世纪 40 年代，属于古代译本；其余三个译本产生于 20 世纪中叶，属于现代译本。而此三个现代译本的产生或译本特征与古代译本有着内在的联系，是古代译本在现代文学中的延续和发展。因而，本书将以蒙古文《丹珠尔》之《云使》译本为主线，在纵横时间轴上呈现蒙藏印文学关系中的《云使》蒙古文译本的整体面貌。

---

① 基里尔（或西里尔）蒙古文，是根据基里尔字母创建的蒙古文，蒙古国自 1946 年起使用该文字。

三、《云使》研究概况

本研究是第一次系统介绍和分析《云使》蒙古文译本，因而对前人研究成果总结不能只局限于《云使》蒙古文译本，而有必要对《云使》原文及其英、汉和蒙古文翻译与研究做整体梳理和评价。

英语是印度官方语言之一，印度的大部分研究成果也用英文出版，在某种程度上，印度与西方的研究相辅相成、融为一体。基于英文文献可以从更为宏观和整体的角度上把握《云使》研究。《云使》研究离不开《云使》翻译，反之亦然。因此，在《云使》研究概况中一并介绍《云使》的翻译情况。《云使》的汉文翻译和研究，是本研究必不可少的借鉴资料，也是了解国内《云使》研究的重要依据。《云使》蒙古文译本研究相对薄弱，尤其是对蒙古文《丹珠尔》之《云使》译本研究，只有个别的印度和西方学者有所涉及。

（一）《云使》的英文研究与翻译

在以往印度和西方国家《云使》研究中，“作者研究”和“版本研究”较为突出。《云使》作者迦梨陀娑享誉世界，但有关他个人生平没有一个确切的记载流传下来。因此，早期学者们通过其作品以及其他辅助资料来推断他生活年代和生平身世。这是迦梨陀娑研究的重要组成部分，也是《云使》研究的基础。《云使》在漫长的流传过程中产生了众多版本，包括琳琅满目的手抄本和注释本。繁重的版本研究工作也是《云使》研究的一个重点。

1.《云使》作者研究

在古代印度文学史上，“迦梨陀娑”是个最为响亮的名字。在印度人中，有这样一个说法：当人们掐指数算“诗人”，如果把“迦梨陀娑”放在小拇指上，那么无名指永远是名副其实的“无名”①。这很形象地说明了没有人能超过迦梨陀娑。印度诗学理论家欢增（Ānandavardhana，9 世纪）认为“在这个世世代代产生各种各样诗人

① 这段话的梵文如下：purā kavīnāṁ gaṇanā-prasaṅge/kaniṣṭhikādhiṣṭhika-kālidāsa/adyāpi tattulyakaver abhāvād/anāmikā sārthavatī babhūva.

的世界中，只有以迦梨陀娑为首的两三个或五六个诗人称得上是大诗人”①。印度马克思主义历史学家高善必（D.D.Kosambi）认为“在全部梵文文学中，也许在全部印度文学中，最伟大的名字是迦梨陀娑”②。印度哲学家和政治家、第二任总统拉达克里希南（Radhakrishnan）说“迦梨陀娑是印度灵魂的代表，印度魅力和天赋的体现。印度的民族意识（national consciousness）是他的作品成长的基土”③。在西方，迦梨陀娑被誉为“印度的莎士比亚”，因为他是唯一一位既写诗又写剧本的梵语作家。当他的作品第一次被翻译到西方国家，便已引起了很大轰动，据说歌德的《浮士德》受到了迦梨陀娑《沙恭达罗》的影响。

然而，关于这位伟人的身世生平，却没有明确的记载流传下来。曾经有个传说讲到，迦梨陀娑本是一个愚钝的人，后因受到迦梨女神的恩惠而变得聪慧过人、诗思涌泉，成为了伟大的诗人。但学界认为这只是因“迦梨陀娑”（意为“迦梨女神的奴仆”）这个名字引发的文字游戏罢了，甚至是个荒诞的说法，不能成为判断他生平身世的依据。

关于迦梨陀娑的生活年代，学界曾经有过很大的分歧，而目前基本达成了共识，认为他生活在公元 4—5 世纪，即印度历史上的“黄金时代”笈多王朝时期。笈多王朝的第一代国王旃陀罗笈多一世（约 320—335 年间在位）打下了笈多王朝的基业。第二代国王沙摩陀罗笈多（约 335—375 年间在位）进一步扩大了王朝的统治范围。第三代国王旃陀罗笈多二世（约 375—415 年间在位），封号“超日王”，他通过战争和联姻手段进一步扩张统治领域，控制了北印度和中印度大部分地区。这时笈多王朝国土面积最大，文化成就也达到了最鼎盛时期。相传迦梨陀娑是“超日王宫廷九宝”之一，虽然印度历史上封号为超日王的国王不止一个，但大部分人还是认为此

① 黄宝生译：《梵语诗学论著汇编》（上册），昆仑出版社，2008 年，第 237 页。

② （印）D.D.高善必著，王树英等译：《印度古代文化与文明史纲》，商务印书馆，1998 年，第 227 页。

③ S. Radhakrishnan, from the General Introduction of *The Meghadūta of Kālidāsa*, edited by Sushil Kumar De, New Delhi, 1970 (2nd edition), p.ix.

“超日王”就是旃陀罗笈多二世，迦梨陀娑生活在旃陀罗二世执政时期。第四代国王鸠摩罗笈多（约 415—455 年间在位）保业守成，使社会得到了稳定发展，但到了其统治末年受到外族入侵。从此笈多王朝的实力开始下滑，王权维持到 6 世纪后半叶。笈多王朝是印度历史上少有的政权大一统时期之一，并在科学、文艺、建筑方面均取得了辉煌的成就，也是婆罗门教和梵语文学重回主导地位的时期。笈多王朝诸王均为婆罗门教信徒，但并不排斥其他宗教，采取了兼容并包的宗教政策，促进了社会的和平稳定发展。梵语文学也同样得到国王的大力支持，走上了巅峰时期，甚至有学者认为“笈多王朝的声望在很大程度上是由于古典梵语文学在他们的庇护下竞相绽放”①。

从迦梨陀娑的艺术风格来看，“他的传统、和谐、怀旧性和创造性，还有他的宗教观，似乎都贴切地反映了笈多王朝时期的思想”②。从迦梨陀娑的作品来看，《健日王与广延天女》（*Vikramorvaśīya*）的剧名似乎包含了“超（健）日王”（Vikramāditya）的名字；大诗《罗怙世系》可能是歌颂沙摩陀罗笈多的事迹；大诗《鸠摩罗出世》可能是描绘旃陀罗笈多二世的儿子和继承者鸠摩罗笈多。除此之外，在《云使》中着重描写的“优禅尼城”也是人们推断迦梨陀娑身世的一个重要依据。笈多王朝建立之初把首都定于华氏城，旃陀罗笈多二世即位后把首都迁到了优禅尼城。哈佛大学教授丹尼尔·英格尔斯（Daniel H. Ingalls）指出：“笈多王朝，公元 320 年在印度东北部建立，在其统治的前 70 年中几乎把整个北印度尽收麾下。然后把首都从东部恒河流域的华氏城迁移到了西部的优禅尼城，随后的 80 年中尽享其成。迦梨陀娑正是生活在这个时期，即 390—470 年间。”③

迦梨陀娑也擅于利用古老的神话、传说题材，其作品中的故事情节或多或少在《吠陀》文集、两大史诗中都能找到源头。比如，关

---

① （德）赫尔曼·库尔克、迪特玛尔·罗特蒙特著，王立新、周红江译：《印度史》，中国青年出版社，2008 年，第 108 页。

② Daniel H.H. Ingalls, Kālidāsa and the Attitudes of the Golden Age, *Journal of the American Oriental Society*, Vol. 96, No.1 (Jan-Mar), 1976, pp.15－26.

③ Ibid.

于使“云”送信的灵感，有印度学者推测，也许是受启发于《罗摩衍那》中的“神猴哈努曼”①或《摩诃婆罗多》那罗传中的“天鹅”②。但不管灵感来自哪里，诗中的艺术手法可是属于作者本人的。他对古老的题材加以艺术提升，赋予新的思想，使之拥有了深邃的文化内涵。这也正是迦梨陀娑的作品扎根于印度本土文化而走向世界的根本原因所在。

关于迦梨陀娑的身世研究，学术界还有一种较有趣的看法。有一位叫钱德拉·拉詹(Chandra Rajan)的印度学者，他用英文翻译了迦梨陀娑的《时令之环》《云使》和《沙恭达罗》三部作品，合并成一本书，取名为《时代的隐现》(*The Loom of Time*)，1989年在新德里出版。钱德拉·拉詹在此译本中提出了自己关于迦梨陀娑独特的看法。首先，他认为迦梨陀娑的生活年代是不可确认的。因为，迦梨陀娑的作品中没有一个确切的信息可以告诉我们他的生活年代，目前所有的推断都是站不住脚的。如果说他是“超日王”的宫廷诗人，那印度历史上有三个“超日王”，分别为公元1世纪百乘王朝的萨陀迦罗尼(Śātakarni)、公元4—5世纪的旃陀罗笈多二世(Candragupta Ⅱ)和公元6世纪统治玛拉高原的耶输达尔曼(Yaśodharman)。如果说，迦梨陀娑作品中所反映的内容与笈多王朝时期的情况相符，那也不能推断他就是这个王朝的人，因为，一部作品产生的年代与其所反映的时代并不一定直接相对应。他还认为，公元前2世纪的巽加王朝的火友王巽加(Agnimitra Śuṇga)是迦梨陀娑的戏剧《摩罗维迦和火友王》的主人公。“优禅尼城”等具体城镇的描写，可能是诗人自己时代的写照，但也可能是一种对史诗时代的回忆或怀旧。其次，他还认为，迦梨陀娑是有意隐藏自己的个人信息，包括自己的真实姓名。迦梨陀娑要从他的作品中消除自己个人的声音(voice)，

---

① J. Krishnan, Pondicherry, Influence of Vālmīki on Kālidāsa (With the special reference to Meghasandeśa). From *Science, History, Philosophy and Literature in Sanskrit Classics*. Edited by K. B. Archak and Michael. Dhlhi, 2007, pp.268 – 270.

② Sushil Kumar De ed., *The Meghadūta of Kālidāsa*, New Delhi, 1970 (2nd edition), from the Introduction, p.xxx.

不想给他的作品留下个人的痕迹或时代的烙印。所以,既然迦梨陀娑本人选择了沉默,拒绝给后人留下任何可依的信息,那么我们也要正确领会作者的意图,一味地考究他的年代是不可取的。钱德拉·拉詹又指出"经典不只是属于它的时代,而是要面向所有时代",所以"没有确切的背景知识,正是把作品从它的时代中解放出来了"①。

对于钱德拉·拉詹的以上观点,本书结合季羡林先生的研究稍作回应。季羡林先生说:"马克思在《政治经济学批判导言》中指出,艺术生产与物质生产发展是不平衡的。证之许多国家的文学史,情况确确实实是这样的,古代希腊就是一个很好的例子。但是在东方一些国家,比如中国和印度,例外的情况是可以找到的。在中国文学史上和印度文学史上,往往有艺术生产与物质生产正相适应的时期。中国的盛唐文学就是如此。印度的笈多王朝的文学也是如此。笈多王朝是印度经济高度发展的时期,与之相适应的是一个文学艺术的高度的发展。"②即,作为古典梵语文学的巅峰,迦梨陀娑的作品不会是任何时候都能产生的,从辩证唯物主义的视角仔细观察,将会得出迦梨陀娑与其时代的内在联系。笈多王朝时代婆罗门教胜出佛教重新回到了印度"国教"的宝座,随之高级种姓专有的梵语文学也迅速发展,并得到了朝廷的有力支持。笈多王朝时期的大一统和大繁荣也为文学艺术的发展创造了有利条件。从梵语文学自身的发展规律来看,笈多王朝时期,梵语文学已拥有了一千多年的发展历史,通过波你尼及其后人对梵语语法的规范和修订,梵语文学走进了古典梵语时期。而在笈多王朝以后梵语文学走向下坡路,逐渐衰退。因此梵语文学的高峰出现在笈多王朝时期是有理论和事实依据的。再回看钱德拉·拉詹的观点,它未免过于孤立和拘泥于

① Kālidāsa, *The Loom of Time*, *A Selection of His Plays and Poems*, Translated from the Sanskrit and Prakrit with an introduction by Chandra Rajan, Penguin Books (India) Limited, New Delhi, 1989, Reprinted 1990.此处所引内容请参见此书的"介绍"(Introduction, pp.21 – 102)和附录一(pp.307 – 313)。

② 季羡林:《沙恭达罗》译本序,摘自《季羡林文集·第15卷》,江西教育出版社,1998年,第5页。

文本,同时似乎已陷入唯心主义不可知论中,这对解决实际问题并没有多大帮助。但他还有些看法是值得我们去借鉴的。比如,关于"Kālidāsa"(迦梨陀娑)这一名字,大部分人会意译为"大黑女神(迦梨女神)之奴",但钱德拉·拉詹却主张它是"时间之奴"①。"Kāli"(迦梨)确有"黑"和"时间"两个意思,"迦利女神"也被称作"时母"。钱德拉·拉詹更注重和倾向于"时间"这个意思,并认为这表明迦梨陀娑对"时间"或"创造力"的敬畏。这一点值得我们注意和进一步探讨。

从迦梨陀娑的作品中也不难看出,他推崇婆罗门教湿婆派,但并没有宗教偏激思想。他的作品一般都取材于国王或神的业绩和爱情,围绕神话主题或宫廷生活,而且掌握精湛的梵语运用能力。因而,迦梨陀娑应该是生活于古典梵语盛兴时期的婆罗门种姓。

2.《云使》版本研究

《云使》在其传播过程中产生了众多的手抄本、注释本、模仿本、改写本和译本,使其原来的面貌有所模糊。在此庞杂而不同的各种文本中,通过大量细致的学术工作,力图呈现迦梨陀娑诗作的原貌是历代学者们一直以来的追求。其中,印度版本学家苏悉·库玛·德博士(Dr. Sushil Kumar De,以下简称 S.K.德博士)的研究可代表这一领域的最新成就,他所校勘的版本在学界被视为《云使》的精校本②。他不仅参考了梵语和其他印度语的手抄本和注释,还研究了它的改写本和译本。在此,主要根据 S.K.德博士的研究成果,梳理和介绍《云使》的版本研究情况。

(1) 手抄本

《云使》的手抄本共有四十余种,来自印度东、西、南部,还有克什米尔、伦敦、巴黎、柏林和哥本哈根等地的收藏。在学界,这些手

---

① Kālidāsa, *The Loom of Time*, *A Selection of His Plays and Poems*, Translated from the Sanskrit and Prakrit with an introduction by Chandra Rajan, Penguin Books (India) Limited, New Delhi, 1989, Reprinted 1990, p.23.

② *The Meghadūta of Kālidāsa*, critically edited by Sushil Kumar De, the 1st edition, in 1957; 2nd in 1970, New Delhi.

抄本均得到不同程度的运用，有必要的已印刷出版。对文本研究而言，只有当手抄本的年代比注释本的年代更为古老时，它才会给文本研究提供尚未受到注释文干扰的信息和证据。然而，《云使》注释本的年代比其现存的手抄本的年代相对更古老，且地方注释版本诸多并形成了不同体系。因此对于《云使》文本研究，其注释本更具指导意义。

（2）注释本

《云使》共有50多种注释本。目前所知最早的注释为10世纪克什米尔学者瓦喇钵提婆（Vallabhadeva）所注的《难语注》（Pañjikā）。其后的诸注释，因其内容和传承关系的不同已形成了三大体系，即东印度孟加拉体系、西印度耆那教体系和南印度摩利那他体系。南部僧伽罗人（Simhalese）的版本并非跟随摩利那他体系，而更接近孟加拉体系。在诗节总数上，耆那教体系中篡入的诗节最多，诗节总数一般都在120个以上，甚至达到127节。东印度或孟加拉体系的注释和手抄本，诗节总数一般在114—118节之间，其中115节的为数最多。摩利那他的注释《更生注》（*Sañjīvinī*）内容共有121个诗节，但除去他认为后人篡入的6个诗节，该注释应有115个诗节，这一点上，与孟加拉派不谋而合。

耆那教学者们做的注释虽然比较多，但从文本研究角度来说，其价值并不高，所以很少被其他人提起和采用。但是，耆那教体系Sthiradeva的注释*Bālaprabodhinī*是个例外，得到后人的重视和引用。他批判地删掉了一些篡入诗节，总共有112个诗节，后来又剔出一个，所以他的注释精炼到了111个诗节。

孟加拉体系是较有影响力的一派，最著名的有5部注释——Sanātana Gosvāmin的注释*Tātparya-dīpikā*，Kalyāṇamalla的注释*Mālatī*，Bharata-mallika的注释*Subhodhā*，Rāmanātha Tarkālaṁkāra的注释*Muktāvalī*和Haragovinda Vācaspati的注释*Saṁgatā*。其中，最为引人注目的是Bharata-mallika的注释，他是个饱学之士，对迦梨陀娑的两部大诗和其他人的诗作都做过注释。他对《云使》的注释可代表孟加拉派最高成就。

摩利那他体系的注释是《云使》流传最为广泛的注释，不仅手抄本数量众多，自1849年首次在贝拿勒斯出版以来，到19世纪末已有14种不同版本，目前较流行的是卡莱（M.R. Kale）所编的版本，已出版至第八版（1974年）第6次印刷本（1993年）。他的注释问世之后，曾一度被认为是权威。但在S.K.德博士看来，摩利那他的注释"在诗节的甄别上有独到之处，但他的文本也并不精确，尤其在字词的辨别上，主观性太强，有时候为了迎合波你尼语法故意修改原文字词形式，因此，并不会是最权威的文本"①。但在版本研究领域谁也无法忽略和绕开摩利那他的注释，它的重要性是普遍被认可的。

（3）《云使》最早的注释与《云使》的精校本

季羡林先生在论文《〈罗摩衍那〉初探》中对西方学者的"原始狂"提出了批评：

> 西方的梵文学者，后来也有受了西方影响的印度梵文学者，他们的原则是越古越好；他们研究古代的什么书，都处心积虑想找出所谓的"原始的"什么什么。我们现在能够做的只是把《罗摩衍那》的各种本子，加以比较，从内容和艺术风格方面，把原文仔细剖析，从而探索出《罗摩衍那》发展演变的过程，然后用历史唯物主义来说明，为什么有这些发展演变。这就是我们目前应该做、能够做的工作。为"原始"而"原始"，不是我们的任务。②

以上一段话是季先生针对史诗《罗摩衍那》的情况提出的，还包括《五卷书》等故事集的情况。史诗《罗摩衍那》最初虽有演唱者，但"它只是口耳相传，没有什么写定本"，在其传承过程中不断发生变化，流传到今天已经是集体作品了，具有了民间文学的特征。对这类民间文学作品，"越古越好"的原则确实没有多大意义，反而它的演变过程更具意义。然而，这一原则对作家文学来说应该是另一种结果。印度和西方学者对《云使》的研究也同样持有"越古越好"的原则。目前，《云使》最早的文本是10世纪瓦喇钵提婆的《难语注》，德国印度学家、破译阿育王碑文的碑文研究家E.胡尔契（Hultzsch）

---

① Sushil Kumar De ed., *The Meghadūta of Kālidāsa*, New Delhi, 1970 (2nd edition), from the Introduction.

② 季羡林著：《季羡林文集》，第十七卷，江西教育出版社，1998年。

从版本学的角度整理和校勘此注，于1911年在伦敦出版，后来1998年在新德里再版。E.胡尔契在其前言中指出，瓦喇钵提婆的注释之所以值得整理和出版，是因为它“古老”而“简洁”，即受到后人影响的因素最少①。印度梵语学者A.A.麦克唐纳（Macdonell）也表示，在《难语注》中没有出现的诗节就不能算为正品②，意思是只有出现在《难语注》的诗节才有资格成为《云使》的正品。《云使》的精校本校勘者S.K.德博士继承和发扬上述观点，其精校本与《难语注》最为接近，同样由111个诗节构成，只在诗节顺序和个别内容上做了甄别。他认为，出现在《难语注》中的诗节，没有足够的证据则不能轻易删除。曾经有人（如Ishwar Chandra Vidyasagar）质疑过《难语注》的第62和第70诗节，后来有些注释家的注释中都去掉了第70诗节。甚至有人（J. Hertel）提过迦梨陀娑的真作只有108个诗节。但S.K.德博士认为，这些质疑，都没有足够的说服力和论据，所以他仍然坚持总诗节数为111个。S.K.德博士《云使》精校本最忠实于最古老的、最“原始”的版本。笔者认为，对于作家文学的研究这是可取的。因为，《云使》有确定的作者，有最初的写定本，属于古代作家文学作品。后人的篡改，会对原文的语言、艺术和思想方面均产生不同程度的影响。因此，剔除掉后加的成分，还原诗作本来的面目是有必要和有意义的。

（4）《云使》的其他校勘本

1813年，英国学者H.H.威尔逊（Wilson）首次把《云使》翻译成英文，也是第一次校勘出版《云使》。他虽参考摩利那他的注释，但主要采用了孟加拉注释，共115个诗节，因而代表孟加拉体系。其后较为引人注目的是J.吉尔德迈斯特（Gildemeister）校勘本（1841年

---

① Eugen Hultzsch, *Kālidāsas Meghadūta, edited from manuscripts with the commentary of Vallabhadeva and provided with a complete Sanskrit-English vocabulary*, 1998, 2nd edition (first in 1911, London), New Delhi: Munshiram Manoharlal Publishers Pvt Ltd., p.xix.

② A. A. Macdonell, Book review on *Kālidāsas Meghadūta, edited from manuscripts with the commentary of Vallabhadeva and provided with a complete Sanskrit-English vocabulary, by E. Hultzsch*, Journal of the Royal Asiatic Society/Volume 45/Issue 01/January 1913, pp.176-185.

在波恩出版)和 A.F.施坦茨勒(Stenzler)的校勘本(1874 年在布雷斯劳出版),前者 113 诗节,后者 112 诗节,均不含注释。他们的校勘本都属孟加拉体系。其余版本在此从略。

(5)《云使》的改写本

在《云使》最早的注释《难语注》之前,8 世纪后半叶,耆那教学者 Jinasena 把《云使》改写成一位耆那教大师的诗体传记,它的每个诗节都有一两行是来自迦梨陀娑的《云使》。此改写本叫作 *Pārśvābhyudaya*,1894 年由 K.B.帕塔克(Pathak)整理出版,1916 年出版第二版。帕塔克等人认为这一改写本最具权威性,因为它比《云使》现存所有的文本都古老,承载着《云使》最为原始的信息。对这一看法,S.K.德博士反驳道:"乍一看似乎比较合理,但事实证明它无法表现《云使》的原始文本。"还有一部叫作《雷使》(*Nemidūta*)的作品(其作者的年代尚未确定),它的每一个诗节的第四行与《云使》雷同,是描写妻子写给丈夫的"信使体"诗歌。迦梨陀娑的《云使》问世之后,出现了很多模仿它的"信使体"诗歌,但比起《云使》都微不足道,流传至今的也很少。

3.《云使》的英文翻译

《云使》最早的西文翻译是英文翻译,由英国东方学者 H.H.威尔逊(Wilson)所译,1813 年在加尔各答出版。接着是法文翻译,由法国学者安托万·伦纳德·谢才(Antoine-Léonard de Chézy)于 1817 年完成。其后是德文翻译,由西方宗教学奠基人、语言学家麦克斯·穆勒(Max Müller)于 1847 年完成。

《云使》最早的英译者 H.H.威尔逊翻译《云使》的时候 27 岁,他表示这是他学习梵语的成绩汇报,在译本后面按字母归类列出了全诗的词汇表。该译本共 116 个诗节,每个诗节由 4—10 个不同的诗行构成。译本主要依据和引用孟加拉体系的注释,比如,在第 9 个诗节的翻译中,他提出了孟加拉体系两个不同的注释。这一诗节的原文如下:

mandaṁ mandaṁ nudati pavanaś cānukūlo yathā tvāṁ
vāmaś cāyaṁ <u>nadati</u> madhuraṁ <u>cātakas</u> te sagandhaḥ,

garbhādhānakṣaṇaparicayān nūnam ābaddhamālāḥ
seviṣyante nayanasubhagaṁ khe bhavantaṁ balākāḥ.

此诗节第 2 行的主语为“饮雨鸟”(cātaka),谓语为“鸣叫”(nadati),即句子主干的意思为“饮雨鸟鸣叫”。其前面的“vāma”一词具有“美丽”和“左边”两个意思,那么此处究竟是哪个意思?注释者们对此有不同的看法。威尔逊在译本中指出,孟加拉派注释家 Ramanath Tarkalankara 主张“鸟鸣在右边才是吉利的,而不是在左边”,因此他认为这里的“vāma”是“美丽”的意思,修饰饮雨鸟——美丽的饮雨鸟;而不是“左边”。然而,另一位孟加拉派注释家 Bharata Mallika 引用占星者的一句话,反驳了以上观点。这句话是:

barhiṇaścātakāścābā ye ca puṁsaṁjñitāḥ khagāḥ,
mṛgā vā vāmagā hṛṣṭāḥ saunyasaṁpadbalapradāḥ.

意思为:孔雀、饮雨鸟、冠蓝鸦以及其他雄性鸟禽,还有羚羊,如果是在左边较为兴奋地飞过(或走过),那会是个好兆头。即包括饮雨鸟的这些鸟兽,如果在左边出现是一种吉兆。因此,Bharata Mallika 主张此处的“vāma”意为“左边的”(形容词),即“左边的饮雨鸟在鸣叫(饮雨鸟在左边鸣叫)”。H. H. 威尔逊沿用了后者的看法,把它译成了“左边”(left),他的译文为:

The gentle breeze shall fan thy stately way,
In sportive wreathes the Cranes around thee play;
Pleased on thy left the Chataka, along
Pursue thy path, and cheer it with his song. ①

《云使》的其他英译本大部分也都采取了“左”这一意思,也有少数译文采用“美丽”之意。比如即将介绍的几种译文翻译中,只有 2006 年出版的译本采取了“美丽”(beautiful)之意,其余均用了“左边”(left)之意。这些英译本列表如下:

---

① *Meghadūta* by Kālidāsa, translated into English verse with notes and illustrations by H. H. Wilson, printed by Richard Watts, London, second edition, 1969, p.12.

表绪-1 《云使》英译本选览

序号	译　者	出版年份和地点	诗节总数/每节行数	主要依据的注释或校订本	发行形式及书名
1	萨尔加(S.C. Sarkar)	1906,加尔各答	118/4—9不等	孟加拉体系	单独发行《云使》
2	亚瑟·威廉·瑞得(Arthur W. Ryder)	1959,杜登(Dutton)出版社,纽约	115/5	摩利那他注释	迦梨陀娑选集《沙恭达罗和其他作品》
3	富兰克林(Franklin),E. 埃杰(E. Edgerton)	1964,美国密歇根大学出版社	110/4	不明确	单独发行《云使》
4	伦纳德·南森(Leonard Nathan)	1976,加利福尼亚大学伯克利分校	111/6	S.K.德精校本	单独发行《爱的传递》
5	钱德拉·拉詹(Chandra Rajan)	1989,企鹅出版社,新德里	114/6—11不等	孟加拉体系之婆罗多·马利克注释	《时代的隐现——迦梨陀娑戏剧和诗歌选》
6	西尔·詹姆斯·马林森(Sir James Mallinson)	2006,纽约大学	111/6—20不等	E.胡尔契校注的瓦喇钵提婆注释	《"信使体"诗集》

这些译本中,前三个译本在用词方面多选用古英语词汇,比如,第二人称代词"you"(你)的主格(you)、宾格(you)、形容词物主代词(your)和名词物主代词(yours)形式分别以其古语形式出现:"thou""thee""thy"和"thine"。在形式上,这三个译本都比较注重压韵,比如萨尔加译本第115节:

When Vishnu rises from his serpent-bed,
My exile ends! To this, but four months stay.
With patience then, do thou these somehow pass,
My love! What thoughts we had, our hearts desire,
We'll then enjoy, in autumn's moonlit nights!

此处“W”和“M”两个字母在行首相替出现，压“ABAB”形交叉头韵。而后三个译本均为现代英语译本，在形式上虽按照一定的行数书写，但并不注重头韵，格律更为自由，更加散文化。从这些译本所依注释本来看，瓦喇钵提婆的《难语注》（最早的注释）、孟加拉体系注释和摩利那他注释，三者仍然都在被采用。但自从 S.K.德博士的以《难语注》为底本的精校本出现（1957 年）之后，大部分译者还是以此精校本为底本，同时参考其他注释本和校勘本，尤其是摩利那他的注释是难以忽略的。

因格律的要求，《云使》运用了较多的“藻饰词”①，如何翻译“藻饰词”是译者所面临的一个问题，下面举例比较上述几个译本对“藻饰词”的翻译情况：

表绪-2 《云使》英译本多版本藻饰词对照表

梵文原文及其照译和简译	janaka-tanayā- 遮那竭之女悉达	payoda 施雨者（呼格） 雨云	jahnoḥ kanyāṃ 遮诃努之女恒河	nīlakaṇṭhaḥ 青喉的孔雀	pavanatanayaṃ 风之子 神猴哈努曼
威尔逊 1813	Sita	you	Jahnu's daughter	blue necked peacock	the Son of air
萨尔加 1906	Sita	O Cloud	Ganga	peacock	Pavan's son
亚瑟 1959	Sita	O Cloud	Ganges	blue necked peacock	——
富兰克林 1964	Janaka's child	Cloud	the daughter of Jahnu	peacock	Hanumant
伦纳德 1976	Sita	O Cloud	Jahnu's daughter	peacock	Hanuman
钱德拉 1989	Janaka's daughter	O Rain-Giver	Jahnu's daughter	blue throuted	the Son of the Wind
西尔 2006	Sita	O Cloud	Jahnu's daughter	blue throuted	the son of the wind

① 关于“藻饰词”以及藻饰词的“照译”和“简译”概念，请见绪论中的“概念的界定与说明”。

表中,有灰色底的部分表示"照译",没有底色的部分表示"简译"。相比,钱德拉·拉詹的译本照译藻饰词的情况比较多,更好地体现了原文的面貌,对目的语读者来说具有"异国特色";而简译,即直接译出所指人或物,能让读者更容易理解原文的意思,但有损于原文的语言特征。翻译理论上把它们分别称作"异化"和"归化"两种翻译策略,各有其利弊。

综上所述,确定迦梨陀娑的生活年代与生平就等于确定了《云使》的创作背景和时代环境。这是《云使》研究中必不可少的。同样,尽可能还原《云使》原貌也是《云使》研究中最基础而重要的工作。早期印度和西方学者在这方面的成就可以直接被我们所借鉴和运用。本书研究中将以 S.K.德博士校勘的精校本作为《云使》梵文蓝本。关于《云使》英译本,自 19 世纪初到现在仍不断出现新的译本。这些译本各具特色,不仅推广了《云使》作品,还促进了《云使》研究。

(二)《云使》的汉文翻译与研究

在我国,最初有意愿把迦梨陀娑的《云使》译成汉文的是清末民初的苏曼殊。他于 1909 年 4 月给刘三(刘季平)的信中写道:"《云使》乃梵土诗圣迦梨达奢所著长篇叙事诗,如此土《离骚》者,奈弟日中不能多所用心,异日或能勉译之也。"①但夙愿未满,英才早逝。到了 1956 年,金克木先生第一次把《云使》直接从梵语译成了汉语。第二年(1957 年),徐梵澄先生亦从梵文翻译的译本在南印度捧地舍里出版。国内的《云使》研究是在这些译本的基础上展开的。

1.《云使》的汉文翻译

到目前为止,《云使》汉文译本共有七种。具体信息如下:

---

① 苏曼殊著,柳亚子编订:《苏曼殊全集》,哈尔滨出版社,2011 年,第 67 页。

表绪-3 《云使》汉译本统计表

序号	译者	年份	最初出版或发表地点	是否转译	是否完整
1	王维克	1937	《逸经》第33期	从法文转译	删略
2	柳无忌	1945	《印度文学》，重庆中国文化服务社出版	从英文转译	选译
3	金克木	1956	《译文》杂志	否	完整
4	徐梵澄	1957	印度室利阿罗频多修道院出版	否	完整
5	赖显邦	1998	台湾广阳译书出版社	从英文转译	完整
6	罗　鸿	2011	北京大学出版社	否	完整
7	贺文宣	2014	民族出版社	从藏文转译	完整

下面，主要讨论和分析直接从梵文翻译的三个译本。

1956年，世界和平理事会把迦梨陀娑列入“世界文化名人”之列。在我国，季羡林先生翻译的《沙恭达罗》和金克木先生翻译的《云使》，以“纪念印度古代诗人迦梨陀娑的特印本”的名义合印出版。季羡林先生还特写《纪念印度古代伟大的诗人迦梨陀娑》一文，介绍了迦梨陀娑作品及其影响。同年，金克木先生翻译的《云使》译本(简称“金译本”)由人民文学出版社以单行本出版。该译本“所根据的是摩利那特本，同时参看了四种铅印版本。……只译出公认为原作的115节”①。

1957年，徐梵澄先生所译《云使》汉译本(简称“徐译本”)在南印度出版，“所据为摩林纳他注疏本，亦通常流行本也”②。徐译本共有120诗节，没有翻译摩利那他注释本(共121节，并指出其中115节才是原作)的第22节。《云使》原文本无分段，但以摩利那他

① (印)迦梨陀娑著，金克木译：《云使》“后记”，人民文学出版社，1956年，第59—60页。

② (印)迦梨陀娑著，徐梵澄译：《行云使者》，印度室利阿罗频多修道院出版，1957年，第83页。

为代表的注释家为了研究之便,根据其内容把《云使》分为前后两个部分。依此,金译本分“前云”“后云”而徐译本分“卷上”“卷下”两段。在译本中,两位汉译者都给出了必要的注解,均对《云使》及其作者迦梨陀娑做了一番介绍和分析。

金克木先生以《印度的伟大诗人迦梨陀娑》一文作为译本序,对迦梨陀娑的生平提出了自己的看法,并依次介绍了其七部作品。金先生认为“他(迦梨陀娑)用又精练又繁复而仍不失自然的诗的语言表达出细腻曲折的思想感情……不过,他的作品也因此非常难译;恐怕没有一种语言的翻译能够传达吟咏原作时的情调”。比如,《云使》通用的“缓进调”,“这种梵语所特有的表现力是不能够移植到现代语言中来的”①。在形式上,金译本是严格按照每个诗节四个诗行,每一诗行十几个字的形式通译全诗的。但对“原文中神的各种称号,云的别名等等在译文中都简化了,没有处处分别照译”②。即对“藻饰词”采取了“简译”方式而非“照译”,从而也无法全面显示原文的语言风格。总的而言,金译本用现代汉语白话文翻译古代印度古典梵语诗歌,通俗易懂、简洁明了,为当今最为流行的汉文译本。

徐梵澄先生的译本也有其显著的特点,“尽取原著灭裂之,投入熔炉,重加锻铸,去其粗杂,存其精纯,以为宁失之减,不失之增,必不得已乃略加点缀润色,而删削之处不少,迄今亦未尽以为允当也,故存古体诗百二十首如此”(译本序)。从古代印度的文学作品和艺术作品来看,印度人对女性形体的夸张而大胆地裸露以及对性爱的毫无掩饰的描述,似乎已司空见惯。而这对保守而含蓄的中国读者来说一般都不太适应。通观徐梵澄先生的译文,他所说的“去其粗杂,存其精纯”,主要是指对原文的“裸露表现”和“性爱想象”的回避与改写,以适应国内读者和古汉语诗歌的风格。下面对比几段金克木先生和徐梵澄先生的译文,比较下两种不同的翻译风格。

---

① (印)迦梨陀娑著,金克木译:《云使》,“译本序”。
② (印)迦梨陀娑著,金克木译:《云使》,“后记”,第61页。

表绪-4 《云使》金、徐译本风格比较表

金克木先生的译文	徐梵澄先生的译文
41. 她的仿佛用手轻提着的青色的水衣 直铺到芦苇边,忽被你取去,露出两岸如腿; 朋友啊!那时你低低下垂,将不忍分离—— 谁能舍弃裸露的下肢,如果尝过了滋味?	43. 似褪青襦仍手击, 水落岸荻挽不垂, 斜依难别君自持, 罗襟微解舍者谁。
68. 那儿的唇如频婆果的女人的松解的罗依 被情郎用鲁莽的手扯下,一心想鸾颠凤倒; 她们禁不住娇羞,便把满手香粉抛撒, 要扑灭高悬的珠宝灯光,却不想只是徒劳。	72.(“卷下”第7诗节) 暗解襟带纽,旋夺罗衣轻。 彩粉急投掷,不灭珠帔明。 嬉戏尽怜娇欲绝, 是间少女唇含樱。
82. 那儿有一位多娇,正青春年少,皓齿尖尖, 唇似熟频婆,腰支窈窕,眼如惊鹿,脐窝深陷, 由乳重而微微前俯,因臀丰而行路珊珊, 大概是神明创造女人时将她首先挑选。	87.(“卷下”第22诗节) 室中有丽姝,窈窕方妙年。 唇似频婆熟,齿齐腰便娟, 瞻视如惊鹿,行步稍已跹; 造化之良工,此女庸最先。

如果说金先生的译文是对原文的忠实转义,那么徐先生的译文则把印度式的“裸露”和“奔放”改为中国式的“委婉”和“含蓄”,把火辣的“频婆嘴”变为中国传统而典型的“少女唇含樱”,把“乳重臀丰”态变为“轻飘翩跹”步。这就是徐先生自称“取原文之义自作为诗”的表现,也是整个诗篇“汉化”的特征所在。另,徐先生也会把《云使》与古汉语诗歌进行比拟,比如在上卷末尾注释中指出“此上卷铺陈地理、风物、人情皆基托于神话,弥漫一玄秘之色。其在吾华诗坛,则‘赋’之流也”①;下卷第1诗节,“以华文诗拟之,此可谓‘赋而比’……”②可见,徐译本的出发点和落脚点都是中国古汉语诗词,以此拟彼,把古代印度诗歌转化成了中国古代汉语诗歌。正如徐梵澄先生自己所说“一作而传数译,亦经典文学常例”,他尝试从“古”到“古”的翻译,把古代印度诗歌“打造成了一部具有浓浓异域

① (印)迦梨陀娑著,徐梵澄译:《行云使者》,印度室利阿罗频多修道院出版,1957年,第83页。
② (印)迦梨陀娑著,徐梵澄译:《行云使者》,第86页。

风味的中国抒情诗,虽有删改之处,但同样具有很高的艺术价值。”①

对诗中琳琅满目的花草和鸟兽之名,徐梵澄先生注出了它们的梵文名和拉丁文学名,以便后人考究。比如在“卷下”第3诗节译文后列出了该诗节中出现的花名和它们所开的季节:

表绪-5 《云使》徐译本专名译法举例

梵语花名	汉 译 名	拉丁文学名	所开季节(汉/梵)
Kamala	菡萏即莲花	Kamala	秋季 Sarat
Kunda	素馨花	Jasmimum pubescens	露季 Śiśira
lodha	罗陀那花	Symplocos racemosa	冬季 Hemanta
Kuruvaka	雁来红花	Gomphraena globosa	春季 Vasanta
Śirīṣa	室莉莎花	Mimosa Śirīṣa	夏季 Grīṣma
Nipa/Kadamba	迦淡闻花	Nauclea Kadamba	雨季 Varṣā

综上所述,金、徐两位先生的译本,现代与古代两种风格,相衬互映,为古印度诗歌《云使》的欣赏以及对梵汉诗歌关系的考察提供了更多的视角和实际经验。

还有一本直接从梵文翻译的《云使》汉译本,是由北京大学梵巴语专业博士、年轻学者罗鸿所译。这是国内首次依据S.K.德博士的精校本翻译的译本。全文共111节,没有前、后云之分,每个诗节均由长短不一的7行构成。此译本最显著的特点是把原文的“藻饰词”均按“照译”方式译出来,并以脚注形式做了相应的注解,进一步丰富《云使》翻译风格的同时也推动了《云使》研究。译本以梵藏汉合璧形式出版,为文本对照阅读和分析提供了方便。罗鸿指出:“译文尽量保留了原文的句式和构词特点。除去每首诗固定译为七句外,汉译没有格律方面的任何限制,译文的断句是根据汉译的行文节奏安排的。译文的注释主要依据《更生注》(摩利那他的注释——引者),同时参考了《明灯注》《难语注》(最早的注释——引者)和其

① 张婧:《徐梵澄〈行云使者〉翻译风貌探微》,《枣庄学院学报》,2013年6月。

他相关资料。”①

贺文宣的汉译本，是对藏文《丹珠尔》之《云使》译本的翻译，与本书的研究对象蒙古文《丹珠尔》之《云使》译本有着同一个藏文底本，也是本书的参考译本之一。

2.《云使》的汉文研究

（1）汉译者对《云使》的研究

上述三位《云使》译者，均为梵语研究领域的学者，在翻译过程中做相关注脚和解释是他们共同的特点。在此基础上，他们也做了不同程度的《云使》研究或提供了一些相关学术信息。金克木先生不仅在《云使》译本前言中介绍了迦梨陀娑及其作品，而且在其专著《梵语文学史》中也专设一章更为详尽地介绍和分析了迦梨陀娑及其作品。在《云使》译本“前言”中金克木先生提出，迦梨陀娑作品所表现的人物与思想感情“符合发展到了顶峰的奴隶制社会的情景”，而在30年后的《梵语文学史》中却认为迦梨陀娑“生活于印度从奴隶制过渡到封建后相对稳定时代的风光”②。关于迦梨陀娑所在的笈多王朝是奴隶社会还是封建社会这一问题，包括印度马克思主义历史学家D.D.高善必和我国的季羡林先生都曾有过讨论。从金克木先生的前后论述可以看出，他对“笈多王朝社会性质”的认识也有所转变。目前学界一般认为笈多王朝是封建王朝。

徐梵澄先生在其译本序中，详尽回顾了前人对迦梨陀娑生平研究的不同看法，并总结出其结论“诗人或为中印度人，属婆罗门族姓，为湿婆派印度教徒，因其于乌长应尼（优禅尼城——引者）所述弥详，似久居该城者，观所识山川风物，似尝游览喜马拉耶山麓诸圣地”。罗鸿在《云使》译本前言中，对以“文献学的方法校勘出版”的《云使》文本和几个重要的注释，以及对《云使》在西方和我国的翻译情况做了简要介绍，其中也提到了蒙古文译本。

以上三位汉译者对《云使》的翻译和注解，对国内读者了解和研

① （印）迦梨陀娑著，罗鸿译：《云使》，北京大学出版社，前言。

② 金克木著：《梵语文学史》，江西教育出版社，1999年9月，第279页。

究《云使》提供了指导性帮助。

（2）季羡林、黄宝生的研究

季羡林先生曾译迦梨陀娑的两部戏剧《沙恭达罗》和《优哩婆湿》。关于迦梨陀娑的生活年代，季先生也认为迦梨陀娑是旃陀罗二世时期的人物，主要依据是："旃陀罗笈多二世在位期间约为公元380—413年。因此如果把迦梨陀娑生年的上限规定为350年左右，是比较靠得住的。曼陀娑尔（Mandasor）太阳神庙中有一个碑，立于473年，铭文的作者是一个不著名的诗匠，名字叫作婆茶跋底（Vatsabhatti）。他自己吹牛说，要跟大名鼎鼎的迦梨陀娑比赛一下。根据这一事实，迦梨陀娑生卒时代的下限可以定为472年。总起来说，他大概生于350到472年之间。"①

对于迦梨陀娑思想和艺术研究，季羡林先生也有独到的见解，总结如下：一，迦梨陀娑谴责奴隶式的爱情，歌颂自由恋爱，歌颂冲破一切网罗追求自由幸福；二，即使在写悲欢离合的场面，气氛也一点不阴沉、颓唐，当然更谈不到悲观、绝望……人们总感觉到在失望中有希望，在凄凉中有鼓舞；三，诗人描写自然景物的本领惊人。在他的描绘中，除了忠实于原来的景物之外，还有一股能够感染人的活力充塞其间，使人读了之后就油然升起爱自然、爱生命、爱祖国之感②；四，迦梨陀娑笔下的梵文淳朴而不枯槁，流利而不油滑，雍容而不靡丽，严谨而不死板。他的风格既不像吠陀和史诗那样简朴，又不像檀丁、波那等"竞一韵之奇，争一字之巧"浓得化不开。迦梨陀娑是最能掌握分寸，最能认识"火候"的，他的艺术风格在印度文学史上就成了空前的典范③。以上观点同样适用于《云使》，是迦梨陀娑思想境界与艺术水平的总结。

季羡林先生主编的《印度古代文学史》④之第六章《古典梵语诗

---

① （印）迦梨陀娑著，季羡林译：《沙恭达罗》，译本序。

② 季羡林：《关于〈优哩婆湿〉》，《优哩婆湿》后记，人民文学出版社，1962年，第103—139页。

③ 季羡林：《梵文与其他语种文学作品翻译（一）》序，季羡林文集第十五卷，江西教育出版社，1998年，第17页。

④ 季羡林主编：《印度古代文学史》，北京大学出版社，1991年8月第1版。

歌》由黄宝生先生执笔，其中更为系统而详尽地介绍和分析了迦梨陀娑及其诗歌和戏剧。除此之外，黄宝生先生的专题论文《论迦梨陀娑的〈云使〉》①，依据金克木先生的译本，主要从三个方面论述了《云使》。

首先，从形式和内容方面讨论了《云使》，并对那些热衷于考究《云使》的主题和情节来源的研究提出了自己的看法，充分肯定了《云使》的创造性和抒情成分，认为"《云使》奠定了抒情长诗的文学地位，为印度抒情文学的发展作出了重大贡献"。

其次，对《云使》抒情诗歌的因素——强烈的感情，丰富的想象，形象的语言和和谐的韵律，逐一做了阐释，归纳如下：黄先生认为，离愁别恨是产生强烈感情的根源，而凄苦炽烈的感情实际上是品尝爱情的甜蜜；"诗歌是感情和想象的结合，感情越强烈，想象就越丰富"。此处，黄先生还引证了中国第一首抒情长诗《离骚》。在《云使》中，也正是炽热的思念之情激发了药叉奇特的想象；《云使》的语言优美，字字句句形象化，而在形象化手段中主要采用了明喻和暗喻；《云使》的韵律是独具一格的，它通篇采用的叫作"缓进调"的韵律，再好的译本，也无法把这种韵律照搬过去，从这一点上说"诗歌是不能翻译的"。黄先生还指出，"从《云使》看，迦梨陀娑对爱情的看法是比较健康的……具备了当时历史条件下的进步思想"。笔者赞同黄宝生先生以上观点之余，还有一点小问题想进一步商榷。在谈到《云使》的感情之时，先生指出，药叉一路上经过的山川城池，每一处都染上了药叉浓郁的感情色彩：

有些简直成了他朝思暮想的爱妻的化身，如"尼文底耶河以随波喧闹的一行鸟为腰带，露出肚脐的漩涡，妖媚地扭扭摆摆"；"信度河缺水瘦成发辫，岸上树木枯叶飘零衬托出她苍白的形影"……自然景色被迦梨陀娑女性化了。"情人眼里出西施"，这是由激情点燃的想象的产物。

在谈到隐喻时：

① 原载《外国文学研究集刊》第5辑，1982年；后收入黄宝生著：《梵学论集》，中国社会科学出版社，2013年，第1版。

“但愿你能努力加快步伐，如果见到有孔雀向你以声声鸣叫表示欢迎而珠泪盈眸”，这里药叉的妻子被比作欢迎交配期来临的孔雀。

笔者认为，《云使》中确实把自然风景女性化了，也用了较多的比喻。但是，如果说自然界的女性化都是药叉“爱妻的化身”，那未免使得《云使》的主题和意境变窄了。《云使》的写作意境是多层次的，它的主题不仅有爱情，也有对大自然的歌颂，作者巧妙地把这两者结合在一起，即把自然景色安排在为爱传信的路上，这是作者描写大自然的视角。但如果把对自然的描写全部与药叉之妻联系在一起，就会约束读者的想象而影响对诗歌的鉴赏能力。诗人对自然界的女性化描写和与雨云的互动是一种激情和生命力的表现，是一种气氛的渲染。从宗教的意义来讲，这与宇宙的本原“女阴性力”(śakti)有关。

再次，黄宝生先生纠正了印度人较为普遍的看法，认为中国古代诗人徐幹(171—218年)所作的《室思》①中有《云使》的影响。黄先生通过确实的史料和大量的中印古诗对比，最终指出“迦梨陀娑的《云使》与中国古诗的相似之处，主要是在主题和某些意境方面，而不在托云传情这点上”，并认为中国传统虽觉得“云彩轻浮，不能传送相思之情，甚至阻碍相思之情”，但这绝不影响我们欣赏迦梨陀娑的艺术构思，甚至为之“拍案叫绝，击节三叹”。黄先生的意思也表明了“越是民族的，越是世界的”，《云使》以其浓郁的印度民族特

---

① 中国古代文人徐幹所著《室思》的内容为“浮云何洋洋，愿因通我词。飘飘不可寄，徙倚徒相思。人离皆复会，君独无返期。自君之出矣，明镜暗不治。思君如流水，何有穷已时。”在印度学界，普遍相传这首诗是反映了迦梨陀娑《云使》的影响。除了黄先生的论文中提到的V.拉克文和M.C.德特，还有印度学者和政治家拉达克里希南(S.Radhakrishnan，1888—1975年)也持有相同的观点。而他的观点是来自H.A. Giles的*A History of Chinese Literature*一书中，书中写道：“The cloud as a messenger is an old, pre-Christian, literary motif in China. We find it in Kiu yuan (or Chu yuan), the Chinese poet who died about 274 B.C. Cf. this echo of Megha-dūta in Hśukan:

> O floating clouds that swim in the heaven above
> Bear on your wings these words to him I love.”(p.119)

即此书认为：“以云为使”是个古老的中国文学母题，在屈原的诗歌中有所体现，而在徐幹(Hśukan)的诗中可以看到《云使》的影子。

色傲立世界名著之林。

季羡林先生和黄宝生先生的研究为国内迦梨陀娑研究奠定了基础，并代表目前的主要研究成果。

（3）其他人的研究

凡涉及古代印度梵语文学的书籍都很难绕过迦梨陀娑及其作品，都会有不同程度的介绍和探讨。在此简单讨论一下郁龙余等著比较文学研究著作《梵典与华章》中有关迦梨陀娑的研究。书中专设章节论“迦梨陀娑在中国”，其中一个专题为《离愁别绪，银汉白云——〈云使〉在汉藏地区的传播》，叙述《云使》的内容、翻译情况，再与我国古代一些诗歌相对比，讨论了迦梨陀娑“以云为使”的奇特想象和自然观。文章最后提出“到底中国人对待自然的态度有没有影响到古代的印度作家和诗人呢？从理论上讲是有这个可能性的”，然后回顾中印文化交流和商贸活动历史，得出“印度人若受到了中国的自然观的影响，也不足为奇。”[①]风花雪月乃人之共有，古人对自然景物产生遐想，并把它作为描绘对象是很自然的事。硬要寻找“影响”，难免有牵强附会之嫌。

除此之外，刘建等著《印度文明》[②]、林承节著《印度史》[③]和王树英等人的著作中都对迦梨陀娑及其作品有所介绍。研究迦梨陀娑作品的博士学位论文有：吴赟培的《试析〈罗怙世系〉前八章中的国王传说》（北京大学，2009）；于怀瑾的《迦梨陀娑〈鸠摩罗出世〉研究和翻译》（北京大学，2012年）等。

有关《云使》（仅限中译本）研究的中文期刊论文也有若干（按时间顺序）：王玫：《〈离骚〉与〈云使〉之比较刍议》，《国外文学》1990年第2期；刘安武：《〈云使〉和〈长恨歌〉》，《国外文学》2001年第3期；戴绍敏：《〈云使〉与〈离骚〉》，《大同职业技术学院学报》2001年6月；王永霞、曹卫军：《〈云使〉的生态批评解读》，《文学研究》2011年第1期；张婧：《徐梵澄〈行云使者〉翻译风貌探微》，《枣

① 郁龙余等著：《梵典与华章——印度作家与中国文化》，宁夏人民出版社，2004年，第242—243页。

② 刘建、朱明忠、葛维钧著：《印度文明》，福建教育出版社，2008年。

③ 林承节著：《印度史》，人民出版社，2014年修订版。

庄学院学报》2013 年 6 月。在此已略迦梨陀娑其他作品研究论文。

下面,讨论下王玫和刘安武先生的论文。

在王玫的论文《〈离骚〉与〈云使〉之比较刍议》中,作者从《离骚》和《云使》二者皆有的“丰富的想象和动人的意境”出发,比较了其更深层次的异与同。在情感表现上,作者指出《离骚》的情感是“深沉的、悲郁的,是无路可走、壮志难酬的忠臣义士发自内心的孤愤”。而《云使》的情感状态是“带着淡淡的哀伤,以及为思念之情缠绕时不可名状的惆怅”。从诗歌的意象结构方面来看,二诗皆有庞大的意象群和神话传说体系。然而,《离骚》中的每一个意象群皆可以分为彼此对立的正反两组,诗人在现实和理想世界被肢解成两半,十分痛苦。而《云使》中,古老的神话传说、缥缈的意境,赋予它以空灵奇幻的特性,使整首诗带着冶丽的浪漫气息。接着作者从神话学和宗教学层面对此不同表现加以分析。从神话学角度来讲,中国的神话传说为“正义与非正义,善与恶,贤明与昏庸的代名词”。《离骚》体现的是华夏民族心里深层强烈的善恶是非观念和追求人格完善的理性精神;而印度神话中的神或英雄是重肉体的,享乐的。《云使》中是雨云及水这些意象体现印度民族生殖崇拜意识。从宗教学角度来看,《离骚》是中国哲学中淡薄的宗教意识和注重伦理道德精神的反映;《云使》则体现了印度人浓厚的宗教意识,以及由这种意识积淀而成的对生命力崇拜的民族心理。论文还从作者本身的身份和经历谈起作品的思想。屈原的政治家身份和迦梨陀娑的湿婆崇拜,都对他们的创作有着内在的影响。最后,论文总结《离骚》的美是庄严、崇高,带有悲剧痛感的美;《云使》的美是柔婉、轻倩的美。这种审美形态的不同,与他们各自凭依的哲学思想基础有关,一种是来自“忧患意识”;一种是来自“欢乐意识”。

这篇论文,从两部长诗的情感和意象表现的不同入手,由神话学和宗教学的角度对其进行探讨和解释,揭示了诗歌表层下面的意识形态差异。文章分析比较到位,只是对《云使》的情感表现看得过于轻。《云使》的情感表现同样是灼热和疯狂的,并非该文所写的“淡淡的哀伤,不可名状的惆怅”或“如同轻盈的游云一样飘逸柔曼”。《云使》中的“云”也并非是“轻盈的游云”,而与之相反,它是

"截翼卷云"的后裔,威力无比、颜色乌黑、雷电相伴、气势磅礴,是带来整个雨季的雨云,而非是随意飘逸在空中的云。该文所说的"七月初飘来的一片云勾起药叉对妻子的思念",也并不准确,药叉对妻子的思念是从被贬谪之时就已经开始了。当雨云出现之时,在罗摩山已度过几个月的药叉因思念过度而已骨瘦如柴以致手上戴的金镯滑落掉地。雨云的出现是加重了他的思念(因为在印度雨季是在外旅客返乡与家人团聚的时节),使他的情感沸腾到了顶点,他不顾于雨云是否有生命、能否传达信息,一厢情愿地向雨云求情。药叉把妻子当作第二个生命,在罗摩山动植物与自然景象中寻找妻子的影像,但无一处能与之媲美。他认为北来之风接触过妻子之身而伸手抱风,欲要在岩石上画妻子的形象而自己匍匐其下,但又因眼泪阻扰而画中重圆的想象都难以实现。林中神仙看到他梦中空抱妻子的情景而黯然落泪。药叉的情感如痴如狂,感天地泣鬼神。如果说它是"柔情妙曼"或"以柔婉的笔触抒写的"并不妥。

刘安武先生的论文《〈云使〉和〈长恨歌〉》认为,《云使》和《长恨歌》作为"古代印度和中国各自的长篇抒情诗或带叙事性的长篇抒情诗",写的都是"情侣的生离或死别",其中的"神话色彩和爱情婚姻都是一种理想",但是它们的"社会背景和感情基础是大有区别的"。文中主要以独立分析两部作品为主,其中的比较性显得较缺乏。文中还指出《云使》中的"雨云使者"和《长恨歌》的"临邛道士鸿都客"都扮演了"第三者"或"使者",对男女主人公的传情达意起到了不可或缺的作用,并且都以男女主人公共同的"隐事"①来证明自己的身份,因而"两位诗人在这一点上的思考和心理状态是完全相同的"。此说法虽有道理,但这一情节很难成为对比两部作品的主流。在艺术风格上,刘安武先生指出《云使》的表达方式"活泼、直露",而《长恨歌》的风格为"含蓄、严肃",并在此基础上探讨了中国文学中写男女情爱方面的问题。汉唐时期,在思想领域虽比较开

① 这里所谓的"隐事"是指对被隔离在两地的人,委托使者所说出的只有他们两个知道的秘密。在《云使》中是药叉之妻做的一场梦。在《长恨歌》中是和唐明皇曾在长生殿立的誓言,即有名的"在天愿作比翼鸟,在地愿为连理枝"。

明,但文学中的男女情爱描写"颇为保守、严肃,不够活泼大胆"。南宋以后,特别是明清两朝,由于孔孟礼教的盛行诗歌和散文仍然"那样死板和严肃",而在小说领域"却异常活跃",甚至有些言情小说成了"渲染色情的作品"。对此作者感叹道"这也许是思想的一种反弹吧"。但此文对《云使》和《长恨歌》之间的比较研究方面相对薄弱。

以上为《云使》汉文翻译与研究概况。

(三)《云使》蒙古文译本研究

1. 迦梨陀娑传说

前面曾提到一个传说,其大概意思为"迦梨陀娑本是个愚笨的人,后因受到迦梨女神的恩惠才变成了才华横溢的诗人",这一传说曾在印度和西藏广为流传,最早通过萨迦班智达·贡噶坚赞所著《萨迦格言》第三章的注释文传入了蒙古地区。2004 年在《呈·达木丁苏伦全集》中收录的呈·达木丁苏伦所译《云使》前 6 个诗节的介绍文中更为详细地记载了这个传说①。对这一传说,学者们认为它只是一个根据"迦梨陀娑"的字面意思而擅造出来的文字游戏而已。而 2016 年 8 月笔者在黑龙江大庆市富裕正洁寺学习藏语期间,也曾听到夏坝仁波切讲述这个传说。可知,迦梨陀娑的这一传说,虽然没有历史价值和科学依据,但作为信仰载体至今仍在藏、汉和蒙古民间相传。

在蒙古地区还曾流传一个传说。19 世纪后半叶,在喀尔喀蒙古出现了一个精通藏语且对藏文《诗镜》研究造诣很深的大学者。他叫嘉米央嘎尔布(Jyamyangarbu, 1861—1918 年),被誉为"智宝班智达"(erdeni mergen paṇḍita)。蒙古地区相传,嘉米央嘎尔布是《诗镜》作者檀丁通过黑女之奴迦梨陀娑、西藏大译师 sna nam ye she sde 等人的转世,再到蒙古地区的第 18 代转世传人。② 从这个传说

① (蒙古)道·策德布主编:《呈·达木丁苏伦全集》,乌兰巴托,2004 年,第 229—230 页。

② (蒙古)拉·呼尔勒巴特尔著:《翱翔天空中的大白鹏》(蒙古文),民族出版社,2002 年,第 283—284 页。(民族出版社回鹘体蒙古文转写本版权页把书名翻译为《天高任鸟飞》,作者的名字为拉哈木苏伦·呼日勒巴特尔。该人名本书中一并统一为"拉·呼尔勒巴特尔"。)

可知，由于迦梨陀娑的生平不明，当时蒙古人以为他生在檀丁之后，并把《诗镜》研究方面大有成就的嘉米央嘎尔布与檀丁和迦梨陀娑联系在了一起。实际上檀丁是7世纪的人，而迦梨陀娑是4—5世纪的人。

蒙古学者宾·仁钦在其《云使》译本序中说道："1 500多年前(即5世纪——引者)在南印度出现了一位叫作迦梨陀娑的著名作家。"这里所说的"南印度"其实不太准确。因为，我们认为迦梨陀娑生活在笈多王朝时期，而笈多王朝主要统一了印度北部和中部，不包括南部。

可知，蒙古人很早就知道迦梨陀娑，但对其了解不深。下面，从蒙古国学者的研究和印欧学者的研究两个方面来探讨《云使》蒙古文译本的研究情况。

2. 蒙古国学者的《云使》研究

作为《云使》的译者，宾·仁钦先生就《云使》相关问题也提出了自己的观点。关于蒙古人开始接触和翻译《云使》的时间，先生指出"可以肯定地说蒙古文人从十四世纪开始已经通过藏译文阅读和欣赏迦梨陀娑的作品了"，"早期翻译《入菩萨行论》等作品的学者们，肯定也知道迦梨陀娑的作品，因此也不能否认《云使》曾有过更早的翻译"①。这里所说的"更早的翻译"是指比1749年蒙古文《丹珠尔》译本还要早的翻译。对这个问题，芬兰学者Kolari谈道："鉴于蒙古文《丹珠尔》之《云使》译本的一些特征，我们倾向于没有更早的其他翻译。当然，确切的答案还是要在今后详尽研究的基础上得出。"②那到底有没有过更早的蒙古文译本？对此，本研究的观点是否定的。具体原因将在后面的章节中详述。

蒙古国学者呈·达木丁苏伦先生虽然仅仅译了《云使》前6个诗节，但也受到了蒙古国国内外学者的关注。蒙古国学者、藏学家拉·呼尔勒巴特尔(L. Khulelbaatar, 1945—2010)先生在《呈·达木

① (蒙古)宾·仁钦译：《迦梨陀娑云使》序言，乌兰巴托，1963年。

② Veli Kolari, Notes on Two Mongolian Translations of the Meghadūta, *Studies in Indo-Asian Art and Culture*, volume 2, New Delhi, 1974, p.95.

丁苏伦的东方文学翻译》一文中，把该译文的第1个诗节与其藏文和蒙古文《丹珠尔》译本相对比之后，认为呈·达木丁苏伦的译文是"把带有印度神话色彩的词句转化成更为接近现实的、符合蒙古读者心理的典型例子"①。其实，呈·达木丁苏伦的译文自创性很强，以致脱离，甚至是违背了原文。因而视它为"更接近现实的、更符合蒙古人心理"是一种过誉的评价。

2010年，蒙古国乌兰巴托大学硕士生奥·普尔布苏和(O. Purevsukh)发表硕士论文《迦梨陀娑〈云使〉蒙古文译本的审美对照》(Галидаасын "Үүлэн зардас"-ын Монгол орчуулгын уран сайхны дүйх утга)，正文由两章内容构成，主要探讨了宾·仁钦《云使》译本的翻译特征。

2013年11月，在蒙古国首都乌兰巴托举行的纪念宾·仁钦先生的学术会上，蒙古国翻译家高·阿珂姆(G.Akim)宣读了论文《浅析宾·仁钦〈云使〉译本中的几个诗节》。此文主要比较宾·仁钦译本和《云使》另一部俄文译本，指出俄译本不足的同时进一步肯定了宾·仁钦译本的成就。文中还参考了《云使》英译本和其他蒙古文译本，并从韵律、词义、藻饰词的翻译和音节数等方面进行了比较和分析。最后指出，俄文翻译"虽然压尾韵，韵律上较符合俄文诗律，但意思上与其他译本相差甚远，甚至毫无相干"，与之相比，宾·仁钦的译本韵律整齐，词义贴切，准确表达了原文的意思，藻饰词的运用也更加显示出了原文的风貌，每个诗行的音节数相等或相近，读起来朗朗上口，节奏感强。

从以上分析可知，蒙古国学者们为数不多的《云使》研究主要集中在R译本和呈·达木丁苏伦先生的六个诗节的译文上，而并没有去挖掘和探讨蒙古文《丹珠尔》之《云使》译本的研究意义。

3. 印度和西方学者的研究

捷克学者P.普哈(Pavel Poucha)于1963年在斯洛伐克首都布

---

① Ж.Уганбаатар хэвлэлд бэлт гэсэн, *Номун Далай Цэндийн Дамдинсүрэн*, Улаанбаат ар, 2008. т ал 85.(〔蒙古〕乌干巴特尔编辑整理:《书海呈·达木丁苏伦》，乌兰巴托，2008年。)

拉迪斯拉法出版的捷克文《东方论文集》(*Orientalisticky Sborník*)中发表了论文《迦梨陀娑在蒙古》(Kálidása v Mongolsku)①。文中,P.普哈首先根据蒙古历史文献《蒙古秘史》探讨了蒙印关系,把成吉思汗的非凡诞生与佛祖生母摩耶夫人的梦联想在一起,又把蒙古高原上的克烈部首领王罕称作为"约翰长老"(Knězem Janem),由成吉思汗和王罕之间的矛盾想起了印度史诗《摩诃婆罗多》中的《薄伽梵歌》。这些是作者的学术遐想和推测,并没有严谨的论证。作者再从蒙古民间文学和翻译文学角度谈到"在古代蒙古文学中,印藏的痕迹随处可见"。在这个关系中,他引出了《云使》,并更为感兴趣的是"迦梨陀娑的作品,虽然是公认的杰出作品,但这部歌颂爱情、抒发情感的诗歌为什么被选入了藏、蒙宗教(佛教)典籍之中,甚至在蒙古文译本之前加上了佛教顶礼三宝之语'namo buddhāya'(南无佛)、'namo dharmāya'(南无法)、'namaḥ saṅghāya'(南无僧)"?对此,他给出了以下几点原因:其一,对山水的敬仰。《云使》通过雨云的行迹描写了印度北部大半部江山,雨云从罗摩山起经过众多山河才到达喜马拉雅山脉,并在凯拉什山和玛纳斯湖(凯拉什山和玛纳斯湖都在西藏境内,凯拉什山即为冈仁波齐山。——引者)中游玩和休整,最终才到达目的地阿罗迦城。所以,P.普哈认为诸多山水的描写和横穿喜马拉雅山的景象引起了藏族人的热爱,在原始藏族宗教中藏族人崇拜大自然,对山川河流怀有敬仰之心,在蒙古族萨满教中同样如此。这是《云使》被选入《丹珠尔》的原因之一。其二,在《丹珠尔》编辑工作中也有世俗的和宗教的印度学者参与,并由他们推荐入选作品。而印度评论家一向很重视题材宏伟(rozlehlosti thematu)、情感暴露而鼓舞人心的简短诗歌。《云使》正是感情丰富的小诗(抒情诗)。其三,《云使》中多处运用到了印度诗歌的修辞方式"庄严"(alaṃkāra)。据P.普哈统计,有33个诗节(占全诗四分之一以上)中运用了"庄严"修辞。在印度诗学中,"庄严"是使"诗"成为"诗"的一种修辞方式,即为诗歌的"美"和"灵魂"所

---

① Pavel Poucha, Kálidása v Mongolsku, *Orientalisticky Sborník*, Bratislava, 1963, s.151-155.

在,也是藏族和蒙古文人所推崇的诗学著作《诗镜》的重要内容之一,是诗人必修之课。所以,P.普哈从以上三个方面考虑了《云使》入选佛教经典《丹珠尔》的原因。在此基础上,本书将进一步探讨这个问题。

1965 年,P.普哈先生用英文发表一篇论文①讨论了呈·达木丁苏伦所译六节译文。此时,宾·仁钦的完整译本已出版,P.普哈可能不知道此事。他把呈·达木丁苏伦的译文当成《云使》的最新翻译而给予了较大的肯定,不仅把它翻译成英文,还与其梵文和藏文文本进行了比较。其中的相关问题,笔者曾发表论文讨论过②,兹不赘述。

芬兰学者 Veli Kolari 于 1974 年在《印—亚艺术文化研究》上发表一篇论文《关于〈云使〉的两篇蒙古文译本》③,在蒙古文《丹珠尔》之《云使》和藏文《丹珠尔》之《云使》之间,蒙古文《丹珠尔》之《云使》和宾·仁钦翻译的《云使》之间分别进行了比较。他首先提出,因为《云使》并不是宗教类或科学类文章,所以对它的蒙古文翻译并不能像《丹珠尔》其他文章一样从翻译《丹珠尔》之前已编著的藏蒙词典《智者之源》(merged γarqu-yin oron)中受益。《智者之源》是针对《丹珠尔》翻译而编著的藏蒙词典,为的是统一其中的名词术语和翻译风格。它共有八部,但其中没有单独谈论文学翻译的部分。《云使》的词汇和语法现象也是在佛教作品中少有的。Kolari 提出的这个问题将在本研究下面的章节中仔细讨论。接着,Kolari 教授基于德国藏学家赫尔曼·贝克的研究成果④,介绍了藏文《云使》的相关情况。赫尔曼·贝克博士认为藏文《丹珠尔》之《云使》的翻译年代可以追溯到 13 世纪。而 Kolari 教授则认为翻译时间应该更晚,可能是在 14 世纪后半叶完成的。目前,对藏文《丹珠尔》之《云使》

① Pavel Poucha, A Kālidāsa Text in New Mongolian, *Indo-Asian Studies*, vol.2 [Sata-pitaka Series, 37], New Delhi, 1965.

② 萨其仁贵:《跨语言传播中的〈云使〉》,《未名亚太论丛》(第七辑),中国社科文献出版社,2014 年 5 月。

③ Veli Kolari, Notes on Two Mongolian Translations of the Meghadūta, *Studies in Indo-Asian Art and Culture*, volume 2, New Delhi, 1974, pp.85 - 98.

④ 赫尔曼·贝克(Hermann Beckh),德国藏学家。1907 年,他以《云使》藏译本的德文翻译与研究获得了博士学位。

的翻译时间已确定为14世纪初。据Kolari教授介绍,赫尔曼·贝克对其"韵律"的研究是比较详尽的,藏译本的每个诗节由4个诗行,每个诗行基本上都由19(3×4+7)个音节构成。一般,在第10个音节后面有个停顿,这与梵语诗律是一样的。且在梵、藏诗行中,停顿后的格律是比较相似的。

Kolari先生还指出,藏译本的格律问题对其用词和词序都产生了影响,从而也影响了蒙古文译本。他对《云使》前两个诗节的梵文原文、藏文《丹珠尔》译文和蒙古文《丹珠尔》的译文之间进行对照,并得出结论认为"相对于梵文原文,藏译文是比较独立的,有自己的原创性特点。而蒙古译文则过于依赖和禁锢于藏译文,甚至是对藏文的音节对音节的翻译(element-for-element translation),从而失去了活力和自由"。由于韵律的需要,藏译本中重读音节和非重读音节要交替出现,由此有时要加原本不需要的小品词或助词,有时候会删去或省略一些词。这样会使文章的意义趋于模糊,从而也影响了蒙古文翻译。

对于宾·仁钦的翻译,Kolari同样把其前两节与蒙古文《丹珠尔》的翻译和梵文原文相对比,认为"宾·仁钦的翻译(R译本)是蒙古文《丹珠尔》之《云使》译本的诗体重组,并且他把《丹珠尔》中藏式表达(拘泥于藏文语序和结构的翻译)都归为符合蒙古语自身的表达。同时在内容上接近了梵文原文,在格律上也呈现了原文特征。它(指R译本——引者)将对研究《丹珠尔》版的《云使》有很大的价值,它活跃了旧的文学传统,通过它古代印度诗歌甚至今天还在影响着蒙古文学的发展。"①Kolari提出的《云使》古今蒙古文译本的传承关系问题具有积极意义,然而他在《云使》《丹珠尔》译本与R译本之间只对照了两个诗节而得出R译本只是"《丹珠尔》译本的诗体重组"(a poetical remodelling of the Tanjur text)这一结论并不恰当。那这两个译本之间的关系究竟如何?将在本书第四章详细讨论。

---

① Veli Kolari, Notes on Two Mongolian Translations of the Meghadūta, *Studies in Indo-Asian Art and Culture*, volume 2, New Delhi, 1974, p.97.

印度学者罗凯什·钱德拉(Lokesh Chandra)先生,与 Kolari 的论文同期,刊登了蒙古《丹珠尔》之《云使》的影印版,并撰写了一篇论文《蒙古〈云使〉》①。此影印版来自 1955 年 12 月印度学者罗怙·维拉(Raghu Vira,罗凯什·钱德拉之父,国际印度文化学院创始人,《百藏丛书·印—亚文献》主编)访问蒙古人民共和国(今蒙古国)期间总理策丹巴儿(Tsedenbal)送给他的蒙古文《丹珠尔》版《云使》的一组图片(photographs)。1957 年 5 月罗凯什·钱德拉在蒙古国见到"在额尔敦培勒的指导下完成《云使》另一部蒙古文翻译的译者 Ese-tabkhai",对他的学问表示赞赏。有关 R 译本,文中谈到,1958 年,三个蒙古国学生前往印度师从罗怙·维拉教授学习了印地语和梵语。其中宾·仁钦教授的学生 Badra(skt. Bhadra)在印度期间搜集了几本在印度出版的《云使》、北京出版的藏文《云使》(1954 年)和蒙古文《丹珠尔》之《云使》,并在这些版本之间进行对比之后翻译了《云使》前几个诗节。后来由宾·仁钦教授接着完成了全部译文。而上述这个翻译过程,未见在宾·仁钦先生的文章中提及,有待进一步核实。

针对 Kolari 所提到的"不能否认蒙古文《丹珠尔》之《云使》的译者们不仅只用藏文《丹珠尔》文本,而且还看了梵文原本,更有可能的是它的注释"②这一问题,钱德拉先生从历史背景的角度回顾了蒙古人接触和学习梵语的情况。在历史上,与蒙古人的梵语学习有紧密联系的是藏传佛教觉囊派高僧多罗那他(Tāranātha, 1575—1634 年)和五世达赖喇嘛阿旺罗桑嘉措(ngag dbang blo bzang rkya mtsho, 1617—1682 年)。多罗那他少时赴印度学习梵语,见识了很多学者并受他们影响很大。在印度班智达们的帮助下他完成了梵文语法书《妙音声明记论》(*Sārasvatavyākaraṇa*)的藏文翻译。多罗那他主持修建的平措林寺(Phun-tshong-glin)壁画具有明显的孟加拉画派的特征。后他应邀到蒙古地区居住时间长达 20 年,直到他圆寂。在

① Lokesh Chandra, The Mongolian Meghadūta, *Studies in Indo-Asian Art and Culture*, volume 2, New Delhi, 1974.

② Veli Kolari, Notes on Two Mongolian Translations of the Meghadūta, *Studies in Indo-Asian Art and Culture*, volume 2, New Delhi, 1974, p.95.

这期间他无疑把印度的影响波及到蒙古地区,并为喀尔喀蒙古哲布尊丹巴活佛转世系统奠定了基础。在他圆寂的第二年,喀尔喀蒙古土谢图汗衮布多尔济次子札纳巴咱尔被认定为多罗那他转世,即为哲布尊丹巴一世(1635—1723 年),成为了喀尔喀蒙古政教领袖。此时正值五世达赖喇嘛热衷于复兴梵语学习,重振译师辉煌的时期。1656 年五世达赖喇嘛写了著名的《诗镜》注释《诗镜释难妙音欢歌》(snyan ngag me long gi dka' grel dbyangs can dgyes pa'i glud byangs kyi mchan 'grel)。达赖喇嘛对梵语的学习中,极度重视印度人才的引进。这不仅使大量的印度学者来到了西藏,而且在蒙古地区也引起了很大的反响,来西藏朝拜达赖喇嘛的蒙古王公和平民每天络绎不绝。哲布尊丹巴一世也从达赖喇嘛和班禅喇嘛那里听取了详尽的佛法。印度民间故事和梵语知识也随之传播到蒙古地区,使得遥远的蒙古地区也保持了学习梵文的活跃性。因而,"如果印度学者们帮助蒙古翻译家解释《云使》中的疑难问题,那也不足为奇。且这种可能性从《云使》的跋文中得到进一步强化,因为那里明确指出《云使》的译者是哲布尊丹巴呼图克图的弟子"①。以上钱德拉先生提出的观点或推测比较有道理,但在实证研究中还没有找到有力的证据来证明"印度学者帮助蒙古翻译家解释《云使》疑难问题"。

钱德拉先生还提到了针对蒙古文《丹珠尔》翻译而编制的藏蒙词典《智者之源》对蒙古文《丹珠尔》古典语言形成(the formation of a classical language for the Tanjur)起到的重要作用以及该词典的主要负责人章嘉呼图克图若比多吉与当时在京的印度学者相互交流的问题。最后他总结,17、18 世纪是藏传佛教界梵语学习复兴(renaissance of Sanskrit studies),学术活动和学术交流较为活跃的时期。在北京和其他地区的蒙古学中心也开展各种活动促进了彼此的交流,《甘珠尔》《丹珠尔》的蒙古文翻译正是把这种活动推到了巅峰。注重梵文原文和向梵语学者请教,似乎是这一跨文化交流时代的精神。那么,《云使》蒙古文译本有没有受到这个环境的影响,值得深究。

---

① Lokesh Chandra, The Mongolian Meghadūta, *Studies in Indo-Asian Art and Culture*, volume 2, New Delhi, 1974, p.99c.

关于《云使》蒙古文译本的前人研究，大致如此。其中，蒙古国学者们的关注点更倾向于宾·仁钦的译本和呈·达木丁苏伦的六节译文。而西方和印度学者，把《云使》的蒙古文译本放置在印、藏、蒙古文学关系平台上去观察。他们所提出的问题对《云使》蒙古文译本研究都比较重要，本书将进一步细究。

在国内蒙古学界，对《云使》蒙古文译本研究除了介绍性的文字之外，并没有更多研究。在 1981 年北京出版的 R 译本回鹘体蒙古文转写版的“内容简介”是编者根据金克木先生所译汉文《云使》的“前言”而编写的。金克木先生写道“其中的（指《云使》）一些名句和《沙恭达罗》第四幕中的送别诗句同为印度人所传诵，被认为迦梨陀娑的最杰出的诗行”，而在蒙古文“内容简介”中成了“其中的训谕词至今仍被印度人所传诵，可见诗中的词句到了何等优美程度”。（tegün-ü doturaki surγal üges-i enedkegčüd odo kürtel-e aman ungsilγ-a bolγaγsaγar bayiγ-a-yi üǰebel, silüg-ün üges kiri ǰerge γoyida sayiqan bayiqu-yi medeǰü bolqu yum①.）在印藏蒙文学关系中，“训谕诗”是给人印象最深刻的一部分。受印藏文学影响，蒙古高僧们写的训谕诗数量众多，语句优美，比喻形象生动，达到了很高的艺术水平。可是，《云使》中并没有所谓的“训谕词”，此处编者显然是被蒙古文学史上的训谕诗印象所影响，另一方面也表明了对《云使》内容和思想的不熟悉。

可知，《云使》蒙古文译本研究，尤其是国内对《云使》蒙古文译本研究相当滞后。而《云使》蒙古文译本的翻译时间早、译本多，系统研究《云使》蒙古文译本，对蒙印文学关系以及蒙古比较文学、翻译文学研究均有重要意义。

四、研究思路与文章结构

本研究由绪论、正文（共四章）、结论、附录四个部分构成。

---

① 《云使》（〔蒙古〕宾·仁钦译）回鹘体蒙古文转写本，编者言，民族出版社，1981 年，第 1 页。

绪论部分，正如前面所述首先介绍《云使》以及《云使》蒙古文译本，让读者对本书研究对象有一具体的了解。其次用文献综述法，依次讨论《云使》英、汉和蒙古三种语言的前人研究与翻译概况，并在此过程中分析和总结问题，提出本书研究意义和目的。

第一章，《云使》蒙古文译本产生的历史背景与版本源流。任何一部作品的产生都与其时代有着一定的联系，更何况《云使》蒙古文译本可以说是时代的产物。同样，其藏文底本，作为《云使》第一部外文译本它的诞生也与当时的时代背景和文化环境紧密相连。尤其是藏译本被大藏经的收录，为蒙古文《丹珠尔》之《云使》的产生提供了必要条件。因此，本章首先从当时的藏印文学关系着手讨论《云使》入选藏文大藏经《丹珠尔》的原因。其次，从蒙古文佛经翻译传统角度，论述《云使》最初被译成蒙古文的历史文化背景。除此之外，版本问题也是文献研究中必不可少的一项。本章在勾勒出《云使》各蒙古文译本版本源流关系图的基础上，主要分析《丹珠尔》之《云使》版本特征以及它与《云使》精校本之间的关系。

第二章，《云使》蒙古文译本与藏、梵文文本对照分析。本章从文本内部入手，运用语文学分析法在《云使》蒙古文译本与其藏文底本和梵文原本之间进行字对字详细对照，并由词汇、句子、篇章三个层面讨论古典梵语名诗《云使》从梵文到藏文、再从藏文到蒙古文的翻译过程中所发生的具体变化以及翻译得失。

第三章，蒙古文《丹珠尔》之《云使》译本“非文学化”问题探讨。通过第二章的分析我们会清晰地看到蒙古文《丹珠尔》之《云使》译本虽然在词汇翻译层面有所成就，但作为一部古典诗歌的翻译它大大降低了原文的文学性。这不仅有其深层的原因同时也反映了蒙藏印文学关系中的相关情况。本章，从《云使》蒙古文译本与蒙古文集体佛经翻译、《云使》文本本身的特色和难度（此处与《诗镜》相比较）以及《云使》蒙古文译本产生时期“以藏文主导”的语言环境等三个方面讨论和分析《云使》蒙古文译本文学性下降的内因和外延。

第四章，20 世纪《云使》蒙古文译本。以上三章所讨论的是蒙古文《丹珠尔》之《云使》译本，即《云使》古代蒙古文译本，也是本书研究重点所在。20 世纪《云使》三个蒙古文全译本和一个六诗节的译文,可谓是《云使》蒙古文译本在现代文学环境中延续和发展。本章,运用文本横向比较与纵向比较法讨论20世纪《云使》蒙古文译本各自的特征、翻译得失,与蒙古文《丹珠尔》译本之间的关系,以及在蒙古现代文学中的影响等问题。

结论部分,结合全书《云使》蒙古文译本分析,对蒙藏印文学关系中"转译"问题和"逐字译"问题提出自己的看法。

附录一,蒙古文《丹珠尔》之《云使》译本拉丁转写与校对。采用蒙古文学术界通用的拉丁转写字母和转写规则,并对文本中来自梵文的词汇全部给出其梵文的拉丁转写形式。包括译者名字(译者的名字是藏文名)的藏文名字,都按照其藏文进行转写。

附录二,藏文《丹珠尔》之《云使》译本拉丁转写。根据周季文编著《藏文拼音教材》(修订本,民族出版社,2010年4月)附录六(第119—120页)的藏文与拉丁转写符号对照表进行转写。

附录三,梵文《云使》天城体、拉丁转写、汉译文以及语法解析。包括梵文《云使》每个诗节的天城体、拉丁转写、汉文散文体翻译(有时直接引用金克木先生的诗体译文),以及原文语法解析。语法解析参照黄宝生《梵语文学读本》(中国社会科学出版社,2010年8月)中的体例,写出每个词的语法形式和词义。

附录四,蒙古文《丹珠尔》之《云使》译本影印版(2014年由内蒙古人民出版社出版的影印版蒙古文《丹珠尔》第205卷,第665—688页)。

五、个别概念的界定与说明

1. 诗节、音步

"诗节"亦叫"颂",梵文为"gāthā"(伽陀、偈),指文艺作品的"一节、一段、一幕"。在现代蒙古语中"诗节"叫作"badaγ",来自梵文的"pādaka",而"pādaka"意为"音步",指"一个诗节的四分之一",而不是一个"诗节"。蒙古语中"badaγ"一词最早在14世纪初在搠思吉斡节儿的作品中出现,当时的用法是指"诗行",与梵文"pādaka"的意思相符。而1935年,自蒙古国学者S.宝音尼木赫先生把“badaγ”的概念误解释为“诗节”开始，蒙古语中“badaγ”为“诗节”的概念固定和沿用了下来。[1]《云使》原文诸版本的诗节总数不尽相同，《丹珠尔》之《云使》共有 117 个诗节。本书依照前人的范例，在表格中以“stanza”（梵文 gāthā 的英文表述）的缩略形式“st.”表示“诗节”。

2. “藻饰词”及其“照译”与“简译”

“藻饰词”（metonymic epithets），藏文称“mngon brjod”，是指根据人（包括神）或事物的某种特征，通过借代、比喻、用典等手法来表达其概念的，具有形象化特征的文学语言。藻饰词与其所指对象一般为多对一，即某个人（神）或物可有多种藻饰词，比如月亮的藻饰词有“有兔的”“清凉的”“夜的主人”等多种，有的神甚至有几百上千个藻饰词。藻饰词偶尔也会有一对多的现象，即同一个藻饰词指不同的人或物。比如“身上斑斓的”（sāraṅga）可指身上有斑点或条纹的多种动植物。在梵语中，藻饰词的运用直接与梵语诗歌的韵律有关。根据韵律需要梵语诗人可以选用不同的藻饰词。

藻饰词的翻译有两种：一为“照译”，即按照藻饰词的字面意思进行翻译；二为“简译”，直接译出藻饰词的所指。比如“jaladhara”（持水的）是“云”的藻饰词，如果按照它的字面意思把它翻译成“持水的”，那么这种翻译叫作“照译”；如果直接把它翻译成“云”，那么叫“简译”。“照译”和“简译”两个词来自金克木先生的说法，金克木先生曾在他的《云使》译本前言中交代自己的译本中对原文藻饰词并没有处处照译，而是简化了。由此，本书采用“照译”和“简译”两个术语来分别表示藻饰词的两种不同翻译方式。蒙古文《丹珠尔》之《云使》译本中对藏文藻饰词一律“照译”。这与蒙古文《丹珠尔》翻译总纲领《智者之源》所规定的藻饰词要“按原样翻译”原则相吻合。

3. “直接翻译”“转译”（间接翻译）

“直接翻译”是与“转译”相对立的概念，指没有通过中间语（媒介语）译本而直接从源语文本翻译成目标语文本的翻译。“转译”，

---

① 苏尤格著：《蒙古诗歌学》（蒙古文），内蒙古大学出版社，2000 年，第 23 页。

或叫“间接翻译”，则指“以一种媒介语的译本为原本，将之译成另一种语言”①。古今中外，转译现象较为普遍，也是文化传播的重要途径之一。本书所讨论的《云使》四个蒙古文译本均为转译本。因此，结合全书分析本书结论部分总结蒙印文学关系中《云使》转译问题。

4. “逐字译”

在中国翻译历史上，“逐字译”起初被称为“直译”。可“直译”容易与“直接翻译”相混淆，有时也与“意译”相对立起来。故本书一律采用“逐字译”概念，而不使用“直译”说法（除引用文之外）。“逐字译”是指对所译内容的“字对字翻译”，即不顾译入语的语序和语法特征，只对底本的字句和语法结构进行机械地字对字翻译。在蒙古文佛经翻译史上，“逐字译”现象较普遍。学者们称之为“үгчлэн буулгах хатуу зарчим”（逐字译硬原则），这里所谓“硬”意在指译文的“生硬”。蒙古文《丹珠尔》之《云使》译本是逐字译的典型例子。

5. “名从其主”原则

“名从其主”翻译原则，又叫“名从主人”（named after the original sounds）。根据《中国译学大辞典》，“名从主人”为“外国专有名词汉语音译的原则之一，即翻译地名、人名必须遵照原来的读音”。而本书所用“名从其主”概念，主要强调的是在转译环境中，名词术语的翻译仍然按照源语文本的读音，而非是中介语文本读音的翻译原则。具体而言，是指从藏文转译的蒙古文佛教文献中，对名词术语的翻译约定俗成采用其梵文名称而非用藏文名称的翻译原则。

6.《云使》蒙古文译本

本书研究对象，包括《云使》古今四个蒙古文译本。但其中主要以蒙古文《丹珠尔》之《云使》为重点，因此书中有时所言“《云使》蒙古文译本”是指蒙古文《丹珠尔》之《云使》译本。

---

① 方梦之主编：《中国译学大辞典》，上海外语教育出版社，2011 年，第 133 页。

第一章　《云使》蒙古文译本产生的历史背景与版本源流

《云使》蒙古文译本，是在藏文大藏经的蒙古文翻译活动中产生的。因而，《云使》与蒙古文学的结缘要从《云使》入选藏文大藏经《丹珠尔》说起。

第一节　《云使》入选藏文大藏经《丹珠尔》的原因

与汉文大藏经相比，藏文大藏经的内容更为广泛。在“声明学”方面，藏文大藏经收录了不少古代印度语言、文学方面的理论著作，其中最为著名的是13世纪被译成藏文的《诗镜》(*Kāvyādarśa*)。而有关《诗镜》的作者檀丁(Daṇḍin, 7世纪)，五世达赖喇嘛在其《诗镜释难妙音欢歌》中把他描绘成了僧人的模样。即五世达赖喇嘛有意把檀丁当作是内教(佛教)之人，而实际上他是婆罗门。这表明佛教高僧虽然不愿意承认檀丁是外教之人，但有必要学习他的理论，用他的理论来发扬光大佛教。由此可知，《云使》作为“非内教”作品而入选佛教典籍大藏经中，被当作藏文经典著作而传世，并非是偶然或巧合之事，而定有其必然的原因。

综观《丹珠尔》的语言文学类文章，可分为理论著作类和文学创作类两大类。文学创作类作品主要有以下几种体裁：

a. 本生类故事：讲述佛等前生事迹的故事。往往把印度民间故事题材编入其中，为宣扬佛教思想服务。

b. 传记性叙事诗：是以诗的形式描写的释迦牟尼佛的一生事迹和本生故事。比如，马鸣的《佛所行赞》、格卫旺布的《菩萨本生如意藤》等。

c. 格言诗：也叫哲理诗，是教导人们如何立身处世和行善修法的。《丹珠尔》中收入了龙树等人的不少格言诗。

d. 赞颂诗：《丹珠尔》中赞颂诗的数量众多，主要是赞颂佛陀以及大黑天、大黑女神等众护法神和众度母。

e. 戏剧：《丹珠尔》中有《龙喜记》《世喜记》两部剧本。而它们的主题都是宣扬布施功德，具有较浓的佛教思想。

与上述各类文章不同，《云使》是既没有佛教色彩也没有训诫意义的纯文学作品。《云使》所在的《丹珠尔》"声明"部主要以语言学理论著作为主，包括修辞、韵律和诗学方面的理论著作，比如著名的梵语语法家波你尼（Pāṇini，前 4 世纪）所著《波你尼语法》（或《八章书》，aṣṭādhyāyī）和檀丁的《诗镜》。而《云使》是声明部中唯一一部非理论著作的文学创作。如果说《诗镜》以其精湛的理论思想赢得了藏族佛教文化界的高度重视，那么《云使》赢得佛经翻译者青睐的原因又是什么？捷克学者 P.普哈在 1965 年发表的论文中提出这个问题并从三个方面考虑了原因：一为对山水的崇拜；二为《云使》是印度评论家喜欢的类型；三为《云使》中"庄严"修辞方式用得较多（详情见本书绪论"研究概况"中）。本书在此基础上进一步讨论其中的原因，并认为这主要与《云使》所达到的艺术成就有关。

一、《云使》与梵语诗学

古代印度诗学理论著作《诗镜》于 13 世纪被翻译成藏文之后受到藏族文人的广泛推崇，逐渐发展成为藏族的诗学理论。《云使》虽非理论著作，但其中多处体现诗学理论的成就。迦梨陀娑的诗歌在 14 世纪之前的梵文诗学理论著作中多次被当作典范来讨论。9 世纪的诗学理论家欢增（Ānandavardhana）在其著作《韵光》（*Dhvanyāloka*）第二、三章都不止一次引用迦梨陀娑《云使》的例句。比如，在其第二章中谈到"庄严"和"味"的关系时他如是说："庄严是主者（味）的魅力因素，如同外表的装饰美化人体。"那么如何恰当地使用庄严呢？欢增解释道："始终记住庄严是为辅者，而不是为主者。必要时使用它，必要时放弃它。不要过分热衷于它。努力保持警惕，让它处于辅助地位。这样，隐喻等等庄严才能成为辅助成分。”①接着他引用了《云使》的一个诗节：

我在藤蔓里看出你的腰身，在惊鹿的眼中
看出你的秋波，在明月中我见到你的面容，
孔雀翎中见你长发，河水涟漪中你秀眉挑动，
唉，好娇嗔的人呀！还是找不出一处和你相同。（金译本，104 节）

并指出“诗人只有这样运用庄严，才能成功地传达味”。可见，《云使》的例句成了准确表达梵语诗学理论中“庄严”和“味”之关系的典范。

10 世纪的印度诗学家恭多迦（Kuntaka）在其诗学理论著作《曲语生命论》（*Vakroktijīvita*）中也较为详尽地分析了迦梨陀娑的《云使》。比如，他对《云使》下面这一诗节做了如此分析：

夫人呀！请你认识我，我是云，你丈夫的好友，
心里怀着他的音信，来到了你的身边；
我会用低沉的悦耳的声音催促无数行人，
他们旅途疲倦，急于去解开妻子的发辫。（金译本，第 99 节）

在这首诗中，首先打个招呼“夫人啊！”引起信任感。然后介绍自己：“请认识我，我是你丈夫的好友。”“好友”是值得信任的朋友。这样安慰她之后，进入主题，说明自己为了传达他的信息，来到你的身边。“心中怀着”表示认真负责。那么，为何不派遣其他聪明能干者执行这个使命？于是，他说明这是自己的特长。“我是云（“携带雨水者”）”表明自己擅长携带东西。他催促无数行人。什么样的行人？尽管疲倦，还能加快速度。“无数”说明他不断努力做这样的好事。怎样做？用他低沉的悦耳的声音。悦耳是声音表明优秀使者的说话方式。在哪里？在旅途。这表明他对偶然遇见的行人都会做这样的好事，对亲爱的朋友怎么会不倍加关心？什么样的行人？急于去解开妻子的发辫。“妻子”一词表明他们

① 黄宝生译：《梵语诗学论著汇编》（上），昆仑出版社，2008 年，第 255—259 页。

不能忍受与妻子分离。急于去解开妻子的发辫,表明他们思恋妻子。这首诗的含义是:“我坚守誓愿,永远怀着友善,促成有情人团圆幸福,因为他们真心相爱,却被命运拆开。”诗人在这里展现的这种优美的意义确实是这部名为《云使》的作品的生命,令知音喜悦至极①。可知,梵语诗学理论家对迦梨陀娑《云使》如此重视且分析透彻细腻。

除此之外,11 世纪的印度诗学家蛮摩吒(Mammaṭa)的《诗光》(*Kāvyaprakāśa*)和 14 世纪毗首那特(Viśvanātha)的《文镜》(*Sāhityadarpaṇa*)也都引用迦梨陀娑的《云使》作为诗学理论的典范例子。在此不一一例举。

这些印度文学理论著作与 7 世纪的《诗镜》一脉相承,是在后者的基础上发展成熟的。因而,在《诗镜》中虽然没有直接来自《云使》的例句,但《云使》的成就与《诗镜》的理论方法是相吻合的。比如,《云使》着重描写在雨季被分隔在两地的情侣之相思之苦。在《诗镜》35 个“义庄严”的第 6 个庄严是“略去庄严”,“略去庄严”之一为“结果略去”,其例句为:

爱人远在他乡,雨季已经来临,
尼朱罗花盛开,我却还没有死去。

这里死亡的原因是雨季的到来,但缺乏作为结果的死亡。所以叫“结果略去”②。由此可知,在印度文化中,对于相隔在两地的情侣,“雨季”是多么重要的季节。“雨季”是他们相聚的代名词。如果在雨季还不能相聚,那如同死亡般难受。这一例句与《云使》有着某种内在联系。《云使》诞生的时间早于《诗镜》约两个世纪。《诗镜》的例句多为作者自己创作以适应其理论,而其中的思想和某些理论总结带有明显的《云使》痕迹。《诗镜》35 个“义庄严”的第 7 个为“补证庄严”,“补证庄严”的第 2 个是“特殊补证”,其例句为:

---

① 黄宝生译:《梵语诗学论著汇编》(上),第 514 页。
② 同上,第 176 页。

释放雨水的乌云降临，解除人的炎热，
伟人诞生岂不是为了解救众生苦难？①

这一句不得不让人想起《云使》中的“云啊，你是焦灼者的救星”，“你以千万条水柱彻底消灭林中大火，高贵者的成就在于解除受难者的痛苦”等诗句。《云使》作为古典梵语抒情诗的典范，为古典梵语诗学理论著作提供理论依据和实践来源是显而易见的。

二、《云使》与《诗镜》在藏族文学

《云使》和《诗镜》同时被录入藏文大藏经《丹珠尔》的声明(śabdavidyā)部。“声明”也叫“声律学”，是研究梵语语言学的一个体系或一门学科。“声明”作为佛教“五明”②之一，是佛学高僧的必修之课。比如，我国唐代高僧玄奘在声明学领域的成就是引人瞩目的③。在北京版藏文《丹珠尔》声明部共收录了28篇文章，包括第116和117两卷。第116卷《旃多罗巴》的20篇文章主要以梵语语法和语言学研究为主，具体包括以下文章④：

1. candra-vyākaraṇa-sūtra《旃多罗巴文法论经》；
2. viṁśaty-upasarga-vṛtti《接头辞二十注》；
3. varṇa-sūtra《声音经》(字经)；
4. varṇasūtra-vṛtti《声音经注》(字经注)；
5. adhikāra-saṁgraha《摄章段》；
6. vibhakti-kārikā《格颂》；
7. tiṅ-anta《底彦多声》(人称格尾)；
8. sambandhodeśa《相属略说》；

---

① 黄宝生译：《梵语诗学论著汇编》(上)，第180页。

② 佛学“五明”包括内明(佛学)、因明(逻辑学)、声明(语言学)、工巧明(工艺学)、医方明(医学)。

③ 参见周广荣：《谈谈玄奘对梵语声明学的译介与弘扬》，《世界宗教文化》2014年第5期。

④ 下列28篇文章的篇名采用了《蒙古文〈甘珠尔〉〈丹珠尔〉目录》中的汉译名，有个别处在括弧里给出了其他的译法，以供对比和参考。

9. kalāpa-sūtra《迦罗波经》;

10. kalāpa-sūtra-vṛtti《迦罗波经注》;

11. kalāpa-laghu-vṛttau-śiṣya-hitā《迦罗波小注中弟子利益》;

12. sy-ādy-anta-prakriyā《止等终作法》;

13. sarvabhāṣā-pravartana-vyākaraṇa-śāstra《一切言语转用声论》;

14. sarvabhāṣā-pravartana-vyākarana-śāstra-vṛtti《一切言语转用声论注》;

15. prayoga-mukha-vṛtti《适用门注》;

16. piṇḍa-nivartana-nirdeṣa-kārikā《摄转集说示颂》;

17. piṇḍa-nivartana-nirdeṣa-vārttika《摄转集说示释》;

18. vacana-mukhāyudhopama《言语门武器喻》;

19. vacana-mukhāyudhopama-vṛtti《言语门武器喻注》;

20. upasarga-lakṣaṇa-bhāṣya《接头辞相释》。

第 117 卷《辞藻》的 8 篇文章:

1. amara-koṣa《无死藏》(长寿字库);

2. amarakoṣa-ṭīkā-kāma-dhenu《无死藏广注如意牛》;

3. kāvyaādarśa《诗镜》;

4. chandoratnākara《韵律宝生》;

5. chandoratnākara《韵律宝生》;

6. vṛtta-mālā-stotra《韵律鬘赞》;

7. ty-ādy-antasya-prakriyā-vicārita《底等终作法审查》;

8. meghadūta《云使》。

除了《云使》,其余文章包括了梵语语法知识、诗学、修辞学、韵律学的内容。其中《诗镜》是对藏族文学最具深刻影响的诗学理论。《诗镜》于 7 世纪后半叶诞生于古印度,13 世纪末传入到藏区后,引起了藏族宗教文化界极大重视,对藏族文学艺术产生了巨大影响。

从世界范围看,《云使》最早被译成印度国外语言的是我国的藏译本。而此时,即 13 世纪后期至 14 世纪前期是藏文学史上的一个分水岭。1277 年,在八思巴的大力支持与赞助下,由雄敦·多杰坚赞(shong rdo rje rgyal mtshan)与印度诗学大师室利·罗克什弥伽罗

(śrīlakṣmīkara)合作完成了印度诗歌理论经典《诗镜》的全部翻译,经过一段时间的讲授与推行之后,对藏族上层文人、僧徒产生了极为深广的影响。从此,藏族译师的翻译视野由原来的翻译佛教经典逐渐转变为印度文学经典的翻译。迦梨陀娑的《云使》是在这样的一个背景下翻译成藏文的。在《诗镜》的诸多藏文注释本中,均提到了迦梨陀娑这个伟大诗人的名字,认为他是古印度三大著名的诗人之一,称其为"善于造出美妙比喻的诗人"①。

《诗镜》被译成藏文以后"经过藏族先辈学者们的翻译、注释、研究、应用和充实,它已经完全和藏族的文化相融合,事实上已经成为具有浓厚藏族色彩的指导本民族文学创作的有力工具"②。那么,在文学创作领域与《诗镜》相对应、影响藏族文学最深刻的莫过于印度史诗《罗摩衍那》和古典梵语抒情诗《云使》。目前所知《罗摩衍那》最早的藏译本是1900年在敦煌石窟发现的古藏文《罗摩衍那》译本,共有五部文卷。学者认为此译本是吐蕃时期的文献,但并非同一时间同一人所译,而是多人先后翻译,而且是采取了改译形式。比如"在印度,许多《罗摩衍那》的传本中,罗摩是印度教大神毗湿奴的化身。但在敦煌译本中没有毗湿奴,罗摩一生的命运都是因'业缘'所致,'业缘'是佛教的基本思想之一"③。可知,在藏族文学史上《罗摩衍那》虽为研习《诗镜》修辞理论的范例,但罗摩的故事已经本土化,印度史诗《罗摩衍那》以编译形式在藏人中流传。相比之下,到目前为止《云使》的藏译本只有一种,而且是直接从梵文本用韵文形式翻译的,现在仍为藏族文人学习《诗镜》理论的典范。可以说,在藏族文学中《云使》译本是最能代表印度文学而且与诗学理论《诗镜》相对应的文学著作。"《云使》的藏文版一直以来是藏族练习诗学的重要参考文献,尤其是近代学校教育开始以来,《云使》成为各年级学生(指相关专业的大学生——引者)教材的重要内容,备

---

① 拉先加:《简论迦梨陀娑的藏译作品及其对藏族文学的影响》,载《中国藏学》2011年第S2期。

② 赵康:《〈诗镜〉与西藏诗学研究》,《民族文学研究》1989年第1期。

③ 仁欠卓玛:《探析印度史诗〈罗摩衍那〉在藏族传统文学中的价值》,《西藏艺术研究》2015年第2期。

受关注。”[1]因而,《云使》入选佛教典籍《丹珠尔》的原因与《诗镜》有着直接的关系。《云使》藏译本也受到了《诗镜》的影响。比如,在《丹珠尔》之《云使》第109节:

表1-1

St.	109	意 思
藏	lho nas zhugs pa'i dri bzhon	从南方吹来的风
蒙	ünüd kölgelegči-nügüd emün-e-eče oroγsan-i..	
梵	… dakṣiṇena …	向南吹的风

在此节:原文中,药叉拥抱从北方喜马拉雅山向南吹来的风,因为这风可能接触过他爱人的身体。而在藏文译本中,药叉要抱“从南方吹来的风”,因为这风到了喜马拉雅山可能会接触到他爱人的身体。在藏译本中,风的方向变了,从而“风”与“接触身体”的前后顺序也发生了变化。原文中,风从北向南吹,先接触药叉爱人的身体再吹到药叉那里,所以药叉才会去拥抱它;而在藏文译本中,风是从南吹向北,药叉先拥抱风,再让它去接触爱妻的身体。那么,这里“北风”变成了“南风”可能是受到《诗镜》影响的结果。在《诗镜》35个义庄严的第7个“补证庄严”中有一种叫“双关补证”。比如:

南方吹来的风给世间带来快乐,
确实,人人喜爱亲切和善的人。[2]

这个例句中,“南方吹来的风”(dakṣi)在梵语中是双关语,亦指“亲切和善的人”,即“南方吹来的风”又表示“亲切和善”。《云使》的藏译者可能受此观念的影响,把《云使》的“向南吹的风”译成了藏文的“南方吹来的风”。从而藏、蒙译本中的意思由原文的“我拥抱从喜马拉雅山向南吹的风,因为它接触过你的身体”变成

① 拉先加:《简论迦梨陀娑的藏译作品及其对藏族文学的影响》,《中国藏学》2011年第S2期。
② 黄宝生译:《梵语诗学论著汇编》(上),第181页。

了“我拥抱从南方吹到喜马拉雅山的风，因为它将会接触你的身体”。

《诗镜》是藏族诗学理论的基础，传入之初受到藏族高僧们的大力推崇，而《云使》因其高超的艺术技巧在印度诗学理论界享有崇高的地位，从而被当作《诗镜》理论的典型范例收录到《丹珠尔》声明部，为后人所研习至今。

第二节 《云使》蒙古文译本与蒙古文佛经翻译传统

《云使》蒙古文译本是藏传佛教盛兴于蒙古地区的18世纪产生的。此时，蒙古文佛经翻译从蒙元时期的萌芽阶段，经过北元时期的成熟阶段，已经进入了清朝时期的鼎盛阶段。北京木刻版蒙古文大藏经《甘珠尔》(1720年)与《丹珠尔》(1749年)的问世是蒙古文佛经翻译鼎盛时期的标志。

一、藏传佛教与蒙古文佛经翻译传统

1239年，窝阔台汗次子阔端(1206—1251年)以和平方式统一西藏。从此，以藏传佛教为纽带的蒙、印文化关系开始建立。通过藏传佛教蒙古人接触佛教文化和印度文化。以忽必烈汗为代表的元朝统治者们大力支持佛教和佛经翻译。藏文大藏经的蓝本纳塘寺《甘珠尔》和《丹珠尔》的写本就是在这个时期完成的。朝廷中，各语种的翻译工作也活跃了起来。

从梵、藏文译成蒙古文的文献中，首先有萨迦班智达·贡噶坚赞(sa skya paṇḍita kun dga' rgyal mtshan, 1182—1251年)的《萨迦格言》(sa skya legs bshad)和国师八思巴('phags pa, 1235—1280年)的《彰所知论》(shes bya rab tu gsal ba zhes by aba bzhugs so)。萨迦班智达·贡噶坚赞的名著《萨迦格言》，最初在13—14世纪被翻译成蒙古文，译者为苏努玛卡拉(Sunumkara)。八思巴的《彰所知论》于1278年在萨迦寺完成，其蒙古文译本今收藏于圣彼得堡国立大学

图书馆，名为"Medegdegün-i belgetey-e geyigülügči ner-e-tü sasdir"①。其次是搠思吉斡节儿（chos kyi 'od zer）和希饶僧格（Shes-rab seng-ge）等人的佛经翻译。生活在14世纪初的搠思吉斡节儿对回鹘体蒙古文的语法规范、蒙古文佛经翻译及佛教文学具有突出贡献。他流传至今的蒙古文佛经翻译作品主要有：印度佛教学者寂天（Śāntideva，约650—750年）所著《入菩萨行论》（skt.：Bodhicaryāvatāra；Mon.：Budisadu-a nar-un yabudal-dur oruqui ner-e-tü šasdir）的蒙古文译本②（后被收录到蒙古文《丹珠尔》契经解之"中观部"）和从藏族大译师仁钦桑布（rin chen bzang po，958—1055年）的藏译本转译的《圣妙吉祥真实名经》（Qutuγ-tu manjusri-yin nere-yi ünen-iyer ügülemü），今此译本只有在内蒙古社会科学院图书馆馆藏有一份③。搠思吉斡节儿用蒙古文撰写的韵文体《入菩萨行论注》和《摩诃迦梨颂》④都是蒙古佛教文学史上的珍贵文献，他还用藏文撰写了《佛十二行赞》（burqan-u arban qoyar ǰokiyangγui），后被希饶僧格翻译成了蒙古文。希饶僧格是元朝翻译佛经的另一位著名译师。他除了翻译搠思吉斡节儿的《佛十二行赞》之外，还翻译了《圣五护大乘经》

① 《彰所知论》蒙古文译本的原本没有流传下来。所指圣彼得堡馆藏本大概是1720—1730年间的抄本。但根据其句型结构、语言修辞和词法特征以及保持回鹘文书写形式和回鹘式佛教名词术语多次出现等特征，学者们认为"该抄本为《彰所知论》的元代蒙古文译本无疑"。见胡日查、乔吉、乌云著：《藏传佛教在蒙古地区的传播研究》，2012年，第25页。

② 关于搠思吉斡节儿翻译的《入菩萨行论》到底是从藏文还是从梵文翻译，迄今说法不一。有人说它是从梵文翻译，主要依据是此译本跋文中的一句话"从印度语……翻译"。可是，蒙古国学者呈·达木丁苏伦曾在其《蒙古文学概论》Ⅰ（Ц. Дамдинсүрэн. Монгол Уран Зохиолын Тойм Ⅰ. Улаанбаатар. 1957. 105.）中指出《入菩萨行论》的蒙古文译本与其藏文译本可以词对词对应。那么，究竟是从梵语还是从藏文翻译？确切的结论有待在梵、藏、蒙古文文本对照分析基础上得出。

③ 《中国蒙古文古籍总目》编委会编：《中国蒙古文古籍总目》（上），北京图书馆出版社，1999年，第3页。

④ 1902年德国探险队在新疆吐鲁番挖掘出土的文献中发现了搠恩吉斡节儿所著诗文残片共68行。迄今为止，国内学界称它为《摩诃迦罗颂》（Mahākāla-yin maγtaγal），但从其内容看，它实际上是《摩诃迦梨颂》（Mahākālī-yin maγtaγal），即为《班丹拉姆颂》。

(Qutuγtu pañcarakṣā kemekü tabun sakiyan nereü yeke kölgen sudur)和《金光明最胜王经》(Qutuγtu degedü altan gerel-tü neretü sudur nuγud-un qaγan neretü yeke kölgen sudur),简称《金光明经》(Altan-gerel)。这两部佛教经典在蒙古地区广为流传,元代希饶僧格之后又有其他译本。它们都被收录到了蒙古文《甘珠尔》之中。

据学者统计,蒙元时期的蒙古文《甘珠尔》单行本有《金光明经》《五护神陀罗尼经》《圣曼珠室利真实名义经》《佛所行赞》《佛母般若波罗蜜多心经》《佛陀三十四世诞化世传》(《菩萨本生论》)等近二十篇①。

到了16世纪,蒙古土默特阿勒坦汗(俺达汗,1507—1582年)末年,随着元朝北退而曾经一度淡化出蒙古人生活的藏传佛教再度传入蒙古,并全面盛兴开来。蒙古文佛经翻译活动更加受到重视,先后有了两次藏文《甘珠尔》的蒙译活动。在阿勒坦汗及其继承者们的大力支持下,17世纪初首次藏文大藏经《甘珠尔》的蒙译工程顺利完成,即1602—1607年间,著名佛教活动家锡埒图固什·绰尔济(siregetü güüsi Čorǰi)和阿尤什·固什(Ayusi güüsi)带领众译师,把108函藏文《甘珠尔》全部译成了蒙古文。其后,在林丹汗(1592—1634年)时期,大译师撒玛丹僧格(Samdan-sengge)和贡嘎斡节儿(Gungga-odsar)在1628—1629年间再次主持《甘珠尔》翻译活动,整理并补充翻译了蒙古文《甘珠尔》共113函。此《甘珠尔》是用金汁书写的,因而也称《金字〈甘珠尔〉》,如今其残片19函珍藏于内蒙古社会科学院图书馆。16—17世纪,在蒙古的宗教事业和佛经翻译活动中锡埒图固什·绰尔济贡献突出,1585年他依照三世达赖喇嘛的旨意曾到喀尔喀阿巴岱汗处传教,1588年三世达赖喇嘛圆寂后他代理负责蒙古地区佛教事业,培养四世达赖喇嘛,主持了蒙古文《甘珠尔》翻译活动。他翻译的佛经有《般若波罗蜜多十万颂精义》《目犍连报母恩记》《米拉日巴传道歌广集》等有名的18部②。

① 宝力高著:《蒙古文佛教文献研究》,人民出版社,2012年,第93页。
② 胡日查、乔吉、乌云著:《藏传佛教在蒙古地区的传播研究》,民族出版社,2012年。

在喀尔喀蒙古，政教领袖哲布尊丹巴一世札纳巴咱尔（1635—1723年）大力发扬佛教事业，修建寺庙、翻译佛经，并培养了大量的佛经翻译译师。札纳巴咱尔被认为是在喀尔喀蒙古传教长达20年的藏传佛教觉囊派高僧多罗那他（Tāranātha，1575—1634年）的转世。多罗那他学识渊博、求佛弘法，对蒙古—西藏—印度的联系具有不可磨灭的贡献。在多罗那他之后他的徒弟、印度的学者也曾到蒙古弘法。据《哲布尊丹巴一世传》（《温都尔葛根传》），17世纪末来到喀尔喀蒙古传教的两位印度高僧向温都尔葛根讲述了“健（超）日王”的故事（Biγarmiǰid-un tuγuǰi）①。在宾·仁钦先生的论文《17世纪蒙译超日王故事的未知名印度译师》中也记载了1686年把超日王（或阿尔扎宝尔扎汗）的故事翻译成蒙古语的印度学者，他的称号为“印度大班智达阿阇梨”（Indian Mahāpaṇḍita ācārya），为多罗那他的徒弟。而蒙古人以蒙古传奇故事英雄“石头手指”（Stonefinger）的名字来称呼他②。可见当时蒙印文化关系的融洽。蒙古国也藏有多种藏文《阿尔扎宝尔扎汗》故事集。从温都尔葛根札纳巴咱尔时代起，大藏经中的某些文章以写本和刻本形式在蒙古地区广泛流传。温都尔葛根于藏历铁猴年（1680年）从卫藏请来了《江孜藤邦玛〈甘珠尔〉》，把第斯桑杰嘉措编纂的225函《丹珠尔》和德格版大藏经也请到了蒙古。不仅如此，温都尔葛根还做过改译《甘珠尔》的尝试。他充分研读《甘珠尔》，向众弟子讲经布道、传授《〈甘珠尔〉大纲》，使之在喀尔喀地区广为传播③。

可知，在清朝初期喀尔喀地区的佛教事业在一世哲布尊丹巴的领导下蒸蒸日上。哲布尊丹巴呼图克图不仅与西藏的高僧们保持着亲密的佛事往来，还培养了众多佛教弟子，这些弟子们为其后的

---

① （蒙古）拉·呼尔勒巴特尔著：《哲布尊丹巴一世传》（蒙古文），内蒙古人民出版社，2009年，第218、277页，两种手抄本都提到了印度高僧口头讲述《健日王传》。

② B. Rinchen, Unknown Indian Translator of Vikramaditya Tales into Mongolian in the 17th Century, from *Монгол Хэлэнд Орсон Санскрит*, *Төвд Үг*（《蒙古语中的梵、藏词汇》），乌兰巴托，2007年，第23—28页。

③ 参见（蒙古）拉·呼尔勒巴特尔著，阿拉坦巴根编译：《藏文〈甘珠尔〉、〈丹珠尔〉及其在蒙古地区的传播》，《内蒙古社会科学》1990年第2期。

佛经翻译事业做出了重大贡献。在清朝康熙年间，以北京木刻版藏文《甘珠尔》为底本的108卷北京木刻版蒙古文《甘珠尔》问世（1717—1720年）。到了乾隆时期，在章嘉国师若必多吉（rol pa'i rdo rje，1716—1786年）的主持下，来自各地的蒙古译师们用七年的时间（1742—1749年）完成了北京木刻版蒙古文《丹珠尔》的翻译和刊印工作。该木刻版蒙古文《丹珠尔》目前在世上仅存三套，分别在蒙古国国家图书馆、内蒙古图书馆和内蒙古社会科学院图书馆馆藏。在翻译《丹珠尔》期间，聚集在北京城的来自蒙古各地、西藏和印度的佛教高僧们往来互动，在佛经翻译方面的相互切磋是可想而知的。总的而言，16世纪后半叶，蒙古领袖再度引进藏传佛教并大力支持佛经翻译活动。到17世纪20年代末已有了两次官方组织的藏传佛教经典《甘珠尔》的蒙古文翻译、修订和刊印活动。18世纪上半叶北京木刻版蒙古文《甘珠尔》《丹珠尔》依次问世，蒙古文佛经翻译事业达到了鼎盛时期。《云使》的第一部蒙古文译本正值这个时候诞生，深受佛经翻译影响。

二、蒙古文《丹珠尔》与藏蒙《正字智者之源》

蒙古文《丹珠尔》诞生时期是蒙古文佛经翻译的鼎盛时期，蒙古人在佛经翻译方面已有了较多的实践和经验。主持《丹珠尔》蒙古文翻译活动的章嘉呼图克图若必多吉总结以往藏、蒙佛经翻译活动的经验，结合蒙古地区的实际情况，为了统一和规范翻译中的名词术语，给乾隆皇帝上奏称“大蒙古之各个地面，语音大致相同，然而细微差异仍有不少，特别是翻译经籍之名词称谓尚未厘定。诸译者各随其意，译名各异，多不统一，致使闻修者难以理解，贻害匪浅。应将经典中名词的译法统一汇集，刊布发行，以利翻译”①。于是在皇帝准奏之下，他组织编写了藏、蒙正字法工具书

---

① 土观·洛桑却吉尼玛著，陈庆英、马连龙译：《章嘉国师若必多吉传》，民族出版社，1988年，第133页。

《正字智者之源》①(Tib.: dag yig mkhas pa'i 'byung gnas; Mon.: merged γarqu-yin orun neretü toγtaγaγsan taγyiγ)作为翻译《丹珠尔》的指导纲领。其中包含了般若部(barimid-un ayimaγ)、中观部(madhya-maka-yin ayimaγ)、阿毗达磨部(abhi-dharma-yin ayimaγ)、律藏部(vinai-yin ayimaγ)、教派部(toγtaγaγsan toγulal-un ayimaγ)、密咒部(tarni-yin ayimaγ)、因明部(učir siltaγan-u ayimaγ)、声明部(daγun-u ayimaγ)、工巧部(uralaqui uqaγan-u ayimaγ)、医方部(teǰigeküi uqaγan-u ayimaγ)、新旧训诂学部(sin-e qaγučin tokiyan-u ayimaγ)等类别的藏蒙对照术语。这是蒙古文佛经翻译史上第一部藏蒙对照正字法,也是对藏文佛经翻译历史上的《语合二章》(sgra sbyor bam gnyis)和《翻译名义集》(bye brag tu rtogs par byed pa)等工具书的参考和延续。《正字智者之源》(以下简称《智者之源》)还针对《丹珠尔》的蒙古文翻译工作提出了以下 16 条原则。

1. 佛经的内容按藏文的表达方式译成蒙古文,若容易理解,就按原样翻译。诗歌的行句,若上下移位而不影响原文的宗旨,可以上下移位而译之。散韵相间的文体可根据表达的需要,前后左右移行译之,但是内容必须要前后衔接,每一句所起的作用须察看清楚。

2. 某些佛经按藏文的表达方式翻译,不仅会造成蒙古文的赘语,而且会影响内容的理解,在不影响内容的前提下,可以将不必要的赘语删除。有时不加一些赘语,反而交代不完原文,此时在不会成为赘语的前提下,可适当加一些赘语以助理解。

3. 一词多义者,需要考虑内容的前后左右,若倾向于某一方,按此译之。若两边都靠不上,蒙古文又没有这方面的对应词,以藏语音译为主。

4. 班智达和国王、大臣等人名,以及地名、植物等的名称,若翻译不易理解,或冒然可以翻译,但是否义名相符无法确定者,在梵文

① 《正字智者之源》(简称《智者之源》),又译《智慧之源》《贤者之源》《智慧之鉴》,或藏文音译《海必忠乃》。本书中统一用《智者之源》这一译法。

或藏文前后加上班智达或国王，或花朵等冠词，以助理解。

5. 若佛经的译文有先前的译本，那么其注疏部分的译词，要与先前所译的正文对应。若正文没有先前的译本，那么先翻译正文，然后根据正文的译词译释文。

6. 立论者与反驳立者的辩词，是双方智慧的体现，翻译时语言要精练、锐利。

7. 赞颂之词、讥讽之词、惊奇之词、悲伤之词等，在佛经翻译中不用蒙古文原有的粗劣用语，改用中性词翻译。①

8. 对教义的阐述不明朗或歪说教义者，应按原文的意思去翻译，不可借用其他经典的名句来替换，以免曲解原作的观点。

9. 教诫类经义中的神、物、数字等名称应掩饰的不需意译，否则其掩饰物无任何意义。

10. 诗歌中所用的词藻，如驴称“妙音”等，按原样翻译，不用直译原文，否则会不中听。

11. 根本识和心性实为同一意思，但大众部和唯识宗对该词汇的理解不一致，翻译时应按各学派的习惯译之。

12. 实成和自相成，若按中观应成派的观点，可以理解为一个意思翻译，而中观自续派的观点则应理解成两种意思，在具体的翻译过程中，可根据实际意思去翻译。

13. 无我和实无，按中观可以理解为一个意思，但有些教派承认诸法无我，但不承认诸法实无。另外，与此类同的词语，均按所根据的实际情况翻译，不可盲目地不加区别地进行翻译。

14. 藏语中的过去式、现在式和未来式，以及其他语法格式所表现的意思，可根据具体情况具体翻译。

---

① 这一条(第七条)的汉文翻译有问题，需更正。藏文原文：bstod pa’i tshig dang, smad pa’i tshig dang, ngo mtshar ba’i tshig dang, skyo bar ’gyur ba’i tshig dang, ’jigs pa’i tshig lta bu rnams la ni, hor skad du kun la grags pa nus pa che zhing yid ’khul btub pa skabs su babs pa’i tshig gis bsgyur bar bya’o. 其意思应为：“像赞颂之词、讥讽之词、惊奇之词、悲伤之词、怖畏之词等，要用蒙古文中约定俗成的、(表达)功能强的、合乎心意的、合乎情理的词翻译。”——该汉文翻译由北京大学南亚系萨尔吉教授提供。谨致谢忱！

15. 蒙古语中的诗歌辞章、散文，不同藏语那样有规则地出现，但是尽量要做到文句通顺，格式统一。颂词和祈祷类的文章，可以按蒙古语特有的格式翻译，但经文必须按常规的翻译法翻译，否则会影响经文原意的理解。

16. 另外，此规定中未尽的事宜，若需要另行解决，任何人不得随意行事，必须经过译场合理的翻译为要。①

据分析，以上 16 条中第 1—2 条是“关于如何翻译佛经理论的”；第 3—4 条是“关于如何翻译梵藏术语的”；第 5 条是“关于原文和注释文的翻译”；第 6 条是针对“辩论词的翻译”；第 7 条是“关于表示感情色彩之词的翻译”；第 8 条是“关于如何依照作者意图而译”；第 9—10 条是“关于藻饰词的翻译”；11—13 条是“关于如何按照教派的不同而采取不同译法的”；第 14 条是“关于动词时态和语法的翻译”；第 15 条是“关于诗歌的翻译”；第 16 条是“关于新名词术语的译法”②。其中，第 3—4 条“关于如何翻译梵藏术语的”和第 9—10 条“关于藻饰词的翻译”条例直接体现在《云使》翻译中。

第三节 《云使》蒙古文译本版本源流及特征

在《云使》版本研究中，最早的注释《难语注》(10 世纪)占有重要地位。1911 年，德国学者 E.胡尔契(Hultzsch)整理校勘《难语注》，还搜集了共 10 个不同版本的《云使》，并以《难语注》为参照物，列表对比了它们之间的诗节对应关系。在此研究基础上，本书加之《云使》精校本各诗节的对应关系，并进一步探讨《丹珠尔》之《云使》版本问题。

---

① 这十六条原则在《正字智者之源》第一章“般若部”。汉译参考侃本著：《汉藏佛经翻译比较研究》，中国藏学出版社，2008 年，第 196—197 页。

② 元成(Uuγan)：《〈智者之源〉所定藏译蒙原则》(蒙古文)，《蒙古语文》2016 年第 9 期。

一、《云使》版本对比及蒙译本版本源流

E.胡尔契所列《云使》不同版本有(包括注释本、改写本、模仿本):

(1) 瓦喇钵提婆的《难语注》(《云使》最早的注释本,10 世纪上半叶);

(2) 摩利那他的《更生注》(《云使》最著名的注释本,14 世纪);

(3) Vidyullatā(《雷藤》,注释本,1909 年整理出版,斯里兰卡);

(4) 耆那教学者 Jinasēna 所写的《云使》改写本(8 世纪)①;

(5) Nēmidūta(《雷使》,模仿《云使》而产生的信使体诗之一);

(6) Pánabokke(暂无更多信息);

(7)《丹珠尔》之《云使》版本(早于 14 世纪);

(8) 首次英文译本《云使》(1813 年);

(9) 德国学者 J. Gildemeister(吉尔德迈斯特)整理出版的《云使》(1841 年);

(10) 德国学者 A.F. Stenzler(施坦茨勒)整理出版的《云使》(1874 年)。

1956 年,S.K.德博士依据《难语注》校勘出版了《云使》精校本,其诗节总数与《难语注》的相同。本书将在 E.胡尔契所列表格的基础上,把 S.K.德博士精校本添加进来,列表对照该 11 个版本的诗节对应关系。并在《云使》精校本和《难语注》之间,存在诗节顺序的颠倒处用"△"符号标记;存在诗节内部字词拼读(reading)差异的地方用"*"符号作标记,但因篇幅与主题关系暂不展开讨论。列表中,《丹珠尔》之《云使》版本以斜粗体显示。在《云使》诸本中,《丹珠尔》版本亦有自己的特点,可代表佛教退出印度而向南北方向发展时传播出去的《云使》版本。《云使》不同版本各诗节对应表如下:

---

① Jinasēna 版本,虽时代最为古老,但它是由《云使》改编而成的诗体传记。每个诗节都有一两行是来自《云使》的。

表 1 - 2 《云使》不同版本诗节对应表(以序 1.Vallabhadeva 版本为参照点)

+11	1	2	3	4	5	6	*7*	8	9	10
S. K. De	Valla-bhad-eva	Malli-nātha	Vidyu-llatā	Jina-sēna	Nēmi-dūta	Pána-bokke	*Tan-jur*	H.H.-Wilson	J.-Gilde-mei-ster	A.F.-Sten-zler
1957	10 C	14 C		8 C			*14 C*	1813	1841	1874
1	1	1	1	1	1	1	***1***	1	1	1
2	2	2	2	1	2	2	***2***	2	2	2
3	3	3	3	3	3	3	***3***	3	3	3
4	4	4	4	4	4	4	***4***	4	4	4
5	5	5	5	5	5	5	***5***	5	5	5
6	6	6	6	6	6	6	***6***	6	6	6
7	7	7	7	7	7	7	***7***	7	7	7
8	8	8	8	8	8	8	***8***	8	8	8
△ 12	△ 9	12	12	12	12	12	***12***	12	12	12
△ 9	△ 10	9	9	10	9	9	***9***	9	9	9
△ 10	△ 11	10	10	9	10	10	***10***	10	10	10
△ 11	△ 12	11	11	11	11	11	***11***	11	11	11
13	13	13	13	13	13	13	***13***	13	13	13
14	14	14	14	14	14	14	***14***	14	14	14
15	15	15	15	15	15	15	***15***	15	15	15
16	16	16	16	16	16	16	***16***	16	16	16
17	17	17	17	17	17	17	***17***	17	17	17
18	18	18	18	18	19	18	***19***	18	18	18
19	19	19	19	19	20	19	***20***	20	19	19
20	20	20	20	20	21	20	***21***	21	20	20

续 表

+11	1	2	3	4	5	6	*7*	8	9	10
S. K. De	Valla-bhad-eva	Malli-nātha	Vidyu-llatā	Jina-sēna	Nēmi-dūta	Pána-bokke	*Tan-jur*	H.H.-Wilson	J.-Gilde-mei-ster	A.F.-Sten-zler
1957	10 C	14 C		8 C			*14 C*	1813	1841	1874
21	21	21	21	21	22	21	***22***	22	21	21
22	22	23	22	22	24	23	***24***	24	23	22
23	23	24	23	23	25	24	***25***	25	24	23
24	24	25	24	24	26	25	***26***	26	25	24
25	25	26	25	25	27	26	***27***	27	26	25
26	26	27	26	26	28	27	***28***	28	27	26
27	27	28	27	27	29	28	***29***	29	28	27
28	28	29	28	28	30	29	***30***	30	29	28
*29	*29	30	29	29	31	30	***31***	31	30	29
30	30	31	30	30	32	31	***32***	32	31	30
31	31	32	31	31	33	32	***33***	33	32	31
32	32	36	32	34	36	33	***34***	34	33	32
*33	*33	37	33	35	37	34	***35***	35	34	33
34	34	38	34	36	38	35	***36***	36	35	34
35	35	39	35	37	39	36	***37***	37	36	35
36	36	40	36	38	40	37	***38***	38	37	36
37	37	41	37	39	41	38	***39***	39	38	37
38	38	42	38	40	42	39	***40***	40	39	38
39	39	43	39	41	43	40	***41***	41	40	39
40	40	44	40	42	44	41	***42***	42	41	40
41	41	45	41	43	45	42	***43***	43	42	41

续 表

+11	1	2	3	4	5	6	*7*	8	9	10
S. K. De	Valla-bhad-eva	Malli-nātha	Vidyu-llatā	Jina-sēna	Nēmi-dūta	Pána-bokke	*Tan-jur*	H.H.-Wilson	J.-Gilde-mei-ster	A.F.-Sten-zler
1957	10 C	14 C		8 C			*14 C*	1813	1841	1874
42	42	46	42	44	46	43	***44***	44	43	42
43	43	47	43	45	47	44	***45***	45	44	43
44	44	48	44	46	48	45	***46***	46	45	44
45	45	49	45	47	49	46	***47***	47	46	45
46	46	50	46	48	50	47	***48***	48	47	46
47	47	51	47	49	51	48	***49***	49	48	47
48	48	52	48	50	52	49	***50***	50	49	48
49	49	53	49	51	53	50	***51***	51	50	49
50	50	54	50	52	54	51	***52***	52	51	50
51	51	55	51	53	55	52	***53***	53	52	51
52	52	56	52	54	56	53	***54***	54	53	52
53	53	57	53	55	57	54	***55***	55	54	53
54	54	58	54	56	58	55	***56***	56	55	54
55	55	59	55	57	59	56	***57***	57	56	55
*56	*56	60	56	58	60	57	***58***	58	57	56
57	57	61	57	59	61	58	***59***	59	58	57
58	58	62	58	60	62	59	***60***	60	59	58
59	59	63	59	61	63	60	***61***	61	60	59
*60	*60	64	60	62	64	61	***62***	62	61	60
*61	*61	65	61	63	65	62	***63***	63	62	61
*62	*62	66	62	64	66	63	***64***	64	63	62

续 表

+11	1	2	3	4	5	6	*7*	8	9	10
S. K. De	Valla-bhad-eva	Malli-nātha	Vidyu-llatā	Jina-sēna	Nēmi-dūta	Pána-bokke	*Tan-jur*	H.H.-Wilson	J.-Gilde-mei-ster	A.F.-Sten-zler
1957	10 C	14 C		8 C			*14 C*	1813	1841	1874
63	63	67	63	65	67	64	***65***	65	64	63
64	64	68	64	66	68	65	***66***	66	65	64
65	65	69	65	71	71	66	***67***	67	66	65
66	66	72	66	72	72	69	***68***	68	67	66
*67	*67	76	69	67	73	73	***72***	72	71	69
68	68	75	68	74	74	72	***71***	71	70	68
69	69	74	67	73	75	71	***70***	70	69	67
*70	*70	78	—	68	80	75	***69***	69	68	70
71	71	79	70	79	81	76	***73***	73	72	71
72	72	81	71	80	82	78	***74***	74	73	72
73	73	82	72	81	83	79	***75***	75	74	73
74	74	83	73	82	84	80	***76***	76	75	74
75	75	84	74	86	85	81	***77***	77	76	75
76	76	85	75	87	86	82	***78***	78	77	76
*77	*77	86	76	88	87	83	***79***	79	78	77
78	78	87	77	89	88	84	***80***	80	79	78
79	79	88	78	83	89	85	***81***	81	80	79
80	80	89	79	84	90	86	***82***	82	81	80
81	81	90	80	85	91	87	***83***	83	82	81
82	82	91	81	90	92	88	***84***	84	83	82
83	83	92	82	91	93	89	***85***	85	84	83

续 表

+11	1	2	3	4	5	6	7	8	9	10
S. K. De	Valla-bhad-eva	Malli-nātha	Vidyu-llatā	Jina-sēna	Nēmi-dūta	Pána-bokke	*Tan-jur*	H.H.-Wilson	J.-Gilde-mei-ster	A.F.-Sten-zler
1957	10 C	14 C		8 C			*14 C*	1813	1841	1874
84	84	93	83	92	94	90	***86***	86	85	84
△ 88	△ 85	98	87	96	95	94	***90***	90	89	89
△ 85	△ 86	94	84	93	96	91	***87***	87	86	85
△* 86	△* 87	95	85	94	97	92	***88***	88	87	86
△* 87	△* 88	97	86	95	98	93	***89***	89	88	88
89	89	96	88	97	99	95	***91***	91	90	87
91	90	100	90	99	100	97	***95***	93	92	91
90	91	99	89	98	101	96	***94***	92	91	90
92	92	101	91	100	102	98	***96***	94	93	92
*93	*93	102	92	101	103	99	***97***	95	94	93
94	94	103	93	102	104	100	***98***	96	95	94
95	95	104	94	103	105	101	***99***	97	96	95
96	96	105	95	104	106	102	***100***	98	97	96
97	97	106	96	105	107	103	***101***	99	98	97
98	98	107	97	106	109	104	***102***	100	99	98
99	99	108	98	107	108	105	***103***	101	100	99
*100	*100	109	99	108	110	106	***104***	102	101	100
*101	*101	110	100	109	111	107	***105***	103	102	101
102	102	111	101	110	113	108	***107***	104	103	102
103	103	112	102	111	114	109	***108***	106	105	103
104	104	113	103	113	115	110	***109***	107	106	104

续 表

+11	1	2	3	4	5	6	7	8	9	10
S. K. De	Valla-bhad-eva	Malli-nātha	Vidyu-llatā	Jina-sēna	Nēmi-dūta	Pána-bokke	*Tan-jur*	H.H.-Wilson	J.-Gilde-mei-ster	A.F.-Sten-zler
1957	10 C	14 C		8 C			*14 C*	1813	1841	1874
*105	*105	114	104	112	116	111	***110***	108	107	105
106	106	115	105	114	117	112	***111***	109	108	106
107	107	116	106	115	118	113	***112***	110	109	107
*108	*108	117	107	116	119	114	***113***	111	110	108
109	109	118	108	117	120	115	***114***	112	111	109
110	110	120	109	119	122	117	***116***	113	112	111
111	111	121	110	120	123	118	***117***	115	113	112

以上所列各版本中诗节总数互不相同。其中,《丹珠尔》之《云使》共有117个诗节,较之S.K.德博士的精校本多了6个诗节,而这6个诗节在118个诗节的僧伽罗版本①中全被包括了。从其内容看,僧伽罗版本属于东印度孟加拉体系,而不是南印度摩利那他体系。德国藏学家赫尔曼·贝克(Hermann Beck)在他的博士论文中也指出僧伽罗版本比较接近《丹珠尔》版本②。《丹珠尔》版本也属于孟加拉体系。笔者初步认为,《云使》僧伽罗版本和《丹珠尔》版本之间较为接近的原因可能与佛教向外传播有关,即它们为佛教退出印度而向南和向北发展时候带去的版本,因而保留了相同之处。藏文《丹珠尔》之《云使》译本是克什米尔班智达与藏族译者共同翻译,后被收录到藏文大藏经《丹珠尔》之中的,在一定程度上可代表随着佛

① 僧伽罗版本,是指南印度僧伽罗人对《云使》做的注释本,其最初形成的年代不详,1893年在斯里兰卡首都科伦坡整理出版。

② Hermann Beckh. *Ein Beitrag zur Text-kritik von Kālidāsas Megha-dūta* (Berlin Univ. Diss.), Berlin, 1907.

教传播到印度之外佛教盛兴之地的版本。

再看《云使》20 世纪三个蒙古文译本版本源流。蒙古国甘丹寺住持喇嘛额尔敦培勒译本("E 译本")的底本与蒙古文《丹珠尔》译本相同,因而也属于孟加拉体系的版本。蒙古国学者宾·仁钦从英文翻译的译本("R 译本")是根据加尔各答学者、语言学家 Kumudrajan Rai 的梵文、孟加拉文和英文三文合璧版本中的英文散文体译本而翻译的,该版本也属于孟加拉体系。萨嘎拉扎布从汉文翻译的译本("S 译本")是根据我国金克木先生从摩利那他版本翻译的译本转译的,属于摩利那他体系。除此之外,蒙古国学者呈·达木丁苏伦翻译的《云使》前六个诗节是从藏文《丹珠尔》之《云使》翻译,也属于孟加拉体系。可见,目前为止已翻译出版的蒙古文《云使》主要来自印度《云使》三大体系中的孟加拉体系和摩利那他体系。其中的传承关系可简单整理如下图:

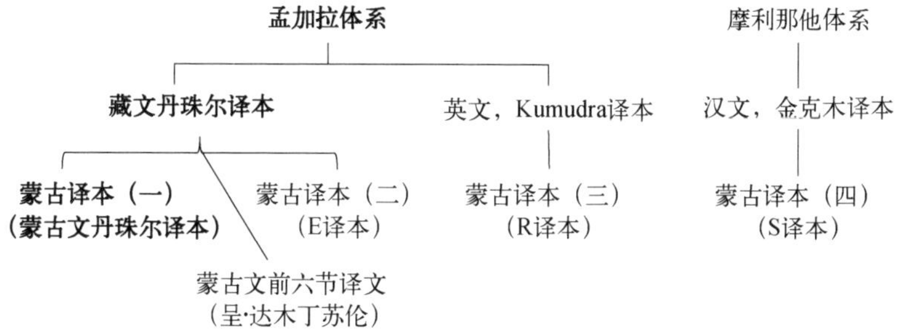

图 1-1 《云使》译本关系图

下面继续讨论《丹珠尔》之《云使》版本问题。

二、《丹珠尔》之《云使》版本特征分析

《丹珠尔》之《云使》版本,与《云使》精校本和最为普及的摩利那他版本相比有何异同?在此从"篡入诗节"问题和"诗节内部字词差异"问题两个方面来探讨《丹珠尔》之《云使》的具体版本特征。

(一)"篡入诗节"问题

由于《云使》的版本众多,各版本间的诗节总数不尽相同,从而

引发了“原始文本”(original text)和“篡入诗节”(interpolated verses/spurious stanzas①)的问题。所谓“原始文本”是指迦梨陀娑的原创文本。“篡入诗节”是指在《云使》传播过程中后人编写并插入到《云使》原创文本之中的诗节。目前,印度版本学家S.K.德博士所校勘的《云使》文本,被学界认为是《云使》的精校本,或为最接近《云使》原始面貌的文本。本书文本对照分析中梵文原本将采用这一精校本,与之相比《丹珠尔》之《云使》多了6个“篡入诗节”,它们是第18、23、92、93、106和115诗节。下面对此六个诗节做一简单介绍和分析。

篡入诗节(1)——第18节:

这一诗节的内容与其前一个第17诗节的内容相重复,并且很少见于其他版本,学界对它的篡入身份并无异议。在此不必赘述。

篡入诗节(2)——第23节:

梵文拉丁转写:

ambhobindugrahaṇacaturāṁścātakānvīkṣamāṇāḥ
śroṇībhūtāḥ parigaṇanayā nirdiśanto balākāḥ,
tvāmāsādya stanitasamaye mānayiṣyanti siddhāḥ
sotkaspāni priyasahacararisaṁbhramāliṅgitāni.

藏文拉丁转写及其汉译文:

khyod ni legs par ’ongs tshe snyan pa’i sgra bsgrags dus na grub pa rnams kyis mchod byed cing,,

ts’a ta ka rnams chu yi thigs pa bzung nas dga’ bas thung la lta bar byed bzhin dang,, chu sgrogs

rnams ni phreng bar bsgrigs rnams yongs su bsgreng zhing ci zhes nges par lta bzhin dang,,

mchog tu ’dar byas dga’ bas dga’ ma la ni dam du ’khyud pa

① 关于“篡入诗节”,英文文献中有两种说法,即“interpolated verse”(篡入诗节)或“spurious stanza”(伪节),S.K.De博士主要采用了前一个说法;M.R.Kale主要采用了后一个说法。

rnams ni byed pa yin,,

你到达时响起悦耳雷声修行者们会把你虔供，

云中燕子追逐水滴痛饮雨水对你刮目边相迎；

排成整齐行列天鹅顿会引颈奇鸣惊喜望着你，

不禁雄追雌逐双双紧密交合频频振翅乐融融。（引用贺文宣译文）

此汉译文中"云中燕子"指的是梵文的"cātaka"，藏文《丹珠尔》译本中把它音译为"tsa' ta ka"，蒙古文《丹珠尔》译本同样音译为"cā-ta-ka"，金克木先生的译本中把它译为"饮雨鸟"。此译文的"天鹅"对应的是藏文《丹珠尔》译本的"chu sgrogs"（水中歌唱者，水鸟），而其梵文对应词为"balākāḥ"（鹤群）。而这"饮雨鸟"和"鹤群"的意象在之前的诗节（第9诗节）中已出现过。在此出现是一种重复。这是此诗节被认为篡入诗节的一个理由。另一方面，此汉译文中的"修行者"与梵文的"siddha"和藏文《丹珠尔》译本中的"grub pa"（成就者，悉檀仙）对应。根据梵文及其注释，诗中的意思应为"当听到雷声时，悉檀仙与爱人紧紧相抱"，而不是贺译本中所译"天鹅……紧密交合"。且根据相关注释，梵文中"stanitasamaye mānayibyanti siddhāḥ, sotkampāni priyasahacarīsaṁbhramā-liṅgitāni"（当听到雷声时，悉檀仙与爱人紧紧相抱）这个说法并不成立。摩利那他指出"当听到雷声，悉檀仙们不会有如此反应"（the Siddhas cannot be regarded as being so passionate as to covet embraces from their wives.）①。所以，此诗节被认为是篡入诗节，内容重复且有不符实际的错误。

篡入诗节（3）——第92节：

白昼我的爱妻身边就像她的女友随时未离样，

此细腰女一人来伴个个都能前来伴她度光阴；

但到夜间男人们已熟睡我妻不能入眠云啊你，

① M.R. Kale, *The Meghadūta of Kālidāsa*, Delhi, 1974, 8th Edition (reprint in 1993), p.44.

你就紧依窗棂停下再到她的床前使她能高兴！（贺文宣译文）

此汉译文中“夜间男人们已熟睡”意思应为“夜间人们已熟睡”（mtshan mo skye bo rnams ni nyal bar gyur）。

此诗节的内容与《云使》内容并不一致，因为《云使》中药叉之妻与药叉分别后极其孤独可怜，独自一人白天在逗鸟、数花儿、弹琴、作曲等事情中寄托感情并打发时间，她不洗头、不剪指甲、不换衣服，独自一人思念丈夫，身体消瘦、眼睛红肿，根本没有提到所谓“女友”。如果有“女友”出现，反而会破坏诗中的气氛。所以，该诗节中突然冒出的“女友”如此突兀和不符合《云使》的情调，显然是后人所添加。

篡入诗节（4）——第 93 节：

若见她用未剪指甲之手反复掠着脸上独发辫，
斜起她的身子侧卧在那以地作为床铺之床面；
泪水不断如同珍珠项链断了串线身边湿一片，
这时你可不慌不忙将你劝慰之话仔细对她言！（贺文宣译文）

此诗节前两行的内容与其他诗节里的内容相重复；另一方面，此时还不到雨云对药叉之妻讲话的时候，到了第 100 节雨云才开始对药叉之妻说话。这期间药叉还会有其他方面的描述，而且也会精心安排雨云对药叉之妻说话的时机，并不是在这里讲话如此唐突。因而该诗节的逻辑结构与前后顺序都不合理。

篡入诗节（5）——第 106 节：

梵：

dhārāsiktasthalasurabhiṇastvanmukhasyāsya bāle
dūrībhūtaṁ pratanumapi māṁ pañcabāṇaḥ kṣiṇoti,
dharmānte ’sminviganaya kathaṁ vāsarāṇi vrajeyu-
rdiksaṁsaktapravitataghanavyastasūryātapāni.

藏：

char gyis brlan las dri med sbrang rtsi can bzhin khyod kyi gdong 'di mdzes po lus phra ma,, khyod ni ring gyur bdag ni phra ba'i lus gyur mda' ldan pa yi gdung ba yang yang byin,,

so ka rdzogs pa'i mtha' ru phyogs kun che ba'i chu 'dzin stug pos bsgrigs pas nyi ma yi,,

snang ba rnams ni nyams shing rgyun du char 'ong bdag gis zhag gi grangs ji lta ba yin,, ①

蒙：

qur-a-bar čigigtegülügsen sayin ünür-tü metü üǰesküleng narin bey-e-tü činü ene niγur..

čima-ača qoladaγsaγar minü bey-e-yinü narin boluγsan-a tabun sumu-tu-yin enelge basa basa iren..

qalaγun daγusqu-yin segül-dür qotala ǰüg-üd-eče asusu ǰuǰaγan usun bariγči bürküǰü naran-u..

gerel-nügüd-inü baγuraγad ürgülǰi qur-a oruγsan qonuγ-un toγ-a-yi ču biber yambar metü

toγalan-anu..

其意思为：

哦少妇，五箭者（爱神）令我痛苦，我变得很消瘦，我闻不到你的嘴唇散发出雨后大地的味道。请你想想，如何度过炎热夏季的最后时光，当浓浓乌云挡住炽热阳光的时候。

该诗节为什么被认为是篡入诗节呢？这一诗节，虽在摩利那他注释中也曾提到，但他并未解释把它算作篡入诗节的原因。本书的分析如下。

看它前后诗节的内容，会发现前一节写道“我用红垩在岩石上画出你由爱生嗔，又想把我自己画在你脚下匍匐求情，立即汹涌的泪水模糊了我的双眼，在画图中残忍的命运也不让你我靠近”。后

① “你那如同被雨浸润盛开莲花般的容貌极美丽，细腰女啊因你太远，欲念把我折磨骨瘦如柴般；我巴不得季夏时节浓云普罩遮掉烈日之光焰，细雨蒙蒙也能消除我的昼夜烦热之苦多安然。”（贺文宣译文）

一节写道"我有时向空中伸出两臂去紧紧拥抱,只为我好不容易在梦中看见了你;当地的神仙们看到了我这样情形,也不禁向枝头洒下了珍珠似的泪滴。"①——即,此时药叉正向爱妻诉说痴情热爱,他的行为是多么的疯狂。在前一节它在岩石上画爱妻由爱生嗔的样子,想在画中与其团聚而不能。后一节他梦中拥抱妻子而向空中伸出双臂,这情形神仙看到了也忍不住掉泪。这两个诗节的内容有实际的行为描写,情感真挚而紧密联系在一起的。而被认为篡入诗节的这一节,没有实际的行为,光有感慨和牢骚,放在上述两个诗节中间显然不合适,甚至是打断,使得内容不连贯。因而,应该把它去掉。另一方面,"我闻不到你的嘴唇散发出雨后大地的味道"这一句的意思让人费解,也与诗中内容不相符。

篡入诗节(6)——第 115 节:

在摩利那他版本中并没有把它视为篡入诗节,而 S.K.德博士的精校本中却没有这一诗节。它的内容如下。

这样安慰了你那初遭别离的伤心女友,
请从湿婆神牛所掘起的山头快转回程,
请带回她的表记和她所说的平安音讯,
来支持我的已如清晨茉莉花的脆弱生命。②(金克木译文)

据笔者分析,这应该算作篡入诗节。这里写道,雨云还要把药叉之妻的信从喜马拉雅山带回来。根据《云使》的内容,雨云不会从北方返回来,也没必要返回来。因为,从地理气候学的角度看,印度的雨季是受从西南方吹来的印度洋季风影响产生的,因此,雨云从南向北前进,而不会向反方向行动。如果是刮北风,那不会是雨季了,自然就不会有雨云出现。所以,在药叉服刑期内(还有 4 个月就服刑期满)"雨云"不能返回来。另一方面,《云使》中的药叉是坚定乐观、积极向上的。他劝自己的妻子"我虽辗转苦思却还能自己支撑自己,因此,贤妻啊!你千万不要为我担心过分。什么人会单单享福?什么人会仅仅受苦?人的情况是忽升忽降,恰如旋转的车

① 此处采用金克木先生译《云使》第 105 和第 106 节。
② 金克木译《云使》,第 113 节。

轮”。药叉之所以托云送信是“为了维护爱人的生命，便想托云带去自己安好的消息”（第 4 节），即药叉担心和害怕的是妻子因思念过度而支撑不住，所以急于把自己安好的信息送达，以此安慰和鼓励妻子，而并不是为了得到“她的音讯，来支持我脆弱的生命”。因而，本书认为此节是后人所篡。

S.K.德博士在《云使》校勘本前言中指出，一般被认为“篡入”的诗节，第一，只出现在少数几种版本；第二，模仿痕迹明显（p.xxvi）。迦梨陀娑的文本特征是“自然的、顺畅的、愉快的、一致的”（p.xxviii）。从以上分析可知，上述六个“篡入诗节”确实经不起推敲，它们从思维逻辑、艺术风格、情节内容各个方面都与整个诗篇有所冲突。因此，本书在下一章文本对照分析中对此 6 个诗节不予以考虑，直接采用梵文《云使》精校本。

（二）诗节内部字词差异问题

《云使》的版本问题不仅仅是“篡入诗节”的问题，还有诗节内部字词差异、语序颠倒和诗节顺序的颠倒等问题。由于梵语语法中的“格尾”等特征，语序颠倒对文本的理解并无大碍。关于诗节的顺序，在上述表格以及本书附录中均标出《丹珠尔》之《云使》与精校本的诗节对应关系，而且《云使》的有些诗节是较有独立性的描述性情节，因此有时前后顺序的颠倒对整个诗篇的内容以及对它的阅读都不会产生大的影响。因而，在此主要讨论“字词差异”（Authenticity of Reading）问题。

关于这一问题，S.K.德博士指出，“少数是拼写错误导致的，多数情况下，评注者较为狂妄地、毫不客气地自以为是地改了。另一些人牵强附会地试图使迦梨陀娑的文本符合于伯尼你语法。”（p.xxvii）但是“大部分差异不会影响到整体意义，只有少数值得探讨。”（p.xxix）下面对《丹珠尔》之《云使》中有 3 个词予以讨论。

1. “āṣāḍhasya **praśama**-divase”（丹）—“āṣāḍhasya **prathama**-divase”（精）①

① （丹）——表示《丹珠尔》之《云使》；（精）——表示精校本《云使》。

这是关于《云使》中"雨云"出现的日期问题。《云使》的《丹珠尔》版本为"āṣāḍhasya praśama-divase"而精校本为"āṣāḍhasya prathama-divase"。其中"āṣāḍha"①是月份或星座的名字，在此把它音译为"阿莎月"；"divase"（依格形式）为"日子"的意思；它们的分歧在于"praśama"和"prathama"两个词上。

"praśama"意为"停顿、消失"的意思，因而整个短语"āṣāḍhasya praśamadivase"意为"阿莎月结束的那天"，藏文《丹珠尔》之《云使》中把它译为"chu stod zla ba rdzogs pa'i nyin la"（雨季第一个月的最后一天），蒙古文《丹珠尔》之《云使》中把它译为"burwasad sara tegüskü edür"（pūrvāṣāḍhā② 月结束的那一天）。

"prathama"具有"第一、最初的、首要的"等意思，大部分学者把"āṣāḍhasya prathama-divase"理解为"阿莎月的第一天"。《云使》三个汉译本中，分别把它译作"七月初"（金克木，认为"印度雨季在七八月开始"③），"初秋朔日"（徐梵澄，认为"āṣāḍha，约当阳历七月初，雨季开始之际"④）和"阿莎月的第一天"（罗鸿，认为"āṣāḍha 为雨季的第一个月，约公历六至七月"⑤）。

那到底是阿莎月的"第一天"还是"最后一天"？学界各抒己见，并未达成一致的看法，与此同时又出现了第三种看法。即前文（绪论）曾讨论过的 Chandra Rajan 先生，他把该短语翻译成"on Āṣāḍha's most auspicious day"⑥（阿莎月最吉祥的日子）。可知，此处梵文"prathama"，并不是"第一"的意思，而是"首要的、主要的"意

---

① 原文的"āṣāḍha"（āṣāḍhasya 为其属格形式）是天文历法学名词，也有把它译作"箕月""箕宿"的时候。

② 在梵文历法中"āṣāḍha"的前半部分叫作"pūrvāṣāḍhā"，后半部分叫作"uttarāṣāḍhā"。在蒙古文译法中用"pūrvāṣāḍhā"代替了"āṣāḍha"，即蒙古文的"burwasad"来自"pūrvāṣāḍhā"的音译读法。

③ 金克木译：《云使》，人民文学出版社，1956 年，第 51 页，注释③。

④ 徐梵澄译：《行云使者》，印度室利阿罗频多修道院出版，1957 年，第 3 页。

⑤ 罗鸿译：《云使》，北京大学出版社，2011 年，第 5 页。

⑥ *Kālidāsa: The Loom of Time: A Selection of His Plays and Poems*, translated from the Sanskrit and Prakrit with an introduction by Chandra Rajan, Penguin Books, New Delhi, 1989, p.137.

思，因此他不认为“prathama-divase”指的是一个具体的日子，而是“最主要的日子”，也就是“最吉祥的日子”（most auspicious day）。

早期的印度天文历法学较为发达，且为专属婆罗门的“不外传”的知识，其中，月份、时日、星宿和各种占卜之间都有着特别紧密的联系。月份的名称是由满月之日月所在的星宿之名得来。在有些文献中，“āṣāḍha”为夏季的第二个月份（印度日历有六个季节，每个季节有两个月份），接着夏季便是雨季。

总之，要考证《云使》的“雨云”究竟何时出现，这一命题已超出本书探讨范围，在此只是对《云使》文本中的字词差异以及对其不同的理解做了简单介绍，以便今后相关研究参考。

2. “**ketaka**-ādhānahetor”（丹）—“**kautuka**-ādhānahetor”（精）

《云使》第三诗节中，出现一个复合词“kautuka-ādhānahetor”，其中“kautuka”是“思念”“ādhānahetor”（属格形式）是“引起……的原因”的意思，合起来为“引起思念的原因”，是指“雨云”的藻饰词。在印度，雨季到来之际，在外旅行做事的人因雨季道路泥泞而行走不便等原因将会返回家乡与家人团聚，留在家中的人们也会随着雨季的临近盼着亲人回来，即雨云的出现会勾起人们的思念。由此，“引起思念的原因”成为了指代“雨云”的藻饰词。它是印度特色很强的藻饰词，离开了印度的自然环境会很难让人理解，因此在传播过程中产生了变异，在《丹珠尔》之《云使》中“kautuka”变成了“ketaka”（海棠花），从而复合词的意思变成了“因海棠花盛开的原因”，藏译本中把它译为“ke ta’i me tog rgyas stobs kyis”，蒙古文译本中为“ke-ta-yin sečeg delgeregsen-ü küčüber”。这在整个句中的意思讲不通。

3. “dagdhā”①（丹、精）—“jagdhvā”（摩②）

《云使》的《丹珠尔》版本第22节中的“dagdha”（烧焦的）一词争议较大，在S. K. 德博士的精校本（第21节）中出现的也是“dagdhā”这个词。然而，摩利那他等人认为此词应为“jagdhvā”

① 此词应为“dagdha”，可是在原文本中与其后的“araṇya°”发生连音成了“dagdhā°”，在此标题中为了在形式上与“jagdhvā”相对应，保留了“dagdhā”形式。

② 表示摩利那他《云使》。

（吃）。相比之下，本书认为后者更为合情合理。请看以下分析。

梵文：

nīpaṁ dṛṣṭvā haritakapiśaṁ kesarairardharūḍhair
āvirbhūtaprathamamukulāḥ kandalīścānukaccham,
dagdha-araṇyeṣvadhikasurabhiṁ gandham-āghrāya corvyāḥ
sāraṅgāste navajalamucaḥ sūcayiṣyanti mārgam.

金克木译文：

看到迦昙波花的半露的黄绿花蕊，
和处处沼泽边野芭蕉的初放的蓓蕾，
嗅到了**枯焦的**森林中大地吐出的香味，
麋鹿就会给你指引道路去轻轻洒水。（第 21 节）

罗鸿译文：

瞧见了
始现半蕊的腻檗花或青或黄
堤畔沼地的迦嗒莉甫吐新芽
又吸嗅
经火野林中土地的醇香
花斑鹿
标示你布洒雨点的路途。（第 21 诗节）

以上两个译文中，“枯焦的”和“经火”与梵文原文中的“dagdha”对应。但是“烧焦的林”和“土地的香味”并不和谐。森林烧焦了，大地是痛苦的。怎能歌颂“香味”？从这点上来说，此处意思说不通。那么，再看摩利那他所说的“jagdhvā”。

梵文的“jagdhvā”为“√ jakṣ”（吃）的独立式，所谓“独立式”是表示“某个动词所指动作发生在谓语动词所发出动作之前”的动词特定形式。所以，“jagdhvā”逻辑上的意思为“吃到……之后”①。除了“jagdhvā”，在此诗节中还有两个独立式动词“dṛṣṭvā”和“āghrāya”

① 在该文本语境里把它理解为“咀嚼到……之后”更贴切。

分别表示“看到”和“闻到”。摩利那他之所以把上述有争议的词认为是“jagdhvā”,是因为该诗节中也有与此三个独立式搭配的三个宾语,它们是“nīpaṁ”(迦昙波花)、“kandalīś”(野芭蕉)和“gandham”(香味)。从而这三个独立式短语的意思分别为“看到迦昙波花(开)”“吃到野芭蕉(嫩芽)”“闻到(土地的)香味”。那它们的主语是什么?是原文第4行第1个字“sāraṅgās”(阳、复、体),其意为“身上有斑点(纹)的”。这个词在迦梨陀娑的戏剧《沙恭达罗》中也出现过两次,均指“鹿”,即为“鹿”的藻饰词。因而,在《云使》中人们习惯把它当成了“鹿”,比如在金克木和罗鸿的译本中分别把它翻译成“麋鹿”和“花斑鹿”。但是,根据摩利那他注释,这里的“sāraṅgās”并不指一种动物,而是指身上有斑点或斑纹的三种动物——蜜蜂、小鹿和大象,来当主语分别对应三个独立式“dṛṣṭvā”(看到)、“jagdhvā”(吃到)和“āghrāya”(闻到),同时三个独立式的宾语分别是“nīpaṁ”(迦昙波花)、“kandalīś”(野芭蕉)和“gandham”(香味)。连起来则成为三个短语“蜜蜂看到迦昙波花”“小鹿吃到野芭蕉”“大象闻到香味”。在汉译本中,徐梵澄先生的译文符合这一版本,把“sāraṅgās”翻译成“为蜂为鹿为象王”,具体如下:

迦淡聞樹花初靚,
半吐絲蕊兼青黄。
康達黎花苞始現,
其葉可食在澤旁。
君為濡灑林土香,
彼將示君前路長;
看花食葉聞香起,
為蜂為鹿為象王。

(第21诗节,保留了原文繁体字形式)

那么,在原文中该句子的谓语是什么?是“sūcayiṣyanti”,意思为“指给”,语法形式为第三人称、复数、将来时。它的宾语是“mārgam”(道路)。因而,整个句子的主干为“Sāraṅga(蜂、鹿、象)指给道路”,三个独立式结构充当了三个状语从句。

该诗节原文应为：

nīpaṁ dṛṣṭvā haritakapiśaṁ kesarairardharūḍhair
āvirbhūtaprathamamukulāḥ kandalīścānukaccham ।
jagdhvāraṇyeṣvadhikasurabhiṁ gandham āghrāya corvyāḥ
sāraṅgās te navajalamucaḥ **sūcayiṣyanti mārgam** ।।
（主） （谓） （宾）

根据以上分析，笔者的翻译如下：

当**蜜蜂**看到嫩黄微红的迦昙波花儿；
当**小鹿**吃到湖边开始萌芽的野芭蕉；
当**大象**闻到林中浓郁的土地芬芳，
它们都会给你**指出**洒下新鲜水滴的**路**。

梵文藻饰词中把“鹿”“象”“蜂”概括为一个词“sāraṅga”，不得不说是把藻饰词的功能发挥到了极致。藻饰词，不仅可以用其外表特征指代所指对象，而且还可以一词多指，具体指什么根据语境而定。藻饰词的此用法，也体现了梵文词汇的弹性。

本 章 小 结

蒙古国学者呈·达木丁苏伦曾说“要从 17、18 世纪的蒙古文学当中寻找没有佛教影响的作品，那就像水中捞干物一样”。的确，藏传佛教二度传入蒙古之后，不仅在蒙古人的信仰和生活方面，而且在文学创作和翻译领域也产生了巨大的影响。因此，在本书第一章从《云使》与藏传佛教的结缘说起，先讨论了《云使》入选藏文大藏经《丹珠尔》的原因，认为《云使》在众多梵文诗歌中脱颖而出得到藏族高僧们的青睐，除了因其自身的成就之外，与藏族高僧们注重学习梵语诗学理论息息相关。具体而言，梵语诗学理论《诗镜》在藏族诗学理论中具有举足轻重的地位，与之相对应，作为古典梵语抒情诗歌的典范《云使》与《诗镜》同时入选藏文《丹珠尔》。其次，本章简单回顾蒙古文佛经翻译传统并介绍了蒙古文《丹珠尔》翻译总纲领藏蒙《正字智者之源》，以交代《云使》蒙古文译本产生的历史文化背景。再次，追溯《云使》各蒙古文译本的版本渊源，并在列表《云使》各版本诗节对应关系基础上，进一步探讨了《丹珠尔》之《云使》版本的相关问题。概括而言，本章内容对《云使》蒙古文译本产生的途径、历史、文化背景、版本源流等外部因素进行了梳理和分析。在此基础上，接下来的第二章将对《云使》蒙古文、藏文和梵文三语种文本之间进行详尽的文本对照分析。

第二章 《云使》蒙古文译本与藏、梵文文本对照分析

《云使》从梵文到藏文，再从藏文到蒙古文的两个阶段中都发生了哪些变化？这些变化又说明了什么？本章从词汇、句子和篇章三个层面，对蒙古文《丹珠尔》之《云使》译本与其藏文底本和梵文原本之间进行逐字逐句对照，并分析其中存在的翻译问题。

第一节 词汇层面的文本对照分析

词汇层面的分析，是本章的主体部分。这是因为，一方面，梵文《云使》文本中各类名词和名词性短语（复合词）比重较大。另一方面，蒙古文《丹珠尔》之《云使》译本是对藏文译本的字对字翻译，其语序和修辞并不符合蒙古文的表达方式，在句子层面和篇章层面的可读性较低，因而更适合词汇层面的分析。

一、《云使》蒙古文译本参照梵文文献的推测

"蒙古人早于13世纪之前通过回鹘文阅读和翻译佛教经典，因而在蒙古译经语言中出现梵、回鹘和蒙古语混合用的状态。"①即藏传佛教传入蒙古地区之前蒙古人已通过中亚地区接受了佛经和梵语词汇。后来即使从藏文翻译佛教文献，但在名词术语方面依然采用梵语词汇而很少用藏语词汇。蒙古文佛经翻译史上约定俗成形成了"名从其主"翻译原则②。与此同时，蒙古高僧也创建了"阿里

---

① Л. Хүрэлбаатар, *Монгол Орчуулгын Товчоон*. Улсын хэвлэлийн газар, Улаанбаатар, 1995.
（〔蒙古〕拉・呼尔勒巴特尔著：《蒙古翻译简史》，乌兰巴托，1995年，第6页。）

② "名从其主"原则，请看绪论部分"个别概念界定与说明"。

嘎里标音字母”(1587 年)来记录梵、藏词汇。从梵语来的佛教词汇一般都用阿里嘎拉字母来记录。所以,蒙古文佛教经典和译本中常出现梵语词汇,比如《云使》蒙古文译本中出现的“yakṣas”“visnu”“kinari”“kalparavaras”“bimba”等都是在《云使》翻译之前已融入蒙古语词汇中的梵语词汇。在《云使》中它们的蒙藏梵三文对应关系如下:

表 2-1 三文词汇对照表(一)

St.	1	15	58(56)①	64(62)	81(79)
蒙	yakṣas	visnu	kinari	kalparavaras	bimba
藏	gnod sbyin	khyab 'jug②	mi 'am ci	dpag bsam	bil ba
梵	yakṣaś	viṣṇu	kiṃnarī	kalpavṛkṣa	bimba

而有时,依据藏文翻译而来的《云使》蒙古文译本中的这些梵源词汇可能与梵文《云使》中出现的词并不能完全对应。比如在第 1 诗节中,蒙古文的“kalparavaras”(源自梵文“kalpavṛkṣa”)是从藏文“ljon shing”翻译而来,而其梵文对应词是“snigdha-cchāyā-taruṣu”(阴影浓密的树,或叫纳美树)。同样在第 112 节,蒙古文的“visnu”(源自梵文“viṣṇu”)从藏文“khyab 'jug”翻译而来,而其梵文中是“śārṅga-pāṇi”。如下表:

表 2-2 三文词汇对照表(二)

St.	1	意 思	St.	112(107)	意 思
蒙	kalparavaras	如意树	蒙	visnu	毗湿奴
藏	ljon shing③	树(丛)	藏	khyab 'jug	
梵	snigdha-cchāyā-taruṣu	纳美树	梵	śārṅga-pāṇi④	弓箭手

① 前面的数字表示《丹珠尔》之《云使》的序数,后面括号里的数字表示《云使》精校本的诗节序数,下同。

② “khyab 'jug”藏语意思为“遍入天”,是“毗湿奴”在佛教中的称呼。

③ 藏文中“如意树”的确切说法应该是“dpag bsam ljon shing 或 dpag bsam shing”,蒙古文中直接把“ljon shing”等同于“dpag bsam ljon shing”。

④ 梵文“śārṅga-pāṇi”是“弓箭手”的意思,它的所指根据语境而定,在《云使》此节中指“毗湿奴”。

那么，从词汇层面讨论，《云使》蒙古文译本到底有没有参考梵文原本或者相关的其他梵文文献？仔细对照《云使》三语种文本之后，我们会发现在蒙古文译本中的有些词，如果没有参照梵文材料而仅依据藏文译本，是不能有的。这些词，可归纳为以下三种情况。

1. 藏译本中的同一个词在蒙古文中变为与其梵文相吻合的不同词

《云使》藏文中的“kun da”在蒙古文译本中有“ku-ṭa-ca”和“kunda”两种译法，分别与其梵文“kuṭaja”和“kunda”相吻合。请看下表。

表 2－3　三文词汇对照表(三)

St.	4	意 思	St.	49(47)、67(65)	意 思
蒙	ku-ṭa-ca		蒙	kunda	
藏	**kun da**	野茉莉	藏	**kun da**	素馨花
梵	kuṭaja		梵	kunda	

梵文的“kuṭaja”和“kunda”两种花，均属于木犀科素馨属花，藏文中把它们都译成“kun da”，意义上不会造成太大的区别。而在蒙古文中把藏文的同一个“kun da”译成了“ku-ṭa-ca”和“kunda”两个词，且这两个词分别与其梵文相吻合，其中“ku-ṭa-ca”可视为梵文“kuṭaja”的蒙古文阿里嘎里字转写结果，因为在阿里嘎里字拼写中梵文的清辅音“c”和浊辅音“j”的转写常有互相混淆的情况。所以，《云使》蒙古文译本中的“ku-ṭa-ca”，跨过藏文的“kun da”，直接与其梵文“kuṭaja”相对应。

2. 藏文名称与原文有出入的情况下，蒙古文与梵文保持一致

表 2－4　三文词汇对照表(四)

St.	67(65)	意 思	St.	97(93)	意 思
蒙	lingqu-a	莲花	蒙	kadalī	芭蕉
藏	mdzes shing	美丽的树	藏	chu shing	车前草
梵	kamala	莲花	梵	kadalī	芭蕉

第 67 节，藏文把原文的年轻女子们手中拿的“kamala”(莲花)译成“美丽的树”，这就与原文的差距较大了。但在蒙古文中把它译

成“lingqu-a”(莲花),与原文的“kamala”是一个意思。第 97 节,藏文的“chu shing”并不是对梵文“kadalī”的贴切翻译,而蒙古文中却与其梵文相一致。

3. 从形式上而言,《云使》蒙古文译本中还有一些词与其梵文原文更贴近

表 2-5 三文词汇对照表(五)

St.	7	9	22(21)	25(23)	59(57)
蒙	ati kavāti/kavanti?	ca-ta-ka-as	śār-ram-ka	dasa	krauñca
藏	lcang lo can	tsa ta ka	s'a rigs	tam sha	kroonyu
梵	alakā	cātakas	sāraṅgās	daśa	krauñca
意思	阿罗迦城	饮雨鸟	身上有斑纹的	十堡城	大雁峡

第 7 节,《云使》中药叉的家乡阿罗迦城的梵文为“alakā”,为“alaka”(头发、辫子)的阴性形式,在藏译本中把它译作“lcang lo can”,“lcang lo”既指“头发”又指“柳条”,贺文宣先生把它译为“杨柳宫”。在蒙古文译本中该词的读音和意思不明确,拉丁转写可写为“ati kavāti 或 ati kavanti”,但从其形式来看,更像是对梵文的转写而不是对藏文“lcang lo can”的翻译。

第 9 节,蒙古文“ca-ta-ka-as”一词的最后“as”音节比较引人注目。其藏文中并没有这个尾音节,而与其对应的梵文词却有这个词尾。其实,在梵文中该词的原形为“cātaka”,是阳性名词。在此诗节中用了它的体格形式“cātakas”,在蒙古文译本中的对应词“ca-ta-ka-as”的最后一个字母“s”正是反映了梵文原本中使用体格形式下产生的“-s”。这一形式在藏文中并没有体现,却在蒙古文中得以体现。

第 22 节,梵语中的“sāraṅgās”意为“身上有斑纹的”,可指身上有斑点或条纹的动物,如鹿等。在藏语中把它译成“s'a rigs”,其意为“s'a 科的”或所指不太明确。而蒙古文译本中的写法是“śār-ram-ka”,比较接近梵文写法,可视为它是从梵文转写而来,而不是对藏文“s'a rigs”的翻译。

第 25 节和第 59 节,梵文“daśa”是城镇的名字,“krauñca”是峡

谷的名称，它们的藏文音译和拼写形式都与梵文不一致，而蒙古文的写法却与梵文相一致。这也给我们提供了蒙古文译本参照过梵文原文的猜测依据。

除此之外，在藏译本第 24 节中，把梵文“apāṅga”（眼角）译成了“’dren byed”（引导者，指眼睛），并没有译出“眼角”的“角”。而在蒙古文译本中却把“角”的意思翻译了出来，“uduriduγči（-yin）qosiγun”（眼角）其中“qosiγun”即为“角”。

芬兰学者 Kolari 曾提出“不能否认蒙古文《丹珠尔》之《云使》的译者们不仅用了藏文《丹珠尔》文本，而且还看了梵文原本，更有可能的是它的注释”，从以上例子看 Kolari 先生的推测有据可循。因为，仅依据《云使》藏文译本，而没有与梵文原本相关的其他资料，上述这些例子中的情况是不会出现的。但是，在全译本中仅凭这几个字词，是不能说明《云使》蒙古文译本参照了梵文原本本身的。如果说参考了其他相关梵文资料，那为何仅有几处跳跃式参考而其他地方没有参考？因此，对于《云使》蒙古文译本究竟参考过什么梵文文献以及怎么参考的等问题本研究无法给出更确切的答案。

二、《云使》蒙古文译本中的藏译本影响

《云使》蒙古文译本经历了从梵文到藏文，再从藏文到蒙古文的两道过程。在此所谓的“藏文译本影响”，是指在《云使》蒙古文译本中与梵文原本之间产生差异是因藏文译本而导致的情况。其中包含两大方面的内容，一为藏译本的“翻译偏离”对蒙古文译本的影响。二为藏文译本中的“藏化特征”对蒙古文译本的影响。“藏化特征”指的是，藏译本在有些字词，主要是在“藻饰词”的翻译上，使用藏文固定的表达方式，使之表现出了藏文化特征的翻译。

（一）藏文译本中的“翻译偏离”对蒙古文译本的影响

藏文译本中的“翻译偏离”可归纳为“词义的泛化”（即专指名词成为泛指），“词义的不对等”“对专有名词的意译”“对原文形近词的混淆”等四个方面。

1. 词义泛化问题

(1) 人、神之名

表 2-6 三文词汇对照表(六)

St.	1	意　思
蒙	sedkil-dür taγalamǰi törügülügči ökin	让人心怡的姑娘
藏	yid 'ong **skyed byed** bu mo	
梵	**janaka**-tanayā	阇那竭的女儿,悉达
St.	**51(49)/61(59)**	**意　思**
蒙	sayin kücü-tü/küčün tegülder	有力气的、大力士
藏	stobs bzang/stobs ldan	有力气的(黑天的兄弟)
梵	lāṅgalī/hala-bhṛta	持犁者

第 1 节:"悉达"(Sita)是印度史诗《罗摩衍那》的主人公罗摩的妻子。在《云使》第一诗节以"遮那竭的女儿"来指代悉达。"遮那竭"(Janaka)是史诗《罗摩衍那》中弥萨罗国国王的名字,是悉达的父亲。而梵语的"janaka"一词原义为"生产、起源",衍生意义指"父亲"。藏译文正是依据它的字面意思把它译成了"skyed byed"(产生、引起),并在前面加"yid 'ong"(心怡的),最终把"遮那竭的女儿"译成"让人心怡的姑娘",蒙古文译本亦如此。

第 51(49)/61(59)节:"持犁者"为印度史诗英雄,黑天的兄弟,其武器为一把犁,故得此名。在梵文《云使》中的"lāṅgalī"和"hala-bhṛta"均为"持犁者"的意思。但在藏译文中并没有按照原来的词义翻译,而译成了"有力气的",蒙古文译本同样如此。"有力气的"这一词可能是来自"持犁者"的另一梵语名字"bala-rāma"(波罗罗摩),意为"有力气的罗摩"。虽然在藏语词汇中"有力气的"可指黑天的兄弟持犁罗摩,但也可指其他有力气的人、神或动物,从而专指变成了泛指,或变得词义具有不确定性。

(2) 花草之名

在藏译本中,对有些花儿的名字只译出了它们的颜色。比如把

“茉莉”“罗陀罗”和“月季”分别译成了“黄花”“白花”“红花”。具体如下表。

表 2-7　三文词汇对照表(七)

St.	28(26)	意 思	St.	67(65)	意 思
蒙	sir-a toor-tu	黄色花环	蒙	čaγan toγurčuγ	白色花蕊
藏	ser po'i dra ba		藏	dkar ba'i ge sar	
梵	yūthikā-jālakāni	茉莉花嫩芽	梵	lodhraprasavarajas	罗陀罗树花粉

St.	38(36)	意 思
蒙	ulaγan usun-ača urγuγsan	红色的水生、红花
藏	dmar ba'i chu skyes	
梵	japāpuṣpa	月季花

除此之外,还有一些植物的名字没有翻译出来,只是用“……花”或“……树”来代替了它们。比如把“蓝睡莲”译成了“莲花”(水生);“尼波花”译成了“盛开的花”;“金莲花”译成了“金花”;“金色芭蕉”译成了“金树”,如下表。

表 2-8　三文词汇对照表(八)

St.	46(44)	意 思	St.	67(65)	意 思
蒙	usun-ača urγuγsan	水生(指莲花)	蒙	irlaγsan sečeg	盛开的花
藏	chu skyes		藏	bkra ba'i me tog	
梵	kuvalaya	蓝睡莲	梵	nīpaṃ	尼波花
St.	69(67)	意 思	St.	76(74)	意 思
蒙	altan sečeg-üd	金花	蒙	altan nayiljaγur modun	金树
藏	gser gyi me tog		藏	gser gyi ljon	
梵	kanaka-kamalaiḥ	金莲花	梵	kanaka-kadalī	金色芭蕉

其中,“蓝睡莲”是一种非常珍奇的植物,在原文中是雪山女神乌玛插在耳边的装饰,如果只把它译为“莲花”(chu skyes),就会降

低原文的审美价值。

（3）山水之名

表 2-9 三文词汇对照表(九)

St.	11	意 思	St.	16	意 思
蒙	časutan	有雪的	蒙	tariyalang	田野,农业
藏	gangs can	有雪的,雪山	藏	zhing la	田野
梵	kailāsa	凯拉什山	梵	māla	玛罗高原

在藏译文中,“凯拉什山”和“玛罗高原”的名字都没有被翻译出来,只译为“雪山”和“田野”,从而使之语义泛化了。在藏语中“雪山”一般指“喜马拉雅山”,也可指“凯拉什山”。而在蒙古语中并没有特指的含义。

以上为在梵译藏过程中,藏文译本把梵语原文中的一些特指人名、花草和山水名称译为泛指名词的情况。

2. 藏文译本与原文词义不对等问题

“词义不对等”是指,译文所指意思与原文词义相互不一致的情况。以下分人神、鸟禽、花草、河流、城市、人体器官等几个类别来讨论。

（1）人、神之名

表 2-10 三文词汇对照表(十)

St.	35(33)	意 思
蒙	tügemel-ün eǰen	一切的主人;遍主
藏	khyab bdag	
梵	caṇḍeśvara	难近母的丈夫(主人)
St.	70(68)	意 思
蒙	**tačiyangγui**-bar yakṣas-un qatuγtai	放荡的药叉女
藏	**chags pas** gnod sbyin bud med	
梵	**bimbā**dharāṇāṁ	频婆嘴的女人

第35(33)节,“湿婆”(Śiva)是印度教三大神之一,他的“藻饰词”很多,在此节中为“难近母的丈夫”(caṇḍeśvara)。“caṇḍeśvara”为由“caṇḍā”和“iśvara”两个词构成的复合词,其中“caṇḍā”为“caṇḍa”(暴戾、愤怒)的阴性形式,即为湿婆之妻帕尔瓦蒂(Pārvatī)的愤怒相“难近母”(Durgā);“iśvara”为“主人、丈夫”的意思。但藏译者没有按照原复合词的意思去翻译,而把它译成了另一个藻饰词“khyab bdag”(一切的主人),该藻饰词在藏文中一般指“佛陀”,而非“湿婆”。因而,在意思上也产生了变化。那么,在蒙古文译本中,按照藏文的词义把它译为“tügemel-ün eǰen”(一切的主人),所指不明确。

第70(68)节,原文“bimbā-dharāṇāṁ”(频婆嘴的女人)在藏译文中却成了“chags pas gnod sbyin bud med”(放荡的药叉女),蒙古文译文受藏译文的影响,把它转译成了“tačiyangγui-bar yakṣas-un qatuγtai”(有欲望的药叉夫人)。究其原因,可能是因为梵文的“bimbā”是“bimba”阴性形式,而“bimba”除了“频婆”外还有“蜥蜴、变色龙,轻浮的人”等义,藏译文取其“轻浮的人”之义,把它译成了“chags pas”(放荡的、欲望强的),从而导致与原文的意义偏差。

(2) 鸟禽之名

表2-11　三文词汇对照表(十一)

St.	9	意 思	St.	82(80)	意 思
蒙	čaqulai bükün	(每个)海鸥	蒙	γalaγun	雁、鹅
藏	chu skyar rnams	水鸟(复数)	藏	ngang mo	
梵	balākāḥ	鹤群	梵	cakravākīm	雌轮鸟

第9节,在梵语里“balākāḥ”指的是“鹤”(复数形式),而在藏语中却把它译成“水鸟”,接着蒙古语中又译成了“海鸥”。《云使》原文中,鹤群的出现直接与雨云有关,即雨季的到来意味着雌鹤妊娠期的临近,从而雌鹤群会很兴奋地迎接雨云。如果把它译为“水鸟”或“海鸥”则会导致原文文化信息的丢失。

第82(80)节,“cakravāka”(轮鸟)是印度传说中的一种鸟。它们白天相依相随在一起，但晚上注定要分离，夜间它们相隔在河的两岸，向对方哀鸣。关于它们的这种命运也有不同的说法，一种认为它们是因为得罪了某个大神而受到诅咒；还有一种说法认为这是因为它们嘲笑了正在失去悉达而哭泣的罗摩而受惩罚的结果。① 总之，它们是相亲相爱而坚贞不移的，但遭到命运的捉弄而夜晚不得不分离。《云使》中，药叉把自己的爱妻形容为夜间分离的"雌轮鸟"般孤寂。而在藏文中把它译为"ngang mo"（雁、鹅）显然没有体现出原文的文化内涵。

（3）河流之名

表 2-12 三文词汇对照表（十二）

St.	47(45)	意 思
蒙	küsel-i γarγaγči ökin	如意女（河）
藏	'dod 'jo'i bu mos	
梵	surabhitanayālambhaja	牛牲河②

第 47(45) 节：梵语"surabhi-tanayā-ālambha-ja"的意思为"因以母牛行祭而化出的（河流）"，其中"surabhi"指神话中的如意牛，"tanayā"为"女性后代，女儿"的意思，这两个词合为一个复合词"surabhi-tanayā"（如意牛的女儿），指"母牛"。"ālambha"为"杀戮、牺牲"，"ja"为"产生、归因于"的意思。整个短语指的是一条河流，而这是一条有来历的河流，在印度神话中有一位叫作朗狄提婆的国王曾杀戮大量的母牛做祭祀活动，牛血变成了我们所述的这条河流。在藏语中把梵文的"surabhi-tanayā"（如意牛的女儿、指母牛）译成了"如意女"。从而整个短语在藏译文中变成了"'dod 'jo'i bu mos 'ongs nas mchod pa byed par 'gyur"（如意女前来做祭祀），在蒙译文中同样为"küsel-i γarγaγči ökin-ber irejü dakin（dakil）üiledkü bolumoi"（如意女前来做祭祀），意思已偏离了原文。

---

① M.R. Kale, *The Meghadūta of Kālidāsa*, p.140.

② "牛牲河"为罗鸿的译法。金克木先生译为"牛祭所化出的河流"，徐梵澄先生在此处的译法为"屠牛祭血流地化长川"。

（4）花草之名

表 2-13　三文词汇对照表（十三）

St.	28(26)	35(33)	67(65)
蒙	udbala	udbala	utbala
藏	utpal	utpal	utpala
梵	utpala 青莲	kuvalaya 蓝莲花	śirīṣaṃ 夜合花

在原文中三种不同的花名“utpala”“kuvalaya”“śirīṣaṃ”，在藏文中都译成了同一个花名“utpala”，蒙古文中同样如此。从而减弱了原文植物的多样性。

（5）人体器官

表 2-14　三文词汇对照表（十四）

St.	43(41)	意　思
蒙	emüne-deki üǰesküleng-tü qayirčaγ	前面美丽的盒子，指乳房
藏	mdun sgrom mdzes pa	前面美丽的盒子，指乳房
梵	vivṛta-jaghanāṃ	裸露的下肢（臀部）

在此节，原文中关于雨云饮河水做了一个比较形象的比喻，即“谁能舍弃裸露的下肢，如果尝过了滋味”①，而藏文中把“裸露的下肢”译作“（美女）前面美丽的盒子”，“前面的盒子”是指“乳房”，即把原文的“臀部”译成了“乳房”。蒙古文依照藏文也译成了“前面的盒子”，也因蒙古语中这个藻饰词并不普及，所以很难让人正确理解其意。

3. 专有名词的意译

藏译本中习惯对人名、地名等专有名词进行意译。一般意译词与原文能对上，但有时候也会带来理解上的困扰，尤其是当把它们再翻译成蒙古文之时，意思便会更加偏离。此问题主要体现在人名

① 金克木先生的译文，金克木译：《云使》，第 24 页，第 41 节。

与河名的翻译上。

（1）人名

表 2-15 三文词汇对照表（十五）

St.	47(45)	意　思
蒙	γaǰar-un eǰed-i bayasqaγči tngri	愉悦土地之主的神
藏	sa bdag dga' ba'i lha	悦神王，土地喜神①
梵	rantideva	朗狄提婆，悦神王②
St.	52(50)	意　思
蒙	qoor-a-tu qaγan	有毒的国王
藏	dug can rgyal po	有毒的国王，具毒国王③
梵	sagara	沙伽罗（国王名）

第47（45）节，“朗狄提婆”（rantideva）是印度神话中的国王名称，曾举行盛大牛祭愉悦了天神。其名 ranti-deva 也由此而来，“ranti”为“愉悦、使高兴”之意，“deva”是神的意思。他的名字意译过来是“悦神王”。藏文把它译成“sa bdag dga' ba'i lha”，其中“sa bdag”为“土地的主人”，指“国王”。“dga' ba'i lha”与梵文的“ranti-deva”对应，表示“悦神的”，与“sa bdag”为同位语关系。所以“sa bdag dga' ba'i lha”的意思为“国王悦神的”，即“悦神王”。而在蒙古语中把该短语译成了“γaǰar-un eǰed-i bayasqaγči tngri”，意思为“愉悦土地之主的神”，这里把“sa bdag”理解为“土地之主”，又把它看成是“dga' ba”（愉悦）的宾语，从而整个短语的意思与原文相颠倒，“愉悦神的国王”变成了“愉悦国王（土地之主）的神”。

第52（50）节：“沙伽罗”（sagara）是印度神话中太阳族君主的名字。“sagara”的词义为“有毒的”，之所以有这个名字是因为，据说他

① “土地喜神”是贺文宣对藏文“sa bdag dga' ba'i lha”的译法。

② “朗狄提婆”为音译，金克木译法；“悦神王”为意译，罗鸿的译法。

③ “具毒国王”是贺文宣对藏文“dug can rgyal po”的译法。

的母亲在怀他的时候遭人暗算,喝下了毒药。然而她还是安然无恙地生下了一个男婴。可这男婴天生体内含毒,因此被命名为“sagara”(有毒的)。藏文译本取了这个词的字面意思,把它意译成了“dug can rgyal po”(有毒的国王),蒙古文同样把它意译为“有毒的国王”(qoor-a-tu qaγan),可是在蒙古语语境中很难理解什么是“有毒的国王”。因而,本书认为此类专有人名采取音译方式更为妥当。

(2)河流

表 2-16 三文词汇对照表(十六)

St.	20(19)	意　思
蒙	arsi nar-un ökin-ü mören	仙人的女儿之河①
藏	drang srong bu mo'i chu bo	
梵	revā	列瓦河②
St.	33(31)	意　思
蒙	usun-u dusuγal	水　滴
藏	chu thigs	
梵	siprā	湿波罗河③

第20(19)节,“列瓦河”起源于芒果山,是印度一条神圣的河流。而在藏文和蒙古文中怎么变成了“仙人的女儿之河”呢?究其原因,可能是因为:印度有一位国王叫 Anarta,其子名叫“Reva”,而“revā”正是“reva”的阴性形式,由此藏译者可能把“revā”当作该国王的女儿,并把国王称作“仙人”,从而把“revā”译成“仙人的女儿”。这条河流就变成了“仙人的女儿之河”。

第33(31)节:梵文中“siprā”河是优禅尼城附近的一条河流,在

① 此处贺文宣先生把藏文的“drang srong bu mo'i chu bo”译为“仙女之河”。
② 关于梵文的“revā”,金克木先生和罗鸿分别译为“列瓦河”和“热瓦河”。徐梵澄先生译为“鸣吼河”。
③ “湿波罗河”为金克木先生的译法;罗鸿译为“喜帛河”。

藏文中把它译成了“chu thigs”(水滴),蒙古文中同样变成了“水滴”,而非河流。梵文中“siprā”为阴性词,指一条河流;而其阳性形式“sipra”具有“水滴、汗珠”的意思。藏译者可能是因为把阴性形式的意思按其阳性形式的意思理解,导致意义的偏差。

(3) 城镇

表 2-17 三文词汇对照表(十七)

St.	32(30)	意 思	St.	65(63)	意 思
蒙	qotala tegüsügsen	广阔的	蒙	šangqu-tu eke	发髻母
藏	yangs pa can		藏	lcang lo ldan ma	杨柳宫①
梵	viśālā	广严城	梵	alakā	阿罗迦城

第 32(30)节:梵文原本中的“viśālā”是城市名,词义为“广阔的”,汉译“广严城”,是优禅尼城的别名。在藏文译本中同样把它意译为“yangs pa can”(广阔的),但后面并没有加“城市”一词。从而,蒙译者把它当作形容词“广阔的”(qotala tegüsügsen)来译,而没把它当作城市名来译。

第 65(63)节:“alakā”(阿罗迦)城的名字曾在第 7 节中出现过,当时的藏文翻译是“lcang lo can”,蒙古文翻译是“ati kavanti”,而“ati kavanti”的词义不明,也不像是从藏文翻译,更像是从梵文转写的词。那么在第 65 节,“alakā”的藏文翻译为“lcang lo ldan ma”,与第 7 节相比多了一个“ma”,藏文中“lcang lo”有“头发”的意思,也有“柳条”的意思;“can”和“ldan”都是“具有……”的意思。梵文的“alakā”是“alaka”(头发)的阴性形式,因此藏文第 65 节中表示女性的后缀“... ma”即与梵文的阴性词缀相对应,与蒙古文译本的“... eke”(……母)相对应。藏文的“lcang lo ldan ma”在蒙古译本中成了“šangqu-tu eke”(发髻母)。虽然在《云使》原文中确实把阿罗迦城比作顶着一头黑发的美人,但蒙古文译本中直

① “杨柳宫”是贺文宣先生的译法。

接把城市的名字译为“发髻母”,很容易让人误解。相比之下,后来的音译法“alaγ-a balγasu”(阿罗迦城,宾·仁钦译法)更为妥当。

4. 藏文译本对梵语形近词的混淆

表 2-18 三文词汇对照表(十八)

St.	48(46)	意 思	St.	59(57)	意 思
蒙	bal-un köbegün	蜂蜜的儿子、指蜜蜂	蒙	küčün tegülder	有力量的、大力士
藏	sbrang rtsi'i bu		藏	stobs ldan	
梵	śārṅgiṇ	弓箭手,指黑天	梵	bali	恶魔名称

第 48(46)节:梵文的“śārṅgiṇ”为“弓箭手”的意思,是“黑天”的藻饰词,它是从名词“śārṅga”(弓箭)变化而来。藏文中之所以把它译成“蜂蜜的儿子”(蜜蜂)可能是因为把“śārṅga”和与其形似的“sāraṅga”相混了,后者意为“斑驳的、身上有斑纹的”,可指如“蜜蜂”等身上斑斓的动物。因为两个词比较相近,藏译者把“śārṅgiṇ”看作为“sāraṅga”,并把它理解成“蜜蜂”,又因格律的要求用了蜜蜂的藻饰词“蜜的儿子”,最终梵文的“黑天”(弓箭手)在藏、蒙译本中变成了“蜜蜂”(蜜的儿子)。

第 59(57)节:“bali”(波利)是印度神话中恶魔的名字。但在藏译本中把它译为“有力量的”,这可能是因为把它与梵文的另一个词“bala”(力量)或“balin”(有力量的)相混。从而原文中的魔鬼 Bali 的名字在藏文和蒙古文译本中都变成了“有力量的”,失去了专有名词的意义。

以上为《云使》藏文译本中的一些翻译偏离对蒙古文译本带来的影响。

(二)藏文译本的“藏化”特征对蒙古文译本的影响

藏译本的“藏化”特征主要体现在藻饰词的翻译上。藻饰词,是梵文中司空见惯的现象,在藏文中也比较常见。梵文的藻饰词随意性较强,同一个人或物的藻饰词多种多样,相对而言,藏语中的藻饰词比较固定。因此,藏文译本的有些字词虽然在意思上与梵文原本相吻合,但并不是按照原文的结构和字面意思,而是采用藏文中惯用的藻饰词来翻译,从而表现了"藻饰词的藏化"特征。除此之外,在梵语中并不是藻饰词形式的词,藏文中也以藻饰词来表达。这一方面与藏文书面语中藻饰词的运用比较普遍有关,另一方面是与诗律有关。对蒙古文译本而言,藻饰词在蒙古语中运用不多,一般与梵藏文化有关的文章当中才会出现,蒙古文译本中对音节数的要求也不严格。因此,《云使》蒙古文译本中的藻饰词运用如实地呈现了其藏文底本的特征。

1. "藻饰词"到"藻饰词"

(1) 人、神之名

表 2-19 三文词汇对照表(十九)

St.	6/15	字面意思	所 指
蒙	ǰaγun takil öglige-tü	百祭者	因陀罗
藏	mchod sbyin brgya pa		
梵	maghona/ākhaṇḍala	给予神/摧毁者	

St.	7	字面意思	所 指
蒙	niγuča-yin eǰen	秘密之主	财神
藏	gsang ba'i bdag po		
梵	yakṣeśvara	药叉之主	

St.	45(43)	字面意思	所指	60(58)	字面意思	所指
蒙	tülesi idegči	吃焚烧的	火神	arban qoγulai-tu	十个喉咙的 十个脖子的	罗波那
藏	sreg za			mgrin bcu		
梵	hutavaha	拿祭品的		daśamukha	十面王	

第 6/15 节,在这两个诗节中,梵文原文中分别用"maghona"(给予者)和"ākhaṇḍala"(摧毁者)两个藻饰词来指代因陀罗。到

了藏文中两处都用了“mchod sbyin brgya pa”（百祭者）藻饰词，这是藏传佛教中对因陀罗的称呼。蒙古文译本中保留了藏文的说法。

第7节，蒙古文的“niγuča-yin eǰen”（秘密之主）是来自藏文的“gsang ba'i bdag po”，其中“gsang ba”为“秘密”“bdag po”为“主人”的意思，与梵文的“guhyapati”（秘密之主）对应，而“guhyapati”指的是金刚手。可是在《云使》原文中出现的“yakṣeśvara”（药叉之主）指“财神俱毗罗”（佛教的毗沙门天），而不是金刚手。

第45(43)节：关于火神的藻饰词，梵文表达与藏文表达存在着细微的区别，梵文中称“拿祭品的”，藏和蒙古文中称“吃焚烧的”。其实，梵文的“祭品”(huta)是指献给火中的祭品。所以二者的区别在于前者用了“拿……的”而后者用了“吃……的”。

第60(58)节，描述罗波那的藻饰词在梵、藏文中略有不同。罗波那是印度史诗《罗摩衍那》中出现的楞伽岛罗刹之王，他长有十个头颅，汉语中称为“十首王”，梵文中称“daśamukha”，其中“daśa”为“十个”，“mukha”为“脸面；嘴口”等意思。藏文中为“mgrin bcu”，其中“bcu”为“十”，“mgrin”为“喉咙、脖子”等意思。蒙古文中称“arban qoγulai-tu”（十个喉咙的），这一说法直接来自藏文的“mgrin bcu”。

（2）雨云

表2-20　三文词汇对照表（二十）

St.	7	意　思	St.	71(69)	意　思
蒙	usun tegülder	有水的、满水的	蒙	usun bariγči	持水的
藏	chu ldan		藏	chu 'dzin	
梵	payoda	布雨者	梵	jalamucas	释放水的

在《云使》原文中，“雨云”的藻饰词也是各式各样的，而藏译本中对它们的翻译并不是完全按照其字面意思进行的，如上表格所列把原文的“布雨者”和“释放水的”分别译为“有水的”和“持水的”，

即梵文主要表达的是雨云“释放水”的一面而藏文主要表达的是雨云“持有水”的一面。蒙古文的译法与藏文一致。

(3) 鸟、兽

表 2-21 三文词汇对照表(二十一)

<table>
<tr><th>St.</th><th>24(22)</th><th>意 思</th><th>St.</th><th>64(62)</th><th>意 思</th></tr>
<tr><td>蒙</td><td>kökül-tü</td><td rowspan="2">有头发的</td><td>蒙</td><td>γaǰar sakiγči-yin köbegün</td><td>大地守护者的儿子</td></tr>
<tr><td>藏</td><td>gtsug phud can</td><td>藏</td><td>sa srung bu</td><td rowspan="2">海生的,指因陀罗的坐骑天象</td></tr>
<tr><td>梵</td><td>śukla-apāṅga</td><td>眼角洁白的</td><td>梵</td><td>airāvaṇa</td></tr>
</table>

第24(22)节,“有头发的”是孔雀常用的藻饰词,在梵文和藏文中都有。而“眼角洁白的”也是孔雀的藻饰词,因格律的要求梵文中用了该藻饰词。而在藏文中仍然用了“有头发的”。因此这类没被藏译本采用的藻饰词在蒙古文译本中就不会出现了。

第64(62)节,梵文的“airāvaṇa”(有的版本中为“airāvata”)一词来自“*irā-van*”(或“*irā-vat*”)结构,意为“由海产生的”,是因陀罗的坐骑天象的藻饰词。藏译本中把它译为“sa srung bu”,其中“sa srung”有“大海”的意思;“bu”为“儿子”的意思,合起来为“海的儿子”,与梵文“海生的”意思相符。而藏文的“sa srung”,(“sa”为“大地”;“srung”为“保护、守护”)也有“大地的守护者”的意思,还可指“国王”。蒙古文中正是取了“大地守护”这个意思,从而把藏文的“sa srung bu”译成了“大地守护者的儿子”。即蒙古文中的“大地守护者的儿子”这一说法直接来自藏文的“sa srung bu”。

2. “普通词”到“藻饰词”

此处所谓“普通词”是指相对于“藻饰词”而言的非藻饰词,比如“云”为普通词,“持水者”为藻饰词。由于“藻饰词”在藏文书面语中的运用频率高,在《云使》藏译本中把原文的普通词译为藻饰词的情况也常见。

（1）自然现象和景象

表 2-22　三文词汇对照表(二十二)

St.	5	意 思	St.	8/64(62)	意 思
蒙	türgen-e oduγči	快走者	蒙	ünür kölgelegči	乘气者
藏	myur 'gro		藏	dri yi bzhon	
梵	maruta	风	梵	pavana/vāta	风
St.	3、6	意 思	St.	11/36(34)	意 思
蒙	usun bariγči	持水者	蒙	luu-yin daγun	龙之声
藏	chu 'dzin		藏	'brug sgra	雷声、龙声
梵	megha	云	梵	garjita/stanita	隆隆声、雷声
St.	36(34)、41(39)	意 思	St.	69(70)	意 思
蒙	edür bolγan（bolγaγci）	带来白天的	蒙	tegüs gerel-tü	满光的
藏	nyin mor byed pa		藏	'od ldan	
梵	bhānu	太阳	梵	savitṛ	太阳

在上列表格中梵原文没有采取藻饰词的情况下，藏译文却用了藻饰词。其中需说明的是第 11 和 36 诗节中，原文的“隆隆声”或“雷声”到了蒙古文成了“龙声”。这是因为藏文中的“'brug”具有“雷”“龙”两个意思，因而蒙古文中把藏文的“'brug sgra”译成了“龙声”。

第 36(34)/69(70)节，梵语中“bhānu”和“savitṛ”都是“太阳”的意思。其中，“bhānu”义为“有光芒的”，词根是“bhā”（光芒）。“savitṛ”是指“日落到日出之间的太阳”。除此之外，梵文中还有一个词“sūrya”是“日出到日落之间的太阳”。《云使》藏文译本中把“bhānu”译成了“带来白天的”，其实“sūrya”才是“带来白天的”太阳。藏译本中把“savitṛ”译成了“满光的”，其实“bhānu”才是“满光的”。蒙古文译本是完全按照藏文翻译的。可知这些词虽然都在指“太阳”，但在表达上均有细微的区别。尤其在梵文中太阳还要分白天的太阳和夜晚的太阳，这与印度发达的神话思维和丰富的神话故事有关。“sūrya”在《丹珠尔》之《云使》第 40 节和第 70 节出现。藏译本直接把它译成了“nyi ma”（太阳），从而在蒙古文译本中也直接译成了“nara”（太阳）。

（2）动物

表 2－23 三文词汇对照表（二十三）

St.	20(19)	意思	St.	46(44)	意思	St.	54(52)	意思
蒙	qoyar sidün	两颗牙	蒙	kökülten	有头发的	蒙	sürüg-ün manglai	群首
藏	so gnyis		藏	gtsug phud ldan		藏	khyu mchog	
梵	gaja	大象	梵	mayūra	孔雀	梵	vakṣyasi	公牛

第 20(19)节：藏文以藻饰词的形式翻译了原文的“gaja”（大象），但少了一个词缀，大象的藻饰词应该为“so gnyis pa”（有两颗牙的），而不是“so gnyis”（两颗牙）。同样在蒙古文中应为“qoyar sidüten”（有两颗牙的），而不是“qoyar sidün”（两颗牙）。第 46(44)和 54(52)节：这里把原文的“孔雀”和“公牛”分别译作“有头发的”和“群首”。

（3）人体器官

表 2－24 三文词汇对照表（二十四）

St.	22(21)	意 思	St.	81(79)	意 思
蒙	ünür bariγči	抓味者	蒙	qoyar törügči	二生者，牙齿
藏	dri ’dzin		藏	gnyis skyes	
梵	——	——	梵	daśana	牙齿
St.	**81(79)**	**意 思**	**St.**	**81(79)**	**意 思**
蒙	uduriduγči	指引者	蒙	sün bariγči	持乳者
藏	’dren byed		藏	’o ma ’dzin pa	
梵	prekṣaṇā	眼睛	梵	stanābhyāṃ	乳房

第22(21)节,原文中只有“闻到”,没有出现“鼻子”一词。在藏译文中是“用鼻子闻到”,而且“鼻子”用了其藻饰词“dri ’dzin”(抓味者),蒙古文译本中同样如此。

第81(79)节,把原文的“牙齿”“眼睛”“乳房”分别译成了它们的藻饰词“二生者”“指引者”和“持乳者”。

其实,上述这些藏译本中所用的藻饰词在梵文中也有,或者它们就是从梵文来的,这里讨论的只是在《云使》梵文本中没有用藻饰词的地方藏译本却用了藻饰词的情况。这除了“韵律”的需要,还要与当时藏族文人注重辞藻的文风有关。关于藏文的藻饰词高丙辰先生曾说:“十一、二世纪,一般来说藏文文字也是朴实无华的,人们今天来读当时的作品还感到平易近人的古风。十三世纪前后,文风起了很大的变化。由于一批翻译家把印度流行的崇高浮艳、奢靡的文学作品译成藏文,其中最重要的应该是雄敦·多吉坚赞所翻译的《诗论》《如意藤》和《龙喜记》影响最大。人们抛弃了原来的醇厚的风格,刻意追求华丽的词藻,相沿成风。于是藻饰词在藏语书面语中泛滥开来。几乎每一部文学作品、史传作品没有不受他影响的。它多半是通过借代、比喻、用典等手法来表达事物的概念,具有形象化的特征,是文学的语言。”①对于蒙古文学而言,藻饰词只限于佛教文献中,在喇嘛文人的翻译和创作中常用到。

三、《云使》蒙古文译本偏离藏、梵文本

《云使》蒙古文译本是从藏文译本转译而来,因此,从梵文到藏文翻译是它的第一阶段,从藏文到蒙古文是它的第二阶段。上面已讨论过第一阶段的问题,接着讨论第二阶段,即从藏文到蒙古文过程中的问题。

① 高丙辰:《藏文藻饰词浅说》,《民族语文》1980年第1期。

（1）神名：湿婆、乌玛

表 2-25 三文词汇对照表(二十五)

<table>
<tr><th>St.</th><th>45(43)</th><th>意 思</th><th>St.</th><th>58(56)</th><th>意 思</th></tr>
<tr><td>蒙</td><td>oroi-daki sar-a</td><td>头上的新月</td><td>蒙</td><td>bayaliγ-un ejen</td><td>财神</td></tr>
<tr><td>藏</td><td>gtsug na zla ba'</td><td>头上有新月的</td><td>藏</td><td>phyugs bdag</td><td rowspan="2">兽主①，指湿婆</td></tr>
<tr><td>梵</td><td>navaśaśibhṛtā</td><td>戴新月的</td><td>梵</td><td>paśupati</td></tr>
<tr><th>St.</th><th>38(36)</th><th>意 思</th><th>St.</th><th>46(44)</th><th>意 思</th></tr>
<tr><td>蒙</td><td>ahula-yin köbegün</td><td>山的儿子</td><td>蒙</td><td>umai</td><td>(子宫)</td></tr>
<tr><td>藏</td><td>ri yi sras mos</td><td rowspan="2">雪山女神、山的女儿</td><td>藏</td><td>u ma'i</td><td rowspan="2">雪山女神、乌玛</td></tr>
<tr><td>梵</td><td>bhavānī</td><td>梵</td><td>bhavānī</td></tr>
</table>

湿婆：第45(43)节，在梵、藏文中“头上戴有新月的”是“湿婆”的藻饰词，蒙古文把它译成了“头上的新月”，导致语义的偏离。其实，湿婆的这个藻饰词是比较常见的，在《云使》中也不止出现过一次。在其他诗节中的蒙古文翻译都对了，而在此诗节中翻译错了，因此可认为此处的翻译错误是因笔误或校对不严造成的。

第58(56)节，梵、藏文中的“兽主”指的是“湿婆”，蒙古文中却把它译成了“财之主(财神)”。之所以把“湿婆”和“财神”相混，可能是因为《云使》此节内容是在描写喜马拉雅山的情景，而湿婆和财神都住此山中，所以没分清楚他们俩。另一方面，就藻饰词的字面含义而言，“兽主”的“兽”其实指所有动物，关于这个藻饰词的来历有传说讲到，从前所有的天神都化作某种动物的形象，来请求湿婆镇压三魔城的魔鬼，从而把湿婆称作“动物之主”或“兽主”(paśupati)②。蒙古文译者可能是在不知道这个来历的情况下，把“兽”或“动物”当成财富，从而把该短语译成了“财之主”。

乌玛：梵文中“bhavānī”意为“女神”，指湿婆的妻子“雪山女神”乌玛(Umā)。她是雪山喜马拉雅的女儿，因此，藏文中把它译作

① 罗鸿的译法。

② 见 *Monier Williams Dictionary*，“paśupati”词条。

“山的女儿”，但蒙古文中“山的女儿”成了“山的儿子”（38），偏离了“女神”的意思。在第46（44）诗节中，把藏文的“U ma”（乌玛）译成了“umai”，即把藏文中的“u ma'i”（乌玛的）直接转写成“umai”，应该把最后一个字母“i”去掉。

（2）山川河流

表2-26　三文词汇对照表（二十六）

<table>
<tr><th>St.</th><th colspan="2">15</th><th colspan="3">意　思</th></tr>
<tr><td>蒙</td><td colspan="2">sayin nökür-ün qota-yin üǰügür</td><td colspan="3">好友城堡之顶</td></tr>
<tr><td>藏</td><td colspan="2">che ba'i grog mkhar rtse</td><td colspan="3">大的蚁垤峰</td></tr>
<tr><td>梵</td><td colspan="2">valmīkāgrāt</td><td colspan="3">蚁垤顶端，蚁垤峰</td></tr>
<tr><th>St.</th><th>20（19）</th><th>意　思</th><th>St.</th><th>59（57）</th><th>意　思</th></tr>
<tr><td>蒙</td><td>nebtelügči aγula</td><td>穿透山</td><td>蒙</td><td>γalaγun ödü-tü ... sumun</td><td>羽翎箭</td></tr>
<tr><td>藏</td><td>'bigs byed ri</td><td>（印度的山名）</td><td>藏</td><td>ngang pa'i sgo</td><td rowspan="2">天鹅门</td></tr>
<tr><td>梵</td><td>vindhya</td><td>宾陀山</td><td>梵</td><td>haṃsadvāraṃ</td></tr>
</table>

第15节，藏文的“grog mkhar”是“蚁垤”的意思，其中“grog”为“蚂蚁”，“mkhar”为“城堡”，而蒙古文中可能是把“grog”（蚂蚁）一词当成了“grogs”（朋友），从而把“grog mkhar”理解为“朋友的城堡”，并顺应此意把藏语的“che ba”（大的）译为“sayin”（好的），最终原文的“蚁垤峰”变成了“好友城堡之顶”。

第20（19）节，藏语中“'bigs”虽然有“钻孔，刺穿”的意思，但是词组“'bigs byed”指的是印度的一座山，与梵文文本中的“vindhya”（宾陀山）相对应。而蒙古文译本因其字面影响把它译成了“穿透山”。

第59（57）节，梵文中“haṃsadvāraṃ”意为“天鹅门”，指的是玛纳斯湖附近的一个通道，因天鹅常年由此飞过，故得此名。藏文翻译“ngang pa'i sgo”（天鹅门）与原文相符。但蒙古文译者可能对“天鹅门”的来历不熟悉，从而把它译成了“γalaγun ödü-tü … sumun”（天鹅翎羽箭），其中“sumun”（箭）是蒙古文译本所加的内容。

（3）烟雾、彩虹

表 2－27 三文词汇对照表（二十七）

St.	5	意 思	St.	66(64)	意 思
蒙	ukilaγči	哭泣的	蒙	erketen-ü nomu	权威者之弓
藏	du ba	烟雾	藏	dbang po'i gzhu	因陀罗之弓，指彩虹
梵	dhūma		梵	indracāpaṃ	

St.	74(72)	意 思
蒙	öndör ijaγur-tu eǰen-ü nomu	高种姓的主人之弓
藏	mtho ris bdag po'i gzhu	天堂之主的弓、彩虹
梵	amaradhanu	神之弓，彩虹

第 5 节，“du ba”一词在藏语中除了“烟雾”外，还有“哭泣”的意思，因此，蒙古文译本中取了后者，从而偏离了原文的意思。

第 66(64)节，在梵、藏语中“因陀罗之弓”是“彩虹”的藻饰词，藏语中把因陀罗称为“dbang po”，从字面意义上来讲“dbang po”还有“拥有权威者、国王”等意思，因此蒙古文中把该短语译成了“权威者之弓”。从而在蒙古文中该藻饰词的意思变得不是很明确。

第 74(72)节，梵语“amara”意为“不死的”，指“神仙”。“amaradhanu”为“神之弓”，也是“彩虹”的藻饰词。藏文译本中，把“amara”（神）译成了“mtho ris bdag po”（天堂之主），从而原文的“神之弓”变成了“天堂之主的弓”。而蒙古文中对藏文“mtho（高的）ris（种类、种姓）bdag po'i（主人的）gzhu（弓）”进行字对字翻译，译成了“öndör ijaγur-tu eǰen-ü nomu”（高种姓的主人之弓），意思变得不准确。

（4）宝石

表 2－28 三文词汇对照表（二十八）

St.	66(64)	意 思	St.	68(66)	意 思
蒙	čindamani	如意宝石	蒙	čindamani	如意宝石
藏	nor bu	宝石	藏	dkar po'i nor bu	白色宝石
梵	maṇi		梵	sitamaṇi	水晶

第 66（64）和 68（66）节，蒙古文的“čindamani”是从梵文“cintāmaṇi”（如意宝）而来。在蒙古语中它有时候就是“宝石”的代名词。因此，在此两节中把原来的“宝石”和“白色宝石（水晶）”都译成了“čindamani”（如意宝石）。

（5）多义词或形近词的混淆

表 2－29　三文词汇对照表（二十九）

St.	70(68)	意 思	77(75)	意 思	114(109)	意 思
蒙	γulir	面粉	**niγur**-un arikin	脸上酒	aγula	山
藏	phye ma	粉尘、粉末	**gdong** gi chang	口中酒	ro	滋味
梵	cūrṇa	香粉	**vadana**-madirāṃ		rasa	

第 70（68）节，蒙古文中把藏文的“phye ma”（香粉、粉尘）译成了“面粉”。原文中的意思为，姑娘在羞愧与情急之下拿起一把香粉撒向了发光的宝石，以图扑灭其光。而在蒙古文中把“香粉”译成“面粉”是不妥的。

第 77（75）在梵语中“vadana”一词多义，一为“嘴，口”的意思；二为“脸，面”之意。此处的“vadana-madirāṃ”意为“口中酒”。藏文的“gdong”为“脸、面”的意思，也有“口”的意思。因而“gdong gi chang”也是“口中酒”的意思。而蒙古文中却把它译成了“脸上酒”。

第 114（109）节：原文的意思为“心爱之物得不到时滋味更甜”，而蒙古文中却把翻译成“心爱的东西得到时如山堆积”。这是因为把藏文的“ro”（滋味）当作了“ri”（山）而导致的，从而变得句意说不通。

（6）版本问题

表 2－30　三文词汇对照表（三十）

St.	26(24)	意　思
蒙	bi-di-sa kemekü **meses**-ün qaγan-u qarsi	叫作“毗地沙”的**武器**之王的宫殿
藏	bi di sha zhes **mtshon cha** rgyal po'i khab tu	
梵	prathita-vidiśā-**lakṣaṇāṃ**	以“毗地沙”的**名称**闻名于世的（城市）

在此节，藏文“mtshon cha”为“武器”的意思。其实它应该为“mtshon bya”（标记、特征）才对。因为藏文中“bya”和“cha”的读音相同，有的版本会把“bya”写成“cha”。蒙古文译者因为没有辨认出这个问题，从而产生了错误的理解和翻译。

四、《云使》蒙古文译本与藏、梵文本的一致性

下面由名词的音译和意译两个方面讨论蒙古文、藏文和梵文三个文本中的词汇的一致性。

1. 名词的音译

（1）人、神之名

表 2－31 三文词汇对照表（三十一）

St.	12	意 思	St.	32(30)	意 思
蒙	ra-ghu-yin eǰen	罗怙之主，指罗摩	蒙	uda-ya-na	优陀延王
藏	ra ghu'i bdag po		藏	au da ya na	
梵	raghupati		梵	udayana	
St.	52(50)、62(60)	意 思	St.	59(57)	意 思
蒙	gau-rī	高利女神	蒙	bhṛ-gu-yin eǰen	婆利古的主人，持斧罗摩
藏	goo ri		藏	bhri gu'i bdag po	
梵	gaurī		梵	bhṛgupati	

第 12 节，梵文中“罗怙之主”的意思是“罗怙氏族中最杰出的人”，是指史诗《罗摩衍那》的主人公“罗摩”（Rāma）。

第 32(30) 节，“优陀延王”是印度传说中的国王名称。

第 52(50) 和 62(60) 节，“高利女神”是雪山女神乌玛的称号。

第 59(57) 节，“婆利古的主人”意思为“婆利古族的主人”，是指史诗英雄“持犁罗摩”，也叫“波罗罗摩”，是毗湿奴的化身之一。

（2）花草树木①

表 2-32　三文词汇对照表(三十二)

St.	14	意 思	St.	21(20)	意 思
蒙	ni cu	芦苇	蒙	tikta	龙胆、地丁
藏	ni tsu la		藏	tig ta	
梵	nicula		梵	tikta	苦涩的
St.	**21(20)、25(23)**	**意 思**	**St.**	**22(21)**	**意 思**
蒙	ǰambu	占布树	蒙	ketali	芭蕉
藏	’dzam bu		藏	kandali	
梵	jambū		梵	kandalī	
St.	**24(22)**	**意 思**	**St.**	**25(23)**	**意 思**
蒙	kakubha	曲生花	蒙	keta	迦丹迦花
藏	ka ku bha		藏	ke ta	
梵	kakubha(-kuṭaja)		梵	ketaka	
St.	**27(25)**	**意 思**	**St.**	**28(26)**	**意 思**
蒙	kadamba	迦丹波花	蒙	udbala	青莲
藏	ka dam pa		藏	utpal	
梵	kadamba		梵	utpalānāṃ	

---

① 梵语中“kusuma”或“puṣpa”是表示“花儿”的单词,但梵语中的花名一般单独以其名字出现,后面不带“……花儿”,而在藏语中一般在花名后都带上“... me tog”(花儿)或“... chu skyes”(水中生),这是藏文译本的一个特点,蒙古文译本也一样。其实,在梵语中“ambhoja”才是“水中生”的意思,是“莲花”的藻饰词,而在藏语中“水中生”(chu skyes)广义上可以指所有的“花儿”。在藏文和蒙古文译本中这些音译花名的后面都带上了“……花”一词,因而不会跟其他类别的名词相混淆。这与《智慧之源》的第 4 条翻译原则相吻合。

续 表

St.	42(40)、60(58)	意 思	St.	44(42)	意 思
蒙	kumudi/kumuda		蒙	udumbar-a	
藏	ku mu ta	睡莲、白莲	藏	u dum wa ra	无花果
梵	kumuda		梵	udumbara	
St.	49(47)、67(65)	意 思	St.	67(65)	意 思
蒙	kunda		蒙	kura ba ka	
藏	kun da	白(冬)茉莉,素馨花	藏	ku ru ba ka	古罗波花
梵	kunda		梵	kurabaka	
St.	69(67)、74(72)	意 思	St.	77(75)	意 思
蒙	mandarau-a		蒙	kuru-baka	
藏	manda ra ba	曼陀罗	藏	ku ru ba ka	鸡头花
梵	mandāra		梵	kurabaka	
St.	77(75)	意 思	St.	99(97)	意 思
蒙	ki-sa-ra		蒙	ma-la-ti	
藏	ke sa ra	盖瑟罗花、牛乳树	藏	m'a la ta ya	茉莉花
梵	kesaraś		梵	mālatīnām	

从上表看,蒙古语中有不少花名或植物名是来自梵文的。可是也有的蒙古语里本来有的词却借用了外来词,反而让蒙古文读者无法理解其意了。比如,第 14 节,“芦苇”是蒙古人很熟悉的植物,在蒙古语中叫“qulusu”,但在此节却用了从藏文音译的词“ni cu”。而在藏文中“ni tsu la”也是从梵文“nicula”音译而来的。所以,三种文字虽然在形式上相互对应,但在藏、蒙译本中所指并不明确,因为没有采取自身的词汇进行意译。

第 21(20)节:原文的“tikta”为形容词,表示“辛辣的、苦涩的”,而在藏语和蒙古语中指味苦的植物“龙胆”或“地丁”。

从以上表格可知,有不少热带植物名字,以其音译形式融入了蒙古文词汇中。但对有些词,比如“芦苇”等应采取意译方式才能让人更加明确其意。

（3）城镇

表 2-33　三文词汇对照表(三十三)

St.	26(24)	意 思	St.	29(27)	意 思
蒙	bi-di-sa	四维城	蒙	ucca-ya-na	优禅尼城
藏	bi di sha		藏	audzdza aa na	
梵	vidiśā		梵	ujjayinī	
St.	**32(30)**	**意 思**	**St.**	**49(47)**	**意 思**
蒙	avanti-yin orun	阿槃提村	蒙	daśa kemekü balγad	daśa 城
藏	aa wanta'i yul		藏	**da sha** zhes bya'i grong	
梵	avantīn		梵	**daśa**pura	

藏、蒙译本中，对印度地名采取音译方式是合情合理的，且在地名后附加"……城镇""……地方"等词，使得所指更为明确。

（4）宝石

表 2-34　三文词汇对照表(三十四)

St.	48(46)、76(74)	意 思	St.	75(73)	意 思
蒙	indr-a-nila	蓝宝石	蒙	markata	绿宝石、翡翠
藏	yindra na'i la		藏	ma ra ka ta	
梵	indranīla		梵	marakata	

来自梵文的"indr-a-nila"（蓝宝石）和"markata"（绿宝石）等宝石的名字已融入蒙古文词汇中。

（5）山川河流、飞禽

表 2-35　汉词汇对照表(三十五)

St.	1、102(98)	意 思	St.	17	意 思
蒙	rā-ma-yin aγula	罗摩山	蒙	*a-amar-a* dabqučaγsan	芒果山
藏	r'a ma'i ri		藏	a mra brtsegs pa	
梵	rāma-giri		梵	āmra-kūṭaḥ	

续 表

St.	27(25)	意 思	St.	44(42)	意 思
蒙	ni-ca kemen aldarsiγsan aγula	名为“低”的山	蒙	de-va kemekü aγula	神山
藏	ni tsa zhes grags ri		藏	de ba’i ri	
梵	nīcair-ākhyaṃ		梵	devapūrvaṃ giriṃ	
St.	50(48)	意 思	St.	60(58)	意 思
蒙	kuru-ba kemekü orun	俱庐之野	蒙	kilaśa-yin aγula	凯拉什山
藏	ku ru pa yi zhing		藏	kee la sha yi ri	
梵	kauravaṃ		梵	kailāsa	
St.	30(28)	意 思	St.	31(29)	意 思
蒙	birbinadha	尼文底耶河	蒙	sindü-yin usun	信度河
藏	bir bindha ni		藏	sindhu’i chu	
梵	nirvindhyā		梵	sindhuḥ	
St.	45(43)	意 思	St.	51(49)	意 思
蒙	gangga mören	恒河之水	蒙	sā-ra-suvasti-yin usun	妙音河
藏	gangg’a’i chu		藏	s’a ra sva ti’i chu	
梵	gaṅgājala		梵	sārasvatīnām	
St.	53(51)	意 思	St.	84(82)	意 思
蒙	ya-mu-na mören	雅母那河	蒙	śāri-kai	金丝雀
藏	ya mu na yi chu		藏	sha ri ka	
梵	yamunā		梵	sārikāṃ	

从以上对照亦可知，对印度当地的花草、飞鸟、山川河流和城镇名一般都采取了音译方式，并且充分体现了藏蒙《智者之源》中名词术语翻译的相关规定。在《智者之源》第四条中规定：“班智达和国王、大臣等人名，以及地名、植物等的名称……在梵文或藏文的前后加上班智达或国王，或花朵等冠词，以助理解。”在《云使》藏、蒙译本中很明显遵照了这一翻译传统。

2. 名词的意译

（1）人、神之名：湿婆

表 2-36 三文词汇对照表（三十六）

St.	7、46(44)	意 思	St.	36(34)	意 思
蒙	boliγči	掠夺者	蒙	γurban üjügür-tü	持三叉戟者
藏	'phrog byed		藏	rtse gsum can	
梵	hara		梵	śūlinaḥ	
St.	38(36)	意 思	St.	52(50)/62(60)	意 思
蒙	mal-un eǰen	兽主、畜主	蒙	amuγulang γarγaγči	使平静、使安详的
藏	phyugs bdag		藏	bde 'byung	
梵	paśupater		梵	śaṃbhoḥ/śaṃbhunā	
St.	57(55)	意 思	St.	60(58)	意 思
蒙	ǰarimduγ saran-i bariγči	新月冠者	蒙	γurban nidü-tü	三眼的
藏	gtsug na zla phyed 'dzin		藏	mig gsum pa	
梵	ardhendumauleḥ		梵	tryambaka	

以上为湿婆的不同名字，即根据他的特征、业绩等产生的不同的藻饰词。藏、蒙译本中都按照其意照译了这些藻饰词，保留了原文的语言特征，但又对译本的读者提出了更高的要求。比如，如果不懂“掠夺者”为湿婆的藻饰词，那么很难理解文本的意思。

（2）其他人、神之名

表 2-37 三文词汇对照表（三十七）

St.	47(45)	意 思
蒙	qulusun-u sečeglig-eče türügsen	芦苇丛中诞生的
藏	smyig ma'i tshal nas skyes pa	
梵	śaravaṇa-bhavaṃ	

续 表

St.	73(71)	意　思
蒙	sedkil-iyen qudqulaγsan	扰意者
藏	yid srubs	
梵	manmathaḥ	
St.	101(97)	意　思
蒙	ünür kölgelegci-yin köbegün	风的儿子
藏	dri bzhon bu	
梵	pavanatanaya	
St.	101(97)	意　思
蒙	mitila-yin ökin	米提拉的女儿
藏	mi thi la yi bu mos	
梵	maithilī	

第 47(45)节,"芦苇丛中诞生的"是指湿婆的儿子塞建陀(Skanda)。这是因为,在印度神话中湿婆的精子落到恒河的芦苇丛中,并从那里诞生了湿婆的儿子战神鸠摩罗(Kumāra,也叫塞建陀)。

第 73(71)节,"扰意者"是指爱神。因为人们一旦被爱神的花箭所射中便会内心骚动,很难平静。

第 101(97)节,"pavana-tanaya"(风的儿子)是指史诗《罗摩衍那》中的神猴哈努曼(Hanuman),据说哈努曼是风神的儿子。"maithilī"是指罗摩的妻子悉达(Sitā),悉达的父亲国王遮那迦(Janaka)所居住的城市为 Mithilā 城,为叫作 Mithila 的国王所建。因此"Maithilī"一词的确切含义应为"属于 Mithilā 城的女儿",简称"米提拉(Mithilā)的女儿",为悉达的藻饰词。

（3）山川河流

表 2－38　三文词汇对照表（三十八）

St.	50(48)	意 思	St.	52(50)	意 思
蒙	ariγun-a oruγči kemekü orun	梵住、圣地	蒙	aγula-yin qaγan	山王
藏	tshangs pa 'jug pa zhes bya'i ljongs		藏	ri rgyal	
梵	brahmāvartaṃ		梵	śailarāja	
St.	**42(40)**	**意 思**	**St.**	**52(50)**	**意 思**
蒙	gün-lüge tegülder naγur	深河	蒙	ǰa hnu-yin ökin	遮诃努之女
藏	zab mo dang ldan mtsho		藏	dza hnu'i bu mo	
梵	gambhīrā		梵	jahnoḥ kanyāṃ	

第 50(48)节，“梵住”或“圣地”是指史诗《摩诃婆罗多》中的主战场俱庐之野。《云使》中雨云要经过此地。第 52(50)节，此处的“山王”是指“喜马拉雅山”。

第 42(40)节，“gambhīrā”河是印度的一条河流，音译为“甘碧河”，而“gambhīra”的词义为“深的”，因而在藏、蒙译本中把它意译成“深河”。

第 52(50)节，“遮诃努之女”是指“恒河”。遮诃努(Jahnu)是个国王的名字。当恒河之水从天下降淹没了他的祭祀圣地，于是他吸干了恒河水，后又从其耳朵释放出。因此恒河被称作为“遮诃努之女”。

（4）自然景象

表 2－39　三文词汇对照表（三十九）

St.	36(34)/98(94)	意 思	100(96)	意 思
蒙	usun bariγči	持水的	usun-u kölgelegči	乘水的
藏	chu 'dzin		chu gzhon(g)	
梵	jaladhara/jalada		ambuvāha	

续 表

St.	65(63)	意 思	71(69)	意 思
蒙	küsegseger güyügči	随意行者	egenegde yabudal	永远的步履，总是移动的
藏	’dod bzhin rgyu byed		rtag ’gros	
梵	kāmacārin		satatagatinā	
St.	**105(101)**	**意 思**	**88(86)**	**意 思**
蒙	taulai-tu	有兔的	saran	月 亮
藏	ri bong can		zla ba	
梵	śaśini		himāṃśu	冷光的

在该表上栏，即第36/98，100节，三种语言的“持水的”和“乘水的”两个复合词（短语）都是指“雨云”的藻饰词。

在中栏，第65、71节的“随意行者”和“总是移动的”均为“风”的藻饰词。

在下栏，第105、88节中的“有兔的”和“冷光的”都是“月亮”的藻饰词。可惜在第88节，梵文的“himāṃśu”（冷光的）在藏、蒙译本中并没有按其意被照译，而直接被译成了“月亮”。所以这是一个藻饰词没有被照译的例子。

（5）动物、植物

表2－40 三文词汇对照表（四十）

St.	14	意 思	St.	56(54)	意 思
蒙	ǰüg-ün ǰaɣan-nuɣud	域龙，方位象	蒙	tegülder naiman köl-tü	八足兽
藏	phyogs kyi glang po rnams		藏	rkang brgyad pa	
梵	diṅnāgānāṃ		梵	śarabhā(ḥ)	
St.	**44(42)**	**意 思**	**St.**	**61(59)**	**意 思**
蒙	sidü-ten	有牙的	蒙	qoyar uɣuɣči	喝的两次
藏	so ldan		藏	gnyis ’thung	
梵	dantibhiḥ		梵	dvirada	两颗牙的

续　表

St.	34(32)、105(101)	意 思	St.	78(76)	意 思
蒙	kükül-ten	顶上有发的	蒙	köke qoγulai-tu	蓝颈的
藏	gtsug phud can		藏	mgrin sngon	
梵	śikhin		梵	nīlakaṇṭhaḥ	

St.	37(35)、49(47)	意 思	St.	73(71)	意 思
蒙	bal bolγaγči	制蜜者	蒙	ǰirγuγan köl-tü	六足的
藏	sbrang rtzi byed pa		藏	rkang drug pa	
梵	madhukara		梵	ṣaṭpada	

St.	112(107)	意 思	St.	77(75)	意 思
蒙	γar-iyar oduγči	用手走路的	蒙	γasalang ügei ulaγan modun	红色的无忧树
藏	lag 'gro'i		藏	mya ngan med shing dmar	
梵	bhuja-ga		梵	raktāśoka	

上表第一栏中出现的两种动物均为天上的动物，一为守护八方的天象，即“域龙”或叫“方位象”；另一个为天上的怪兽“八足兽”。

第二栏：“有牙的”和“两颗牙的”均指“大象”。但是在第 61 节中的“两颗牙的”在藏译本中被译成了“喝两次的”，因为大象喝水时先用鼻子吸水然后把水送到嘴里再喝下去。因此“喝两次的”也是大象的另一个藻饰词。

第三栏：“顶上有发的”和“蓝颈的”都是“孔雀”的藻饰词。因为孔雀头顶上有羽冠，所以叫“顶上有发的”；也因孔雀的脖颈是青蓝色的，所以叫“蓝颈的”。

第四栏：“制蜜者”和“六足的”均为“蜜蜂”的藻饰词。

最后一栏中，前者（第 112 节）“用手走路的”是指“蛇”的藻饰词。后者（第 77 节）是一种植物的名字，叫作“rakta（红色的）-aśoka（无忧的）”，藏文和蒙古文译本中按照其意依次翻译成了“mya ngan med（无忧的）shing（树）dmar（红色的）”和“γasalang ügei（无忧的）ulaγan（红色的）modun（树）”。

第二节　句子层面的文本对照分析

这一节从句子层面对照分析三语种文本，讨论“原文文化信息的丢失”等 10 个方面的问题。

1. 原文文化信息的丢失

表 2－41　三文句义对照表（一）

St.	1	意　思
蒙	kilingtü eǰen-ü masi kündü bosiγ（bošuγ）ǰarliγ-ud-iyar sür ǰibqulang-i baγuraγulun üiledüged	盛怒的主人的沉重的命令使其神采沮丧。
藏	rje bo khros pa'i shin tu lci ba'i bka' lung dag gis gzi brjid nyams par byas gyur cing	
梵	śāpenāstaṁgamitamahimā ... bhartuḥ	因为主人的诅咒，（药叉）失去了神力

第 1 节：梵文原本的意思为，药叉因为受到主人的诅咒失去了超人的能力，即神力。药叉是个小神仙，是财神俱毗罗的随从，因而他具有超出凡人的神力，比如可以自由飞翔。但是，受到诅咒后失去了神力，被拘禁在罗摩山，从而无法通过神力飞回爱人的身边。然而，在藏译本把梵文中的“诅咒”（śāpa）译成了“严厉的命令”（lci ba'i bka' lung），把“失去神力”译成“失去光彩”（gzi brjid nyams par byas gyur）。根据藏文注释，此处的“光彩”（gzi brjid）有两种解释：一，药叉是个神仙，所以身上发光，但受到主人的惩罚之后便失去了身上的光彩；二，药叉因犯错而受审之后，脸色变得黯淡、消沉，一副垂头丧气的样子。蒙古文译本的翻译更接近第二种说法，即药叉受审后变得无精打采。藏文和蒙古文译本中并没有把原文的“诅咒”和“神力”两个词翻译出来。可是，这两个词是

比较重要的。“诅咒”是迦梨陀娑经常用到的一种艺术手法。在《沙恭达罗》中豆扇陀王因受到诅咒而忘记了沙恭达罗，在《优哩婆湿》中优哩婆湿也是因为受到诅咒而变成了一株藤蔓。在剧本中，“诅咒”是发展故事情节的一种手段。在《云使》中，“诅咒”的作用也非常关键。诗人通过“诅咒”把药叉变成凡人，从而连接了神界和人界，表面上写的是神仙，但实际上反映的是人间情感。另一方面，迦梨陀娑的思想，尤其是对女性的关怀，如果直接表露出来可能会让歧视女性的婆罗门阶层难以接受，因而写“神仙的生活”可以巧妙地避开与当时主流思想的冲突。再有，通过药叉之口去描绘的天界和神界，显得更加自然和真实。因为药叉就是来自神界，他居住在喜马拉雅山中阿罗迦城，这里不仅是财神的领地，而且也是湿婆的住所。诗人通过“诅咒”使药叉从天界落入人间，又通过药叉的视角在广阔的天地间尽情抒发情感。所以，《云使》中“诅咒”是个非常重要的艺术手法。可是在藏文和蒙古文译本中却看不到这个艺术手法了。

2. 与原文的不同比喻

表 2－42　三文句义对照表(二)

St.	2	意　思
蒙	γar-inu naridču altan baγubči-nuγud-anu čarbaγun kürtele güyün üiledülüge	手臂消瘦以致金镯移动到了臂膀处
藏	lag pa phra bar gyur nas gser gyi gdu bu dag ni dpung pa'i bar du rgyu bar byed	
梵	kanaka-valaya-bhraṃśa-rikta-prakoṣṭhaḥ	因金环滑落而裸露着前臂的

第 2 节：原文中出现了一个较长的“多财释复合词”①，意为“因金环滑落而裸露着前臂的”，修饰“药叉”，即药叉因金环滑落而裸露

① “多财释复合词”是当作形容词使用的复合词，其特点为“重心不在中心”。如“马脸的”这一短语其所指意义为“(马脸的)人”，其重点是“人”，而不是马脸。

着前臂。而在藏译本中把它译为“手臂消瘦以致金镯移动到了肩膀处”，这虽然也比较形象地表示了消瘦程度，但不同于原文的表述。原文中，因为手消瘦而金钏滑落掉地，从而前臂裸露着，即身上没有了装饰，表示凄凉与悲伤。然而在藏译文中药叉虽然也变得消瘦，但依然还带着金手饰，这不足以表达悲伤的程度，也不符合悲伤的心情。原文中不仅要表达“消瘦”而且还要表达“裸露”（rikta），即他的手臂是裸露着的，没有任何装饰。

3. 对比意义的失去

表 2－43　三文句义对照表（三）

<table>
<tr><th>St.</th><th>3</th><th>意　思</th></tr>
<tr><td>蒙</td><td>qoγulai-bar ebüčegči bayasqulang-tu eke-yi qolada orusiγsan-a arad-un sedkil-dür-inü.. usun bariγči-yi üǰebesü amuγulang-luγ-a tegüsün ǰiči düri-ben qubilγaǰu kerkibečü enelge törükü boluyu..</td><td rowspan="2">对于拥颈相抱的爱人在远方的人看到持水者（雨云），即使在平静的状态下，也会动容难过。</td></tr>
<tr><td>藏</td><td>mgrin par ’khyud bya dga’ ma ring na gnas par gyur pa’i skye bo’i sems la ni,, chu ’dzin mthong na bde ldan yang ni rnam pa gzhan du gdung ba ci yang ’jug par ’gyur,,</td></tr>
<tr><td>梵</td><td>meghāloke bhavati sukhino ’pyanyathāvṛtti cetaḥ, kaṇṭhāśleṣapraṇayini jane kiṁ punar dūrasaṁsthe.</td><td>当看到雨云的时候，快乐的人也会感情激动。更何况，远在异乡而渴望（与爱人）拥颈相抱的一颗心！</td></tr>
</table>

第 3 节：如前所述，在印度雨季来临之际在外的旅人会回家与爱人团聚，因而“雨云”被称作“引起思念的原因”（kautuka-ādhāna-hetu）。因此，原文中对那些在雨季可以回家的自由人和被困在罗摩山的药叉之间进行了对比。然而，在藏文和由此转译的蒙古文中“爱人在远方的人看到雨云，即使在平静的状态下，也会动容难过”，这里没有显示出药叉与别人不同的苦衷与悲伤。平常情况下，与爱人分离到远方的人，看到雨云会回转家园与爱人团聚，可是药叉还

在服刑,无法回家,从而感到更加痛苦,也因此激发了他委托雨云捎带信息的奇特想法。原文中强调的是药叉与别人不同的处境和痛苦,而在藏、蒙译本中已抹去了这层意义。

4. 动词的前后顺序颠倒

表 2-44　三文句义对照表(四)

St.	12	意　思
蒙	amaraγ-ača üni egüride salun qaγačaγsan-u tula büliyen nilbusu-ban asqaraγulqui-yi bügüde üǰelüge.. alin tere čim-a-luγ-a čaγ čaγ nuγudn-a üneker aγulǰaqui kemen sedkiǰü sedkil-iyen amaran üiledküi	(芒果山)因与亲爱的(你)久别而当众洒下了热泪。他又想"每年此时都会与你相逢"而感到欣慰。
藏	mdza' ba gsal byas yun ring 'bral las byung ba'i mchi ma'i dro ba 'ang 'byung ba yongs mthong la,, khyod dang gang de dus dus dag tu yang dag mjal 'gyur zhes ni byas nas khams bde mdzod,,	你俩因将久别你若看见对方流出盈眶热泪时,你可向他表明"每年此时仍能相逢"劝罢就动身。——贺文宣
梵	kāle kāle bhavati bhavatā yasya saṁyogam etya, snehavyaktiś ciravirahajaṁ muñcato bāṣpam uṣṇam.	他每年当雨季来临和你重逢时,都用久别所生的热泪来表示友爱之意。——金克木

第 12 节:在原文中,芒果山每年与雨云相逢之时,因久违而洒下热泪,表示对雨云的情谊和欢迎。在藏文中,芒果山因要与雨云分离而流下泪,此时雨云以"每年此时仍相逢"来安慰芒果山再动身。在蒙古文中,芒果山与雨云相逢后也因久违而洒泪。可他心想"每年此时都能与你(雨云)相逢"来安慰自己。此处,三个文本之间都有些区别,不仅藏文对梵文,而且蒙古文对藏文都有些理解上的细微差别。其实,原文的意思是药叉提醒雨云临走时要与芒果山做个告别,因为他对雨云情深意切,"每年此时与你相见都会洒下热泪"。而不是像藏文和蒙古文译本中所说,先流泪后想着"每年都能见着"来相劝或安慰自己。

5. 意思相反

表 2－45 三文句义对照表(五)

St.	16	意 思
蒙	balγad-daki qatuγtai bayasuγad kümüsken-ü düri urbaγulǰu tačiyangγui-yin nidün-iyer.. iledte ülü medegdekü yosuγar qaraγad	城镇太太感到高兴,挤眉弄眼,暗送秋波。
藏	grong khyer na chung dga' zhing chags pa'i mig rnams kyis ni smin ma yi,, rnam 'gyur mngon par mi sh es bzhin du blta	城镇少女不懂挤眉弄眼,充满爱意的眼光看你。
梵	... bhrūvikārānabhijñaiḥ prītisnigdhair janapadavadhūlocanaiḥ pīyamānaḥ	不懂挤眉弄眼而眼光充满爱意的农妇凝神望你。——金克木

第 16 节：首先,藏文中把梵文的“janapada-vadhū”(农村少妇)译成了“grong khyer na chung”(城镇少女),即把“农村”变成了“城镇”,蒙古文中受此影响也把它译成了“城镇”(balγad)。原文的意思是,雨云的到来与农业有关,因而“农村少妇以充满爱的眼光凝视,因为庄稼的收成要靠你”。所以,藏文中把它译为“城镇”不当。其次,蒙古文中把藏文的“不懂挤眉弄眼”的“不懂”与其后的“以充满爱意的眼睛看”相连,因而原来的“不懂挤眉弄眼”变成了“挤眉弄眼”;“以充满爱意的眼睛看”变成了“以充满爱意的眼睛,以不为人知的方式看”,即暗送秋波。从而导致与原文意思相反。

6. 比喻的误差

表 2－46 三文句义对照表(六)

St.	19(18)	意 思
蒙	a-mr-a-yin oi-daki üres delgeren bolbasuraγsan-i (ni) qotala ǰüg bükün-e tügemel delgebesü masi üǰesküleng bayasqulang-tu eke-yin kökül-nügüd-lüge adali yosuγar bolumui..	芒果林的果实成熟向四处展开,如同美丽爱人(蒙：美丽欢喜母)的头发。
藏	... a mra'i nags kyi 'bras bu rgyas par smin pa ni,, phyogs kun khyab par bkram pa dga' ma'i rnam mdzes len bu dag dang mtshungs pa bzhin du gyur,,	

续　表

St.	19(18)	意　思
梵	pariṇataphaladyotibhiḥ kānanāmrais, tvayyārūḍhe śikharamacalaḥ snigdhveṇīsavarṇe	芒果树林因成熟的水果而闪闪发光,你却与浓密的头发有着相同的颜色。

第19(18)节:原文的意思为,雨云的颜色是乌黑的,如同浓密的头发。当他坐落在芒果山山顶时,四周的芒果因果实成熟而闪闪发光,天上的神仙看来,芒果山中间黑而四周白亮,如同大地的乳房。而在藏文翻译中把四周果实成熟的芒果林比作美人散开的头发。这里,不管是比喻的对象还是比喻的形状都与原文不符。原文比喻的是雨云的颜色如同"乌发"。而藏译本把芒果林比作"散开的头发",且把雨云的"黑色"忽略掉。也许"浓密的雨云"对藏译者和注释者记忆并不深刻,在《云使》藏文注释中有时还会把雨云描述为"白云飘飘"。翻译藏文《丹珠尔》之《云使》前6个诗节的蒙古国学者呈·达木丁苏伦也把雨云看作是"白云"。这可能是藏、蒙人民心中"白云飘飘"的生活记忆先入为主导致的。而在《云使》中有好几处都着重描写雨云的"黑色",在印度文化中"黑色"有其特殊的含义。公元前1500年左右,当白皮肤、高鼻梁的自称为"雅利安人"的部落从西北角落入侵印度,与当地黑肤色、扁鼻子的土著民族发生冲突。后来雅利安人征服土著民,并把他们纳入到自己种姓制度内,从此"颜色"(varṇa)一词具有了"种姓"之意。"白色"代表高级种姓,"黑色"代表低级种姓。迦梨陀娑在《云使》中大力赞颂和描写黑色,是他对本土文化与低级种姓的一种关怀。因而,在译本中如果把"黑色"漏掉,就等于漏掉了一个重要的文化信息。

7. 词义的误解

表2-47　三文句义对照表(七)

St.	36(34)	意　思
蒙	edür bolɣan uduriduɣči (-yin) orun-daɣan irekü	太阳来到眼睛所见范围
藏	nyin mor byed pa 'dren byed yul du 'ongs par gyur	

续 表

St.	36(34)	意 思
梵	nayanaviṣayaṃ … atyeti bhānuḥ	太阳走过眼睛能见范围

第36(34)节：原文中，药叉交代雨云如果当他到达供奉湿婆的大黑神庙之时，如果不是傍晚，那请他等到太阳走过眼睛能见范围(地平线)，即等到太阳下山的时候。因为祭奉湿婆的仪式是太阳落山以后才举行的。而在藏文中把原文的"太阳走过眼睛能见的范围"(nayanaviṣayaṃ … atyeti bhānuḥ)译成"太阳来到眼睛所见范围"(nyin mor byed pa 'dren byed yul du 'ongs par gyur)，即原文的"太阳落山之时"变成了"太阳升起之时"，从而"晚上的祭祀活动"也变成了"早晨的祭祀活动"。蒙古文译本的意思与藏文一样，同样偏离了原文的意思。

8. 句义颠倒

表2-48 三文句义对照表(八)

St.	47(45)	意 思
蒙	bütügsen er-e em-e qoyar-un ɣar-daki biba-yi usun-u dusuɣal-iyar čigigtügülüged ayul-tu ǰam-un deger-e..	用水滴弄潮了悉檀仙配偶手中的琵琶，在危险的路上。
藏	grub pa'i khyo shug dag gi lag pa'i pi wang chu thigs brlan la 'jigs pas lam ni ster„	抱琴的对悉檀仙给你让路，因为害怕雨点。
梵	siddhadvandvair jalakaṇabhayād vīṇibhir muktamārgaḥ	

第47(45)节：原文的意思为，在雨云行走的路上，悉檀仙因害怕雨云潮湿自己的琴弦而赶忙躲开给雨云让路。藏文的意思与原义相同，可是蒙古文的意思讲不通。蒙古文中把藏文的"因害怕，担心"('jigs pas)理解为"危险"，所以把"因害怕……而让路"翻译成

了"在危险的路上"。"害怕潮湿"之意也变成了"已弄湿"。所以,蒙古文译本的句义颠倒,逻辑不通。

9. 文化信息的欠缺

表 2-49 三文句义对照表(九)

St.	60(58)	意思
蒙	alin masi öndür üǰügür-tü *kumuda* metü oγtarγui tulun orusiqu-anu.. masi doγsin γurban nidü-tü-ber arban ǰüg-nügüd-eče nigen-e obuγalaγsan metü boluγsan..	它白莲般的山峰高耸入云,如同暴烈的三眼神从十方堆砌而成。
藏	gang gi rtze mo shin tu mtho ba ku mu ta ltar mkha' la khyab par gnas pa ni„ mig gsum pa yis rab tu bgad pa phyogs bcu dag nas gcig tu spungs par gyur pa bzhin„	它白莲般的山峰高耸入云,如同三眼神大笑,从十方堆砌而成。
梵	śṛṅgocchrāyaiḥ kumudaviśadairyo vitatya sthitaḥ khaṁ rāśībhūtaḥ pratidinam iva tryambakasya aṭṭahāsaḥ	它(凯拉什山)的白色夜莲般皎洁的高峰布满天空,好像是三眼神的大笑朝朝积累所成。——金克木

第60(58)节:在古代梵语诗歌中"笑"被认为是白色的。因此,诗人比喻冈底斯山的雪峰为"三眼神湿婆的大笑堆积而成"。在藏文中把梵文的"三眼神的大笑"(tryambakasya aṭṭahāsaḥ)翻译成"mig gsum pa yis rab tu bgad pa"(三眼神大笑或大笑的三眼神),接着蒙古文把它翻译成"暴烈的三眼神"(masi doγsin γurban nidü-tü),即把"大笑"理解为"暴烈的",从而整个句子成了"凯拉什山白莲般的山峰高耸入云,如同暴烈的三眼神从十方堆砌而成"。因而,在藏和蒙古文译本中,原文的代表白色的"大笑"以及把白色的山顶当作"大笑堆积而成"的比喻变成了"山如同是三眼神从十方堆积而成"。这可能是因为译者对梵文化中"大笑是白色的"这一观念的不理解所致。

10. 借题发挥

表 2-50 三文句义对照表(十)

St.	63(61)	意 思
蒙	tngri-yin qaquγtai nar-iyar čimai-yi araγ-un kürdü-ber bariǰu sayin bayising dotur-a abačin üiledümüi..	天上的年轻女子们用摩轮抓住你,把你带到美丽的宫殿。
藏	lha yi na chung rnams kyis khyod ni 'khrul 'khor gyis bzung khang bzang nang du 'khyer bar byed,,	
梵	valayakuliśoddhaṭṭanodgīrṇatoyaṁ, neṣyanti tvāṁ surayuvatayo yantradhārāgṛhatvam	天上的小仙女们用手镯的棱角碰触你,想让你洒雨,成为她们的浴室。

第 63(61)节:原文的意思为:因为天气热,天上的仙女们看到雨云后会以手镯的棱角碰触他,想让他洒雨,成为她们乘凉的浴室。然而在藏译文中,把"手镯"(valaya)译成"摩轮"('khrul 'khor),把"浴室"(dhārāgṛha)译成了"宫殿"(khang bzang)。从而原文的意思变成了仙女们用摩轮抓住雨云,并把他带到宫殿里(让他下雨)。这是译者把"手镯"理解成"摩轮"之后又借题发挥,让仙女们用摩轮抓住雨云带到了宫殿中。

第三节 篇章层面的文本对照分析

篇章层面,也就是在诗节层面对照分析三语种文本。由于《云使》蒙古文译本对藏文译本的依赖较大,这一层面的分析主要在于从梵文到藏文的阶段。藏译本对梵文原文有了另一番理解,并自圆其说、较有自创性地翻译了原文。蒙古文译本是对藏译本的字对字翻译,从蒙古文的角度而言语句不通顺,所以其意根据藏译本才能理解。

1.

表 2－51　三文篇章对照表(一)

St.	5
蒙	*alin* ukilaγči ǰibqulang-tu usun-u sang türgen-e oduγčid-un serekü i-eče qur-a-yin egüle bölüge.. aliba merged-ün üiledbüri-nügüd ba.. sayin nomlal-un tulada *alin*-nuγud-iyan tebčin üiledümüi.. kemegsen degedü bayasqulang-iyar niγučači tegün-dür aliba uγuγata ese medegsen-iyen.. küsekü i-yin tulada mergen ba mergen busu-nuγud kiged sedkil-tü ba sedkil ügei-nügüdn-e üčin üiledümüi..
藏	*gang du* du ba gzi ldan chu gter myur 'gro rnams kyi tshor ba las ni char sprin te„ *gang du* mkhas pa'i byed pa rnams dang srog rnams kyis ni legs bshad ched du thob par byed„ ces pa mchog tu dga' bas gsang ba pa ni de la yongs su mi shes gang gis ni„ 'dod pa'i don du mkhas dang mi mkhas rnams dang sems ldan sems med rnams la zhu bar byed„ 哪里烟光水和风相结合,那里就会形成云;哪里智者的行为和有生之物相逢,那里就能传开嘉言(好的言语)。密迹天怎能不知如此道理,只是一时情急,不管智者还是愚者,有意识还是无意识,都要请求。①
梵	dhūmajyotiḥ salilamarutāṁ saṁnipātaḥ *kva* meghaḥ saṁdeśārthāḥ *kva* paṭukaraṇaiḥ prāṇibhiḥ prāpaṇīyāḥ | ity autsukyād aparigaṇayan guhyakastaṁ yayāce kāmārtā hi prakṛtikṛpaṇāś cetanācetaneṣu || 云是烟、光、水和风的结合物,而信息则要由感官好使的、具有生命之体才能带去。由于焦虑,夜叉不假思索地向雨云祈求。被爱情所折磨的人们,无法识别有生(有意识)或无生(没意识)。

第5节:在梵语中,“kva … kva(哪里)”结构是表示“两个不相称之物之间的对比”。藏译本的“gang du … gang du”和蒙古文译本的“alin … alin”与之对应。在梵文本中,此处对比“以烟、光、水和风

① 蒙古文的“ukilaγči ǰibqulang-tu usun-u sang türgen-e oduγči”与藏文的“du ba(烟、雾) gzi ldan(闪电、光) chu gter(水库、海) myur 'gro(快走的)”对应。藏文的“du ba”除了“烟、雾”还有“哭泣”的意思,蒙译本取了后一个意思,把它翻译成了“ukilaγči”(哭泣的)。藏文中把梵文的“salila”(水)翻译成了“chu gter”(水库、海)。因此,本节对照梵、藏、蒙三文的基础上才能理顺藏、蒙译文的意思。

结合而成的雨云”和“有生命之物”，表示后者才能传达信息，而没有生命的雨云则不能。但由于密迹天（药叉）思念情切，无法辨别诉说的对象是有生还是无生，就直接拜托雨云传递信息。而在藏译本中把“雨云的形成”和“佳音的传开”相对比，表示智者的话语遇到有生之物则能传开。这里的“mkhas pa”（智者）、“legs bshad”（嘉言）等是藏译本所添加的内容。

2.

表 2－52　三文篇章对照表（二）

St.	6	意思
蒙	či kemebesü degedü ijaγur-luγ-a tegülder ǰaγun takil öglige-tü-yin küsel qarγaγči（qangγaγči）-yin činar-tu erkin tüsimel bölüge.. γurban orun bügüde-yi uqaγad qubitay-a oruγuluγči asuru usun bariγči čimai-yi biber medebei.. teyin atala.. mön-kü čimai-yi tuslan（tusalan） kereglekü qubis-un erkeber doora busu küsel-i oluγsan amui.. ür-e ügei takil ögligeči nada-ača qolada orusiγsan uruγ sadun-nuγudn-a degedü erdem-ün erketü či ögede bolun soyurq-a ::	
藏	khyod ni rigs mchog dang ldan mchod sbyin brgya pa'i blon po mchog ste 'dod 'jo'i ngo bo nyid,, sa gsum mtha' dag rig cing bskal par 'jug pa'i chu 'dzin nyid du bdag gis shes,, des na khyod ni don gnyer nyid la skal pa'i dbang gis dman min 'dod pa thob pa nyid,, mchod sbyin 'bras med bdag gi ring gnas gnyen mdun dag tu yon tan mchog dbang khyod gshegs mdsod. 我知道你是高贵的，因陀罗（百祭者）的重臣，具有满足人愿望的（如意牛）本性，知道三界的而且跨劫而生的（长寿的）持水者。 使得祭祀无果的我……请品质高尚的您到我远方的亲戚们那里。	
梵	jātaṁ vaṁśe bhuvanavidite puṣkarāvartakānāṁ jānāmi tvāṁ prakṛtipuruṣaṁ kāmarūpaṁ maghonaḥ tena arthitvaṁ tvayi **vidhivaśād** dūrabandhurgato 'haṁ, yācñā moghā varam adhiguṇe na adhame labdhakāmā. 我知道你出生在举世闻名的名门贵族，是因陀罗的大臣，又能随心所欲地变换形状。我迫于命运，远离亲眷，因此向你求告——求下士而有得还不如求上士而落空。	

第6节前半部分：在此节，藏译文把原文的“随心所欲地变换形状”译成“满足人愿望的本性”，把“举世闻名的”译成“知道三界的”。另外，“bskal par 'jug pa'i”（跨劫的）是藏译本加的内容，原文中并没有此词。“劫”在佛教用语中指“通常年月日所不能计算的极长时间”，藏译文中指雨云是“跨劫的”（即跨越劫的），表示“长寿的”。藏译文的“满足人愿望的本性”“知道三界的”和“跨劫的”是与原文意思不符或原文所没有的内容。原文中指雨云出生在“名门贵族”，这是因为在印度神话中把“云”分为三类，即山的翅膀变的、梵天的呼吸所生的和从火生的。其中从山的翅膀所变而来的云威力最大，他带来的雨水能使世界覆没，是云界中的豪门。《云使》中的雨云属于此类云。说他是“因陀罗的大臣”，是因为一方面，在印度神话中此类云是因陀罗所砍下的山的翅膀而生的；另一方面，因陀罗是雷神，掌管风雨，因而称雨云是他的重臣。“随心所欲地变换形状”是根据雨云的外形的变化而说的。而在藏文中的内容与原文不符或增加了原文没有的内容，且具有较浓的佛教色彩，如，“满足愿望的”（也指“如意牛”）、“三界”“劫”等都是佛教词汇。译者从佛教徒的角度来形容和赞美了雨云。

第6节后半部分：原文中的“vidhivaśād”（命运的作祟）是指药叉自己被贬谪的遭遇。而在藏文译本中把它译为“mchod sbyin 'bras med”（祭祀无果的），据藏文注释：药叉前世做了很多祭祀活动，因此今世得到回报投胎到富裕的地方，成为了财神俱毗罗的随从。但是由于自己疏忽了职责，前世的积德已尽，如今落到了与爱人分离的境地。这里很明显藏译者或注释者以因果报应之说来解读药叉的遭遇。

梵文的“varam ... na”结构表示“宁愿……也不”，即药叉向雨云表示“我宁愿请求优越品质者而无果也不请求恶劣品质者而满足愿望”，而在藏文翻译中并没有表达出这个意思。而且藏译本中的复数形式“gnyen mdun dag”（亲戚们）不符合原文中药叉捎给信息的人只有他爱妻一人。整个句子也脱离了原文的意思。

3.

表 2-53 三文篇章对照表(三)

St.	38(36)	意　思
蒙	mal-un ejen ǰaγan-u noyitan arasun-i duralaγsaγar kü emüsčü büǰig-ün tuγurbil-i boliγsan metü.. čimai irekü-yin urida qubis-un ǰabsar-un urγumal naran-u ulaγan gerel-iyer ulaγan usun-ača urγuγsan-i barin üiledüged.. öndür tüsigtü oi-yin yeke modun-i tügürig γar-nuγud-iyan sungγaǰu bariγad orusimui.. amurlingγui qur-a ürkülǰi oruqu-yin čaγ-tur aγula-yin köbegün-ber ködülüsi ügei nidün-iyer süsüleǰü qaran üiledülüge..	兽主(湿婆)穿上(披上)湿的象皮跳舞时的狂躁的模样,剥夺了他安详的状态。当你到来之时,彤红的朝霞和红色的莲花连成一片,如同像森林一样的巨手所张开的新剥下来的大象皮。这些景象给人感觉都很急躁,狂热。你(雨云)若洒下轻柔的绵雨,会使这狂热的景象恢复为温和平静,乌玛女神会定神凝视。
藏	phyugs bdag glang chen lpags rlon 'dod bzhin gyon nas gar ni rtsom pa 'phrogs par gyur pa bzhin,, khyod 'ongs snga dro'i thun mthsams nyi gzhon dmar ba'i 'od kyis dmar ba'i chu skyes 'dzin byed cing,, rgyab nas mtho ba'i lag pa zlum po'i nags kyi shing chen dag gis brgyangs nas 'dzin cing gnas,, zhi ba'i char rgyun 'bab tse ri yi sras mos g.yo med mig gis gus pas lta bar byed,,	
梵	paścād uccairbhuja-taruvanaṁ maṇḍalena abhilīnaḥ sāṁdhyaṁ tejaḥ pratinava-japā-puṣpa-raktaṁ dadhānaḥ, nṛttārambhe **hara** paśupater ārdra-nāga-ajina-icchāṁ śānta-udvega-stimitanayanaṁ dṛṣṭabhaktir bhavānyā.	开始跳舞时湿婆的手臂高举如森林,你取来晚霞的鲜玫瑰色的红光化作圆形,使大神不再想去拿新剥下的象皮,使乌玛不惊惧而凝视注视,看到你的虔诚。——金克木(36)

第38(36)节:梵文原本的意思为:晚霞的红光照在雨云上,使得雨云颜色变红,红色的云可以取代新剥下来的大象的皮围绕湿婆如森林般的手指从而止住他拿鲜红的象皮来跳舞。因为乌玛不喜欢鲜红而血淋淋的象皮,所以会感激雨云取代了象皮。而藏文译本的翻译并不符合原文,结合藏文注释,本段藏译文的意思可理解为:兽主(湿婆)穿上(披上)湿的象皮跳舞时的狂躁的模样,剥夺了他安详的状态。当你到来之时,彤红的朝霞和红色的莲花连成一片,如同森林一样的巨手所张开的新剥下来的大象皮。这些景象给人感觉都很急躁,狂热。你(雨云)若洒下轻柔的绵雨,会使这狂热的景

象恢复为温和平静，乌玛女神会定神凝视。

梵文原本中的 hara 一词有“剥夺”之意，但在此节中为“阻止、转移”的意思，即阻止湿婆去拿象皮。而在藏译文中把它理解为“剥夺”，即湿婆狂舞而剥夺了安详之态。红色的朝霞（梵文为“晚霞”）和红色的莲花也连成一片的背景也增加了狂热的气氛。因而希望雨云洒下细雨，消除狂热恢复清凉和平静。这一节的藏译文内容虽然与原文不符，但可以自圆其说，描述了另一种情景。

4.

表 2－54　三文篇章对照表（四）

St.	42(40)	意　思
蒙	masi tungγalaγ sedkil-iyer asuru gün-lüge tegülder naγur-un usun-u dotur-a.. sin-e dürsü kürüg-ün mön činar-i ǰiči sayin qubitu mön kü bi urγuγulqu boluyu. teyimü-yin tula tere kü čaγan kumudi （kumuda）-nuγud-iyar čimai ergün kündülen üiledümüi.. möngke γabiy-a-tu üile-yin tulada ǰiγasun- nuγud ködelǰü degegsi-ben qarayiγad qaran üiledülüge ::	其深莫测不见其底清澈如同纯洁之心的湖水中，将会映出你那天生幸运福德吉祥美丽之倩影；因此湖中白色睡莲之丛也将抬头看你示恭敬，活泼鱼儿慎思之余（知道了你的重要性——引者）为示欢迎跃出水面也看你。——贺文宣(42)
藏	rab tu dang ba'i sems bzhin shin tu zab mo dang ldan mtsho yi chu yin nang du ni„ khyod kyi gzugs brnyan yang ni rang gzhin skal ba bzang po bdag nyid 'char ba thob par 'gyur„ de slad de yi ku mu ta ni dkar po rnams kyis khyod la bkur sti bsnyen bkur byed„ brtags pas don yod bya ba'i ched du g.yo ldan nya rnams gyen du 'phar zhing lta bar byed„	
梵	gambhīrāyāḥ payasi saritaś cetasīva prasanne, chāyātmāpi prakṛtisubhago lapsyate te praveśam, tasmād asyāḥ kumudaviśadāny arhasi tvaṁ na dhairyān, moghīkartuṁ caṭulaśapharodvartanaprekṣitāni.	深河里有像明镜的心一样的清水，你的天生俊俏的影子将投入其中，因此你不要固执，莫让她的白莲似的、由银鱼跳跃而现出来的眼光落空。——金克木(40)

第 42(40) 节：梵文中，形容甘碧河（或“深河”）的眼神如白莲一般纯洁，以银鱼跳跃显示出来。即跳跃的银鱼是甘碧河的眼神。

而在藏文译本中，白莲和鱼儿并不是作为比喻的，而是独立于甘碧河。即白莲抬头向雨云表示恭敬，看到这般情景之后，鱼儿也知道了雨云是个非一般的人物，于是跳出水面来看他。

5.

表 2－55 三文篇章对照表(五)

St.	43(41)	意 思
蒙	tere kü köke usun qubčad-tu usun-u olum-un dumda bolin üiledügči-yi tebčibesü ele.. ülü boliγdaqu kemekü yeke modus-un gesigün-i γar-nuγud-un dumda öčüken bariγči metü	(雨云要)把她两岸大腿的青色水衣要抢夺，"不要夺!"大树的枝手从中央稍微抓住。
藏	de yi chu gos sngon pos chu yi ngogs kyi tshang ra 'phrogs par byas nas spangs pa na„ ma 'phrog ces ni shing chen yal ga'i lag pa dag gis dbus su cung zad 'dzin pa bzhin„	
梵	tasyāḥ kiṁcit karadhṛtam iva prāptavānīraśākhaṁ, hṛtvā nīlaṁ salilavasanaṁ muktarodhonitambam,	她的仿佛用手轻提着的青色的水衣直铺到芦苇边，忽被你取去，露出两岸如腿。——金克木(41)

第 43(41)节：首先看金克木先生的译文："她"指的是上一诗节的"甘碧河"，河岸芦苇的枝条仿佛是她的手，轻轻接触到水面，如同轻提着青色的水衣。"忽被你取去"是指青色的水衣忽然被雨云取去，这是形容因缺乏雨水河流变细的情况，从而"露出了两岸如腿"。

藏译文中：先是两岸的青色水衣被夺去，表示河水减退。然后，岸上的树枝(原文是"芦苇")接触到水面如同手抓住了水衣，好像在说"不要夺去(衣服)"。

汉文和藏文翻译中的形容顺序不同，汉文译本①中先说芦苇手

① 在金克木、徐梵澄和罗鸿的译本中，徐梵澄先生的译本对此节有删改。罗译文如下，以供参考：

"芦苇的枝梢仿佛垂手
移去她堤岸丰臀上的
绿色衣裳
密友!
……"

提着青色的水衣，再说水衣被夺去；藏文译本①中，先是水衣被夺去，然后岸上的树枝伸手去提被夺去的衣裳。

根据梵文原本及其注释，藏文翻译更贴近原文的意思，除了把“芦苇”译为“大树”以外。原文中，把甘碧河的两岸比作为她的两条大腿，把河水比作为包裹大腿的青色水衣，因为干旱而河水减退比作为甘碧河的青色水衣被情人雨云所扒去(因为雨云还没有下雨)，而此时甘碧河的芦苇手伸出去提着自己的衣服。这不得不说透露着一种“羞涩”之气。相比之下，藏文译文比汉译文更贴切地反映了原文的意思。

6.

表 2-56 三文篇章对照表(六)

St.	113(108)	意　思
蒙	basa urida ögülegsen či nam-a-luγ-a oru debisker-ün orun-dur qoγulai-bar ebüčeldün umdaγsan-iyar. bi-yinü ayin-daγan sayitur seriǰü kerkibečü ukilan üiledküy-e boluγsan-i.. örlüge iniyedün-lüge seltes-iyar nigen-te busu čiber nada-ača asaγun üiledbesü ele.. ay-a ködelügči eke ǰarim nigen-lüge bayasun üiledküi-yi ǰegüdün-degen üǰebe kemen biber čim-a-dur ögülemüi.	又说：曾经有一次我和你拥颈而睡后，我忽然哭醒；你再三问我，我告诉你，狡猾的女人，我梦中见你和别人调情。
藏	yang ni brjod pa sngon ni bdag dang khyod ni mal stan gnas na mgrin 'khyud gnyid song bas,, bdag ni 'phral la rab tu sad par gyur nas ci yang ngu bar byas par gyur pa ni,, nang nas rgod pa dang bcas lan cig min par khyod kyis bdag la dri ba brjod pa ni,, kva ye g. yo ma 'ga' zhig dang yang dga' byed rmi lam du mthong zhes bdag gis khyod la'o,,	

① 此处，贺文宣先生的藏译汉如下，以供参考：

“它的青色水衣好像要将两岸河堤双胯全淹遮，
如同大树喝声‘别遮’就用枝干之手从衣中间提；
……”

——在贺译文中把藏文的“'phrogs par”翻译成“淹遮”，其实它是“抢夺，移去”的意思，与原文中的“hṛtvā”对应。

续 表

St.	113(108)	意 思
梵	bhūyaścāha tvamasi śayane kaṇṭhalagnā purā me nidrāṁ gatvā kimapi rudatī sasvaraṁ viprabuddhā ǀ sāntarhāsaṁ kathitamasakṛtpṛcchataśca tvayā me dṛṣṭaḥ svapne kitava ramayankāmapi tvaṁ mayeti ǁ	你丈夫还说：有一次你和我交颈同眠，入睡后你忽然无缘无故大声哭醒；我再三问时，你才心中暗笑告诉我，坏人啊，我梦中见你和别的女人调情。

第113(108)节：这一节，藏文和由此转译的蒙古文的意思与梵文相反。梵文中是药叉之妻梦见药叉与别的女人调情而哭醒，而在藏和蒙古文译本中是药叉梦见药叉之妻与别人调情而哭醒。在梵文本中药叉之妻因爱生疑，梦见药叉与别的女人调情；而在藏译本中是药叉因爱生疑，梦见妻子与别人调情。那么，藏译者是有意还是无意中做了这个角色对换，不得而知。

本章小结

通过本章三文对照分析，我们已很明确而具体地看到《云使》是一部印度文化特色非常浓烈的诗篇。如果对印度文化，包括对她的语言、文学、宗教、神话、人文、地理、动植物等没有足够的了解，就很难对原文有深入又准确的解读。从分析结果看，《云使》藏译本与梵文原本之间存在一些理解上的偏差和翻译中的出入。对于从藏文转译的《云使》蒙古文译者而言，不仅要充分把握藏译本而且要对印度文化有一定的了解，在此基础上结合母语知识和翻译技巧把藏译本转译给蒙古文读者。这是对转译者最基本的要求。可是蒙古文《丹珠尔》之《云使》译者的做法更为“保守”。他们只是对藏译本进行逐字翻译，并没有从蒙古语的角度去调整字词和语序，也没有从诗歌的角度去寻找韵律。因此，该译本的成就点主要在词汇层面：一，在专有名词翻译方面，体现了“名从其主”原则，使后来的翻译有章可循。二，在藻饰词翻译方面，遵循了“照译”原则，使梵、藏文本中大部分藻饰词原汁原味地保留了下来，为探寻印藏文化中藻饰词内涵提供了方便。这些优点在《云使》现代蒙古文译本（R 译本）中得到了传承，可以说在词汇层面蒙古文《丹珠尔》之《云使》译本较为成功地完成了使命。但是，从句子和篇章层面而言，蒙古文译本的语句不通，可读性很低，使原著的“文学性”大为降低或消失。本研究中把这个问题称作蒙古文《丹珠尔》之《云使》的“非文学化”问题，并在下一章（第三章）展开讨论。

第三章 蒙古文《丹珠尔》之《云使》译本“非文学化”问题探讨

蒙古文《丹珠尔》之《云使》译本问世约有270年的历史了，比最早的西方译本(1813年)还早了半个多世纪，是蒙印文学关系中的一部珍贵文献，在字词翻译方面具有较大的参考价值。但作为一部对“古典梵语抒情诗典范”之作的转译，该译本却大大降低了原著的文学性。本书称之为蒙古文《丹珠尔》译本的“非文学化”问题，并从不同角度分析其内因和外延。

第一节 蒙古文《丹珠尔》之《云使》译本与集体佛经翻译

蒙古文《丹珠尔》之《云使》译本是在官方组织的集体佛经翻译活动，即蒙古文《丹珠尔》翻译活动中产生的。这一翻译途径，对该译本的性质产生了巨大影响。下面从集体佛经翻译流程、佛经翻译心理和佛经翻译原则三个方面探讨集体佛经翻译与文学翻译之间的关系，具体而言，是集体佛经翻译活动对《云使》蒙古文译本的影响问题。

一、从蒙古文集体佛经翻译译程角度分析

从蒙古文集体佛经翻译译程角度分析，蒙古文《丹珠尔》之《云使》译本是个“过渡性文本”。“过渡性文本”亦叫“半成品”，是指在官方组织的集体佛经翻译活动中，处于译经流程的某个中间环节的作品。一般情况下，这些中间环节的作品要继续经历译经流程的全部环节才得以刊行。但也有就以“半成品”的形式面世的情况。以唐代汉译佛经为例，以“半成品”的形式流入日本的

作品较多。“也许在汉地译经流程的‘润文’手续之后，这些阶段性的译经产品便在译事告终之际成为了译场里的无用或是准备予以废弃之物。但是，对于那些入唐求法的日籍学问僧而言，这些译经流程里的‘半成品’却往往被他们视若珍宝而携往扶桑。”①在藏传佛教蒙古文佛经翻译活动中同样也有以半成品形式问世的作品。

蒙古文《丹珠尔》翻译是由官方主持和组织的集体翻译活动，其章程和翻译规则承袭于藏文佛经翻译实践和经验。藏文佛经翻译活动有悠久的历史和丰富的经验，在蒙古文《丹珠尔》翻译之时已有了较为详细和规范的翻译原则和翻译流程，对蒙古文《丹珠尔》翻译提供了很好的借鉴。关于合译或集体翻译的具体过程，在拉萨桑耶寺的壁画中有形象生动的描绘：译经时每四人一组，译经者盘腿相向而坐，第一人高声诵读经文，第二人口头译成藏语，第三人负责证正译语（为年迈高僧居高而坐），第四人用竹笔写在纸上（为年轻僧人）。根据藏文史书记载，译经时不但有翻译、校订、书写的分工，而且根据水平的高低，将译者还分为“大译师”“译师”；将校订者分为“大校订者”“中校订者”。有的被称为“属于译师的人”“助手”等等②。与之相似，汉文佛经集体翻译也有详细的分工和译程，最详尽的翻译译程可以达到九个步骤，即“译主—读，证义—评，证文—验，书字—音译，笔受—意译，缀文—语序，参译—审，刊定—刊削冗长，定取句义，润文”③。可知，不管是藏传佛经翻译体系还是汉传佛经翻译体系，均有一定的翻译流程和顺序。

蒙古文佛经翻译活动与藏文佛经翻译一脉相承，蒙古文《丹珠尔》的翻译总要领主要是根据藏文《声明学要领二卷》制定的。《声明学要领二卷》是“藏族第一部翻译理论，它标志着藏族的翻译理论

① 万金川：《佛典汉译流程里“过渡性文本”的语文景观（第一部）》，《正观杂志》第44期，2008年3月。

② 拉都：《梵藏翻译方法和翻译理论形成概述》，《康定民族师范高等专科学校学报》2000年第1期。

③ 万金川：《佛典汉译流程里“过渡性文本”的语文景观（第一部）》。

研究早在一千多年前就已经自成体系，体现了译经方面的周密分工，设置校对、正义、考证、润色等环节”①。就蒙古文《丹珠尔》之《云使》译本而言，它显然不是终稿，而是处于中间环节的“过渡性文本”。在蒙古文《丹珠尔》之《云使》译本的跋文中明确写道：“弘扬佛法的哲布尊丹巴格根之徒弟格隆洛桑坚赞、格勒坚赞译成蒙古文，阿旺松迪写”，这里译者和誊写人的分工是非常明确的。但是两位译者的具体分工并不清楚。最终的译本也没有达到蒙古文《丹珠尔》翻译总纲领《智者之源》中所提出的“语句通顺，符合蒙古语的表达方式”的要求，它只停留在“逐字译”②的环节，并没有从蒙古语的角度进行语序调整和语义润色。下面以《云使》第一诗节的藏蒙对照译文为例具体分析“逐字译”情况。

藏：

rje bo　khros pa'i　shin tu　lci ba'i　bka' lung　dag gis　gzi brjid

① 主人 ② 愤怒的　③ 非常　④ 沉重的　⑤ 命令　⑥（复数）　⑦ 神采

nyams par-byas　gyur cing,,　gnod sbyin　'ga' zhig la ni　rang nyid

⑧ 沮丧　⑨ 变得　⑩ 药叉　⑪ 某一个　⑫ 自己

bag med　dbang gyur　mdzes ma　spang la　lo yi bar,,　yid 'ong

⑬ 疏忽　⑭ 因为　⑮ 美人　⑯ 离开　⑰ 一年　⑱ 心怡

skyed byed　bu mo'i　khrus bya　bsod-nams　chu bo　rnams

⑲ 产生　⑳ 姑娘　㉑ 洗礼　㉒ 福　㉓ 河水　㉔（复数）

dang　shin tu　rab　mdzes pa'i,,　rab bzang　ljon shing

㉕ 和　㉖ 非常　㉗ 很　㉘ 美丽的　㉙ 非常好的　㉚ 如意树

grib ma dang ldan　r'a ma'i ri　bor song la　spyod pas　gnas par gyis..

㉛ 阴影浓密的　㉜ 罗摩山　㉝ 去往　㉞ 事由　㉟ 居住。

---

① 拉都：《梵藏翻译方法和翻译理论形成概述》，《康定民族师范高等专科学校学报》2000 年第 1 期。

② “逐字译”（word-for-word translation）亦称“词对词翻译”，即将原文的语句一个词一个词地对译，不考虑词在语法或词义方面的差异。——见方梦之主编：《中国译学大辞典》，上海外语教育出版社，2011 年，第 89 页。

蒙:

kilingtü eǰen-ü masi kündü bosiγ ǰarliγ -ud-iyar sür ǰibqulang-i
②　①　③　④　⑤　⑥　⑦

baγuraγulun üiledüged,, ǰarim nigen yakṣas öber-iyen seremǰi ügei-yin
⑧　⑨　⑪　⑩　⑫　⑬

erkeber boluγsan üǰesküleng-tü eke-yi tebčiged on boltala.. sedkil-dür
⑭　⑮　⑯　⑰　⑱

-taγalamǰi törügülügči ökin-ü ukiyal üiledküi buyan-u mören
⑲　⑳　㉑　㉒　㉓

-nügüd ba asuru masi üǰesküleng-tü erkin sayin
㉔　㉕　㉖　㉗　㉘　㉙

següder-lüge tegülder kalparavaras-modu-tu rā-ma-yin aγulan-dur
㉛　㉚　㉜

oduγad edlel-iyer orusin abai..
㉝　㉞　㉟

该诗节中包含了整个译本中普遍存在的以下特点:

1. “名词在先、形容词在后”是藏文的表达特征,这与蒙古文和汉文的表达方式不同。如本段中的①和②,⑩和⑪,㉚和㉛,它们分别是“主人 愤怒的”“药叉 某一个”“如意树 阴影浓密的”,意思为“愤怒的主人”“某一个药叉”和“阴影浓密的如意树”。由于蒙古语的表达方式是“形容词在名词之前”,因而在这些地方蒙古文译本中的语序是倒过来的。除此之外,其他情况下都是“字对字”翻译。

2. 在名词的“数”和“格”方面,《云使》蒙古文译本也与其藏文底本一一对应。比如在此节,藏文中表示“复数”的地方,蒙古文中也同样用了复数词缀。比如⑥、㉔分别是“命令”和“河水”的复数词缀。而从蒙古语的角度而言,有时候复数词缀是多余的,它只是与其藏文机械对应而出现。在“格”方面,全文中最为明显的是“呼格”,即在梵文中表示“呼格”的地方藏文译本中一律用了“ka ye”表示,与其对应在蒙古文中一律用了“ay-a”。

3.《云使》被译成藏文之后,其每一个诗行的音节数比梵文原文还多了两个，即19个音节。因而，其结构变得更为复杂，在用词和选词方面都会受到音节数的约束。因而，藏译文为了补齐音节数而额外加了一些词，对此蒙古文中也照译。比如上述例句中的第㉖"非常"和㉗"很"的意思相重复了，这是因为要补齐音节数。对此，蒙古文译本中也是一字不落地翻译。

二、从译者的佛经翻译心理角度分析

从译者的佛经翻译心理角度分析，译者并没有把《云使》当作文学著作而译。《云使》蒙古文《丹珠尔》译本是在集体佛经翻译活动中由佛教徒翻译完成的。译者的佛教徒身份以及由此产生的佛经翻译心理影响了该译本的文本性质。在译本的开篇语中显示出该译本佛教文献的特征，跋文中译者表述了虔诚的佛教徒之心。

1. 蒙古文《丹珠尔》之《云使》的开篇语

一篇文章的开头，因其题材和格式的不同会有不同的形式。比如，梵文诗歌的开头一般有三种形式：一，向崇拜的神顶礼膜拜；二，颂神或赞颂神或向神祈福；三，直接阐述内容。迦梨陀娑的《云使》属于第三类，即开头没有敬语和祈福词，直接阐述了诗文的内容。但他把梵文第一个字母"ka"置于诗篇的开头，《云使》摩利那他注释本的校对者M.R.Kale认为这是"巧妙地把敬意嵌入到文本当中"①。在蒙古文佛教经典中，一篇文章的开头首先向佛或菩萨致敬。蒙古国学者呈・达木丁苏伦对《北斗七星经》的不同版本进行比较，并指出被编入佛经《甘珠尔》当中的《北斗七星经》译文前面都加了"南无佛，南无法，南无僧……顶礼膜拜七尊如来。佛命令文殊菩萨曰……"从而有了"佛教经文"的特征。而没有这些开篇语的其他版本很难称得上是真正意义上的"佛经"，甚至有的章节让人联想到萨满祭词②。可知"南无三宝"如同为一个佛教印章，放在文章前

---

① M.R. Kale, *The Meghadūta of Kālidāsa*, Delhi. 8th Edition, 1974 (reprint in 1993), p.2.

② （蒙古）呈・达木丁苏伦编：《蒙古文学精华一百篇》（蒙古文），乌兰巴托，1959年，第133页。

面会更明确地显示出作者或译者的佛教信仰。《云使》蒙古文译本的开篇语如下：

namo buddhāya :: (南无佛)

namo dharmāya :: (南无法)

namaḥ saṅghāya :: (南无僧)

enedkeg-ün keleber.. *me-gha-dhu-tā nā-ma*.. töbed-ün keleber.. sprin gyi pho nya.. mongγol-un keleber.. egülen.. ǰarudasun kemegdekü.. üneker tuγuluγsan ǰarliγ-un erketü burqan-a mörgömü.. (意思为：印度语名为"meghadūta"。藏语名为"sprin gyi pho nya"。蒙古语名为"egülen ǰarudasun"。向正等觉语自在佛顶礼。)

而藏文《云使》译本的开篇语是：

rgya gar skad du„ me kha d'u ta n'a ma„ pod skad du„ sprin gyi pho nya zhes bya ba„ yang dag par rdzogs pa'i sangs rgyas gsung gi dbang phyug la phyag 'tshal lo„

(意为：印度语名为 meghadūta。藏语名为 sprin gyi pho nya。向正等觉语自在佛顶礼。)

可见藏文译本前面并没有"南无三宝"的内容，"南无三宝"是蒙古文译本所加的。

2. 蒙古文《丹珠尔》之《云使》跋文

先看《云使》藏文译本的跋文①，汉译内容如下：

---

① 藏文原文：snyan dngags mkhan chen po nag mo'i khol gyis mdzad pa'i sprin gyi pho nya rdzogs so„

blo gros dang snying rje dang, brtul ba dang nges pa dang, gtong ba la sogs pa'i yon tan phul du byung ba dpag tu

med pas spras pa'i dpon chen nam mkha' brtan pa'i bka' kung gis, kha che'i pandi ta snyan dngags mkhan chen po

su man shr'i dang, zhu chen gyi lo ts'a ba mang du thos pa'i dge slong byang chub rtse mo dang lo ts'a bar gtogs pa

lung rigs smra ba nam mkha' bzang pos dpal sa skya'i gtsug lag khang chen por bsgyur cing zhus te gtan la phab (转下页)

遵奉具有智慧悲心、温柔、信念、乐施等无量殊胜功德之本钦·南卡旦巴之命，由卡切班钦大诗人苏玛那室利、主校译师多闻比丘降曲则莫和属于译师之教理论师南卡桑保译、校、订正于吉祥萨迦大寺。

谁能若以纯正之心愿，对此勤奋且能结顺缘，

我等勤业福德皆成就，愿能超越轮回三身现！

北方主人教诲之诗歌，乃由卡切境之大班钦，

连同降曲则莫此比丘，共同由梵译成藏语文。

愿以此译利益无量之有请，使之时时处处皆吉祥如意！（引自贺文宣译本）

以上藏文跋文中交代了翻译缘由，翻译、校订人员，以及翻译地点等信息并表达了译者的祝愿。

在《云使》蒙古文译本后，除了翻译以上藏译本的跋文外，蒙古文译者又写了一篇自己的跋文。具体内容如下：

oṃ suvasti. aqui yeke qoyar čiγulγan-u dalai-ača töröged, ayiladqui enerikü i erdem-ün qubis-iyar lasi （masi） dügürügsen. amitan-u mungqaγ-un qarangγui-yi geyigülügči čaγan gerel-tü, abural ögülekü i-yin saran mañǰuśrī tegün-e oroi-bar mörgümüi. ilγuγsan-u nomlaγsan sayin ǰarliγ-un taγalal-i endegürel ügeküy-e üǰügülügči qoyaduγar ilγuγsan kiged.. erkin tegün-ü šasin-i naran metü mandaγuluγči.. erketü tegedü blam-a-dur-iyan süsül-ün mörgümüi.

（接上页）

pa'o,, gang zhig thugs dgongs rnam par dag pa yis,, 'di la bskul zhing mthun pkyen bsgrubs pa dang,,

bdag cag 'bad la bsod nams gang bsgrubs pas,, 'khor ba las brgal sku gsum thob par shog,,

byang gi bdag po'i gsung bzang las,, snyan dngags 'di ni bod skad du,,

kha che pan chen dang lhan cig,, dge slong byang chub rtse mos bsgyur,,

'dis 'gro ba dpag tu med pa la phan thogs nas bkra shis shing bed legs su gyur cig,, masi ariγun γurban sinǰilel-lüge tegüsügsen-iyer. maγad ǰarliγ šastir-un udq-a-yi mergen-e nomlaγči. manglai degedü qoyar gegen-ü ači-yi sanaγsaγar kü. martal ügeküy-e ünen ǰirüken-eče süsülümüi bi. boγda eǰen-iyen kündü ǰarliγ-i oroi-bar abču. burqan-u šasin-u ünen ǰirüken-dür-iyen aquluγad. busud olan amitan-a tusa boltuγai kemen sedkiǰü. bučal ügei čing ǰoriγ-iyar orčiγuluγsan egün-e. ülü medeküi-yin erkeber buruγu boluγsan bolbasu. ülem ǰi degedü merged-ber (-iyer) küličeǰü ǰasan soyurq-a.. ünen kü ǰöb boluγsan-u buyan-u qubi ker bükü tegün-i.. üneker tuγuluγsan buddhi qutuγ-un siltaγan bolγan irügemüi. ene metü egüdügsen masi čaγan buyan-u küčün-iyer. eǰen degedüs-ün ülmei-yin lingqu-a vačir metü batutuγad. erdeni-tü šasin naran metü egüride manduǰu. eke boluγsan qamuγ amitan ünide ǰirγaqu boltuγai. egün-eče qoyinaγsi qamuγ töröl tutum-dur. erdem-tü degedü buyan nökür-iyer oγoγata eǰelegdeǰu bür-ün. eldeb γaǰar mör-i ǰerge-ber sayitur oduγad. erketü qamuγ-i medegči-yin qutuγ-i olqu man-u boltuγai :: šasin-i manduγuluγči Rje-btsun dam-pa gegen-ü šabi gelüng Blo-bzang rgyal-mtsγan.. Dge-legs rgyal-mtsγan qoyar mongγol kelen-e orčiγulǰu Ngag-dbang brtson-'grus-ber(-iyer) bičibei ::

这篇跋文的意思为：

吉祥如意！向生于福德与智慧①的大海、充满谕怀之智、照耀愚昧之暗的白光救度之月曼殊室利(Mañjuśrī)项礼。向无误传授大熊佛之语的第二佛(指哲布尊丹巴一世——译者)以及如太阳般发扬佛教的上师喇嘛们敬礼。精通清净三观、贤于讲经之意的二位上尊之恩,永不忘记心中膜拜。叩首接纳圣主之令,心中膜拜佛祖之教,欲为众生造福,一心专志译之。若因无知而错,诸尚贤们忍而正之。若是正确无误,此福乃正等正觉之果也。以此造福之力量,企圣上之足下莲花金刚般坚固,三宝之教如太阳般永远升起,为母众生永得福乐。从今往后,所有亲戚朋友均归依佛教,一同行于成佛之道,

① 把蒙古文的"aqui yeke qoyar čiγulγan"理解为"福德和智慧"(buyan ba bilig-ün qoyar čiγulγan)。

愿获遍知者业。弘扬佛法的哲布尊丹巴格根之徒弟格隆洛桑坚赞、格勒坚赞译成蒙古文，阿旺松迪写。①

该跋文是除了藏文跋外，蒙古文译者自己另写的文章，占了译本最后两个整叶。译者另加如此长的跋文，在整个蒙古文《丹珠尔》中也不多见。在此跋文中，译者着重表示了对佛教的虔诚之意和膜拜之心。译者想通过此译造福众生，发扬佛法，得到佛果。因而他(们)对翻译的郑重与谨慎可想而知。然而，译者的重点在于翻译行为本身，佛经翻译行为本身是佛教信徒的修法形式之一。“历来认为，抄写、供养经典可以得到无限的功德……虔心收集、翻译、整理、传写、供养、修造佛典与大藏经的人前仆后继”②。佛教信徒们如此虔诚的宗教心理，在佛经翻译过程中往往会导致“逐字译”的翻译现象。在蒙古文佛经翻译实践中，“逐字译(үгчлэн буулгах зарчим)曾为主要翻译原则，只有个别杰出的翻译家才能克服它”③。可知，逐字译现象曾经在佛经翻译中较为常见，但不是理想的翻译原则，它涉及到译者的学问和翻译水平。没有很高的佛教修养，就很难把佛教经典翻译到位。而“逐字译”可以减少或避免因意译而产生的错误。因为，“意译”意味着译者理解原文的基础上组织目标语言来准确表达其意。在佛经翻译中，佛教徒假如把原文意思理解错了，将不利于弘扬佛法和自身的修行。相对而言，字对字翻译更为保险。至少，译文的词汇与其原文一一对应。从而译者也可以实现“功德无量”的翻译之事。蒙古文《丹珠尔》之《云使》译本正是在此佛经翻译心理和原则下产生的，它并不是从文学翻译角度翻译的译本。

三、从蒙古文《丹珠尔》翻译总纲领角度分析

前文所述，藏蒙《智者之源》是蒙古文《丹珠尔》佛经翻译总纲

① 本段为笔者所译。

② 方广錩：《蒙古文〈甘珠尔〉〈丹珠尔〉目录》前言，远方出版社，2002 年。

③ Л. Хүрэлбаатар, *Монгол Орчуулгын Товчоон*. Улсын хэвлэлийн газар, Улаанбаатар, 1995, тал9.(拉・呼尔勒巴特尔：《蒙古翻译史纲》，国家出版社，乌兰巴托，1995 年，第 9 页。)

领。芬兰学者 Kolari 曾提出，《云使》的蒙古文译本很难从《智者之源》中受益，因为《智者之源》中并没有针对文学类作品的词汇。然而，综观《丹珠尔》之《云使》蒙古文翻译，它还是遵循了《智者之源》的原则，尤其在字词统一方面。即，《云使》的词汇，只要出现在《智者之源》，它就会按照《智者之源》的译法翻译，不管它是哪一类词汇。首先看下蒙古文《云使》的题目“egülen-ü ǰarudasun”。

《云使》的藏文题目为“sprin gyi pho nya”，蒙古文《丹珠尔》译本中把它译为“egülen-ü ǰarudasun”（云之仆）。蒙古语中“ǰarudasun”一词一般表示“仆人”，经常与“boγul”连用表示“奴仆”。所以同样从藏文翻译的 E 译本和呈・达木丁苏伦的译文都取名为“egülen elči”（云使），蒙古语中“elči”才是“使者”的意思。而宾・仁钦译本却承袭了蒙古文《丹珠尔》译本的题目，取名为“egülen ǰarudasu”，并提出“虽然‘egülen elči’这个翻译也不错，但觉得传统翻译自有其道理”。（Эрдэнэпэл гуай, шинэ орчуулгандаа “Үүлэн Элч” гэж орчуулсан нь мөн зүгээр боловч энэ тухай би өөрийн орчуулгад урьдын орчуулагчдын уламжлал бас сонин юм гэж бодлоо.①）这表明，宾・仁钦先生也注意到了蒙古文《丹珠尔》译本中把《云使》译为“egülen-ü ǰarudasun”（《云仆》）这一问题，但又认为传统的东西不可轻易推翻，从而他沿用了《丹珠尔》译本的题目。那么，“egülen-ü ǰarudasun”到底是怎么来的？

《云使》在《丹珠尔》的“声明”部。如果查看《智者之源》中“声明”部的词汇，一般都是语言学的词汇，其中找不到《云使》的词汇。再看《智者之源》的其他类别，将会在“工巧明部”中找到藏文的“pho nya”（使者）以及与之对应的蒙古文“ǰarudasun”（仆人），即在《智者之源》中把藏文的“pho nya”译成了“ǰarudasun”（仆人）。在“工巧明”部中有个天文学的词汇“dus kyi pho nya”（梵文 kālayukta），蒙古文把它译为“čaγ-un ǰarudasun”。且即藏文的“dus

① Калидаса Үүлэн Зардас, Улсын хэвлэлийн хэрэг эрхлэх хороо, Улаанбаатар, 1963. тал 11.（〔蒙古〕《迦梨陀娑云使》，国家出版事务局，乌兰巴托，1963 年，第 11 页。）

kyi pho nya”与“sprin gyi pho nya”（云使）的结构一致。依照此例，蒙古文《丹珠尔》之《云使》译者把藏文题目“sprin gyi pho nya”译成了“eqülen-ü ǰarudasun”。

在《云使》蒙古文译本中“… eke”（母）一词的出现频率很高，较为引人注目。它是从藏文的“… ma”翻译而来，其中指“药叉之妻”的占据一半。其他还表示“女人、妻子、爱人、女性朋友”等意思。也有一部分是翻译错误导致的。具体情况列表分析如下：

表 3-1　指“药叉之妻”之“eke”

St.	1	2	10	78(76)	94(90)	102(98)
蒙	üǰesküleng(-tü) **eke**					
藏	mdzes **ma**					
梵①	kāntā	abalā	ekapatnī	kāntayā	sā	tvāṃ

St.	3	7	76(74)	77(76)	81(79)	83(81)
蒙	bayasqulang(-tu) **eke**					
藏	dga’ **ma**					
梵②	jana	priyāyāḥ	madgehinyāḥ	asyāḥ	śyāmā	tasyāḥ

St.	4	77(75)	82(80)	87(85)
蒙	eneril-tü **eke**	činü nükür boluγsan **eke**	ǰalaγu **eke**	sayin **eke**
藏	brtse ldan **ma**	khyod kyi grogs su gyur pa’i dga’ **ma**	gzhon **ma**	legs **ma**
梵③	dayitā	sakhyās tava	bālāṃ	sādhvīṃ

① 此行梵文的意思为：1 爱人；2 女人；10 忠贞的妻子；76 爱人（为格）；90 她（体格）；98 你（业格）。

② 此行梵文的意思为：3 人；7 心爱的女人；74 我的妻子；75 她（属格）；79 青春女子；81 她（属格）。

③ 此行梵文的意思为：4 心爱的人；75 你的朋友（阴性）；80 年轻女子；85 贞洁的女子。

续 表

St.	99(95)	109(104)	111(106)
蒙	omuγ tegülder **eke**	ay-a erdem tegülder eke	ay-a sayin buyan-luγ-a tegülder eke
藏	khengs ldan **ma**	kva ye yon tan **ma**	kva ye dge legs ldan **ma**
梵①	tām … māninīṃ	guṇavati	kalyāṇi

在《云使》蒙古文译本中有以上 20 处的"… eke"形式是指"药叉之妻"的,其中有 7 处用了"üǰesküleng-tü eke"(美丽母),有 6 处用了"bayasqulang-tu eke"(欢喜母)。其余 7 个地方分别用了不同的"……母"(… eke)。蒙古文译本的这个形式在藏文中一律对应"… ma"形式,其中"üǰesküleng-tü eke"对应"mdzes ma","bayasqulang-tu eke"对应"dga' ma",其他也分别对应不同的"… ma"。而在梵文中它们都与不同的单词对应(请看注释),这些词都指"药叉之妻"。除了"药叉之妻",藏文对其他指代女性或女性化的比喻都以带"… ma"的形式翻译,蒙古文中同样把它们都译成了"… eke"。如下表:

表 3-2　指"非药叉之妻"的"eke"

St.	8	8	19(18)	37(35)	39(37)	43(41)	60(59)	63(61)	66(64)	73(71)
蒙	üǰesküleng(-tü) **eke**									
藏	mdzes **ma**									
梵②	vanitāḥ	jāyām	bhuvaḥ	veśyās	tāḥ	tasyāḥ	tridaśavanitā	krīḍālolāḥ	lalitavanitāḥ	vanitā

① 此行梵文的意思为: 95 高尚的她;104 贤德的妻子啊(呼格);106 吉祥的女人啊(呼格)。

② 此行梵文的意思为: 8 女人们(泛指);8 妻子们(指旅人家中妻);18 大地;35 舞女们;37 她们(指黑夜赴会女子们);41 她(指甘碧河);58 天神的妻子;61 贪玩的(指天上仙女);64 可爱的女人们(指阿罗迦城的女人们);71 女人(指药叉女)。

续 表

St.	29(27)	30(28)	68(66)	76(74)
蒙	bayasqulang(-tu) **eke**			
藏	dga' **ma**			
梵①	aṅgānāṃ	strīṇām	Uttamastrī	taḍitaṃ

St.	65(63)	65(63)	69(67)	113(108)	117(111)
蒙	šangqu-tu eke	gaṅgā mören-ü qubčad-tu eke	küsel-tü **eke**(s)	küdelügči eke	gilbelküi **eke**
藏	lcang lo ldan ma	gangg'a'i chu gos ldan ma	'dod ldan ma (rnams)	g-yo **ma**	glog **ma**
梵②	alakā	srastagaṅgādukūlā	kāminī(nām)	kā	vidyutā

此表中,也有20处出现“… eke”形式,其中“üǰesküleng-tü eke”“bayasqulang-tu eke”占了14处,它们在藏文中都以“… ma”的形式出现,而在梵文却都对应不同的词。这些词除了指各种女性以外,还指拟人化的“女性”。比如,在第65节,共出现了三个“… eke”。它们分别对应梵文的“alakā”“srastagaṅgādukūlā”和“kāminī”,指的都是“阿罗迦城”。关于“alakā”的分析请看第二章表2-17。

在藏文译本中还有一些带“ma”的词是由于翻译错误而出现的。如下表:

表3-3 藏文错译的“ma”

St.	19(18)	55(53)	68(66)	88(86)	27(25)
蒙	bayasqulang(-tu) **eke**				ider **ekes**
藏	dga' **ma**				lang tsho **ma** rnams
梵	snigdha-veṇī 浓密的头发	camarī 牦牛	ratiphalaṃ 行乐果	icchā-ratair 欢乐	yauvanāni 青春年华

---

① 此行梵文意思为:27体态丰满的(指优禅尼城的女子);28女人(泛指);66卓越的女人(指阿罗迦城女子);74闪电(雨云的配偶)。

② 此行梵文意思为:63阿罗迦城;63恒河如其滑落的丝衣的(多财释,比喻阿罗迦城);67多情女子(复数,指夜里赴会女子们);108某女(指药叉之妻梦中出现的女人);111闪电夫人。

第 19(18)节：梵文中形容雨云为“与浓密的头发同色”(snigdha-veṇī-savarṇe)。而在藏文中成了“如同美人的发髻”(dga' ma'i rnam mdzes len bu dag dang mtshungs pa),这里忽略了头发的颜色而加了“美人”(dga' ma)一词。

第 55(53)节：梵文的“ulkā-kṣapita-camarī-bāla-bhārāḥ”意为“火焰烧毁牦牛浓密的毛丛”,其中“camarī”(阴性)为“牦牛”的意思。“bāla”是“毛发、尾巴”的意思。藏译文“me stag dag gis 'brong gi dga' ma'i spu tshogs mang po sreg byed na”(火苗燃及林中野牛爱妻皮毛时①)。此处,藏文的“'brong gi dga' ma”与梵文“camarī”对应,那么其中的“dga' ma”(爱妻)从何而来？同样也是因为梵文的“camarī”为阴性词的缘故。对于梵文的阴性词,藏文一般都以“… ma”形式翻译。蒙古文把它转译为“čoγ-nuγud-iyar ködegen-ü bayasqulang-tu eke-yin olan üsün-ü čiγulγan-i tülen üiledbesü”(火焰烧到野外/农村美人的发髻),其中与“dga' ma”对应的是“bayasqulang-tu eke”,而把“'brong”(野牛)翻译成“ködege”(野外、农村)来顺通句意,但与原文意思相差越远。

第 68(66)节：梵文中药叉们“享受着如意树所生的甜美的行乐果”(āsevante madhu ratiphalaṁ kalpavṛkṣprasūtaṁ),其中“ratiphalaṁ”是一种从如意树产出的饮品,意为“行乐果、美酒”。藏译文中这个饮品成了“dpag bsam shing las rab tu 'khrungs pa'i dga' ma'i ro ldan chang ni”,其中“dga' ma”等于梵文的“rati”。不过,梵文中“rati”的本义(不指人的时候)为“情欲、爱欲”,“ratiphalam”(行乐果)的意思是从这个意义上产生的,而在藏文中“dga' ma”是指爱神的妻子“Rati”,而不是指“情欲”。即,藏文译者把梵文的“rati”(情欲)理解为指人的“Rati”而把它译成了“dga' ma”,从而梵文的“ratiphalam”(行乐果)变成了藏文的“dga' ma'i ro ldan chang”(具有Rati 味道的酒),这里的“ro”(味道)是藏译文所加内容。蒙古文把它译成了“bayasqulang-tu eke-yin amta-tu arikin”(具有美女味道的酒)。

第 88(86)节：梵文的“nītā rātriḥ kṣaṇa iva mayā sārdhamicchāratair”

---

① 贺文宣译法。

意为“和我在一起寻欢取乐时良宵如一瞬”①，其中“icchāratair”（欢乐）为具格名词短语，表示以这种方式度过夜晚。而藏文为“bdag dang lhan cig gnas tshe 'dod pa'i dga' ma rnams kyi mtshan mo skad cig bzhin du song”（和我在一起之时有欲望的女人们的夜晚仿佛片刻即逝）。从而蒙古文成了“nam-a-luγ-a nigen qamtu orusiqu-yin čaγ-tu küsel-ün bayasqulang-tu ekes-iyer söni nigen gšan-u tedüi oduγad”。其中，蒙古文的“küsel-ün bayasqulang-tu ekes”与藏文的“'dod pa'i dga' ma rnams”和梵文的“icchāratair”相对应，在语法形式上保持了一致（复数、具格），可是意思发生了变化。

第27(25)节：藏文把梵文的“yauvanāni”（青春年华）翻译成了“年轻女子们”（lang tsho ma rnams），从而梵文的“表现了城市人放纵不羁的青春”（uddāmāni prathayati ... yauvanāni）之意变成了藏文的“诉说着年轻美貌的女子们”（mchog tu mdzes pa'i lang tsho ma rnams smra ru 'jug pa bzhin）。蒙古文的“ider ekes”是从藏文的“lang tsho ma rnams”翻译而来的。藏文中之所以把梵文的“yauvanāni”翻译成“... ma”形式，可能是因为把它当作了阴性词，其实它是中性词，复数。

蒙古文译本中还有些“... eke”是对藏文错误理解而产生的，如下表：

表3-4　蒙古文对藏文错译的“eke”

St.	20(19)	39(37)	75(73)
蒙	urusuγči **eke**	**eke**-yin eǰen	sayin ǰokiyal-tu **eke**-yin usun
藏	'bab ldan **ma**	mi yi bdag po	bkod **ma** bzang mo'i chu
梵	viśīrṇā	narapati	vāpī

St.	85(83)	101(97)
蒙	eǰen-ü bayasqulang-tu **eke**	daγun tegülder **eke**-nügüd
藏	rje bo de yi dga' ba	sgra ldan **ma** rnams
梵	tasya priyā	sīmantinīnāṃ

① 金克木先生的译文，第89诗节。

第20(19)节：梵文"… viśīrṇāṃ …"(分支的河流)的藏文为"ri yi zhabs ni rtsub pa'i rdo la 'og tu 'bab ldan ma"(在山脚下穿石而流的河流)，其中"'bab ldan"为"河流，瀑布"的意思，其后的"ma"为梵文阴性词"viśīrṇā"对应的词缀。而在蒙古译文中仍把它译作"… eke"(asq-a čilaγun-u dooγur sirγun urusuγči eke)，导致了意义的不顺通。

第39(37)节：梵文的"nara-pati"意为"人之主，国王"，此处指国王住的地方，即王城或优禅尼城。藏文把它译为"mi yi bdag po"(人之主)没错，但蒙古文把它译作"eke-yin ejen"(女之主)，这显然是把藏文中的"mi"(人)当作了"ma"(女、母)而导致的。

第75(73)节：梵文"vāpī 水池，池塘"，藏译为"bkod ma bzang mo'i chu"(清泉之水)，其中"bkod ma"为"泉水"的意思，"bzang"是"好"的意思，对于词缀"mo"本书认为它只表示该词缀的主词是从梵文的阴性词翻译而来，除此之外没有别的意义。而蒙古语文本把该短语译成了"sayin ǰokiyal-tu eke-yin usun"(善置母之水)。

第85(83)节：梵文的"tasya priyā"(他的爱宠，药叉的宠爱)，指鹦鹉。藏译文是"rje bo de yi dga' ba"(主人的宠爱)，没错。而蒙古语译文"eǰen-ü bayasqulang-tu eke"(主人的爱妻，或为主人的欢喜母)，可知蒙古语译文把藏文中的"dga' ba"(亲爱的)当作了"dga' ma"(爱妻)。

第101(97)节：梵文"sīmantinīnāṃ"(对于女人来说)，在藏文中译为"sgra ldan ma rnams"(吵闹的女人们)，蒙古文为"daγun tegülder eke-nügüd"(有声之母)，导致意思不通。

在《云使》蒙古文译本中，除了一个例外(下面会单独讨论)，把藏译本中的"… ma/mo"结构全部译成"… eke"形式。而在蒙古语中"eke"表示"母亲"，并不指"女人"，在佛教用语中指"佛母"，比如"绿度母"(noγuγan dar-a eke)"白度母"(čaγan dar-a eke)等。而藏文中，"… ma"结构并非"……母；……母亲"之意。可蒙古文中为什么把它们都译成了"… eke"？

在《智者之源》的"般若""律藏""密咒"和"工巧"部中有藏文"ma/mo"与蒙古文"eke"相对应的词条，具体如下：

表 3－5　《智者之源》中的“eke”

位置	藏	蒙	汉	备注①
般若	mdzes **ma**	üǰesküleng-tü **eke**	美女	
律藏	dge slong **ma**	**eke** ayaγ q-a takimlig	比丘女	
密咒	**ma** rgyud	**eke** dandir-a	母续	
	rig **ma**	vidy-a **eke**	明妃	
工巧明	khro **mo**	kilingtü **eke**	忿怒母	
	rta ldan **ma**	morin-tu **eke**	具马女	娄宿
	gshin rje **ma**	erlig **eke**	阎摩女	胃宿
	sgeg **mo**	üǰügürkegči **eke**	嬉女	胃宿
	dal ba'i lha ldan **ma**	dülügen tngri-tü **eke**	有暇天女？	毕宿
	nag **mo**	qar-a **eke**	迦利	
	drag **mo**	doγsin **eke**	猛厉女	
	drag shul **ma**	qataγu küčütü **eke**	暴戾女	
	sbyin **mo**	ögligeči **eke**	施女	井宿
	shu kra **ma**	šugr-a-tu **eke**	靓丽女	井宿
	sbyor ldan **ma**	nayiraltu **eke**	和合女	鬼宿
	phyi **mo**	uγ-un **eke**	祖母	翼宿
	brgyad ldan **ma**	naiman tegülder **eke**	具八女	氐宿
	rgyud ldan **ma**	ündüsün tegülder **eke**	具弦女	
	gru sog **ma**	talun-u önčügtü **eke**		尾宿
	gnas **ma**	orun-u **eke**	住女	室宿

从上表看，“工巧明”部中出现的“ma”（藏）与“eke”（蒙）对应的词条最多。在藏文中，这些词大部分为“星宿”的藻饰词，它们的名字可能是来自印度神话中的女性神。因此，把藏文的“ma”都译成蒙古文的“eke”（在蒙古文《丹珠尔》版《诗镜》的译本中同样如此）

① 此表“工巧明”各名词的汉译和备注受到了北京大学梵文贝叶经与佛教文献研究所萨尔吉老师的指教，谨致谢忱！

并不是《云使》译者(同时也是《诗镜》的译者)擅自翻译,而是以《智者之源》的词条为依据翻译的。在《智者之源》中藏文的“... ma”和蒙古文的“... eke”对应词条基本上是佛教意义上的词条,其中天文学星宿的名字占了多数。这些星宿的名字一般与古印度神话中的女神有关。但是,在《云使》和《诗镜》中照用这个译法并不妥。因为它们描写的并不是“母亲”也不是佛教意义上的“度母”或“天母”类,而是留守家中的妻子或是情人眼中的女人。所以,在《云使》和《诗镜》中的“... eke”为比较变异的译法。这也是因为译者过于依赖《智者之源》而失去了文学翻译的独立性导致的。

上文曾提到,除了一个例外蒙古文中把藏文的“... ma”全部译成了“... eke”,那么这个例外就是藏文的“smad 'tshong ma”(卖下身的女人,妓女)。在藏蒙《智者之源》中把“smad 'tshong ma”译为“bügse qudalduγči”(卖下身的),而在蒙古文《丹珠尔》之《云使》译本中并没有按照《智者之源》的译法,而把它译成了“arikin qudalduγči qatuγtai”(卖酒太太)。在格勒坚赞翻译的《诗镜》中同样如此。译者有意避讳了用“卖下身的女人”或“妓女”一类词,从而以“卖酒太太”来委婉地表达了其意。本书认为这也与译者作为佛教徒而对佛教的虔诚与敬重的翻译心理有关。

综上所述,凡是在《智者之源》中出现的词①,《云使》蒙古文译本的都会按照其中的译法翻译,以符合蒙古文《丹珠尔》翻译总纲领《智者之源》所提出的“名词术语统一”原则。这个做法使《云使》蒙古文译本进一步失去了文学性。

第二节 《云使》文本的难度比较分析

如前文所述,《云使》与《诗镜》一起被收录到藏文大藏经,又从

① 这些词还有“luu-yin daγun”(龙声)、“kegürge”(鼓)、“ǰarimduγ sara”(新月)、“burwasad sar-a”(印度月份的名称,梵文 pūrvāṣāḍhā)、“doran-a”(拱门)、“sürüg-ün manglai”(群首)、“edür bolγaγči”(使成为白天的,太阳的藻饰词)、“ruwakini”(热瓦蒂,史诗英雄持犁者的妻子)、“nasun tegülder”(长寿的,指雨云)、“qoyar-ta törügči”(二生的,指牙齿)、ǰišai(地方、领域)等。

藏文大藏经同时被转译成蒙古文。且《云使》和《诗镜》是同一个人翻译成蒙古文的,准确的说《诗镜》是格勒坚赞一个人翻译的,而《云使》是格勒坚赞和洛桑坚赞两个人合译。在声明部第117卷的八部作品中,包括《云使》和《诗镜》,格勒坚赞一共翻译了七部。而洛桑坚赞主要参与了“本续解”若干文章翻译。那么,同是由格勒坚赞翻译的《云使》和《诗镜》在蒙古文学中的发展却有很大的区别。《诗镜》自13世纪上半叶起开始传入西藏,经过长期的发展实现了民族化过程,最终成为藏族自己的诗学理论。在《诗镜》被翻译成蒙古文之前,精通藏文的蒙古高僧已用藏文撰写较高水平的《诗镜》研究成果,对《诗镜》的本土化发展做出了很大贡献。且蒙古喇嘛高僧们用藏文撰写的《诗镜》理论研究或理论运用,一直延续到20世纪初。17—20世纪,蒙古族喇嘛文人中对《诗镜》研究做出重大贡献的主要代表人物有:

札雅班智达·郎喀嘉措(1599—1662年)
哲布尊丹巴·洛桑丹毕坚赞(1634—1723年)
札雅班智达·洛桑赤列(1642—1715年)
松巴堪布·益西班觉(1704—1788年)
莫日根格根·洛桑丹毕坚赞(1717—1766年)
察哈尔格西·洛桑楚臣(1740—1810年)
阿拉善·阿旺丹德尔(1759—1841年)
喀尔喀堪布·阿旺海德布(1779—1838年)
热津巴·阿旺图丹(约1780—1865年)
喀尔喀班智达·益西桑布(1847—1896年)
堪钦·嘉米央嘎尔布(1861—1918年)等人。

札雅班智达·洛桑赤列用藏文撰写了《诗镜三十五种意义修饰举隅乐梵天公主妙歌》一文,对《诗镜》35种意义修饰进行分析研究,而且对每个修饰都写了例句。松巴堪布·益西班觉所著《诗镜所进修法之比喻论·星宿妙鬘和异名简要·如意宝坠》《修辞法简要·诗镜入门》二文,以诗论诗,加注散文,对檀丁《诗镜》进行多方位阐释,精辟独到之处令历代学者赞叹不已。莫日根格根·洛桑丹毕坚赞虽然没有专门研究檀丁著作,但是他在蒙古语诗歌创作方面，广泛应用《诗镜》的众多修饰方法，加快了蒙古诗学理论体系形成的步伐[①]。

据称《诗镜》的蒙古文译者格勒坚赞的同门师兄洛桑赤列曾在西藏深造19年之久，读过大量的书籍并撰写了有关《诗镜》的理论著作。同门师兄以及其他人的研究和蒙古文人中推崇《诗镜》的气氛不能不对格勒坚赞产生影响。因而《诗镜》的蒙古文翻译较为准确易懂，沿用至今。即使后来蒙古国学者们（Sh. Bira，H.Gaadan，O.Sukhbaatar）做了新的翻译（1982年），但仍是以格勒坚赞的译本为蓝本，只是在字词上做些调整、使之更加符合现代蒙古语的表达方式，进一步捋顺了语句而已，并没有根本性变化。围绕《诗镜》蒙古文译本，国内外学者们从不同角度展开了系统研究。蒙古国主要有呈·达木丁苏伦、哈·噶丹、舍·毕拉、策·阿拉坦格日勒、拉·呼尔勒巴特尔等学者从事《诗镜》研究。国内有巴·格日乐图、苏尤格、乌力吉、额尔敦白音、树林等人前后发表学术论文和专著，使蒙古文《诗镜》研究取得了可喜的成就。

相比之下，《云使》蒙古文译本研究比较滞后，尤其是对蒙古文《丹珠尔》之《云使》译本研究在蒙古国和国内蒙古学界非常薄弱。这与蒙古文《丹珠尔》之《云使》译本的过渡性文本特征（晦涩、难懂）有关。那么，由同一个人（格勒坚赞）在同一时间翻译的《云使》与《诗镜》在蒙古文学中的反响和发展为什么有这么大的反差？这个问题可从《云使》和《诗镜》的文本结构的不同与难度的悬殊说起。

如前所述，《云使》的格律“缓进调”是一个难度比较大的格律形式，它每一个诗节由4个诗行（音步）、每一个诗行由长短（重轻）固定的17个音节构成。而《诗镜》的格律绝大部分为“输洛迦”（śloka）[②]体，也叫“阿奴湿图朴”（anuṣṭubh）。“输洛迦”的特点为每一个诗节由4个音步构成，每一个音步都有8个音节。每个音步的

① 额尔敦白音：《〈诗镜论〉及其蒙古族诗学研究》，载《蒙古学集刊》2004年第1期。

② 约14世纪初，梵文“śloka”一词传入蒙古地区，并演变成了蒙古语中泛指“诗歌”的词汇“silüg”。

8个音节不尽相同,但也有一定的规律。下面对《云使》的格律和《诗镜》的格律(以第一章第1、2节,即1.1和1.2为例)做个简单对比。

表3－7　梵文《云使》与《诗镜》格律对比表

<table>
<tr><td rowspan="2">《云使》的格律(缓进调)</td><td colspan="2">1—111节(全篇通用)</td></tr>
<tr><td colspan="2">— — — — ⌣⌣⌣⌣⌣ — — ⌣ — — ⌣ — —
— — — — ⌣⌣⌣⌣⌣ — — ⌣ — — ⌣ — —
— — — — ⌣⌣⌣⌣⌣ — — ⌣ — — ⌣ — —
— — — — ⌣⌣⌣⌣⌣ — — ⌣ — — ⌣ — —</td></tr>
<tr><td rowspan="2">《诗镜》前两节及其格律(输洛迦)</td><td>1.1</td><td>1.2</td></tr>
<tr><td>caturmukhamukhāmbhoja-
vanahaṁsavadhūr mama,
mānase ramatāṁ dīrghaṁ
sarvaśuklā sarasvatī.

⌣ — ⌣ ⌣　⌣ — — ⌣
⌣ ⌣ — ⌣　⌣ — ⌣ ⌣
— ⌣ — ⌣　⌣ — — —
— ⌣ — ⌣　⌣ — ⌣ —</td><td>pūrvaśāstrāṇi saṁhṛtya
prayogān upalakṣya ca,
yathāsāmarthyam asmābhiḥ
kriyate kāvyalakṣaṇam.

— ⌣ — —　⌣ — — ⌣
⌣ — — ⌣　⌣ — ⌣ ⌣
⌣ — — —　⌣ — — —
⌣ ⌣ — —　⌣ — ⌣ ⌣</td></tr>
</table>

《云使》的格律“缓进调”最显著的特征是“齐”,即每一个诗节的每个音步都相同,每一个音步每一个音节的长短(或重轻)是固定的。因而,把它的韵律用符号表现出来之后,将会是非常整齐的韵律图,如上表。有学者指出,思念爱妻而作的《云使》的格律正反映主人公的心理活动。其前4个长音节表明惆怅和思念,接下来的5个短音节表示强烈的激情和激动,再接下来长短音交替出现是表明忧喜相伴的心理活动,最后两个长音节表示对未来充满希望的欣慰。这是迦梨陀娑对印度格律类型做出的一个贡献,运用此格律的艺术要求也高。

而“输洛迦”是印度最流行、使用最方便的诗体。关于它的产生，史诗《罗摩衍那》中记载了一段神奇的故事。即蚁垤仙人在林中看到一个猎人射杀了正在交欢的一只公麻鹬（krauñca，一种鸟），母麻鹬凄惨鸣叫。蚁垤仙人悲痛之余，指责猎人脱口而出：

你永远不会，尼沙陀！
享盛名获得善果；
一双麻鹬耽乐交欢，
你竟杀死其中一个。①

说完后，蚁垤仙人才意识到自己说的是一首诗，他对徒弟说："因为它是由悲伤（śoka）而生，所以叫它'输洛迦'（śloka）。"此时梵天降临，吩咐蚁垤仙人以这种"输洛迦"格律编写《罗摩衍那》。蚁垤仙人最初说出的"输洛迦"的原文及其格律形式为：

表 3－8 "输洛迦"格律原始形式

最初的"输洛迦"的内容	格 律 形 式
mā miṣāda pratiṣṭhām tvam agamaḥ śāśvatīḥ samāḥ, yat krauñcamithunād ekam avadhīḥ kāmamohitam.	–⏑––　⏑––⏑ ⏑⏑––　⏑–⏑– ––⏑⏑　⏑––⏑ ⏑⏑––　⏑–⏑⏑

结合上述《诗镜》的格律和蚁垤仙人的这首诗，陈述"输洛迦"格律的特征如下：

a. 横向：第一、第三行的第 2、3 音节不能都是短音节，其他情况都可以；

第二、四行的第 2、3、4 音节不能都为短音节，也不能为"–⏑–"（长短长）音节，其他情况都可以。

b. 纵向：第五行都要短音节；第六行都要长音节；第七行长短音交替出现。

① 黄宝生著：《印度古典诗学》，北京大学出版社，1999 年，第 299 页。

c. 每一个音步的最后一个音节长短均可,但读的时候一般都要读成长音节。

可见,"输洛迦"虽然对音节的长短有一定的要求,但比起"缓进调",简单了许多。"缓进调"在长度上比"输洛迦"多出了一倍,而且每一个音节的长短都是固定的。因而使用了"缓进调"的《云使》文本结构会变得更为复杂,概括而言,其主要特征为:

1. 每个诗节中的语序会随着韵律的要求而变,因而不固定。在梵语诗歌中,由于每个词都带有格尾(名词)或人称尾(动词),没有固定的语序或语序相对自由。这一特征在缓进调中变得更为显著。

2. 复合词的运用多。这也是因为格律要求产生的。梵语的复合词分相违释复合词、依主释复合词、持业释复合词、多财释复合词、副词复合词①等多种。这些复合词大量被运用到文本之中,使得文本结构进一步复杂化。

3. 藻饰词的运用多。藻饰词的运用,一方面与规律要求有关,另一方面,《云使》也是民间文学和作家文学巧妙结合的典范。在《云使》中,尤其在前半部分蕴含着各种各样的神话和典故,它们一般都以藻饰词的形式出现在文本中,这不仅使诗歌的内容更为丰富而且把诗歌与民间文学牢牢地联系了一起。要想透彻理解诗中的内容,需要把文本背后的、隐藏在藻饰词中的深层文化因素挖掘出来。这也是大量产生《云使》梵文注释的原因所在。

以上这些特征,对《云使》原文的理解和翻译都带来了更大的困难。与之相比"输洛迦"的结构较为简单,从而对《诗镜》的翻译也变得更简单一些。下面分别对照《诗镜》梵—藏文本和《诗镜》藏—蒙文本,便可知其中的对应关系比较简单明了。

① 关于梵语中的复合词分类及其概念请参阅(德) A.F.施坦茨勒著,季羡林译,段晴、范慕尤续补:《梵文基础读本》,北京大学出版社,2009 年,第 88—94 页。

表 3－9 《诗镜》第一章第 1、2 节梵藏文对应表

梵（1.1）	藏（1.1）
caturmukhamukhāmbhoja-vana	gdong bzhi gdong gi pad thsal gyi,
haṁsavadhūr	ngang pa'i bu mo
mama,	thams cad dkar, dbyangs can ma ni
mānase ramatāṁ dīrghaṁ	kho bo yi,
sarvaśuklā sarasvatī.	yid la ring du gnas par mdzod.
梵（1.2）	**藏（1.2）**
pūrvaśāstrāṇi saṁhṛtya	bstan bcos snga ma rnams bsdus shing,
prayogān upalakṣya ca,	sbyor ba rnams kyang nyer mtshon te,
yathāsāmarthyam asmābhiḥ	ji ltar nus bzhin bdag gis ni,
kriyate kāvyalakṣaṇam.	snyan ngag rnams kyi mtshan nyid bya.

《诗镜》第一章第 1、2 节藏蒙文对应表

藏（1.1）	蒙（1.1）
gdong bzhi gdong gi pad thsal gyi,	catur mukha-yin niγur-daki lingqu-a-yin sečerlig-tür,
ngang pa'i bu mo thams cad dkar,	γalaγun-u ökin metü qamuq-a čaγan önggetü
dbyangs can ma ni kho bo yi,	sarasvati či-yinü minü
yid la ring du gnas par mdzod.	ǰirüken-dür nasuda saγun soyurq-a.
藏（1.2）	**蒙（1.2）**
bstan bcos snga ma rnams bsdus shing,	erten-ü šastir bükün-e nayiraγuluγsan nuγud-i
sbyor ba rnams kyang nyer mtshon te,	čiqula ülin üiledčü quriyaγad
ji ltar nus bzhin bdag gis ni,	ǰokistu ayalγu-nuγud-un belge činar-i
snyan ngag rnams kyi mtshan nyid bya.	ker metü čidaqui-bar ügülesügei bi.

从以上表格可知,《诗镜》无论是从梵文到藏文还是从藏文到蒙古文,基本上一个音步对应一个音步。《诗镜》本身也是一部解说性著作,与《云使》相比其内容并不复杂。而《云使》的格律复杂、想象丰富、文化内涵深刻。那么,同样是通过藏文转译,《诗镜》成功地移植到蒙古学文论领域,对其研究比较火热。而《云使》蒙古文译本却以"半成品"的形式问世,对其研究很冷清。这说明在当时佛经翻译背景下的纯文学作品翻译是边缘的、不成熟的、具有附属性质的。

那么,《云使》与古代蒙古文学产生关系是如何实现的呢?

第三节　《云使》与蒙古喇嘛文人的藏文创作

17、18 世纪,“藏文”在蒙古高僧喇嘛的创作中占主导地位。蒙古族高僧大德们用藏文撰写的著作,涉及宗教、哲学、语言、文学等多个领域,尤其在诗学理论方面的成就为藏蒙诗学理论作出了不可磨灭的贡献①。因而,在《云使》蒙古文译本诞生之前,蒙古高僧们已用藏文欣赏和学习《云使》。《云使》具有赞美文学、书信文学和旅游文学三者的属性,且在这三方面均影响了蒙古文学。

1.《云使》与蒙古喇嘛的女性“赞美诗”

《云使》是因思念爱妻而写的抒情诗,其中不乏对女性的描写和赞美,整个诗篇散发着一种女性美。印度诗学理论《诗镜》也是印度女性描写的理论总结与指导。迦梨陀娑的《云使》早于《诗镜》两个世纪,树立了印度古代文学中女性描写的楷模。其显著特征之一为对女性的相貌和肢体描写具体又细腻。请看《云使》中的一个例子:

那儿有一位多娇,正青春年少,皓齿尖尖②
唇似熟频婆,腰支窈窕,眼如惊鹿,脐窝深陷,
由乳重而微微前俯,因臀丰而行路姗姗,
大概是神明创造女人时将她首先挑选。(金译本,第 82 节)

这里有对药叉之妻的牙齿、嘴唇、腰肢、眼睛、肚脐、乳房、臀部等具体部位的细腻观察和详细描绘。相比之下,蒙古文传统文学中对女性外貌特征的赞美是抽象的,直接描述其效果的,而不是具体描摹细节。

---

① 额尔敦白音:《〈诗镜论〉及其蒙古族诗学研究》,载《蒙古学集刊》2004 年第 1 期。

② 这里的“尖尖”是来自梵文的“śikharin”,据 Monier Williams 梵英词典,“śikharin”除了表示“尖尖的”以外还有“resembling the buds of the Arabian jasmine”(如同茉莉花嫩芽/花瓣)的意思。因此,药叉之妻的牙应该是“如同茉莉花花瓣”的。

在蒙古民族英雄史诗中，对女性美貌如是说：

- 当她面朝北面入睡/北方的人们/犹如沐浴着一片阳光/会误以为天色已亮/开启天窗/为挤奶张罗奔忙。
- 当她面朝南面睡去/南方的生灵/会感到天边已微露曙光/人们掀起天窗/为挤奶张罗奔忙。
- 公主的脸美丽莹润/帐幕里犹如射入缕缕阳光/公主的面颊光洁细腻/毡帐里仿佛映入道道霞光。①

流行于内蒙古东部地区的蒙古族胡仁乌力格尔②中也常有这样的描述：

- 六十岁的老头见了(她)，几乎要忘记老伴儿；
  六岁的儿童见了(她)，几乎要抛弃妈妈。
- (她)走过的地方，珠宝滚落，小孩儿见了，欲要捡起；
  (她)行过的地方，盛开花朵，小姑娘见了，欲要戴上。

可见，蒙古族传统的女性描写——当然“胡仁乌力格尔”的传统是较为后期的，总体而言更注重和偏向整体效果和给人的感受。

而在蒙古喇嘛文人的女性描写当中常常会出现印度型微观描写。比如，喀尔喀班智达·益西桑布(erdeni mergen paṇḍita Ye-shes sangs-po, 1847—1896 年)在他的《切断欲望之根的利刀》(quričal tačiyangγui-yin γool sudasu-yi kirγaγči qurča iltü)中对美人的头发、眼睛、脸蛋、笑容、牙齿、乳房、脚步从上到下进行了细腻的描写③。蒙古喇嘛文人诗文中的类似的描述与《云使》与《诗镜》中的女性描述一脉相承。同样的赞美模式也可以用到女神(拉姆)和度母的赞颂中。总之，英雄史诗是蒙古文学古老的体裁，其中对女性“美”的描写是很形象的但不具体。对“丑”的描写却很具体。而印度传统文学中对女性“美”的描写却很具体和细腻，《云使》是其中代表性的

① 赵文工译注：《罕哈冉惠传》，内蒙古教育出版社，2006 年，第 43 页。
② “胡仁乌力格尔”是拉四胡说唱的一种民间说唱艺术。
③ (蒙古)拉·呼尔勒巴特尔著：《空中的白鹏鸟》(Oγtarγui-yin čaγan γarudi，原书版权页的译名为《天高任鸟飞》)，民族出版社，2002 年，第 134—135 页。

一例。蒙古人通过藏文接触和吸收印藏文学中的这一特征，发展了蒙古赞颂文学。

2.《云使》与蒙古喇嘛文人的“书信文学”

在印度文学史上《云使》创造了“信使诗”（saṃdeśakāvya）先例。《云使》诞生之后，产生了一大批模仿《云使》的诗作，如今能查到的有《风使》《鹦鹉使》《蜜蜂使》《天鹅使》《月使》《杜鹃使》《孔雀使》等等。但是它们因为无法企及《云使》而逐渐被人们遗忘，唯独《云使》成为不朽之作，而且其“托云带信”的构思深深植入了人们的脑海之中。在中国古代汉语文学中，虽然也有“托云传情”的念头，但总体上觉得云是漂浮不定而不可信的。如“郁陶思君未敢言，寄声浮云往不还”（曹丕《燕歌行》）；“浮云难嗣音，裴徊怅谁与”（任昉《别萧谘议》）。黄宝生先生称，迦梨陀娑产生托云捎信的艺术想象，多半与印度的热带季风气候有关。印度夏季的气温高达四五十摄氏度，夏季结束便是雨季。当南来的季风吹来带雨的乌云，印度人的喜悦心情是不言而喻的。对于身遭离别的人来说，这时节最容易激起相思之情①。对蒙古文学而言，蒙古高原历来以“蓝天白云”著称，也没有雨季的概念。而《云使》中“云”是“乌黑”而“凝重”的，它带着大量的雨水从印度洋到喜马拉雅山一路消除人们的烦热。对于西藏和蒙古而言，《云使》产生的气候条件虽然不可复制，但它“托云捎信”的创意以及感念“润物之恩”的思想已深入人心，影响了用藏文撰写的蒙古高僧们的书信文学。

早期蒙古喇嘛从小出家、刻苦求学，与传道授业的恩师感情深厚。也许是《云使》中透露的真挚的感情感染了他们，在他们写给恩师的信件中《云使》的影子屡见不鲜。甚至有人直接称自己的信件为《新云使》，把信件的内容比作“雨水”，信件到达的地方，即恩师的地方如同“欢乐的园林”，阅读信件的声音如同“雷鸣”般洪亮②。可

① 黄宝生：《论迦梨陀娑的〈云使〉》，载黄宝生著：《梵学论集》，中国社会科学院出版社，2013 年。

② G・朝格图编：《阿旺丹德尔文集》（第四册），《书信文集》，内蒙古文化出版社，2014 年，第 1318 页。

见，蒙古喇嘛高僧们在其创作中“从迦梨陀娑的《云使》中吸取养分”①是无疑的。除了把信件比作“云使”外，在蒙古喇嘛作家的书信文学中《云使》的影响还从以下三个方面得以体现：

（1）“救星”的比喻

《云使》中把雨云称作“你是焦灼者的救星”，“高贵者的成就在于解除受难者的痛苦”。在阿拉善·阿旺丹德尔的书信中，把他恩师赞喻为“以慈悲之清凉阴影，拯救万物灼热之苦”（《卯年献给章嘉活佛的奏疏》），在另一封信中他把自己比作为无知的小燕子，而他的恩师“虽在高空中遨游，却把甘露洒向大地，高尚聪慧的浓云”（《致瓦剌芒大师的信》），有时候他把自己的信件比作为“报信请安的海鸥鸟啊”，“请快速飞到拯救者云（比喻恩师——引者）之身旁”。同样在喀尔喀班智达·益西桑布的信中，把他恩师的功德比作为甘甜的雨水，把自己的信件比作为迎着上师智慧之云而飞的杜鹃鸟。

（2）“雷声”“孔雀”等意象

在印度文化中，孔雀是雨云的亲戚，它看到雨云，尤其是听到雷声后将无比激动，引吭高歌，翩翩起舞。《云使》中也不止一次描写到这般情景。在阿旺丹德尔给良师益友的回信中也反复出现“龙（雷）声”与“孔雀”的意象，比如在《辰年给戈壁诺因呼图克图的回信》中写道“如同孔雀听到龙声（雷声），我的耳朵愉悦于您的言词”，在《献给鄂尔多斯吉祥书寺喇嘛之信》中写道“听到龙声（雷声）孔雀鸟翩翩起舞一样，得知您的善事善行，我心非常高兴，为此写信请安”。除此之外，《云使》中把“莲花”与“太阳”比作为一对情侣而表达它们之间的依存关系，而阿旺丹德尔给老师的信中写道：“徒儿虽未能前去看望老师，但受恩于老师的厚德而苟活于世，如同莲花虽未到达太阳之处，太阳仍会照料园中的莲花一样。”②

---

① 乌力吉教授曾在1996年出版的书中考察益西班觉、阿旺丹达等人的书信之后，指出这些“用藏文写作的蒙古喇嘛作家们从古代印度伟大诗人迦梨陀娑的抒情诗《云使》吸取养分是较为中肯的”。见乌力吉著：《蒙古族藏文文学研究》，民族出版社，1996年。

② 以上信件内容引自G·朝格图编：《阿旺丹德尔文集（四）》（蒙古文），内蒙古文化出版社，2014年，第1248—1363页。内容为本书作者所译。

(3)“藻饰词”的广泛运用

在蒙古喇嘛文人的书信以及其他诗歌中,广泛运用“藻饰词”和比喻、拟人、双关等修辞手法,在益西桑布的诗中,月亮一共出现了8种不同的藻饰词,太阳的不同藻饰词出现了7种、天空3种、山3种、莲花4种;等等。① 在印度文学史上,迦梨陀娑时代是古典梵语文学的巅峰时期,在迦梨陀娑之后,尤其是到了7世纪以后,梵语文学由于过分追求辞藻,掉入了模仿前人(迦梨陀娑)的泥潭之中而走了下坡路。同样,在蒙古喇嘛文人中出现了类似现象。

3.《云使》与蒙古喇嘛“旅游文学”

《云使》通过雨云的路程从南到北如数家珍般记载了一番印度北半国的自然风景和人文圣地。从这一点看,它还具有旅游文学的特征。在蒙古喇嘛文人中,也有不少游记文学或旅途听闻类的文章。其中,19世纪末一位叫作纳木杜拉(Namdul)的布里亚特蒙古喇嘛大师(gürü)到俄罗斯莫斯科和圣彼得堡旅游后撰写的一部长篇抒情诗(共84个诗节)《空中飞翔》(Oγtarγui-bar Nisünem)②独具一格,让人想起迦梨陀娑的《云使》中的都市描写。

据蒙古国学者呈·达木丁苏伦先生分析,此诗原稿为藏文,后翻译成蒙古文。译文读起来不太通顺,且夹杂着大量梵藏词汇,使得有些地方不易理解,收录到《蒙古古代文学一百篇》后编者在括弧里给出了相应的蒙古文词汇,也纠正了拼写错误。

就其内容,此诗描写的是19世纪末俄罗斯的两座繁华都市莫斯科和圣彼得堡,其中前11个诗节是描写莫斯科城的,第12—82诗节的长达70诗节的内容是描写圣彼得堡的,最后2个诗节为结语,交代了写作地点和作者。在蒙古古代文学中,以如此规模、如此详细地描写城市的作品较为罕见。这首诗虽然是描写西方都城,但其中充满了佛教术语和佛教观念,甚至以佛教宇宙观去描绘城市结构。

---

① 关于益西桑布的诗词请参阅(蒙古)拉·呼尔勒巴特尔著:《空中的白鹏鸟》(Oγtarγui-yin čaγan γarudi,原书版权页的译名为《天高任鸟飞》),民族出版社,2002年,第105—140页。

② (蒙古)呈·达木丁苏伦编:《蒙古古代文学一百篇》(蒙古文),乌兰巴托,1959年,第541—548页。

在《云使》中对优禅尼城的繁华富贵如此形容:“它好像是天上的居民在享受福报将尽时,把剩余的福泽换了一角天堂带来大地。”(金克木,第30节)《空中飞翔》同样把莫斯科城形容为“如同天上的一角挪到了地上”。《云使》中药叉的故乡阿罗迦城是福乐的天堂,那里繁华富饶,男俊女美,歌舞升平。《空中飞翔》中的圣彼得堡的情景也与之相同。而由于描写圣彼得堡的篇幅较长,对城中的每一巷、每一景都有所涉及,内容更为丰富多样。总之,《空中飞翔》是蒙古人用诗歌形式描写西方现代都市的、在蒙古文学史上较为独特的一首抒情诗。虽推测其原文是藏文,但并没有找到其藏文本,而蒙古文的《空中飞翔》不仅流传下来,在蒙古文旅游文学中占有一席之地。而其中的艺术想象不得不说与《云使》存在着渊源关系。

16世纪末,藏传佛教再度传入蒙古地区,引来了蒙古喇嘛高僧用藏文写作的风潮。此时的蒙古文学与藏族文学融合到了“你中有我,我中有你”的地步。《云使》的影响也主要体现在蒙古人用藏文撰写的作品中。

本章小结

16世纪末,藏传佛教二度传入蒙古,是蒙古文化史上的里程碑式事件。随之的两个世纪,即17、18世纪是蒙古佛教文学盛兴的时期,并形成了大规模的喇嘛文人阶层。他们勤恳学习藏语,致力于蒙藏佛教文学,尤其是在《诗镜》研究以及发展藏族诗学理论方面与藏族文人并驾齐驱,做出了重大贡献。但是,他们的文学创作论是“具有宗教思想情感的创作论”。“综观蒙古族高僧创作方法论,大致倾向于宣扬佛教理论观点。他们所提出的‘讲经、辩论、著作’三德理论中的创作论,基本上倾向于佛教经典的宣扬,文学著作的目的也是大致集中在佛菩萨赞、导师或施主赞,宣扬佛教主张等等。”①

因此,在“宗教思想情感”笼罩下的文学翻译很难摆脱宗教的烙

① 树林:《蒙古族藏文诗学的内涵和特征》,《第六届北京国际藏学研讨会文集》,中国藏学出版社,2017年,第500页。

印，甚至失去文学的本性。蒙古文《丹珠尔》之《云使》译本就是一个典型的例子。它的诞生本身也是宗教活动——集体佛经翻译的产物。在集体佛经翻译过程中，因翻译流程、翻译心理、翻译原则等方面的原因，《云使》蒙古文译本失去文学特色。加之，《云使》原文本的复杂性和难度，给蒙古文译者带来了进一步的困难。最终，一部文学名著变成了一个“非文学”文本。这说明，虽然随着佛经翻译活动印藏文学理论传入到了蒙古，但纯文学作品的蒙古文翻译是边缘的、缺乏实践的、具有附属性质的。这也与当时蒙古佛教文学界中“藏文”的崇高地位有关。

藏文，是 17、18 世纪蒙古喇嘛文人必备的文字，他们用藏文创作的作品远远超出了用蒙古文创作的作品。蒙古喇嘛高僧们用藏文撰写的创作和研究著作，数量之庞大至今尚未完全统计清楚。可想而知，当时佛教文学中蒙古文创作的边缘化。因此，《云使》对古代蒙古文学的影响是在蒙古人的藏文创作中实现的。“蒙古人用藏文撰写的作品是蒙古文学不可或缺的一部分”。而，《云使》对现代蒙古文学的影响则得益于《云使》现代蒙古文翻译，并体现在蒙古人的母语创作之中。20 世纪《云使》蒙古文翻译是 18 世纪蒙古文《丹珠尔》译本的继承与发展，这一点将在下一章继续探讨。

第四章　20 世纪《云使》蒙古文译本

前三章我们讨论的是蒙古文《丹珠尔》之《云使》译本。在本章，接着讨论《云使》20 世纪的三个现代译本，它们是前面已介绍过的 E 译本、S 译本和 R 译本。除此之外还有呈·达木丁苏伦所译六个诗节的译文。

蒙古文《丹珠尔》之《云使》译本，虽然在翻译上存在问题但一直被后人所惦记，寺院的"喇嘛学者"提议把它纳入蒙古文学研究领域，给予它充分研究。同时重新翻译《云使》也是蒙古文学界的一个追求，尤其是到了 20 世纪 50 年代"新知识分子"（相对于"喇嘛学者"而言）诞生时期。恰巧这个时候，世界和平理事会于 1956 年纪念迦梨陀娑，掀起了各国对迦梨陀娑作品的翻译热潮。于是《云使》不同版本的蒙古文译本接踵而至。

第一节　额尔敦培勒译本（E 译本）研究

E 译本与蒙古文《丹珠尔》译本一样，也是根据藏文《丹珠尔》之《云使》译本翻译的。E 译本的题目为"egülen elči"（云使），它并没有按照《正字智者之源》的译法，而是直接根据藏文题目翻译。E 译本也没有像蒙古文《丹珠尔》译本那样篇前另加"顶礼三宝"之语，直接依据藏译本的内容翻译，可是没有翻译藏译本的跋文，也没有自己写跋文。只是简单地把梵文作者、藏文译者和蒙古文译者的名字记录在后。即：

egülen elči egün-i bandida qar-a keüken-ü ǰaruča-bar ǰokiyaǰuqui.

qači-yin bandida sümnaširi kiged kelemürči gelüng ǰangrobzimu terigüten orčiɣulǰuqui.

erdenipil orčiɣulbai.

意为：

此《云使》是由班智达黑女之奴作。

克什米尔班智达苏曼室利和译师僧祥曲则茂等翻译。

额尔敦培勒翻译。

这里“黑女之奴”（qar-a keüken-ü ǰaruča）是指“迦梨陀娑”，且称他为“班智达”（精通五明的人）。“黑女之奴”是从迦梨陀娑的藏文名字“nag mo'i khol”翻译而来的，“nag mo”直译为“黑女”，指“大黑女神”或“迦梨女神”；“khol”为“奴仆”的意思。“nag mo'i khol”与梵文“kālidāsa”（迦梨陀娑）意义对应。

从内容方面而言，E 译本与蒙古文《丹珠尔》之《云使》译本重复的地方很多，但也有一些改动和纠正的地方。额尔敦培勒喇嘛在翻译《云使》之时指出他的目的在于“引起人们对蒙古文《丹珠尔》之《云使》译本的关注，要将其研究纳入蒙古文学研究领域”，这是 E 译本与蒙古文《丹珠尔》译本存在多处雷同的原因之一。

一、E 译本与《丹珠尔》译本的重复

E 译本和《丹珠尔》译本有共同的藏文底本。E 译本从藏文翻译的同时对蒙古文《丹珠尔》译本有很大程度的参考和抄写，但在用词方面有些调整和变化。比如，以第一诗节为例对比如下：

表 4－1　《丹珠尔》译本与 E 译本异同表

《丹珠尔》译本 第 1 节	E 译本 第 1 节
kilingtü eǰen-ü masi kündü bosiγ ǰarliγ-ud-iyar sür ǰibqulang- i baγuraγulun üiledüged.. ǰarim nigen yakṣas öber-iyen seremǰi ügei-yin erkeber boluγsan üǰesküleng-tü eke-yi tebčiged on boltala.. sedkil-dür taγalamǰi törügülügči ökin-ü ukiyal üiledküi buyan-u mören-nügüd ba asuru masi üǰesküleng-tü erkin sayin següder-lüge tegülder kalparavaras modu-tu rā-ma-yin aγulan-dur oduγad.. edlel-iyer orusin abai..	kilingnegsen eǰen-ü masi kündü ǰarliγ-ud-iyar sür ǰibqulang- i baγuraγulun üiledüged, ǰarim nigen yakṣas öber-iyen seremǰi ügei-yin erke-eče boluγsan-u ursiγ-iyar γow-a em-e-yi tebčiged ǰil-un ǰabsar boluluγ-a. sedkil-dü taγalamǰi törügülügči ökin-ü ukiyal üiledkügsen amuγulangtu ene mören-nügüd asuru γoyumsuγ sayiqan següder tegüs nayilǰaγur modu-tu ra-ma-yin aγulan-a oduγad saγurisi ǰu edlegsen-iyer.

从以上表格可以看出两个文本之间的相近度很高。但是，也有细微的区别。比如E译本的“kilingnegsen”与《丹珠尔》译本的“kilingtü”不同。前者表示“因为某事而愤怒的”；后者表示“有怒气的”，是一种常态。根据《云使》的内容，E译本的翻译更为贴切，因为财神是因为药叉失职而发怒并放逐他的。但是“愤怒”这个词在梵文原本中是没有的，梵文中只出现“bhartuḥ”（主人，指药叉的主人财神）。是藏译本在“主人”前面加了定语“愤怒的”，即“rje bo khros pa'i”（愤怒的主人）。还有，E译本中“següder tegüs nayilǰaɣur modu-tu”与《丹珠尔》译本的“següder-lüge tegülder kalparavaras modu-tu”不同。前者的意思是“阴影浓密的柔枝树”，后者为“阴影浓密的如意树”，其藏文为“rab bzang ljon shing grib ma dang ldan”。两者的区别就在于对藏文“ljon shing”的翻译。如果看其原文梵文“snigdha-chāyā-taruṣu”，其意为“阴影浓密的树林”，而不是“如意树”（kalparṛkṣa，一种满足愿望的神话树）。因而，对藏文的“ljon shing”如何理解是个问题。它可指“如意树”，也可指普通的茂密的树林，因为“ljon”有“丛林、灌木丛”的意思；“shing”是“树木”的意思。从原文梵文的意义上来讲，E译本更贴近原文。

E译本虽然对《丹珠尔》译本有所调整，但对其基本内容的抄袭是不可否认的。这一点从其对《丹珠尔》译本某些词的误解和对《丹珠尔》译本有些错误的照抄现象可知。

表4-2 《丹珠尔》译本与E译本对照表

St.	《丹珠尔》译本（蒙）	E译本（蒙）	藏
9	ca-ta-ka-as	ca-ta-ka ene	tsa ta ka
14	ni-cu-dur	ni-cu-dur	ni tsu la
52/75	situ/satu-tu	sidün/siditü	them skas/skas can
64	aɣula-yin erketü	aɣula-yin ergi-dü	ri dbang
114	aɣulas imaɣta čoɣčalaqu	aɣulas imaɣta čoɣčalaqu	ro ni mang ba'i phung po

第9节，E译本的“ca-ta-ka ene”中的“ene”（这个）在整个句子中是多余的，意义讲不通。为何会出现这个词？究其原因，它是把

蒙古文《丹珠尔》译本中“ca-ta-ka-as”的最后一个音节“as”当作“ene”而导致的。因为蒙古文木刻本中的词尾的“s”很像词尾的“e”，又因木刻本中的“n”前面不带点，因而“as”看起来很像“ene”。E 译本正是把“ca-ta-ka-as”这一从梵文“cātakas”转写而来的词，当作“ca-ta-ka”和“ene”两个词来转抄了。

第 14 节：藏文的“ni tsu la”来自梵文的“nicula”，是指“芦苇”。而在蒙古文《丹珠尔》中把藏文的“ni tsu la”分开来理解，前面两个音节“ni tsu”被认为是一个植物名，把后一个“la”当作是藏文的依格（表示方位的）词缀“la”，因而把它译成了“ni-cu-dur”，意为“在于 ni-cu 的”。对此，E 译本没有仔细核对底本，直接转抄了《丹珠尔》译本。

第 52 和第 75 节：在这两个诗节中，由其藏文底本“them skas/skas can”（阶梯/有阶梯的）可知，蒙古文《丹珠尔》中的“situ”和“satu-tu”分别是“šatu”（阶梯）和“šatu-tu”（有阶梯的）的错写。而 E 译本把《丹珠尔》译本的“situ”和“satu-tu”进一步误读为“sidün”（牙齿）和“siditü”（有神力的），导致词不达意。

第 64 节：藏文“ri dbang”是“山王”的意思，诗中指“凯拉什山”。蒙古文《丹珠尔》中把它译作“山之权威”（aγula-yin erketü），其中表示“权威的、有权力”的词“erketü”与藏文“dbang”（权力、国王）意义对应。而在 E 译本中却把“erketü”错误地抄作“ergi-dü”（在边上），从而“山王”的意思变成了“山的边上”。

第 114 节：在本书第三章曾分析过，《丹珠尔》译本的“aγulas”（山）是对藏文“ro”（味道）的错误翻译。E 译本中未曾纠正而照抄。

从以上分析看，E 译本没有仔细核对《丹珠尔》译本与藏文底本。可还有些地方，E 译本看出了《丹珠尔》译本的错误，并把它们纠正了过来。请看下表分析。

二、E 译本对《丹珠尔》译本的纠正和改动

1. 纠正

《丹珠尔》译本中有些字词的错误或意义的不明，有的是翻译错

误导致的，有的应该是刻写的错误，也有的原因尚不明确。对其中的一部分，E 译本根据藏文底本进行了纠正。

表 4－3　E 译本纠正表

St.	《丹珠尔》译本(蒙)	E 译本(蒙)	藏
7	ati kavanti	nabči čečeg-tü kemekü amaralta-yin orun	lcang lo can
15	*sayin nökör*-ün qota-yin üǰügür-eče γaruγsan	**sirγulǰin qarsi**-yin oroi-ača γaruγsan	grog mkhar rtse
16	*söni*	**ürünetü**-dü	nub tu
37	čimai-*yi* qura-yin dusul-i olǰu	čim-a-**ača** qur-a-yin dusul-i olǰu	khyod las
38	aγula-yin *köbegün*	aγula-yin **ökin**	ri yi sras mos
39－1	degedü *qatun-nuγud-i* neken üiledbesü	erkim **qatun-nuγud** neken üiledbesü	btsun mo rnams ni
39－2	*eke-yin eǰen*-ü targil	**kümün-ü eǰen**-ü ǰam	mi yi bdag po
43	daγuriyan *büǰig*-i medebesü	**ünür**-i medebesü	bro ba shes na
46	*umai*	**u-ma**-yin	u ma'i
71	*emüsčü bür-ün*	gem boluγsan	skyon byung
86	olangki qatuγtai-nuγud-anu *nada-ača* qaγačaγsan-iyar	olangki ekener **eǰen-eče** saluγsan-iyar	bdag po bral bas
87	masi enelkü *ner-e*-yi čü	masida enelügsen **busu** bolbaču	min yang
95	nökür *činü nökür gergei* nam-a-luγ-a neng amaraγ	nökür činü **tanil tere em-e** nadur neng amaraγ	khyod kyi grogs mo
113	*ayin*-daγan sayitur seriǰü	**türǰaγur-a** sayitur seriǰü	'phral la

第 7 节：蒙古文《丹珠尔》译本中的“ati kavanti”，意义尚不明确。在 E 译本中根据藏文“lcang lo can”（杨柳宫）把它译成了

“nabči čečeg-tü kemekü amaralta-yin orun”（叶茂花盛的休养地）。

第 15 节：如前文分析，蒙古文《丹珠尔》译本中的“sayin nökör”是把藏文“grog”（蚂蚁）当作“grogs”（朋友）导致的错译。在 E 译本中对此予以纠正，译为“sirγulǰin qarsi”（蚁垤）。

第 16 节：藏文“nub”具有“西”和“夜晚”两个意思。文中的“nub tu”应为“向西、在西”的意思，但在蒙古文《丹珠尔》译本中却选用了另一个意思“夜晚”（söni）。在 E 译本中把它纠正为“ürünetü-dü”（在西）。

第 37 节：蒙古文《丹珠尔》译本中“你获得雨点”，E 译本中把它纠正为“从你获得雨点”，这是符合原文和藏译本的“khyod las”（从你）。这里的“你”指雨云，即“从雨云获得雨点”的意思。

第 38 节：蒙古文《丹珠尔》译本的“aγula-yin köbegün”（山之孩儿）中的“köbegün”一般指男孩，也泛指孩子。而原文和藏译本的“ri yi sras mos”性别都很明确，是“山的女儿”，指“乌玛”女神。E 译本中的“aγula-yin ökin”也是正确的翻译。

第 39－1 节：在蒙古文《丹珠尔》译本中多了一个宾格词缀“-i”，从而原句的主宾颠倒，“女人们追逐”变成了“把女人们追逐”。E 译本中去掉了宾格词缀“-i”是对的。

第 39－2 节：蒙古文《丹珠尔》译本中把藏文的“mi yi bdag po”（人之主，指国王）当作了“ma yi bdag po”（女人之主，指丈夫），导致意义的偏离。E 译本中把它纠正为“kümün-ü eǰen”（人之主）。文中所提“人之主的道路”是指“王城的道路”，即为“优禅尼城的道路”。

第 43 节：原文的意思为“知道了（尝到了）滋味……”藏文翻译与之相符。但蒙古文《丹珠尔》中把“bro ba”（滋味）翻译成“büǰig”（舞蹈），很让人费解。E 译本中把它纠正为“ünür”（气味），接近了原文。

第 46 节：蒙古文《丹珠尔》中的“umai”是对“u ma'i”（乌玛）的错误翻译。E 译本中予以纠正。

第 71 节：蒙古文《丹珠尔》译本的“emüsčü bür-ün”（穿戴）也是一种难以解释的翻译错误，对应的藏文是“skyon byung”（损坏）。E 译本把它正确译为“gem boluγsan”（有损、有害）。

第 86 节：蒙古文《丹珠尔》译本的"olangki qatuγtai-nuγud-anu nada-ača qaγačaγsan"（大多数与我分离的女人们）显然是错的，原文的意思并不是"与我分离"，而是"与其丈夫分离"。在藏文中以"bdag po"（主人）表示"丈夫"。E 译本中把蒙古文《丹珠尔》译本的"nada-ača qaγačaγsan"（与我分离）改正为"eǰen-eče saluγsan"（与主人分离）。

第 87 节：此处蒙古文《丹珠尔》译本中的"ner-e"一词难以理解，不知怎么来的。看其藏文底本发现与其对应的是"min"，是表示"不，无"的否定词。在 E 译本中正确表达了这个词的意思，即"busu"（不、不是）。

第 95 节：藏文"khyod kyi grogs mo"的意思为"你的女性朋友"，是药叉对雨云称自己妻子的说法。而在蒙古文《丹珠尔》译本中把它译为"činü nökür gergei"（你的朋友妻子），意思不通。E 译本中把它纠正为"činü tanil tere em-e"（你相识的那个女人），虽然不是很确切，但意思相对接近。

第 113 节：《丹珠尔》译本中的"ayin-daγan"其意不明。与其对应的藏文词是"'phral la"，是"突然"的意思。E 译本中把它译为"tür ǰaγur-a"（瞬间）是对蒙古文《丹珠尔》译本的纠正。

以上为 E 译本对《丹珠尔》译本中错误的纠正。除此之外，E 译本对《丹珠尔》译本中的一些约定俗称的正确译法进行了改动。

2. *改动*

E 译本中多处以"šangqu"替换蒙古文《丹珠尔》译本中的"kökül"，前者指"盘在头上的头发"，后者指"从小留的头发"。《丹珠尔》译本以"kökül-tü"来指代孔雀，与梵文的"śikhin"、藏文的"gtsug phud can"对应，意为"顶上有发的"。在 E 译本中把它换成了"šangqutu"（盘发）。其实，《丹珠尔》译本的"kökül-tü"更贴近原意，E 译本以"šangqu"替换它并不妥当。

在《丹珠尔》译本中"ünür kölgelegči"（乘气者）与藏文的"dri bzhon"对应，是"风"的藻饰词，也成了它约定俗成的表达方式，除了《云使》在其他佛教文献中也广泛运用。而 E 译本把它换成"ünür-ün unulγ-a-tu"，虽然其意思与"ünür kölgelegči"相同，但没必要对已有的固定表达方式进行修改。

《云使》原文中以成熟的"频婆"（bimba）来形容美女的嘴唇，《丹珠尔》译本中也借用了梵文的"bimba"，但是在 E 译本中把"bimba"换成了"mandaru-a"（曼陀罗）。把"成熟的频婆般的嘴"换成了"成熟的曼陀罗般的嘴"，这不符原意。而在 S 译本中同样把金克木译本中的"频婆"译成了"曼陀罗"，这可能是 S 译本参考 E 译本的结果。

在蒙古文《丹珠尔》之《云使》译本中目前发现的唯一一个并没有按照《智者之源》翻译的词为"arikin qudalduγči qatuγtai"（卖酒太太），它的藏文对应词为"smad 'tshong ma"（卖下身的女人），在《智者之源》中把"smad 'tshong"按照原意译为"bügse qudalduγči"（卖下身的）。而在格勒坚赞翻译的《云使》和《诗镜》中都避讳了这个词，都以"卖酒太太"来更委婉地表达了其意。可是，在 E 译本中按照藏文的意思把它译为"bügse-ben qudalduγči ekener"（卖下身的女人），而没有继承《丹珠尔》译本的译法。

三、E 译本没有参照梵文文献和《智者之源》

从第二章的分析可知，蒙古文《丹珠尔》的《云使》译本有参照过相关的梵文文献的可能，并且是以藏蒙《智者之源》为翻译准则的。而从 E 译本的文本中可以推断它并没有参照过以上两种文献。因为在《丹珠尔》译本中被认为参照梵文或依照《智者之源》翻译的地方，E 译本只是根据藏译本进行了音译或意译，或直接抄写了蒙古文《丹珠尔》译本的写法。

表 4－4

St.	藏	蒙(丹)	E 译本	梵
4	kun da	ku-ṭa-ca	kunda	kuṭaja
22(21)	s'a rigs	śār-ram-ka	sā-yin ǰüil-üd	sāraṅgā
25(23)	tam sha	dasa	dam śa	daśa

续 表

St.	藏	蒙(丹)	E 译本	梵
59(57)	kroonyu	krauñca	kroon yu	krauñca
74(72)	rta babs	tu-a-ra-ṇa	γoyumsuγ asar	toraṇa
104(100)	rna ba'i yul	čikin-ü ǰišai	čikin-ü sonusqal	śaraṇa-viṣaya
117(111)	'dod pa'i yul	küsel-ün ǰišai	küsel-ün orun	iṣṭān **deśān**

第4、25(23)、59(57)节：在《丹珠尔》译本中对这三个词的翻译显现出参照过梵文的痕迹，因为它们更接近梵文的写法而不是藏文的写法。但在E译本中这些词是直接从其藏译本音译而来的。

第22(21)节：在蒙古文《丹珠尔》译本中"śār-ram-ka"是从梵文"sāraṅgā"音译而来的。而在藏文中对梵文的"sāraṅgā"采取了半音半意翻译形式"s'a rigs"，其前半部分"s'a"来自梵文的前两个字母，后半部分"rigs"意为"种类、类型"，合起来可能为"s'a科的"的意思，指一类藤蔓科植物。E译本的"sā-yin ǰüil-üd"也是对藏文"s'a rigs"的半音半意翻译。

第74(72)节：依照《智者之源》的藏蒙词条，蒙古文《丹珠尔》译本把藏文"rta babs"(拱门、牌楼)译为"du-a-ra-ṇa"，而"du-a-ra-ṇa"正是梵文"toraṇa"(拱门、牌楼)的音译转写。那么，在E译本中直接根据藏译本的"rta babs"把它翻译成"γoyumsuγ asar"(美丽的城楼)。

第104(100)/117(111)节：在藏蒙《智者之源》中与藏文"yul"(地方、领域)对应的词是"ǰišai"，蒙古文《丹珠尔》之《云使》中按照这个译法把藏文的"rna ba'i yul"(听觉范围)和"'dod pa'i yul"(想去的地方)分别译成了"čikin-ü ǰišai"和"küsel-ün ǰišai"。而在E译本中也直接根据藏文《云使》，把它们分别译为"čikin-ü sonusqal"(耳朵所能听见的)和"küsel-ün orun"(理想的地方)。

关于藏译本中的"... ma"形式的词组，E译本中也没有采用"... eke"形式来翻译，而主要用了"em-e"(女人、妇女)一词，还有些地方用了“ekener”（妻子）、“gergei”（妻子）等词来替换了蒙古文《丹珠尔》的“eke”。而又因蒙古文《丹珠尔》译本中有的地方把非“女人”的意思当作“女人”来翻译，导致了意义的不通顺。对这种情况，E 译本有时候会采取添加词或改变内容来试图圆满其意。举个例子：

表 4－5

St.	《丹珠尔》译本	E 译本
20	arsi nar-un ökin-ü mören nebtelügči aγula-yin iruγar-daki asq-a čilaγun-u doγuγur（dooγur） sirγun urusuγči eke gesigün-ü erkin boluγsan qoyar sidün-i čaγan sirui buduγ-iyar sayitur buduγsan metüs-i či-ber üǰekü boluγu.	arsi nar-un ökin-ü mören nebtelügči aγula-yin iruγar-daki asq-a čilaγun-u dooγur sirγuγči em-e.. γučin qoyar gesigün-ü erkim boluγsan čaγan buduγ-iyar sayitur buduγsan čirai-yi či-ber üǰekü bolumui..

第 20 节：在这一诗节，蒙古文《丹珠尔》译本与其藏文底本在字面上能一一对应，但句意不通。E 译本中添加了“γučin qoyar”（三十二个）和“čirai”（脸）两个词，去掉了“qoyar sidün”（应为“qoyar sidütü”，有两颗牙的，是大象的藻饰词）一词。但其意仍说不通，而且在词汇层面也不忠于底本了。从而，与其藏文底本相对照的角度而言，E 译本的价值不如蒙古文《丹珠尔》译本。

总而言之，与蒙古文《丹珠尔》之《云使》译本一样，《云使》E 译本也是从藏文《丹珠尔》之《云使》转译而来的，并在此过程中它大量参考了蒙古文《丹珠尔》译本。从内容上看，E 译本与蒙古文《丹珠尔》译本有较多的重复之处，同时也根据藏文底本纠正和改动了蒙古文《丹珠尔》译本的内容，但并没有做根本性调整。E 译本还替换了蒙古文《丹珠尔》译本中的一些约定俗成的表达方式，这些替换不仅没有达到新的高度，反而破坏了有些词的传统表达方式。从文本分析结果看，E 译本除了藏、蒙《丹珠尔》译本之外也没有参考《智者之源》等其他文献的痕迹。《云使》E 译本的主要目的在于正如额尔敦培勒喇嘛自己所提出的那样“引起国际蒙古学学者们对蒙古文《丹珠尔》之《云使》译本的关注和研究”。同时额尔敦培勒喇嘛也邀请萨嘎拉扎布先生从汉文翻译了《云使》,为蒙古文《云使》研究多提供了一个译本。

第二节 萨嘎拉扎布译本(S 译本)研究

S 译本是根据金克木先生的译本翻译的。但不是韵文体翻译,而是用散文体比较正确和忠实地转述了金克木译本的意思。该译本的最大的问题在于名词术语的翻译混乱,写法不统一。《云使》是古代印度诗歌,因为有些梵文名词早期已融入蒙古文词汇中,后来蒙古人即使是从藏文翻译印度文献,在名词术语方面也要采取其梵文名称。这是蒙古文佛经翻译史上约定俗成的"名从其主"原则。但是,从汉文转译的 S 译本,在名词术语方面采取了从汉语音译方式,而且同一个词的前后写法也不一致,从而导致译本中的名词术语极为混乱且与传统割裂。

一、同一名词的不同写法

罗摩有两种写法:ram-a(1);lum-a(101)。

茉莉花有三种翻译:mallika(4、47);kunda(26、113);molur čečeg(98)。

鸠摩罗的名字有两种写法:ǰimun(43);ǰimuluu(44、45)。

湿婆有四种写法:siva(7、113);šiva(33);sipa(34……);šipa(43……)。

玛纳斯湖有两种说法:manas naγur(11);manaš tanggis(62、76)。

优禅尼城有两种写法:udǰin-a(27);yušang(30)。

波罗罗摩(持犁者)有两种写法:pülülüm(49);balaram-a(59)——其实,"波罗罗摩"(balaram-a)这一词在金克木先生译本的注释里出现,正文中都以"持犁者"的名字出现。可见,S 译者是从其注释中选取的这个名字,"balaram-a"后来被 R 译本所采用。

二、不同名词的同一种译法

表 4-6

St.	26	39	40,58	44	62	65	113
S	kunda						
汉	茉莉	莲花	白莲,夜莲	青莲	金莲	秋莲	茉莉
梵	yūthikā	nalinā	kumuda	kuvalaya	hemāmbhoja	kamala	kunda

从以上表格可知,除了第 26 节的“yūthikā”(茉莉花的一种)和第 113 节的“kunda”(茉莉花的一种)以外,其他在汉译本中译成“……莲”的花名,S 译本中全部都译成了“kunda”(茉莉花)。

S 译本中翻译成“liangqu-a”(莲花)的词有:

表 4-7

St.	26	80	31
S 译本	liangqu-a		
汉	莲花	荷花	
梵	utpala	padma	kamalā

S 译本中把汉译本中两次出现的“荷花”都译成了“liangqu-a”(莲花),另,汉译本第 26 节的“莲花”(utpala)翻译成了“liangqu-a”(莲花),除此之外带“莲”的花名都翻译成了“kunda”。

三、从汉文音译导致的专有名词混乱现象

对于印度的一些名词术语,S 译本通过汉文音译成蒙古文后,不符合蒙古文中传统的表达方式,导致很难认出 S 译本的这些音译词指的是什么。下面把这些词的汉文以及由此音译而来的 S 译本写法和梵文原文之间进行对比分析。

表 4-8

St.	34	43	44、45	48	49	56
S 译本	mukajiluu	lušiy-a	ǰimuluu	bangǰuu	šapušivadi	ǰamuluu
汉	摩诃迦罗	罗刹	鸠摩罗	梵住	莎罗室伐底	紧那罗
梵	mahākāla	——	skanda	brahmāvarta	sārasvatī	kiṃnarī

第 34 节："摩诃迦罗"在蒙古文中梵文音译的"mahakala"和意译的"yeke qar-a"（大黑）两种说法都普遍。而 S 译本中从汉文"摩诃迦罗"音译而来的"mukajiluu"却让人认不出来。

第 43 节："罗刹"一词在金克木先生的译本中的语境为"……为了统帅神军，降服罗刹而……"，这里讲述的是战神鸠摩罗出生的原因，即"为了统帅神军，降服罗刹"，而在梵文中只出现"为了保护因陀罗的军队"（rakṣāhetor …… vāsavīnāṁ camūnām），金克木先生在译文中加"降服罗刹"，是进一步解释剧情。在蒙古文中把"罗刹"称作"rakša"，也是来自梵文"rākṣasa"。而 S 译本中从"罗刹"转译的"lušiy-a"让人读不懂。

第 44 节："鸠摩罗"在梵文中是"kumara"。而在《云使》中以其另一个名字"skanda"的形式出现，这一名字已传入蒙古文中，也叫他为"dayin-u sakiγusu"（战神）。而 S 译本中根据汉文"鸠摩罗"译的"ǰimuluu"让人看不懂。

第 48 节："梵住"是印度北方的地名，印度史诗《摩诃婆罗多》中最著名的战场俱庐原野在这里。在蒙古文《丹珠尔》之《云使》译本中把它译为"ariγun-a oruγči"，宾・仁钦的译本沿用了这一译法。而在 S 译本中把它译成了"bangǰuu"。

第 49 节：汉译本的"莎罗室伐底"是梵文"sārasvatī"的音译。在蒙古文中习惯叫法是从梵文音译来的"sarasvati"，亦称"egesigtü ökin tngri"（妙音女神）。S 译本的译法与之相差甚远。

第 56 节："紧那罗"在蒙古语中是"kinari"，是从梵文"kiṃnarī"来。可是在 S 译本中根据汉文"紧那罗"的读音译成了"ǰamuluu"，很难让人理解其意。

除此以外，在蒙古文诗歌中，有一个人们比较熟悉而具有印度特色的意象，即“γasalang ügei ulaγan modu”（红色的无忧树）。它在《云使》中也出现，金译本中把它译为“红色的无忧花”（78），S 译本把它转译成了“ulaγan önggetei čenggeltü čečeg”（红色的欢乐花），这意思上虽然与其汉文对应，但与蒙古语中已深入人心的“γasalang ügei ulaγan modu”这个说法相冲突。

第三节　宾・仁钦译本（R 译本）研究

宾・仁钦先生，于 1958 年赴印留学，他根据 1943 年在孟加拉出版的梵孟英合璧版本的英文散文体翻译，把《云使》译成了蒙古文。此译本 1963 年在乌兰巴托以基里尔蒙古文出版，后于 1982 年被转写成回鹘式蒙古文在北京出版。在乌兰巴托出版的译本是与前三个译本（《丹珠尔》译本、E 译本和 S 译本）一起合刊的。在北京出版的译本是与《丹珠尔》译本合刊的。R 译本共有 120 个诗节，另有跋文 2 个诗节。跋文中译者交代自己的译本是从英文转译的，并希望后来有人能够直接从梵语翻译成蒙古文。在译本的前面译者写了较长的序，序中不仅介绍梵文《云使》及其作者和其他蒙古文译本和译者，而且也解释了 40 多个词条。该译本的题目沿用了《丹珠尔》译本的题目“egülen ǰarudasu”。

R 译本是至今为止最为成功的《云使》蒙古文译本。R 译本在形式上严格按照梵文《云使》四个诗行（音步）为一个诗节的格式，并兼顾了蒙古文诗歌押头韵原则。R 译本的内容也很贴近原文，用词通俗、恰当，行文流畅，富有节奏感。不谙印度文化的蒙古文读者读起来也很优美顺口。R 译本成功的原因有很多，其中译者的个人文化修养起到了重要的作用。宾・仁钦院士是蒙古国著名学者、语言学家、作家，1924—1927 年学习于今圣彼得堡俄罗斯科学院东方学研究所，1956 年在匈牙利科学院获得语言学博士学位，后留学印度，与印度蒙古学家拉怙・维拉和罗凯什・钱德拉都有深厚的交情，曾在印度发表有关蒙古与印度文化交流的论文。这些都为他的翻译奠定了很好的基础。而更重要的是译者的翻译思想。宾・仁钦院士虽然漂洋过海留学到印度和欧洲国家，但翻译《云使》的时候非常注重向自己的传统文化看齐，尊重在他之前的三个译本，尤其是《丹珠尔》译本。他尽量从前人的译本中吸取营养，让自己的译本扎根于传统，同时也让传统译本中的精华部分通过他的译本得以传承和发扬。

一、R 译本对传统的继承

《丹珠尔》译本的语序过于依赖藏译本的语序，从而语句变得很笨拙，可读性较低。不过其中的一些词汇，尤其是来自梵藏的藻饰词，是蒙古文词汇中的瑰宝。宾·仁钦曾指出，他依据的英译本中对梵文藻饰词一般都采用了简译形式，但他从《丹珠尔》译本吸收藻饰词和其他传统译法的例子也不少。

表 4－9

St.	R 译本中来自《丹珠尔》译本的词
1	seremǰi aldaγsan yakšas； kilingtü eǰen-ü bošuγ ǰarliγ； sür ǰibqulang-iyan baγuraγulun； üǰesküleng-tü amaraγ； sedkil-dür taγalamǰitu güngǰü-yin ukiyal-du ariγudaγsan mören； següder-lüge tegülder kalparavaras modu-tu ram-a-yin aγula
2	burwasad sar-a tegüskü edür
4	ǰun-u qoyaduγar sar-a
14	ünür külgelegči； bütügsed； ǰüg-ün ǰaγan
15	qormusta-yin nomun
18	ükül ügei er-e em-e qoyar
35	γurban sansar-un eǰen； eǰen
36	yeke qar-a-yin oron
47	qulusun-u čečeglig-eče törügsen tere tngri； bütügsen er-e em-e

续　表

St.	R 译本中来自《丹珠尔》译本的词
50	ariγun-a oroγči oron
51	amurlingγui tegülder e
58	ginari-yin qatuγtai
71	toor-un nidü
77	γasalang ügei ulaγan modun; geser-ün sayiqan modun
79	labai lingqu-a
91	γaǰar-un lingqu-a butangtu edür delgerekü busu qumbiqu busu luγ-a adali
96	gürügesün nidütü
101	ünür kölgelegči-yin küü
102	ay-a nasun-a tegülder

除此之外，R 译本的题目"egülen ǰarudasu"也是采用了蒙古文《丹珠尔》译本的题目，宾·仁钦先生虽觉得"egülen elči"也符合原文的题目，但又认为"传统翻译自有其道理"，从而继承了蒙古文《丹珠尔》译本的题目。可见，他对传统翻译的重视以及注重在传承的基础上再谈创新。

二、宾·仁钦与呈·达木丁苏伦《云使》译文对比研究

好的译本有两方面的重要因素。一是对源语文本及其文化的把握，一是对目的语文本的语言和文化的把握。上述 R 译本对传统的继承属于后一个因素。即译者对自己的语言和文化有较高的认识和把握，既有传承又有创新。与此同时译者还通过英文资料掌握了原文较为全面而准确的信息。因此，他的译本虽然是从英文转译，但比较接近原文。同为蒙古国著名学者、诗人以及蒙古国现代

文学奠基人之一的呈·达木丁苏伦也是一名藏学家者，他所译的《云使》前六节译文虽然从蒙古文诗歌的角度看没有问题，但从翻译的角度看，却很大程度地偏离了藏、梵文本，尤其是后三个诗节。下面就《云使》第4、5、6节内容，对比分析宾·仁钦与呈·达木丁苏伦的翻译。

表4-10 宾·仁钦与呈·达木丁苏伦译文对比（一）

St.	4	意　思
宾·仁钦译文	Зуны хоёрдугаар сар болж, амраг юугаа сэтгэл санаа амуулж, Зуураас үүлээр мэндийг мэдэгдэх ухаан бодож олоод, тэр ягшас Зулгараагүй сайхан маллига цэцгээр тахил өргөн бариад Зуучилж, амрагийн сэтгэл сэргээхийг өчин мөргөвэй.	到了仲夏之月，为了让爱人安心，药叉想起了让云带去自己安好的消息，拿新鲜的茉莉花献祭给雨云，作揖请求送达信息给爱人解忧。
呈·达木丁苏伦译文	Хувьтай зуны дунд сар шувтрахад Хурын үүл холоос нүүж ирээд Амраг хүүхний зүрхний үгийг дамжуулж Амар байна уу? гэж надаас асуух мэт Нандин цагаан үүлэн цэцгийг авчраад Над бэлэглэж өгөх шиг санагдах юм Чиний бие сайн байна уу? гээд амраг минь Чин үнэнээсээ асууж байх шиг санагдана.	仲夏之月结束之时，雨云从远方漂游而来，传达情人的心里话，好像在问我“安好吗”？高尚的白云带来了花朵，把它当作礼物给我，如同爱人在真情地问，你身体还好吗？

第4节：以上两个蒙古文转译文中的“仲夏之月”（夏季第二个月份），对应的是梵文的“nabhas”（雨季）。这是因为在藏译本中把梵文的“nabhas”译作“dbyar dus zla ba gnyis pa”（夏季第二个月），从而在蒙古文《丹珠尔》译本中同样把它译为“ǰun-u qoyaduγar sar-a”（夏季第二个月）。R译本因押头韵的需求采用了蒙古文《丹珠尔》的译法。呈·达木丁苏伦直接译自藏文的“dbyar dus zla ba gnyis pa”。宾·仁钦译文与原文意思相符。而呈·达木丁苏伦的译文从此节开始与原文的意思分道扬镳，其译文中雨云传达了爱人的信息，并且带来鲜花给药叉向他问好。这与

原文的意思完全相反。把“雨云”形容为“白云”也是该译文自编内容。

表 4－11　宾・仁钦与呈・达木丁苏伦译文对比(二)

St.	5	意　思
宾・仁钦译文	Утаа, гэрэл, ус хийгээр бүтсэн нэгэн үүл яахин зардас болж, Учиртай үг захиаг уламжлан нэвтрүүлж чадах билээ? Уйтгар гунигт автагдсан ягшас гэдэг тэр хөөрхий, Ухаарч үүнийг бодсонгүй биз, янаг сэтгэлийн энэлгэнд.	烟、光、水、气合成的云如何成为使者传达言语和信息？充满焦虑的药叉实属可怜，被爱情所折磨而没有想到这一点。
呈・达木丁苏伦译文	Үзэсгэлэнт далайн ухилсан нулимс хөөрч Үлээх салхинд хөөгдөж үүл болно. Чухам мэргэдийн шаналсан сэтгэлийн үг Цууриатан гараад сайн номлол болох юм. Баяр бахдалтай нууц энэ зүйлийг Бас ч хүн бүр ойлгох нь бэрх ээ! Цэцэн тэнэг амьд үхсэн хэнд ч Цээжнийхээ хүслийг айлтган өчиж байна.	美丽大海滚滚升腾的泪水，被风吹起形成了云朵，真正智者们哀伤的心中话语，响彻空中成为好的训诫。快乐而隐秘的这种东西，并不是所有人能体会得到。对所有智、愚、生、逝者，(我)把心中的愿望禀报诉说。

第 5 节：此节藏译本中把梵文的“dhūma(烟)-jyotiḥ(光)-salila(水)-marut(风)”译为“du ba(烟、雾) gzi ldan(闪电、光) chu gter(水库、海) myur 'gro(快走者、风)”。藏文的“du ba”除了表示“烟、雾”还有“哭泣”的意思，呈・达木丁苏伦译文中的“нулимс”(泪水)由此而来。把梵文的“salila”(水)译成“chu gter”(水库、海)是藏译本的错误。总之，此节呈・达木丁苏伦译文因受藏译文的影响，与原文意思不相符(梵、藏文对照请参见第二章表 2－51)。而宾・仁钦的译文准确地表达了原文意思。

表 4－12　宾・仁钦与呈・达木丁苏伦译文对比(三)

St.	6	意　思
宾・仁钦译文	Хормустын түшмэл үүл, дүрсээ дураараа хувьсгагч чамайг Хожим галав юүлүүлэх үүлсийн угсаатан гэж шинжин танинам. Хувь зохиолдоо амрагаас хагацсан би чамайг өчин гуйнам. Хувьгүй намайг эс дагавч, доордыг гуйснаас надад тэр нь дээр.	霍尔穆斯塔(即蒙古语中的“因陀罗”)的大臣,随意变幻形状的云,我认出您是浩劫之云族。因命运作祟,被迫离开爱人的我向您请求。即使落空,也比求小人强。
呈・达木丁苏伦译文	Хайрт чиний язгуур өндөр бөгөөд Хааны түшмэл шиг их эрхтэй шүү дээ Ангасан газарт усыг түгээх үүл мэт Агуу их өршөөлийг чинь би мэднэ Гэвч би чамаас хол газар Хэтэрхий ихээр мөрөөдөн зовж байна Алс газар арга ядсан наддаа Агуу эрдэмт амраг минь хүрээд ирээч ！	亲爱的你,有着高贵的血统,像皇上的大臣般拥有权力。我知道你如同雨云向干涸的土地洒下甘露般的恩情。但我却远离了你,且过分地想念着你。在远处无奈的我,盼着神通广大的爱人来到我身边。

第 6 节：在呈・达木丁苏伦译文中,原文中形容雨云的“出身高贵,因陀罗的大臣”之类的词变成了形容药叉之妻的“你有高贵的血统,像皇上大臣般拥有权力”,并且把药叉之妻比作为雨云“向干涸的土地洒下甘露般的恩情”。最后他盼望“神通广大的爱人来到我身边”。这些都与《云使》原文意思相悖,也不符合藏译文的意思。

可见,呈・达木丁苏伦的六个诗节译文已变成了不同于《云使》原文的另一篇诗文。相比之下,R 译本在形式和内容上均接近原文,虽然译本的有的地方无法逾越因英文转译而产生的局限性,但 R 译本充分发挥了蒙古语的优势,行文通顺流利,从而真正把《云使》推向了广大蒙古语读者。

三、R 译本对现代蒙古文学的影响

提起《云使》,在蒙古学界人们最熟悉的是 R 译本(宾·仁钦所译《云使》)。笔者 2014 年在乌兰巴托访学期间,有一次谈到《云使》,在场的蒙古国科学院语言文学所图布信特古斯研究员张口就朗诵了一段宾·仁钦的《云使》。由此 R 译本的流行和受欢迎程度可见一斑。后来,听蒙古国著名诗人 Ch.达格瓦道尔吉(1942—)先生回忆,R 译本出版不久蒙古国开始流行一首民歌,当年他们的老师教这首歌的时候特意提到它是受宾·仁钦所译迦梨陀娑《云使》影响而创作的。歌中唱道:

Астарсан бороoны үүл нь ээ хө,
Алсаас ч ирсэн байлгүй дээ хө.
Амраг хайртай түүний минь,
Амрыг нь эрээд очоорой доо.

Уулын орой дээрх үүл нь ээ хө,
Урагшаагаа нүүгээд явчихлаадаа хө.
Миний хайртай түүнд минь ээ,
Мэндийг минь хүргээд очоорой доо хө.[①]

歌词大意:

洒下细雨的云啊,是来自远方哟,向我心爱的她哟,带上我的祝福吧。

山顶上的云啊嚯,向前游走了哟,给我心爱的她哟,送去我的问候吧。

从那以后,在蒙古国和国内内蒙古的蒙古族诗人中也常出现“托云传情”题材的诗歌,天上的白云激起人们的浪漫想象,成为了寄托思念的使者。

除此之外,我们前文所提到的“无忧树”由蒙古文《丹珠尔》之《云

① 歌词由 Ch.达格瓦道尔吉老师提供,在此深表谢意!

使》译本再经 R 译本，进一步被蒙古国诗人所熟知，并成了他们诗歌中的一个重要意象。比如蒙古国著名诗人 B.亚布呼兰（1929—1982 年，又译别·雅沃胡朗）的诗作《蒙古诗》（Mongγol silüg）[①]中写道：

表 4－13

《蒙古诗》节选	诗词大意
Sayiqan büsegüi-yin köl γasalangγui modun-du kürkü-dü Salaγ-a mücir bükün ni čečeglejü jimislen-e gesen Erten-ü mongγol silüg-ün γayiqam-a sayiqan sanaγ-a Ene yabuγ-a nasun-du nada-du nige-yi sibenejü Büür tüürken ulaljaγsan ongγod-un γal-i mini badaraγaju Büsegüi kümün-i qayiralaqu sedkil-i angq-a deberegegsen yüm. ……	美丽女子的脚 碰触无忧树之时 每个枝节将会 盛开花朵结果实 古代蒙古诗歌 如此惊人的意境 在我人生之中 对我诉说着什么 燃起了 我朦胧的灵感之光 点亮了 我热爱女人之初心

古代印度文学中的“无忧树”的名字，通过藏文在蒙古文佛教经典中以“γasalang ügei modun”的译名固定下来了。在迦梨陀娑《云使》中出现的“红色的无忧树”（raktāśoka），通过藏译本的“mya ngan med shing dmar”在蒙古《丹珠尔》之《云使》译本中译为“γasalang ügei ulaγan modun”。而这个名字，在 E 译本和 S 译本中都没有得到传承，E 译本中把蒙古文《丹珠尔》译本的名字误抄为“γasalang ügei olan modun”，S 译本中从汉文把它译成了“ulaγan önggetei čenggeltü čečeg”。只有 R 译本才传承了蒙古文《丹珠尔》的译法“γasalang ügei ulaγan modu”，并在序言中宾·仁钦先生对该词如此解释：据说当美女的脚碰触之时会开花。[②]而这个意象被现代蒙古诗歌所吸收，“无忧树”成了蒙印文学关系中的一棵常青树。

① 《B.亚布呼兰诗集》（回鹘体蒙古文），内蒙古教育出版社，1990 年，第 614 页。

② 《迦梨陀娑云使》（基里尔蒙古文），乌兰巴托，1963 年，序言，第 21 页。

结　论

“只要语言文字不同,不管是在一个国家或民族内,还是在众多的国家或民族间,翻译都是必要的。否则思想就无法沟通,文化就难以交流,人类社会也就难以前进。”(季羡林)本书的研究对象《云使》蒙古文译本,在蒙古与印度文化交流中具有重要意义。蒙古与印度的文化交流主要是通过佛经翻译实现的,而且这些佛经翻译基本上是经由藏文转译而来的。

“古代蒙古作家,主要是佛教作家,对印度的表述基本上是知识性的,几乎没有在个人经验上写成的具体描述。因此,印度对蒙古人来讲,与其说是地理空间不如说是一个神话和文学的主题……古代蒙古人对印度的想象经过了中亚和西藏文化的过滤,特别是佛教典籍中描述的印度成为蒙古人想象和重构印度的知识基础。”①的确,古代蒙古人对印度文化并非是直接接触的,而是经过其他文化过滤后的间接接触。佛教起源于印度,并最初通过中亚地区传入到蒙古高原,后来经蒙元朝时期传入和北元阿勒坦汗时期(16 世纪后半叶)再度传播,藏传佛教在蒙古地区盛行开来。到 18 世纪上半叶藏译蒙佛经翻译活动达到了鼎盛时期,《云使》正是这个时候通过集体佛经翻译活动由藏文转译成了蒙古文,到了 20 世纪还出现了由藏文转译的《云使》蒙古文全译本(E 译本)和另一个六个诗节的尝试性翻译。即使不通过藏文,《云使》的其他蒙古文译本仍是通过“转译”完成的,如从汉文转译的 S 译本和从英文转译的 R 译本。

---

① 陈岗龙:《蒙古古代文学中的印度》,载《奔向学术巅峰——中央民族大学蒙古语文学专业创办 60 周年学术研讨会论文集》,内蒙古人民出版社,2014 年 9 月。

一、蒙印文学关系中的《云使》转译

"转译"是指以非源语译本为依据而译的翻译,所以也有人称之为"间接翻译"。转译这种形式的翻译,古今中外都出现过,在各民族文化交流不充分时期,转译现象更为普遍,如我国最早的汉译佛经,大多不是直接由梵文翻译,而是转译自各种西域语言。到了20世纪,汉文文坛上也出现了大量的转译现象,郑振铎先生曾说:"如此的辗转翻译的方法,无论哪一国都是极少看见的,但在我们中国的现在文学界里却是非常盛行。"并且围绕"直译(直接翻译)好还是转译好"问题,也展开了较为激烈的争论。根据茅盾先生的转译观,原则上应该直接翻译,但也不能一概而论。有些少数民族的作品,他们的文字懂得人少,那就只能依靠转译。也有转译比直译好的例子,如《战争与和平》(托尔斯泰)有过几个译本,直接从俄文翻译的也有,但都不理想,还是董秋斯从英文转译的本子好些。可见,只要转译能够推动翻译质量的提高和学术研究的发展,就有其存在的必然性和价值。另外,如果译者具备广博的知识,并能选择有价值的前译本,参考不同的版本,同样能够转译出优秀的作品。这就要求我们在翻译批评中,对转译本进行仔细甄别,具体情况具体分析①。

在古代蒙古与印度文学关系中,"转译"占主导地位。尤其是藏传佛教传入蒙古地区后,印度文学主要是通过藏文转译成蒙古文。对蒙古文学来讲,在特殊的历史条件下,通过"转译"来接受不能直接接触的文化,从他文化中汲取养分保持了自我的丰富性与延续性。而对印度来讲,也通过被"转译"形式输出和传播了自己的文化。从更广泛的角度来看,古代印度的《五卷书》和犹太教的《圣经》等具有世界影响力的作品,都不止一次地被转译才传播到世界各个角落。因此,在翻译史上"转译"不仅早已存在而且是还将会存在下去的一个必然现象,但是,在跨语言传播过程中文本将受到中介语

① 陈言:《20世纪中国文学翻译中的"复译""转译"之争》,载《四川外国语学院学报》2005年第2期。

言的影响也是不可避免的。

一部作品的生命力往往体现在它对后世的影响,包括流传、翻译和研究。梵文《云使》问世之后不仅被广泛传诵,而且也出现了大量的手抄本、模仿本、改写本、注释本以及各种语言的翻译和研究。这都表明了《云使》长盛不衰的生命力。《云使》被译成藏文以后也"一直是藏族练习诗学的重要参考文献",而到了 20 世纪 80 年代《云使》第一部藏文注释本问世,即 1988 年多识教授的《云使》注释本由民族出版社出版,后于 2003 年甘肃出版社再版,"《云使》首次出现系统的藏文注释后,被选入藏文诗歌的有关教材当中,其普及度和知名度进一步提高"①。接着多识先生的注释,2004 年又有一部《云使》藏文注释本诞生,即为诺章吴坚著《庆云使者注解》②。除此之外,2014 年西北民族大学贺文宣先生把藏文《云使》译成汉文并充分肯定《云使》"由梵译藏后,长期以来流传于我国广大的藏文读者之中,它对藏文读者学习、创作藏文新旧体诗歌,都起到了其示范和指导作用,它已成为藏族传统文化之一"③。即《云使》被译成藏文之后,作为经典之作入选藏文大藏经流传广泛,并从 20 世纪末起陆续出现注释本和单行的汉文转译本,这些都是藏文《云使》旺盛生命力的体现。

那么,蒙古文《云使》的情况如何?《云使》古今四个蒙古文转译本都与其时代背景有着紧密的联系,而且也是后世对前人成果的继承与发展。最早的《云使》蒙古文译本是蒙古文佛经翻译活动(具体而言是《丹珠尔》翻译)的直接产物,而蒙古文佛经翻译活动也正是藏文佛经翻译活动的延续与扩展。藏传佛教以及藏族喇嘛文人高度重视印度的诗学理论,直接影响到蒙古文学中佛教文学的盛兴,致使蒙古喇嘛文人辈出,他们不仅精通藏文而且用藏文写作的经典

① 拉先加:《简论迦梨陀娑的藏译作品及其对藏族文学的影响》,载《中国藏学》2011 年总第 S2 期。

② 诺章吴坚(nor brang o rgyan)著:《庆云使者注解》(*sprin gyi pho nya'i 'grel pa ngo mtshar dga' ston*),中国藏学出版社,2004 年。

③ 贺文宣汉译:《云使》,民族出版社,2014 年,译者话,第 5 页。

数目惊人。具体作品数量有多少？到目前为止尚未统计完①。在如此藏文占主导地位的语言环境中，蒙古喇嘛文人直接用藏文阅读和利用《云使》，《云使》的影响也通过用藏文撰写的文章体现，从而与藏族文学融为了一体。因而，在此特定的语言环境中《云使》的蒙古文译本被冷落在了一旁，直到20世纪中叶，随着世界和平理事会纪念迦梨陀娑的活动以及蒙古文学的现代性转变，蒙古国甘丹寺喇嘛额尔敦培勒率先提出把蒙古文《云使》译本纳入蒙古文学研究领域，并分别从藏文和汉文将《云使》重新译成了蒙古文。这是现代蒙古文学对古代《云使》蒙古文译本的对接。与此同时，蒙古国著名学者们积极加入《云使》翻译行列，呈·达木丁苏伦先生从藏文翻译了《云使》前六个诗节；宾·仁钦先生从英文转译完成了《云使》最具影响力的蒙古文译本，从而引起了国际学者们的注意，印度、捷克和芬兰的蒙古学学者纷纷发表论文讨论《云使》蒙古文译本。

在《云使》20世纪的蒙古文转译本中，E译本虽然对蒙古文《丹珠尔》之《云使》译本的依赖很大而且同样为寺庙喇嘛译者所译，但与蒙古文《丹珠尔》译本相比，E译本明显去掉了蒙古文《丹珠尔》译本中因集体佛经翻译而留下的烙印。具体而言，E译本并没有像蒙古文《丹珠尔》译本那样套用藏蒙《正字智者之源》的词汇对应关系进行翻译。也没有像蒙古文《丹珠尔》之《云使》的译者那样着重表明佛教徒的虔诚心意。蒙古文《丹珠尔》之《云使》译者是"叩首接纳圣主之令，心中膜拜佛祖之教，欲为众生造福，一心专志译之"，并借以此翻译企盼"圣上之足下莲花金刚般坚固，三宝之教如太阳般永远升起，为母众生永得福乐"。《丹珠尔》之《云使》译者是受命而译，而且怀着佛教徒的使命感，并不是纯粹意义上的文学翻译。与此相比，E译本为个人自发的行为，只针对文本本身，从而对《丹珠尔》译本中的"……母"的译法换成了"……妇人"，对妓女的委婉避

① 蒙古国学者R. Byambaa多年致力于搜集统计蒙古人用藏文撰写的经典，并从2004—2013年陆续出版九卷本《蒙古人用藏文撰写而被译成蒙古文的书目统计》，共达几千页之多。可知蒙古人用藏文撰写经典的数量之庞大。

讳的表达“卖酒太太”也直接根据藏文译成了“卖下身的妇人”。所以说，E 译本在翻译过程中的自由性更大。但总体而言，E 译本的内容并没有本质上突破蒙古文《丹珠尔》译本的翻译质量，而更多的是内容的抄袭。也因如此，E 译本并没有得到更多的流传。E 译本的主要作用在于捡起了对蒙古文《丹珠尔》之《云使》译本的记忆。

《云使》另一部蒙古文转译本，S 译本，是从我国金克木先生刚出炉不久的译本转译而来的。该译本是在 E 译本的译者额尔敦培勒先生的提议下完成的。译本中并非用韵文形式而是用散文形式转述了金克木译本的内容，除了一些理解上的错误（比如把“毗湿奴”译为“毗湿奴隶”），S 译本的内容基本吻合金克木译本的意思。从把“芒果山”译为“amaraγ-un aγula”（E 译本 amar-a-yin aγula），把“频婆果”译成“mandaru-a”（E 译本 mandaru-a）来看，S 译本是参考过 E 译本的。但是，对于印度神话和史诗中的人、神名，S 译本中采取了从汉文转译的方式，导致译本中的专有名词奇怪而混乱。说“奇怪”是因为从汉文音译而来的写法与蒙古文传统的从梵文读音转变来的写法发生冲突，变得让人费解。比如我们最为熟悉的“大黑天”在蒙古语中的叫法与梵文“mahākāla”一致，而在 S 译本中变成了汉文“摩诃迦罗”音译的“mukajiluu”。“混乱”的是，S 译本对《云使》中的专有名词没有基本的把握，一词多译或多词一译现象随处可见。S 译本对名词术语如此乱译，从侧面说明了对于梵文的名词术语蒙古人一般是直接采用从梵文转化而来的音译词，在实践运用中这种叫法已成定格，并融入了蒙古语词汇之中。因而，如果把这些词汇再从汉文音译成蒙古文，则会导致与传统的断裂，使得读者很难与传统的说法对上号，将对文本的理解造成障碍。S 译本与 E 译本一样，也没有得到更多的流传。这两个译本没有流传开来的另一方面的原因即是与它们接踵而至的 R 译本的出现。

如果说，E 译本在现代文学时期捡起了对《云使》古代蒙古文译本的回忆，那么 R 译本是激活了《云使》古代蒙古文译本；如果说，S 译本与《云使》古代蒙古文译本产生了断层，那么 R 译本完好地衔接了这一断层。

R 译本，参考前面三个译本的同时从中汲取了养分，尤其是把蒙古文《丹珠尔》之《云使》译本中的精华部分传承了下来。在蒙印文学关系中，名词术语的翻译如果脱离了惯用的“名从其主”原则，在“藻饰词”等特殊复合词的翻译上不顾传统译法，则将会掉进失败的泥泞中。这是由蒙印关系的特殊性决定的。早在藏传佛教传入蒙古之前，蒙古高原已经通过中亚地区接触到印度文化并吸收了不少梵语词汇。后来从藏文翻译的蒙古文佛经翻译实践中，在名词术语的翻译上仍使用梵语对应词，且这些词汇进一步融入蒙古文词汇中，形成了蒙古文“译经语言”的主要特点之一。另一方面，蒙古文《丹珠尔》之《云使》译本中对藻饰词的“照译”，保留了原文本的印度特色，这一点也很重要。R 译本巧妙地把蒙古文《丹珠尔》译本的长处运用到自己的译本中，从而使得古代译本在现代译本中得到了传承。当然，作为转译本 R 译本也无法避免由“转译”带来的局限性。因为转译毕竟是转译，在“源语文本”与“目的文本”之间隔着一个“中间文本”。而这“中间文本”对最终译本有着决定性作用。从读者角度而言，没有直接从原文翻译的文本的情况下才会选择转译本。如北京大学陈岗龙教授所形容“转译”如同“放凉的茶水或二手文化”（körügsen čai buyu kümün-ü γar-iyar damǰiγsan soyol）①。而在曾经的历史条件下，被藏传佛教垄断的蒙古与印度文化关系中“转译”是必经之路。到了 20 世纪现代文学时期，《云使》蒙古文翻译也逐渐从佛经翻译窠臼中脱离，走上了纯文学翻译的道路。宾・仁钦院士在世界文学的大背景下，在了解印度文化的基础上，借鉴英文翻译，继承优良的传统，发挥母语语言功底重新翻译《云使》，实现了真正意义上的诗歌翻译。

综上所述，蒙古人从藏、汉、英三种语言四次转译了古代印度抒情诗《云使》，在不能直接从源文翻译的条件下，通过更为便利的一种语言再度把它翻译过来，传承到现在。蒙古文学作为东方文学的重要组成部分，它与周边国家和地区的文学有着积极的交

① （美）海明威著，陈岗龙译：《〈老人与海〉序》，内蒙古少年儿童出版社，2017 年。陈岗龙教授，蒙古名多兰，第一次把海明威的《老人与海》从英文直接翻译成了蒙古文，意在鼓励蒙古族青年直接用英文阅读或从英文翻译原著。

流和互动。蒙古文学的翻译史和发展史与其他文学的翻译史和发展史有着共性，并在不同的历史时期体现出不同的特征。“文学翻译即是文化交流”，蒙古文《云使》以“转译”形式保持了与他文化的交流，并延续了这部古代印度古典梵语名著在蒙古文化土壤上的生命，经过多次转译，直接从梵文翻译蒙古文《云使》将呼之欲出。

二、蒙古文佛经翻译中的“逐字译”现象与“译经语言”

从正文里的分析中我们得知蒙古文《丹珠尔》之《云使》译本是对藏文译本的逐字翻译。“逐字译”现象自元代藏蒙佛经翻译时已存在，即使到了清朝蒙古文佛经翻译鼎盛时期仍屡见不鲜。这与蒙古文集体佛经翻译活动的局限性有关。自 17 世纪初到 18 世纪 20 年代，蒙古文《甘珠尔》(正藏)共有三次由官方组织的集体翻译和整理活动。如果说这是在元代以来的《甘珠尔》作品的零散翻译基础上累积而循序渐进地完成的，那么蒙古文《丹珠尔》(副藏)的翻译则是在 1742—1749 年间一次性完成的。比起《甘珠尔》，《丹珠尔》的规模更大、作品种类多样，各类文本的分量以及对其翻译要求也不尽相同，加之蒙古文《丹珠尔》的翻译时间短、参与人数多、译者的水平参差不齐。虽然有不少杰出的翻译家参与，但仍然未能避免蒙古文《丹珠尔》之《云使》等部分作品以“半成品”形式问世。另一方面，集体佛经翻译中名词术语的“一致性”要求以及译者们的佛教徒身份等因素也限制了翻译过程中的自主性。因此，普通译师很容易陷入“逐字译”的泥泞中，而大师级的译师才能驾驭经文而在翻译中得心应手。

那么“逐字译”产生的文本可读性究竟如何？这与所依藏文文本的难度(包括内容的难度和语法结构的复杂性)相关。如果藏文文本内容通俗、语法结构简单，那蒙古文译本会相对好懂；如果藏文文本内容难、语法结构复杂，那蒙古文译本相对难懂。这一点在正文第三章中以《诗镜》和《云使》为例讨论过。有人认为蒙古文《丹珠尔》的《诗镜》译本，即格勒坚赞译本，“过于逐字译而现代的蒙古文读者很难理解。”①但实际上，格勒坚赞的译本并非“很难理解”，后期蒙古国学者们的重译很大程度上依然采用了格勒坚赞的译本，只是对其做了一些现代性修改，而没有本质区别。相比之下，蒙古文《丹珠尔》之《云使》的可读性降低了很多，而且也没有做到韵文形式的翻译。因为《云使》的内容和结构比《诗镜》复杂得多。除此之外，当时藏族与蒙古佛教界对《诗镜》研究比较火热，这应该也对《诗镜》翻译提供了便利。

18 世纪上半叶前后完成的蒙古文《甘珠尔》(1720 年)、《丹珠尔》(1749 年)两大翻译工程，是蒙古文佛经翻译事业进入“鼎盛时期”的重要标志。从外部成就来看，翻译规模宏大、篇幅长、参与人数多、分工详细，此时也编写了第一部藏蒙翻译工具书，有了明确的翻译原则，等等。从文本内部成就来看，把大量的佛教五明词汇纳入蒙古语中，增加了不少佛教意象和印藏特色的修辞法，从而形成了别具一格的“译经语言”风格和佛教文学特色。通过大量的翻译实践，蒙古文的书写以及外来语的记载方式也进一步规范。无疑，包括佛经翻译的蒙古文佛教文学作品是整个蒙古文学中非常珍贵的一个组成部分，而对它的研究却尚未细化和深化。主要基于佛教文学的词汇特点及对蒙古文学的贡献，西方学者们曾提出，17、18 世纪以佛经翻译和佛教文学为主要载体的蒙古语为“经典蒙古书面语”(classical literatury Mongolian)②。这一提法，虽然至今仍在沿用，但并未得到完全认同。宾·仁钦院士在他的著作中并没有使用这一概念，而把所涉及的语言称作为“sudur (sūtra)-un kele”(可译为“佛经语言”或“译经语言”，本书采取后者)。蒙古国国立大学语言学教授策·沙格德尔苏荣(Ц.Шагдарсүрэн)先生从语言学的角度

---

① 王满特嘎等编著：五体合璧《诗镜论》(蒙古文)，民族出版社，2012 年 9 月，前言，第 21 页。

② 相关著作和论文有：Kaare Gronbech & J.R. Kueger, *An Introduction to Classical (Literary) Mongolian*, Harrassowitz, 1955. 3rd corrected edition, 1993; N. Poppe, *Grammar of Written Mongolian*, Wiesbaden, 1964; N. Poppe, Vladimirtsov's Grammar Forty-five Years Later, *Mongolian Studies*, vol.2, 1975.

探讨蒙古文佛经翻译语言特色,并明确指出把佛经翻译语言冠名为“经典”是欠妥的,片面的[①]。本书鉴于蒙古文《丹珠尔》之《云使》译本以及蒙古文佛经翻译中较为普遍的逐字译现象,且从文学翻译和创作的角度再看这个问题,便很难认同上述“经典蒙古书面语”之说;而赞成蒙古国两位学者的观点,把蒙古文佛教领域的语言叫作“译经语言”,即“sudur-un kele”(sūtra 之语)。

那么,所谓的“经典蒙古书面语”(sungγudaγ mongγol bičig-ün kele)究竟是什么?“经典”的标准以及称作“经典”的原因是什么?蒙古“译经语言”与“经典蒙古书面语”之间的关系如何?这些问题,被称作“经典”时期的17、18世纪的蒙古文学作品充分得到研究之后才能有精确的答案。

① Ц.Шагдарсүрэн, Сонгодог монгол бичигийн хэл буюу монгол сударын хэлний зарим онцлогоос(策·沙格德尔苏荣:《经典蒙古书面语或蒙古 sūtra 之语的若干特征》),*Bulletin of Japanese Association for Mongolian Studies*, N.32 (2002), pp.41 - 54.

附录一　蒙古文《丹珠尔》之《云使》译本拉丁转写与校对

凡　例

1. 本书蒙古文字母(以词首形式为例)与拉丁转写字母对应关系如下:

蒙古文字母	拉丁转写字母	蒙古文字母	拉丁转写字母	蒙古文字母	拉丁转写字母
ᠠ	a	ᠫ	P	ᠲ	t
ᠡ	e	ᠬ	q(阳)	ᠳ　ᠲ	d
ᠢ	i	ᠬ	k(阴)	ᠴ	č
ᠣ	o	ᠭ	γ(阳)	ᠵ	ǰ
ᠤ	u	ᠭ	g(阴)	ᠶ	y
ᠥ	ö	ᠮ	m	ᠷ	r
ᠦ	ü	ᠯ	l	ᠸ	w
ᠨ	n	ᠰ	s	*　ᠩ	ng
ᠪ	b	ᠱ	š	*　ᠾ	h

(＊“ᠩ”属于蒙古语“音节末软辅音”(jögelen debisger),没有词首形式;“ᠾ”用于记载外来语,词中形式。)

2. 木刻版蒙古文《丹珠尔》排版形式为,每一张分上下两叶(正反面),每一叶 31 行。在此拉丁转写中按照排版形式,在内容前面标注其叶数和行数,其中“r.”(right)表示“上叶”(正面),“v.”(verso)表示“下叶”(背面)。即“665. v. 07”意为“下六百六十五叶第七行”。

3. 原文本内容并没有分段,因而根据文本内容,在每个诗节对应处左下角加序号,以此标注相应的诗节。如“$_{(1)}$ kilingtü……”表示

第一节开始。

4. 原文本中用阿里嘎里字母记载的蒙古文，在此拉丁转写中直接用梵文拉丁转写形式拼写，并加以斜体，如“*yakṣas*”。如果蒙古文阿里嘎里转写形式与其梵文有所不同，则在括弧里写出相应的梵文拉丁转写。比如 *kalparawaras*（*kalpavṛkṣa*）。

5. 使用连音符号“-”的几种情况：

① 表示名词“数”“格”的词缀，要以“-”与前面的主词相连。例如，“ǰarliγ-ud-iyar”。

② 词尾分开写的“a”“e”要以“-”连接。如“sar-a”“deger-e”。

③ 在名词或形容词后面加构词词缀“-tu”或“-tü”构成的词，分开写的情况下，要以“-”相连。例如“modu-tu”“gerel-tü”等。

④ 专有名词，人名、花名等用“-”连接。如，*rā-ma*、*ke-ta* 等。

6. 对于错别字，在括弧里予以纠正，如 bosiγ（bošoγ）。若少了字母或音节，则以插入形式纠正，如 u（+u）γun，umda（+γa）suγad。对于其意不明的词，后加（?）号，如 ati kavanti（?）。对于应该分开写而未分开写的词，如“biber（应为 bi-ber），ekedür（应为 eke-dür），emüne（应为 emün-e），qara（应为 qar-a）”等按照原形转写，并不改动。

7. 关于双元音“ai, ei, oi, ui, öi, üi”的转写，目前学界意见尚不统一。蒙古文“i”元音词中形式有两种，“ᠢ”（单牙的）和“ᠶᠢ”（双牙的），有人认为其中的“ᠶᠢ”是从“yi”演变而来，因而转写的时候要写成“yi”；单牙的“ᠢ”可直接转写为“i”。因此“ᠣᠴᠣᠶᠢᠵᠤ”为“očoyiǰu”，“ᠦᠢᠯᠡ”为“üile”。另一种看法认为，蒙古语词首音节没有双元音，因而词首音节的“i”前面一律要插入“y”，其他时候都不插入“y”，不管“i”是单牙的还是双牙的。因而“ᠣᠴᠣᠶᠢᠵᠤ”为“očoiǰu”，“ᠦᠢᠯᠡ”为“üyile”。本研究暂且遵从第一种观点，在双元音转写中，把单牙的“ᠢ”记为“i”，把双牙的“ᠶᠢ”记为“yi”。

8. 关于词缀的转写，词缀的词性与其主词的词性保持一致，比如“ᠤᠨ”在阳性词后转写为“-un”，阴性词后为“-ün”。

9. 关于标点符号，本研究把蒙古文的双点句号（上下双点）转写为“..”；四点句号（横向菱形）转写为“::”；逗号为“,”。

转　写

665. v. 07　Egülen-ü ǰarudasun Orosibai..
08　namo buddhāya ::
09　namo dharmāya ::
10　namaḥ saṅghāya ::
11　enedkeg-ün keleber.. *me-gha-dhu*
12　*-tā*（*meghadūta*）nā-ma.. töbed-ün
13　keleber.. sprin gyi pho nya zhes
14　bya-ba.. mongγol-un keleber.. egülen..
15　ǰarudasun kemegdekü.. üneker tuγuluγsan
16　ǰarliγ-un erketü burqan-a mörgömü..
17　(1) kilingtü eǰen-ü masi kündü bosiγ（bošoγ）
18　ǰarliγ-ud-iyar sür ǰibqulang-i
19　baγuraγulun üiledüged.. ǰarim nigen
20　*yakṣas* öber-iyen seremǰi ügei-yin
21　erkeber boluγsan üǰesküleng-tü
22　eke-yi tebčiged on boltala..
23　sedkil-dür taγalamǰi törögülügči
24　ökin-ü ukiyal üiledküi buyan-u
25　mören-nügüd ba asuru masi
26　üǰesküleng-tü erkin sayin següder
27　-lüge tegülder *kalparavaras*（*kalpavṛkṣa*）modu-tu
28　*rā-ma*-yin aγulan-dur oduγad..
29　edlel-iyer orosin abai.. (2) tere kü
30　küsel-tü üǰesküleng-tü eke-yi
31　tebčiged nigen kedün sar-a-dur
666. r. 01　tere aγulan-a ǰorčiγsan-iyar.. γar
02　-inu naridču altan baγubči-nuγud
03　-anu čarbaγun kürtele güyün üiledülüge..

04　*burvasad* (*pūrvāṣāḍhā*) sara tegüskü edür-ün
05　egülen-inü aγula-yin bel ba aγulan-u
06　deger-e kebteküy-e boluγsan-i
07　degedü-de činggiged (čenggeged) üǰesküleng-tey-e
08　boluγsan ǰaγan mön buyu kemen sedkiǰü
09　aǰiγlaγad üǰen atala.. (3) tere metü
10　*yakṣas*-un qaγan-u ǰirum-i daγan
11　orosiǰu emün-e-deki *ke-ta*-yin
12　sečeg delgeregsen-ü küčüber.. sedkil
13　doturaban masi enelün üni egüride
14　-nügüdn-e erke ügeküy-e nilbusun
15　γarγaγsan aǰaγu (aǰuγu) qoγulai-bar
16　ebüčegči bayasqulang-tu eke-yi
17　qolada orosiγsan-a arad-un
18　sedkil-dür-inü.. üsün (usun) bariγči-yi
19　üǰebesü amuγulang-luγ-a tegüsün
20　ǰiči düri-ben qubilγaǰu kerkibečü
21　enelge törökü boluyu.. (4) ǰun-u čaγ-un
22　qoyaduγar sar-a boluγsan čaγ-tur
23　amin metü eneril-tü eke-yin tulada
24　tere-kü qur-a-yin egüles-iyer
25　öber-iyen amuqu buyu, kemekü-yin
26　ayalγu-yi abču ǰorčiγad.. *ku-ṭa*
27　*-ca* (*kuṭaǰa*)-daki müsiyel-tü usun-ača
28　urγuγsan-nuγud-iyar tegün-i
29　takiqu-yin tulada bayasun üiledseger (üiledügseger) kü..
30　iledte amaraγ boluγsan ayalγun
31　-anu tegün-dür sayin bolbasu kemekü
666. v. 01　bayasqulang-tu čirai-bar ögülegsen
02　metü.. (5) alin ukilaγči ǰibqulang-tu
03　usun-u sang türgen-e oduγčid-un

04 serekü i-eče qur-a-yin egüle bölüge..
05 aliba merged-ün üiledbüri-nügüd ba..
06 sayin nomlal-un tulada alin-nuγud-iyan
07 tebčin üiledümüi.. kemegsen degedü
08 bayasqulang-iyar niγučači tegün-dür
09 aliba oγoγata ese medegsen-iyen..
10 küseküi-yin tulada mergen ba mergen
11 busu-nuγud kiged sedkil-tü ba sedkil
12 ügei-nügüdn-e üčin üiledümüi.. (6) či
13 kemebesü degedü iǰaγur-luγ-a tegülder
14 ǰaγun takil öglige-tü-yin küsel
15 qarγaγči (qangγaγči)-yin činar-tu erkin tüsimel
16 bölüge.. γurban oron bügüde-yi
17 uqaγad qubitay-a oroγuluγči
18 asuru usun bariγči čimai-yi biber
19 medebei.. teyin atala.. mön-kü čimai-yi
20 tuslan (tusalan) kereglekü qubis-un erkeber
21 doora busu küsel-i oluγsan amui..
22 ür-e ügei takil ögligeči nada-ača
23 qolada orosiγsan uruγsadun-nuγudn-a
24 degedü erdem-ün erketü či ögede
25 bolun soyorq-a :: (7) ay-a usun
26 tegülder či-yinü masi enelügsen minü
27 ene učir-i ǰiči man-u bayasqulang
28 ekedür.. asuru yeke kilingtü
29 asida-yin eǰen-eče tögeriged qaγačaγsan
30 minü üges-i ayiladun soyorq-a..
31 γadaγadu egüsmel (egüsümel) čečeglig-ün degedü
667. r. 01 oron-i boliγči oroi-daki saran-u
02 gerel-iyer geyigülügči sayin bayising-tu.
03 niγuča-yin eǰen-ü ati kavanti(?) kemekü

04 oron-dur či ögede bolǰuqui.. (8) či-
05 yinü ünür kölgelegči-yin kölge-lüge
06 tegüsün oγtarγui-bar aǰiraqu-yin
07 erkeber ǰorčiqui-dur üǰesküleng
08 -tü ekes sedkil-degen bayasču kökül-ün
09 üǰügür-i aru-daγan orkiǰu
10 qaraγad süsül-ün üiledümüi..
11 čimai-yi ireküi-yin čaγ-tur
12 degedüs-eče qaγačaǰu ǰobaγad
13 boγol-un yosuγar busud-un erkeber
14 boluγsan bi metüs ba.. alimad
15 busu basa üǰesküleng eke-yi
16 ken nigen arad aγuu yekede süsül
17 -ǰü ülü bolumoi.. (9) aγaǰim alγur
18 -iyar negügči ünür kölgelegčid-ber（-iyer）
19 čimai-yi daγan ǰokilduγul-un
20 kündülel üiledügsen-e suγdangki
21 *ca-ta-ka-as*（*cātakas*）ču čimai-yi
22 iraγu ayalγun-iyar maγad
23 daγurisqaqui-dur.. üǰesküleng-tü
24 čaqulai bükün čü sayin qubitu
25 nidü-ber oγtarγui-daki čimai-yin（-yi）
26 qaraγad erikelen üiledčü sitümüi..
27 maγad sayitur bariγči umai-yin
28 mön-kü oγoγata todorqai üile-yi
29 küličen čidaγči.. (11) minü bayasqulang
30 eke tegün-i čü edür-ün qonuγ-i
31 toγalaqui yosuγar imaγta eǰen
667. v. 01 sedkil-degen sanaγad.. damǰiγ ügeküy-e
02 türgen ögede bolǰu namai-yi esen
03 atala.. tegün-i či-ber üǰügülün

04 soyorq-a :: yaγun-u tula darui-da
05 usun-ača urγuγsan olangki erikes-i
06 boγoγsan-iyar unaqu ügei boluγsan
07 böketele.. ökin tngri-yin ǰirüken-ü
08 bayasqulang-ača qaγačaǰu unaγsan
09 darui-dur düridkeged amaraγ-iyar
10 külin üiledümüi.. (11) alimad či-ber
11 luu-yin daγun-i daγurisqaγči tegün-i
12 sayin qubitu čiki-ber sonusun
13 üiledčü bür-ün.. asuru delgeregsen
14 sečeg-üd-iyer delekei-yin tulada
15 imaγta ariγun sikür-i üiledküy-e
16 boluγsan.. čimai-yi oγtarγui
17 nuγudn-a odqu-yin čaγ-tur
18 bayasqulang-tu sedkil-iyer naγur
19 ba.. časutan-u ǰabsar-daki..
20 lingqu-a-yin iǰaγur-un nabčis-un
21 künesü-tü γalaγud-un qaγan-nuγud ču
22 nököčekü bolumoi.. (12) *ra-ghu*-yin eǰen-ü
23 ölmei-ber belgelegsen aγula-yin
24 talas-tur qotala arad-bar（iyar）mörgön
25 üiledügči.. yeke aγula ene-yinü
26 činü bayasqulang-tu sayin nökör
27 čim-a-luγ-a ebüčeldün urida
28 odquy-a.. amaraγ-ača üni egüride
29 salun qaγačaγsan-u tula büliyen
30 nilbusu-ban asqaraγulqui-yi bügüde
31 üǰelüge.. alin tere čim-a-luγ-a
668. r. 01 čaγ čaγ nuγudn-a üneker aγulǰaqui
02 kemen sedkiǰü sedkil-iyen amaran
03 üiledküi :: (13) ay-a usun bariγči

04 nigen üy-e čimai-yi targil-iyar
05 ǰurčiqu-yin arγ-a üges-i metü
06 sonusuγad, tegün-ü qoyin-a čikin-ü
07 amuγulang törögülügči minü
08 üges-i či čikin-iyer sonusun
09 üiledkün, masi alǰiyaγad
10 asuru alǰiyaqui čaγ-tur aγula-yin
11 üǰügür-e köl-iyen talbiǰu
12 alǰiyaγsan-iyan amuǰu ögede bol..
13 kerbe umda(+γa)suγad masi umdaγasbasu
14 öčüken usun ba yeke naγur-i ču
15 u(+u)γun üileddeküi.. (14) sin-e *ni*
16 *-cu* (*nicula*)-dur orosiγsan egün-eče či
17 bosuγad umar-a ǰüg-deki oγtarγui-yi
18 qaran üileddeküi.. ǰüg-ün ǰaγan
19 -nuγud-un yeke γar-iyar küligdegsen
20 targil-i oγoγata oγor-un üiledüged
21 aγula-yin üǰügür-i boliǰu ünüd
22 kölgelegči oduγsan buyu usun bariγči
23 ködelǰü oduγsan buyu uu ker kemen
24 damǰiγlaqu boluγsan-a bodiugsan (bütügsen)
25 qatuγtai-nuγud-bar (-iyar) degegsi ǰüglen
26 qaraǰu ayun sočiγad balaraqu bolbai..
27 (15) erdeni-yin gerel-iyer geyigülügseger kü
28 masi üǰesküleng-tü ǰaγun takil
29 öglige-tü-yin keseg numu-yi..
30 sayin nökör-ün qota-yin üǰügür-eče
31 γaruγsan tegün-i emün-e-ben sayitur
668. v. 01 qaraluγ-a.. *visnu* (*viṣṇu*)-yin üker törökü-yin
02 yosun bariǰu taγus (toγus)-un ödön-ü
03 gerel-iyer tügemel boluγsan metü..

04 aliba qotala da tügemel üiledügči
05 asuru üǰesküleng-tü-yinü qara
06 küke bey-e-yi olqu boluyu.. (16) čimai
07 ireküi čaγ-tur balγad-daki qatuγtai
08 bayasuγad kümüsken-ü düri urbaγulǰu
09 tačiyangγui-yin nidün-iyer.. iledte
10 ülü medegdekü yosuγar qaraγad
11 qotala üres-i arbiǰiγulun üiledküi-yin
12 tulada.. čimai söni öčüken ködülgeged
13 kebtegsen-ü darui-da ögüleldüǰü
14 čenggel-iyer bayasumui-y-a..
15 oγtarγui-yin usun-i iregül-ün
16 keseg qur-a-bar tariyalang-i
17 delgeregülüged ǰiči basa umar-a türgen
18 alγur-iyar ögede bolǰu.. (17) targil-degen（-daγan）
19 oγoγata čileküi-yin čaγ-tur *a*
20 *-amar-a*（*āmra*）dabqučaγsan aγula-yin üǰügür
21 -deki debseg-tür orosin üiledčü
22 bür-ün.. či-ber oi doturaki qataγsan
23 modun-i qur-a-bar sayitur debtegen
24 üileddeküi.. yaγun-u tula angqan-u
25 sayin arad-un sayitur üiledügsen
26 učir siltaγan-i oluγsan sayin nökör
27 -lüge tere metü üile-ber kerkibečü
28 kereglen orosiǰu bolqu böged γadaγsi
29 ǰüglegči maγu arad ču bolqu busu
30 amui.. (18) ①ay-a usun bariγči či-yinü
31 targil-degen(-daγan) alǰiyaqui čaγ-tur eldeb
669. r. 01 dabqučaγsan kemekü aγula-yin üǰügür

① 这一节(第 18 节)的内容与上一节重复,被视为篡入诗节。

02 -deki aγuu debseg-tür saγuǰu
03 esergü desergü ilete ǰüglen-čilen
04 üiledügči.. či-ber terekü qalaγun
05 γal-i rasiyan-iyar amurliγul-un
06 üiledbesü tere čü bodatay-a
07 batu tusa bolumoi..yekes-tür tusa
08 kürgegsen qariγu-anu darui-da
09 degedü üres-iyer imaγta čigigtegülümüi..
10 (19) či-yinü ködelüsi ügei-yin üǰügür-e
11 orosiqu-yin čaγ-tur *a-mr-a*-yin
12 oi-daki üres delgeren bolbasuraγsan-i (-ni)
13 qotala ǰüg bükün-e tügemel
14 delgebesü masi üǰesküleng bayasqulang
15 -tu eke-yin kökül-nügüd-lüge
16 adali yosuγar bolumoi.. γaǰar
17 delekei-deki üǰesküleng-tü eke-yin
18 ülemǰi čaγan köken (kökön)-i delgereged
19 dumda-anu köke dusul-iyar čimegsen
20 metüs-i.. ükül ügei er-e em-e
21 qoyaγula maγad γayiqaǰu nidü-ber
22 sayitur lablan.. qaran üiledümüi..
23 (20) tegün-ü qoyin-a gürüged-ün eǰen-ü
24 gergei či-deki tere kü bayising-dur
25 qoromqan-u tedüi orosin üiledüged
26 tegün-eče činadu usun-i tabaǰu
27 masi türgen targil-iyar busud-nuγud
28 -luγ-a aǰiraγad ǰorčibasu arsi nar-un
29 ökin-ü mören nebtelügči aγula-yin
30 iruγar-daki asq-a čilaγun-u
31 doγuγur (dooγur) sirγun urusuγči eke
669. v. 01 gesigün-ü erkin boluγsan qoyar sidün-i

02 čaγan sirui buduγ-iyar sayitur
03 buduγsan metüs-i či-ber üǰekü
04 boluyu.. (21) eng terigün či-ber tere kü
05 qur-a-yin bögelǰigsen usun-i uuγuǰu
06 ǰorčin üiledčü kürüged.. oi-daki
07 suγdangki ǰaγan-u *tikta*-yin amta
08 ba *jambu* (*jambū*)-yin modun-iyar tere
09 usu-yi ču türgen-e dügürgegdeküi..
10 ay-a ǰuǰaγan egülen-e dotuγadu
11 ǰirüken-lüge tegüsbesü čimai-yi
12 ünüd kölgelegčid-ber (-iyer) ködülgen ülü
13 čidamui-y-a.. teyimü-yin tula
14 bügüde qoγusun bolbasu könggen
15 bolqu böged oγuγata dügürbesü
16 bügüde čü kündü bolumoi.. (22) angqan-a
17 *ketali* (*kandalī*)-yin sečeg-üd-ün gülügelegsen
18 qalisu-bar bürkügsen kiged.. noγuγan
19 nabči-tu böged ǰarimduγ čayibur
20 sir-a toγurčuγ-luγ-a tegülder-i
21 üǰegülügči usun-ača urγuγsan
22 sečeg.. üǰebesü-ber aγlaγ ködege
23 -deki γal-iyar tülegdegsen γaǰar
24 delekei-yi ünür bariγči-bar
25 ünüsküi-dür olan sayin ünürten
26 ünüsdebesü.. usun bariγči alγur
27 -iyar qur-a egüdügči čim-a-dur
28 *śā-ram-ka* (*sāraṅgā*)-nuγud-i üǰegülün
29 üiledüyü.. (23) ①čimai sayitur ireküi-yin
30 čaγ-tur iraγu ayalγun-i

① 第23诗节，被认为是篡入诗节。

31 daγurisqaǰu bütügsen-nügüd-ber
670. r. 01 takil üiledüged *cā-taka*
02 -nuγud usun-u dusul-i abču
03 bayasqulang-iyar u(+u)γuγad qaran
04 üiledkü ba.. usun daγurisqaγči
05 -nuγud-i ǰigdelen neyilegülügsen bükün-i
06 sayitur bosquγad.. ker kemen ǰiγaǰu
07 üǰegseger kü.. yekede čičiren (čečeren)
08 üiledčü bayasqulang-iyar bayasqulang
09 -tu eke-lüge čingγ-a-da
10 ebüčeldün üiledkü amui :: (24) ay-a
11 nökör či-yinü namai bayasqaqu-yin
12 tula-da türgen odsuγai kemen
13 sedkikü aba-ču.. *kakubha*-yin ünür-tü
14 aγulan-dur üni egüri-de tüdeküi-yi
15 biber medelüge.. kökül-tü-ber
16 uduriduγči qosiγun-luγ-a selten
17 -iyer sayitur iregsen buyu kemen
18 sedkiǰü üni egüride orosiquy-a
19 taγalamu.. teyin atal-a či-yinü masi
20 türgen-e odquy-a bolqu tere-čü
21 yambar metü aqu.. (25) čimai ireküi
22 čaγ-tur γalaγun-nuγud-anu mön-kü
23 tegün-dür öčüken-e orosiǰu
24 oduγad.. oγoγata bolbasuraγsan
25 üres-inü noγuγan köke-lüge
26 tegülder *jambu*-yin oi-bar
27 küriyelegsen dumda yeke čaγan
28 gerel-tü.. oi-yin oriyamal modun
29 *keta* (*ketaka*)-yin usun-ača urγuγsan-u
30 toγurčuγ todorqay-a delgereged

31 balγad ba suburγ-a-bar.. küriyelegsen
670. v. 01 bayising-ača baling abču ariγun-ača
02 törügsen tuγurbil-un balγad *dasa* (*daśa*)
03 kemeküi-ber takiqui boluyu.. (26) tegün-ü
04 umara ǰüg-deki delekei-dür *bi-di-sa* (*vidiśā*)
05 kemekü meses-ün qaγan-u qarsi-dur türgen-e
06 odču bür-ün.. tegün-dür-inü či-ber
07 masi yeke ür-e-yi oluγad daruyida
08 degedü quduγ-i olqu boluyu.. asuru
09 örgen amasar-luγ-a tegülder kiǰaγar
10 -ača qangginaqui iraγu ayalγu daγurisqaqui
11 ba am(+ta)tayiqan amtan-luγ-a tegüsügsen..
12 dolgis-un ködelküi-yinü niγur-daki
13 kümüsgen ködelügsen metü bide-yin
14 tere naγur-i ču sayin qubitu či
15 u(+u)γuqu bolumoi.. (27) alimad *ni-ca* (*nīca*) kemen
16 aldarsiγsan aγula-dur či ǰorčiǰu
17 kürüged tegün-dür-inü alǰiyal-iyan
18 amuqu-yin tula orosimui.. *kadamba*-yin
19 sečeg bayasuγsan-iyar üsüben ködelgen
20 segsürüged toγurčuγ-anu müsiyen
21 üiledügseger kü balγad-daki arikin
22 qudalduγči qatuγtai-yi bayasqaγči
23 sayin ünüd-nügüd-iyer dügürügsen
24 bükün.. qada čilaγun nüken-iyer asuru
25 üǰesküleng ider ekes-lüge ügüleldeküi
26 metü.. (28) alǰiyaγsan-iyan amaran ǰorčiǰu
27 sin-e urγuγsan sir-a toor-tu sečeg-üd
28 -iyer čimegsen bükün.. mören-ü olum-ača
29 törügsen-nügüd-i usun-u dusul-nuγud
30 -iyar debtegegsen-ü darui-da ireged..

31 eng terigün usun-ača urγuγsan niγur
671. r. 01 qačar-un toγusun-u dusul-i arilγaγad..
02 čikin-ü *udbala* (*utpala*) čilegsen ba qaγučiraγsan
03 tegün-dür nigen gšan-a amuqu serigün
04 següder-i oγuγata örüsiyedkün ay-a ::
05 (29) basa umara ǰüg-tür ǰorčiγad..
06 alimad tan-i moroi targil-dur oroqu-yin
07 čaγ-tur *ucca-ya-na* (*ujjayinī*)-yin balγad
08 -taki qaγan-u qarsi dotur-a γadaγsi
09 ǰüglekü busu-bar orosin üiledümüi..
10 tere balγad-taki bayasqulang-tu ekes
11 üǰügürken čenggekü ba gilbilkü (gilbelkü) nidü-ben
12 önčügleǰü ǰigdelen ködölgeküi-eče..ayun
13 üiledüged kerbe či nidüber ese
14 qarabasu ür-e ügei bolqu böged
15 imaγta qaγurdaqu ču bolumoi..
16 (30) dolgis-un ködelküi iraγu ayalγu
17 daγurisqaγči ǰigdelegsen ǰigürten-ü
18 belgegüsün čimeg činggelǰeküi büse-tü..
19 aγaǰim alγur-iyar ergiǰü üǰesküleng-tü
20 -tey-e oyiluγči sayin qubitu kürdün-ü
21 küilsün (küisün)-lüge tegülder.. degedü amtan
22 -luγ-a tegüsügsen mören-ü qatuγtai
23 *birbinadha* (*nirvindhyā*) kemekü či-yinü targil-iyar
24 sayitur oroǰu.. bayasqulang-tu
25 ekes-iyer amaraγlaqui-dur eng terigün
26 üǰügürken činggeldüged (čenggeldüged) belgegüsün-ü
27 čimeg tayilqu metüs bolumoi.. (31) tegün-i
28 getülǰü sindü-yin usun-anu kökül metü
29 masi narin beye-tü olum-ača törügsen
30 modun-u qaγučin nabči unaγsan-iyar

31 tügemel čayitala bürkümüi :: ay-a sayin
671. v. 01 qubitu čim-a-ača qaγačaǰu orosiγsan
02 -iyar bey-e-yin aqui učir ene metü
03 bolbai.. aliba qatuγtai-yi tebčiǰü
04 yekedküi-yin aqui učir üiledkü buyu..
05 či tegün-i ayiladču ügülegdeküi..
06 [32] *avanti*-yin oron-i olǰu *uda-ya*
07 *-na* (*udayana*)-yin üges-i balγad-dakin-u emeged-ber
08 medegsen boi.. tegün-ü qoyin-a urida
09 üǰegülügsen balγad-taki čoγ ba
10 yekede qotala tegüsügsen asuru aγuu
11 sayin bayising-tu čambutib-un γaǰar
12 delekei-dür keseg üǰesküleng-tü
13 öndür iǰaγur-tu ülemǰi buyan-tu
14 -nuγud-bar (-iyar) γurban učir-tu-yin sayin
15 nomlal-un üres-iyer neng öčüken
16 ǰarim nigen-nügüd boliγdaǰu iregsen
17 metüs-i..[33] aliba suγdangki qung (qun)
18 sibaγun-u iraγu ayalγu-yi yekede
19 daγurisqaγad sedkil-dür ǰokistai
20 ayalγun-iyar geyigül-ün üiledümüi..
21 delger urγumal naran-iyar usun-ača
22 urγuγsan sayin ünür-tü-yi bayasqaγči
23 sedkil-dür ǰokistai tegüs amtan-luγ-a
24 tegüsüged usun-u dusuγal-iyar
25 debtegegsen ünüd külgelügči-yin qatuγtai
26 tačiyal-iyar enelün emkineküi-yi boliγči
27 bey-e-ber daγan ǰokilduqu-yin.. degedü
28 eǰen-i küseǰü tusada kereglen üiledküi-dür
29 iraγuda daγurisqaγad bayasqan
30 üiledügseger kü.. [34] tegün-i ed tegülder

31　bayising-nuγud-un kökül-ün küǰis-iyer
672. r. 01　utuγsan sayin ünüd-ün toor-ača γaruγsan
02　yeke beye-tü boluγsan čimai-yi ger-ün
03　kökül-ten sadun-iyan üǰeǰü bayasqu-yin
04　büǰig-iyer.. takil ergümüi usun-ača
05　urγuγsan sayin ünür-lüge tegülder
06　qatuγtai üǰügürkeküi činggeltü köl-ün
07　belges-iyer.. belgelegsen tarγil-un dumda
08　čilegsen ǰobalang-i öber-iyen
09　arilγan üileddeküi.. (35) basa γurban
10　sansar-un blam-a čoγ-un qoγulai-yin
11　oron-dur buyan tegülder či ǰorčiǰu..
12　tügemel-ün eǰen-ü qoγulai-yin gerel
13　adali metü kemen nököd-ün čiγulγan-iyar
14　süsülküi-lüge selten-iyer üǰen
15　üiledkü bülüge.. sedkil-dür ǰokistai
16　ünür-tü usun-dur ider ekes üǰügürken
17　činggeküi-yin ukiyal üiledküi-yin
18　ünür tegüsüged.. toγurčaγ-luγ-a
19　tegülder *udbala*（*utpala*）-yin ünüd-iyer
20　qaldaγsan salki-bar egüskemel sečeglig-i
21　ködelgen üiledkü amui :: (36) ay-a usun
22　bariγči yeke qar-a-yin oron-dur
23　ǰorčiǰu edür-ün qonuγ ba busu čaγ
24　-tur ču.. edür bolγan uduriduγči（-yin）
25　oron-daγan irekü boluγ-a inaru či
26　orosin üileddeküi.. qubis-un ǰabsar-tur
27　γurban üǰügür-tü baling-i yeke
28　kegürgen-i daγurisqaγad egesig-iyer
29　maγtan üiledkü böged.. čiber luu-yin
30　daγun daγurisqaqu-yin čaγ-tur bürin

31 tegüs ür-e-yi olǰu qotala-yin
672. v. 01 tusa-yi ču üiledümüi.. (37) tegünče köl-iyen
02 bayiγulqu-yin čaγ-tur büse-nügüd-eče
03 činggilǰegür iraγu ayalγu γaruγad..
04 üǰügürken činggen ködülügči erdeni-yin
05 gerel sačuraǰu üǰesküleng bey-e-tü
06 debigür bariγsan-iyar γar-inu čilekü amui ::
07 čiγulγan-u üǰesküleng-tü
08 eke-yin kimüsün-ü sin-e orom-iyar
09 enelügči čimai-yi qura-yin dusul-i
10 olǰu qangγan üileddeküi.. bal
11 bolγaγči ǰigdelegsen metüs čimai-yi
12 urtu qoyar nidün-ü önčüg-iyer
13 ködelgen qaraqu bolumoi.. (38) mal-un eǰen
14 ǰaγan-u noyitan arasun-i duralaγsaγar kü
15 emüsčü büǰig-ün tuγurbil-i boliγsan
16 metü.. čimai irekü-yin urida qubis-un
17 ǰabsar-un urγumal naran-u ulaγan
18 gerel-iyer ulaγan usun-ača urγuγsan-i
19 barin üiledüged.. öndür tüsigtü
20 oi-yin yeke modun-i tügürig γar
21 -nuγud-iyan sungγaǰu bariγad orosimui..
22 amurlingγui qur-a ürkülǰi oroqu-yin
23 čaγ-tur aγula-yin köbegün-ber ködülüsi
24 ügei nidün-iyer süsüleǰü qaran
25 üiledülüge.. (39) teyin atala eǰen-ü
26 oron-dur masi bayasqulang-tu
27 degedü qatun-nuγud-i① neken üiledbesü
28 söni-yin balar qarangγui-nuγud-iyar

① 去掉“-i”

29　eke-yin eǰen-ü targil-un gegen-i
30　düridgeküi-yin tulada.. či-ber
31　altan öngge-tü čakilɣan-u gerel-iyer
673. r. 01　ɣaǰar delekei-yin targil-i geyigülǰü büküi-yi
02　üǰügülün üileddeküi.. qura-yin usun
03　luu-yin yeke daɣun egesig-i olan-ta
04　büü üiled tegünče üǰesküleng-tü
05　eke sočiɣad ükükü bolumoi..
06　(40) tedeger-iyer kegürǰegen-e-yin
07　kebtegsen ɣaǰar-un deger-e aɣuda bariɣsan
08　sayin bayising-nuɣud-tur.. ǰarim-ud
09　qola-ača čileǰü iregsed öber-ün
10　gilbelküi bayasqulang eke-yin tulada
11　söni orosin üiledčü bür-ün.. naran
12　ɣarqu-yin čaɣ-tur či-yinü ǰiči
13　basa ǰorčiqu-yin targil-iyar masi
14　türgen-e ǰorčin üileddeküi.. alin
15　-u tula ǰirüken-ü nökör-nügüd-ün tusa-dur
16　maɣad simdaǰu üile üiledkü boi..
17　(41) tegün-ü čaɣ-tur edür bolɣaɣči-yin
18　targil-i oɣuruɣad tegünče türgen
19　oduɣdaqui.. masi sačuraɣsan gerel-i
20　qalqalbasu čim-a-dur öčüken busu
21　kilinglen üiledkü bolumoi.. söni(+-yin) eǰen
22　oduɣsan-a qatuɣtai-yin nidün-ü
23　nilbusun arilɣaqu-yin eǰen boluɣsan
24　metü.. lingqu-a-yin eke-yin usun
25　-ača urɣuɣsan niɣur-un nilbusun
26　tegün-i čü sayitur arilɣan üiledümü..
27　(42) masi tungɣalaɣ sedkil-iyer asuru
28　gün-lüge tegülder naɣur-un usun-u

29 dotur-a.. sin-e dürsü kürüg-ün
30 mön činar-i ǰiči sayin qubitu
31 mön kü bi urγuγulqu boluyu :: teyimü-yin
673. v. 01 tula tere kü čaγan *kumudi* (*kumuda*) -nuγud-iyar
02 čimai ergün kündülen üiledümüi..
03 möngke γabiy-a-tu üile-yin tulada
04 ǰiγasun-nuγud ködelǰü degegsi-ben
05 qarayiγad qaran üiledülüge :: (43) tere kü
06 köke usun qubčad-tu usun-u
07 olom-un dumda bolin üiledügči-yi
08 tebčibesü ele.. ülü boliγdaqu
09 kemekü yeke modus-un gesigün-i γar
10 -nuγud-un dumda öčüken bariγči
11 metü.. ay-a nökör usun uuγuǰu
12 kebeli-ben unǰiγulun salkin-a odun
13 čidaqu ču yambar metü aqu..
14 üǰesküleng-tü eke-yin emüne-deki
15 üǰesküleng-tü qayirčaγ daγuriyan
16 büǰig-i medebesü ker metü küsegsen
17 čidal-tu bolqu bolai.. (44) či-yinü
18 *de-ba* (*deva*) kemekü aγula-yin dergede
19 odqu-yin čaγ-tur aγaǰim alγur
20 kei ködelkü böged.. serigün salkibar
21 qaldaγdaγsan *udumbar-a* (*udumbara*)-yin oi-daki
22 üres-i bariγad činggen naγadun
23 üiledümüi.. či-ber yeke quras-i
24 oroγulǰu ed bariγči eke-yin
25 ariγun ünüd ba aγur-un čiγulγan-i
26 sidü-ten bükün qabar-iyar tataγad
27 nüken-ü dotur-a sayin qubitu daγun
28 egesig-i daγurisqan üiledülüge..

29 [45] tegün-dür-inü törün tügeküi-yin
30 naran-ača ülemǰi ǰibqulang-tu tülesi
31 idegči-eče törügsen ilete ǰüglеǰü
674. r. 01 oroi-daki sar-a-bar olan erdeni-yin čerig-ün
02 čiγulγan-i sakiqu-yin tulada talbiγsan
03 tegün-e orosimui.. či-ber oγtarγui
04 -daki *gangga* (*gaṅgā*) mören-eče egüles-ün olan
05 noyitan čečeg-üd-iyer mön öber-iyen
06 čečeg-ün keseg qur-a oroγuluγsan-iyar
07 ǰarim-ud tegüber ukiyal üiledkü
08 boluyu.. [46] kükelten (kökülten) tere usun-i uuγuǰu
09 bayasuγad qoyin-a ču aγulas-i bariǰu
10 iraγu ayalγu taγurisqan büǰig-nügüd-i
11 üiledümüi.. nidün-ü önčüg-ün čaγan
12 gerel-iyer boliγči oroi-daki saran-u
13 gerel-eče ayun üiledbečü.. aliba
14 asuru segül-ün otuγan-u gerel buduγ-ud
15 -iyar buduγsan metü üǰesküleng ǰibqulang
16 -tay-a boluγsan.. umai-yin köbegün-i
17 bayasqaγči usun-ača urγuγsan-u nabči
18 metüs-iyer čikin-i üiledkü amui..
19 [47] qulusun-u sečeglig-eče törügsen tere
20 tngri-yi sayitur takiǰu ǰiči basa
21 targil-i getülün üileddeküi.. bütügsen
22 er-e em-e qoyar-un γar-daki biba (pipa)-yi
23 usun-u dusuγal-iyar čigigtügülüged
24 ayul-tu ǰam-un deger-e..čimai-yi-ber
25 üǰebesü γaǰar-un eǰed-i bayasqaγči
26 tngri-yin köbekün usun-u sang-un
27 dürsün bariγči-anu γaǰar delekei-eče
28 γaruγad ülemǰi küsel-i γarγaγči

29 ökin-ber irejü dakin（dakil）üiledkü bolumoi..
30 (48) či-ber tere kü dolgiy-a-tu naγur-un
31 usun-ača uuγuǰu ireküi-yin čaγ-tur
674. v. 01 neng qoladaγsan-u küčün-eče.. yeke mön
02 bolbaču öčüken ba bal-un köbegün-ü
03 öngge türgen urbaγuluγsan-iyar.. yeke
04 γaǰar-tur *indr-a-nila*（*indranīla*）subud-un sundur
05 erike-nügüd-i nigen-e bayiγuluγsan
06 metüs-i.. oγtarγui-bar oduγčid bükün
07 qoyar nidüber doruγsi qaraγad
08 γayiqaǰu üǰekü bolumoi.. (49) tere bükün-i
09 getülǰü ǰorčiqu-yin čaγ-tur kömüsgen-ü
10 ǰalaγu oriyamal modun üǰesküleng-tey-e
11 činggegsen-iyer čaγan qar-a gerel-lüge
12 tegülder bükün sormusun-u degere üǰesküleng
13 -tey-e ködelküi-yi boluγsan-nuγud
14 nayiγuγči *kunda*-yin sečeg-i daγan
15 oduγči bal bolγaγči čoγ-iyar čimegsen
16 metü de üǰesküleng-tü *daśa* kemekü
17 balγad-un qatuγtai nidü-ber qaraǰu
18 duralaγad öber-ün bey-e-yi üǰegülün
19 üiledümüi :: (50) angqan-dur ariγun-a oroγči
20 kemekü oron-dur čimai-yi ǰorčiγsan-u
21 qoyin-a serigün següder üiledümüi..
22 tegün-ü qoyin-a qan iǰaγur-i daruγči
23 *dur ldan kuru-ba*（*kuruvan*）① kemekü oron-i či-ber
24 sitün üildeddeküi.. aliba sansar-i
25 bütügegči ǰaγun toγa-tu qurča sumun
26 -nuγud-iyar olan qan iǰaγur-tan-u

① dur ldan 为藏文；kuru-ba 来自梵文“kuruvan”。

27 toluγai-yi oγtuluγsan-anu.. či-ber
28 asusu yeke keseg qura oroγulǰu..
29 olan lingqu-a-nuγud-i tasuluγsan metü..
30 (51) suγdangki bolγaγči amta-tu *ruvakini* (*revatī*)-yin
31 nidü-ber belgelegsen bayasuγči arikin-i
675. r. 01 tebčin üiledüged.. öber-ün sadun-dur
02 bayasuγsan-u tulada oron-ača γadaγsi
03 ǰügleǰü sayin küčü-tü alin tegün-i
04 qaran üiledümüi.. ay-a amurlingγui
05 tegülder *sā-ra-suvasti* (*sārasvatī*)-yin
06 usun-dur ilete ǰügleǰü kürüged..
07 či-ber uuγuγsan-iyar bey-e-yin
08 öngge-nügüd-inü qara boluγad
09 dotuγadu sanaγ-a ču čaγan bolbai..
10 (52) tegünče ǰorčiǰu kürüged.. *sa-ka*
11 *-la* (*kanakhala*)① -yin balγad-tur aγči *ja-hnu* (*jahnu*)-yin
12 ökin aγula-yin qaγan-u talas-tur
13 ǰorčin qoor-a-tu qaγan-u köbegün
14 -inü öndür iǰaγur-tu čilaγun
15 sitü (šatu)-bar ǰorčiqui metü aliba
16 kügesün-ü erikes-iyer *gau-ri* (*gaurī*)-yin niγur-un
17 aγuril-nuγud-iyar iniyegsen
18 metü.. amuγulang γarγaγči-yin üsün
19 -eče idebkilen qoyar γar-iyar bariǰu
20 ǰarimduγ saran-i bolin üiledügseger kü..
21 (53) či-yinü kerbe tere usun-i uuγuquy-a
22 sedkibesü urida bey-e-yin qaγas-i
23 oγtarγui-ača unǰiγulqui-anu..
24 tngri-yin ǰaγan-u niγur-anu usun-u

① sa ka la (tib.)

25 ǰiruγ metü ba gkir ügei čaγan bolor-un..
26 yosuγar üǰegdekü amui-y-a.. tere
27 mören-dür činü següder dusuγsan-iyar
28 darui-da üneker üǰesküleng-tey-e
29 bolqu-anu.. *ya-mu-na* (*yamunā*) mören-lüge
30 *gangga* (*gaṅgā*) mören nököčeǰü üǰesküleng
31 -tey-e ireged orosiqu busu.. (54) qabtaγai
675. v. 01 čilaγun-u deger-e gürügesün orosiqu-yin
02 tulada gürüged-ün küilsün-ü sayin ünür
03 bariγči-yin čilaγun tegüsüged.. mön kü
04 *gam-gā*-yin ečige boluγsan čaγan
05 času-bar ködülüsi ügei času-tu
06 mön kü tegün-i olun üiledčü..
07 targil-dur čilegsen-iyen sayitur
08 nomuqadqaqu-yin tulada tegün-ü
09 üǰügür kürčü saγumui-y-a.. üǰesküleng
10 čaγan öngge-tü ǰalaγu sürüg-ün
11 manglai eber-iyer sibar-i abuγsan metü..
12 (55) kerbe tegün-i kei-ber sayitur ködülgeǰü
13 qarγai modun-u γar bükün ürülčegsen
14 -eče boluγsan.. γal-un ilsu (ilči) kiged čoγ
15 -nuγud-iyar ködegen-ü bayasqulang-tu
16 eke-yin olan üsün-ü čiγulγan-i
17 tülen üiledbesü.. či-ber tedeger-i
18 amurliγulqu-yin tulada olan mingγan
19 toγ-a-tu usun bariγčid-iyar qur-a
20 oroγulquy-a ǰokistai.. teyimü-yin
21 tula yekede qotala tegüsügsen üres-iyer
22 mön kü olan ǰobalang-ud-i amurliγul-un
23 üiledümüi.. (56) tegün-dür-inü čimai-yi
24 keseg ayalγu daγurisqaqui-dur

25 asuru tesdesi ügei omuγ-tu bükün
26 tegülder naiman köl-tü.. činü deger-e
27 qarayil üiledsügei kemen sedkibečü
28 qarayil ügeküy-e öber-ün qotala
29 gesigün doruyitamui.. tedeger-nügüd-i
30 masi müsiyel-tü doγsin ayungγ-a
31 möndür-e olan quras oroγulǰu darun
676. r. 01 üiledümüi.. öber-čilen ür-e ügei
02 maγu oron-nuγud-i simdan kičiyegči
03 -anu yaγun ču busu.. (57) tegün-dür-inü
04 asuru yeke todorqai čilaγun-u
05 üǰügür-tü ǰarimduγ saran-i bariγči
06 köl-iyen talbiγči orom-dur-inu..
07 asida büdügsen-nügüd-iyer baling
08 takimui či-ber bisireǰü mörgül ba
09 ergil üileddeküi..alimad üǰen
10 üiledügsen-iyer üiledügsen.. kilinče
11 -nügüd-iyen masi qola oγurun üiledüged
12 süsül-ün bariγčid-anu tegün-ü nökör
13 bolun batu orod-i olun üiledkü
14 boluyu.. (58) ünür kölgelegčid-iyer dügürügsen
15 küngdei (kündei) qulusun-u dotur-a-ača sedkil
16 -dür ǰokistai iraγu ayalγun γaruγad..
17 *kinari* (*kiṃnarī*)-yin qatuγtai-nuγud-iyar γurban
18 balγad-i ilaǰu üneker bayasulčan
19 daγun egesig daγurisqamui.. tügürig
20 kegürgen-ü iraγu ayalγu metü kerbe
21 či-ber čilaγun-u üǰügür-deki
22 tere kü bayising-un dorgiy-a-yi-anu..
23 daγurisqaqu bolbasu maγad bayaliγ-un
24 eǰen-ü dergede γurban quraǰu iraγu

25 egesig qabiyaran čiγulqu bolumoi..
26 (59) času-tu aγula-yin dergedeki tala-dur
27 köl-iyen ködelküi-yin čaγ-tur tere
28 kiged tegün-eče ülemǰi *krauñca*-yin
29 aγula-yin targil-dur masi aldarsiγsan
30 *bhri-gu* (*bhṛgu*)-yin eǰen-ü γalaγun ödö-tü
31 küčü-tü sumun boi amui.. tendeče
676. v. 01 *yakṣas*-un ǰüg-tür či-anu daγan
02 odqu-yin čaγ-tur üǰesküleng
03 -tey-e moroi oduγči.. küčün tegülder-e
04 qaγurqu-yin tulada *visnu* (*viṣṇu*)-yin kemǰigsen
05 čegügen köke köl-i sayitur bayiγuluγsan
06 metü.. (60) arban qoγulai-tu-yin γar-iyar
07 ködelgegči aγula-yin talas-i tebčikü
08 kiged tegülder bolor *kilaśa* (*kailāsa*)-yin aγula..
09 γurban učir-tu üǰesküleng eke-yin
10 toli üǰügülün üiledkü-yin deger-e čü
11 oγuγad (oduγad) öčüken orosiγdaqui.. alin
12 masi öndür üǰügür-tü *kumuda* metü
13 oγtarγui tulun orosiqu-anu.. masi
14 doγsin γurban nidü-tü-ber arban
15 ǰüg-nügüd-eče nigen-e obuγalaγsan
16 metü boluγsan.. (61) tere kü aγula-yin
17 talas-tur čimai odqu-yin čaγ-tur
18 nidün-ü em-ün öngge-lüge adali ba..
19 tegün-i qoyar u(+u)γuγči-yin sidün-i
20 quγuluγsan darui-dur üǰesküleng
21 -tey-e čayiγsan metü tere.. üǰesküleng
22 -tü aγula-yi ködelüsi ügei nidüber
23 imaγta qaran üiledkü ba.. küčün
24 tegülder qoyar čaγan čarbaγun-daγan

25 köke qubčad emüsügsen metü boluγsan-i

26 biber medelüge.. [62] tegün-dür-inü

27 amuγulang bolγaγči moγai-yin baγubči-yi

28 oγurču *gau-ri* (*gaurī*)-yin γar-i barin

29 üiledüged kerbe ǰiči čenggen naγadqu-yin

30 tulada tedeger aγulan-dur ölmei-ber

31 alγur yabuǰu odqu bögesü.. čimai

677. r. 01 ǰorčiqui-dur bey-e-ben moroljan oduγad

02 dotur-a aγsan yeke usun-nuγud-i

03 tebčin üiledüged qataγan üiledčü

04 deger-e odqui-nuγudn-a köl-iyen

05 amur körülčegül-ün üileddeküi.. [63] tere

06 iǰaγur-un oron-dur anu či-ber

07 usun-nuγud-i bögelǰigsen-iyer

08 dotur-a maγad ügei bolbasu..

09 tngri-yin qaquγtai nar-iyar čimai-yi

10 araγ-un kürdü-ber bariǰu sayin bayising

11 dotur-a abaγčin (abačin) üiledümüi :: ay-a

12 sayin nökör qalaγun-iyar enelügsen tede

13 ker-ün tulada kerkibečü čimai ülü

14 talbiqu bügesü.. üǰügürken nokiluγči

15 üǰesküleng eke tedeger-ün čikin-dür

16 sirigün (sirügün) ayalγu-yi yekede daγurisqaγsan

17 -iyar ayun üiledümüi.. [64] usun-u dusuγal

18 -nuγud-iyar debtegegsen ariγun tegülder

19 ünür kölgelegči-ber *kalparavaras* (*kalpavṛkṣa*) modun-i

20 γangqulǰaγul-un ködelgeküi metü.. činü

21 bolor metü čaγan següder-ün gerel-iyer

22 aγula-yin erketü tegün-i bürkün üiledüged..

23 altan toγurčuγ-luγ-a tegülder usun

24 -ača törügsen sedkil-dür ǰokistai tere

25 naγur-i ču u(+u)γuqui ba.. γaǰar sakiγči-yin
26 köbegün-ü naγur (niγur)-un qubčad-i duralaγad
27 bayasqulang-i ču nigen gšan-a törügülün
28 soyorq-a :: [65] ay-a küsegseger güyügči či
29 -yinü tegün-eče getülküi-yin čaγ-tur
30 šangqu-tu eke medekü bolumoi.. ǰiči
31 basa kelberiltü tere aγula-yin *gangga*
677. v. 01 mören-ü qubčad-tu eke-yi eǰen-ü
02 yosuγar ülü üǰekü busu ülisi
03 ügei öndür qarsi-yin deger-e qur-a-yin yeke
04 egülen-eče či-ber qur-a oroγulqu-yin
05 čaγ-tur-inu, alimad küsel-tü eke-yin
06 kökül-anu subud-un toor neyilegülün
07 ǰigdelegsen metüs-i.. [66] čakilγan-u gerel-ün
08 niγur-tu čim-a-dur üǰügürkegči
09 bayasqulang eke-lüge tegülder
10 erketen-ü numu metü miriyalaγsan iraγu
11 gün egesig metü daγulal egesig-nügüd
12 ba kög daγun egesig-üd-lüge
13 tegüsügsen.. usun-u ǰirüke-tü metü
14 γaǰar delekei-yin *cintamuni* (*cintāmaṇi*)-yin mön
15 činar öndür büged üǰügür-inü
16 oγtarγui-dur tulum-a.. aliba
17 tedeger-eče ülemǰi čidal-tu čim-a
18 -luγ-a sayin bayising adali-yin tulada..
19 [67] alin-a qatuγtai-nuγud-un γar-un
20 lingqu-a üǰesküleng büged kökül-ün
21 ǰalaγu *kunda*-yin üsün-i boγuǰu..
22 niγur-un sin-e usun-ača urγuγsan
23 mösiyel-tü čaγan toγurčuγ-un čoγ
24 -nuγud-iyar čimen üiledüged.. kökül-i

25　*kuru-ba-ka* (*kurabaka*)-yin sečeg-ün selm-e (čelm-e)-ber
26　üǰesküleng-tey-e boγuγad čikin-ü
27　udbala-tu.. usun (üsün)-ü ǰabsar irlaγsan
28　sečeg-nügüd-lüge tegülder čü činü
29　dergede ireǰü urγuγsan bolai.. (68) aliba
30　čaγan čindamani-luγ-a tegülder
31　erdeni-yin gerel-iyer tügemel üǰesküleng-tü
678. r. 01　usun-ača urγuγsan metü.. basa dörben
02　tegebüri-tü-dür *yakṣas*-nuγud-anu
03　degedü bayasqulang-tu eke-lüge
04　seltes-iyer üneker orosin üiledčü
05　bür-ün..*kalparavaras* modun-ača sayitur
06　törügsen bayasqulang-tu eke-yin
07　amta-tu arikin-i qotalaγar u(+u)γun
08　üiledüged..kegürge-nügüd-i masi
09　alγur-a deleddügsen činü iraγu
10　gün egesig-tü luu-yin daγun metü..
11　(69) alin-a sayitur ǰorčiqui-dur asuru
12　yekede čičireǰü kökül-iyen unǰiγuluγad
13　*mandarav-a* (*mandāra*)-yin sečeg-üd-i γayiqamsiγ
14　-tay-a čikin-ü čimeg bolγan masi
15　üǰesküleng-tü altan sečeg-üd
16　unǰiγuluγsan ba delger köken (kökön)-deki
17　γayiqamsiγ-tu subud-un toor büged..
18　sundur eriken-ü kelkiy-e tasuraγsan-iyar
19　küsel-tü ekes söni targil-iyar oduγad
20　ireǰü tegüs gerel-tü urγuqu-yin
21　čaγ-tur geyigülün üiledülüge.. (70) aliba
22　tačiyangγui-bar *yakṣas*-un qatuγtai
23　bükün büse-ben tayilǰu qubčad
24　-nuγud-iyan.. tayiluγad amaraγ bolulčaquy-a

25 taγalaǰu čečereged γar-iyan ködelgen
26 qarabasu.. asuru degedü gerel-lüge
27 tegülder erdeni-yin ǰula ilete aqui-yi
28 üǰen üiledčü bür-ün.. ičigürilen
29 balaraǰu qoyar γar-iyar γulir sačuγsan-a
30 ür-e ügei boluγsan amui.. (71) alin-u
31 usun bariγči γaǰar-un deger-e orosiγsan
678. v. 01 bükün-i uduriduγči egenegde yabudal-iyar
02 ülisi ügei qarsi dotur-a üldebesü
03 ele.. alimad öber-ün usun-u dusul
04 -nuγud-iyar irlaqui ǰiruγ-ud-i darui-da
05 emüsčü bür-ün ičigürilen kürülčeküi
06 yosuγar či metüs-i keseg keseg-nügüdn-e
07 γarγan üiledügči-yinü.. toor-un nidün
08 -bükün-ü dotur-a-ača onin oroγsan-i
09 γarγaγči-nuγud-i daγan üiledügseger kü..
10 (72) aliba qatuγtai-nuγud-i degedü eǰen-ber (-iyer)
11 büküi-eče ebüčeldügsen-iyen talbibasu..
12 bükü bey-e čü üile üiledüged usun
13 bolor saran-u toor-tu.. utasun-i
14 bariγči.. čiber bürküdel ügeküy-e
15 saran-u čaγan gerel-nügüd-i todorqay-a
16 üǰekü bolbasu.. usun-u dusuγal-i
17 oroγul-un büküi-yi sürčiǰü amurliγulun
18 üiledüged degedü bayasqulang törügülkü
19 bolumoi.. (73) aliba *yakṣas*-un eǰen-ü sayin
20 nökör tngri čimai-yi mön kü iledte
21 orosiγsan-i meden üiledčü.. olan ayul-ača
22 sedkil-iyen qudqulaγsan numun-inu
23 ǰirγuγan köl-tü-yin köbčitü numu
24 tegün-i oγurbasu-bar bolumoi.. eǰen-i

25 qaγačaγuluγad üǰesküleng-tü eke-yin
26 kömüsge γulǰaγai numu böged önčüglen
27 ködelgegči nidün-nügüd-ün sumu üǰügürken
28 čenggen ködelküy-e tuγurbiγči či-ber
29 tegün-ü ür-e-yi maγad oluγsan boi..
30 (74) teyin ele bügesü ed-ün eǰen-ü sayin
31 bayising-ača umar-a ǰüg-deki minü
679. r. 01 balγad-anu.. öndür iǰaγur-tu eǰen-ü
02 numu-luγ-a adali üǰesküleng-tü
03 *du-a-ra-ṇa* (*toraṇa*)-bar qolača belgelen
04 üiledügsen bülüge.. alin-u egüsgekü
05 čečeglig-ün *mandarava* (*mandāra*) kiged ǰalaγu
06 nayilǰaγur modun-inu üǰesküleng
07 eke-yin köbegün-ü yosuγar.. tedgüǰü
08 üskegsen sečeg-ün čomurliγ unǰiγulun
09 törügüle unǰaiγsan-i γar-iyar barin
10 üiledkü amui.. (75) sayin ǰokiyal-tu
11 eke-yin usun kemebesü *markata*-yin
12 čilaγun-i ǰigdelen ǰergečegülügsen
13 satu (šatu)-tu.. tegün-dür üǰesküleng
14 erdeni-yin iǰaγur-tu delgeregsen
15 altan lingqu-a-nuγud-iyar dügürügsen
16 aǰiγu(aǰaγu).. enelküi-eče anggiǰiraγsan
17 γalaγud-un čiγulγan bükün-inü
18 *gangga* mören-dür orosin üiledküi-yin
19 čaγ-tur.. mön kü čimai-yi sayitur
20 qaraγsan bolbaču.. čiqula orosiγsan
21 sedkil-dür ǰokistu naγur-ača odču
22 ülü bolumoi-y-a.. (76) ay-a sayin nökör
23 či-yinü gilbelküi bayasqulang-tu
24 eke ködelkü metüs-i sayitur qaraqu

25 bolbasu ele.. tere naγur-un ǰaq-a
26 tegüs sedkil-dür ǰokistai üǰesküleng
27 -tü aγula-yi degedü *indr-a-nila* (*indranīla*)
28 -nuγud-bar.. üǰügür-i čimen
29 üiledügsen altan nayilǰaγur modun-iyar
30 küriyelegsen-i či-ber üǰen üiledküi..
31 namai bayasqaγči bayasqulang-tu
679. v. 01 eke-lüge selte mön-kü tegün-dür
02 sedkil-iyen emkeniǰü namai-yi masida
03 sanaqu bolumoi.. (77) teyin atala *kuru-baka*-yin
04 modu-bar küriyelegsen gesigün-ü sayin
05 bayising-luγ-a tegülder-ün dergede..
06 γasalang ügei ulaγan modun-u kiged
07 *ki-sa-ra* (*kesara*)-yin yeke modun-u nabči
08 gesigün üǰesküleng-tey-e ködelkü
09 büküi-yi imaγta činü nökör boluγsan
10 eke öber-lüge selde ǰegün köl
11 -iyer deledküy-e küseged.. busud-un
12 niγur-un arikin-i uuγuǰu sečig (sečeg)
13 γarγaqui-yin tulada tere kü
14 bayasqulang eke nada duralaqu
15 bolumoi.. (78) tegün-ü dumda masi čaγan
16 bolor delekei-dür altan-u asuru yeke
17 öndür modun urγuγsan abai.. erdeni-yin
18 erikes-ün ündüsün-ü salaγan-ača
19 vačir alamas erdeni yeke busu gerel
20 sačuraγči.. tegün-dür činü sayin nökör
21 köke qoγulai-tu orosiǰu edür
22 duli (düli) bolqu-yin čaγ-tur üǰügürken
23 činggeǰü büǰigleged.. minü bayasqulang-tu
24 eke erdeni-yin büliǰüg (büleǰeng)-iyen

25 qarsiγuluγsan iraγu ayalγu-anu
26 degedü sayin qubitan-dur čimeg
27 bolumoi.. (79) tedeger-iyer sayitur belgelen
28 ay-a sedkil-degen sayitur bariǰu
29 čiber qaran üileddeküi.. egüden-ü
30 ǰaq-a ba oyir-a-nuγud-tur labai
31 kiged lingqu-a-yin dürsün ǰiruǰu
680. r. 01 qaran üiledbesü edüge nada-ača
02 qaγačabasu-bar maγad üǰesküleng-inü
03 mön kü doruyitan orosiqu bolumoi..
04 naran singgi(e)besü-ber üǰesküleng lingqu-a
05 ulam-iyar maγad baγuraqu bolumoi..
06 (80) tere kü üǰesküleng-tü eke-yi
07 sayitur dedkeküi-yin tulada türgen
08 ögede bolǰu ǰaγan-u ǰulǰaγ-a metü
09 öčüken bey-e-ber.. üǰesküleng-tü
10 tere aγula-yin tala-dur orosiǰu
11 eng terigün sayin nomlal-i iraγu
12 egesig-iyer ayiladun soyorq-a::
13 namai bayising dotur-a oroqu-yin
14 čaγ-tur γal-tu qoruqai ǰigdelegsen
15 metü-yin neng öčüken üǰegdel-i..
16 üǰesküleng-tey-e čingeǰü gilbelküi
17 nidü-ben ködelgen üiledčü čiber
18 qaran üiledküy-e ǰokistai.. (81) tere
19 ele bügesü minü narin bey-e-tü
20 üǰesküleng öngge-tü bayasqulang
21 eke-yin irelün qoyar törügči
22 alman erdeni-yin usun-nuγud-ača..
23 *bimba* bolbasuran urγuγsan narin
24 böged.. uduriduγči kelberiküi gürüged-ün

25 nidü-tü-yin küilsün-eče doruγsi..
26 bügsen bey-e büdügün boluγad alγur
27 -iyar uran-a oduγči qoyar sün
28 bariγči-yin ǰabsar-a čiγulγan
29 degedü üǰesküleng-tü.. qatuγtai
30 -nuγud-un oron-a üiledügči eserün-ber
31 mön kü angqan-dur imaγta sačuraqu boluγsan.
680. v. 01 (82) tere kü ǰalaγu eke minü ami-yi ilγal
02 ügei meden üiledüdkün alγur-iyar
03 ügülegdeküi.. öber-lüge nigen qamtu
04 yabuqui-dur masi qolada saluγsan
05 γaγčakü γalaγun metü egün-dür edür-ün
06 qonuγ-un olan boluγsan-u tulada
07 imaγta sedkil-dür toγtaqu ügei
08 bolumoi.. ebül-ün adaγ sar-a-yin
09 času-bar lingqu-a-yi baγuraγulqu
10 metü busu türsü oluγsan-i biber
11 medelüge.. (83) tere bayasqulang-tu eke
12 -yinü nilbusun-ban(-iyen) asuru olan-ta
13 asqaraγuluγsan-iyar nidün-inü yekede
14 bülčiregüdekü bolbai.. deger-e dooraki
15 usun-u arasu-nuγud-i-anu masi
16 küčütei urtu böliyen amisqul
17 tegüber qaγalun üiledbei.. niγur-iyen
18 sayitur bayiγuluγad kökül-iyen
19 unǰiγulǰu tüitügči bükün-i arilγaqu
20 busu-yinu.. üǰesküleng-tü saran-u
21 gerel-iyer čimai-yi ireǰü tüidküi
22 -eče öber-e geyigülkü busu doruyitaγulun
23 bariqu metü.. (84) baling üiledkü buyu..
24 qaγačaγsan-iyar turangki boluγsan bi

25 metüs-ber uqaγdaqun-i asaγuqu ba..
26 iraγu ayalγun-iyar ügülen *sari*
27 *-kai* (*sārikā*) -yin ger dotur-a orosiγad..
28 ay-a nökör ekener tere eǰen-ü
29 bayasqulang-tu eke-yi sanabaquu (sanabau) kemen
30 asaγun üiledbesü-ber.. či-yinü
31 üǰebesü ele tegün-ü emün-e ireged
681. r. 01 bayasun üiledkü bolumoi. (85) ay-a sayin
02 nökör gkir-tü qobčad-luγ-a selten-i
03 öber-ün öbür deger-e biba talbin
04 üiledčü minü ner-e-eče daγudaǰu
05 belgedeged küsel-ün iraγu egesig-i
06 yekede daγurisqan sonusqulang boluγsan
07 ayalγus-i.. öber-iyen üiledkü
08 bolbaču iraγu ayalγu-i keseg keseg
09 tasulǰu sedkiged basa basa, nilbusu-bar
10 čikigtegülün olan čibqadasun-i
11 öčüken arčin üiledbesü-ber tere
12 -yinü irekü bolumoi.. (86) minü iregsen
13 edür-eče ekileǰü edür-ün qonuγ ba
14 saran-ača ilegüü boluγsan-nuγud-i..
15 γaǰar-a sayitur bayiγuluγad egüden-ü
16 dotur-a časutan-u sečeg-üd-i
17 oγurun üileddeküi.. bide keǰiy-e
18 aγulǰaqu bolba kemen sedkiǰü ǰirüken
19 -degen sanan olan-i tuγurbin üiledülüge
20 olangki qatuγtai-nuγud-anu nada
21 -ača qaγačaγsan-iyar sedkil-ün üile
22 enelkü olan bolbai.. (87) edür kürtele üile
23 -lüge tegüsügsed nada-ača qaγačaǰu
24 tere metü masi enelkü ner-e(?)-yi čü..

25 masi urtu söni-dür činü nökör gergei
26 üile ügei yekede enelküi-yi biber
27 medelüge.. sayin eke urtu söni
28 -nügüdn-e noyir-ača qaγačaǰu debisger
29 ügei küser-e kebteküi-yin čaγ-tur
30 toor-un nidün-ü dergede, orosiǰu
31 qaraγdaqui minü üges-i tusqayilan
681. v. 01 ügülebesü amuqu bolqu amui..
02 [88] qaγačaǰu ülemǰi enelügsen-iyer γaǰar
03 delekei-dür nigen qaǰaγu-bar tüsiǰü
04 kebtegsen-inü.. sin-e-yin nigen-ü
05 saran urγuγsan nigen qubi-ača
06 ilegüü dergede orosiγsan bey-e-tü
07 bolbai.. nam-a-luγ-a nigen qamtu
08 orosiqu-yin čaγ-tu küsel-ün
09 bayasqulang-tu ekes-iyer söni
10 nigen gšan-u tedüi oduγad..
11 ali tere edüge qaγačaγsan-ača törügsen
12 böliyen nilbusun-nuγud-luγ-a selte
13 masi qoladaγsan böged.. [89] ukiyal-iyar
14 ariγudqaγad aγuu böged sirügün
15 üsün kökül-i qoyar qačar daγan
16 unǰiγuluγsan bükün-i.. amisqul-un
17 kei-ber arilγan üiledküi-dür
18 uruγul-un nabči-nuγud-anu maγad
19 alǰiyaqu amui.. umdaquy-a duralaqu
20 ügei böged nam-a-luγ-a aγulǰaγsan
21 -ača qoyin-a öčüken umdaqu bolba
22 kemeǰüküi.. tere kü bayasqulang-tu
23 eke-yi-anu uduriduγči masi
24 enelügsen-ü nilbusun-luγ-a selten-i

25　üǰeged türidken üiledülüge..
26　(90) biber boγuγsan oroi-yin üǰügür
27　-deki kökül-eče qaγačan mön angqan-u
28　edür-i oγurun üiledčü.. kökül
29　-nügüd-i nigen-müsün kürülčegül-ün
30　tesdcsi ügei sirügün qačar-nuγudn-a
31　orosiγsan-u qoyin-a.. urtu kimusutu
682. r. 01　γar-iyar kürülčeküi nisvanis-tu-bar
02　nigen üy-e busu oγuruγči kiling-tü
03　eǰen-ü ǰarliγ bosiγ（bošuγ）tegüsküi-yin čaγ
04　-tur enelküi-eče qaγačaγsan alin tegün-i
05　biber getülgen üiledbei..(91) olan nilbusun
06　-iyar enelügsen nidü-yi sormusun
07　-nuγud-iyar bürkün üiledčü bür-ün..
08　saran-u köl-ün serigün rasiyan-u gerel
09　-nügüd-inü toor nidün-ü dotur-a
10　oroγsan.. bürkül-i arilγaǰu
11　toda（todo）bolγaγad angqan-dur
12　bayasqu-yi ničuγulbasu mön kü
13　tegünčilen egülen-lüge seltes-tü edür
14　-tür küser-e orosiγsan lingqu-a
15　delgerekü busu qumbiqu busu metü..
16　(92)① tere bayasqulang-tu eke-yi-inü
17　edür-tür amaraγ nökör kerkin-ber
18　nigen gšan-a ču tebčikü busu böged..
19　imaγta narin beyetü eke-yi
20　üǰeküi-yin čaγ-tur qotalaγar tangsuγ
21　-iyar qaraǰu oroqu mön amui-y-a..
22　söni arad-nuγud-anu kebteged

① 第92节，被认为是篡入诗节。

23 üǰesküleng eke qoyar qaγačaldun
24 ay-a usun bariγči či.. toor-un
25 nidün-lüge oyir-a orosiǰu kebtegsen
26 γaǰar-a tere-yinü sayitur ireǰü
27 bayasulčan üiledümüi.. (93)① nigen-e boluγsan
28 ke(ö)kül qačar-tu kürülčen orosiγsan-i
29 urtu kimusu-tu γar-iyar basa basa
30 arilγan üiledüged γaǰar delekei-yin
31 oron-u deger-e nigen qaǰaγu-bar
682. v. 01 kebten üiledüged tegün-ü qoyin-a
02 nilbusun-nuγud-iyan asqaraγulǰu
03 tasuraγsan sundur erike-nügüd-i..
04 ködelgeged unaγsan metü da orosiγsan
05 tegün-i čiber üǰeǰü alγur ügülegdeküi..
06 (94) tere üǰesküleng-tü eke-yinü čimeg
07 -nügüd-iyen üneker talbiγad masi narin
08 bey-e-yi barin üiledüged.. enelküi
09 ǰobalang-nuγud-iyan oro debisker-ün
10 deger-e basa basa uduridqui ničuγul-un
11 üiledbesü.. čiber darui da usun-u
12 öber-čilen-tü imaγta nilbusun-u
13 erke ügeküy-e čuburaγulqu bolumoi..
14 olan büküi dotur-a mön öber-iyen
15 kerkibečü nigüleskü̈i-yin čigig-i
16 törügülküy-e bolqu amui-y-a ::
17 (95) ay-a nökör činü nökör gergei nam-a
18 -luγ-a neng amaraγ bolqu-yi biber
19 medelüge.. teyimü-yin tula-da tere
20 metü boluγsan-nuγud-inu angqan

① 第93节，被认为是篡入诗节。

21 qaγačaγči tede namai-yi sanan
22 üiledümüi.. sayin qubitan-u dotur-a
23 sanaγan-nuγud-iyan ügülegsen-inü
24 maγad qudal busu ünen kemen medegdeküi..
25 biber basa basa ügülegsen bügüde udal
26 ügeküy-e čimadur medegdekü bolumoi..
27 [96] kökül-nügüd-iyer qoyar nidün-ü
28 önčüg küdelküi-yi düridkeged
29 nidün-ü em-i sürčiǰü oγurqu ba
30 keǰiy-e čü.. gem-tü üiledbüri
31 boluγsan ügei-yin tula kömüsgen-ü
683. r. 01 düri qubilγaqui-yi umartaqu
02 bolbasu-bar.. čimai-yinu gürügesün
03 nidü-tü-yi uduridqu-yin
04 deger-e bükün-i ködelgen üileddeküi-yi
05 biber medelüge.. alimad ǰiγasu-bar
06 ködelgeǰü usun-ača urγuγsan-i
07 ködelküi-yin čoγ-i bariγči-anu
08 čim-a-luγ-a adali amui.. [97] teyin
09 atala minü γar-un kimusun-u orom
10 ügei boluγad subud-un toor
11 -nuγud-i.. mön kü egüride oγurun
12 üiledüged tegüs edlel tegün-i
13 daγusuγsan-u qoyin-a.. minü γar
14 -nuγud-iyar bayasqan üiledügsen
15 ügei aba-ču čimai irekü i-yi
16 sayin qubis-un erke-ber.. tegün-i
17 sin-e čaγan *kadalī* modun-u ǰegün
18 γuy-a-yi ču imaγta ködelgekü
19 bolbai.. [98] ay-a tere usun bariγči
20 tere čaγ-tur kerbe ǰirγaǰu

21 umdaγsan bolbasu ele.. tere čaγ
22 -tur či-yinü qubi kemǰiyen-ü ǰabsar-a
23 daγun daγurisqal ügeküy-e nigen
24 qamtu qoyaγula orosin üileddeküi..
25 tegün-ü eǰen boluγsan nadur yeke
26 berke qataγuǰil-iyar oluγsan
27 ǰegüdün-inü.. qoγulai-bar γar-un
28 oriyamal modun-nuγud-iyar čingγada
29 ebüčeldügsen ǰanggiy-a-yi darui-da
30 tayilun üiledülüge.. (99) öber-ün serigün
31 usun-u dusuγal-iyar qaldaγsan
683. v. 01 salkibar *ma-la-ti* (*mālatī*)-dakin-u masi
02 ǰalaγu sečeg-üd tegün-i ködelgen
03 üiledčü tegün-ü amisqul γarγan
04 üiledbei.. či-yinü buruγuda
05 uduridun maγu üile-yi ködelgegči
06 činü öngge-lüge adali oron-dur
07 orosin üiledčü bür-ün.. omuγ
08 tegülder eke-dür iraγu ayalγu
09 -tu luu-yin egesig-iyer ügülegči
10 či-ber basa basa tuγurbin üiledüküi..
11 (100) ay-a usun kölgelegči ner-e-tü
12 čim-a-yi bi-yinü eǰen-ü sayin
13 nökör mön kemen teyin üiledülüge..
14 tegün-ü üges-i sonusun sedkil-degen
15 toγtaγaǰu imaγta činü dergede
16 sayitur irekü bolumoi-y-a.. namai-yi
17 ayalγun daγurisqu čaγ-tur
18 ǰorčiquy-a čilegsen čiγulγan bükün
19 egüden-ü dotur-a amun üileddeküi..
20 iraγu ayalγu egesig-üd-iyer

21 qatuγtai-yin kökül-i tayiluγad
22 küsel-iyer enelügsen-i belgeden
23 üiled kemegsen-i.. (101) teyin kemen ügülegsen
24 -inü ünür kölgelegči-yin köbegün-i
25 *mitila* (*mithilā*)-yin ökin-ber üǰegsen
26 metü.. tere-inü amuγulang bayasqu-yin
27 nidü-ber čimai-yi ilete ǰügleǰü
28 qaraγsan imaγta maγad ünemsikü
29 bolumoi.. ay-a sayin nököd tegün-e
30 sayitur orosiγad busu basa
31 sonusquy-a küsegči daγun tegülder
684. r. 01 eke-nügüd-i.. eǰen-ü ayalγun-iyar
02 ǰirüken-ü nökör-i biber abču
03 ireged aγulǰaγuluγsan anu neng
04 ülemǰi boluluγ-a.. (102) ay-a nasun-a
05 tegülder minü ayalγu kiged čiber
06 čü tegün-i tusalaqu-yin tulada..
07 činü qaγan-u degedü qaγan *rā*
08 *-ma*-yin aγula-yin oron-dur orosiγad
09 ese taγalaluγ-a.. či-yinü ay-a
10 tebčil-tü boluγsan üǰesküleng-tü
11 eke sayin buyu kemen asaγuǰu
12 ene metü ügülen üileddeküi.. yaγun-u
13 tula arad-nuγud-un üiledbüri
14 doruyitaγulun angqan-a tere
15 metü-yin amisqul γarγaqui-yi
16 üiledkü amui.. (103) bey-e-yin dotur-a
17 -ača masi narin-ača narin boluγsan
18 kiged-i masi enelküi-ber enelügsen ba..
19 nilbusuban γoγuǰiγulqui-bar nilbusuban
20 γoγuǰiγuluγsan yekede aγulǰaquy-a

21 kösegči či-ber aγulǰaquy-a
22 küsel-ün degedü boluγsan.. urtu
23 küčütey-e böliyen amisqul amisquγsan
24 -iyar urtu küčütey-e degedü
25 böliyen amisqul amisquγsan qola-ača
26 orolγatu..buyan-u degerm-e（degerem）qulaγai
27 -nuγud-iyar targil-i qaγan üiledüged
28 tedeger-ün sedkil amuγan oroqu
29 bolai.. (104) nökör ekener-ün emün-e tegün-i
30 čikin-dür-inü činü niγur aldan
31 boluγsan-u tula.. čiber alin-i ču
684. v. 01 süsülküi-yin üge-ber tusqai-tu
02 boluγsan ene yeke ayalγu-yi
03 ügülekü ǰokistai.. alin tere
04 čikin-ü ǰišai-ača masi qolada
05 ketürüged qoyar nidün-iyer
06 üǰegdekün busu.. čim-a-luγ-a
07 bayasqulang-iyar aγulǰaquy-a
08 küsenem kemekü minü ene ayalγu
09 üge-yi eyimü kemen ügülen
10 üileddeküi.. (105) üǰesküleng-tü
11 gesigün-ü oriyamal modun ǰarim-ud-i
12 ayul-tu gürüged-ün qaquγtai üǰesküleng
13 nidü-ben ködelgeǰü qaran..üǰesküleng-tü
14 qačar-un gerel taulai-tu-dur kükel
15 üsün-nügüdn-e otuγan-u čiγulγan-i
16 qaraǰu.. üǰesküleng-tü kömüsken-ü
17 üǰügürken čenggegči möred-ün narin
18 dolgiyan-u erikes-nügüd-i sayitur
19 γaruγad.. ay-a nigen-e čiγuluγsan
20 -luγ-a tegülder ǰegün nidün čim-a

21 -luγ-a adali nigen čü boi busu..
22 (106)① qur-a-bar čigigtegülügsen sayin
23 ünür-tü metü üǰesküleng narin
24 bey-e-tü činü ene niγur.. čima
25 -ača qoladaγsaγar minü bey-e-yinü
26 narin boluγsan-a tabun sumu-tu-yin
27 enelge basa basa iren.. qalaγun
28 daγusqu-yin segül-dür qotala
29 ǰüg-üd-eče asusu ǰuǰaγan usun
30 bariγči bürküǰü naran-u.. gerel-nügüd
31 -inü baγuraγad ürgülǰi qur-a
685. r. 01 oroγsan qonuγ-un toγ-a-yi ču
02 biber yambar metü toγalan-anu..
03 (107) čimai qabtaγai čilaγun-u tala-dur
04 iǰaγur-un buduγ-ud-iyar bayasqulang
05 ba.. kiling-tü-yi sayitur ǰiruǰu
06 bür-ün.. tere büküi-yi tegüsčü
07 küsel üiledküi-yin tulada činü
08 ölmei-yin tergede kebteküy-e bolbasu
09 ele.. nadur ügen-ü qariγu ese
10 boluγsan-u tula nilbusuban basa basa
11 olan-ta asqaraγuluγsan-iyar nidün
12 -inü bütünggirdükü bolbai..basa tere
13 bide qoyaγula nigen qamtu nököčekü
14 imaγta qubi ügei boluγsan metüs-i..
15 (108) či-yinü minü ǰegüdün-nügüdn-e
16 ireged.. yaγun ču boluγsan-i..
17 üǰegdegülbesü ele.. tere-ber čingγada
18 ebüčeldün üiledküi-yin tulada oγtarγui

① 第 106 节,被认为是篡入诗节。

19 -nuγudn-a γar-iyan sarbalǰan üiledügsen-i..
20 küser-e aγči oi-daki olan tngris-ber
21 maγad üǰekü busu amui.. subud
22 kelkigsen metü modun-u gesigün-nügüdn-e
23 nilbusun bülidken（büliyen）unaγaγsan-a.. (109) *deva*
24 *-dā-ru*-yin *kalparavaras* modun-u
25 gesigün nabčis-nuγud-i darui-da
26 tasulun üiledügsen-eče tedeger-ün
27 sün čuburun sayiqan ünür-lüge
28 tegülder ünüd kölgelegči-nügüd
29 emün-e-eče oroγsan-i.. alimad biber
30 angqan-a sayitur ebüčeldümüi ay-a erdem
31 tegülder eke tere bükün-inü kerbe
685. v. 01 časutu aγulan-dur oḋbasu činü
02 bey-e-dür maγad kürülčekü bolqu
03 aǰaγu（aǰuγu）.. (110) γurban qubi-tu qubi-yi
04 urtudqaǰu nigen gšan metü da quriyaqu
05 yambar metü aqu.. edür dutum ču
06 aγur učir bükün-dür ulam öčüken
07 enelkü čü yambar metü bolai..
08 ay-a ködelgen uduriduγči tere metü
09 boluγsan-u tula minü sedkil-ün tusalan
10 kereglekü qubis meküsdekü bolbai.. čim-a
11 -ača qaγačaǰu olan enelügsen ba
12 yeke ǰobalang-nuγud-iyar batu
13 busu-yi üileddeküi.. (111) bi-yinü olan
14 qonuγ-un toγ-a-yi mön kü über-iyen
15 toγalaγad dotur-a-ban sedkiǰü ülü
16 üküküi-yi medelüge.. ay-a sayin
17 buyan-luγ-a tegülder eke či čü
18 masi olan γasalang üiledkü-anu

19 busu bülüge.. nigen ǰüil amuγulang
20 -luγ-a tegüsügsen ken-anu egenegde nigen
21 ǰüil ǰobalang-tu bolqu ču ken nigen
22 amui.. tedeger kürdün-ü kegesün-inü
23 öčüken doruγsi oduγad deger-e čü
24 ǰergeber ergikü metü.. [112] *visnu* (*viṣṇu*)-yin γar-iyar
25 oduγči oron-dur umdaǰu bosqu-yin
26 čaγ-tur kiling-tü eǰen-ü ǰarliγ
27 bosiγ tegüskü amui.. tegün-e bükü
28 törben sar-a kürtele či-yinü nidüben
29 anun (anin) üiledčü orosin üileddeküi..
30 qoyin-a ču bide qoyaγula üni egüri
31 qaγačaγsan-ača boluγsan küsel-ün tegüs
686. r. 01 edlel tegün-i oluyu.. namur-un sar-a
02 tegüsküi-yin belges-tür küsel-ün bürin
03 edlel tedeger-i tegüskü boluyu..
04 [113] basa urida ögülegsen či nam-a-luγ-a
05 oro debisker-ün oron-dur qoγulai-bar
06 ebüčeldün umdaγsan-iyar. bi-yinü
07 ayin(?)-daγan sayitur seriǰü kerkibečü
08 ukilan üiledküy-e boluγsan-i.. örlüge
09 iniyedün-lüge seltes-iyar nigen
10 -te busu čiber nada-ača asaγun
11 üiledbesü ele.. ay-a ködelügči
12 eke ǰarim nigen-lüge čü bayasun
13 üiledküi-yi ǰegüdün-degen üǰebe
14 kemen biber čim-a-dur ögülemöi..
15 [114] tegün-e bi-yinü čim-a-dur sayin
16 belges öggün üiledügsen mön kemen
17 uqan üiledčü bür-ün.. ay-a
18 uduriduγči čaγan busu maγu

19 arad-un üge-ber nadur ülü
20 süsülekü ǰokistai busu.. teyimü-yin
21 tula qaγačaǰu enelügsen tegün edel (edlel)
22 -eče qaγačaγsan tedeger-lüge amaraγlan
23 ögülegči ker nigen aqu.. budas-nuγud-i
24 üǰeküi-yin čaγ-tur degedü bayasqulang
25 -tu olan aγulas imaγta čoγčalaqu
26 bolumoi.. (115) ① tedeger-eče angqan-a qaγačaǰu
27 enelügsen nökör ekener tegün-i amisqul-i
28 γarγan soyorq-a. γurban nidütü
29 sürüg-ün manglai metü čaγan *kilaśa* (*kailāsa*)
30 aγulan-ača ǰiči ničun üiledčü..
31 tegün-dür čü öber-ün sayin belges-i
686. v. 01 abču ireged tere ba tegün-i nadur
02 nomlan üileddeküi.. či-yinü *kuda*-yin
03 toγurčuγ-i ködelgegči türgen yabudal
04 -nuγud-iyar durad-un üiledüged
05 türgen-e iregdeküi.. (116) ay-a sayin
06 nökör čiber minü uruγ sadun
07 -nuγudn-a öčüken-e orosin egün-i
08 üiledčü.. ǰiči basa üges-i batudqan
09 čimai-yi nadur maγad irekü kemen
10 sidkimüi bi.. ayalγu ügei *cutaka* (*cātaka*)
11 -nuγud-tur ču usun-i öggün
12 üiled kemen čim-a-dur öčiküy-e
13 sedkimüi.. yaγun-u tula arad bükün-e
14 küsel-tü boluγsan γabiy-a üile
15 tegün-i qariγu ayalγu.. (117) ay-a usun
16 bariγči enelge-tü minü ögülegsen

---

① 第115诗节,被认为是篡入诗节。

17 minü sedkil-dür tusalan kereglegči
18 bayasqulang-un.. ene čiγulγan-i asaraqui
19 boluγsan ba daγan eneriküi-yin
20 uyun-iyar edeger bükün-i üiledčü
21 bür-ün.. či čü küsel-ün ǰišai-yi
22 oluγad üǰesküleng-tü qur-a-yin
23 egüles-ün čiγulγan-i bariqu-yin čoγ
24 -luγ-a tegüskü ba.. gilbelküi eke-lüge
25 keb keǰiy-e čü ülü qaγačaqu
26 boltuγai tegünčilen qotala ču
27 sayiǰiraγad ölǰei-tü boltuγai..
28 ǰokistu a-lγu-či yeke ubadini
29 Nag-mo'i khol-bar ǰokiyaγsan egülen-ü
30 ǰarudasun-i tegüsbei :: ⁚ ::
31 uyun ba nigüleskü̈i kiged kičiyenggüi ba
687. r. 01 usqal nomuqan kiged öglige terigüten
02 tangsuγ boluγsan čaγlasi ügei erdem-üd
03 -iyer čimegdegsen yeke noyan Nam
04 -mkha' brtan-pa-yin bosiγ ǰarliγ-iyar.
05 kače-yin bandida yeke ǰokistu
06 ayalγuči Su-man-śri kiged. yekede
07 ariγudqaγči kelemürči olan-ta
08 sonusuγsan ayaγ-q-a takimlig
09 Byang-chub rtse-mo kiged.
10 kelemürči-dür baγtaγsan esi uqaγan-i
11 ögülegči ka-ka-nā Badara-bar
12 čoγ-tu sa-skya'i yeke
13 buqar-a keyid-tür orčiγuluγad
14 sigüǰü debderlegsen bulai :: ⁚ ::
15 aliba asuru ariluγsan sedkil-un
16 ǰoriγ-iyar.. ay-a egün-i duradduγad

17 ǰokilduqu nököčel-iyer bütügegsen
18 ba.. alimad ba bürin-ü simdaǰu
19 bütügegsen buyan-iyar. asuru
20 orčilang-ača getülǰü γurban bey-e-yi
21 olqu boltuγai :: umar-a ǰüg-ün
22 eǰen-ü sayin ǰarliγ-iyar. ur-a tai
23 ǰokistu ayalγu egün-i töbed-ün
24 keleber. ubadini kače-yin yeke
25 paṇḍita luγ-a nigen qamtu. usumbad
26 ayaγ-q-a takimlig dge-slong byang-chub
27 rtse-mo-bar orčiγuluγsan.
28 egüber čaγlasi ügei amitan-dur
29 tusatay-a bolǰu. ölǰei qutuγ
30 orosiγad sayin ǰirγalang
31 boltuγai :: : :: maṅgalam ::
687. v. 01 *oṃ suvasti* (*oṃ svasti*).. aqui yeke
02 qoyar čiγulγan-u dalai-ača
03 törüged.. ayiladqui enerikü̈i
04 erdem-ün qubis-iyar lasi (masi)
05 dügürügsen.. amitan-u mungqaγ-un
06 qarangγui-yi geyigülügči čaγan
07 gerel-tü, abural ögülekü̈i-yin
08 saran mañǰuśrī tegün-e
09 oroi-bar mörgümüi.. ilγuγsan-u
10 nomlaγsan sayin ǰarliγ-un
11 taγalal-i endegürel ügeküy-e
12 üǰügülügči qoyaduγar
13 ilγuγsan kiged.. erkin tegün-ü
14 šasin-i naran metü
15 mandaγuluγči.. erketü
16 tegedü blam-a-dur-iyan

17　süsül-ün mörgümüi.. masi
18　ariγun γurban sinǰilel-lüge
19　tegüsügsen-iyer. maγad
20　ǰarliγ šastir-un udq-a-yi
21　mergen-e nomlaγči.. manglai
22　degedü qoyar gegen-ü ači-yi
23　sanaγsaγar kü. martal
24　ügeküy-e ünen ǰirüken-eče
25　süsülümüi bi. boγda
26　eǰen-iyen kündü ǰarliγ-i
27　oroi-bar abču.. burqan-u
28　šasin-u ünen ǰirüken-dür-iyen
29　aquluγad. busud olan
30　amitan-a tusa boltuγai
31　kemen sedkiǰü.. bučal ügei
688. r. 01　čing ǰoriγ-iyar orčiγuluγsan
02　egün-e. ülü medeküi-yin
03　erkeber buruγu boluγsan bolbasu..
04　ülemǰi degedü merged-ber(-iyer)
05　küličeǰü ǰasan soyorq-a.. ünen kü
06　ǰöb boluγsan-u buyan-u qubi
07　ker bükü tegün-i.. üneker
08　tuγuluγsan buddhi qutuγ-un
09　siltaγan bolγan irügemüi. ene metü
10　egüdügsen masi čaγan buyan-u
11　küčün-iyer.. eǰen degedüs-ün
12　ülmei-yin lingqu-a wačir
13　metü batutuγad. erdeni-tü
14　šasin naran metü egüride
15　manduǰu. eke boluγsan qamuγ
16　amitan ünide ǰirγaqu

17 boltuγai. egün-eče qoyinaγsi
18 qamuγ törül tutum-dur.
19 erdem-tü degedü buyan
20 nökör-iyer oγuγata
21 eǰelegdeǰu bür-ün. eldeb
22 γaǰar mör-i ǰerge-ber
23 sayitur oduγad.. erketü
24 qamuγ-i medegči-yin
25 qutuγ-i olqu man-u
26 boltuγai :: šasin-i manduγuluγči
27 rǰe-btsun dam-pa gegen-ü
28 šabi gelüng blo-bzang rgyal-mtshan..
29 dge-legs rgyal-mtshan qoyar
30 mongγol kelen-e orčiγulǰu
31 ngag-dbang brtson-'grus-ber bičibei ::

附录二 《云使》藏文译本拉丁转写

本书藏文拉丁转写遵循下列表格标准。

附录二表1 藏文字母与拉丁转写对应表①

ཀ	ཁ	ག	ང	ཅ	ཆ	ཇ	ཉ	ཏ	ཐ
k	kh	g	ng	c	ch	j	ny	t	th
ད	ན	པ	ཕ	བ	མ	ཙ	ཚ	ཛ	ཝ
d	n	p	ph	b	m	ts	tsh	dz	w
ཞ	ཟ	འ	ཡ	ར	ལ	ཤ	ས	ཧ	ཨ
zh	z	’	y	r	l	sh	s	h	a

藏文中每个音步末的符号“།།”（两个竖道），在拉丁转写中为“//”。
ཡ(y)带前加字ག(g)的，转写时加一小横(g-y)，以便与གྱ(gy)区别。

rgya gar skad du// me kha d’u ta n’a ma// pod skad du// sprin gyi pho nya zhes bya ba//
yang dag par rdzogs pa’i sangs rgyas gsung gi dbang phyug la phyag ’tshal lo//

1.
Rje bo khros pa’i shin tu lci ba’i bka’ lung dag gis gzi brjid nyams par byas gyur cing//
gnod sbyin ’ga’ zhig la ni rang nyid bag med dbang gyur mdzes ma spang la lo yi bar//

① 本表格根据周季文先生《藏文拼音教材》（民族出版社，2010年）附录六制作。

yid 'ong skyed byed bu mo'i khrus bya bsod nams chu bo rnams dang shin tu rab mdzes pa'i //
rab bzang ljon shing grib ma dang ldan r'a ma'i ri bor song la spyod pas gnas par gyis //

2.
'dod ldan de ni mdzes ma spangs shing zla ba 'ga' yis ri bo der ni phyin byas pas //
lag pa phra bar gyur nas gser gyi gdu bu dag ni dpung pa'i bar du rgyu bar byed //
chu stod zla ba rdzogs pa'i nyin la sprin rnams ri shor ri steng nyal bar gyur pa ni //
mchog tu rol cing mdzes par gyur pa'i glang chen yin nam snyam du rtog cing mthong bar gyur //

3.
nor sbyin rgyal po'i rjes 'brangs de ltar gnas de mdun du ke ta'i me tog rgyas stobs kyis //
nang du yid la rab tu gdung ba'i mchi ma yun ring dag tu ci yang byung gyur te //
mgrin par 'khyud bya dga' ma ring na gnas par gyur pa'i skye bo'i sems la ni //
chu 'dzin mthong na bde ldan yang ni rnam pa gzhan du gdung ba ci yang 'jug par 'gyur //

4.
dbyar dus zla ba gnyis pa 'oṅs par gyur che brtse ldan ma yi ched du srog 'chang ba //
de la char sprin dag gis rang nyid bde 'am zhes pa'i tsig 'di khyer nas 'jug pa bzhin //
kun da'i zla yi chu skyes 'dsum pa rnams kyis de la mchod pa'i ched

du dga' byed bzhin //
mdza' ba mngon du gyur pa'i tsig ni de la legs par 'ongs sam dga' ba brjod pa bzhin //

5.
gang du du ba gzi ldan chu gter myur 'gro rnams kyi tshor ba las ni char sprin te //
gang du mkhas pa'i byed pa rnams dang srog rnams kyis ni legs bshad ched du thob par byed //
ces pa mchog tu dga' bas gsang ba pa ni de la yongs su mi shes gang gis ni //
'dod pa'i don du mkhas dang mi mkhas rnams dang sems ldan sems med rnams la zhu bar byed //

6.
khyod ni rigs mchog dang ldan mchod sbyin brgya pa'i blon po mchog ste 'dod 'jo'i ngo bo nyid //
sa gsum mtha' dag rig cing bskal par 'jug pa'i chu 'dzin nyid du bdag gis shes //
des na khyod ni don gnyer nyid la skal pa'i dbang gis dman min 'dod pa thob pa nyid //
mchod sbyin 'bras med bdag gi ring gnas gnyen mdun dag tu yon tan mchog dbang khyod gshegs mdsod //

7.
kva ye chu ldan khyod ni shin tu gdungs gyur skyabs nyid de phyir bdag gi dga' ma la //
gtam gyi bdag po tsab cher khros pas 'khyams shing bral ba dag gi phrin ni mdzad du gsol //
phyi rol skyed tsal mchog gnas 'phrog byed gtsug gi zla ba'i 'od kyi snang byas khang bzang can //

gsang ba'i bdag po'i bsti gnas chen po lcang lo can zhes bya ba'i cnas su //

8.

khyod ni dri yi bzhon pa dang ldan mkha' lam gshegs pa'i dbang gis lam bgrod mdzes ma rnams //
bsam pa dga' bar gyur te lan bu'i rtse mo rgyab tu byas nas blta zhing gus par byed //
khyod 'ongs tshe na bral bas mchog tu nyen cing ga-yog bzhin gzhan dbang gyur pa bdag 'dra dang //
gang zhig gzhan yang mdzes ma'i skye bo su zhig gus shing dga' ba rgya cher byed mi 'gyur //

9.

dal bu dal bus bskyod pa'i dri bzhon dag gis khyod la rjes mthun zhabs tog byed pa bzhin //
myos pa'i tsa ta ka 'di 'ang khyod la snyan pa'i bstod pa'i ngag ni ga-yon nas sgrogs pa dang //
chu skyar mdzes ma rnams kyang skal bzang mig gis mkha' la khyod mthong 'phreng bar byas nas brten //
nges par mngal ni rab tu 'dzin pa yongs su gsal ba nyid bu bya ba brjod par nus //

10.

bdag gi mdzes ma de yang nyi zhag grangs bzhin bdag po gcig pu yid la 'bri bar ni //
gdon mi za bar myur du gshegs te bdag ni ma shi ba nyid khyod kyis bstan par mdzod //
gang phyir 'phral la chu skyes phal cher phreng bas bcings pas ltung ba med par gyur pa bzhin //
lha mo'i snying gi dga' ba bral las lhung ba 'phral la 'gog cing mdza'

bas 'ching bar byed //

11.
gang zhig khyod kyi 'brug sgra sgrogs pa de ni bskal bzang rna bas thos byas nas //
mchog tu rgyas pa'i me tog dag gis sa gzhi'i ched du gdugs dag byas par gyur pa nyid //
khyod ni nam mkha' dag la gshegs tshe dga' ba'i yid kyis mtsho dang gangs can bar la ni //
padma'i rtsa ba lo ma'i lam rgyags ldan pa'i ngang pa'i rgyal po rnams kyang grogs su 'gyur //

12.
ra ghu'i bdag po'i zhabs kyis mtshan pa'i ri ngos rnams la skye bo kun gyis phyag byed pa'i //
che ba'i ri bo 'di ni khyod kyi dga' ba'i grogs bzang khyod langs 'khyud pa sngon 'gro ba'i //
mdza' ba gsal byas yun ring 'bral las byung ba'i mchi ma'i dro ba 'ang 'byung ba yongs mthong la //
khyod dang gang de dus dus dag tu yang dag mjal 'gyur zhes ni byas nas khams bde mdzod //

13.
kva ye chu 'dzin re zhig khyod ni lam la bgrod pa'i thabs kyi gtam ni mnyan par mdzod //
de yi rjes su bdag gi 'phrin ni rna ba'i bde skyes khyod kyis rna bas gzung bar mdzod //
shin tu ngal zhing rab tu ngal tshe ri bo'i rtse la rkang bkod ngal ba bsal nas gshegs //
gang du skom zhing shin tu skom na nyung ngu'i chu dang che ba'i mtsho la'ang btung bar bya //

14.

ni tsu la ni gsar pas gnas 'di las ni khyod langs mkha' la byang du gdong phyogs mdzod //
phyogs kyi glang po rnams kyi lag pa che bas bcings pa'i lam ni yongs su dor bar gyis //
ri yi rtse mo phrogs nas dri bzhon 'gro ba'am chu 'dzin langs nas 'gro ba'i ci zhes the tsom du //
gyur nas grub pa'i bud med rnams kyis gyen phyogs bltas te 'jigs shing skrag pas rmongs par 'gyur //

15.

rin chen 'od kyis snang ba bzhin du rab mdzes mchod sbyin brgya pa'i gzhu yi dum bu ni //
che ba'i grog mkhar rtse las byung ba de ni mdun du yang dag mthong bar 'gyur //
khyab 'jug glang rdzi'i tshul bzung rma bya'i sgro yi 'od kyis khyab par gyur pa bzhin //
khyod sku mchog tu mdzes pa mthing nag gang gis kun du khyab par byed pa thob par 'gyur //

16.

khyod 'ongs tshe na grong khyer na chung dga' zhing chags pa'i mig rnams kyis ni smin ma yi //
rnam 'gyur mngon par mi shes bzhin du blta zhing 'bru rnams kun ni 'phel bar byed pa'i phyir //
khyed ni cung zad nub tu bskyod cing gnas bya 'phral la rmos kyi rol gyis dga' ba yi //
gnam chu sgug pa'i zhing la gru char rgyas bya slar yang byang du myur bar dal gyis gshegs //

17.

lam du yongs su ngal ba'i tshe na ngos ldan aa mra brtsegs pa'i ri rtser

gnas bya ste//
khyod kyis nags nang shing skam rnams ni char gyis brlan par byas bzhin legs par mdzod//
gang phyir che ba'i skye bo dang por legs byas rgyu mtshan thob pa'i grogs bzang la//
de lta'i bya bas gnas ched ci yang gyur la phyir phyogs ngan pa'i skye bo 'ang 'gyur ma yin//

18.
kva ye chu 'dzin khyod ni lam la ngal tshe sna tshogs brtsegs pa zhes pa'i ri bo ni//
ngos ldan rtse mo yangs la bsdad nas phan tshun sngon du phyogs pa'i bsnyun ni byed bzhin pas//
khyod kyang de yi so ka'i ma ni bdud rtsis zhi byed de yang phan pa'i dngos po'i rten du 'gyur//
chen po rnams la phan btags lan du 'phral la 'bras bu dam pas brlan pa nyid//

19.
khyod ni g-yo med rtse mor gnas tshe aa mra'i nags kyi 'bras bu rgyas par smin pa ni//
phyogs kun khyab par bkram pa dga' ma'i rnam mdzes len bu dag dang mtshungs pa bzhin du gyur//
sa gzhi'i mdzes ma'i nu rgyas lhag ma dkar zhing thig le sngon pos mdzes pa bzhin//
'chi med khyo shug dag ni ya mtshan nges pa thob pa'i mig gis rab tu lta bar byed//

20.
de nas ri dvags bdag po'i chung ma'i nags kyi khang pa de la yud tsam gnas byas nas//

de yi pha rol chu las thon nas mchog tu myur bas lam gzhan dag tu gshegs shing bgrod pa na//
drang srong bu mo'i chu bo 'bigs byed ri yi zhabs ni rtsub pa'i rdo la 'og tu 'bab ldan ma//
so gnyis yan lag mchog la dkar mo tshon gyis legs bris bzhin du khyod kyis mthong bar 'gyur//

21.
khyod kyis thog mar char pa skyug bya de yi chu ni thungs nas bgrod par bya ste phyin nas ni//
nags kyi glang po myos pa'i tig ta'i ro dang 'dzam bu'i shing gis chu de 'ang myur du 'gengs//
kva ye sprin stug khyod ni nang gi snying po ldan na dri bzhon dag gis g-yo mi nus//
gang phyir thams cad stong na yang bar 'gyur zhing yongs su gang na kun kyang lji ba nyid//

22.
dang por kandali yi me tog kha 'bus rnams ni shun pas bsgribs pa byung ba dang//
'dab ma ljang zhing ge sar dkar ser phyed ldan bstan pa rnams kyi chu skyes me tog mthong nas kyang//
'brog dgon rnams su mes bsregs sa gzhir dri 'dzin mnam bya dri bzang mang po byung ba na//
chu 'dzin dal bus char bskrun khyod la s'a rigs rnams ni ston par byed par 'gyur//

23.
khyod ni legs par 'ongs tshe snyan pa'i sgra bsgrags dus na grub pa rnams kyis mchod byed cing//
ts'a ta ka rnams chu yi thigs pa bzung nas dga' bas thung la lta bar

byed bzhin dang //
chu sgrogs rnams ni phreng bar bsgrigs rnams yongs su bsgreng zhing ci zhes nges par lta bzhin dang //
mchog tu 'dar byas dga' bas dga' ma la ni dam du 'khyud pa rnams ni byed pa yin //

24.
kva ye grogs po khyod ni bdag gi dga' ba'i don la myur du 'gro snyam yod na yang //
ka ku bha yi dri ldan ri bo ri bo rnams la yun ring thogs par bdag gis shes //
gtsug phud can gyi 'dren byed chu dang bcas pas legs par 'ongs sam byas nas yun ring gnas par 'dod //
de slad khyod ni shin tu myur ba 'gro bar 'gyur ba dag kyang ji ltar yin //

25.
khyod 'ongs tshe na ngang pa rnams ni de nyid cung zad gnas nas 'gro zhing 'bras bu ni //
yongs su smin pa ljang sngon dang ldan 'dzam bu'i nags kyis bskor dbus dkar po'i 'od ldan che ba yi //
nags kyi 'khri shing ke ta'i chu skyes ge sar gsal bar rgyas shing grong dang mchod rten gyis //
bskor ba'i khang par gtor len tshang skyed rtsom pa'i grong khyer tam sha zhes pas mchod par 'gyur //

26.
de yi byang phyogs gzhi la bi di sha zhes mtshon cha rgyal po'i khab tu myur song nas //
der ni khyod kyis shin tu che ba'i 'bras bu mchog gi go 'phang 'phral la thob 'gyur zhing //

che ba'i kha zheng dang ldan mtha' nas lhung lhung skad snyan sgrogs shing dvangs la bsil ldan pa //
g-yo ba'i rlabs phreng gdong kha smin ma g-yo bzhin pa 'dra'i mtsho de 'ang skal bzang khyod 'thung 'gyur //

27.
gang zhig ni tsa zhes grags ri bor khyod 'ongs thob las der ni ngal bso'i ched du gnas //
ka dam pa yi me tog dga' bas spu long rgyas shing ge sar 'dzum par byed pa bzhin //
grong khyer rnams ni smad 'tshong ma rnams dga' bar byed pa'i dri bzang dag gis gang ba rnams //
rdo yi brag phug rnams kyis mchog tu mdzes pa'i lang tsho ma rnams smra ru 'jug pabzhin //

28.
ngal sos gyur na bgrod bya gsar skyes rnams kyis me tog ser po'i dra ba mdzes pa rnams //
chu bo chu ngogs skyes pa rnams ni chu thigs rnams kyis bran pa 'phral du 'ongs 'gyur zhing //
chu skyes thog ma'i gdong gi 'gram pa'i rngul thigs sel la rna ba'i utpal ngal ba dang //
rnyings gyur la ni nyid kyis skad cig bde ba'i grib bsil yongs su gnang bar mdzod cig kye //

29.
yang ni byang gi phyogs su bgrod cing gang zhig khyed ni 'khyog po'i lam la zhugs pa'i tse //
grong khyer udzdza aa na'i rgyal po'i pho brang nang du phyir phyogs min par gnas par mdzod //
de na grong gi dga' ma rnams kyi rol sgeg zur mig glog gi phreng thag

g-yo ba ni//
skyong byed mig gis gal te khyod ni ma mthong 'bras bu med cing bslus pa nyid du' ang 'gyur//

30.
rlabs phreng g-yo ldan snyan par sgrogs shing 'dab chags phreng ba'i rked rgyan ska rags sil sil can//
dal gyis dal gyis 'gro zhing lang ling mdzes pa'i skal bzang 'khor lo'i lte ba dang ldan pa//
ro mchog dang ldan chu bo'i na chung bir bindha ni khyod kyi lam la mngon bzhugs nas//
dga' ma rnams kyis mdza' bo rnams la rol sgeg thog mar ston cing rked rgyan 'grol 'dra mthong//

31.
de rgal sindhu'i chu ni len bu bzhin du lus ni rab tu phra bar gyur ba can//
ngogs su skyes pa'i shing ni rnyings pa'i 'dab ma lhung ba rnams kyis khyab par bsgrigs pas dkar//
kva ye skal bzang khyod dang bral bar gnas pas lus kyi gnas skabs 'di 'drar 'gyur//
gang gi chung ma spangs nas che ba'i gnas skabs mdzad dam khyod mkhyen de ni rjod par byed//

32.
aa wanta'i yul thog nas u da ya na'i gtam ni grong gi rgan mos shes pa yod//
de rjes grong khyer sngar bstan khang bzang yangs shing dpal dang phun tshogs che ldan yangs pa can//
'dzam gling sa gzhir mtho ris mdzes ldan dum bu bsod nams lhag ma rnams kyis skabs gsum pa'i//

legs bshad 'bras bur gyur pa nyung shas 'ga' zhig dag ni phrogs nas 'ongs par gyur pa bzhin //

33.

gang du bzhad rnams myos pa'i gdangs snyan che bar sgrog cing yid 'ong sgra ni gsal bar byed //

nyi gzhon gyis rgyas chu skyes dri bzang dga' skyed bska ba'i ro ldan yid du 'ong gyur cing //

chu thigs kyis bran dri bzhon bud med chags gzir gdung ba 'phrog byed lus kyis rjes mthun pa //

bdag po mchog ni 'dod don gnyer bar byed la snyan par sgrog cing dga' bar byed pa bzhin //

34.

de yi nor ldan khang pa rnams na len bu spos kyis bdugs pa'i dri bzang dra ba nas //

thon pas khyod lus cher 'gyur khyim gyi gtsug phud can ni dga' bas gnyen mthong gar gyis ni //

mchod 'bul chu skyes dri bzang ldan pa bud med rol sgeg ldan pa'i rkang pa'i tshon rnams kyis,

mtshan pa rnams kyi dbus su lam gyis dub par gyur pa'i rang nyid sdug bsngal bsal bar bya //

35.

yang ni srid pa gsum gyi bla ma dpal mgrin gnas su bsod nams ldan khyod bgrod par bya //

'khor gyi tsogs kyis khyab bdag mgrin 'od mtshungs bzhin zhes ni gus dang bcas pas lta bar byed //

yid 'ong dri ldan chu la lang tsho ma rnams rol sgeg khrus ni byed pa'i dri ldang zhing //

utpal ge sar ldan pa'i dri rnams kyis bsgos rlung gis skyed tshal g-yo bar byed pa yod //

36.

kva ye chu ’dzin nag po chen po’i gnas su bgrod nas nyin zhag gzhan pa’i dus la yang //

nyin mor byed pa ’dren byed yul du ’ongs par gyur gyi bar du khyod ni gnas par mdzod //

rtse gsum can la thun mtshams la ni gtor ma rnga chen bsgrags shing bstod dbyangs byed pa bzhin //

khyod kyis ’brug dbyangs bsgrags tshe ma tshang med pa’i ’bras bu thob pas kun gyi don yang byed //

37.

de nas rkang pa bkod par gyur tshe ’og pag dag las sil sil snyan pa’i sgra ’byung zhing //

rol sgeg g-yo ba’i rin chen ’od ’phros lus mdzes rnga yab ’dzin pas ngal ba’i lag pa can //

tsogs kyi mdzes ma sen rjes gsar pas gdungs la khyod las char thigs thob na tshim byed pa //

khyod la sbrang rtsi byed pa’i phreng ba bzhin du g-yo ba’i zur mig ring ba dag gis blta bar ’gyur //

38.

phyugs bdag glang chen lpags rlon ’dod bzhin gyon nas gar ni rtsom pa ’phrogs par gyur pa bzhin //

khyod ’ongs snga dro’i thun mthsams nyi gzhon dmar ba’i ’od kyis dmar ba’i chu skyes ’dzin byed cing //

rgyab nas mtho ba’i lag pa zlum po’i nags kyi shing chen dag gis brgyangs nas ’dzin cing gnas //

zhi ba’i char rgyun ’bab tshe ri yi sras mos g-yo med mig gis gus pas lta bar byed //

39.

des na bdag po’i gnas su mchog gi btsun mo rnams ni rab dga’ snyeg par byed pa na//

mtshan mo’i mun pa stug po rnams kyis mi yi bdag po’i lam snang ba ’gog byed pas//

khyod kyi glog ’od gser mdog ’od kyis snang bas sa gzhi’i lam ni kun nas bstan par mdzod//

chu char ’brug dbyangs sgra chen mang po ma byed mdzes pa de rnams skrag cing ’chi bar ’gyur//

40.

de rnams kyis ni khang bzang phug ron nyal sa steng gi rgya phibs ’ga’ zhig dag tu ni//

yun ring ’ongs las dub pa’i rang gi dga’ ma glog ma’i don du mtshan mo gnas byas nas//

nyi ma mthong tshe khyod mi slar yang lhag ma’i lam dag zhin tu mgyogs pas bgrod par bya//

gang phyir snying grogs dag gi don du ’bad pa byas pa nges par bya ba byas pa nyid//

41.

de yi dus su nyin mor byed pa’i lam ni dor nas de nas myur du ’gro bar bya//

’od zer rab tu ’phro ba bsgribs na khro ba chung ba min pa khyod la byed par ’gyur//

mtshan mo bdag po song ba’i bud med mig gis mchi ma sel la bdag po ’ong ba bzhin//

pad mo’i yum gyi chu skyes gdong gi mig chu de yang rab tu sel ba byed par ’gyur//

42.

rab tu dang ba’i sems bzhin shin tu zab mo dang ldan mtsho yi chu yin

nang du ni//
khyod kyi gzugs brnyan yang ni rang gzhin skal ba bzang po bdag nyid 'char ba thob par 'gyur//
de slad de yi ku mu ta ni dkar po rnams kyis khyod la bkur sti bsnyen bkur byed//
brtags pas don yod bya ba'i ched du g-yo ldan nya rnams gyen du 'phar zhing lta bar byed//

43.
de yi chu gos sngon pos chu yi ngogs kyi tshang ra 'phrogs par byas nas spangs pa na//
ma 'phrog ces ni shing chen yal ga'i lag pa dag gis dbus su cung zad 'dzin pa bzhin//
kva ye grogs po chu 'thungs lto khengs dgye rjen 'gro bar nus pa yang ni ji ltar yin//
mdzer ma'i mdun sgrom mdzes pa'i bro ba shes na ji ltar'dor ba'inus pa yod pa yin//

44.
khyod ni de ba'i ri las nye bar 'gro tshe dal bu dal bu'i rlung ni ldang 'gyur zhing//
bsil ba'i rlung gis bsgos pa'i u dum wa ra'i nags kyi 'bras bu 'chang zhing rol rtsed byed//
khyod kyis char chen phab pas nor 'dzin ma yi dri dang rlangs pa gtsang ma tsogs pa ni//
so ldan rnams kyis sna yis rngub cing bu ga'i nang du bskal bzang glu dbyangs sgrog par byed//

45.
der ni skye mched nyi ma las lhag gzi ldan sreg za las skyes son du phyogs pa can//

gtsug na zla ba'i rin chen mang gi dmag tshogs bsrung ba'i don du bskos pa de ni gnas //
khyod kyis mkha' yi gangg'a'i chu las sprin gyi me tog gsher ba mang po rnams kyis ni //
me tog gru char bdag nyid phab pa rnams kyis gang zhig de ni khrus ni byed par 'gyur //

46.
gtsug phud ldan de chu 'thungs dga' bas phyin nas ri gzung snyan pa'i sgra sgrogs gar dag byed //
mig zur dkar ba'i zer gyis 'phrog byed gtsug gi zla ba'i 'od kyi zer ni skyengs byed kyang //
gang gi che ba'i mjug sgro mdongs 'od tshon rtsis bris bzhin mdzes pa lhung ba 'ong gyur pa //
u ma'i sras ni dga' bar byed pa chu skyes 'dab ma bzhin du rna bar byed pa yod //

47.
smyig ma'i tshal nas skyes pa'i lha de yang dag mchod nas slar yang lam ni brgal bar mdzod //
grub pa'i khyo shug dag gi lag pa'i pi wang chu thigs brlan la 'jigs pas lam ni ster //
khyod kyis mthong bar 'gyur ba'i sa bdag dga' ba'i lha yi sras po chu gter gzugs 'dzin ni //
sa yi gzhi la byung zhing ltung ba 'dod 'jo'i bu mos 'ongs nas mchod pa byed par 'gyur //

48.
khyod kyi de yi rlabs dan mtsho yi chu 'thungs 'ongs pa'i tshe na thag ring mthu las ni //
chen po yin yang phra mo dang ni sbrang rtsi'i bu yi kha dog bskus par

gyur pa dang//
chen po'i sa la indra ni' la mu tig do shal dag ni gcig tu bkod pa bzhin//
mkha' la bgrod pa rnams kyi mig rnams dag gis 'og tu blta zhing nges par mthong bar 'gyur//

49.
de rnams bskal nas bgrod tshe smin ma 'khri shing gzhon nu rol pa rnams kyis 'dzes pa can//
dkar nag 'od zer dang ldan rnams kyi rdzi ma steng du bskyod par gyur pa'i mdzes pa dag//
kun da'i me tog g-yo ba'i rjes 'gro sbrang rtsi byed pa'i dpal gyis mdzes pa bzhin du ni//
mdzes ldan da sha zhes bya'i grong khyer na chung mig gis blta 'dod la ni rang lus bstan par mdzod//

50.
dang por tshangs pa 'jug pa zhes bya'i ljongs la khyod ni bgrod bya 'og du sgrib bsil bya//
de nas rgyal rigs bcom pa'i dur ldan ku ru pa yi zhing ni khyod kyis bsten par bya//
gang du srid sgrub mda' rnon brgya phrag dag gis rgyal rigs mang po'i mgo bo bcad pa ni//
khyod kyi gru char chen po rab du mang po phab pas padma rnams ni chad pa bzhin//

51.
myos par byed pa'i ro ldan dga' ma snar ma'i mig gis mtshan pa'i chang ni spang byas nas//
rang gi gnyen la dga' bar gyur pas ga-yul las phyir phyogs stobs bzang gang de blta bar bya//

kva ye zhi ldan s'a ra sva ti'i chu la mngon par phyogs tshe khyod kyis 'thungs byas nas//
lus kyi kha dog dag ni nag por 'gyur zhing nang gi bsam pa yang ni dkar ba nyid//

52.
de nas bgrod pa'i phyi na sa ka la yi grong yod dza hnu'i bu mo ri rgyal gyi//
ngos la bgrod pa dug can rgyal po'i bu ni mtho ris de yi them skas bgrod pa bzhin//
gang gi dbu ba'i phreng ba rnams kyis goo ri'i zhal gyi khro gnyer rnams la rgod pa bzhin//
bde 'byung skra nas rlabs kyi lag pa dag gis bzung nas zla phyed 'phrog par byed pa bzhin//

53.
khyod ni gal te yi chu 'thungs bsams na lus phyed phyi ma mkha' las phyang ba ni//
lha yi glang po bzhin te chu de'i zhing ni dri med dkar ba'i shel bzhin snang ba nyid//
chu bo de la khyod kyi grib ma babs pas 'phral la yang dag 'byung 'gyur mdzes pa ni//
ya mu na yi chu dang gangga'a 'grogs pa'i mdzes pa las 'ongs gyur la gnas ma yin//

54.
rdo leb steng du ri dvags gnas pas ri dvags lte ba'i dri bzang 'dzin pa'i rdo ldan zhing//
gangg'a nyid kyi yab gyur kha bas dkar ba'i g-yo med gangs ldan de myid thos byas nas//
lam gyis ngal ba rnam par 'dul ba'i ched du de yi rtse la slebs nas 'dug

pa yi //
’dzes pa mig gsum pa yi bzhon pa dkar ba’i khyu mchog rva yis ’dam ni blangs pa bzhin //

55.
de la gal te rlung gis rab bskyod thang shing lag pa kun du ’thabs pa las byung ba’i //
me yi dugs dang me stag dag gis ’brong gi dga’ ma’i spu tshogs mang po sreg byed na //
khyod kyis de rnams zhi ba’i ched du chu ’dzin stong phrag mang po char ni bya bar ’os //
gang phyir chen po rnams kyi phun tshogs ’bras bu mang po’i sdug bsngal zhi bar byed pa nyid //

56.
der ni khyod kyis sgra chen bsgrags la ma bzod che ba’i dregs pa kun du ldan pa’i rkang brgyad pa //
khyod kyi steng du mchong bar bya’o snyam nas mchongs pas rang gi yan lag kun du rmas //
de rnams dag la rab tu bzhad ldan thog ser char pa drag phab mang pos gzhom par mdzod //
rang bzhin ngan par gnas pa dag gi ’bras med rtsom pa’i ’bad pa rnams ni ci yang med //

57.
der ni che zhing gsal ba’i rdo la gtsug na zla phyed ’dzin pa’i rkang bkod rjes la ni //
rtag tu grub pa rnams kyis gtor ma mchod de khyod kyis gus pas phyag dang bskor ba mdzod //
gang zhig mthong na byed pas byas pa’i sdig pa rnams ni shin tu ring por ’dor byed cing //

gus pa 'dzin pa rnams ni de yi 'khor du gnas pa thob byed brtan pa thos par 'gyur//

58.

dri zhim rnams kyis khengs par gyur pa'i khang pa nang nas snyan pa'i yid 'ong sgra 'byung zhing//
mi 'am ci mo rnams kyis grong khyer gsum rgyal 'gyur las yang dag dga' bas glu dbyangs sgrogs//
rnga zlum snyan pa'i sgra bzhin gal te khyod kyis rdo yi gtsug lag khang der sgra snyan ni//
bsgrags par gyur na nges par phyugs bdag drung du gsum 'dus dbyangs snyan don gyi tsogs pa 'byung//

59.

gangs kyi ri la nye ba'i thang la rkang pa bskyod tshe de dang de yi khyad par la//
kroonyu'i ri yi lam la rab grags bhri gu'i bdag po'i mda' phug ngang pa'i sgo can yod//
de nas nor sbyin phyogs su khyod ni rjes su 'gro tshe 'khyog por' gro ba'i mdzes pa ni//
stobs ldan slu ba'i ched du khyab 'jug sa 'jal rkang pa sngo bsangs yang dag bkod pa bzhin//

60.

mgrin bcu'i lag pas bskyod bya ri ngos spangs（?）pa dang ldan shel gyi ke la sha yi ri//
skabs gsum mdzes ma'i gdong gi me long bstan bya'i steng du'ang song ste cung zad gnas par bya//
gang gi rtse mo shin tu mtho ba ku mu ta ltar mkha' la khyab par gnas pa ni//
mig gsum pa yis rab tu bgad pa phyogs bcu dag nas gcig tu spungs par

gyur pa bzhin //

61.
de yi ri ngos dag la khyod ni 'gro tshe snum pa'i mig sman dag dang mtsungs pa dang //
de ni gnyis 'thung so ni 'phral la bcad par byas pa lta bur dkar zhing mdzes pa de //
mdzes pa'i ri bo la ni g-yo ba med pa'i mig gis blta bya nyid du 'gyur ba dang //
stobs ldan dkar ba'i dpung pa dag la gos sngon bkod par gyur bzhin 'byung ba bdag gis shes //

62.
der ni bde 'byung sbrul gyi gdu bu dor nas goo ri'i lag pa dag la 'dzin byed cing //
gal te yang ni rol rtsed ched du zhabs kyis 'gro bas ri la de dag dal 'gro na //
khyod bgrod lus ni 'khyog por 'gro zhing nang na gnas pa'i chu chen dag ni spang bya zhing //
skams par byas nas steng du 'gro ba rnams la rkang pa'i bde ba reg par bya ba mdzod //

63.
rigs gnas der ni khyod kyis chu rnams skyugs par byas pas nges par nang na med pa na //
lha yi na chung rnams kyis khyod ni 'khrul 'khor gyis bzung khang bzang nang du 'khyer bar byed //
kva ye grogs bzang tsha bas gdungs pa de rnams ched du gal te khyod ni mi gtong na //
rol sgeg g-yo ba'i mdzes ma de rnams rna bar rtsub pa'i sgra chen bsgrags pas 'jigs par bya //

64.
chu thigs dag gis bran pa dang ldan dri bzhon gyis bskyod dpag bsam shing la g-yo bzhin du//
khyod kyi grib 'od shel ltar bkar ba'i gos kyis ri dbang de ni yongs su ga-yogs bya zhing//
yid 'ong chu bo bzhi yi rgyun ni gser gyi chu skyes gsar pa ltar de 'ang 'thung ba dang//
sa srung bu yi gdong pa'i gos ni ci 'dod spyad cing dga' ba 'ang skad cig bya bar mdzod//

65.
kva ye' 'dod bzhin rgyu byed khyod ni de las rgal tshe lcang lo ldan ma shes par 'gyur//
slar yang ri de g-yo ldan gangg'a'i chu gos ldan ma'i bdag po bzhin du mi mthong min//
mthong ba'i gzhal med khang steng char sprin che las khyod kyis chu byas skyugs byas dus su ni//
gang zhig 'dod ldan ma ni lan bu mu tig dra bas bsgrigs pa'i phreng ba ldan pa bzhin//

66.
khyod la glog 'od ldan bzhin sgeg pa'i mdzes ma dang ldan dbang po'i gzhu bzhin bkra par ldan//
snyan pa'i dbyangs ni zab pa bzhin du glu dbyangs dag dang rol mo'i dbyangs snyan rnams dang ldan//
chu yi snying po can bzhin sa gzhi nor bu rang bzhin mtho bzhin rtse mo mkha' la reg//
gang du khyad par de rnams kyis ni khyod dang khang bzang mtsungs pa'i ched du nus par ldan//

67.
gang du na chung rnams ni lag pad mdzes shing（?）lan bu'i kun da

gzhon nu'i skra ni 'ching//
gdong gi chu skyes 'dzum zhing dkar ba'i ge sar dpal ni gsar pa dag gis mdzes byas shing//
gtsug phud ku ru ba ka'i me tog zhags pas bcings pa mdzes shing rna bar utpala can//
skra mtsams bkra ba'i me tog dag dang ldan pa'ang khyod ni nye bar 'ongs las skyes pa yin//

68.
gang gi dkar po'i nor bu dang ldan rin chen 'od kyis khyab pa chu skyes ltar mdzes pa'i//
yang thog gzhi la gnod sbyin rnams ni mchog gis dga' ma dang bcas yang dag gnas byas nas//
dpag bsam shing las rab tu 'khrungs pa'i dga' ma'i ro ldan chang ni kun du 'thung byedcing//
dal bu rnams kyis rnga rnams la ni brdungs pa khyod kyi 'brug sgra zab pa'i dbyangs snyan bzhin//

69.
gang du rab bgrod ches cher 'dar bas lan bu lhung zhing manda ra ba'i me tog ni//
mtshan par gyur cing rna ba'i rgyan gyur rab mdzes gser gyi me tog lhung bar gyur pa dang//
nu rgyas (?) mu tig dra ba mtsar bar gyur cing do shal srad bu chad par gyur pa yis//
'dod ldan ma rnams mtshan mo lam du 'gro la byung ba 'od ldan shar tshe gsal bar byed//

70.
gang du chags pas gnod sbyin bud med rnams kyi 'og pag bcings pa 'grol zhing gos dag ni//

bsal la mdza' bo rnams la 'dod mas 'dar bar gyur cing g-yo ba'i lag pa 'phen pa na //
mchog tu che ba'i 'od zer dang ldan rin chen mar me mngon du gnas pa mthong byas nas //
ngo tsas rmongs pa rnams kyi lag pa dag gis phye ma gtor bar gyur pa 'bras med 'gyur //

71.
gang du chu 'dzin sa steng gnas rnams 'dren byed rtag 'gros gzhal med khang nang ded pa na //
gang zhig rang gi chu thigs dag gis bkra ba'i ri mo rnams la 'phral du skyon byung nas //
ngo tsa reg pa bzhin du khyod 'dra dum bu dum bu dag tu 'thon par byed pa ni //
dra mig rnams kyi nang nas du ba zhugs pa 'thon pa rnams kyi rjes su byed pa bzhin //

72.
gang du bud med rnams kyi bdag po mchog gis kun nas 'khyud pa rnams ni btang ba na //
lus ni kun nas gdung bar byed la zla ba chu shel srad bu'i dra ba 'phyang ba can //
khyod kyis bsgrigs pa med cing dkar ba'i zla ba'i 'od rnams gsal bar mthong bar gyur pa na //
chu thigs 'bab pa kun nas byugs pas zhi bar byed ching mchog tu dga' ba skyed pa nyid //

73.
gang du gnod sbyin bdag po'i grogs bzang lha nyid mngon sum nyid du gnas pa shes byas nas //
'jigs pa mang las yid srubs gzhu ni rkang drug pa yi gzhu rgyud can de

dor bas chog//
bdag po'i 'ben la mdzes ma'i smin ma 'khyog po'i gzhu la zur mig g-yo ba dag gi mda'//
rol sgeg g-yo ba rtsom par byed pa nyid kyis de yi 'bras bu nges par grub pa nyid//

74.
de na nor gyi bdag po'i khang bzang las ni byang gi phyogs na bdag gi grong khyer ni//
mtho ris bdag po'i gzhu dang 'dra ba'i rta babs mdzes pas ring nas mtson par byas pa ste//
gang gi skyed tsal manda ra dang ljon shing gzhon nu bdag gi mdzes ma'i bu ltar ni//
bskyangs pa'i mthu las 'phel ba'i me tog chun 'phyang thur du 'phyang ba lag pas thob bya yod//

75.
bkod ma bzang mo'i chu ni ma ra ka ta'i rdo yi phreng ba bsgrigs pa'i lam skas can//
'di na mdzes pa'i gser gyi padma rgyas pa'i rin chen rtsa ldan rnams kyis khyab pa ste//
gdung ba dang bral ngang pa'i tsogs rnams dag ni gangg'a'i chu la gnas par byas pa'i tse//
khyod nyid yang dag mthong bar gyur kyang nye bar gnas pa'i yid 'ong mtsho las 'gro mi 'gyur//

76.
kva ye grogs bzang khyod kyi glog gi dga' ma g-yo bzhin nye bar mthong bar gyur pa ba//
mtsho de'i ngogs na mdzes pa'i ri bo yid 'ong mchog gi yindra n'i la rnams kyis ni//

rtse mo mdzes par byas par gser gyi ljon pa rnams kyis bskor ba khyod kyis blta bya ba //
bdag gi dga' ma dga' byed dang bcas de nyid sems gdungs bdag ni shin tu dran par gyur //

77.
de la ku ru ba ka'i shing gis bskor ba'i yal ga'i khang bzang bang ldan nye ba na //
mya ngan med shing dmar dang ke sa ra yi shing chen yal 'dab g-yo ba mdzes pa yod //
gcig la khyod kyi grogs su gyur pa'i dga' ma bdag dang bcas pa'i ga-yon pas bsnun 'dod cing //
gzhan la gdong gi chang 'thungs me tog 'byung ba'i don du dga' ma de ni bdag 'dod gyur //

78.
de yi dbus na rab dkar shel gyi gzhi la gser gyi sdong po che zhing mtho bar gnas //
rtsa ba rin chen phreng bas bcings pa rdo rje pha lam che ba min pa 'od 'phro ba //
gang la khyod kyi grogs bzang mgrin sngon gnas nas nyin phyed song tshe rol sgeg gar byed cing //
bdag gi mdses ma rin chen gdu bu 'thab pa'i dbyangs snyan skal bzang mchog tu mdzes pa yod //

79.
de rnams kyis ni legs par mtshan pa kva ye legs pa'i thugs 'dzin khyod kyis blta bar bya //
sgo yi mtha' dang nye ba dag na dung dang padma'i gzugs bris mthong bar byas pa na //
da lta bdag dang bral bar gyur pas nges par mdzes pa dman pa nyid du

gnas par nges //
nyi ma nub par gyur pasnges par padma ngang gis mdzes pa nyams par gyur ba nyid //

80.
mdzes ma de ni yongs su skyong byed myur du gshegs nas glang phrug lus bzhin chung ba yis //
mdzes pa'i ri bo de yi ngos la gnas nas dang por legs bshad snyan pa'i gsung gleng mdzod //
bdag gi khang nang 'jug tshe me khyer phreng ba lta bu'i snang ba chung zhing chud pa ni //
mdzes shing rol pa'i smin ma g-yo ba'i glog gi mig ni byas nas khyod kyis blta bar 'os //

81.
de na bdag gi dga' ma lus phra mdog mdzes gnyis skyes bkra ba'i phra lam mchu dag ni //
bil ba smin pa sked pa phra zhing 'dren byed g-yo ba'i ri dvags mig can lte ba dma' //
ro smad sbom zhing dal gyis 'gro mkhas 'o ma 'dzin pa dag gi <u>bar dag</u> (?) mchog tu mdzes //
na chung dag gi yul la byed po tsangs pas dang po nyid du spros pa nyid du gyur //

82.
gzhon ma de ni bdag gi srog ni gnyis par shes par mdzod cig dal gyis smra bar bya //
bdag dang lhan cig sbyor la shin tu ring bar gyur te ngang mo gcig pur gyur pa bzhin //
'di la nyin zhag mang po 'ong ba rnams su yid la gcags pa med pa nyid du gyur //

dgun smad padma can ni kha bas nyams pa bzhin du gzugs gzhan thob par bdag gis shes//

83.

dga’ ma de ni nges par mchi ma mang po babs las mig ’bur che ba dag tu gyur//

steng ’og mchu yi pags pa dag ni shugs ring shin tu dro ba’i dbugs ni du ma byas//

gdong ni legs par bkod la len bu ’phyang bas bsgribs pas mtha’ dag gsal ba min pa ni//

zla ba’i ’od kyis mdzes pa khyod ni ’ongs pas bsgribs las snang min mun pa ’dzin pa bzhin//

84.

gtor ma byed pa’am bral bas btud par gyur pa bdag ’dra yid kyis rtogs bya ’dri ba’am//

snyan pa’i tsig gis smra ba’i sha ri ka ni gur gyi nang na gnas shing gnas pa la//

kva ye grogs mo rje bo de yi dga’ ba dran nam zhes pa’i dri ba byed kyang ni//

khyod ni mthong bar gyur pa na ni nga ni mdun du ’ongs shing dga’ bar byed par ’gyur//

85.

kva ye grogs bzang dri ma’i gos dang bcas pa’i rang gi pang par pi wang bzhag byas nas//

bdag gi ming nas bod pas mtshan cing ’dod pa’i dbyangs snyan chen sgrogs snyan par gyur pa’i tse//

rang gis byas par gyur kyang dbyangs snyan dum bu dum bur bcad nas sems shing yang yang ni//

mig chus brlan pa’i rgyud mangs cung zad phyi bar byas nas kyang ni de ni 'ong bar 'gyur//

86.
bdag ni 'ongs pa'i nyin nas brtsams te nyin zhag dang ni zla ba song ba'i lhag ma rnams//
sa la rnam par 'god cing sgo yi nang du gangs kyi me tog rnams ni skyur bar byed//
bdag cag nam ni phrad par gyur ram snyam pa snying la sems pa'i rtsom pa mang po byed//
phal cher bud med rnams ni bdag po bral bas yid kyi las kyis gdung ba mang po nyid//

87.
nyin mo'i bar la bya ba dang ldan bdag dang bral las de ltar shin tu gdung min yang//
mtshan mo shin tu ring las khyod kyi grogs mo bya med gdung ba che bar bdag gis shes//
legs ma mtshan ring rnams la gnyid bral stan med sa la nyal tshe dra mig nye bar ni//
gnas nas blta bya bdag gi phrin rnams bzlas pa rnams ni bde ba'i ched du nus pa nyid//

88.
bral bas lhag par gdungs pas sa yi gzhi la gzhongs gcig brten te nyal bar gyur pa ni//
tses gcig zla ba shar ba cha gcig lhag ma rtsa bar gnas pa'i lus bzhin du ni gyur//
bdag dang lhan cig gnas tshe 'dod pa'i dga'i ma rnams kyi mtshan mo skad cig bzhin du song//
gang de da ltar bral ba las skyes mchi ma dron mo rnams bcas shin tu ring ba nyid//

89.

khrus kyis dag cing yangs shing rtsub pa'i skra yi len bu 'gram pa dag las 'phyung ba rnams //
dbugs kyi rlung gis sel bar byed pa rnams la mchu yi 'dab ma dag ni ngal bar nges //
gnyid ni 'dod pa med cing bdag dang phrad pa las byung gnyid ni cung zad 'byung 'gyur zhes //
dga' ma de ni 'dren byed mchi ma dang bcas shin tu gdungs pas mthong ba 'gog par byed //

90.

bdag gis bcings pa'i spyi gtsug len bu bral ba'i nyi ma dang po nyid la dor byas nas //
len bu rnams ni gcig gyur reg pa rtsub pa mi bzad 'gram pa dag la gnas pa las //
sen mo ring ba'i lag pas reg pa'i nyon mongs ldan pas lan cig min par skyur byed ma //
rje bo khros pa'i bka' lung rdzogs tshe gdung bral gyur pa bdag gis gang bde dgrol bar bya //

91.

mig ni mchi ma mang po rnams kyis gdungs las rdzi ma rnams kyis bkab par byas nas ni //
zla ba'i rkang pa'i 'od zer bdud rtsi sil ma rnams ni dra mig nang nas zhugs pa na //
bkab pa bsal te mngon du 'ongs nas dang por dga' 'gyur ldog pa na ni de bzhin nyid //
sprin dang bcas pa'i nyin mo sa la gnas pa'i padma rgyas min zum pa ma yin bzhin //

92.
dga’ ma de ni nyin par mdza’ bo’i grogs mo rnams kyis skad cig kyang ni gtong min bzhin//
lus phra ma la gcig ni blta tshe kun gyis rmad byung blta bas ’jug par ’gyur ba nyid//
mtshan mo skye bo rnams ni nyal bar gyur la mdzes ma gnyid bral kva ye chu ’kzin khyod//
dra mig dang ni nye bar gnas nas nyal sar nye bar ’ongs te de ni dga’ bar mdzod//

93.
len bu gcig tu gyur la reg pa ’gram pa la gnas sen mo mtho ba’i lag pa yis//
yang dang yang du sel bar byed cing sa yi gzhi yi mal gyi steng du gzhogs gcig ni//
ltung bar gyur cing de yi mtha’ na mchi ma rnams ni ’bab pa do shal chad pa dag//
g-yo zhing ltung bar gyur pa bzhin du gnas pa de mthong nyid kyis dal gyis brjod par bya//

94.
mdzes ma de ni rgyan rnams yang dag gzhag cing lus ni shin tu phra la ’dzin byed cing//
gdung ba’i sdug bsngal dag gis mal stan steng na yang dang yang du ’dre ldog byed pa na//
khyod kyang ’phral la chu yi rang bzhin mchi ma ’dzag pa nyid du ’gyur ba gdon mi za//
phal cher thams cad nang gi bdag nyid brlan pas snying rje ci yang ’jug par ’gyur ba nyid//

95.
kva ye grogs po khyod kyi grogs mo bdag la mdza’ ba mang du ’dzin

pa bdag gis shes //
de phyir de ltar gyur pa rnams ni dang por bral la de ni bdag la sems par byed //
skal bzang nang gi bsam pa dag gis brjod pa nges par brdzun min bden par shes pa ni //
bdag gis gang yang brjod pa ma lus yun ring min par khyod la mngon sum nyid du 'gyur //

96.
len bu rnams kyis mig zur gnyis po g-yo ba 'gog cing mig sman byugs pas gtor ba dang //
nyes par byed pa nam yang med par gyur las smin ma'i rnam 'gyur brjed par 'gyur na yang //
khyod ni yong la ri dvags mig can 'dren byed steng ni g-yo bar byed par bdag gis shes //
gang zhig nya yis bskyod las chu skyes g-yo ba'i dpal ni 'dzin par byed pa nyid dang mtsungs //

97.
de yi bdag gi lag pa'i sen mo'i rjes ni med cing mu tig rnams kyi dra ba ni //
yun ring nyid nas 'dor bar byas par gyur cing longs spyod nyid kyis rdzogs pa'i mtha' ru ni //
bdag gi lag pa rnams kyis mnyes par byas pa med kyang khyod 'ongs skal bzang dbang gis ni //
de yi chu shing gsar pa'i sdong po brla yang ga-yon pa g-yo ba nyid ni thob par gyur //

98.
kva ye chu 'dzin de la de yi dus su gal te bde ba'i gnyid ni thob gyur na //

de tshe khyod ni thun tsod bar du sgra sgrogs min par lhan cig dag tu gnas par mdzod//
de yi bdag por gyur pa bdag la dka' tsegs chen pos thob par gyur pa'i rmi lam ni//
mgrin par lag pa'i 'khri shing dag gis che bar 'khyud pa'i mdud pa 'phral la gtong bar byed//

99.
rang gi chu yi thigs pa bsil bas bsgos pa'i rlung gi m'a la ta ya rnams kyis ni//
shin tu gzhon pa'i me tog bcas pa de ni slar nas kyang ni de yi dbugs dbyung mdzod//
khyod ni glog gi 'dren byed g-yo zhing g-yo ba khyod mdog dang mtsungs gnas su gnas byas nas//
khengs ldan ma la 'brug dbyangs tsig ni snyan pa'i brjod pa khyod kyis yang yang rtsom par mdzod//

100.
kva ye khyod ldan chu gzhon ming can bdag ni rje yi grogs bzang yin par shes par mdzod//
de yi 'phrin snyan yid la bzung nas khyod kyi drung du nye bar 'ongs par gyur pa nyid//
bdag gi sgra ni bsgrags tshe lam bgrod dub pa'i tsogs rnams sgo yi nang du 'bros par byed//
snyan pa'i sgra dbyangs rnams kyis bud med len bu 'grol zhing 'dod pas gzir bar mtson par byed//

101.
ces pa de skad bshad tshe dri bzhon bu ni mi thi la yi bu mos mthong ba bzhin//
de ni dga' bde'i snying gi khyod la mngon phyosg blta zhing bden pa

nyid du 'ang nges pa nyid //
kva ye grogs bzang de nas legs par gnas la gzhan yang nyan 'dod sgra ldan ma rnams ni //
bdag po'i tsig ni snying grogs bdag gis khyer 'ongs gyur las phrad ltar lhag mar lus pa nyid //

102.
kva ye tshe ldan bdag gi tsig dang nyid kyis kyangs ni de la phan pa'i ched du ni //
khyod kyi rgyal po mchog ni rgyal po ra' ma'i ri'i gnas na gnas shing 'tso ba nyid //
khyod ni spangs par gyur la kva ye mdzes ma dge 'am 'dri zhes de ltar smra bar mdzod //
gang phyir skye bo rnams ni byed pa nyams la dang por de 'dra'i dbugs dbyung byed pa nyid //

103.
lus kyi nang nas shin tu phra bas phra gyur dang ni shin tu gdung bas gdungs gyur dang //
'chi ma 'dzags pas mchi ma 'dzag gyur che bar phrad 'dod nyid kyis phrad 'dod mchog tu gyur //
dbugs dron shugs rings lhags pas dbugs dron shugs rings mchog tu lhags gyur ring nas 'jug pa can //
bsod nams chom rkun dag gi lam bkag gyur cing de rnams yid la sim zhing 'jug pa yin //

104.
grogs mo'i mdun du de yi rna ba la ni khyod kyi gdong ni reg par thob gyur pas //
khyod kyis gang yang gus pa'i gtam gyi ched du gyur pa'i che ba'i sgra 'di brjod par 'os //

gang de rna ba'i yul las shin tu gang yang 'das shing mig dag gis ni mthong bya min //
khyod dang dga' bas 'phrad 'dod gyur zhes bdag gi kha yi tsig 'di zer zhes smra bar mdzod //

105.
'khri shing 'ga' la yan lag mdzes pa 'jigs bcas ri dvags mo la mig mdzes g-yo ba mthong //
'gram pa'i mdzes 'od ri bong can la skra rnams gtsug phud can gyi mjug sgro'i tsogs la mthong //
smin ma'i rol sgeg mdzes ma rnams ni chu klung rlabs phreng phra mo rnams la rab tu mthong //
ae ma gcig tu tsogs pa dang ldan ga-yon mig khyod dang mtsungs pa 'ga' yang yod ma yin //

106.
char gyis brlan las dri med sbrang rtsi can bzhin khyod kyi gdong 'di mdzes po lus phra ma //
khyod ni ring gyur bdag ni phra ba'i lus gyur mda' ldan pa yi gdung ba yang yang byin //
so ka rdzogs pa'i mtha' ru phyogs kun che ba'i chu 'dzin stug pos bsgrigs pas nyi ma yi //
snang ba rnams ni nyams shing rgyun du char 'ong bdag gis zhag gi grangs ji lta ba yin //

107.
khyod ni rdo leb gzhi la khams kyi tson rnams kyis ni dga' dang khro bas legs bris te //
de rnyed rdzogs nas 'dod pa bya ba'i ched du khyod kyi zhabs drung lhung bar gyur pa ni //
tsig lan ma byung bdag la mchi ma mang po yang yang byung bas

brubs pas mig la khro //
der yang bdag cag gnyis ni lhan cig 'grogs pa'i skal ba med pa nyid du gyur pa zhig //

108.
khyod ni bdag gi rmi lam dag tu 'ongs shing thob pa ci yang mthong bar gyur pa na //
kho bos dam du 'khyud par bya ba'i ched du nam mkha' dag la lag yugs byas pa ni //
sa la gnas pa'i nags kyi lha rnams kyis ni nges par ma mthong ma yin mang po ru //
mu tig brgyus pa bzhin du shing gi yal ga rnams la mchi ma'i dum bu lhung bar 'gyur //

109.
de wa da' ru'i ljon pa rnams kyi yal ga'i 'dab ma rnams ni 'phral du bcad byas nas //
de rnams kyi ni 'o ma zags pa'i dri bzang dang ldan lho nas zhugs pa'i dri bzhon rnams //
gang zhig bdag gis dang por rab tu 'khyud do kva ye yon tan ma lus de rnams ni //
gangs kyi ri la gal te song na khyod kyi lus la reg pa nges par 'gyur ro ce'o //

110.
thun gsum can ma thun ring gyur pa skad cig bzhin du bsdus pa ci ltar yin //
nyin par yang ni gnas skabs kun du cung zad gdung ba 'ang ji ltar gyur pa yin //
kva ye 'dren byed g-yo ba de ltar gyur pas bdag sems don gnyer skal ba dman par gyur //

khyod dang bral ba'i gdung ba rnams dang che ba'i sdug bsngal rnams kyis brtan par min par byas //

111.
bdag ni zhag grangs mang po'i bdag nyid bgrang zhing nang gi bsam pas mi 'chi bar ni shcs //
kva ye dge legs ldan ma khyod kyang mya ngan mang po shin tu bya ba ma yin te //
bed ba mtha' gcig ldan pas su yin rtag tu sdug bsngal mtha' gcig pa yang su zhig yin //
de dag 'khor lo'i rtsibs ni cung zad 'og tu 'gro zhing steng du 'ang rim gyis bskor ba bzhin //

112.
khyab 'jug lag 'gro'i gnas na gnyid las langs tshe rje bo khros pa'i bka' lung rdzogs pa nyid //
de la zla ba bzhi yid de bar mig ni zum par byas nas khyod ni gnas par mdzod //
phyi nas bdag cag gzyis ni yun ring bral bar las byung 'dod pa'i longs spyod de thob ste //
ston ka'i zla ba rdzogs pa'i mtshan ma rnams la 'dod pa'i longs spyod de dag ldan par 'gyur //

113.
yang ni brjod pa sngon ni bdag dang khyod ni mal stan gnas na mgrin 'khyud gnyid song bas //
bdag ni 'phral la rab tu sad par gyur nas ci yang ngu bar byas par gyur pa ni //
nang nas rgod pa dang bcas lan cig min par khyod kyis bdag la dri ba brjod pa ni //
kva ye g-yo ma 'ga' zhig dang yang dga' byed rmi lam du mthong zhes

bdag gis khyod la'o//

114.
de la bdag ni khyod la mtshan ma bzang po sbyin par byed pa yin par rig byas nas//
kva ye 'dren byed dkar min skye bo ngan pa'i tsig las bdag la mi gus 'os ma yin//
gang phyir bral bas gdungs pa longs spyod bral la de rnams mdza' bo'i brjod pa ci zhig yin//
dngos po rnams ni mthong tshe mchog tu dga' ba'i ro ni mang ba'i phung po nyid du 'gyur//

115.
'di rnams kyis ni dang por bral bas gdungs par gyur pa'i grogs mo de ni dbugs dbyung mdzod//
mig gsum pa yi khyu mchog lta bur dkar ba'i ke l'a sha yi ri las slar ldog bya//
de la'ang rang gi dge ba'i mtshan ma khyer 'ongs de dang de ni bdag la bshad par bya//
khyod ni kun da'i ge sar g-yo ldan myur 'gro rnams kyis bskul byas myur bar 'ong bar bya//

116.
kva ye grogs bzang khyod kyis bdag gi gnyen 'dun dag tu cung zad gnas pa 'di byas nas//
slar yang 'phrin rnams brtan pa khyod las nges par bdag la 'ong bar 'gyur zhes bdag smes so//
ts'u ta ka rnams sgra med par yang chu ni sbyin par mdzod ces khyod la zhu bar sems//
gang phyir skye bo rnams la 'dod par gyur pa rnams kyi bya ba'i don nyid lan gyi tsig//

117.
kva ye chu 'dzin gdung ldan bdag gi brjod pa bdag gi sems la don gnyer dga' ba yi //
tsogs 'di byams par gyur pa'am rjes su rab tu brtse ba'i blos ni 'di rnams kun byas nas //
khyod kang 'dod pa'i yul ni thob cing mdzes pa'i char sprin tsogs 'dzin dpal dang ldan pa dang //
glog ma dang yang nam yang mi 'bral gyur cig de bzhin kun kyang dge zhing shis gyur cig //

snyan dngags mkhan chen po nag mo'i khol gyis mdzad pa'i sprin gyi pho nya rdzogs so //
blo gros dang snying rje dang, brtul ba dang nges pa dang, gtong ba la sogs pa'i yon tan phul du byung ba dpag tu med pas spras pa'i dpon chen nam mkha' brtan pa'i bka' kung gis, kha che'i pandi ta snyan dngags mkhan chen po su man shr'i dang, zhu chen gyi lo ts'a ba mang du thos pa'i dge slong byang chub rtse mo dang lo ts'a bar gtogs pa lung rigs smra ba nam mkha' bzang pos dpal sa skya'i gtsug lag khang chen por bsgyur cing zhus te gtan la
phab pa'o //
gang zhig thugs dgongs rnam par dag pa yis //
'di la bskul zhing mthun pkyen bsgrubs pa dang //
bdag cag 'bad la bsod nams gang bsgrubs pas //
'khor ba las brgal sku gsum thob par shog //
byang gi bdag po'i gsung bzang las //
snyan dngags 'di ni bod skad du //
kha che pan chen dang lhan cig //
dge slong byang chub rtse mos bsgyur //
'dis 'gro ba dpag tu med pa la phan thogs nas bkra shis shing bed legs su gyur cig //

附录三　梵文《云使》天城体、拉丁转写、汉译文以及语法解析

说　明

1. 该附录中包括《云使》原文的天城体、拉丁转写、汉译文以及梵语文本的语法解析。

2. 拉丁转写与其天城体保持一致，并不拆开连声，以便读者在两者之间对照。

3. 汉译文直接采用金克木先生的译文或本书作者在参考金克木译文的基础上用散文体形式重新编译。直接引用金克木译文之处，将会以脚注形式说明。所引金克木先生的译文中，括弧里的内容为本书作者所加，以使内容更加清晰。未加脚注之处为本书作者所译。

4. “语法解析”部分，依照黄宝生先生的《梵语文学读本》①的体例而作。区别在于黄宝生先生并没有用拉丁转写直接用了天城体，而本书附录的语法解析中全部用了拉丁转写形式。具体如下：

a. 拆解句中连声，列出每个词在发生连声之前的原本形态。

b. 标出每个词词义，并在括号中标出名词或形容词的词干和动词的词根及其在句中的语法形态。

c. 拆解复合词，在括号中标出复合词中每个词的词义，然后标出整个复合词的词义，并在括号中标出整个复合词在句中的语法形态。

5. 本书的语法解析和语义的理解主要依据 Monier Williams,

---

① 黄宝生编著：《梵语文学读本》，中国社会科学出版社，2010 年 8 月，第 1 版。

Sanskrit – English Dictionary; M. R. Kale, *the Meghadūta of Kālidāsa: Text with Sanskrit Commentary of Mallinātha*, *English Translation*, *Notes*, *Appendices and a Map* 等工具书和注释文。

6. 本书所用梵语语法缩略形式如下表。

附录三表 1　梵语语法缩略表

体＝体格	阳＝阳性	一＝第一人称	现在＝现在时	现分＝现在分词
业＝业格	阴＝阴性	二＝第二人称	未完＝未完成时	过分＝过去分词
具＝具格	中＝中性	三＝第三人称	完成＝完成时	完分＝完成分词
为＝为格			将来＝将来时	将分＝将来分词
从＝从格	单＝单数	“√”表示“词根”		
属＝属格	双＝双数	主动＝主动语态	不定＝不定式	虚拟＝虚拟语气
依＝依格	复＝复数	被动＝被动语态	独立＝独立式	命令＝命令语气
呼＝呼格		中间＝中间语态	不变＝不变词①	使动＝致使动词

《云使》天城体、转写、汉译及解析

कश्चित्कान्ताविरहगुरुना स्वाधिकारात्प्रमत्तः
शापेनास्तंगमितमहिमा वर्षभोग्येण भर्तुः।
यक्षश्चक्रे जनकतनयास्नानपुण्योदकेषु
स्निग्धच्छायातरुषु वसतिं रामगिर्याश्रमेषु॥ १॥

kaścitkāntāvirahagurunā svādhikārātpramattaḥ
　　śāpenāstaṁgamitamahimā varṣabhogyeṇa bhartuḥ,
yakṣaścakre janakatanayāsnānapuṇyodakeṣu
　　snigdhacchāyātaruṣu vasatiṁ rāmagiryāśrameṣu.（1）

1. 曾经有一个药叉，因疏忽职责受到主人的诅咒失去了神力。他被贬谪一年，遭受与爱人分离的严重惩罚。他在罗摩山

① “不变词”包括副词、连词、语气词（如 eva）、否定词（如 na）等在句中不发生语法变化的词。

静修林中，在阇那竭的女儿（悉达）洗礼而带有福祉的湖水边，在阴影浓密的树林下安置了下来。

语法解析： kaścit（阳、单、体）某个。kāntā（kānta 爱人）-viraha（分离）-guruṇā（guru 沉重），复合词（阳、单、具），因与爱人分离而沉重的。sva（自己的）-adhikārāt（adhikāra 职责）复合词（阳、单、从），自己的职责。pramattaḥ（pramatta 阳、单、体）疏忽。śāpena（śāpa 阳、单、具）诅咒。astaṃ-gamita（使消失）-mahimā（mahiman 神力）复合词（阳、单、体），失去神力。varṣa（年）-bhogyeṇa（bhogya 遭受），复合词（阳、单、具），遭受一年。bhartuḥ（bhartṛ 阳、单、属）主人。yakṣaś（yakṣa 阳、单、体）药叉。cakre（√kṛ，完成、三、单、中间）做。janaka（人名，遮那迦）-tanayā（女儿）-snāna（洗礼）-puṇya（福祉）-udakeṣu（udaka 水），复合词（中、复、依），遮那迦的女儿洗澡而充满福祉的水。snigdha（浓密的）-cchāyā（chāyā 阴影）-taruṣu（taru 树），复合词（阳、复、依），阴影浓密的树林。vasatiṃ（vasati 阴、单、业）住所。rāmagiri（罗摩山）-āśrameṣu（āśrama），复合词（阳、复、依），罗摩山静修林。

तस्मिन्नद्रौ कतिचिदबलाविप्रयुक्तः स कामी
नीत्वा मासान्कनकवलयभ्रंशरिक्तप्रकोष्ठः।
आषाढस्य प्रथमदिवसे मेघमाश्लिष्टसानुं
वप्रक्रीडापरिणतगजप्रेक्षणीयं ददर्श॥२॥

tasminnadrau katicidabalāviprayuktaḥ sa kāmī
　　nītvā māsānkanakavalayabhraṁśariktaprakoṣṭhaḥ,
āṣāḍhasya prathamadivase meghamāśliṣṭasānuṁ
　　vaprakrīḍāpariṇatagajaprekṣaṇīyaṁ dadarśa.（2）

2. 这位与娇妻分离而焦虑的人，在那座山上度过了几个月后，金钏滑落而前臂裸露。在 āṣāḍha 月的一天，他望见了一片乌云环绕着山顶，像大象附身戏耍土丘。

语法解析： tasmin（tad 阳、单、依）那个。adrau（adri 阳、单、依）山。katicit（不变词）几个。abalā（无力的、女人）-viprayuktaḥ（viprayukta 分离），复合词（阳、单、体），离开了爱人的。saḥ（tad 阳、

单、体)这个。kāmī(kāmin 阳、单、体)焦虑的人。nītvā(√nī,独立式)度过。māsān(māsa 阳、复、业)月份。kanakavalaya(金镯)-bhraṃśa(滑落)-rikta(裸的)-prakoṣṭhaḥ(prakoṣṭha 前臂),复合词(阳、单、体),因金环滑落而裸露着前臂的。āṣāḍhasya(āṣāḍha 阳、单、属)箕月。prathama(一个)-divase(divasa 天、日子),复合词(阳、单、依)一天。megham(megha 阳、单、业)云。āśliṣṭa(拥抱)-sānum(sānu 山顶),复合词(阳、单、业)环绕山顶。vapra(土丘)-krīḍā(戏耍)-pariṇata(屈身)-gaja(大象)-prekṣaṇīyaṃ(prekṣaṇīya 看起来像),复合词(阳、单、业),如同大象屈身戏耍土丘。dadarśa(√dṛś,完成、三、单)看到。

तस्य स्थित्वा कथमपि पुरः कौतुकाधानहेतोर्
अन्तर्बाष्पश्चिरमनुचरो राजराजस्य दध्यौ।
मेघालोके भवति सुखिनो ऽप्यन्यथावृत्ति चेतः
कण्ठाश्लेषप्रणयिनि जने किं पुनर्दूरसंस्थे॥ ३॥

tasya sthitvā kathamapi puraḥ kautukādhānahetor
antarbāṣpaściramanucaro rājarājasya dadhyau,
meghāloke bhavati sukhino 'pyanyathāvṛtti cetaḥ
kaṇṭhāśleṣapraṇayini jane kiṁ punar dūrasaṁsthe. (3)

3. 勉强站立在引起思念的雨云面前,药叉王的奴仆强忍泪水沉思良久。当看到雨云,快乐的人也会感情激动。更何况,拥颈相爱的人在远处的一颗心!①

语法解析: tasya(tad 阳、单、属)他,指云。sthitvā(√sthā,独立式)站立。katham api(不变词)勉强地。puras(不变词)前面。kautuka(欲望)-ādhāna(点燃)-hetor(hetu 原因),复合词(阳、单、属),引起思念的原因,指雨云。antar(里面)-bāṣpaś(bāṣpa 泪水),复合词(阳、单、体),含着泪水的。ciram(不变词)长时间地。anucaraḥ(anucara 阳、单、体)奴仆。rāja(国王)-rājasya(rāja 国王),复合词

① 在印度,雨季道路行走不便,因而在外的旅人当雨季来临之际,都会返回家乡与家人团聚。因而,雨云被看作是“引起思念的原因”,雨季也是相隔在两地的夫妻相聚的季节。

(阳、单、属),王中王的。dadhyau(√dhyai,完成、三、单)沉思。megha(云)-āloke(āloka 看),复合词(阳、单、依),看到雨云。bhavati(√bhū,现在、三、单)是,存在。sukhinaḥ(sukhin 阳、单、属)快乐的人。api(不变)即使。anyathāvṛtti(中、单、体)被强烈的情感所搅动。cetaḥ(cetas 中、单、体)心,意识。kaṇṭha(脖子)-āśleṣa(拥抱)-praṇayini(praṇayin 爱人),复合词(阳、单、依),用颈相爱的。jane(阳、单、依)人。kiṃ punar(不变)更何况。dūra(远方)-saṃsthe(saṃstha 处于),复合词(阳、单、依),在远处。

प्रत्यासन्ने नभसि दयिताजीवितालम्बनार्थी
जीमूतेन स्वकुशलमयीं हारयिष्यन्प्रवृत्तिम्।
स प्रत्यग्रैः कुटजकुसुमैः कल्पितार्घाय तस्मै
प्रीतः प्रीतिप्रमुखवचनं स्वागतं व्याजहार॥ ४॥

pratyāsanne nabhasi dayitājīvitālambanārthī
　　jīmūtena svakuśalamayīṁ hārayiṣyan pravṛttim,
sa pratyagraiḥ kuṭajakusumaiḥ kalpitārghāya tasmai
　　prītaḥ prītipramukhavacanaṁ svāgataṁ vyājahāra. (4)

4. 在雨季来临之际,为了维系爱人的生命,药叉想起了让云带去自己安好的消息。他拿新鲜的茉莉花儿①摆设了供礼,高兴而深情地对雨云说道:"善来。"

语法解析: pratyāsanne(pratyāsanna 阳、单、依)来临。nabhasi(nabhas 阳、单、依)雨季。dayitā(爱人)-jīvita(生命)-ālambana(维持)-arthī(arthin 想要……的人),复合词(阳、单、体),想要维持爱人生命的人。jīmūtena(jīmūta 阳、单、具)雨云。sva(自己)-kuśala(安好)-mayīṃ(maya 包含、构成,用于复合词末),复合词(阴、单、业),有关自己安好的。hārayiṣyan(√hṛ,使动、将来分词)将使(雨云)带去。pravṛttim(pravṛtti 阴、单、业)消息。saḥ(tad 阳、单、体)他,指夜叉。pratyagraiḥ(pratyagra 中、复、具)新鲜的。kuṭaja(花名)-kusumaiḥ(kusuma 花儿),复合词(中、复、具),茉莉花儿。kalpita(安

---

① 茉莉花(kuṭaja):曲生花(罗鸿);野茉莉(金克木);药草(徐梵澄)。

排)-arghāya(argha 接待),复合词(阳、单、为),款待。tasmai(tad 代,阳、单、为)对他,指雨云。prītaḥ(ppp. 阳、单、体)高兴了的。prīti(礼貌,高兴)-pramukha(伴随)-vacanaṃ(vacana 话语),复合词(中、单、业),礼貌的话语。svāgataṃ(svāgata 中、单、业)善来,您好。vyājahāra(√*hṛ*,完成、三、单)说。

धूमज्योतिः सलिलमरुतां संनिपातः क्व मेघः
संदेशार्थाः क्व पटुकरणैः प्राणिभिः प्रापणीयाः।
इत्यौत्सुक्यादपरिगणयन्गुह्यकस्तं ययाचे
कामार्ता हि प्रकृतिकृपणाश्चेतनाचेतनेषु॥५॥

dhūmajyotiḥ salilamarutāṁ saṁnipātaḥ kva meghaḥ
　　saṁdeśārthāḥ kva paṭukaraṇaiḥ prāṇibhiḥ prāpaṇīyāḥ,
ity autsukyād apariganạyan guhyakastaṁ yayāce
　　kāmārtā hi prakṛtikṛpaṇāś cetanācetaneṣu. (5)

5. 云是烟、光、水和风的结合物,而信息则要由感官好使的、具有生命之体才能带去。由于焦虑,夜叉不假思索地向雨云祈求。被爱情所折磨的人们,无法识别有生(有意识)或无生(没意识)。

语法解析:dhūma(烟)-jyotiḥ(光)-salila(水)-marutāṃ(风),复合词(marut 阳、复、属),烟、光、水和风。saṃnipātaḥ(saṃnipāta 阳、单、体)结合。kva ... kva(不变)哪里……哪里,表示两个不相称之物之间的对比。meghaḥ(megha 阳、单、体)云。saṃdeśa(信息)-arthāḥ(artha 事情、对象),复合词(阳、复、体),作为信息的东西。paṭu(机智的)-karaṇaiḥ(karaṇa 感官),复合词(阳、复、具),感官好使的。prāṇibhiḥ(prāṇin 阳、复、具)生灵。prāpaṇīyāḥ(√āp,将来被动分词,阳、复、体)将被带去。iti(不变)因此。autsukyād(autsukya 中、单、从)焦虑。apariganạyan(√gaṇ,现分,阳、单、体)没有考虑到的。guhyakaḥ(guhyaka 阳、单、体)药叉。taṃ(tad 代,阳、单、业)他,指云。yayāce(√yāc,中间,完成、三、单)请求。kāma(爱)-ārtāḥ(ārta,√ṛ 受折磨),复合词(阳、复、体),为爱所折磨的人们。hi(不变)因为。prakṛti(自然地)-kṛpaṇāḥ(kṛpaṇa 软弱),复合词(阳、复、

体），自然地软弱的。cetana（意识、智力）-acetaneṣu（acetana 没有意识），复合词（中、复、依），有意识或没有意识，有生或无生。

जातं वंशे भुवनविदिते पुष्करावर्तकानां
जानामि त्वां प्रकृतिपुरुषं कामरूपं मघोनः।
तेनार्थित्वं त्वयि विधिवशाद्दूरबन्धुर्गतो ऽहं
याञ्चा मोघा वरमधिगुणे नाधमे लब्धकामा॥ ६॥

jātaṁ vaṁśe bhuvanavidite puṣkarāvartakānāṁ
jānāmi tvāṁ prakṛtipuruṣaṁ kāmarūpaṁ maghonaḥ,
tena arthitvaṁ tvayi vidhivaśād dūrabandhurgato 'haṁ
yācñā moghā varam adhiguṇe na adhame labdhakāmā. (6)

6. 我知道你出生在举世闻名的截翼卷云①家族，是因陀罗的大臣，随心所欲地变换形状。有求于你的我，是由于命运的作祟而远离了爱人。请求优越品质者而无结果也胜过请求恶劣品质者而满足欲望。

语法解析：jātaṃ（ppp. √jan，阳、单、业）出生。vaṃśe（vaṃśa 阳、单、依）家族。bhuvana（世界）-vidite（vidita 闻名），复合词（阳、单、依），举世闻名的。puṣkara（截断）-āvartakānāṃ（āvartaka 卷），复合词（阳、复、属），截翼卷云。jānāmi（√jñā，现在、一、单）我知道。tvāṃ（tvad 二、单、业）人称代词，你（指雨云）。prakṛti（臣民）-puruṣaṃ（puruṣa 成年男性），复合词（阳、单、业），大臣。kāma（意愿）-rūpaṃ（rūpa 形状），复合词（阳、单、业），随心所欲改变形状的。maghonaḥ（maghavan 阳、单、属），给予神，指因陀罗。tena（不变词）

① 截翼卷云（puṣkarāvartaka），采用了罗鸿的译法。在印度神话中，起初，山是带有翅膀的，它到处乱飞，使得大地不得安宁。大地向天神求助，于是因陀罗砍掉了山的翅膀，使它原地不动。山的被砍掉的翅膀变成了云。这种云能呼风唤雨、威力无比，它的雨水能使世界覆没。——见 M.R.Kale, *The Meghadūda of Kālidāsa: Text with Sanskrit Commentary of Mallinātha, English Translation, Notes, Appendices and a Map*. Delhi. 8th Edition, 1974.（reprint in 1993）. p16。《云使》中出现的雨云正是此类云，也被称作为"因陀罗的大臣"。印度神话中，除此之外还有"从火而生的"和"从梵天的呼吸而生的"两类云。

因此。arthitvaṃ(artha 派生名词,中、单、体)作为有需求的人,请求者。tvayi(tvad 二、单、依)人称代词,你(指雨云)。vidhi(命运)-vaśād(vaśa 力量),复合词(阳、单、从),命运作祟。dūra(远)-bandhur(bandhu,阳、单、体)亲人远离的 gataḥ(ppp.√gam,阳、单、体)处在。ahaṃ(mad,人称,一、单)我。yācñā(阴、单、体)请求。moghā(mogha 阴、单、体)落空。varam ... na(固定搭配)宁愿……也不。adhiguṇe(adhi-guṇa 阳、单、依)优越品质的。adhame(adhara 阳、单、依)劣等的。labdha(ppp. 获得)-kāmā(kāma 欲望),复合词(阴、单、体),满足欲望。

संतप्तानां त्वमसि शरणं तत्पयोद प्रियायाः
संदेशं मे हर धनपतिक्रोधविश्लेषितस्य।
गन्तव्या ते वसतिरलका नाम यक्षेश्वराणां
बाह्योद्यानस्थितहरशिरश्चन्द्रिकाधौतहर्म्या॥७॥

saṁtaptānāṁ tvam asi śaraṇaṁ tat payoda priyāyāḥ
　　saṁdeśaṁ me hara dhanapatikrodhaviśleṣitasya,
gantavyā te vasatir alakā nāma yakṣeśvarāṇāṁ
　　bāhyodyānasthitaharaśiraścandarikādhautaharmyā. (7)

7. 你是焦灼者的避难所。由于财神的生气我与心爱的女人分离,施雨者呀,请把我的信息带去,到那药叉的主人所居住的名为阿罗迦的地方,那里郊园中湿婆头上的月亮照耀着宫殿。

语法解析: saṃtaptānāṃ(tapta 中、复、属)燥热的、痛苦的。tvam(tvad 二、单、体)人称代词,你(指雨云)。asi(√2 as,现在、二、单)是。śaraṇaṃ(śaraṇa 中、单、体)归依处、避难所。tad(不变)因此。payoda(阳、单、呼)施雨者。priyāyāḥ(priyā 阴、单、从)心爱的女人。saṃdeśaṃ(saṃdeśa 阳、单、业)信息。me(mad 人称代词,一、单、属)我。hara(√hṛ 命令、二、单)请带去。dhanapati(财神)-krodha(愤怒)-viśleṣitasya(viśleṣita 分离),复合词(阳、单、属),因财神发怒而(与爱人)分离的。gantavyā(√gam 必分,阴、单、体)要去。vasatir(vasati 阴、单、体)住所。alakā(阴、单、体)阿罗迦(地名)。nāma(不变)名为。yakṣeśvarāṇāṃ(yakṣa-īśvara,阳、复、属)夜叉的主人。

bāhya(外面)-udyāna(公园)-sthita(存在)-hara(掠夺者,湿婆的藻饰词)-śiraś(头)-candrikā(月亮)-dhauta(ppp. √dhāv,照耀)-harmyā(harmya 房子),复合词(阴、单、体),被待在外边花园里的湿婆头上的月亮照耀着的宫殿。

त्वामारूढं पवनपदवीमुद्गृहीतालकान्ताः
प्रेक्षिष्यन्ते पथिकवनिताः प्रत्ययादाश्वसत्यः।
कः संनद्धे विहरविधुराः त्वय्युपेक्षेत जायां
न स्यादन्यो ऽप्यहमिव जनो यः पराधीनवृत्तिः॥८॥

tvāmārūḍhaṁ pavanapadavīmudgṛhītālakāntāḥ
　　prekṣiṣyante pathikavanitāḥ pratyayādāśvasatyaḥ,
kaḥ saṁnaddhe viharavidhurāḥ tvayyupekṣeta jāyāṁ
　　na syādanyo ’pyahamiva jano yaḥ parādhīnavṛttiḥ. (8)

8. 行人的妻子们会掠起头发仰望上空中的你,她们会因心中充满希望而振作起来。当你整装待发之时,除了像我这样受制于别人的人,谁还会冷落为分离而忧愁的妻子?

语法解析: tvām(tvad 人称,二、单、业)你。ārūḍhaṃ(ārūḍha 中、单、业)上升。pavana(风)-padavīm(padavī 路径),复合词(阴、单、业),风的路径,指天空。udgṛhīta(抬起)-alaka(头发)-antāḥ(anta 末梢),复合词(阴、复、体),掠起发梢的。prekṣiṣyante(pra-√īkṣ,将来、三、复)看,注视。pathika(旅行者)-vanitāḥ(vanitā 妻子),复合词(阴、复、体),旅行者的妻子。pratyayād(prati-√i,阳、单、从)信任。āśvasatyaḥ(√śvas 现分,阴、复、体)振作。kaḥ(疑问代词,阳、单、体)谁。saṃnaddhe(ppp. √nah 阳、单、依)装备就绪。viraha(分离)-vidhurāṃ(vidhura 痛苦的),复合词(阴、单、业),因分离而忧愁的。tvayi(tvad 人称,二、单、依)你。upekṣeta(被冷落)-jāyāṃ(jāyā 妻子),复合词(阴、单、业),被冷落的妻子。na(不变)无、非。syāt(√as,祈愿语气、三、单)是。anyaḥ(anya 阳、单、体)其他的 api(不变)然而。aham(mad 人称,一、单)我。iva(不变)像,一样。janaḥ(jana 阳、单、体)人。yaḥ 关系代词。像我这样的人。yaḥ 关系代词。para(别人)-adhīna(被管制)-vṛttiḥ(vṛtti 状态),复合词(阳、

单、体），受制于别人的。

मन्दं मन्दं नुदति पवनश्चानुकूलो यथा त्वां
वामश्चायं नदति मधुरं चातकस्ते सगन्धः।
गर्भाधानक्षणपरिचयान्नूनमाबद्धमालाः
सेविष्यन्ते नयनसुभगं खे भवन्तं बलाकाः॥९॥

mandaṁ mandaṁ nudati pavanaś cānukūlo yathā tvāṁ
　　vāmaś cāyaṁ nadati madhuraṁ cātakas te sagandhaḥ,
garbhādhānakṣaṇaparicayān nūnam ābaddhamālāḥ
　　seviṣyante nayanasubhagaṁ khe bhavantaṁ balākāḥ. (9)

9. 温和的风缓缓地推动你。兴奋的饮雨鸟（Cātaka）在左边甜蜜地鸣叫。鹤群知道受孕时节的到来，在空中排成环状，随侍美丽的你。

语法解析：mandaṃ mandaṃ（不变）缓缓地。nudati（√nud，现在、三、单）推，移。pavanaḥ（pavana 阳、单、体）风。ca（不变）和。anukūlaḥ（阳、单、体）宜人的。yathā（不变）这样、如此。tvāṃ（tvad 二、单、业）你。vāmaḥ（阳、单、体）左边。ca（不变）和。ayaṃ（指示代词，阳、单、体）这个，指代饮雨鸟。nadati（√ nad，现在、三、单）啼鸣，吼叫。madhuraṃ（不变）甜蜜地。cātakas（阳、单、体）一种飞鸟，饮雨鸟。te（tad，阳、复、体）它们，指代鹤群。sagandhaḥ（sagandha 阳、单、体）振奋的。garbhādhāna（受孕）-kṣaṇa（时期）-paricayān（paricaya 知道），复合词（阳、单、从），知道受孕期的到来。nūnam（不变）肯定。ābaddha（形成）-mālāḥ（māla 圈状物、花环），复合词（阳、复、体），形成环状。seviṣyante（√sev，将来时，中间语态、三、复）伴随。nayana（眼睛）-subhagaṃ（subhaga 高兴），复合词（阳、单、业），悦目的。khe（kha 中、单、依）空中。bhavantaṃ（阳、单、业）您。balākāḥ（balāka 阳、复、体）群鹤。

तां चावश्यं दिवसगणनातत्परामेकपत्नीम्
अव्यापन्नामविहगतिर्द्रक्ष्यसि भ्रातृजायाम्।
आशाबन्धः कुसुमसदृशं प्रयशो ह्यङ्गनानां
सद्यः पाति प्रणयि हृदयं विप्रयोगे रुणद्धि॥१०॥

tāṁ cāvaśyaṁ divasagaṇanātatparām ekapatnīm
    avyāpannām avihagatir drakṣyasi bhrātṛjāyām,
āśābandhaḥ kusumasadṛśaṁ prayaśo hyaṅganānāṁ
    sadyaḥ pāti praṇayi hṛdayaṁ viprayoge ruṇaddhi. (10)

10. 道路无阻的你，将会看到兄弟忠贞不渝的妻子，她必定安然无恙并专心致志地数着日子。因为，女人花一般的依恋之心，分别的时候会突然凋零，希望之绳才能维系她们的心。

语法解析：tāṃ（人称代词，三、阴、单、业）她。ca（不变）和。avaśyaṃ（不变）确定。divasa（日子）-gaṇanā（数、算）-tatparām（tatpara 以……为最高目标，投入），复合词（阴、单、业），专心致志数着日子的。ekapatnīm（ekapati 阴、单、业）一个丈夫的、忠贞不渝的妻子。avyāpannām（a-vyāpanna 阴、单、业）安然无恙的。avihata-gatir（多财释，阳、单、体）道路畅通无阻的。drakṣyasi（将来、二、单）你会看到。bhrātṛ（兄弟）-jāyām（jāyā 妻子）复合词（阴、单、业），兄弟的妻子。āśā（希望）-bandhaḥ（bandha 连接、绷带），复合词（阳、单、体），希望之绳。kusuma（花）-sadṛśaṃ（sadṛśa 一样的），复合词（中、单、业），像花一样的。prāyaśas（不变词）通常。hi（不变）因为。aṅganānāṃ（aṅganā 阴、复、属）女人们。sadyas（不变词）立刻、顿时。pāti（pātin 中、单、业）凋零。praṇayi（praṇayin 中、单、业）依恋的。hṛdayaṃ（hṛdaya 中、单、业）心。viprayoge（viprayoga 阳、单、依）分别。ruṇaddhi（√rudh，现在、三、单）坚持，维系。

कर्तुं यच्च प्रथवति मनीमुच्छिलीन्ध्रामवन्ध्यां
तच्छ्रुत्वा ते श्रवणसुभगं गर्जितं मानसोत्काः।
आ कौलासाद्बिसकिसलयच्छेदपाथेयवन्तः
संपत्स्यन्ते नभसि भवतो राजहंसाः सहायाः॥ ११॥

kartuṁ yac ca prathavati manīm ucchilīndhrām avandhyāṁ
    tac chrutvā te śravaṇasubhagaṁ garjitaṁ mānasotkāḥ,
ā kaulāsād bisakisalayacchedapātheyavantaḥ
    saṁpatsyante nabhasi bhavato rājahaṁsāḥ sahāyāḥ. (11)

11. 听到你悦耳的声音，向往玛纳斯湖的天鹅群会以莲芽为食一路陪伴你，直到玛纳斯湖。你的声音又会使大地覆满新长出来的蘑菇，变得富饶肥沃。

语法解析： kartuṃ（√kṛ，不定式）做。yad … tad 如此……以致。ca（不变）和。prabhavati（√*bhū*，现在、三、单）有能力做某事。mahīm（阴、单、业）大地。ucchilīndhrām（阴、单、业）覆满新长出来的蘑菇的。avandhyāṃ（阴、单、业）不贫瘠。chrutvā（śrutvā 独立式）听到。te（tad 二、单、属）你的。śravaṇa（耳朵）-subhagaṃ（subhaga 高兴），复合词（中、单、业），悦耳的。garjitaṃ（中、单、业）雷鸣声，吼叫声。mānasa（玛纳斯湖）-utkāḥ（utka 渴望的），复合词（阳、复、体），想去玛纳斯湖的。ā（不变）直到。kailāsād（kailāsa 阳、单、从）凯拉什山。bisa（莲花）-kisalaya（苗）-cheda（碎片）-pātheyavantaḥ（pātheyavat 提供给旅途的），复合词（阳、复、体），旅途中以莲芽为食的。saṃpatsyante（√pat，将来时，中间语态，三、复）将同飞。nabhasi（nabhas 中、单、依）空中。bhavataḥ（bhavat 阳、单、属）您。rāja（王）-haṃsāḥ（haṃsa 天鹅），复合词（阳、复、体），王天鹅、白天鹅。sahāyāḥ（sahāya 阳、复、体）同伴。

आपृच्छस्व प्रियसखममुं तुङ्गमालिङ्ग्य शैलं
वन्द्यैः पुंसां रघुपतिपदैरङ्कितं मेखलासु।
काले काले भवति भवता यस्य संयोगमेत्य
स्नेहव्यक्तिश्चिरविरहजं मुञ्चतो बाष्पमुष्णम्॥ १२॥

āpṛcchasva priyasakham amuṁ tuṅgam āliṅgya śailaṁ
vandyaiḥ puṁsāṁ raghupatipadair aṅkitaṁ mekhalāsu,
kāle kāle bhavati bhavatā yasya saṁyogam etya
snehavyaktiś ciravirahajaṁ muñcato bāṣpam uṣṇam. (12)

12. 请你拥抱那座高山，你亲爱的朋友，并向它告别。它的腰间印有被人类所尊崇的罗摩的脚印。每年这个时候，与你会合的它，由于长时间分离而流出的眼泪是情爱的宣示啊。

语法解析： āpṛcchasva（命令，二、单）请告别。ā-pṛccha 行礼，告别。priya（亲爱的）-sakham（sukha 朋友），复合词（阳、单、业），亲爱的朋友。amuṃ（代词，阳、单、业）那个。tuṅgam（tuṅga 阳、单、业）高

的。āliṅgya（ā-√liṅg，独立式）拥抱。śailaṁ（śaila 阳、单、业）山。vandyaiḥ（vandya 阳、复、具）值得尊敬的。puṃsāṃ（puṃs 阳、复、属）人类的。raghupati（罗怙氏主人）-padair（pada 脚印），复合词（中、复、具），罗摩的脚印。aṅkitaṃ（阳、单、业）印有，做记号的。mekhalāsu（mekhalā 阴、复、依）腰间，山腰。kāle kāle（kāla 阳、单、依）每年此时。bhavati（√bhū，现在，三、单）是，存在。bhavatā（bhavat 阳、单、具）您。yasya（阳、单、属）那。saṃyogam（saṃ-yoga 阳、单、业）会合。etya（ā-√i，独立式）走近。sneha-vyaktiś（阴、单、体）爱的表示。cira（长时间）-viraha（分离）-jaṃ（√jan，产生），复合词（中、单、体），由于长时间分离而产生的。muñcataḥ（√muñc，现分，阳、单、属）流出，溢出。bāṣpam uṣṇam（中、单、体）热泪。

मार्गं तावच्छृणु कथयतस्त्वत्प्रयाणानुरूपं
संदेशं मे तदनु जलद श्रोष्यसि श्रोत्रपेयम्।
खिन्नः खिन्नः शिखरिषु पदं न्यस्य गन्तासि यत्र
क्षीणः क्षीणः परिलघु पयः स्त्रोपसां चोपयुज्य॥ १३॥

mārgaṁ tāvac chṛṇu kathayatas tvatprayāṇānurūpaṁ
　　saṁdeśaṁ me tadanu jalada śroṣyasi śrotrapeyam,
khinnaḥ khinnaḥ śikhariṣu padaṁ nyasya gantāsi yatra
　　kṣīṇaḥ kṣīṇaḥ parilaghu payaḥ sropasāṁ copayujya.（13）

13. 现在，请听我描述给你适合你的旅程路线。施水者呀，你将要听我悦耳的指引。如果你特别累，就在山上歇歇脚再走，如果你消瘦了，就从河里享受那清凉的水再走。

语法解析： mārgaṃ（阳、单、业）路，路线。tāvac（tāvat）那么，现在。chṛṇu（=śṛṇu，命令、二、单）请听。kathayatas（√10kath，现分，阳、单、属）描述。tvat（你）-prayāṇa（旅行）-anurūpaṃ（适合的），复合词（阳、单、业），适合你的旅程的。saṃdeśaṃ（阳、单、业）信息，指令。me（一人称、单、属）我的。tadanu（不变）之后。jalada（阳、单、呼）给水者呀，云啊。śroṣyasi（将来、二，单）你将听。śrotra（耳朵）-peyam（喝、享受），复合词（阳、单、业），入耳的、悦耳的。khinnaḥ khinnaḥ（√khid 过去分词）疲惫的。śikhariṣu（śikharin 阳、复、依）

山。padaṃ(中、单、业)脚。nyasya(ni-√as,独立式)放下。gantaasi(= gamiṣyasi,二、单、将)你将走。yatra(不变)关系副词。kṣīṇaḥ kṣīṇaḥ(kṣīṇa 阳、单、体),消瘦的。parilaghu-payaḥ(payas 中、单、业)易于消化的水,有益健康的水。srotasāṃ(中、复、属)河流。ca(不变)连词。upayujya(= upabhujya, *upa*-√*yuj*,独立式)享受,饮用。

अद्रेः शृङ्गं हरति पवनः किं स्विदित्युन्मुखीभिर्
दृष्टोत्साहश्चकितचकितं मुग्धसिद्धाङ्गनाभिः।
स्थानादस्मात्सरसनिचुलादुत्पतोदङ्मुखः खं
दिङ्नागानां पथि परिहरन्स्थूलहस्तावलेपान्॥ १४॥

adreḥ śṛṅgaṁ harati pavanaḥ kiṁ svid ity unmukhībhir
dṛṣṭotsāhaś cakitacakitaṁ mugdhasiddhāṅganābhiḥ,
sthānād asmāt sarasaniculād utpatôdaṅmukhaḥ khaṁ
diṅnāgānāṁ pathi pariharan sthūlahastāvalepān. (14)

14. 难道风带走了山顶？悉檀仙天真的女人们惊奇地抬头看你的壮观。从芦苇湖朝着北方飞向天空的你,路上要防备方位象巨鼻的攻击。

语法解析: adreḥ(adri 阳、单、属)山的。śṛṅgaṃ(中、单、业)山峰。harati(√1hṛ,三、单)带走。pavanaḥ(阳、单、体)风。kiṃ svid(疑问)难道……iti(不变)如此想。unmukhībhir(阴、复、具)仰面,抬头。dṛṣṭa(被看)-utsāhaś(utsāha 力量、壮观),复合词(阳、单、体),壮观的(云)。cakita-cakitaṃ(不变)惊奇地。mugdha(单纯的)-siddha(悉檀仙)-aṅganābhiḥ(女人),复合词(阴、复、具),悉檀仙天真的妻子。sthānād(中、单、从)地方。asmāt(ayam 中、单、从)这里。sarasa(湿润的,湖)-niculād(芦苇),复合词(阳、单、从),芦苇湖。utpata(向上飞)-udaṅmukhaḥ(朝北),朝北向上飞。khaṃ(中、单、业)天空。diṅnāgānāṃ(阳、复、属)方位象的,驻守各个方位的巨象。pathi(pathin 阳、单、依)道路,路上。pariharan(现在分词)避开,防备。sthūlahasta(巨手,这里指象鼻)-avalepān(傲慢的行为),复合词(阳、复、业),巨鼻的侵犯。

रत्नच्छायाव्यतिकर इव प्रेक्ष्यमेतत्पुरस्ताद्
वल्मीकाग्रात्प्रभवति धनुःखण्डमाखण्डलस्य।
येन शयामं वपुरतितरां कान्तिमापत्स्यते ते
बर्हेणोव स्फुरितरुचिना गोपवेषस्य चिष्णोः॥ १५॥

ratnacchāyāvyatikara iva prekṣyametatpurastād
valmīkāgrātprabhavati dhanuḥkhaṇḍamākhaṇḍalasya,
yena śayāmaṁ vapuratitarāṁ kāntimāpatsyate te
barheṇova sphuritarucinā gopaveṣasya cisṇoḥ. (15)

15. 摧毁者(因陀罗)弓弦的一段(指彩虹)从蚁垤顶端出现在前面,看起来珠光宝气相互交错。由此,你黑色的身体将显得更加美丽,如同装扮成牧童的毗湿奴戴上光彩夺目的孔雀翎。

语法解析: ratna(珠宝)-cchāyā(影子)-vyatikara(= vyatikaraḥ 混合、交错),复合词(阳、单、体),珠光宝气互相交错。iva(不变)好像。prekṣyam(不变)看起来像。etat(指示代词,中、单、体)这。purastāt(不变)在前面,在东方。valmīka-agrāt(中、单、从)从蚁垤顶端。prabhavati(√1bhū,三、单)出现。dhanuḥ(dhanus 中、单、体)弓弦。khaṇḍam(中、单、体)片段。ākhaṇḍalasya(阳、单、属)摧毁者,指因陀罗。yena(不变)因此。śyāmaṃ(中、单、体)黑色的。vapur(vapus,中、单、体)身体。atitarāṃ(不变)非常,更好。kāntim(阴、单、业)装饰,点缀。āpatsyate(ā-√pat,将来时,中间语态、三、单)将显现。te(tvad 二、单、属格)你。barheṇa(阳、单、具)孔雀翎。iva(不变)如同。sphurita(闪光的)-rucinā(光芒),复合词(阳、单、具),光彩夺目的。gopa(牧人)-veṣasya(外貌),复合词(阳、单、属),装扮成牧人的。viṣṇoḥ(viṣṇu 阳、单、属)毗湿奴。

त्वय्यायत्तं कृषिफलमिति भ्रूविकारानभिज्ञैः
प्रीतिस्निग्धैर्जनपदवधूलोचनैः पीयमानः।
सद्यः सीरोत्कषणसुरभि क्षेत्रमारुह्य मालं
किंचित्पश्चाद्व्रज लघुगतिर्भूय एवोत्तरेण॥ १६॥

tvayyāyattaṁ kṛṣiphalamiti bhrūvikārānabhijñaiḥ

prītisnigdhairjanapadavadhūlocanaiḥ pīyamānaḥ,
sadyaḥ sīrotkaṣaṇasurabhi kṣetramāruhya mālaṁ
kiṁcitpaścādvraja laghugatirbhūya evottareṇa.（16）

16.“耕作的成果要依靠你”，不懂眉来眼去的农村少妇因衷情而湿润的眼睛望着你。请你上升到玛罗高原因耕作而芬芳的田野，再稍往西，然后朝着北方轻步前进。（因为洒下了雨水，所以脚步轻快）

语法解析： tvayi（tvad 二、单、依）你。āyattaṃ（中、单、体）依靠。kṛṣi（耕作、农业）-phalam（结果），复合词（中、单、体），耕作的成果。iti（不变）如此。bhrū（眉）-vikāra（煽动、变动）-anabhijñaiḥ（不善于），复合词（中、复、具），不懂眉来眼去的。prītisnigdhair（中、复、具）因衷情而湿润的、因情爱而迷人的，指眼睛。

janapada（国家、农村）-vadhū（少妇）-locanaiḥ（眼睛），复合词（中、复、具），农村少妇的眼睛。pīyamānaḥ（√pī，中间语态，现在分词），膨胀的（大地）。sadyaḥ（sadyas 不变）马上。sīrotkaṣaṇa（耕作）-surabhi（芬芳的）-kṣetram（田野），复合词（中、单、业），耕作而芬芳的田野。āruhya（独立式）上升到。mālaṃ（中、单、业）玛罗高原。kiṃcit（不变）某个，稍微。paścād（不变）向西。vraja（√vraj，命令、二、单）请走。laghugatir（阳、单、体）轻步前进。bhūya（独立式）成为。eva（不变）表示强调。uttareṇa（具格不变）向北。

त्वमासारप्रशमितवनोपप्लवं साधु मूर्ध्ना
वक्ष्यत्यध्वश्रमपरिगतं सानुमानाम्रकूटः।
न क्षुद्रो ऽपि प्रथमसुकृतापेक्षया संश्रयाय
प्राप्ते मित्रे भवति विमुखः किं पुनर्यस्तथोच्चैः॥ १७॥

tvamāsārapraśamitavanopaplavaṁ sādhu mūrdhnā
vakṣyatyadhvaśramaparigataṁ sānumānāmrakūṭaḥ,
na kṣudro 'pi prathamasukṛtāpekṣayā saṁśrayāya
prāpte mitre bhavati vimukhaḥ kiṁ punaryastathoccaiḥ.（17）

17. 芒果山必定会用顶峰托住旅途劳顿的你，你曾用阵雨平息了森林大火。当朋友来借宿之时，即使是个低微的人，也会因感念前情而不会(对他)转脸,更何况,如此高耸的芒果山。

语法解析: tvām(tvad 二、单、业)你。āsāra(大阵雨)-praśamita(平息)-vanopaplavaṃ(森林大火),复合词(阳、单、业),用阵雨平息了森林大火的。sādhu(不变)理所当然地。mūrdhnā(mūrdhan 阳、单、具)顶,峰。vakṣyaty(1√vah,将来、三、单)托住,承受。adhva(旅途)-śrama(疲乏)-parigataṃ(承受),复合词(阳、单、业),受旅途之苦。sānumān(sānumat 阳、单、体)山。āmra-kūṭaḥ(阳、单、体)芒果山。na(否定)不。kṣudro(阳、单、体)卑鄙的人。'pi(不变)即使。prathama(从前的)-sukṛta(优良行为)-apekṣayā(考虑到):考虑到以前的好。saṃśrayāya(阳、单、为)寻求保护,借以休息。prāpte mitre(独立依格)朋友到来之际。bhavati(系动词,现在、三、单)是。vimukhaḥ(阳、单、体)转脸。kiṃ punar(不变)更何况。yas(不变)关系代词。tathā(如此)-uccaiḥ(高的),复合词(阳、单、具),如此高贵的。

चन्नोपान्तः परिणतफलद्योतिभिः काननाम्रैस्
त्वय्यारूढे शिखरमचलः स्निग्धवेणीसवर्णे।
नूनं यास्यत्यमरमिथुनप्रेक्षणीयामवस्थां
मध्ये श्यामः स्तन इव भुवः शेषविस्तारपाण्डुः॥१८॥

=《丹珠尔》第 19 节

cannopāntaḥ pariṇataphaladyotibhiḥ kānanāmrais
tvayyārūḍhe śikharamacalaḥ snigdhveṇīsavarṇe,
nūnaṁ yāsyatyamaramithunaprekṣaṇīyāmavasthāṁ
madhye śyāmaḥ stana iva bhuvaḥ śeṣavistārapāṇḍuḥ.(18)

18. 当你登上四周被芒果树林覆盖的芒果山时,芒果树林因成熟的水果而闪闪发光,你却与浓密的头发有着相同的颜色。此时,神仙情侣将看见芒果山中间玄黑,周围亮白,如同大地的乳房。

语法解析: channa(覆盖)-upāntaḥ(末端、周围),复合词(阳、单、体),四周被覆盖的。pariṇata(成熟的)-phala(果子)-dyotibhiḥ(dyotin 闪烁的),复合词(阳、复、具),因成熟的水果而闪耀的。

kānana(树林)-āmrais(āmra 芒果),复合词(阳、复、具),芒果树林。tvayi(你)-ārūḍhe(爬):(独立依格)当你登上。śikharam(阳、单、业)山顶。acalaḥ(阳、单、体)山。snigdha(浓密的)-veṇī(头发)-savarṇe(savarṇa 同一个颜色),复合词(阳、单、依),与浓密的头发有着同样的颜色。nūnaṃ(不变词)然后,此时。yāsyati(将来,三、单)达到。amara(不死的,神仙)-mithuna(一对,配偶)-prekṣaṇīyām(必要粉刺,将被看见),复合词(阴、单、业),将被神仙情侣看见的。avasthāṃ(阴、单、业)状态、状况。madhye(阳、单、依)中间。śyāmaḥ(阳、单、体)黑色,棕褐色。stanaḥ(阳、单、体)乳房。iva(不变)如同。bhuvaḥ(bhū 阴、单、属)大地。śeṣa(剩下的)-vistāra(宽度、广度)-pāṇḍuḥ(pāṇḍu 淡黄、白),复合词(阳、单、体),周围发白的。

स्थित्वा तस्मिन्वनवरवधूभुक्तकुञ्जे मुहूर्तं
तोयोत्सर्गद्रुततरगतिस्तत्परं वर्त्म तीर्णः।
रेवां द्रक्ष्यस्युपलविषमे विन्ध्यपादे विशीर्णां
भक्तिच्छेदैरिव विरचितां भूतिमङ्गे गजस्य॥१९॥

=《丹珠尔》第 20 节

sthitvā tasminvanavaravadhūbhuktakuñje muhūrtaṁ
toyotsargadrutataragatistatparaṁ vartma tīrṇaḥ,
revāṁ drakṣyasyupalaviṣame vindhyapāde viśīrṇāṁ
bhakticchedairiva viracitāṁ bhūtimaṅge gajasya. (19)

19. 在那林中女享用的凉亭上停留片刻,洒下雨水的你会脚步轻快地启程。你将看到嶙峋的宾陀山脚下分支而流的列瓦河,如同大象身上用斑斓的条纹划出的装饰。

语法解析: sthitvā(独立式)停留。tasmin(tad 中、单、依)那。vanacara(林中生活的)-vadhū(年轻女子)-bhukta(享受)-kuñje(kuñja 凉亭),复合词(阳、单、依),在林中女享用的凉亭。muhūrtaṃ(不变)片刻。toyotsarga(释放水)-drutatara(更轻快)-gatis(gati 步伐),复合词(阳、单、体),由于释放了雨水而脚步轻快的。tatparaṃ(中、单、业)然后,于是。vartma(vartman 中、单、业)路,路程。tīrṇaḥ(阳、单、体)越过的。revāṃ(阴、单、业)列瓦河。drakṣyasy(将来、二、单)你将看到。upala(岩石)-viṣame(viṣama 不平的),复合词

(阳、单、依),嶙峋的山石。vindhya(宾陀山)-pāde(pāda 脚),复合词(阳、单、依),宾陀山脚下。viśīrṇāṃ(阴、单、业)分散的,分支的。bhakti(斑斓的)-cchedair(cheda 裂纹、条痕),复合词(阳、复、具),斑斓条纹的。iva(不变)就像。viracitāṃ(阴、单、业)形成,设计。bhūtim(阴、单、业)装饰。aṅge(aṅga 阳、单、依)身体。gajasya(gaja 阳、单、属)大象。

तस्यास्तिक्तैर्वनगजमदैर्वासितं वान्तवृष्टिर्
जम्बूकुञ्जप्रतिहतरयं तोयमादाय गच्छेः।
अन्तः सारं घन तुलयितुं नानिलः शक्ष्यति त्वां
रिक्तः सर्वो भवति हि लघुः पूर्णता गैरवाय॥२०॥

=《丹珠尔》第 21 节

tasyāstiktairvanagajamadairvāsitaṁ vāntavṛṣṭir
jambūkuñjapratihatarayaṁ toyamādāya gaccheḥ,
antaḥ sāraṁ ghana tulayituṁ nānilaḥ śakṣyati tvāṁ
riktaḥ sarvo bhavati hi laghuḥ pūrṇatā gairavāya. (20)

20. 吐出了雨水的你,请喝下受到 Jambū 丛林阻挠的列瓦河因野象的额夜而芬芳清香的水再走。云啊,风就不能摆布有内在实际的你了。因为,一切空虚的就是轻飘的;充实的就是厚重的。

语法解析:tasyās(tad 阴、单、属)那。tiktair(tikta 阳、复、具)辛辣的。vanagaja-madair(阳、复、具)野象发情而生的。vāsitaṃ(阳、单、业)芬芳的。vānta(吐出)-vṛṣṭir(vṛṣṭi 雨水),复合词(阳、单、体),吐出雨水的。jambū-kuñja(阎浮提树)-pratihata(受挫折)-rayaṃ(raya 河流),复合词(中、单、业),受到阎浮提树林阻扰的河流。toyam(中、单、业)水。ādāya(独立式)捉住,饮用。gaccheḥ(祈愿、二、单)走吧。antaḥsāraṃ(阳、单、业)有内在实质的。ghana(呼格)云。tulayituṃ(不定式,来自 tulā)衡量。na(不变)否定词。anilaḥ(阳、单、体)风。śakṣyati(三、单)能够。tvāṃ(二、单、业)你。riktaḥ(阳、单、体)空的。sarvaḥ(阳、单、体)一切。bhavati (√bhū现在、三、单)是。hi(不变)因为。laghuḥ(阳、单、体)轻的。pūrṇatā(阳、单、体)充实。gauravāya(gaurava 中、单、为)厚重,庄严。

नीपं दृष्ट्वा हरितकपिशं केसरैरर्धरूढैर्
आविर्भूतप्रथममुकुलाः कन्दलीश्चानुकच्छम्।
दग्धारण्येष्वधिकसुरभिं गन्धमाघ्राय चोर्व्याः (जग्ध्वा)
सारङ्गास्ते जललवमुचः सूचयिष्यन्ति मार्गम्॥२१॥

=《丹珠尔》第 22 节

nīpaṁ dṛṣṭvā haritakapiśaṁ kesarairardharūḍhair
āvirbhūtaprathamamukulāḥ kandalīścānukaccham,
dagdhāraṇyeṣvadhikasurabhiṁ gandhamāghrāya corvyāḥ
sāraṅgāste jalalavamucaḥ sūcayiṣyanti mārgam. (21)

21. 当蜜蜂看到迦昙波花儿长出一半儿的嫩黄微红相间的细丝儿;当小鹿吃到湖边开始萌芽的野芭蕉;当大象闻到林中浓郁的土地芬芳,它们都会给雨云指出前进的路向。

语法解析: nīpaṃ(阳、单、业)迦昙花。dṛṣṭvā(独立式)见到。harita-kapiśaṃ:(阳、单、业)嫩黄微红相间的。harita 淡黄。kapiśa 微红,棕色。kesarair(kesara 阳、复、具)细丝。ardha(半)-rūḍhair(rūḍha 成长),复合词(阳、复、具),长出一半儿的。āvirbhūta(可见的)-prathama(一个,开端)-mukulāḥ(mukulā 芽),复合词(阴、复、业),开始萌芽的。kandalīḥ(阴、复、业)野芭蕉。ca(不变)连接词。anukaccham(中、单、业)湖边,沼泽地上。jagdhvā(独立式)吃,咀嚼。araṇyeṣu:(中、复、业)森林中。adhika(强烈的)-surabhiṃ(surabhi 芳香),复合词(阳、单、业),浓郁的香气。gandham(阳、单、业)气味。āghrāya(独立式)闻到。ca(不变)连接词。urvyāḥ(urvī 阴、单、属)大地。sāraṅgās(sāraṅga 阳、复、体)身上有花纹的或斑点的,这里分别指蜜蜂、鹿(羚羊)和大象。te(代词,阳、复、体)它们。jala(水)-lava(片断,部分)-mucaḥ(muc 释放),复合词(阴、单、属),洒下部分水的,指"云"。sūcayiṣyanti(√sūc 三、复、将来)他们将指出。mārgam(阳、单、业)路。

उत्पश्यामि द्रुतमपि सखे मत्प्रियार्थं यियासोः
कालक्षेपं ककुभसुरभौ पर्वते पर्वते ते।
शुक्लापाङ्गैः सजलनयनैः स्वागतीकृत्य केकाः
प्रत्युद्यातः कथमपि भवान्गन्तुमाशु व्यवस्येत्॥२२॥

=《丹珠尔》第 24 节

utpaśyāmi drutamapi sakhe matpriyārthaṁ yiyāsoḥ
　　kālakṣepaṁ kakubhasurabhau parvate parvate te,
śuklāpāṅgaiḥ sajalanayanaiḥ svāgatīkṛtya kekāḥ
　　pratyudyātaḥ kathamapi bhavāngantumāśu vyavasyet. (22)

22. 朋友啊，我知道你为我的爱人想快速行走，但在那每一座花香芬芳的山上都会停留一下。当眼角洁白的孔雀热泪盈眶地引吭高歌来迎接你，但愿你能快速启程。

语法解析：utpaśyāmi（√dṛś）我预见。drutam（不变）快速地。api（不变）虽然。sakhe（sakhi 阳、单、呼）朋友啊。mat（我）priyā（爱人）arthaṃ（artha 目的），复合词（阳、单、业），为我的爱人。yiyāsoḥ（yiyāsu 阳、单、属）愿意走。kāla（时间）-kṣepaṃ（kṣepa 扔、延误），复合词（阳、单、业），延误时间。kakubha（= kuṭaja 曲生花）-surabhau（surabhi 芬芳），复合词（阳、单、依），曲生花花香。parvate parvate（parvata 阳、单、依）每座山上。te 它们，指孔雀。śukla（白，亮）-apāṅgaiḥ（apāṅga 眼角），复合词（阳、复、具），眼角洁白的，孔雀的藻饰词。sajala（湿的）-nayanaiḥ（nayana 眼睛），复合词（中、复、具），湿的眼睛。svāgatī（欢迎）-kṛtya（必要分词，做）-kekāḥ（kekā 孔雀的叫声）（阴、复、体）以叫声表示欢迎的，指孔雀。pratyudyātaḥ（*ppp*. 阳、单、体）被欢迎。katham api（不变）即使。bhavān（bhavat 阳、单、体）你。gantum（阳、单、业）路程。āśuvyavasyet（祈愿、二、单）请快启程。

पाण्डुच्छायोपवनवृतयः केतकैः सूचिभिन्नैर्
नीडारम्भैर्गृहबलिभुजामाकुलग्रामचैत्याः।
त्वय्यासन्ने परिणतफलश्यामजम्बूवनान्ताः
संपत्स्यन्ते कतिपयदिनस्थायिहंसा दशार्णाः॥२३॥

=《丹珠尔》第 25 节

pāṇḍucchāyopavanavṛtayaḥ ketakaiḥ sūcibhinnair
　　nīḍārambhairgṛhabalibhujāmākulagrāmacaityāḥ,
tvayyāsanne pariṇataphalaśyāmajambūvanāntāḥ
　　saṁpatsyante katipayadinasthāyihaṁsā daśārṇāḥ. (23)

23. 当你到达的时候，十垒寨的小树林的顶尖被盛开的迦丹迦花所覆盖而呈现白色或淡黄色；村庄的圣树上筑巢的鸟儿在盘旋；阎浮提树林因果实成熟而呈现黑色。天鹅会在那里逗留几天。

语法解析： pāṇḍucchāya（白色）-upavana（小树林，花园）-vṛtayaḥ（vṛtaya 将来被动分词，将被覆盖），复合词（阳、单、体），花园将被白色（的花儿）覆盖。ketakaiḥ（阳、复、具）迦丹迦花儿。sūci（sūcī 顶、尖）-bhinnair（bhinna 展开的，盛开的），复合词（阳、复、具），在顶部盛开的。nīḍā（住处）-rambhair（rambha 支持，搭建），复合词（阳、复、具），搭建鸟巢的。gṛha（家，妻）-bali（贡品）-bhujām（bhuja 享受），复合词（阳、复、业），享受雌性配偶提供的祭品的，指麻雀、乌鸦等鸟①。ākula（扰乱，盘旋）-grāma（村庄）-caityāḥ（caitya 圣树），复合词（阳、复、体），被扰乱的村庄圣树。tvayi āsanne（独立依格）当你到达的时候。pariṇata（成熟的）-phala（果实）-śyāma（黑色）-jambūvanāntāḥ（坐落于阎浮提树林的），复合词（阳、复、体），黑色成熟的果实所围绕的阎浮提树林。saṃpatsyante（√pat 将来、三、复）变成，呈现。katipaya（几个）-dina（天，日子）-sthāyi（停留）-haṃsāḥ（天鹅），复合词（阴、复、体），天鹅会小住几天。daśārṇāḥ（阴、复、体）十垒寨。

तेषां दिक्षु प्रथितविदिशालक्ष्णां राजधानीं
गत्वा सद्यः फलमपि महत्कामुकत्वस्य लब्धा।
तीरोपान्तस्तनितसुभगं पास्यसि स्वादु यत्तत्
सभ्रूभङ्गं मुखमिव पयो वेत्रवत्याश्चलोर्मि॥ २४॥

=《丹珠尔》第 26 节

teṣāṁ dikṣu prathitavidiśālakṣṇāṁ rājadhānīṁ
　　gatvā sadyaḥ phalam api mahatkāmukatvasya labdhā,
tīropāntastanitasubhagaṁ pāsyasi svādu yat tat
　　sabhrūbhaṅgaṁ mukhamiva payo vetravatyāścalormi.（24）

24. 当你到达闻名四方的都城 vidiśā 之后，会立刻得到多情人丰硕的回报。以愉快的雷声靠近河岸的你将会饮到甜美的

① M.R. Kale, The *Meghadūta of Kālidāsa*, p.46.

卫女河水，那水泛起涟漪又像蹙起眉毛的脸蛋。

语法解析： teṣām（tad 阳、复、属）那里的，指“十垒寨”。dikṣu（√diś，阳、复、依）各方向，各地区。prathita（闻名的）-vidiśā（城名）-lakṣṇāṃ（lakṣṇa 标记，特征），复合词（阴、单、业），以 vidiśā 的名义闻名于世的。rāja（国王）-dhānīṃ（住所），复合词（阴、单、业），首都。gatvā（独立式）到达。sadyaḥ（sadyas，不变词）立刻。phalam（中、单、业）果实，报酬。avikalaṃ（中、单、业）未损的，整个的，充分的。kāmukatvasya（kāmukatva 阳、单、属）欲望；多情人（金克木），指卫女河。labdhvā（独立式）得到。tīra（岸）-upānta（靠近）-stanita（雷声）-subhagaṃ（subhaga 幸运的），复合词（中、单、业），由于雷声靠岸而感到高兴的。pāsyasi（√pā，将来、二、单）你将喝。svādu（中、单、业）甜美，美味。yat tat（不变）连接副词。sa-bhrū（眉毛）-bhaṅgaṃ（bhaṅga 弯曲），复合词（阳、单、业），皱眉毛的。mukham（中、单、业）脸。iva（不变）好像。payaḥ（payas 中、单、业）水。vetravatyāḥ（vetrāvatī 阴、单、属）卫女河的。calormi（中、单、业）泛起涟漪的。

नीचैराख्यं गिर्मधिवसेस्तत्र विश्रमहेतोस्
त्वत्संपर्कात्पुककितमिव प्रौढपुष्पैः कदम्बैः।
यः पण्यस्त्रीरतिपरिम्लोद्गारिभिर्नागराणाम्
उद्दामानि प्रथयति शिलावेश्मभिर्यौवनानि॥ २५॥

=《丹珠尔》第 27 节

nīcairākhyaṁ girmadhivasestatra viśramahetos
　　tvatsaṁparkātpukakitamiva prauḍhapuṣpaiḥ kadambaiḥ,
yaḥ paṇyastrīratiparimlodgāribhirnāgarāṇām
　　uddāmāni prathayati śilāveśmabhiryauvanāni.（25）

25. 如果要休息就在名为“低”的山上住下，那里盛开的迦丹波花儿如同那座山与你接触而竖起的毛发。在这座山的岩洞里散发出行乐女的粉香，见证着城中人放荡不羁的青春年华。

语法解析： nīcair（nīcais 低，下）-ākhyaṃ（ākhya 叫作），复合词（阳、单、业），名为“低”的。girim（阳、单、业）山，丘。adhivases

(√vas1,祈愿语气、二、单)请住下。tatra(不变)在那里。viśrama(休息)-hetos(hetu 原因),因为要休息。tvad(二、单、从)你。saṃparkāt(阳、单、从)结合,交融。pulakitam(阳、单、业)毛发竖起的。iva(不变)好像。prauḍha(盛开)-puṣpaiḥ(puṣpa 花儿),复合词(中、复、具)盛开的花儿。kadambaiḥ(阳、复、具)迦丹波花。yaḥ 关系代词。paṇyastrī(游女)-rati(爱乐)-parimala(芬芳)-udgāribhir(udgāri 散发),复合词(中、复、具),游女行乐时散发出的粉香。nāgarāṇām(阳、复、属)城中人。uddāmāni(uddāma 中、复、体)放纵的,无限制的。prathayati(使动,三、单)展示,见证。śilāveśmabhir(śilāveśma 中、复、具)山洞,石屋。yauvanāni(yauvana 中、复、业)青春年华,青年。

विश्रान्तः सन्व्रज वननदीतीरजातानि सिञ्चन्न्
उद्यानानां नवजलकणैर्यूथिकाजालकानि।
गण्डस्वेदापनयनरुजाक्लान्तकर्णोत्पलानां
छायादानात्क्षणपरिचितः पुष्पलावीमुखानाम्॥ २६॥

=《丹珠尔》第 28 节

viśrāntaḥ sanvraja vananadītīrajātāni siñcann
　　udyānānāṁ navajalakaṇairyūthikājālakāni,
gaṇḍasvedāpanayanarujāklāntakarṇotpalānāṁ
　　chāyādānātkṣaṇaparicitaḥ puṣpalāvīmukhānām.(26)

26. 休息之后请走到河边森林,用新鲜的雨滴喷洒茉莉花儿蓓蕾。你投下阴影立即与采花女的脸蛋儿相会,那脸蛋上的耳边莲花由于抹擦脸颊上的汗水而已破碎凋零。

语法解析: viśrāntaḥ(阳、单、体)休息,停止。sat(现在分词,阳、单、体)系动词。vraja(= gaccha,命令、二、单)走。vana(森林)-nadī(河水)-nīrajātāni(nīra-jāta 水生的,花儿),复合词(中、复、体),森林河边的花儿。siñcan 喷洒。udyānānāṃ(udyāna 中、复、属)公园。nava(新鲜的)-jalakaṇair(jalakaṇa 水滴),复合词(阳、复、具),新鲜的水滴。yūthikā(茉莉花)-jālakāni(jālaka 蓓蕾),复合词(中、复、体),茉莉花蓓蕾。gaṇḍa(颊)-sveda(汗)-apanayana(抹去,带走)-rujā(破坏)-klānta(衰弱、凋谢)-karṇa(耳朵)-utpalānāṃ(utpala 莲

花),复合词(中、复、属),耳边莲花由于抹擦脸颊上的汗水而破碎凋零。chāyā(阴影)-dānāt(dāna 给予),复合词(中、单、从),投下阴影。kṣaṇa(瞬间)-paricitaḥ(聚集),复合词(阳、单、体),瞬间聚集、会面。指给采花女挡光。puṣpalāvī(采花女)-mukhānām(mukha 脸蛋儿),复合词(中、复、属),采花女子的脸蛋儿。

वक्रः पन्था यदपि भवतः प्रस्थितस्योत्तराशां
सौधोत्सङ्गप्रणयविमुखो मा स्म भूरुज्जयिन्याः।
विद्युद्दामस्फुरितचकितैस्तत्र पौराङ्गानानां
लोलापाङ्गैर्यदि न रमसे लोचनैर्वञ्चतो ऽसि॥२७॥

=《丹珠尔》第 29 节

vakraḥ panthā yadapi bhavataḥ prasthitasyottarāśāṁ
saudhotsaṅgapraṇayavimukho mā sma bhūrujjayinyāḥ,
vidyuddāmasphuritacakitaistatra paurāṅgānānāṁ
lolāpāṅgairyadi na ramase locanairvañcato 'si. (27)

27. 向北前进的路程虽然曲折,但你也不要不理睬优禅尼城宫殿大厦平坦的屋顶。你若不去欣赏那里城市女郎因闪电藤条所惊吓而颤动的眼角,你就虚度了年华。

语法解析:vakraḥ(阳、单、体)弯曲的,绕的。panthā(阴、单、体)道路。yad 关系代词。api(不变)即使。bhavataḥ(现分,二、单)是。prasthitasya(阳、单、属)出发。uttarāśāṃ(阴、单、业)北方。saudha(大厦,宫殿)-utsaṅga(屋顶,平顶)-praṇaya(感情,爱意)vimukhaḥ(vimukha 转脸,拒绝)复合词(阳、单、体),对高楼大厦平坦的楼顶拒绝感情(漠视)。mā sma bhūr:不要。ujjayinyāḥ(ujjayinī 阴、单、属)优禅尼城。vidyud(闪电)-dāma(环,条)-sphurita(闪光)-cakitais(cakita 颤抖,害怕),复合词(阳、复、具),被闪电藤条所惊吓的。tatra(不变)那里。paura(城市)-aṅgānānāṃ(aṅgānā 肢体丰满的),复合词(阴、复、属),城市女郎。lola(颤抖的)-apāṅgair(apāṅga 眼角,转角),复合词(阳、复、具),颤抖的眼角。yadi na(不变)如果不。ramase(中间语态、二、单)欣赏。locanair(中、复、具)眼睛。vañcito 'si:你被捉弄。意思为:你白长了眼睛。

वीचिक्षोभस्तनितविहगश्रेणिकाञ्चीगुणायाः
संसर्पन्त्याः स्खलितसुभगं दर्शितावर्तनाभेः।
निर्विन्ध्यायाः पथि भव रसाभ्यन्तरः संनिपत्य
स्त्रीणामाद्यं प्रणयवचनं विभ्रमो हि प्रियेषु॥ २८॥

=《丹珠尔》第 30 节

vīcikṣobhastanitavihagaśroṇikāñcīguṇāyāḥ
saṁsarpantyāḥ skhalitasubhagaṁ darśitāvartanābheḥ,
nirvindhyāyāḥ pathi bhava rasābhyantaraḥ saṁnipatya
strīṇāmādyaṁ praṇayavacanaṁ vibhramo hi priyeṣu. (28)

28. 以随波喧闹的一行鸟为腰带，露出肚脐漩涡，婀娜多姿的尼文底耶河激情奔腾。在途中，你将成为她美味的享受者。因为，女人对她们爱人的一句情话就是舞动风情。

语法解析： vīci（波涛）-kṣobha（扰动、喧闹）-stanita（声音）-vihaga（鸟）-śreṇi（排）-kāñcī（腰带）-guṇāyāḥ（guṇāya 表现为……特征的），复合词（阴、单、属），以随波喧闹的一行鸟为腰带的。saṃsarpantyāḥ（阴、单、属）前行、滑行。skhalita（踉跄、兴奋）-subhagaṃ（subhaga 迷人），复合词（中、单、体），激情奔腾而迷人的。darśita（表现，展现）-āvarta（旋转的，漩涡的）-nābheḥ（nābhi 肚脐），复合词（阳、单、属），露出肚脐漩涡的。nirvindhyāyāḥ（nirvindhyā 阴、单、属）尼文底耶河。pathi（中、单、业）路途。bhava（√bhū 命令语气、二、单）是，成为。rasa（汁液，味）-abhyantaraḥ（内部、内在），复合词（阳、单、体），充满水的，享受尼文底耶河美味者。saṃnipatya（不变词）直接地。strīṇām（阴、复、属）女人。ādyaṃ（不变）一。praṇaya（爱，情）-vacanaṃ（话语），复合词（中、单、体），情话。vibhramaḥ（阳、单、体）撒娇，舞动风情。hi（不变）因为。priyeṣu（priya 阳、复、依）爱人。

वेणीभूतप्रतनुसलिला तामतीतस्य सिन्धुः
पाण्डुच्छाया तटरुहतरुभ्रंशिभिर्जीर्णपर्नैः।
सौभाग्यं ते सुभग विरहावस्थया व्यञ्जयन्ती
काश्यं येन त्यजति विधिना स त्वयैवोपपाद्यः॥ २९॥

=《丹珠尔》第 31 节

veṇībhūtapratanusalilā tāmatītasya sindhuḥ

pāṇḍucchāyā taṭaruhatarubhraṁśibhirjīrṇaparnaiḥ,
saubhāgyaṁ te subhaga virahāvasthayā vyañjayantī
kārśyaṁ yena tyajati vidhinā sa tvayaivopapādyaḥ. (29)

29. 走过了尼文底耶河便会遇见信度河，她由于和你分离已经消瘦成像发辫一样，河岸上老树叶的凋零使她面目苍白。这些征兆正是昭示了你的福气。好福气的，通过你的力量，她将摆脱消瘦。

语法解析：veṇī（发辫）-bhūta（已成了）-pratanu（消瘦）-salilā（salila 水），复合词（阴、单、体），消瘦成发辫一样的河水。tām（阴、单、业）她，指上一节的 nirvindhyā 河。atītasya（阳、单、属）走过。sindhuḥ（阳、单、体）信度河。pāṇḍu（白色的）-chāyā（肤色、影子），复合词（阴、单、体）肤色苍白的。taṭa（岸）-ruha（生长）-taru（树）-bhraṃśibhir（bhraṃśin 下落），复合词（中、复、具）从岸上生长的树木落下的。jīrṇa（老的）-parṇaiḥ（parṇa 叶子），复合词（中、复、具）老叶子。saubhāgyaṃ（中、单、体）福气。te（= tava 二、单、属）你。subhaga（呼格）好福气的，指“云”。viraha（分离）-avasthayā（avasthā 处在某种状态），复合词（阴、单、具），因为分离。vyañjayantī（阴、单、体）具有……表征的。kārśyaṃ（中、单、业）消瘦。yena 关系代词。tyajati（√1tyaj，现在、三、单）放弃，摆脱。vidhinā（vidhi 阳、单、具）方法，力量。saḥ（阳、单、体）指代“sindhu”。tvayā（tvad 二、单、具）你。eva（不变）表示强调。upapādyaḥ（阳、单、体）变成。

प्राप्यावन्तीनुदयनकथाकोविदग्रामवृद्धान्
पूर्वोद्दिष्टामनुसर पुरीं श्रीविशालां विशालाम्।
स्वल्पीभूते सुचरितफले स्वर्गिणां गां गताणां
शेषैः पुण्यैर्हृतमिव दिवः कान्तिमत्खण्डमेकम्॥३०॥

=《丹珠尔》第 32 节

prāpyāvantīnudayanakathākovidagrāmavṛddhān
pūrvoddiṣṭāmanusara purīṁ śrīviśālāṁ viśālām,
svalpībhūte sucaritaphale svargiṇāṁ gāṁ gatāṇāṁ
śeṣaiḥ purṇyaihṛtamiva divaḥ kāntimatkhaṇḍamekam. (30)

30. 到达阿槃提国，那里村落的老人们都熟知优陀延王的故事。前面提到的富饶的广严城（优禅尼城）如同天上的人们当他们的福报消减的时候，就把剩余的福分带到人间来的一块宝地一样。

语法解析：prāpa-avantīn（阳、复、业）到达阿槃提。udayana（优陀延）-kathā（故事）-kovida（熟知）-grāma（村庄）-vṛddhān（vṛddha 老者），复合词（阳、复、业），优陀延王故事被那里的老人们所熟知的村庄。pūrva-uddiṣṭām（阴、单、业）前面说过的。anusara-purīṃ（阴、单、业）有关……城镇。śrīviśālāṃ（阴、单、业）富有财富的。viśālām（阴、单、业）广严城，优禅尼城的别名。svalpī-bhūte（阳、单、依）变小。sucarita-phale（阳、单、依）好行为的结果。svargiṇāṃ（阳、复、属）天上的。gāṃ（ = bhūmiṃ）地方，大地。gatānāṃ（阳、复、属）来到的。śeṣaiḥ（中、复、具）剩余。puṇyair（中、复、具）福分。hṛtam（中、单、业）被带来。iva（不变）好像。divaḥ（阴、单、属）天国，天上。kāntimat（中、单、业）宏伟壮观的。khaṇḍam ekam（中、单、业）一部分。

दीर्घीकुर्वन्पटु मदकलं कूजितं सारसानां
प्रत्यूषेषु स्फुटितकमलामोदमैत्रीकषायः।
यत्र स्त्रीणां हरति सुरतग्लानिमङ्गानुकूलः
सिप्रावातः प्रियतम इव प्रार्थनाचाटुकारः॥ ३१॥

=《丹珠尔》第 33 节

dīrghīkurvanpaṭu madakalaṁ kūjitaṁ sārasānāṁ
　　pratyūṣeṣu sphuṭitakamalāmodamaitrīkaṣāyaḥ,
yatra strīṇāṁ harati surataglānimaṅgānukūlaḥ
　　siprāvātaḥ priyatama iva prārthanācāṭukāraḥ. (31)

31. 黎明时分由湿波罗河上吹来的阵阵微风，使湖鸟陶醉的响亮的爱恋鸣声格外悠长，它结交荷花因而芬芳，令人全身舒畅，祛除女人行乐后的疲倦，像婉转求告的情郎。①

语法解析：dīrghīkurvan（现分，中、单、业）拉长，使悠长。paṭu

① 金克木译：《云使》，第 31 节。

（中、单、业）清晰的，响亮的。madakalaṃ（中、单、业）柔和的，陶醉的。kūjitaṃ（中、单、业）鸟鸣。sārasānāṃ（阳、复、属）天鹅，鹤。pratyūṣeṣu（阳、复、依）拂晓时分，黎明时分。sphuṭita（绽放的）-kamalā（荷花）-moda（欢欣）-maitrī（亲密接触）-kaṣāyaḥ（kaṣāya 芬芳），复合词（阳、单、体），与绽放的荷花亲密接触而带有芳香的。yatra（关系副词）那里。strīṇāṃ（阴、复、属）女人。harati（√hṛ，三、单）带走。surata（欢爱）-glānim（glāni 疲倦），复合词（阴、单、业），由于欢爱而产生的疲倦。aṅga-anukūlaḥ（阳、单、体）对身体很惬意的，抚摸身体的。siprā-vātaḥ：（阳、单、体）湿波罗河之风。priyatamaḥ（阳、单、体）最亲爱的人，丈夫。iva（不变）好像。prārthanā（请求）-cāṭu（奉承）-kāraḥ（kāra 做），复合词（阳、单、体），委婉奉承请求。

जालोद्गीर्णैरुपचितवपुः केशसंस्कारधूपैर्
बन्धुप्रीत्या भवनशिखिभिर्दत्तनृत्तोपहारः। =《丹珠尔》第 34 节
हर्म्येष्वस्याः कुसुमसुरभिष्वध्वखिन्नान्तरात्मा
नीत्वा रात्रिं ललितवनितापादरागाङ्कितेषु॥३२॥

jālodgīrṇair upacitavapuḥ keśasaṁskāradhūpair
　　bandhuprītyā bhavanaśikhibhirdatta nṛttopahāraḥ,
harmyeṣvasyāḥ kusumasurabhi ṣvadhvakhinnāntarātmā
　　nītvā rātriṁ lalitavanitā pādarāgāṅkateṣu.（32）

32. 从窗棂中逸出来的薰头发的香气使你更加丰腴，家孔雀也以舞蹈作礼表示戚谊，印着美女脚底胭脂的楼台飘散花香，你看到这富丽景象便会失去旅途的倦意。①

语法解析：jāla（格窗、网罗）-udgīrṇair（udgīrṇa 飘出、溢出），复合词（阳、复、具）从格窗中飘出的。upacita（充盈的、增长的）-vapuḥ（vapu 身体），复合词（阳、单、体）增长身体的，身体充盈的。keśa（头发）-saṃskāra（装饰、净化）-dhūpair（dhūpa 香、熏香），复合词（阳、复、具），熏发香。bandhu（亲情、友情）-prītyā（prīti 喜悦、喜爱），复合

① 金克木译：《云使》，第 32 节。

词(阴、单、具),友情的欢悦。bhavana(住宅)-śikhibhir(śikhin 孔雀),复合词(阳、复、具),家中孔雀(gṛha-mayūra)。datta(被给予)-nṛtta(舞蹈)-upahāraḥ(upahāra 礼物),复合词(阳、单、体)以舞蹈作为礼物被给予的。harmyeṣu(harmya 中、复、依)宫殿。asyāḥ(=ujjayinyāḥ,阴、单、属)她的,优禅尼城的。kusuma(花)-surabhiṣu(surabhi 香气),复合词(阳、复、依)花朵的芬芳。adhva(路途)-khinna(疲惫)-antarātmā(antarātman 内心),复合词(阳、单、体),路途中的疲劳。nītvā(独立式)度过。rātriṃ(阴、单、业)夜晚。lalitavanitā(美女)-pāda(脚)-rāga(染膏)-aṅkiteṣu(aṅkita 印有),复合词(阳、复、依),印有美女脚底胭脂的。

भर्तुः कण्ठच्छविरिति गणैः सादरं वीक्ष्यमाणः
पुण्यं यायास्त्रिभुवनगुरोर्धाम चण्डेश्वरस्य।　　=《丹珠尔》第 35 节
धूतोद्यानं कुवलयरजोगन्धिभिर्गन्धवत्यास्
तोयक्रीडानिरतयुवतिस्नानतिक्तैर्मरुद्भिः॥३३॥

bhartuḥ kaṇṭhacchavir iti gaṇaiḥ sādaraṁ vīkṣyamāṇaḥ
　　puṇyaṁ yāyās tribhuvanaguror dhāma caṇḍeśvarasya,
dhūtodyānaṁ kuvalayarajogandhibhir gandhavatyās
　　toyakrīḍāniratayuvatisnānatiktair marudbhiḥ.(33)

33. 湿婆的侍从看到主人颈色,怀着敬意望你,你就前往三界之主乌玛之夫的福地去;香河的含有青莲花粉的风吹拂那儿的花园,风里还有水中游戏的少女的脂粉香气。①

语法解析:bhartuḥ(阳、单、属)主人。kaṇṭha(脖子)-cchavir(chavi 颜色),复合词(阴、单、体)脖子的颜色。iti(不变)如此想。gaṇaiḥ(阳、复、具)湿婆的侍从。sādaraṃ(不变)带有敬意地。vīkṣyamāṇaḥ(√1vīkṣ,现在分词)观看、凝视、认为。puṇyaṃ(中、单、业)净化的,纯净的,圣洁的。yāyās(√2 yā,祈愿、二、单)请你去。tri-bhuvana-guror(阳、单、属)三界之主。dhāma(dhāman 中、单、业)住所。caṇḍā(难近母)-iśvarasya(iśvara 丈夫、主人),复合

① 金克木译:《云使》,第 33 节。

词(阳、单、属)难近母的丈夫,指湿婆。dhūta(摇摆)-udyānaṃ(udyāna 花园),复合词(中、单、体),被(风吹)摇摆的花园。kuvalaya(蓝莲花)-rajo(rajas 花粉)-gandhibhir(gandhin 有气味的,芬芳的),复合词(阳、复、具)蓝莲花花粉的清香。gandhavatyās(gandhavat 阴、单、属)河名,香河;有香气的。toyakrīḍā(戏水)-nirata(取乐)-yuvati(年轻姑娘)-snāna(洗浴)-tiktair(芳香),复合词(阳、复、具),年轻姑娘们戏水取乐时的芬芳。marudbhiḥ(marut 阳、复、具)风。

अप्यन्यस्मिञ्जलधर महाकालमासाद्य काले
स्थातव्यं ते नयनविषयं यावदत्येति भानुः।
कुर्वन्संध्याबलिपटहतां शूलितः श्लाघनीयाम्
आमन्द्राणां फलमविकलं लप्स्यसे गर्जितानाम्॥ ३४॥

=《丹珠尔》第 36 节

apy anyasmiñ jaladhara mahākālam āsādya kāle
sthātavyaṁ te nayanaviṣayaṁ yāvad atyeti bhānuḥ,
kurvansaṁdhyābalipaṭahatāṁ śūlitaḥ ślāghanīyām
āmandrāṇāṁ phalam avikalaṁ lapsyase garjitānām. (34)

34. 云(持水者)啊!如果你到摩诃迦罗为时尚早,就一定要等候太阳从眼界消失,充当了祭湿婆的晚祷的尊贵乐鼓,你的低沉的雷声将获得完美的果实。①

语法解析: api(不变)即使,虽然。anyasmin(anya 阳、单、依)其他(时间)。jaladhara(阳、单、呼)持水的,指云。mahākālam(阳、单、业)大黑天。āsādya(独立式)达到。kāle(阳、单、依)时间,与 anyasmin 一起构成独立依格。sthātavyaṃ(必要分词)滞留,停下,站住。te(tava,二、单、数)你。nayanaviṣayaṃ(阳、单、业)眼睛能见的范围,地平线。yāvad 关系代词。atyeti(ati+√i,三、单)超过,走过。bhānuḥ(阳、单、体)光亮、太阳。kurvan(现分,阳、单、体)做,充当。saṃdhyā(晚上)-bali(祭品)-paṭahatāṃ(鼓声),复合词(阴、单、业),晚祷告的鼓声。śūlinaḥ(阳、单、属)持三叉戟者,湿婆。ślāghanīyām

① 金克木译:《云使》,第 34 节。

（必要分词，阴、单、业）值得称赞的，优美的。āmandrāṇāṃ（阳、复、属）低沉的旋律，雷声。phalam（中、单、业）果实，结果。avikalaṃ（中、单、业）无缺的，完整的。lapsyase（致使、被动）你会获得。garjitānām（阳、复、属）轰鸣声，雷声。

पादन्यासक्वणितरशनास्तत्र लीलावधूतैः
रत्नच्छायाखचितवलिभिश्चामरैः क्लान्तहस्ताः।
वेश्यास्त्वत्तो नकपदसुखान्प्राप्य वर्षाग्रबिन्दून्
आमोक्ष्यन्ते त्वयि मधुकरश्रेणिदीर्घान्कटाक्षान् ॥३५॥

=《丹珠尔》第 37 节

pādanyāsakvaṇitaraśanās tatra līlāvadhūtaiḥ
ratnacchāyākhacitavalibhiś cāmaraiḥ klāntahastāḥ |
veśyās tvatto nakapadasukhānprāpya varṣāgrabindūn
āmokṣyante tvayi madhukaraśreṇidīrghān kaṭākṣān ‖ (35)

35.（黄昏时分）舞女们身上的系带由脚的跳动而叮当作响，她们的手因戏舞柄映珠宝光的麈尾而疲倦，受到你的使身上指甲痕舒适的初雨雨点，将对你投出一排蜜蜂似的曼长媚眼。①

语法解析： pādanyāsa（步法、舞步）-kvaṇita（弦声、叮当响声）-raśanās（raśanā 腰带、腰坠），复合词（阴、复、体），随着舞步腰坠叮当作响的。tatra（不变）在这个时候，指黄昏时刻。līlāvadhūtaiḥ（阳、复、具）优雅地挥舞。ratnacchāyā（珠光宝气）-khacita（镶嵌）-valibhiś（vali 皱褶），复合词（阴、复、具），布满珠光宝气又皱褶的。cāmaraiḥ（阳、复、具）拂尘。klānta-hastāḥ（阳、复、体）疲倦的手。veśyās（阴、复、体）舞女。tvattas 从你那里。nakhapada（指甲痕）-sukhān（sukha 缓和、使舒适），复合词（阳、复、业）缓和指甲痕。prāpya（独立式）获得。varṣa（雨）-agra（一，最初）-bindūn（bindu 点，滴），复合词（阳、复、业），最初的雨点。āmokṣyante（中间语态，三、复）解脱。tvayi（tvad，二、单、依）你。madhukara（制蜜者、蜜蜂）-śreṇi（一行）-dīrghān（dīrgha 长长），复合词（阳、复、业）一行蜜蜂。kaṭākṣān（阳、

① 金克木译：《云使》，第 35 节。

复、业）目光，斜睨。

पश्चादुच्चैर्भुजतरुवनं मण्डलेनाभिलीनः
सांध्यं तेजः प्रतिनवजपापुष्परक्तं दधानः।
नृत्तारम्भे हर पशुपतेरार्द्रनागाजिनेच्छां
शान्तोद्वेगस्तिमितनयनं दृष्टभक्तिर्भवान्या॥ ३६॥

=《丹珠尔》第 38 节

paścād uccairbhujataruvanaṁ maṇḍalenābhilīnaḥ
sāṁdhyaṁ tejaḥ pratinavajapāpuṣparaktaṁ dadhānaḥ,
nṛttārambhe hara paśupater ārdranāgājinecchāṁ
śāntodvegastimitanayanaṁ dṛṣṭabhaktir bhavānyā.（36）

36. 开始跳舞时湿婆的手臂高举如森林，你取来晚霞的鲜玫瑰色的红光化作圆形，使大神不再想去拿新剥下的象皮，使乌玛不惊惧而凝视注视，看到你的虔诚。[1]

语法解析： paścād（不变）后来，然后。uccairbhuja（被举起的手）-taruvanaṃ（树林），复合词（中、单、体），举起的手犹如森林。maṇḍalena（阳、单、具）圆圈。abhilīnaḥ（阳、单、体）附着的，粘着的。sāṃdhyaṃ（中、单、业）傍晚、黄昏。tejaḥ（tejas，中、单、业）光芒。pratinava（新的）-japā（月季花、蔷薇）-puṣpa（花）-raktaṃ（染色），复合词（中、单、业），红如新鲜的月季花。dadhānaḥ（阳、单、体）放置。nṛttā-rambhe（阳、单、依）狂舞开始。hara（√hṛ，命令、二、单）阻止，改变。paśupater（paśupati 阳、单、属）畜主、兽主，指湿婆。ārdra（新的）-nāga（大象）-ajina（皮）-icchāṃ（想要）：对新象皮的渴望（采用罗鸿的翻译）。śānta（停止）-udvega（恐惧）-stimita（潮湿的）-nayanaṃ（眼睛），复合词（中、单、体），不再恐惧而潮湿的眼睛。dṛṣṭabhaktir（多财释复合词，阴、单、体）whose service has been beheld.[2] bhavānyā（bhavānī 阴、单、具）女神，湿婆之妻，雪山女神。

---

① 金克木译：《云使》，第 36 节。
② Kale, *The Meghadūta of Kālidāsa*, p.70.

गच्छन्तीनां रमणवसतिं योषितां तत्र नक्तं
रुद्धालोके नरपतिपथे सूचिभेद्यैस्तमोभिः।
सौदामन्या कनकनिकषस्निग्धया दर्शयोर्वीं
तोयोत्सर्गस्तनितमुखरो मा स्म भूर्विक्लवास्ताः॥३७॥

=《丹珠尔》第 39 节

gacchantīnāṁ ramaṇavasatiṁ yoṣitāṁ tatra naktaṁ
ruddhāloke narapatipathe sūcibhedyais tamobhiḥ,
saudāmanyā kanakanikaṣasnigdhayā darśayorvī
toyotsargastanitamukharo mā sma bhūr viklavāstāḥ. (37)

37. 那城中有一些女郎在夜间到爱人住处去，针尖才能刺破的浓密的黑暗遮住了一切；你用试金石上划出金线般的闪电照路吧，可是不要放出雷雨声，因为她们很胆怯。[1]

语法解析： gacchantīnāṃ(√gam，现在分词，阴、复、属)正走向。ramaṇa(情人)-vasatiṃ(vasati 住处)，复合词(阴、单、业)情人的住处。yoṣitāṃ(yoṣit，阴、复、属)妇女。tatra 那里，指优禅尼城。naktaṃ(不变)在夜里。ruddhā(包围)-loke(loka 世界)，复合词(阳、单、依)被包围的世界。narapati(人主，国王)-pathe(patha 道路)，复合词(阳、单、依)王城的道路。sūci(针)-bhedyais(bhedya 刺破，穿透)，复合词(中、复、具)用针刺破。tamobhiḥ(中、复、具)黑暗。saudāmanyā(阴、单、具)闪电。kanaka(金子)-nikaṣa(试金石)-snigdhayā(snigdha 光、光线)。复合词(阴、单、具)，试金石上(划出)的金线。darśaya 看到。urvīṃ(阴、单、业)道路。toyotsarga(释放的水，雨水)-stanita(打雷)-mukharo(mukhara 嘈杂的，声音)，复合词(阳、单、体)，下雨打雷的声音。mā(不变)不要。sma(不变)确实，始终，加强语气。bhūr。viklavās(阴、复、业)惊恐的。tāḥ(阴、复、业)她们。

तां कस्यांचिद्भवनवलभौ सुप्तपारावतायां
नीत्वा रात्रिं चिरविलसनात्खिन्नविद्युत्कलत्रः।
दृष्टे सूर्ये पुनरपि भवान्वाहयेदध्वशेषं
मन्दायन्ते न खलु सुहृदामभ्युपेतार्थकृत्याः॥३८॥

=《丹珠尔》第 40 节

---

[1] 金克木译：《云使》，第 37 节。

tāṁ kasyāṁcid bhavanavalabhau suptapārāvatāyāṁ
    nītvā rātriṁ ciravilasanāt khinnavidyutkalatraḥ,
dṛṣṭe sūrye punar api bhavān vāhayed adhvaśeṣaṁ
    mandāyante na khalu suhṛdām abhyupetārthakṛtyāḥ. (38)

38. 你到有鸽子睡眠的屋顶上去度过夜晚,你的闪电夫人已因不断放光而疲倦;看见太阳时请再继承走未完的旅程,允许了为朋友办事决不会迟延。①

语法解析: tāṃ(代词,阴、单、业)那个,修饰 rātriṃ。kasyāṃcid 在某个。bhavana-valabhau(阴、单、依)屋顶,宫顶。supta(睡眠)-pārāvatāyāṃ(pārāvatā 鸽子),复合词(阴、单、依)鸽子睡眠的地方。nītvā rātriṃ(独立式)度过夜晚。cira-vilasanāt(中、单、从)长期闪光。khinna(疲惫的)-vidyut(闪电)-kalatraḥ(夫人,妻子),疲惫的闪电夫人。dṛṣṭe sūrye(独立依格)看到太阳,当太阳升起的时候。punar api 也,另外。bhavān(阳、单、体)您。vāhayed 请完成。adhva(路途)-śeṣaṃ(剩余的),复合词(阳、单、业)剩余的路程。mandāyante(致使、中间语态、三、复)使滞留,使缓慢。na 不要。khalu(不变)加强语气。suhṛdām(阳、单、属)朋友。abhyupeta(答应)-arthakṛtyāḥ(artha-kṛtya 解决事情),复合词(阳、复、体),答应做的事情。

तस्मिन्काले नयनसलिलं योषितां खण्डितानां
शान्तिं नेयं प्रणयिभिरतो वर्त्म भानोस्त्यजाशु।
प्रालेयास्त्रं कमलवदनात्सो ऽपि हर्तुं नलिन्याः
प्रत्यावृत्तस्त्वयि कररुधि स्यादनल्पाभ्यसूयः॥३९॥

==《丹珠尔》第 41 节

tasninkāle nayanasalilaṁ yoṣitāṁ khaṇḍitānāṁ
    śāntiṁ neyaṁ praṇayibhirato vartma bhānostyajāśu,
prāleyāstraṁ kamalavadanātso 'pi hartuṁ nalinyāḥ
    pratyāvṛttastvayi kararudhi syādanalpābhyasūyaḥ. (39)

39. 那时失望女子的眼泪正要爱人安慰,因此你必须赶快离开太阳的道路;他也要回来擦去莲花脸上的露珠清泪,如果

① 金克木译:《云使》,第 38 节。

你挡住了他的光,他就会发怒。①

语法解析: tasmin kāle(独立依格)那个时候。nayana(眼睛)-salilaṃ(salila 水),复合词(中、单、业)眼泪。yoṣitāṃ(阴、复、属)女人。khaṇḍitānāṃ(阴、复、属)受伤的。śāntiṃ(阴、单、业)平静。neyaṃ(中、单、业)带入……状态。praṇayibhir(praṇayin,阳、复、具)情人。atas(不变)因此。vartma(vartman,中、单、业)道路。bhānos(阳、单、属)太阳。tyaja(命令、二、单)放弃、抛弃。āśu(不变)快地,赶紧地。prāleyāstraṃ 露珠。kamala-vadanāt(中、单、从)莲花脸。kamala 莲花;vadanā 脸。so 'pi 他也。hartuṃ(不定式)消除,移除。nalinyāḥ(阴、单、属)红莲。pratyāvṛttas(阳、单、体)回来的,归来的。tvayi 对你。kararudhi 妨碍,阻碍。syād(不变)假如。analpa(不少)-abhyasūyaḥ(愤怒),复合词(阳、单、体)非常愤怒。

गम्भीरायाः पयसि सरितश्चेतसीव प्रसन्ने
छायात्मापि प्रकृतिसुभगो लप्स्यते ते प्रवेशम्। =《丹珠尔》第 42 节
तस्मादस्याः कुमुदविशदान्यर्हसि त्वं न धैर्यान्
मोघीकर्तुं चटुलशफरोद्वर्तनप्रेक्षितानि॥ ४०॥

gambhīrāyāḥ payasi saritaś cetasīva prasanne
chāyātmāpi prakṛtisubhago lapsyate te praveśam,
tasmād asyāḥ kumudaviśadāny arhasi tvaṁ na dhairyān
moghīkartuṁ caṭulaśapharodvartanaprekṣitāni. (40)

40. 深河里有像明镜的心一样的清水,你的天生俊俏的影子将投入其中,因此你不要固执,莫让她的白莲似的,由银鱼跳跃而现出来的眼光落空。②

语法解析: gambhīrāyāḥ(阴、单、属)甘碧河。gambhīra 意为"深",因此也译为"深河",如金克木先生的翻译。payasi(中、单、依)水。saritaś(阴、单、属)河流。cetasi(中、单、依)心。iva 如同。prasanne(中、单、依)清澈。chāyā-ātmā(阳、单、体)自己的影子,倒

---

① 金克木译:《云使》,第 39 节。
② 金克木译:《云使》,第 40 节。

影。api 虽然，表示让步。[1] prakṛti-subhago（阳、单、体）天生俊俏的。lapsyate 表示。te = tava 你的。praveśam（阳、单、业）进入。tasmād（不变）因此。asyāḥ（= gambhīrāyāḥ，阴、单、属）她的，甘碧河的。kumuda-viśadāny（中、复、体）纯洁的百合花（白莲）。arhasi 你应该。tvaṃ（二、单、体）你。na（不变）不要。dhairyān（中、单、从）稳重、沉着、淡定。moghī-kartuṃ（不定式）使无果。caṭula（摇摆的，游动的）-śaphara（小鱼）-udvartana（跳起来的）-prekṣitāni（prekṣita 眼神），复合词（中、复、体），由跳起来的小鱼（表示的）眼神，即甘碧河（深河）的眼神。

तस्याः किंचित्करधृतमिव प्राप्तवानीरशाखं
हृत्वा नीलं सलिलवसनं मुक्तरोधोनितम्बम् ।
प्रस्थानं ते कथमपि सखे लम्बमानस्य भावि
ज्ञातास्वादो विवृतजघनां को विहातुं समर्थः ॥४१॥

=《丹珠尔》第 43 节

tasyāḥ kiṁcit karadhṛtam iva prāptavānīraśākhaṁ
hṛtvā nīlaṁ salilavasanaṁ muktarodhonitambam,
prasthānaṁ te katham api sakhe lambamānasya bhāvi
jñātāsvādo vivṛtajaghanāṁ ko vihātuṁ samarthaḥ. (41)

41. 你掠去她青色水衣，露出两岸如腿。芦苇手（甘碧河）轻提青色水衣。哦，悬在空中的你已尝到了甘甜的美味，又如何能立即离开那裸露的腰身。

语法解析： tasyāḥ（代词，阴、单、属）她的，指甘碧河。kiṃcid（不变）一点，少许。kara（手）-dhṛtam（dhṛta 握、提），复合词（中、单、体）用手提着。iva 仿佛。prāpta（到达）-vānīra（芦苇）-śākhaṃ（śākha 枝条），复合词（中、单、体）伸出的芦苇条。hṛtvā（独立式）带走，移开。nīlaṃ（中、单、业）青色的。salila（水）-vasanaṃ（vasana 衣服），复合词（中、单、业），水衣。mukta（松脱）-rodho（岸）-nitambam

[1] 此处，诗人用拟人化手法，表示更深层的转折或让步关系：你虽然担心耽误时间而只想把影子投给甘碧河，而并非想真正走进她的内心，但面对她的盛情你也不能冷落她。（既然你的影子投身到她身上，你就不要冷落她的盛情）。

(nitamba 臀部,河岸),复合词(阳、单、业)臀部松脱的(衣服)。prasthānaṃ(阳、单、业)离开,前行。te(=tava)你的。katham api 如何。sakhe(sakhi 阳、单、呼)朋友。lambamānasya(lamba 阳、单、属)悬挂。bhāvi(bhāvin 中、单、体)成为。jñātā-svādo(阳、单、属)知道美味。vivṛta(裸的)-jaghanāṃ(臀部、腰部),复合词(阴、单、业),裸露的腰身。kaḥ(阳、单、体)谁。vihātuṃ(不定式)离开,放弃。samarthaḥ(阳、单、体)能够,有能力。

त्वन्निष्यन्दोच्छ्वसितवसुधागन्धसंपर्करम्यः
स्रोतोरन्ध्रध्वनितसुभगं दन्तिभिः पीयमानः।
नीचैर्वास्यत्युपजिगमिषोर्देवपूर्वं गिरिं ते
शीतो वायुः परिणमयिता काननोदुम्बराणाम्॥४२॥

=《丹珠尔》第 44 节

tvanniṣyandocchvasitavasudhāgandhasaṁparpharamyaḥ
　　srotorandhradhvanitasubhagaṁ dantibhiḥ pīyamānaḥ,
nīcairvāsyatyupajigamiṣordevapūrvaṁ giriṁ te
　　śīto vāyuḥ pariṇamayitā kānanodumbarāṇām.(42)

42. 因你的雨水而更形丰满的大地放出香气,凉风因此宜人,它又使林中无花果成熟,大象迎风吸取,鼻中作出可爱的响声,你赶往提婆山(神山),这凉风便在你的身下吹拂。①

语法解析: tvad(你)-niṣyanda(雨)-ucchvasita(润胀)-vasudhā(大地)-gandha(芬芳)-saṃparka(带有)-ramyaḥ(ramya 令人愉快的),复合词(阳、单、体),带着因你的甘露而润胀的大地的芬芳气味的、令人愉快的(风)。srotorandhra(大象的鼻孔)-dhvanita(声音)-subhagaṃ(subhaga 快乐的),复合词(阳、单、业)大象鼻孔中可爱的声音。dantibhiḥ(dantin 阳、复、具)有长牙的,大象。pīyamānaḥ(现分,中间语态)喝,吸入。nīcair(不变)缓缓地。vāsyaty(√2, vā 将来、三、单)吹。upajigamiṣor(阳、单、属)愿意走近,希望走近。devapūrvaṃ giriṃ(= devagiriṃ 阳、单、业)神山。te 你的。śītaḥ(阳、单、体)清凉的。vāyuḥ(阳、单、体)风。pariṇamayitā(阳、单、体)使

① 金克木译:《云使》,第 42 节。

成熟。kānana（果园）-udumbarāṇām（udumbara 无花果），复合词（阳、复、属），果园中的无花果。

तत्र स्कन्दं नियतवसतिं पुष्पमेघीकृतात्मा
पुष्पासारैः स्नपयतु भवान्व्योमगङ्गाजलार्द्रैः ।
रक्षाहेतोर्नवशशिभृता वासवीनां चमूनाम्
अत्यादित्यं हुतवहमुखे संभृतं तद्धि तेजः ॥ ४३ ॥

=《丹珠尔》第 45 节

tatra skandaṁ niyatavasatiṁ puṣpameghīkṛtātmā
puṣpāsāraiḥ snapayatu bhavān vyomagaṅgājalardraiḥ,
rakṣāhetor navaśaśibhṛtā vāsavīnāṁ camūnām
atyādityaṁ hutavahamukhe saṁbhṛtaṁ tad dhi tejaḥ. (43)

43. 到了战神塞建陀居住的神山，把自己装扮成花云，并把天上恒河所浸湿的花雨撒下给战神沐浴。他是头上有新月的湿婆为了保护因陀罗的军队而投给火神嘴中的比太阳还热的精子。

语法解析：tatra（不变）那里，指神山。skandaṃ（阳、单、业）塞建陀，也叫鸠摩罗，湿婆的儿子，战神。niyata（固定的、经常的）-vasatiṃ（vasati 住所）（阴、单、业）常住的地方。puṣpa（花）-meghī（云）-kṛta（做）-ātmā（ātman 自己），复合词（阳、单、体），把自己装扮成花云。puṣpa（花）-āsāraiḥ（āsāra 暴雨），复合词（阳、复、具），花雨。snapayatu（= snāpayatu，√snā）使沐浴。bhavān（现分，阳、单、体）是。vyoma（天空）-gaṅgā（恒河）-jala（水）-ārdraiḥ（ārdra 湿润），复合词（阳、复、具），天上的恒河之水所湿润的。rakṣā（保护）-hetor（hetu 原因），复合词（阳、单、属）为了保护。nava（新）-śaśi（śaśin 月亮），bhṛtā（bhṛt 拥有、戴有），复合词（阳、单、具），戴新月的，“湿婆”的藻饰词。vāsavīnāṃ（vāsavi 阴、复、属）因陀罗。camūnām（camū 阴、复、属）军队。atyādityaṃ（ati-āditya 阳、单、业）超过太阳的。hutavaha（拿祭品的，指火、火神）-mukhe（mukha 嘴、脸），复合词（中、单、依）火神的嘴中，火中。saṃbhṛtaṃ（中、单、业）聚合，投入。tad 那个。dhi = hi 正是。tejaḥ（tejas 中、单、业）精子，光芒。

ज्योतिर्लेखावलयि गलितं यस्य बर्हं भवानी
पुत्रप्रेम्णा कुवलयदलप्रापि कर्णे करोति।
धौतापाङ्गं हरशशिरुचा पावकेस्तं मयूरं
पश्चादद्रिग्रहणगुरुभिर्गर्जितैर्नर्तयेथाः ॥ ४४॥

=《丹珠尔》第 46 节

jyotirlekhāvalayi galitaṁ yasya barhaṁ bhavānī
　　putrapremṇā kuvalayadalaprāpi karṇe karoti,
dhautāpāṅgaṁ haraśaśirucā pāvakes taṁ mayūraṁ
　　paścād adrigrahaṇagurubhir garjitair nartayethāḥ. (44)

44. 鸠摩罗的孔雀落下有闪烁光环的羽毛，乌玛因爱子便取来在戴青莲的耳边插好；孔雀的眼角为湿婆的新月光辉所照耀，你就以山中回响所加强的雷声使它舞蹈。①

语法解析： jyotir（光）-lekhā（条纹、线条）-valayi（valayin 被……围绕着，镶嵌，用于复合词末），复合词（中、单、体）闪烁的多重光环的。galitaṃ（中、单、体）掉落。yasya（阳、单、体）它，指孔雀。barhaṃ（中、单、体）羽毛。bhavānī（阴、单、体）女神，指雪山女神乌玛。putra（儿子）-premṇā（preman 喜爱、宠爱），复合词（阳、单、具），对儿子的疼爱。kuvalaya（蓝睡莲）-dala（花瓣）-prāpi（prāpin 得，具有），复合词（中、单、体），戴有蓝睡莲的。karṇe（阳、单、依）耳朵。karoti（√8 kṛ，现在、三、单）做。dhauta（照亮）-apāṅgaṃ（apāṅga 眼角），复合词（阳、单、业），眼角被照耀的。hara（剥夺者，湿婆）śaśi（śaśin 有兔子的，月亮）rucā（ruc 光芒），复合词（阴、单、具）湿婆的新月之光。pāvakes（pāvaki 阳、单、属）火之子，指室建陀。taṃ（阳、单、业）那。mayūraṃ（阳、单、业）孔雀。paścāt（不变）然后，后来。adri（山）-grahaṇa（抓住）-gurubhir（guru 长，重）（阳、复、具）因山的回音而变长的。garjitair（garjita 阳、单、具）雷声。nartayethāḥ（√nṛt，祈愿、二、单）请你让……舞蹈。

① 金克木译：《云使》，第 44 节。

आराध्यैनं शरवणभवं देवमुल्लङ्घिताध्वा
सिद्धद्वन्द्वैर्जलकणभयाद्वीणिभिर्मुक्तमार्गः।
व्यालम्बेथाः सुरभितनयालम्भजां मानयिष्यन्
स्रोतोमूर्त्या भुवि परिणतां रन्तिदेवस्य कीर्तिम्॥ ४५॥

=《丹珠尔》第 47 节

ārādhyainaṁ śaravaṇabhavaṁ devam ullaṅghitādhvā
siddhadvandvair jalakaṇabhayād vīṇibhir muktamārgaḥ,
vyālambethāḥ surabhitanayālambhajāṁ mānayiṣyan
srotomūrtyā bhuvi pariṇatāṁ rantidevasya kīrtim.（45）

45. 礼拜了鸠摩罗，你再往前走一段路，抱琴的对对小神仙给你让路，因为害怕雨点；你停下来，为了尊重郎狄提婆的名声，牛祭所化出的地上河流使他名垂永远。①

语法解析： ārādhya（尊敬，礼拜）-enaṃ（ena 他）（阳、单、业）敬拜了他（战神）。śaravaṇa（芦苇丛）-bhavaṃ（bhava 出生），复合词（阳、单、业），芦苇丛中诞生的，指室建陀。devam（阳、单、业）神，指战神。ullaṅghitādhvā（独立式）越过，走过。siddha（悉昙陀，一类小神仙）-dvandvair（dvandva 一对），复合词（中、复、具），对对小神仙。jalakaṇa（水滴）-bhayād（bhaya 害怕），复合词（中、单、从），害怕水滴。vīṇibhir（vīṇin 中、复、具），持琵琶的。mukta（mukta 抛弃、离开）-mārgaḥ（mārga 路），复合词（阳、单、体），让路。vyālambethāḥ（√lamb，祈愿、二、单）悬挂。surabhi（苏罗毗，神牛）-tanayā（后代）-ālambha（祭祀、牺牲）-ja（jāṃ 归因于），复合词（阳、单、从）因以母牛行祭而化出的（河流）。mānayiṣyan（现分，阳、单、体）致敬。sroto（srotas 河流）-mūrtyā（mūrti 化身，形体），复合词（阴、单、属），成为河流。bhuvi（阴、单、依）大地。pariṇatāṃ 俯身。rantidevasya（rantideva 阳、单、属）悦神王（罗），朗狄提婆。kīrtim（kīrti 阴、单、业）名声。

① 金克木译：《云使》，第 45 节。

त्वय्यादातुं जलमवनते शार्ङ्गिणो वर्णचौरे
तस्याः सिन्धोः पृथुमपि तनुं दूरभावात्प्रवाहम्।
प्रेक्षिष्यन्ते गगनगतयो नूनमावर्ज्य दृष्टीर्
एकं मुक्तागुणमिव भुवः स्थूलमध्येन्द्रनीलम्॥ ४६॥

=《丹珠尔》第 48 节

tvayy ādātuṁ jalam avanate śārṅgiṇo varṇacaure
tasyāḥ sindhoḥ pṛthumapi tanuṁ dūrabhāvātpravāham,
prekṣiṣyante gaganagatayo nūnamāvarjya dṛṣṭīr
ekaṁ muktāguṇamiva bhuvaḥ sthūlamadhyendranīlam. (46)

46. 你窃取了黑天的颜色，俯身去取水，那河流虽宽，看来却细，因为它遥远；天上来往的神仙一定要凝视观看，认作一块黛玉镶在大地上一条珠链中间。①

语法解析：tvayi(二、单、依)你。ādātuṃ(不定式)拿起。jalam(中、单、业)水。avanate(阳、单、依)弯下。śārṅgiṇo(śārṅgiṇ 阳、单、属)弓箭手、持弓者，指黑天。varṇacaure(阳、单、依)偷颜色者。tasyāḥ(阴、单、属)她的，指牛牲河。sindhoḥ(阴、单、属)河。pṛthum(阳、单、业)宽广的。api(不变)表示转折，虽然。tanuṃ(阳、单、业)细的。dūrabhāvāt(阳、单、从)遥远。pravāham(阳、单、业)水流。prekṣiṣyante(√īkṣ，将来、三、复)观看，将看到。gagana(天空)-gatayo(gati 行者)，复合词(阴、复、体)，空行者。nūnam(不变)一定。āvarjya(不变)弯下，向下。dṛṣṭīr(阴、复、业)眼睛。ekaṃ(阳、单、业)一个。muktāguṇam(阳、单、业)一串珍珠。iva 好像。bhuvaḥ(阳、单、属)大地。sthūla(粗大的)-madhya(中间)indranīlam(indranīla 蓝宝石)，复合词(阳、单、业)，中间镶有巨大蓝宝石的。

तामुत्तीर्य व्रज परिचितभ्रूलताविभ्रमाणां
पक्ष्मोत्क्षेपादुपरिविलसत्कृष्णशारप्रभाणाम्।
कुन्दक्षेपानुगमधुकरश्रीमुषामात्मबिम्बं
पात्रीकुर्वन्दशपुरवधूनेत्रकौतूहलानाम्॥ ४७॥

=《丹珠尔》第 49 节

tām uttīrya vraja paricitabhrūlatāvibhramāṇāṁ

① 金克木译：《云使》，第 46 节。

pakṣmotkṣepād uparivilasatkṛṣṇaśāraprabhāṇām,
kundakṣepānugamadhukaraśrīmuṣām ātmabimbaṁ
pātrīkurvan daśapuravadhūnetrakautūhalānām.(47)

47. 陀莎补罗城(daśapura)的女人善于舞弄纤眉,挑起睫毛,眼角闪烁着黝黑而斑斓的光芒,美丽得胜过了追随白茉莉转动的蜜蜂,过了河,你就做她们的好奇眼光的对象。[1]

语法解析: tām(阴、单、业)她,指牛牲河。uttīrya(不定式)走过、越过。vraja(√vraj,命令、二、单)请走。paricita(浓密的)-bhrū(眉毛)latā(藤蔓)-vibhramāṇāṃ(vibhrama 挑起,煽动),复合词(阴、复、属),挑起浓密又弯长的眉毛。pakṣma(睫毛)utkṣepād(utkṣepa 扬起、抛上),复合词(阳、单、从)扬起睫毛。upari(上方、向上)-vilasat(闪光)-kṛṣṇa(黑色)-śāra(斑斓的)-prabhāṇām(prabhā 光泽),复合词(阴、复、属),黝黑而斑斓的光芒。kunda(白茉莉、素馨花)-kṣepa(来回移动、转动)-anuga(追随)-madhukara(制蜜者、蜜蜂)-śrīmuṣām(śrīmuṣa 相似)如同蜜蜂跟随白茉莉花来回转动。ātmabimbaṃ(阳、单、业)自己的形体,影像。pātrī(目标、对象)-kurvan(成为),复合词(阳、单、体)成为……的对象。daśapura(十城、悦神王国的都城)-vadhū(女人)-netra(眼睛)-kautūhalānām(kautūhala 好奇、好奇心),复合词(阴、复、属),都市女人们好奇的眼光。

ब्रह्मावर्तं जनपदमधश्छायया गाहमानः
क्षेत्रं क्षत्रप्रधनपिशुनं कौरवं तद्भजेथाः।
राजन्यानां शितशरशतैर्यत्र गाण्डीवधन्वा
धारापातैस्त्वमिव कमलान्यभ्यवर्षन्मुखानि॥४८॥

=《丹珠尔》第 50 节

brahmāvartaṁ janapadamadhaśchāyayā gāhamānaḥ
kṣetraṁ kṣatrapradhanapiśunaṁ kauravaṁ tadbhajethāḥ,
rājanyānāṁ śitaśaraśatairyatra gāṇḍīvadhanvā
dhārāpātaistvamiva kamalānyabhyavarṣanmukhāni.(48)

---

[1] 金克木译:《云使》,第 47 节。

48. 此后你便将阴影投到梵住地方，去访那纪念王族大战的俱庐古战场；阿周那曾把千百支利箭洒向帝王头，正像你把无数雨点洒在莲花脸上。①

语法解析： brahmāvartaṃ（阳、单、业）梵住（地名）。janapadam（阳、单、业）国土，国家，地区。adhaś（不变）下面，接下来。chāyayā（阴、单、具）影子。gāhamānaḥ（现分、中间、阳、单、体）进入。kṣetraṃ（中、单、业）原野。kṣatra（武士，刹帝利）-pradhana（战争）-piśunaṃ（piśuna 证明），复合词（阳、单、业），刹帝利之战的见证。kauravaṃ（中、单、业）俱庐之野。tat（中、单、业）那，它。bhajethāḥ（√bhaj，祈愿、二、单）敬拜。rājanyānāṃ（阳、复、属）王族。śitaśara（利箭）-śatair（śata 一百），复合词（中、复、具），一百支利箭。yatra 在那里。gāṇḍīva（神弓）-dhanvā（dhanvan 弓），复合词（阳、单、体），持有 gāṇḍīva 神弓的，阿周那。dhārāpātais（阳、复、具）雨水淋浴。tvam（二、单、体）你。iva（不变）如同。kamalāni（中、复、业）莲花。abhyavarṣan（未完、三、单）下雨。mukhāni（中、复、业）脸。

हित्वा हालामभिमतरसां रेवतीलोचनाङ्कां
बन्धुप्रीत्या समरविमुखो लाङ्गली याः सिषेवे।
कृत्वा तासामभिगममपां सौम्य सारस्वतीनाम्
अन्तः शुद्धस्त्वमसि भविता वर्णमात्रेण कृष्णः॥ ४९॥

=《丹珠尔》第 51 节

hitvā hālām abhimatarasāṁ revatīlocanāṅkāṁ
　bandhuprītyā samaravimukho lāṅgalī yāḥ siṣeve,
kṛtvā tāsāmabhigamamapāṁ saumya sārasvatīnām
　antaḥ śuddhastvamasi bhavitā varṇamātreṇa kṛṣṇaḥ. (49)

49. 戒去了映着爱妻（热伉蒂）俊眼的醉人美酒，为爱亲族而脱离战争的持犁者曾饮下莎罗室伐底河（妙音河）的流水。朋友啊！你也去吧，那时你便只有颜色黝黑而内心却纯洁无瑕。②

---

① 金克木译：《云使》，第 48 节。
② 金克木译：《云使》，第 49 节。

语法解析： hitvā（独立式）离开，放弃。hālām（源自巴利语，阴、单、业）酒。abhimata（渴望的、热爱的）-rasāṃ（rasā 味），复合词（阴、单、业），美味的。revatī（热伲蒂，持犁者的妻子）-locana（眼睛）-aṅkāṃ（aṅkā 标记），复合词（阴、单、业），以热伲蒂的眼睛为标记，映有爱妻的眼睛。bandhu（亲戚）-prītyā（prīti 爱），复合词（阴、单、具）爱惜亲族的。samara（战争）-vimukhaḥ（vimukha 转脸，背离），复合词（阳、单、体）脱离战争。lāṅgalī（阴、单、体）持犁者。yāḥ（关系代词，阴、单、属）她，指 sārasvatī。siṣeve（√1sev，完成、中间、三、单）享用。kṛtvā（不定）做，与 abhigamam 搭配。tāsām（阴、复、属）她。abhigamam（阳、单、业）前往拜见。apāṃ（阴、复、属）水。saumya（阳、单、呼）善人，贤士。sārasvatīnām（阴、复、属）妙音河。antas（不变）中间，里面。śuddhas（阳、单、体）纯洁，洁白。tvam（二、单、体）你。asi（√as，现在、二、单）你是。bhavitā（bhavitṛ，阳、单、体）将变成。varṇamātreṇa（中、单、具）只有颜色。kṛṣṇaḥ（阳、单、体）黑的。

तस्माद्गच्छेरनुकनखलं शैलराजावतीर्णां
जह्नोः कन्यां सगरतनयस्वर्गसोपानपङ्क्तिम्।
गौरीवक्त्रभ्रुकुटिरचनां या विहस्येव फेनैः
शंभोः केशग्रहणमकरोदिन्दुलग्नोर्मिहस्ता॥५०॥

=《丹珠尔》第 52 节

tasmād gacher anukanakhalaṁ śailarājāvatīrṇāṁ
jahnoḥ kanyāṁ sagaratanayasvargasopānapaṅktim,
gaurīvaktrabhrukuṭiracanāṁ yā vihasyeva phenaiḥ
śaṁbhoḥ keśagrahaṇamakarodindulagnormihastā.（50）

50. 从此你循山峰（kanakhala 山峰）走向那由山中之王下降的查赫奴之女，她是沙迦罗王子的升天台阶，她好像以泡沫窃笑乌玛的紧皱的双眉，揪住湿婆头发，波浪的手触到那一弯新月。①

语法解析： tasmād（阳、单、从）从此。gacher（√gam，祈愿、二、单）走向。anukanakhalaṃ（阳、单、业）沿着 kanakhala 山峰。śailarājā

① 金克木译：《云使》，第 50 节。

(山中王,喜马拉雅山)-vatīrṇāṃ(vatīrṇa 降下)(阴、单、业)从雪山喜马拉雅降下的。jahnoḥ(jahnu 阳、单、属)人名,查赫奴。kanyāṃ(kanyā,阴、单、业)女儿。sagara(沙伽罗,国王名)tanaya(儿子,后裔)-svarga(天、天国)-sopāna(阶梯)-paṅktim(paṅkti 排列),复合词(阴、单、业),沙迦罗王的儿子们升天堂的阶梯。gaurī(雪山女神)-vaktra(脸)-bhru(眉毛)-kuṭi(弯曲)-racanāṃ(racana 结集),复合词(阴、单、业),雪山女神紧蹙眉毛的脸。yā(关系代词,阴、单、体)她,指恒河。vihasya(微笑,嘲笑)-iva(如同),如同在嘲笑。phenaiḥ(阳、复、具)泡沫。śaṃbhoḥ(śaṃbhu 阳、单、属)快乐之因;使平静;湿婆。keśa(头发)-grahaṇam(grahaṇa 抓住)(中、单、业)头发的抓住。akarod(√kṛ,未完、主动、三、单)做。indu(月亮)-lagna(接触,抓住)-ūrmi(波浪)hastā(hasta 手),复合词(阴、单、体),用手的波浪接触(湿婆的)月亮。

तस्याः पातुं सुरगज इव व्योम्नि पश्चार्धलम्बी
त्वं चेदच्छस्फटिकविशदं तर्कयेस्तिर्यगम्भः।
संसर्पन्त्या सपदि भवतः स्रोतसि च्छायया सा
स्यादस्थानोपगतयमुनासंगमेवाभिरामा॥ ५१॥

=《丹珠尔》第 53 节

tasyāḥ pātuṁ suragaja iva vyomni paścārdhalambī
　　tvaṁ cedacchasphaṭikaviśadaṁ tarkayestiryagambhaḥ,
saṁsarpantyā sapadi bhavataḥ srotasi cchāyayā sā
　　syādasthānopagatayamunāsaṁgamevābhirāmā. (51)

51. 如果你想喝那清澈如晶的河水,那如同神象一样把后身悬挂在空中,倾斜着身子。你的影子便会投入流动的水流,这如恒河水在另外一处与雅母那河相会一样迷人。

语法解析:tasyāḥ(阴、单、属)她,指恒河。pātuṃ(不定式)喝。suragajaḥ(阳、单、体)神象,守护八方的天象。iva(不变)一样。vyomni(中、单、依)天空。paścārdha(后面的)-lambī(lambin 悬挂),复合词(阳、单、体),把后半身悬挂。tvaṃ(二、单、体)你。ced(不变)如果。accha(透明的)-sphaṭika(水晶)-viśadaṃ(viśada 清澈),复合词(阳、单、业),如同透明的水晶一样清澈。tarkayes(√10 tark,祈愿、二、单)想,想要。tiryag(= tiryáñc)倾斜地。ambhas(中、单、业)水。saṃsarpantyā(现分,阴、单、具)滑行,流动。sapadi(不变)立即。bhavataḥ(bhavat 阳、单、体)您。srotasi(srotas 中、单、依)水流。chāyayā(chāya 阴、单、具)影子。sā(阴、单、体)她,指代恒河。syād(祈愿、三、单)表示假设。asthāna(另外一个地方)-upagata(接近)-yamunā(雅母娜河)-saṃgama(相会)-iva(好像)-abhirāmā(可爱,迷人),复合词(阴、单、体),如同在另一个地方与雅母娜河相遇一样迷人。

आसीनानां सुरभितशिलं नाभिगन्धैर्मृगाणां
तस्या एव प्रभवमचलं प्राप्य गौरं तुषारैः।
वक्ष्यस्यध्वश्रमविनयने तस्य शृङ्गे निषण्णः
शोभां शुभ्रत्रिनयनवृषोत्खातपङ्कोपमेयाम्॥ ५२॥

=《丹珠尔》第 54 节

āsīnānāṁ surabhitaśilaṁ nābhigandhairmṛgāṇāṁ
tasyā eva prabhavamacalaṁ prāpya gauraṁ tuṣāraiḥ,
vakṣyasyadhvaśramavinayane tasya śṛṅge niṣaṇṇaḥ
śobhāṁ śubhratrinayanavṛṣotkhātapaṅkopameyām. (52)

52. 到了因积雪而皓白的高山,恒河的发源地,山石因怀脐香的麝常坐而芬芳扑鼻,你在山顶坐下,祛除旅途劳顿,你的风姿就可与湿婆的白牛所掘起的山头(泥土)相比拟。①

语法解析: āsīnānāṃ(阳、复、属)坐、常坐。surabhita(芬芳的)śilaṃ(石头),复合词(阳、单、业),芬芳的岩石。nābhi(肚脐)gandhair(gandha 香味),复合词(阳、复、具)麝香的香味。mṛgāṇāṃ(mṛga 阳、复、属)鹿。tasyāḥ(阴、单、属)她,指恒河。eva(不变)正是,表示强调。prabhavam(阳、单、业)源头。acalaṃ(阳、单、业)山。prāpya(独立式)到达。gauraṃ(阳、单、业)白,白色。tuṣāraiḥ(阳、复、具)雪、霜。vakṣyasy(中、单、依)公牛。adhva(路途)-śrama(劳累)-vinayane(vinayana 消除),复合词(中、单、依),消除路途劳累。tasya(代词,阳、单、属)他,指

① 金克木译:《云使》,第 52 节。

喜马拉雅山。śṛṅge（中、单、依）山顶。niṣaṇṇaḥ（阳、单、体）坐下，休息。śobhāṃ（阴、单、业）美丽。

śubhra（明亮的、洁白的）-trinayana（三眼的，湿婆）-vṛṣa（公牛）-utkhāta（掘起）paṅka（泥土）-upameyām（upameya 可比），复合词（阴、单、业），可与湿婆的白牛所掘起的土丘相比。

तं चेद्वायौ सरति सरलस्कन्धसंघट्टजन्मा
बाधेतोल्काक्षपितचमरीबालभारो दवाग्निः।
अर्हस्येनं शमयितुमलं वारिधारासहस्रैर्
आपन्नार्तिप्रशमनफलाः संपदो ह्युत्तमानाम्॥ ५३॥

=《丹珠尔》第 55 节

taṁ ced vāyau sarati saralaskandhasaṁghaṭṭajanmā
　　bādhetolkākṣapitacamarībālabhāro davāgniḥ,
arhasyenaṁ śamayitumalaṁ vāridhārāsahasrair
　　āpannārtipraśamanaphalāḥ saṁpado hyuttamānām.（53）

53. 当林中起风时，如果因松树树干摩擦而引起大火，它的火焰烧伤牦牛浓密的毛丛，从而使雪山喜马拉雅受折磨，那你要理所当然地以千万条水柱彻底消灭大火。因为，高贵者的成就在于解除受难者的痛苦。

语法解析： taṃ（代，阳、单、业）指雪山喜马拉雅。ced（不变）如果。vāyau（vāyu 阳、单、依）风，林中风。sarati（sarat 阳、单、依）风吹，与 vāyau 形成独立依格，风吹之时。sarala（松科类的一种树）-skandha（树干）-saṃghaṭṭa（摩擦）-janmā（janman 产生），复合词（中、单、体），松树树干摩擦而产生的。bādheta（阳、单、具）损害（喜马拉雅山中生灵）。ulkā（火焰）-kṣapita（毁灭）-camarī（牦牛）-bāla（毛发，尾巴）-bhāraḥ（bhāra 大量），复合词（阳、单、体），火焰毁灭牦牛浓密的毛丛。davāgniḥ（阳、单、体）森林大火。arhasi（√1 ahr，现在、二、单）你应该，你理所当然。enaṃ（enad，阳、单、业）它，指森林大火。śamayitum（√4 śam，不定式）消除，平息。alaṃ（不变）完全地，彻底地。vāridhārā（水柱、阵雨）-sahasrair（sahasra 一千），复合词（中、复、具），千万条水柱。āpanna（痛苦的，受折磨的）-arti（痛苦）-praśamana（使平静，消除）-phalāḥ（phala 结果），复合词（阴、复、体），消除受折磨者的痛苦为目标。saṃpadaḥ（阴、复、体）成就。hi（不变）因为。uttamānām（阳、复、属）高贵。

ये त्वां मुक्तध्वनिमसहनाः स्वाङ्गभङ्गाय तस्मिन्
दर्पोत्सेकादुपरि शरश लङ्घयिष्यन्त्यलङ्घ्यम्। =《丹珠尔》第 56 节
तान्कुर्वीथास्तुमुलकरकावृष्टिहासावकीर्णान्
के वा न स्युः परिभवपदं निष्फलारम्भयत्नाः ॥५४॥

ye tvāṁ muktadhvanimasahanāḥ svāṅgabhaṅgāya tasmin
darpotsekādupari śaraśa laṅghayiṣyantyalaṅghyam,
tānkurvīthāstumulakarakāvṛṣṭihāsāvakīrṇān
ke vā na syuḥ paribhavapadaṁ niṣphalārambhayatnāḥ.（54）

54. 你声音洪亮、不可侵犯。而在那里，嫉恨在心的八足兽将会袭击你，可由于傲慢过度而导致自身粉碎。请你向它们爆发出狂笑般的冰雹。企图引发事故而无果者们不正是嘲笑的对象吗？

语法解析： ye（关系代词）那些，指八足兽。tvāṃ（人称代词，二、单、业）你。mukta（释放）-dhvanim（dhvani 雷声），复合词（阳、单、业）释放雷声。

asahanāḥ（阳、复、体）嫉妒的。svāṅga（自己的身体）-bhaṅgāya（粉碎），复合词（阳、单、为），使自己的身体粉碎。tasmin（阳、单、依）在那儿，指喜马拉雅山。darpa（自大，傲慢）-utsekād（utseka 过度，极大），复合词（阳、单、从）极大的傲慢。upari（不变）向，朝。śarabhāḥ（阳、复、体）八足兽。laṅghayiṣyanty（√1 laṅgh，将来、三、复）跳跃。alaṅghyam（阳、单、业）不可侵犯的，神圣的。tān（阳、复、业）它们，指八足兽。kurvīthās（√8 kṛ，祈愿、二、单）请做。tumula（狂暴的）-karakāvṛṣṭi（冰雹）hāsa（大笑）-avakīrṇān（avakīrṇa 倾泻，爆发），复合词（阳、复、业），爆发狂笑般的冰雹。ke（疑问代词）它们。vā（不变）或者。na syuḥ（√2 as，祈愿、三、复）不要。paribhava（轻视）-padaṃ（pada 位置，状况），复合词（中、单、业）轻蔑的对象。niṣphala（无结果）-ārambha（发端，起点）-yatnāḥ（yatna 企图），复合词（阳、单、体），企图发端事故而无果。

तत्र व्यक्तं दृषादि चरणन्यासमर्धेन्दुमौलेः
शश्वत्सिद्धैरुपहृतबलिं भक्तिनम्रः परीयाः। 　=《丹珠尔》第 57 节
यस्मिन्दृष्टे करणविगमादूर्ध्वमुद्धूतपापाः
कल्पन्ते ऽस्य स्थिरगणपदप्राप्तये श्रद्दधानाः॥५५॥

tatra vyaktaṁ dṛṣādi caraṇanyāsam ardhendumauleḥ
　　śaśvatsiddhairupahṛtabaliṁ bhaktinamraḥ parīyāḥ,
yasmindṛṣṭe karaṇavigamādūrdhvamuddhūtapāpāḥ
　　kalpante 'sya sthiragaṇapadaprāptaye śraddadhānāḥ. (55)

55. 在那里，岩石上明显地印有新月者的脚印，它永远被悉陀们所祭祀。请你虔诚地俯首并绕行。见了它，有信仰的人们舍弃身体之后会摆脱罪恶，有能力获得永久性神仆的地位。

语法解析：tatra（不变）在那里，指雪山。vyaktaṃ（阳、单、业）明晰的，明显的。dṛṣadi（阴、单、依）岩石。caraṇa（脚）nyāsam（nyāsa 印记），复合词（阳、单、业），脚印。ardha（半）-indu（月亮）mauleḥ（顶冠），复合词（阳、单、属），新月冠者，湿婆。śaśvat（不变）永久。siddhair（阳、复、具）悉昙陀。upahṛta（过去分词，祭祀）-baliṃ（bali 祭品），复合词（阳、单、业），被供给祭品的。bhakti（忠诚，虔诚）-namraḥ（namra 弯下，低垂），复合词（阳、单、体）虔诚弯下的。parīyāḥ（√2 parī，祈愿、二、单）围绕，绕行。yasmin dṛṣṭe（独立依格）当看到它，指湿婆的足印。karaṇa（感官）vigamād（vigama 远离），复合词（阳、单、从）离开身体。ūrdhvam（不变）之后。uddhūta（摆脱）-pāpāḥ（pāpa 罪恶），复合词（阳、复、体），抛弃罪恶。kalpante（中间、三、复）有能力。asya（代词，阳、单、属）它的。sthira（永久的）-gaṇapada（侍从的地位）-prāptaye（prāpti 获得），复合词（阴、单、业），永久获得神仆的地位。śraddadhānāḥ（*śrad-dádhāna*，阳、复、体）有信仰的。

शब्दायन्ते मधुरमनिलैः कीचकाः पूर्यमाणाः
संरक्ताभिस्त्रिपुरविजयो गीयते किंनरीभिः। 　=《丹珠尔》第 58 节
निर्ह्रदी ते मुरज इव चेत्कन्दरेषु ध्वनिः स्यात्
संगीतार्थो ननु पशुपतेस्तत्र भावी समस्तः॥ ५६॥

śabdāyante madhuram anilaiḥ kīcakāḥ pūryamāṇāḥ
    saṁraktābhis tripuravijayo gīyate kiṁnarībhiḥ,
nirhradī te muraja iva cetkandareṣu dhvaniḥ syāt
    saṁgītārtho nanu paśupatestatra bhāvī samastaḥ. (56)

56. 竹丛中充满风,发出甜蜜的声音。战胜三城的湿婆被迷人的紧那罗女人们歌颂。你的声音在峡谷中回荡如同锣鼓,歌颂湿婆的合唱设备岂不是齐全了!

语法解析: śabdāyante(中间、三、复)作声,发出声音。madhuram(不变)甜蜜地。anilaiḥ(阳、复、具)风。kīcakāḥ(阳、复、体)竹子,竹丛。pūryamāṇāḥ(现分、中间、阳、复、体)充满。saṃraktābhis(阴、复、具)迷人的,令人愉快的。tripuravijayaḥ(阳、单、体)征服三城的,指湿婆。gīyate(√1 gai,被动、三、单)被歌颂。kiṃnarībhiḥ(阴、复、具)紧那罗。nirhrādī(阴、单、体)声音。te(=tava,人称代词,二、单、属)你。muraja(ḥ) iva(阳、单、体)锣鼓一样的。cet(不变)如果。kandareṣu(阳、复、依)峡谷。dhvaniḥ(阳、单、体)回声。syāt(√2as,祈愿语气、三、单)是。saṃgītārthaḥ(阳、单、体)合唱设备。nanu(不变)确实。paśupates(阳、单、属)兽主,湿婆。tatra(不变)那里。bhāvī(bhāvin 阳、单、体)变成,成为。samastaḥ(阳、单、体)齐全。

प्रालेयाद्रेरुपतटमतिक्रम्य तांस्तान्विशेषान्
हंसद्वारं भृगुपतियशोवर्त्म यत्क्रौञ्चरन्ध्रम्।
तेनोदीचीं दिशमनुसरेस्तिर्यगायामशोभी
श्यामः पादो बलिनियमनाभ्युद्यतस्येव विष्णोः ॥५७॥

=《丹珠尔》第 59 节

prāleyādrer upataṭam atikramya tāṁstān viśeṣān
    haṁsadvāraṁ bhṛgupatiyaśovartma yat krauñcarandhram,
tenodīcīṁ diśam anusares tiryagāyāmaśobhī
    śyāmaḥ pādo baliniyamanābhyudyatasyeva viṣṇoḥ. (57)

57. 沿着雪山山坡,经过各种美好风景,请你通过大雁峡向北去。当你纵身横过展示持斧罗摩名誉的天鹅门时,你美丽的样子如同毗湿奴镇压恶魔 Bali 时从此钻过的黑足。

语法解析： prāleyādrer（prāleyādri 阳、单、属）雪山。upataṭam（不变）沿着斜坡。atikramya（不变）越过。tāṃstān（阳、复、业）各种各样的。viśeṣān（阳、复、业）风景。haṃsadvāraṃ（中、单、业）天鹅门，玛纳斯湖附近的一个通道。bhṛgupati（bhṛgupati 婆利古的主人，指持斧罗摩 paraśurāma）-yaśo（yaśas 名誉）-vartma（vartman 道路），复合词（中、单、业），使持斧罗摩扬名的通道。yad（关系代词，中、单、业）那个。krauñca（大雁）-randhram（randhra 山口，缝隙），复合词（中、单、业）大雁峡。tena（不变）由此。udīcīṃ（阴、单、业）向北。diśam（阳、单、业）方向。anusares（祈愿、二、单）跟随，移动，前进。tiryag（横跨、斜过）-āyāma（伸展）-śobhī（śobhin 美丽、出色），复合词（阳、单、体），纵身横过的美丽（样子）。śyāmaḥ（阳、单、体）黑色。pādaḥ（阳、单、体）脚，足。bali（恶魔的名称）-niyama（控制，制服）-nābhy（nābhi 肚脐，肚脐般的洞）-udyatasya（udyata 决定，准备），复合词（阳、单、属），决定去镇压 Bali 魔鬼时（通过）的洞。iva（不变）如同。viṣṇoḥ（viṣṇu 阳、单、属）毗湿奴。

गत्वा चोर्ध्वं दशमुखभुजोच्छ्वासितप्रस्थसंधेः
कैलासस्य त्रिदशवनितादर्पणस्यातिथिः स्याः।
श्रृङ्गोच्छ्रायैः कुमुदविशदैर्यो वितत्य स्थितः खं
राशीभूतः प्रतिदिनमिव त्र्यम्बकस्याट्टहासः॥५८॥

=《丹珠尔》第 60 节

gatvā cordhvaṁ daśamukhabhujocchvāsitaprasthasaṁdheḥ
　　kailāsasya tridaśavanitādarpaṇasyātithiḥ syāḥ,
śṛṅgocchrāyaiḥ kumudaviśadairyo vitatya sthitaḥ khaṁ
　　rāśībhūtaḥ pratidinamiva tryambakasyāṭṭahāsaḥ. (58)

58. 十面王曾用臂震开冈底斯山的峰峦关节，那是女仙的明镜，请上升去做它的客人；它的白色夜莲般皎洁的高峰布满天空，好像是三眼神的大笑朝朝积累所成。①

语法解析： gatvā ca ūrdhvaṃ 空中行走。daśamukha（十面王，罗波那）-bhuja（手）-ucchvāsita（分裂）-prastha（高原，山顶）-saṃdheḥ

① 金克木译：《云使》，第 58 节。

(saṃdhi 连接,关节),复合词(阳、单、属),十面王罗波那用手裂开相连的山顶。kailāsasya(阳、单、属)凯拉什山。tridaśa(天神)-vanitā(女仙,妻子)-darpaṇasya(darpaṇa 镜子),复合词(阳、单、属),天上仙女的镜子。atithiḥ(阳、单、体)客人。syāḥ(√as,祈愿、二、单)成为。śṛṅgocchrāyaiḥ(阳、复、具)高耸的山峰。kumuda(睡莲)-viśadair(洁白,纯净),复合词(阳、复、具),洁白的睡莲。yaḥ(关系代词,阳、单、体)那,指凯拉什山。vitatya(独立式)遍及,弥漫。sthitaḥ(阳、单、体)站立,固定。khaṁ(中、单、业)天空。rāśībhūtaḥ(阳、单、体)堆积。pratidinam(不变)一天天,每天地。iva 好像。tryambakasya(阳、单、属)三眼神,湿婆。aṭṭahāsaḥ(阳、单、体)大笑。

उत्पश्यामि त्वयि तटगते स्निग्धभिन्नाञ्जनाभे
सद्यः कृत्तद्विरददशनच्छेदगौरस्य तस्य।
लीलामद्रेः स्तिमितनयनप्रेक्षणीयां भवित्री-
मंसन्यस्ते सति हलभृतो मेचके वाससीव॥ ५९॥

=《丹珠尔》第 61 节

utpaśyāmi tvayi taṭagate snigdhabhinnāñjanābhe
　　sadyaḥ kṛttadviradadaśanacchedagaurasya tasya,
līlām adreḥ stimitanayanaprekṣaṇīyāṁ bhavitrī-
　　maṁsanyaste sati halabhṛto mecake vāsasīva. (59)

59. 料想你上山时宛如细腻的涂眼乌烟,那仿佛新折下的象牙般的皓白峰峦,将光辉焕发更值得定睛观看,好像有一件黑衣披上了持犁者的双肩。①

语法解析: utpaśyāmi(现在、一、单)向上看,料想。tvayi taṭagate(独立依格)当你在山坡上。snigdha(光滑的)-bhinnāñjana(眼膏,药膏)-ābhe(ābha 看起来像),复合词(阳、单、依),看起来像有光泽的眼膏。sadyaḥ(不变)正当。kṛtta(被切割)-dvirada(两牙的,大象)-daśana(牙齿)-cheda(部分)-gaurasya(白色),复合词(阳、单、属),被切下的象牙一般洁白。tasya adreḥ(阳、单、属)那山,指凯拉什山。līlām(阴、单、业)美貌。stimita(不动的)-nayana(眼睛)-prekṣaṇīyāṃ

① 金克木译:《云使》,第 59 节。

(prekṣaṇīya 值得看),复合词(阴、单、业),值得双眼不动地看。bhavitrīm(阴、单、业)成为,将出现。aṃsanyaste sati(独立依格)肩膀上放着的。halabhṛtaḥ(阳、单、属)持犁者,波罗罗摩。mecake(阳、单、依)黑色。vāsasi(阳、单、依)衣裳。iva(不变)一样。

हित्वा तस्मिन्भुजगवलयं शंभुना दत्तहस्ता
क्रीडाशैले यदि च विहरेत्पादचारेण गौरी।
भङ्गीभक्त्या विरचितवपुः स्तम्भितान्तर्जलौघः
सोपानत्वं व्रज पदसुखस्पर्शमारोहणेषु॥ ६०॥

=《丹珠尔》第 62 节

hitvā tasmin bhujagavalayaṁ śaṁbhunā dattahastā
krīḍāśaile yadi ca viharet pādacāreṇa gaurī,
bhaṅgībhaktyā viracitavapuḥ stambhitāntarjalaughaḥ
sopānatvaṁ vraja padasukhasparśamārohaṇeṣu. (60)

60. “如果那儿湿婆去了颈上的蛇饰,以手扶着乌玛在山上步行为乐;你就凝结身内水流,把自己造成阶梯”①,以波浪式的步伐,脚步轻盈地上升。

语法解析: hitvā(独立式)抛弃,摘掉。tasmin(阳、单、依)那个,指凯拉什山。bhujaga(蛇)-valayaṃ(valaya 镯子,项链),复合词(阳、单、业)蛇镯。śaṃ(平静)-bhunā(bhu 产生),复合词(阳、单、具)使平静,湿婆。dattahastā(阴、单、体)被握手的。krīḍāśaile(阳、单、依)娱乐山,指凯拉什山。yadi(不变)如果。ca(不变)连词。viharet(√vṛ,祈愿、三、单)游玩。pāda(脚)-cāreṇa(cāra 走),复合词(阳、单、具),步行,散步。gaurī(阴、单、体)雪山女神,湿婆的妻子。bhaṅgībhaktyā(阴、单、具)分离为波浪式。viracitavapuḥ(阳、单、体)建造身体。stambhita(凝固,硬化)-antar(内部)-jalaughaḥ(jalaugha 大量的水),复合词(阳、单、体),凝固体内大量的水。sopāna-tvaṃ(阳、单、业)台阶的形态。vraja(√vṛ,命令、二、单)行走。padasukhasparśam(不变)脚步轻松地。ārohaṇeṣu(中、复、依)登临,上升。

① 金克木译:《云使》,第 60 节前 3 行。

तत्रावश्यं वलयकुलिशोद्धट्टनोद्गीर्णतोयं
नेष्यन्ति त्वां सुरयुवतयो यन्त्रधारागृहत्वम्।
ताभ्यो मोक्षस्तव यदि सखे घर्मलब्धस्य न स्यात् =《丹珠尔》第 63 节
क्रीडालोलाः श्रवणपरुषैर्गर्जितैर्भाययेस्ताः ॥६१॥

tatrāvaśyaṁ valayakuliśoddhaṭṭanodgīrṇatoyaṁ
neṣyanti tvāṁ surayuvatayo yantradhārāgṛhatvam,
tābhyo mokṣastava yadi sakhe gharmalabdhasya na syāt
krīḍālolāḥ śravaṇaparuṣairgarjitairbhāyayestāḥ. (61)

61. 那儿一定会有天上的小仙女们用手镯的棱角碰触你，想让你洒雨，成为她们的浴室。朋友啊，在这炎热的季节，你若摆脱不了她们，请你用震耳的雷声吓唬这些贪玩儿的小仙女们。

语法解析： tattra 那里。avaśyaṃ（不变）必然，肯定。valaya（手镯）-kuliśa（尖角，锋利面）-uddhaṭṭana（敲打，摩擦）-udgīrṇa（喷射，洒出）-toyaṃ（toya 水），用手镯的锋利面敲打摩擦使出水降雨。neṣyanti（√nī，将来、三、复）带领，进行，控制。tvāṃ（tvad 二、单、业）你。surayuvatayaḥ（阴、复、体）天上的年轻姑娘。yantra（加以控制，用作）-dhārā（淋浴）-gṛhatvam（gṛha 房间）复合词（阳、单、业），用作浴室。tābhyaḥ（代词，阴、复、从）她们，指天上的年轻姑娘。mokṣas（阳、单、体）摆脱。tava（二、单、数）你。yadi（不变）如果。sakhe（阳、单、呼）朋友。gharma（热的）-labdhasya（labdha 到达），复合词（阳、单、体），热时，夏季。na（不变）否定词。syāt（不变）假如。krīḍālolāḥ（阴、复、业）沉溺于游戏。śravaṇa（耳朵）-paruṣair（paruṣa 猛烈的），复合词（阳、复、具）震耳的。garjitair（阳、复、具）咆哮，怒吼。bhāyayes（祈愿、二、单）吓唬。tāḥ（代词，阴、复、业）她们，指年轻的天女。

हेमाम्भोजप्रसवि सलिलं मानसस्याददानः
कुर्वन्कामात्क्षणमुखपटप्रीतिमैरावणस्य।
धुन्वन्वातैः सजलपृषतैः कल्पवृक्षांशुकानि =《丹珠尔》第 64 节
च्छायाभिन्नः स्फटिकविशदं निर्विशेस्तं नगेन्द्रम्॥६२॥

hemāmbhojaprasavi salilaṁ mānasasyādadānaḥ
　　kurvankāmātkṣaṇamukhapaṭaprītimairāvaṇasya,
dhunvanvātaiḥ sajalapṛṣataiḥ kalpavṛkṣāṁśukāni
　　cchāyābhinnaḥ sphaṭikaviśadaṁ nirviśestaṁ nagendram.（62）

62. 喝着玛纳斯湖生产金莲花的水，刹那充当因陀罗天象的面纱，从而使之喜悦。四面反光的你用带水滴的风去摇动凯拉什山的如意树衣裳，并尽情享受晶莹剔透的山王凯拉什山。

语法解析： hema（金的，金色的）-ambhoja（水生的，莲花）-prasavi（prasavin 生产），复合词（中、单、业），生产金莲花的。salilaṃ（中、单、业）水。mānasasya（中、单、属）玛纳斯湖。ādadānaḥ（阳、单、体）喝。kurvan（现分，阳、单、体）做。kāmāt（阳、单、从）愿望，喜乐。kṣaṇa（时刻，刹那）-mukhapaṭa（面纱）-prītim（prīti 喜悦），复合词（阴、单、业）。airāvaṇasya（阳、单、属）因陀罗的坐骑，天象。dhunvan（√5dhū，现分、阳、单、体）摇动，煽动。vātaiḥ（阳、复、具）风。sajala（潮湿的，带水的）-pṛṣataiḥ（pṛṣata 水滴），复合词（阳、复、具），带水滴的。kalpavṛkṣa（如意树）-aṃśukāni（aṃśuka 布料，衣裳），复合词（中、复、业），如意树衣裳。chāyābhinnaḥ（阳、单、体）四面反光，反射。sphaṭika（水晶）-viśadaṃ（viśada 灿烂的，明亮的），复合词（阳、单、业），晶莹透剔。nirviśes（祈愿、二、单）享受。taṃ（阳、单、业）它，指凯拉什山。nagendram（阳、单、业）山王。

तस्योत्सङ्गे प्रणयिन इव स्त्रस्तगङ्गादुकूलां
न त्वं दृष्ट्वा न पुनरलकां ज्ञास्यसे कामचारिन्।　　=《丹珠尔》第 65 节
या वः काले वहति सलिलोद्गारमुच्चैर्विमाना
मुक्ताजालग्रथितमलकं कामिनीवाभ्रवृन्दम्॥६३॥

tasyotsaṅge praṇayina iva srastagaṅgādukūlāṁ
　　na tvaṁ dṛṣṭvā na punar alakāṁ jñāasyase kāmacārin,
yā vaḥ kāle vahati salilodgāram uccairvimānā
　　muktājālagrathitam alakaṁ kāminīvābhravṛndam.（63）

63. 你看到依偎在情人凯拉什山怀里的阿罗迦城不会不认识她，恒河是她滑落的丝衣，随意行者啊，高耸的阿罗迦城宫殿在雨季里,承载着大量的云朵,如同可爱的女子用珍珠发罩捆扎的头发。

语法解析: tasya(阳、单、属)它,指凯拉什山。utsaṅge(阳、单、依)怀抱。praṇayina(praṇayin 阳、单、属)情人。iva 好像。srasta(滑落)-gaṅgā(恒河)-dukūlāṃ(dukūla 丝绸),复合词(阴、单、业)恒河如滑落的丝衣。na … na 不要不,必会…… tvaṃ(二、单、体)你。dṛṣṭvā(独立式)看到。punar(不变)又,再。alakāṃ(阴、单、业)阿罗迦城。jñāsyase(√jñā,将来、中间、二、单)知道,认出。kāmacārin(阳、单、呼)随意行者,指云。yā(阴、单、体)指阿罗迦城。vaḥ(=yuṣmākam,二、复、属)你们。kale(阳、单、依)时间。vahati(√vah,现在、三、单)承载,传送。salila(水)-udgāram(udgāra 喷出),复合词(阳、单、业),喷出水的。uccair(不变)高耸的,崇高的。vimānā(阴、单、体)宫殿。muktā(珍珠)-jāla(头罩,发网)-grathitam(grathita 捆扎),复合词(阳、单、业),用珍珠发罩捆扎的。alakaṃ(阳、单、业)头发。kāminī(阴、单、体)多情女子,可爱女子。iva 好像。abhra(云)-vṛndam(vṛnda 大量,很多),复合词(阳、单、业),云群。

विद्युत्वन्तं ललितवनिताः सेन्द्रचापं सचित्राः
संगीताय प्रहतमुरजाः स्निग्धगम्भीरघोषम्।
अन्तस्तोयं मणिमयभुवस्तुङ्गमभ्रंलिहाग्राः
प्रासादास्त्वां तुलयितुमलं यत्र तैस्तैर्विशेषैः ॥६४॥

=《丹珠尔》第 66 节

vidyutvantaṁ lalitavanitāḥ sendracāpaṁ sacitrāḥ
　　saṁgītāya prahatamurajāḥ snigdhagambhīraghoṣam,
antastoyaṁ maṇimayabhuvas tuṅgam abhraṁlihāgrāḥ
　　prāsādās tvāṁ tulayitum alaṁ yatra taistair viśeṣaiḥ. (64)

64. 阿罗迦城的宫殿楼阁以各种胜景与你匹配。你有闪电、彩虹、柔和低沉的隆隆响声;她有美女、图画和为音乐会打响的大鼓。你内含水珠;她镶有宝石的地板。你高高在上,她高耸的宫殿也能碰触云端。

语法解析: vidyutvantaṃ(阳、单、业)带着闪电的。lalitavanitāḥ(阴、复、体)可爱的女人。sendracāpaṃ(sa-indracāpaṃ 阳、单、业)带

有因陀罗的弓。sacitrāḥ（阴、复、体）有画图的。saṃgītāya（阳、单、为）音乐会。prahata（敲打）-murajāḥ（muraja 大鼓），复合词（阴、复、体），打鼓。snigdha（低沉的）-gambhīra（柔和的）-ghoṣam（ghoṣa 响声），复合词（阳、单、业），柔和低沉的隆隆响声。antastoyaṃ（阳、单、业）里面有水。maṇi-maya-bhuvas（阴、复、体）镶有宝石的地板。tuṅgam（阳、单、业）高高的。abhraṃ（云）-lihā（舔）-grāḥ（gṛha 房屋，宫殿），复合词（阴、复、体），碰触云端的宫殿。prāsādās（阳、复、体）宫殿，楼阁。tvāṃ（二、单、业）你。tulayitum 相配。alaṃ（不变）足够。yatra（不变）那里，在阿罗迦城。taistair viśeṣaiḥ（阳、复、具）各种胜景。

हस्ते लीलाकमलमलके बालकुन्दानुविद्धं
नीता लोध्रप्रसवरजसा पाण्डुतामाननश्रीः।
चूडापाशे नवकुरबकं चारु कर्णे शिरीषं
सीमन्ते च त्वदुपगमजं यत्र नीपं वधूनाम्॥ ६५॥

=《丹珠尔》第 67 节

haste līlākamalamalake bālakundānuviddhaṁ
nītā lodhraprasavarajasā pāṇḍutāmānanaśrīḥ,
cūḍāpāśe navakurabakaṁ cāru karṇe śirīṣaṁ
sīmante ca tvadupagamajaṁ yatra nīpaṁ vadhūnām.（65）

65. 那里的女郎们手里拿着秋莲玩弄；发间斜插冬茉莉；用罗陀罗花粉使漂亮的脸蛋更加亮白；用新鲜的古罗波花装饰发套；耳边是柔嫩的夜合花；头发分缝处则是你催开的迦昙波花。

语法解析： haste（阳、单、依）手。līlā（游戏，玩耍）-kamalam（kamala 莲花），复合词（中、单、业），玩弄秋莲。alake（阳、单、依）头发。bāla（新鲜的）-kunda（冬茉莉，素馨花）-anuviddhaṃ（anuviddha 插，穿通），复合词（中、单、业），插新鲜的冬茉莉。nītā（阴、单、体）装饰，着色。lodhra（罗陀罗树）-prasava（产生）-rajasā（rajas 花粉），复合词（中、单、具），罗陀罗树花粉。pāṇḍutām（阴、单、业）皎白。ānana（脸）-śrīḥ（śrī 漂亮），复合词（阴、单、体），漂亮的脸蛋儿。cūḍā（顶冠，顶髻）-pāśe（pāśa 套绳，罗网），复合词（阳、单、依）发髻罗网。nava（新）-kurabakaṃ（古罗波花），复合词（中、单、业），新鲜的古罗波花。cāru（中、单、业）柔嫩的。karṇe（阳、单、依）耳朵。śirīṣaṃ（中、单、业）夜合花，希利奢花。sīmante（阳、单、依）头发分缝处。ca（不变）且。tvad-upagamajaṃ（中、单、业）你所催开的。yatra（不变）那里，在阿罗迦城。nīpaṃ（阳、单、业）迦昙波花、尼波树。vadhūnām（阴、复、属）女人。

यस्यां यक्षाः सितमणिमयान्येत्य हर्म्यस्थलानि
ज्योतिश्छायाकुसुमरचनान्युत्तमस्त्रीसहायाः। =《丹珠尔》第 68 节
आसेवन्ते मधु रतिफलं कल्पवृक्षप्रसूतं
त्वद्गम्भीरध्वनिषु शनकैः पुष्करेष्वाहतेषु॥ ६६॥

yasyāṁ yakṣāḥ sitamaṇimayāny etya harmyasthalāni
jyotiśchāyākusumaracanāny uttamastrīsahāyāḥ,
āsevante madhu ratiphalaṁ kalpavṛkṣprasūtaṁ
tvadgambhīradhvaniṣu śanakaiḥ puṣkareṣvāhateṣu. (66)

66. 那儿药叉们走上水晶造成的宫顶平台，台上星光辉映成花朵，女伴尽是娇娥，他们饮着如愿树所生的美酒“行乐果”，同时缓缓奏着像你的（低沉的）声音般的鼓乐。①

语法解析： yasyāṃ（关系代词，阴、单、依）。yakṣāḥ（阳、复、体）药叉。sitamaṇimayāny（中、复、业）水晶造的。sitamaṇi 水晶；maya 组成。etya（不变）走近。harmya（宫殿）-sthalāni（sthala 表面、地面），复合词（中、复、业），楼阁，露台。jyotiś（星光）-chāyā（影）-kusuma（花儿）-racanāni（racana 营造，形成），复合词（中、复、业），星光辉映成花朵。uttama（杰出的）-strī（女人）-sahāyāḥ（sahāya 伴侣），复合词（阴、复、体），女伴尽是最杰出的。āsevante（√1 āsev，中间、三、复）享受。madhu（中、单、业）蜜，甜蜜。rati（欢爱）-phalaṃ（phala 果），复合词（中、单、业）行乐果（酒）。kalpavṛkṣa-prasūtaṃ（中、单、业）如意树所产出的。tvadgambhīradhvaniṣu（阳、复、依）你的深沉的声音。śanakaiḥ（不变）缓缓地。puṣkareṣu（阳、复、依）鼓。āhateṣu（阳、复、依）敲打。

① 金克木译：《云使》，第 66 节。

यत्र स्त्रीणां प्रियतमभुजोच्छ्वासितालिङ्गितानाम्
अङ्गग्लानिं सुरतजनितां तन्तुजालावलम्बाः।
त्वत्संरोधापगमविशदैश्चोतिताश्चन्द्रपादैर्
व्यालुम्पन्ति स्फुटजललवस्यन्दिनश्चन्द्रकान्ताः॥ ६७॥

=《丹珠尔》第 72 节

yatra strīṇāṁ priyatamabhujocchvāsitāliṅgitānām
aṅgaglāniṁ suratajanitāṁ tantujālāvalambāḥ,
tvatsaṁrodhāpagamaviśadaiścotitāścandrapādair
vyālumpanti sphuṭajalalavasyandinaścandrakāntāḥ. (67)

67. 那里月光皎洁,因为你并不遮住它。明亮的月光促使悬挂在丝络上的月光宝石在那些从爱人臂抱中脱开的女人们身上滴下清洁的水滴,洗去她们交欢后的疲倦。

语法解析: yatra(不变)那里。strīṇāṃ(阴、复、属)女人。priyatama(爱人,丈夫)-bhuja(手臂)-ucchvāsita(解脱,松开)-āliṅgitānām(āliṅgita 拥抱),复合词(阴、复、属),脱开爱人臂抱的。aṅgaglāniṃ(阴、单、业)身体的疲倦。suratajanitāṃ(阴、单、业)交欢所产生的。tantu(线,丝)-jāla(网)-avalambāḥ(avalamba 悬挂),复合词(阳、复、体)悬挂在丝络上。tvat(你)-saṃrodha(阻碍)-apagama(离开)-viśadaiḥ(viśada 洁白,明亮),复合词(阳、复、具),因你走开而皎洁明亮的。cotitāḥ(√cud,阳、复、体)被推动,被促使。candrapādair(阳、复、具)月光。vyālumpanti(现在、三、复)洗去,消去。sphuṭa(洁净的)-jalalava(水滴)-syandinaḥ(syandin 滴下),复合词(阳、复、体),滴下的洁净的水滴。candrakāntāḥ(阳、复、体)月光石。

नेत्रा नीताः सततगतिना यद्विमानाग्रभूमीर्
आलेख्यानां सलिलकणिकादोषमुत्पाद्य सद्यः।
शङ्कास्पृष्टा इव जलमुचस्त्वादृशा यत्र जालैर्
धूमोद्गारानुकृतिनिपुणा जर्जरा निष्पतन्ति॥ ६८॥

=《丹珠尔》第 71 节

netrā nītāḥ satatagatinā yadvimānāgrabhūmīr
ālekhyānāṁ salilakaṇikādoṣamutpādya sadyaḥ,
śaṅkāspṛṣṭā iva jalamucastvādṛśā yatra jālair

dhūmodgārānukṛtinipuṇā jarjarā niṣpatanti.（68）

68. 那儿有像你一样的云被风吹上七层楼，它们怀着新鲜水滴，立刻玷污了画图；仿佛受到了惊恐，便巧妙地模仿青烟，化为零散的丝丝缕缕从窗棂中逃出。①

语法解析： netrā（阳、单、具）被带领。nītāḥ（阳、复、体）进入。satatagatinā（阳、单、具）总是移动的，风。yad 关系代词。vimāna（宫殿）-agra（最高，顶端）-bhūmīr（bhūmi 地面，地方），复合词（阴、复、业），宫殿最高处。ālekhyānāṃ（中、复、属）图画，彩画。salilakaṇikā（水滴）-doṣam（冒失，过错），复合词（阳、单、业），因水滴而有过失的，弄湿。utpādya（独立）产生。sadyaḥ（不变）顿时。śaṅkā（惧怕，疑虑）-spṛṣṭā（spṛṣṭa 感知），复合词（阳、复、体），感到惧怕。iva 好像。jalamucaḥ（阳、复、体）云。tvādṛśāḥ（tva-ādṛśa）像你一样。yatra 那里。jālair（中、复、具）网缦，格珊，罩罗。dhūma（烟）-udgāra（冒出）-anukṛti（模仿）-nipuṇāḥ（巧妙，机智），复合词（阳、复、体），巧妙地模仿烟而冒出来的。jarjarāḥ（阳、复、体）成为碎片，分成几段，零零散散，丝丝缕缕。niṣpatanti（niṣ-√pat，现在、三、复）冲出。

नीवीबन्धोच्छ्वसितशिथिलं यत्र बिम्बाधराणां
क्षौमं रागादनिभृतकरेष्वाक्षिपत्सु प्रियेषु।　　=《丹珠尔》第 70 节
अर्चिस्तुङ्गानभिमुखमपि प्राप्य रत्नप्रदीपान्
ह्रीमूढानां भवति विफलप्रेरणा चूर्णमुष्टिः॥ ६९॥

nīvībandhocchvasitaśithilaṁ yatra bimbādharāṇāṁ

kṣaumaṁ rāgādanibhṛtakareṣvākṣipatsu priyeṣu,

arcistuṅgānabhimukhamapi prāpya ratnapradīpān

hrīmūḍhānāṁ bhavati viphalapreraṇā cūrṇamuṣṭiḥ.（69）

69. 那里频婆嘴的女人们，当她们的丈夫激情而粗鲁地解开已松开的粗绸衣衣结时，羞愧而不知所措的她们抓住一把粉朝向珠宝明灯撒去，却只是徒劳。

语法解析： nīvī（衣结）-bandha（捆绑，打结）-ucchvasita（解开）-

① 金克木译：《云使》，第 69 节。

śithilaṃ（śithila 松开的），复合词（阳、单、业），解开松开的衣结。yatra（不变）那里。bimbādharāṇāṁ（阴、复、属）频婆嘴的女人。kṣaumaṁ（阳、单、业）亚麻布，粗绸衣。rāgād（阳、单、从）激情，欲望。anibhṛtakareṣv（阳、复、依）激动地、粗鲁地做。ākṣipatsu（阳、复、依）抓，夺。priyeṣu（阳、复、依）爱人，丈夫。arcis（光焰）-tuṅgān（tuṅga 强烈的），复合词（阳、复、业），强烈的光。abhimukham（不变）朝向。api（不变）即使，虽然。prāpya（独立式）抓住，获得。ratnapradīpān（阳、复、业）珠宝明灯。hrī（羞愧）-mūḍhānāṃ（困惑的，不知所措的），复合词（阴、复、属），羞愧而不知所措。bhavati（现在、三、单）成为。viphala（无果）-preraṇā（preraṇa 活动，行为），复合词（阴、单、体）徒劳的行为。cūrṇa（粉）-muṣṭiḥ（muṣṭi 一把），复合词（阴、单、体）一把粉。

गत्युत्कम्पादलकपतितैर्यत्र मन्दारपुष्पैः
पत्रच्छेदैः कनककमलैः कर्णविभ्रंशिभिश्च।
मुक्ताजालैः स्तनपरिचितच्छिन्नसूत्रैश्च हारैर्
नैशो मार्गः सवितुरुदये सूच्यते कामिनीनाम्॥७०॥

=《丹珠尔》第 69 节

gatyutkampād alakapatitair yatra mandārapuṣpaiḥ
　　patracchedaiḥ kanakakamalaiḥ karṇavibhraṁśibhiś ca,
muktājālaiḥ stanaparicitacchinnasūtraiś ca hārair
　　naiśo mārgaḥ saviturudaye sūcyate kāminīnām.（70）

70. 那儿，因快步走动而从发上落下的曼陀罗花儿，从耳边落下的破碎的金莲花瓣以及碰撞乳房而断了线的珍珠项链，当太阳升起的时候指出了多情女子夜间赴会的路线。

语法解析： gati（行走）-utkampād（utkampa 战栗），复合词（阳、单、从），行走时颤抖的。alaka（头发）-patitair（往下掉），复合词（中、复、具），从头发上坠落的。yatra（不变）那里。mandāra-puṣpaiḥ（中、复、具）曼陀罗花。patracchedaiḥ（中、复、具）破碎的花瓣。kanaka-kamalaiḥ（中、复、具）金莲花。karṇa（耳朵）-vibhraṃśibhiḥ（vibhraṃśin 落下），复合词（中、复、具），从耳朵落下的。ca（不变）连词。muktā（珍珠）-jālaiḥ（jāla 罗，网），复合词（中、复、具），珍珠饰

品，装饰。stana（乳房）-paricita（堆积）-chinna（断）-sūtraiḥ（sūtra 线），复合词（中、复、具），（碰撞）巨大的乳房而断了线的。ca（不变）连词。hārair（阳、复、具）花环，项链。naiśaḥ（阳、单、体）夜间的。mārgaḥ（阳、单、体）路。savitur（savitṛ，阳、单、属）太阳。udaye（阳、单、依）升起。sūcyate（被动、三、单）被指出。kāminīnām（阴、复、属）多情女子。

मत्वा देवं धनपतिसखं यत्र साक्षाद्वसन्तं
प्रायश्चापं न वहति भयान्मन्मथः षट्पदज्यम्।
सभ्रूभङ्गप्रहितनयनैः कामिलक्ष्येष्वमोघैस्
तस्यारम्भश्चतुरवनिताविभ्रमैरेव सिद्धः॥ ७१॥

=《丹珠尔》第 73 节

matvā devaṁ dhanapatisakhaṁ yatra sākṣādvasantaṁ
　　prāyaścāpaṁ na vahati bhayānmanmathaḥ ṣaṭpadajyam,
sabhrūbhaṅgaprahitanayanaiḥ kāmilakṣyeṣvamoghais
　　tasyārambhaścaturavanitāvibhramaireva siddhaḥ.（71）

71. 爱神知道财神的朋友湿婆经常在那里居住，因此他不敢拿着蜜蜂弓弦的弓前来。但那里机灵的女人们秋波之箭搭在眉毛弯弓射向倾心之人从不落空，使爱神的职责圆满完成。

语法解析：matvā（独立）知道。devaṃ（阳、单、业）神，指湿婆。dhanapatisakhaṃ（阳、单、业）财神的朋友。yatra 那里。sākṣād（不变）显而易见的。vasantaṃ（阳、单、业）居住。prāyas（不变）通常。cāpaṃ（阳、单、业）弓。na 不。vahati（现在、三、单）带着，带来。bhayān（阳、单、从）害怕。manmathaḥ（阳、单、体）扰意者，爱神。ṣaṭpada（蜜蜂）-jyam（jyā 弓弦），复合词（阳、单、业），蜜蜂弓弦的。sabhrūbhaṅga（舞动眉毛）-prahitanayanaiḥ（prahitanayana 抛媚眼），复合词（中、复、具），舞动眉毛抛出媚眼。kāmi（kāmin 情人）-lakṣyeṣu（lakṣya 目的，对象），复合词（阳、复、依），对情人。amoghais（阳、复、具）不落空的，百发百中的。tasya（代词，阳、单、属）他的，指爱神。ārambhaś（阳、单、体）工作，职责。catura（机灵的）-vanitā（女人）-vibhramair（vibhrama 奉承，妩媚），复合词（阳、复、具），机灵的女人卖弄风情。eva（不变）表示强调。siddhaḥ（阳、单、体）成功，完成。

तत्रागारं धनपतिगृहादुत्तरेणास्मदीयं
दूराल्लक्ष्यं तदमरधनुश्चारुणा तोरणेन।
यस्योद्याने कृतकतनयः कान्तया वर्धितो मे
हस्तप्राप्यस्तबकनमितो बालमन्दारवृक्षः ॥७२॥

=《丹珠尔》第 74 节

tatrāgāraṁ dhanapatigṛhād uttareṇāsmadīyaṁ
dūrāl lakṣyaṁ tadamaradhanuścāruṇā toraṇena,
yasyodyāne kṛtakatanayaḥ kāntayā vardhito me
hastaprāpyastabakanamito bālamandāravṛkṣaḥ. (72)

72. 那里,从财神的住所向北就是我们的家。像神弓(彩虹)一样美丽的大拱门从远远就能认出。花园里,被我妻子视为儿子的幼嫩的曼陀罗树长满了簇簇鲜花,累累下垂,触手可及。

语法解析: tatra(不变)那里。agāraṃ(agāra,中、单、体)家,房子。dhanapati(财神)-gṛhād(gṛha 家),复合词(阳、单、从),财神的住所。uttareṇa(不变)北方,向北。asmadīyaṃ(人称代词,中、单、体)我们。dūrāt(dūra 中、单、从)远处。lakṣyaṃ(lakṣya 中、单、体)以……为特征的,标志。tad(代词,中、单、体),那个。amara(不朽的,神)-dhanus(弓),复合词(中、单、体),神弓,指彩虹。cāruṇā(cāru 中、单、具)美丽的,迷人的。toraṇena(toraṇa 中、单、具)拱门。yasya(关系代词,阳、单、属)那个。udyāne(udyāna 中、单、依)花园。kṛtaka(视作,假定)-tanayaḥ(tanaya 儿子),复合词(阳、单、体),视为儿子的。kāntayā(kāntā 阴、单、具)妻子。vardhitaḥ(阳、单、体)满的。me(mad 人称代词、一、属)我。hastaprāpya(伸手可得的)-stabaka(一束,一簇)-namitaḥ(namita 垂下的),复合词(阳、单、体),下垂而伸手可得的花簇。bāla(幼嫩的)-mandāravṛkṣaḥ(曼陀罗树),复合词(阳、单、体),幼嫩的曼陀罗树。

वापी चास्मिन्मरकतशिलाबद्धसोपानमार्गा
हैमैः स्यूता विकचकमलैः स्निग्धवैडूर्यनालैः।
यस्यास्तोये कृतवसतयो मानसं संनिकृष्टं
न ध्यास्यन्ति व्यपगतशुचस्त्वामपि प्रेक्ष्य हंसाः ॥७३॥

=《丹珠尔》第 75 节

vāpī cāsmin marakataśilābaddhasopānamārgā
　　haimaiḥ syūtā vikacakamalaiḥ snigdhavaiḍūryanālaiḥ,
yasyāstoye kṛtavasatayo mānasaṁ saṁnikṛṣṭaṁ
　　na dhyāsyanti vyapagataśucastvāmapi prekṣya haṁsāḥ. (73)

73. 那里的池塘被盛开的金色的莲花所遮住，那莲花的茎秆如同金绿色的宝石般光滑。那里的台阶镶有绿宝石。天鹅群在那池塘水中无忧无虑地居住，即使看到了你（即使雨季到了）也不向往就在附近的玛纳斯湖（不像其他天鹅）。

语法解析：vāpī（阴、单、体）水池，池塘。ca（不变）连词。asmin（阳、单、依）那里。marakata（绿宝石，翡翠）-śilā（石头）-baddha（镶嵌）-sopāna（台阶）-mārgā（路），复合词（阳、复、体），镶嵌绿宝石的台阶。haimaiḥ（阳、复、具）金的，金色的。syūtā（阴、单、体）遮没，盖住。vikacakamalaiḥ（阳、复、具）盛开的莲花。snigdha（光滑的）-vaiḍūrya（猫眼石，宝石）-nālaiḥ（nāla 茎，秆），复合词（阳、复、具），宝石般光滑的金绿色茎秆。yasyās（关系代词，阴、单、属）那个，指池塘。toye（toya 中、单、依）水。kṛtavasatayaḥ（kṛtavasati 阳、复、体）寓所，住处。mānasaṃ（中、单、业）玛纳斯湖。saṃnikṛṣṭaṃ（不变）在附近。na 不。dhyāsyanti（√1dhyai，将来、三、复）想起，向往。vyapagata-śucas（阳、复、体）远离痛苦的，无忧无虑的。tvām api prekṣya 即使看到了你。haṃsāḥ（阳、复、体）天鹅。

तस्यास्तीरे रचितशिखरः पेशलैरिन्द्रनीलैः
क्रीडाशैलः कनककदलीवेष्टनप्रेक्षणीयः।
मद्गेहिन्याह् प्रिय इति सखे चेतसा कातरेण
प्रेक्ष्योपान्तस्फुरिततडितं त्वां तमेव स्मरामि॥७४॥

=《丹珠尔》第 76 节

tasyāstīre racitaśikharaḥ peśalairindranīlaiḥ
　　krīḍāśailaḥ kanakakadalīveṣṭanaprekṣaṇīyaḥ,
madgehinyāh priya iti sakhe cetasā kātareṇa
　　prekṣyopāntasphuritataḍitaṁ tvāṁ tameva smarāmi. (74)

74. 池塘岸上有顶峰由蓝宝石筑造的游乐山，它被金色的芭蕉所环绕而赏心悦目。朋友啊，看到闪电夫人周围闪烁的你,我联想到我妻子所爱的那座山,黯然伤怀啊。

语法解析： tasyās(指示代词,阴、单、属)那个,指池塘。tīre(tīra 中、单、依)岸。racita(塑成,筑造)-śikharaḥ(śikhara 山峰),复合词(阳、单、体)顶峰由……塑成的。peśalair(peśala 阳、复、具)被装饰。indranīlaiḥ(阳、复、具)蓝宝石。krīḍā(游乐)-śailaḥ(śaila 山),复合词(阳、单、体),游乐之山。kanaka(金色的)-kadalī(芭蕉)-veṣṭana(环绕)-prekṣaṇīyaḥ(看起来迷人),复合词(阳、单、体),被金色芭蕉所环绕而赏心悦目。mad(我)-gehinyāḥ(gehinī 妻子),(阴、单、属)我的妻子的。priyaḥ(阳、单、体)所爱。iti(不变)如此。sakhe(sakhi 阳、单、呼)朋友。cetasā(中、单、具)心,心思。kātareṇa(中、单、具)伤心。prekṣyā 看到-upānta(周边)-sphurita(闪烁)-taḍitaṃ(taḍit 闪电),复合词(阴、单、业),看到周边闪电闪烁的(你)。tvāṃ(人称代词,二、单、业)你。tam(指示代词,阳、单、业)他,指游乐之山。eva(不变)表示强调。smarāmi(√1 smṛ,现在、一、单)我想起。

रक्तशोकश्चलकिसलयः केसरश्चात्र कान्तः
प्रत्यासन्नौ कुरबककवृतेर्माधवीमण्डपस्य।
एकः सख्यास्तव सह मया वामपादाभिलाषी
काङ्क्षत्यन्यो वदनमदिरां दोहदच्छद्मनास्याः ॥७५॥

=《丹珠尔》第 77 节

raktaśokaś calakisalayaḥ kesaraś cātra kāntaḥ
　　pratyāsannau kurabakavṛter mādhavīmaṇḍapasya,
ekaḥ sakhyās tava saha mayā vāmapādābhilāṣī
　　kāṅkṣatyanyo vadanamadirāṁ dohadacchadmanāsyāḥ. (75)

75. 拂动嫩叶的红色无忧花,还有可爱的吉莎罗花在附近的古罗波花儿的栅栏和藤蔓凉亭内。它们一个像我一样想要你的朋友的左脚;另一个渴望她嘴中酒的香气以开花结果。

语法解析： raktāśokaḥ(阳、单、体)红色的无忧树。cala(拂动)-kisalayaḥ(kisalaya 嫩枝),复合词(阳、单、体),拂动嫩枝的。kesaraḥ(阳、单、体)吉莎罗花,盖瑟罗花,牛乳树。ca(不变)还有。atra(不变)这儿。kāntaḥ(阳、单、体)可爱的,漂亮的。pratyāsannau(阳、双、体)附近的。kurabaka(古罗波花,鸡头花)-vṛter(vṛti 栅栏,围墙),

复合词(阳、单、属),古罗波花的栅栏。mādhavī-maṇḍapasya(阳、单、属)藤蔓凉亭。ekaḥ(数,阳、单、体)一个。sakhyās(阴、单、属)朋友(女性),即云的朋友,药叉的妻子。tava(人称,二、单、数)你,指云。saha mayā 像我一样。vāma(左)-pāda(脚)-abhilāṣī(abhilāṣin 渴望),复合词(阳、单、体),渴望左脚。kāṅkṣaty(√1 kāṅkṣ,现在、三、单)希望,渴望。anyaḥ(代词,阳、单、体)另一个。vadana(嘴)-madirāṃ(madirā 酒),复合词(阴、单、业),嘴中酒。dohada(促孕育的一种香气)-chadmanā(chadman 以……为借口),复合词(中、单、具),asyāḥ(阴、单、属)她,指药叉的妻子。

तन्म्ध्ये च स्फटिकफलका काञ्चनी वासयष्टिर्
मूले बद्धा मणिभिरनतिप्रौढवंशप्रकाशैः।
तालैः शिञ्जद्वलयसुभगैर्नर्तितः कान्तया मे
यामध्यास्ते दिवसविगमे नीलकण्ठः सुहृद्वः॥ ७६॥

=《丹珠尔》第 78 节

tan mdhye ca sphaṭikaphalakā kāñcanī vāsayaṣṭir
mūle baddhā maṇibhir anatiprauḍhavaṁśaprakāśaiḥ,
tālaiḥ śiñjadvalayasubhagair nartitaḥ kāntayā me
yām adhyāste divasavigame nīlakaṇṭhaḥ suhṛd vaḥ. (76)

76. 它俩中间,有水晶底座的金色栖柱(金枝),它的根基是由鲜嫩竹子般明亮的珠宝所筑。当夜晚的时候,随着我的爱人手镯叮当响的愉快的拍手声起舞的你的朋友孔雀就会在那棵栖柱上住宿。

语法解析: tanmadhye(阳、单、依)它俩中间,指上颂无忧树和吉莎罗树。ca 且,和。sphaṭika(水晶)-phalakā(板条,铺板),复合词(阴、单、体),水晶板条。kāñcanī(阴、单、体)金色的,金制的。vāsayaṣṭir(阴、单、体)棍子,栖木,鸟类栖息用的柱子。mūle(中、单、依)根,根基。baddhā(阴、单、体)构造,建造。maṇibhir(阳、复、具)珠宝。anatiprauḍha(新的,嫩的)-vaṃśa(竹子)-prakāśaiḥ(prakāśa 明亮),复合词(阳、复、具),鲜嫩竹子般明亮。tālaiḥ(阳、复、具)拍手。śiñjad(叮当响)-valaya(手镯)-subhagair(吉祥的,愉快的),复合词(阳、复、具),手镯叮当响而愉快的。nartitaḥ(阳、单、体）起舞，舞蹈。kāntayā（阴、单、具）爱妻。me（mad 一、单、属）我。yām（阴、单、业）指栖柱。adhyāste（√2 ās，中间、三、单）居住。divasavigame（阳、单、依）白天结束时，到夜晚。nīlakaṇṭhaḥ（阳、单、体）青喉的，孔雀。suhṛd（阳、单、体）朋友。vaḥ（tvad 二、复、属）你们的，指云。

एभिः साधो हृदयनिहितैर्लक्षणैर्लक्षयेथा
द्वारोपान्ते लिखितवपुषौ शङ्खपद्मौ च दृष्ट्वा।
क्षामच्छायं भवनमधुना मद्वियोगेन नूनं
सूर्यापाये न खलु कमलं पुष्यति स्वामभिख्याम्॥ ७७॥

=《丹珠尔》第 79 节

ebhiḥ sādho hṛdayanihitairlakṣaṇairlakṣayethā
dvāropānte likhitavapuṣau śṅkhapadmau ca dṛṣṭvā,
kṣāmacchāyaṁ bhavanamadhunā madviyogena nūnaṁ
sūryāpāye na khalu kamalaṁ puṣyati svāmabhikhyām.（77）

77. 敏捷的人啊，凭借心里记下的这些特征，再看门旁的一对美丽的海螺和莲花的画，请认准我的家。如今它可定因为我的离开光彩减弱。太阳离去了，荷花就很难保持自己的美丽娇艳呐。

语法解析：ebhiḥ（指示代词，中、复、具）这些。sādho（sādhu 阳、单、呼）敏捷的人啊。hṛdaya（心）-nihitair（nihita 放置），复合词（中、复、具），心里记下的。lakṣaṇair（中、复、具）特征。lakṣayethā（祈愿、二、单）认准。dvāropānte（阳、单、依）门旁。likhita（绘画）-vapuṣau（vapuṣa 美丽），复合词（阳、双、业），一对美丽的画。śaṅkha-padmau ca（阳、双、业）海螺和莲花。dṛṣṭvā（独立式）看见。kṣāma（减弱）-chāyaṃ（chāya 色彩），复合词（中、单、业）光彩减弱。bhavanam（中、单、业）房屋，宫殿。adhunā（不变）现在，如今。madviyogena（阳、单、具）我的离开。nūnaṃ（不变）确实，肯定。sūrya（太阳）-apāye（apāya 离去），复合词（阳、单、依），太阳离去。na（不变）否定词。khalu（不变）确实，难道。kamalaṃ（中、单、体）莲花。puṣyati（√4 puṣ，现在、三、单）维持，展现。svām（阴、单、业）自己。abhikhyām（阴、单、业）光辉，美丽。

गत्वा सद्यः कलभतनुतां शीघ्रसंपातहेतोः
क्रीडाशैले प्रथमकथिते रम्यसानौ निषण्णः।
अर्हस्यन्तर्भवनपतितां कर्तुमल्पाल्पभासं
खद्योतालीविलसितनिभां विद्युदुन्मेषदृष्टिम्॥ ७८॥

=《丹珠尔》第 80 节

gatvā sadyaḥ kalabhatanutāṁ śīghrasaṁpātahetoḥ
krīḍāśaile prathamakathite ramyasānau niṣaṇṇaḥ,
arhasy antarbhavanapatitāṁ kartum alpālpabhāsaṁ
khadyotālīvilasitanibhāṁ vidyudunmeṣadṛṣṭim. (78)

78. 你立刻把身体瘦小成小象一般大，以便快速降落到前面提到的那宜人的娱乐山顶峰坐下，再把如同一道闪闪发光的萤火虫般的眼光投入房间内。

语法解析： gatvā（独立）前往。sadyas（不变）立刻，迅速。kalabha（小象）-tanutāṃ（tanuta 瘦小），复合词（阴、单、业）小象般瘦小。śīghra-saṃpāta-hetoḥ（阳、单、属）快速降落的原因。krīḍā-śaile（阳、单、依）娱乐山。prathama-kathite（阳、单、依）如前所述。ramyasānau（阳、单、依）宜人的山峰。niṣaṇṇaḥ（阳、单、体）坐下。arhasi（现在、二、单）应该。——你立刻把身体瘦小成小象一般大，以便快速降落到前面提到的那宜人的娱乐山顶峰坐下，再把如同萤火虫般的眼光投入房间内。antarbhavanapatitāṃ（阴、单、业）往房间里投下。kartum（不定式）做。alpālpa（极少）-bhāsaṃ（bhāsa 光），复合词（阳、单、业），微光。khadyotālī（萤火虫）-vilasita（闪烁）-nibhāṃ（nibha 如同），复合词（阳、单、业）如同萤火虫般闪烁的。vidyudunmeṣa（一道光）-dṛṣṭim（dṛṣṭi 眼光），复合词（阳、单、业），一道眼光。

तन्वी श्यामा शिखरदशना पक्वबिम्बाधरोष्ठी
मध्ये क्षामा चकितहरिणीप्रेक्षणा निम्ननाभिः।
श्रोणीभारादलसगमना स्तोकनम्रा स्तनाभ्यां
या तत्र स्याद्युवतिविषये सृष्टिराद्येव धातुः॥ ७९॥

=《丹珠尔》第 81 节

tanvī śyāmā śikharadaśanā pakvabimbādharoṣṭhī
madhye kṣāmā cakitahariṇīprekṣaṇā nimnanābhiḥ,

śroṇībhārādalasagamanā stokanamrā stanābhyāṁ
　　yā tatra syādyuvativiṣaye sṛṣṭirādyeva dhātuḥ. (79)

79. 那里有位苗条淑女，年正青春，皓齿如茉莉花蓓蕾，下唇如成熟的频婆，“腰肢窈窕，眼如惊鹿，脐窝深陷，由乳重而微微前俯，因臀丰而行路珊珊”①，大概是创造少女界的为首标致。

语法解析： tanvī（阴、单、体）苗条女。śyāmā（阴、单、体）青春少女，未生孩子的女子。śikhara（尖的，月牙的）-daśanā（daśana 牙齿），复合词（阴、单、体），皓齿如茉莉花蓓蕾的。pakvabimba（成熟的频婆）-adharoṣṭhī（下唇），复合词（阴、单、体），下唇如成熟频婆的。madhye（阳、单、依）腰部。kṣāmā（阴、单、体）窈窕，细瘦。cakita（惊吓的）-hariṇī（雌鹿）-prekṣaṇā（眼睛），复合词（阴、单、体），惊鹿眼。nimna（深的）-nābhiḥ（nābhi 肚脐），复合词（阴、单、体），脐窝深的。śroṇī（臀部）-bhārād（bhāra 沉重），复合词（阳、单、从），臀部重的。alasa（怠惰）-gamanā（gamana 走路），复合词（阴、单、体），步伐缓慢。stoka（稍微）-namrā（倾斜），复合词（阴、单、体），稍微往前倾。stanābhyāṃ（阳、双、从）乳房。yā 下一颂的先行词。tatra（不变）那里。syād 大概是。yuvati（少女）-viṣaye（viṣaya 领域），复合词（阳、单、依）少女界。sṛṣṭir（阴、单、体）创造物。ādyā（阴、单、体）为首的。iva 好像。dhātuḥ（阳、单、体）因素，样板。

तां जानीयाः परिमितकथां जीवितं मे द्वितीयं
दूरीभूते मयि सहचरे चक्रवाकीमिवैकाम्।
गाढोत्कण्ठां गुरुषु दिवसेष्वेषु गच्छत्सु बालां
जातां मन्ये शिशिरमथितां पद्मिनीं वा ऽन्यरूपाम्॥ ८०॥

=《丹珠尔》第 82 节

tāṁ jānīyāḥ parimitakathāṁ jīvitaṁ me dvitīyaṁ
　　dūrībhūte mayi sahacare cakravākīmivaikām,
gāḍhotkaṇṭhāṁ guruṣu divaseṣveṣu gacchatsu bālāṁ
　　jātāṁ manye śiśiramathitāṁ padminīṁ vā'nyarūpām. (80)

80. 她，我的妻子，我的第二个生命，由于远离我而沉默寡

① 金克木译：《云使》，第 82 节第 3—4 行。

言,如同一只孤单的鸳鸯。在这些艰难的日子里,年轻的她心中可定产生极度焦虑,想必是被霜打的荷花一样变了模样。

语法解析: tāṃ(阴、单、业)她。jānīyāḥ(阴、单、属)女人,妻子。parimita(有限的)-kathāṃ(kathā 言语),复合词(阴、单、业),沉默寡言的。jīvitaṃ(中、单、业)生命。me(mad 一、单、属)我的。dvitīyaṃ(中、单、业)第二个。dūrībhūte mayi(独立依格)远离我。sahacare(阳、单、依)同行,共处。cakravākīm(阴、单、业)鸳鸯。iva 仿佛。ekām(阴、单、业)一个。gāḍha(非常)-utkaṇṭhāṃ(utkaṇṭha 期盼),复合词(阴、单、业),极度焦虑。guruṣu(guru 阳、复、依)沉重的,艰难的。divaseṣu(阳、复、依)天,日子。eṣu(阳、复、依)这些。gacchatsu(阳、复、依)度过。bālāṃ(阴、单、业)年轻女子。jātāṃ(阴、单、业)产生。manye(阳、单、依)心中。śiśira(霜,冰)-mathitāṃ(mathita 破坏,打击),复合词(阴、单、业),霜打的。padminīṃ(阴、单、业)荷花。vā(=iva)像,同。anya(另一个)-rūpām(rūpa 形状,样子),复合词(阴、单、业),变成另一个样子。

नूनं तस्याः प्रबलरुदितोच्छूननेत्रं प्रियायाः
निःश्वासानामशिशिरतया भिन्नवर्णाधरोष्ठम्।
हस्तन्यस्तं मुखमसकलव्यक्ति लम्बालकत्वाद्
इन्दोर्दैन्यं त्वदुपसरणक्लिष्टकान्तेर्बिभर्ति॥ ८१॥

=《丹珠尔》第 83 节

nūnaṁ tasyāḥ prabalaruditocchūnanetraṁ priyāyāḥ
niḥśvāsānāmaśiśiratayā bhinnavarṇādharoṣṭham,
hastanyastaṁ mukhamasakalavyakti lambālakatvād
indor dainyaṁ tvadupasaraṇakliṣṭhakānterbibharti. (81)

81. 我的爱人她用手托住的脸一定因常常流眼泪而眼睛红肿,因呼吸的热气下唇改变了颜色。由于头发下垂而不能完全显现的脸,可怜的样子如同被你遮住而光线暗淡的月亮。

语法解析: nūnaṃ(不变)确实,一定。tasyāḥ(代,阴、单、属)她。prabala(强烈)-rudita(哭泣,悲伤)-ucchūna(肿胀的)-netraṃ(netra 眼睛),复合词(中、单、体),常常哭泣而眼睛浮肿的。priyāyāḥ(阴、单、属)亲爱的。niḥśvāsānām(阳、复、属)气息,叹息。aśiśiratayā

（阴、单、具）热。bhinna（改变）-varṇa（颜色）-adharoṣṭham（adharoṣṭha 下唇），复合词（中、单、体），下唇改变了颜色的。hasta-nyastaṃ（中、单、体）用手托住。mukham（中、单、体）脸。asakala（不全，部分），vyakti（显示），复合词（中、单、体），不全显现。lambālakatvād（中、单、从）下垂的，下垂性。indor（indu 阳、单、从）月亮。dainyaṃ（中、单、体）可怜。tvad（你）-upasaraṇa（遮住）-kliṣṭha（昏暗，朦胧）-kānter（kānti 光亮），复合词（阳、单、属），被你遮住而月光暗淡的。bibharti（√3 bhṛ，现在、三、单）具有，持有，承载。

आलोके ते निपतति पुरा सा बलिव्याकुला वा
मत्सादृश्यं विरहतनु वा भावगम्यं लिखन्ती।
पृच्छान्ती वा मधुरवचनां सारिकां पञ्जरस्थां
कच्चिद्भर्तुः स्मरसि रसिके त्वं हि तस्य प्रियेति॥८२॥

=《丹珠尔》第 84 节

āloke te nipatati purā sā balivyākulā vā
　　matsādṛśyaṁ virahatanu vā bhāvagamyaṁ likhantī,
pṛcchāntī vā madhuravacanāṁ sārikāṁ pañjarasthāṁ
　　kaccidbhartuḥ smarasi rasike tvaṁ hi tasya priyeti.（82）

82. 她很快就会落入你的目光（你很快就会看到她）。她或者准备祭品，或者正在想象着绘画我分离而消瘦的样子，或正在问那声音甜蜜的笼中金丝雀：哦知音啊，你是否想念主人（对于主人是否牵挂），因为你是他的爱宠。

语法解析： āloke（阳、单、依）目光。te（tvad 二、单、属）你。nipatati（√1 pat，现在、三、单）落下。purā（不变）很快，不久。sā（阴、单、体）她。bali（祭品）-vyākulā（vyākula 准备，忙于），复合词（阴、单、体），准备祭品。vā（不变）或者。matsādṛśyaṃ（中、单、业）我的样子。viraha（分离）-tanu（消瘦），复合词（中、单、业）分离而消瘦。vā 或者。bhāvagamyaṃ（中、单、业）构思，想象。likhantī（现分，阴、单、体）书写，绘画。pṛcchāntī（现分，阴、单、体）问。vā 或者。madhuravacanāṃ（阴、单、业）声音甜蜜的。sārikāṃ（阴、单、业）金丝雀。pañjarasthāṃ（阴、单、业）鸟笼中的。kaccid（不变）是否。bhartuḥ（阳、单、属）丈夫，主人。smarasi（√1 smṛ，现在、二、单）想

念,记挂。rasike(阴、单、呼)识味的,知音的。tvaṃ(二、单、体)你。hi(不变)因为。tasya(人称代词,阳、单、属)他。priyā(阴、单、体)亲爱的。iti(不变)如此说。

उत्सङ्गे वा मलिनवसने सौम्य निक्षिप्य वीणां
मद्गोत्राङ्कं विरचितपदं गेयमुद्गातुकामा।
तन्त्रीरार्द्रां नयनसलिलैः सारयित्वा कथंचिद्
भूयो भूयः स्वयमपि कृतां मूर्छनां विस्मरन्ती॥ ८३॥

=《丹珠尔》第 85 节

utsaṅge vā malinavasane saumya nikṣipya vīṇāṁ
madgotrāṅkaṁ viracitapadaṁ geyamudgātukāmā,
tantrīrārdgā nayanasalilaiḥ sārayitvā kathaṁcid
bhūyo bhūyaḥ svayamapi kṛtāṁ mūrchanāṁ vismarantī. (83)

83. 哦贤士啊,或许她把琵琶放置在脏衣服所裹的膝盖上,想吟唱象征我名字的歌曲,(可是)琴弦被眼泪所沾湿,她好不容易调试音调,可又一次一次地把自己创作的曲调也忘却。

语法解析: utsaṅge(阳、单、依)膝盖。vā(不变)或许。malina(脏的)-vasane(vasana 衣服),复合词(中、单、依),脏衣服。saumya(阳、单、呼)善人,贤士。nikṣipya(独立)放置。vīṇāṃ(阴、单、业)琵琶。mad(我)-gotra(姓名)-aṅkaṃ(aṅka 标记),复合词(阳、单、业),象征我的姓名的。viracita(撰写)-padaṃ(诗句),复合词(中、单、业),编纂诗句。geyam(中、单、业)歌,歌词。udgātu-kāmā(阴、单、体)希望吟唱。tantrīr(阴、复、业)弦,线。ārdrāṃ(阴、复、业)潮湿,湿润。nayanasalilaiḥ(中、复、具)眼睛之水,眼泪。sārayitvā(独立)调音。kathaṃcid(不变)好不容易。bhūyo bhūyaḥ(不变)一遍又一遍,反复多次。svayam(不变)自己。api(不变)即使,甚至。kṛtāṃ(阴、单、业)做,创作。mūrchanāṃ(阴、单、业)旋律,调子。vismarantī(现分,阴、单、体)遗忘,忘失。

शेषान्मासान्विरहदिवसस्थापितस्यावधेर्वा
विन्यस्यन्ती भुवि गणनया देहलीमुक्तपुष्पैः।
संयोगं वा हृदयनिहितारम्भमास्वादयन्ती
प्रायेणैते रमणविरहेष्वङ्गनानां विनोदाः॥ ८४॥

=《丹珠尔》第 86 节

śeṣānmāsānvirahadivasasthāpitasyāvadhervā

　　vinyasyantī bhuvi gaṇanayā dehalīmuktapuṣpaiḥ,

saṁyogaṁ vā hṛdayanihitārambhamāsvādayantī

　　prāyeṇaite ramaṇaviraheṣvaṅganānāṁ vinodāḥ.(84)

84. 或许，她取下门槛上的花朵列放在地上来计算结束分离的日子的剩下的月份；或许正在想象中享受欢会的滋味。所有这些都是女人们离开爱人后的消遣。

语法解析： śeṣān māsān（阳、复、业）剩下的月份。viraha（分离）-divasa（日子）-sthāpitasya（sthāpita 固定），复合词（阳、单、属），自从离开的日子。avadher（阳、单、属）结束，期限。vā（不变）或许。vinyasyantī（现分，阴、单、体）放置。bhuvi（阴、单、依）地面，地上。gaṇanayā（阴、单、具）计数，列数。dehalī（门槛）-mukta（脱落，取下）-puṣpaiḥ（puṣpa 花儿），复合词（中、复、具），取下在门槛上的花朵。saṃyogaṃ（阳、单、业）结合，交欢。vā（不变）或许。hṛdaya（心）-nihita（放置）-ārambham（ārambha 操作，动作），复合词（阳、单、业），心中想象。āsvādayantī（现分，阴、单、体）享受，回味。prāyeṇa（不变）通常。ete（阳、复、体）这些。ramaṇa-viraheṣu（阳、复、依）与丈夫分离。aṅganānāṃ（阴、复、属）女人。vinodāḥ（阳、复、体）消遣，娱乐。

सव्यापारमहनि न तथा पीडयेद्विप्रयोगः
शङ्के रात्रौ गुरुतरशुचं निर्विनोदां सखीं ते।
मत्संदेशैः सुखयितुमतः पश्य साध्वीं निशीथे
तामुन्निद्रामवनिशयनां सौधवातायनस्थः॥८५॥

=《丹珠尔》第 87 节

savyāpāramahani na tathā pīḍayedviprayogaḥ

　　śṅke rātrau gurutaraśucaṁ nirvinodāṁ sakhīṁ te,

matsaṁdeśaiḥ sukhayitumataḥ paśya sādhvīīṁ niśīthe

　　tāmunnidrāmavaniśayanāṁ saudhavātāyanasthaḥ.(85)

85. 白天由于忙碌于家务，分离的忧虑不会那么折磨她。在夜里没有什么消遣，你的好友会感到更加痛苦。站在宫殿的窗外的你会看那贞洁的女子，午夜，她在地面的床上难以入睡，我的消息会使她得到喜乐。

语法解析： savyāpāram（中、单、业）忙碌于家务。ahani（中、单、依）白天。na（不变）否定词，不。tathā（不变）那么，如此。pīḍayed（pīḍāya）感到痛苦。viprayogaḥ（阳、单、体）离开，缺乏，没有。śaṅke 忧虑。rātrau（阴、单、依）夜。gurutara（更加沉重）-śucaṃ（śuca 痛苦），复合词（中、单、业），更加沉重的痛苦。nirvinodāṃ（阴、单、业）没有消遣。sakhīṃ（阴、单、业）好友。te（tvad 二、单、属）你。matsaṃdeśaiḥ（阳、复、具）我的消息。sukhayitum（不定）安慰，使喜乐。atas（不变）因此，于是。paśya（独立）看到。sādhvīṃ（阴、单、业）贞洁的女子。niśīthe（阳、单、依）午夜。tām（阴、单、业）她。unnidrām（阴、单、业）无眠。avani（地面）-śayanāṁ（śayanā 床），复合词（阴、单、业）地面床。saudha（宫殿）-vātāyana（窗户）-sthaḥ（stha 处在，用于复合词末），复合词（阳、单、体），在宫殿窗户的。

आधिक्षामां विरहशयने संनिषण्णैकपार्श्वां
प्रावीमूले तनुमिव कलामात्रशेषां हिमांशोः।
नीता रात्रिः क्षण इव मया सार्धमिच्छारतैर्या
तामेवोष्णैर्विरहमहतीमश्रुभिर्यापयन्तीम्॥ ८६॥

=《丹珠尔》第 88 节

ādhikṣāmāṁ virahaśayane saṁniṣaṇṇaikapārśvāṁ
prāvīmūle tanumiva kalāmātraśeṣāṁ himāṁśoḥ,
nītā rātriḥ kṣaṇa iva mayā sārdhamicchāratairyā
tāmevoṣṇairvirahamahatīmaśrubhiryāpayantīm.（86）

86. 她由忧思而消瘦，侧身躺在独宿的床上像东方天际只剩下一弯的纤纤月亮；和我在一起寻欢取乐时良宵如一瞬，在热泪中度过的孤眠之夜却分外悠长。①

语法解析： ādhi（痛苦）-kṣāmāṃ（kṣāmā 消瘦），复合词（阴、单、业），因痛苦而消瘦的。viraha（分离）-śayane（śayana 床），复合词（中、单、依），独宿的床。saṃniṣaṇṇa（静止的）-ekapārśvāṃ（ekapārśva 一胁，一弯），复合词（阴、单、业），一弯。prācī-mūle（中、

① 金克木译：《云使》，第 89 节。

单、依)东方天际。tanum(阴、单、业)单薄。iva(不变)如同。kalāmātraśeṣāṃ(阴、单、业)下弦月的最后一分。himāṃśoḥ(阳、单、属)冷光的,月亮。nītā(阴、单、体)度过。rātriḥ(阴、单、体)夜晚。kṣaṇa(阳、单、体)一瞬间。iva(不变)好像。mayā(人称代词,一、单、具)我。sārdham(不变)一起,同在。icchā(欲望)-ratair(rata 喜乐),复合词(阳、复、具),欲望喜乐。yā(阴、单、体)先行词。tām(阴、单、业)她。eva(不变)表示强调。uṣṇair(阳、复、具)热。viraha-mahatīm(阴、单、业)因分离而感到漫长的。aśrubhir(阳、复、具)眼泪。yāpayantīm(致使,阴、单、业)度过。

निःश्वासेनाधरकिसलयक्लेशिना विक्षिपन्तीं
शुद्धस्नानात्परुषमलकं नूनमागण्डलम्बम्।
मत्संयोगः कथमुपनमेत्स्वप्नजो ऽपीति निद्राम्
आकाङ्क्षन्तीं नयनसलिलोत्पीडरुद्धावकाशाम्॥ ८७॥

=《丹珠尔》第 89 节

niḥśvāsenādharakisalayakleśinā vikṣipantīṁ
　　śuddhasnānātparuṣamalakaṁ nūnamāgaṇḍalambam,
matsaṁyogaḥ kathamupanametsvapnajo ’pīti nidrām
　　ākāṅkṣantīṁ nayanasalilotpīḍaruddhāvakāśām.(87)

87. 她嫩芽般的下嘴唇被叹气的气息所损伤,用清水(没有洗发液)洗的粗糙凌乱的头发垂在脸颊上。想在睡眠中能与我相会而勉强睡去,但连(梦里相合的)场景都被涌出的泪水所阻碍。

语法解析: niḥśvāsena(阳、单、具)气息,叹气。adhara(下唇)-kisalaya(嫩芽)-kleśinā(kleśin 损伤),复合词(阳、单、具),损伤嫩芽般的下唇。vikṣipantīṃ(现分,阴、单、业)散乱。śuddha(纯洁,清净)-snānāt(snāna 沐浴),复合词(中、单、从),清水沐浴。paruṣam(阳、单、业)粗糙。alakaṃ(阳、单、业)头发。nūnam(不变)肯定,确定。āgaṇḍa(面颊)-lambam(下垂,悬挂),复合词(阳、单、业)垂在脸颊上。matsaṃyogaḥ(阳、单、体)与我结合,与我相会。katham(不变)如何,怎样。upanamet(upa-√nam)心想,到来。svapnajo(阳、单、体)睡眠中产生,梦境。api iti(不变)即使如此。nidrām(阴、单、业)睡眠。ākāṅkṣantīṃ(阴、单、业)欲望,渴望。nayanasalila(眼泪)-utpīḍa(涌出)-ruddha(阻碍)-āvakāśām(āvakāśa 空间,场合),复合词(阴、单、业),涌出的泪水阻碍情景。

आद्ये बद्धा विरहदिवसे या शिखा दाम हित्वा
शापस्यान्ते विगलितशुचा तां मयोद्वेष्टनीयाम्। =《丹珠尔》第 90 节
स्पर्शक्लिष्टामयमितनखेनासकृत्सारयन्तीं
गण्डाभोगात्कठिनविषमामेकवेणीं करेण॥ ८८॥

ādye baddhā virahadivase yā śikhā dāma hitvā
śāpasyānte vigalitaśucā tāṁ mayodveṣṭanīyām,
sparśakliṣṭāmayamitanakhenāsakṛtsārayantīṁ
gaṇḍābhogātkaṭhinaviṣamāmekaveṇīṁ kareṇa. (88)

88. 从离开的一天起摘掉花环编起的发辫,在诅咒结束而离开痛苦的时候由我解开。她用没有修剪指甲的手反复地掠开那垂在脸旁的粗糙而不光滑、摸起来使人疼痛的那一缕发辫。

语法解析: ādye(阳、单、依)一,最初。baddhā(阴、单、体)编织,捆绑,束缚。virahadivase(阳、单、依)离开的那天。yā(阴、单、体)先行词。śikhā(阴、单、体)发髻,发辫。dāma(中、单、业)花环。hitvā(√hā,独立式)抛弃,摘掉。śāpasya(阳、单、属)诅咒。ante(阳、单、依)尽头,结束。vigalitaśucā(阴、单、具)离开痛苦。tāṃ(阴、单、业)她。mayā(被我)-udveṣṭanīyām(udveṣṭanīya 解开),复合词(阴、单、业)由我解开。sparśa(摸)-kliṣṭām(kliṣṭa 痛),复合词(阴、单、业),摸起来疼痛的。ayamita-nakhena(阳、单、具)未修剪的指甲。asakṛt(不变)不止一次地,反复地。sārayantīṃ 伸展,舒展。gaṇḍa(脸颊)-ābhogāt(ābhoga 蜿蜒)垂在脸旁的。kaṭhina(坚硬的,残酷的)-viṣamām(viṣama 不平坦的),复合词(阴、单、业),粗糙而不光滑的。eka-veṇīṃ(阴、单、业)一缕发辫。kareṇa(阳、单、具)手。

पादानिन्दोरमृतशिशिराञ्जालमार्गप्रविष्टान्
पूर्वप्रीत्या गतमभिमुखं संनिवृत्तं तथैव। =《丹珠尔》第 91 节
चक्षुः खेदात्सलिलगुरुभिः पक्ष्मभिश्छादयन्तीं
साभ्रे ऽह्नीव स्थलकमलिनीं न प्रबुद्धां न सुप्ताम्॥ ८९॥

pādānindoramṛtaśiśirāñjālamārgapraviṣṭān

　　pūrvaprītyā gatamabhimukhaṁ saṁnivṛttaṁ tathaiva,

cakṣuḥ khedātsalilagurubhiḥ pakṣmabhiśchādayantīṁ

　　sābhre 'hnīva sthalakamalinīṁ na prabuddhāṁ na suptām. (89)

89. 如甘露一般清凉的月光照进窗来，她怀着旧日的爱转眼望月又立即回头，双眼已因睫毛上掩复着沉重的伤心泪水，宛如陆地莲花当有云的白昼，不放也不收。①

语法解析：pādān（阳、复、业）光线，光华。indor（阳、单、属）月亮。amṛta-śiśirāñ（阳、复、业）清凉的甘露。jāla（格窗）-mārga（道路）-praviṣṭān（praviṣṭa 进入），复合词（阳、复、业），从格窗照进来。pūrva（曾经的）-prītyā（prīti 爱），复合词（阴、单、具）旧日的柔情。gatam（阳、单、业）处于。abhimukhaṃ（不变）转脸，转眼。saṃnivṛttaṃ（阳、单、业）撤回，回头。tathā（不变）这样。eva（不变）如此。cakṣuḥ（中、单、体）眼睛。khedāt（阳、单、从）沮丧，疲倦。salila-gurubhiḥ（中、复、具）因泪水而沉重的。pakṣmabhiḥ（中、复、具）睫毛。chādayantīṃ（ata eva）是故。sābhre（阳、单、依）有云的，阴的。'hni（阳、单、依）白天，天。iva（不变）好像。sthalakamalinīṃ（阴、单、业）陆地莲花，木槿，芙蓉花。na（不变）并不，没有。prabuddhāṃ（阴、单、业）盛开，醒来。suptām（阴、单、业）闭合，睡眠。

सा संन्यस्ताभरणमबला पेलवं धारयन्ती
शय्योत्सङ्गे निहितमसकृद्दुःखदुःखेन गात्रम्।
त्वामप्यस्रं नवजलमयं मोचयिष्यत्यवश्यं
प्रायः सर्वो भवति करुणावृत्तिरार्द्रान्तरात्मा॥ ९०॥

=《丹珠尔》第 94 节

sā saṁnyastābharaṇamabalā pelavaṁ dhārayantī

　　śayyotsaṅge nihitamasakṛdduḥkhaduḥkhena gātram,

tvāmapyasraṁ navajalamayaṁ mocayiṣyatyavśyaṁ

　　prāyaḥ sarvo bhavati karuṇāvṛttirārdrāntarātmā. (90)

90. 她摘掉了所有装饰的娇弱的身体在床上痛苦地翻来覆

① 金克木译：《云使》，第 90 节。

去。这肯定会使你释放装满水的新雨滴，落下泪水。所有心肠慈软的人往往都容易产生怜悯。

语法解析： sā（阴、单、体）她。saṃnyasta（摘掉）-ābharaṇam（ābharaṇa 装饰），复合词（中、单、业）摘掉了装饰品的。abalā（阴、单、体）柔弱的，无力的。pelavaṃ（中、单、体）柔软的。dhārayantī（dhārin 阴、单、体）忍受，持有。śayyā（床）-utsaṅge（utsaṅga 平地），复合词（阳、单、依），床上。nihitam（中、单、体）安放，放下。asakṛd（不变）不止一次，反复地。duḥkhaduḥkhena（中、单、具）痛苦地。gātram（中、单、体）身体。tvām（人称，二、单、业）你。api（不变）即使，也。asraṃ（中、单、业）眼泪。nava（新的）-jalamayaṃ（jalamaya 充满水的），复合词（中、单、业），新雨点。mocayiṣyaty（将来、致使、三、单）使释放。avaśyaṃ（不变）无疑，肯定。prāyaḥ（不变）通常，往往。sarvaḥ（阳、单、体）全部，一切。bhavati（现在、三、单）是。karuṇā（怜悯）-vṛttir（vṛtti 状态），复合词（阴、单、体），可怜。ārdra（柔软，温暖）-antarātmā（antar-ātman 内心），复合词（阳、单、体）心肠软的人，心慈的。

जाने सख्यास्तव मयि मनः संभृतस्नेहमस्माद्
इत्थंभूतां प्रथमविरहे तामहं तर्कयामि।
वाचालं मां न खलु सुभगमन्यभावः करोति
प्रत्यक्षं ते निखिलमचिराद्भ्रातरुक्तं मया यत्॥ ९१॥

=《丹珠尔》第 95 节

jāne sakhyāstava mayi manaḥ saṁbhṛtasnehamasmād
itthaṁbhūtāṁ prathamavirahe tāmahaṁ tarkayāmi,
vācālaṁ māṁ na khalu subhagamanyabhāvaḥ karoti
pratyakṣaṁ te nikhilamacirādbhrātaruktaṁ mayā yat. (91)

91. 我知道你那位女友对我一往情深，因此才对她在初次离别时的情景这般揣测；决不是自命风流的习性使我喋喋不休，兄弟啊！不久你就会亲眼看到我说的一切。①

语法解析： jāne 知道。sakhyās（阴、单、属）朋友。tava（人称，二、单、属）你。mayi（人称，一、单、为）我。manaḥ saṃbhṛta-sneham（阳、

① 金克木译：《云使》，第 94 节。

单、业)心中充满爱。asmāt(阳、单、从)这个。ittham̩-bhūtām̩(阴、单、业)变成这样。prathama-virahe(阳、单、依)初次离别。tām(阴、单、业)她。aham̩(人称,一、单、体)我。tarkayāmi 我心思。vācālam̩ 多话的。mām̩(一、单、业)我。na(不变)不。khalu(不变)确实,难道。subhaga(吉祥,好运)-manya(认为)-bhāvaḥ(bhāva 是),复合词(阳、单、体),自认为有福的。karoti(现在、三、单)做。pratyakṣam̩(不变)在眼前,出现在眼前。te(tava)你的。nikhilam(中、单、业)完全,全部。acirād(不变)不久,很快。bhrātar(阳、单、呼)兄弟。uktam̩(中、单、业)所说,说。mayā(一、单、具)我。yad(代词)那个。

रुद्धापाङ्गप्रसरमलकैरञ्जनस्नेहशून्यं
प्रत्यादेशादपि च मधुनो विस्मृतभ्रूविलासम्।
त्वय्यासन्ने नयनमुपरिस्पन्दि शङ्के मृगाक्ष्या
मीनक्षोभाच्चलकुवलयश्रीतुलामेष्यतीति॥ ९२॥

=《丹珠尔》第 96 节

ruddhāpāṅgaprasaramalakairañjanasnehaśūnyam̐
　　pratyādeśādapi ca madhuno vismṛtabhrūvilāsam,
tvayyāsanne nayanamuparispandi śaṅke mṛgākṣyā
　　mīnakṣobhāccalakuvalayaśrītulāmeṣyatīti. (92)

92. 没有涂抹眼膏油的眼睛被头发挡住了眼角传情,而且因戒绝了饮酒而忘却了挑眉调情。当你到来之时,那鹿眼女郎的眼睛向上颤动疑似被游鱼扰动而颤抖的青莲般妩媚妖娆。

语法解析: ruddha(阻碍)-apāṅga(眼角)-prasaram(prasara 活动,范围),复合词(中、单、体),妨碍眼角的传情。alakair(阳、复、具)头发。añjana(眼膏)-sneha(油,膏)-śūnyam̩(śūnya 空虚,缺乏),复合词(中、单、体),没有涂抹眼膏油的。pratyādeśād(阳、单、从)戒绝,放弃。api(不变)也。ca(不变)且。madhunaḥ(阳、单、属)酒。vismṛta(忘记)-bhrū(眉毛)-vilāsam(vilāsa 调情,游戏),复合词(中、单、体),忘记了眉目传情。tvayy āsanne(独立依格)当你临近,当你到来。nayanam(中、单、体)眼睛。uparispandi 向上跳动,颤动。śaṅke(中、双、体)疑似,怀疑,相似。mṛgākṣyā(阴、单、具)鹿眼的女郎。mīna(鱼)-kṣobhāt(kṣobha 扰动),复合词(阳、单、从),游鱼扰动的。cala

（动）kuvalaya（蓝莲花）-śrī（优美）-tulām（tulā 权衡，相等）颤动的蓝莲花一般优美妖娆。eṣyati（√i，将来、三、单）过来。iti（不变）如此。

वामश्चास्याः कररुहपदैर्मुच्यमानो मदीयैर्
मुक्ताजालं चिरपरिचितं त्याजितो दैवगत्या।
संभोगान्ते मम समुचितो हस्तसंवाहनानां
यास्यात्यूरुः सरसकदलीस्तम्भगौरश्चलत्वम्॥ ९३॥

=《丹珠尔》第 97 节

vāmaścāsyāḥ kararuhapadairmucyamāno madīyair
muktājālaṁ ciraparicitaṁ tyājito daivagatyā,
saṁbhogānte mama samucito hastasaṁvāhanānāṁ
yāsyātyūruḥ sarasakadalīstambhagauraścalatvam.（93）

93. 她的左腿已没有了我的指甲痕，由于命运作祟长期佩戴的珍珠装饰也已脱去，享乐之后我常常去抚摸的那池塘里白色的芭蕉花枝干般的大腿，在你到达的时候，会微微颤动。

语法解析： vāmaś（阳、单、体）左边。ca（不变）也，且。asyāḥ（阴、单、属）她。kararuha-padair（中、复、具）指甲的抓痕。mucyamānaḥ（阳、单、体）没有，缺乏。madīyair（中、复、具）我自己的。muktājālaṃ（中、单、业）珍珠装饰。cira-paricitaṃ（中、单、业）长期堆积，习惯。tyājitaḥ（阳、单、体）应该抛弃的。daivagatyā（阴、单、具）命运。saṃbhoga（享乐）-ante（anta 结束），复合词（阳、单、依）享乐之后。mama（人称，一、单、属）我。samucitaḥ（阳、单、体）适合，惯常。hastasaṃvāhanānāṃ（中、复、属）用手淋浴，用手摩擦。yāsi āti（独立依格）当你到达的时候。ūruḥ（阳、单、体）大腿。sarasa（池塘）-kadalī（芭蕉）-stambha（茎秆）-gauraḥ（白色），复合词（阳、单、体）池塘里芭蕉花白色的枝干。calatvam（阳、单、业）摇动。

तस्मिन्काले जलद यदि सा लब्धनिद्रासुखा स्याद्
अन्वास्यैनां स्तनितविमुखो याममात्रं सहस्व।
मा भूदस्याः प्रणयिनि मयि स्वप्नलब्धे कथंचित्
सद्यः कण्ठच्युतभुजलताग्रन्थि गाढोपगूढम्॥ ९४॥

=《丹珠尔》第 98 节

tasminkāle jalada yadi sā labdhanidrāsukhā syād
anvāsyaināṁ stanitavimukho yāmamātraṁ sahasva,

mā bhūdasyāḥ praṇayini mayi svapnalabdhe kathaṁcit

　　sadyaḥ kaṇṭhacyutabhujalatāgranthi gāḍhopagūḍham. (94)

94. 那个时候她如果获得了睡眠的幸福，持雨者哟，请你陪在她身边等候一时辰，且不要发出雷声以免她好不容易在睡梦中藤蔓般紧紧拥抱我脖颈的手顿时又分离。

语法解析：tasmin kāle（独立依格）在那个时候。jalada（阳、单、呼）持雨者，云。yadi（不变）如果。sā（阴、单、体）她。labdha（获得）-nidrā（睡眠）-sukhā（sukha 幸福的），复合词（阴、单、体），获得睡眠的幸福。syāt（不变）假如。anvāsya（√ās，独立）陪坐，坐等。enāṃ（代，阴、单、业）她。stanita（吼声）-vimukhaḥ（vimukha 拒绝），复合词（阳、单、体）不要发出雷声。yāmamātraṃ（中、单、业）一个时辰之久，三个小时。sahasva（命令、中间、二、单）等待，静候。mā bhūd 不要。asyāḥ（阴、单、属）她。praṇayini mayi（独立依格）所爱的我。svapnalabdhe（阳、单、依）出现在梦中的。kathaṃcit（不变）好不容易。sadyaḥ（不变）立即，顿时。kaṇṭha（脖颈）-cyuta（坠落）-bhuja（手臂）-latā（藤蔓）-granthi（结），复合词（中、单、体），藤蔓般拥抱脖颈的手臂坠落。gāḍha（沉浸，深入）-upagūḍham（upagūḍha 拥抱），复合词（中、单、体）紧紧拥抱。

तामुत्थाप्य स्वजलकणिकाशीतलेनानिलेन
प्रत्याश्वस्तां सममभिनवैर्जालकैर्मालतीनाम्।
विद्युद्गर्भे स्तिमितनयनां त्वत्सनाथे गवाक्षे
वक्तुं धीरस्तनितवचनैर्मानिनीं प्रक्रमेथाः॥ ९५॥

=《丹珠尔》第 99 节

tāmutthāpya svajalakaṇikāśītalenānilena

　　pratyāścastāṁ samamabhinavairjālalairmālatīnām,

vidyudgarme stimitanayanāṁ tvatsanāthe gavākṣe

　　vaktuṁ dhīrastanitavacanairmāninīṁ prakramethāḥ. (95)

95. 你用你的水滴所冰过的凉风把她唤醒，还有新鲜的茉莉花苞来使她精神焕发，她看到你怀有闪电停在窗前，会对你凝望，请你用沉稳的雷声做语言对高尚的她开始说话：①

---

① 金克木译：《云使》，第 98 节。

语法解析： tām（阴、单、业）她。utthāpya（独立式）唤醒。sva（自己的）-jala（冷的）-kaṇikā（水滴）-śītalena（śītala 清凉），复合词（阳、单、具），由你自己的冰冷的水滴所清凉的。anilena（阳、单、具）风。pratyāśvastāṃ（阴、单、业）恢复精神，使清凉。samam（不变）同时，一起。abhinavair（中、复、具）崭新的，新鲜的。jālakair（中、复、具）芽，蓓蕾。mālatīnām（阴、复、属）茉莉花。vidyud（光电）-garbhe（garbha 子宫，内部），复合词（阳、单、依）怀着闪电。stimita-nayanāṃ（阴、单、业）眼睛专注的。tvatsanāthe（阳、单、依）被你占有的。gavākṣe（阳、单、依）圆窗。vaktuṃ（√2 vac，不定式）说。dhīra（沉重）-stanita（雷声）-vacanair（vacana 话语），复合词（中、复、具），用低沉的雷鸣声说话。māninīṃ（阴、单、业）高尚的。prakramethāḥ（中间语态）开始，前行。

भर्तुर्मित्रं प्रियमविधवे विद्धि मामम्बुवाहं
तत्संदेशान्मनसि निहितादागतं त्वत्समीपम्।
यो वृन्दानि त्वरयति पथि श्राम्यतां प्रोषितानां
मन्द्रस्निग्धैर्ध्वनिभिरबलावेणिमोक्षोत्सुकानि॥ ९६॥

=《丹珠尔》第 100 节

bharturmitraṁ priyamavidhave viddhi māmambuvāhaṁ
tatsaṁdeśānmanasi nihitādāgataṁ tvatsamīpam,
yo vṛndāni tvarayati pathi śrāmyatāṁ proṣitānāṁ
mandrasnigdhairdhvanibhirabalāveṇimokṣotsukāni.（96）

96. “夫人啊！请你认识我，我是乌云，你丈夫的好友，心中怀着他的音信来到你身边，我会用低沉而悦耳的声音催促无数行人，他们旅途疲倦，急于去解开妻子的发辫。”①

语法解析： bhartur（阳、单、属）主人，丈夫。mitraṃ priyam（中、单、业）好友。avidhave（阴、单、呼）不是寡妇。viddhi（√vid，命令、二、单）认识，认出。mām（人称，一、单、业）我。ambuvāhaṃ（阳、单、业）乌云，雨云。tad（不变）因此。saṃdeśān（阳、复、业）消息。manasi（中、单、依）心中。nihitād（中、单、从）安放，固定，怀有。

① 金克木译：《云使》，第 99 节。

āgataṃ（阳、单、业）到来。tvat-samīpam（阳、单、业）你身边。yaḥ 关系代词。vṛndāni（中、复、业）很多。tvarayati（√1 tvar，致使、三、单）使快走，促使。pathi（中、单、业）道路。śrāmyatāṃ（阳、复、属）劳累的。proṣitānāṃ（阳、复、属）远行，外出。mandrasnigdhair（阳、复、具）低沉和蔼的，隆隆的。dhvanibhir（阳、复、具）声音。abalā（女子，妻子）-veṇi（发辫）-mokṣa（解开）-utsukāni（utsuka 焦急），复合词（中、复、业）焦急解开妻子的发辫。

इत्यारव्याते पवनतनयं मैथिलीवोन्मुखी सा
त्वामुत्कण्ठोच्छ्वसितहृदया वीक्ष्य संभाव्य चैव।
श्रोष्यत्यस्मात्परमवहिता सौम्य सीमन्तिनीनां
कान्तोदन्तः सुहृदुपनतः संगमात्किंचिदूनः॥ ९७॥

=《丹珠尔》第 101 节

ityāravyāte pavanatanayaṁ maithilīvonmukhī sā
tvāmutkaṇṭhocchvasitahṛdayā vīkṣya saṁbhāvya caiva,
śroṣyatyasmātparamavahitā saumya sīmantinīnāṁ
kāntodantaḥ suhṛdupanataḥ saṁgamātkiṁcidūnaḥ. (97)

97. 你如此说了之后，仿佛是悉达看到了神猴哈努曼一样，心中充满了渴望的她仰望凝视你并表示尊重，会专心致志地聆听你说下去。贤士啊，对女人们来说，朋友带来的爱人的消息，如同与她爱人相会差不多（稍微逊色点）。

语法解析： iti（不变）如此。ākhyāte（√2 khyā，中间、三、单）说，告诉。pavanatanayaṃ（阳、单、业）风的儿子，神猴哈努曼。maithilī（阴、单、体）Mithilā 王的女儿，指悉达。iva（不变）仿佛。unmukhī（阴、单、体）抬头，仰望。sā（人称，阴、单、体）她。tvām（人称，二、单、业）你。utkaṇṭha（渴望）-ucchvasita（膨胀）-hṛdayā（心），（多财释，阴、单、体）心中充满渴望。vīkṣya（独立式）凝望，观看。saṃbhāvya 尊重，欢迎。ca（不变）连词。eva（不变）强调词。śroṣyati（将来、三、单）聆听。asmāt（不变）因此。param（阳、单、业）下面的，接下来的。avahitā（阴、单、体）专注的，专心的。saumya（阳、单、呼）善人，贤士。sīmantinīnāṃ（阴、复、属）女人。kāntodantaḥ（阳、单、体）爱人的消息。suhṛd-upanataḥ（阳、单、体）被朋友带来的。

saṃgamāt（阳、单、从）结合，相会。kiṃcid（不变）稍微。ūnaḥ（阳、单、体）缺少，逊色。

तामायुष्मन्मम च वचनादात्मनश्चोपकर्तुं
ब्रूया एवं तव सहचरो रामगिर्याश्रमस्थः।
अव्यापन्नः कुशलमबले पृच्छति त्वां वियुक्तः
पूर्वाशास्यं सुलभविपदां प्राणिनामेतदेव॥ ९८॥

=《丹珠尔》第 102 节

tāmāyuṣmanmama ca vacanādātmanaścopakartuṁ
brūyā evaṁ tava sahacaro rāmagiryāśramasthaḥ,
avyāpannaḥ kuśalamabale pṛcchati tvāṁ viyuktaḥ
pūrvāśāsyaṁ sulabhavipadāṁ prāṇināmetadeva.（98）

98. 长寿的云啊，因我的恳求也为了造福自己，请告诉她："你的伴侣在罗摩山依然康健；他问你安好；女郎啊！他不能和你在一起。"这便是易遭不幸的人们首先要说的语言。

语法解析： tām（代，阴、单、业）她。āyuṣman（阳、单、呼）长寿的。mama（代，一、单、属）我。ca（不变）和。vacanād（中、单、从）话语，恳求。ātmanaś（阳、单、属）自己。ca（不变）和。upakartuṃ（不定式）帮助。brūyā（祈愿，二、单）告诉。evaṃ（不变）这样，如此。tava（代，二、单、数）你。sahacaraḥ（阳、单、体）同行者，丈夫。rāma-giry-āśramasthaḥ（阳、单、体）罗摩山静修林中在。avyāpannaḥ（阳、单、体）没死，活着。kuśalam（中、单、业）安康，安好。abale（阴、单、呼）娇弱的女子。pṛcchati（现在、三、单）问。tvāṃ（人称，二、单、业）你。viyuktaḥ（阳、单、体）摆脱，分离。pūrvā（首先）-āśāsyaṃ（āśāsya 祝愿，渴望），复合词（中、单、体），首先祝愿的。sulabha-vipadāṃ（阳、复、属）易得不幸。prāṇinām（阳、复、属）人，生灵。etad（代，中、单、体）那。eva（不变）表示强调。

अङ्गेनाङ्गं तनु च तनुना गाढतप्तेन तप्तं
सास्त्रेणास्रद्रवमविरतोत्कण्ठमुत्कण्ठितेन।
उष्णोच्छ्वासं समधिकतरोच्छ्वासिना दूरवर्ती
संकल्पैस्तैर्विशति विधिना वैरिणा रुद्धमार्गः॥ ९९॥

=《丹珠尔》第 103 节

aṅgenāṅgaṁ tanu ca tanunā gāḍhataptena taptaṁ

sāsreṇāsradravamaviratotkaṇṭhamutkaṇṭhitena,
uṣṇocchvāsaṁ samadhikatarocchvāsinā dūravartī
saṁkalpaistairviśati vidhinā vairiṇā ruddhamārgaḥ. (99)

99. 充满了各种意图的他被命运挡住了归路，远隔他乡，与远方的你心心相印、形影相投：(因分离)你身体柔弱，他消瘦；你焦灼，他悲痛；你流泪，他哭泣；你企盼，他渴望；你呼气灼热，他叹气沉重。

语法解析： aṅgena(中、单、具)身体，指药叉自己的身体。aṅgaṃ(中、单、业)身体，指药叉妻子的身体。tanu(中、单、业)柔弱的，消瘦的。ca(不变)连接词。tanunā(中、单、具)消瘦的，柔弱的。gāḍha(深，重)-taptena(tapta 痛苦)，复合词(中、单、具)，非常痛苦。taptaṃ(中、单、业)悲痛，灼热。sāsreṇa(中、单、具)含泪的，哭泣的。asra(眼泪)-dravam(drava 流淌)，复合词(中、单、业)眼泪流淌的。aviratotkaṇṭham(中、单、业)不停地企盼。utkaṇṭhitena(中、单、具)企盼，渴望。uṣṇocchvāsaṃ(中、单、业)呼出热气。samadhikatarocchvāsinā(中、单、具)叹气重的。dūravartī(阴、单、体)远离的，远在的。saṃkalpais(阳、复、具)意图，想象。tair(阳、复、具)代词。viśati 居住。vidhinā(阳、单、具)命运，法则。vairiṇā(阳、单、具)敌意，不好的。ruddha-mārgaḥ(阳、单、体)路途被阻碍的。

शब्दाख्येयं यदपि किल ते यः सखीनां सुरस्तात्
कर्णे लोकः कथायितुमभूदाननस्पर्शलोभात्।
सो ऽतिक्रान्तः श्रवणविषयं लोचनाभ्यामदृष्टस्
त्वामुत्कण्ठाविरचितपदं मन्मुखेनेदमाह॥ १००॥

=《丹珠尔》第 104 节

śabdākhyeyaṁ yadapi kila te yaḥ sakhīnāṁ surastāt
karṇe lokaḥ kathāyitumabhūdānanasparśalobhāt,
so 'tikrāntaḥ śravaṇaviṣayaṁ locanābhyāmadṛṣṭas
tvāmutkaṇṭhāviracitapadaṁ manmukhenedamāha. (100)

100. 他在侍女面前每每与你附耳低声，说那本该高声说出的话，为的是亲一亲你的脸；现在你耳不能听见他，眼不能看

见，他要说的一番情话就只由我来口传：①

语法解析： śabdākhyeyaṃ 可以大声说的。yad（关系代词）那个。api（不变）还有。kila（不变）确实。te（代，二、单、数）你。yaḥ（关系代词）谁。sakhīnāṃ（阴、复、属）女性朋友，女伴。purastāt（不变）前面，面前。karṇe（阳、单、依）耳朵。lolaḥ（阳、单、体）渴望的。kathayitum（不定式）说，讲。abhūd 是，有。ānana（脸）-sparśa（接触）-lobhāt（lobha 渴望），复合词（阳、单、从），渴望接触脸。saḥ（阳、单、体）他。atikrāntaḥ（阳、单、体）超过，越过。śravaṇa-viṣayaṃ 听觉范围。locanābhyām（中、双、具）眼睛。adṛṣṭas（阳、单、体）不被看到。tvām（人称，二、单、业）你。utkaṇṭhā（想念）-viracita（安排，说）-padaṃ（pada 话语），复合词（中、单、业），说想念的话语。man-mukhena（中、单、具）通过我的嘴。idam（代，中、单、业）这个。āha（√1 ah，完成、三、单）说。

श्यामास्वङ्गं चकितहरिणीप्रेक्षिते दृष्टिपातं
वक्रच्छायां शशिनि शिखिनां बर्हभारेषु केशान्।
उत्पश्यामि प्रतनुषु नदीवीचिषु भ्रूविलासान्
हन्तैकस्थं क्वचिदपि न ते चण्डि सादृश्यमस्ति॥ १०१॥

=《丹珠尔》第 105 节

śyāmāsvaṅgaṁ cakitahariṇīprekṣite dṛṣṭipātaṁ
　　vaktracchāyāṁ śaśini śikhināṁ barhabhāreṣu keśān,
utpaśyāmi pratanuṣu nadīvīciṣu bhrūvilāsān
　　hantaikasthaṁ kvacidapi na te caṇḍi sādṛśyamasti.（101）

101.“我在藤蔓中看出你的腰身，在惊鹿的眼中看出你的秋波，在明月中我见到你的面容，孔雀翎中见你头发，河水涟漪中你秀眉挑动，唉，好娇嗔的人啊，还是找不出一处和你相同。”②

语法解析： śyāmāsu（阴、复、依）藤蔓。aṅgaṃ（中、单、业）肢体。cakita（惊吓的）-hariṇī（母鹿）-prekṣite（prekṣita 观看，眼光），复合词（中、单、依）在惊鹿眼中。dṛṣṭipātaṃ（阳、单、业）眼光，眼眸。

---

① 金克木译：《云使》，第 103 节。
② 金克木译：《云使》，第 104 节。

vaktracchāyāṃ(阴、单、业)面孔。śaśini(阳、单、依)月亮。śikhināṃ(阳、复、属)孔雀。barhabhāreṣu(阳、复、依)孔雀尾。keśān(阳、复、业)头发。utpaśyāmi 我看到。pratanuṣu(阳、复、依)纤细的。nadī-vīciṣu(阳、复、依)河水波浪。bhrū-vilāsān(阳、复、业)眉毛的调情。hanta(叹词)天啊,啊。ekasthaṃ 在一处。kvacid(不变)某处。api(不变)也。na(否定)不,没有。te(代,二、单、属)你。caṇḍi(中、单、呼)嗔怒,娇嗔。sādṛśyam(中、单、体)相似。asti(√as,现在、三、单)是。

त्वामालिख्य प्रणयकुपितां धातुरागैः शिलायाम्
आत्मानं ते चरणपतितं यावदिच्छामि कर्तुम्।
अस्रैस्तावन्मुहुरुपचितैर्दृष्टिरालुप्यते मे
क्रूरस्तस्मिन्नपि न सहते संगमं नौ कृतान्तः॥ १०२॥

=《丹珠尔》第 107 节

tvāmālikhya praṇayakupitāṁ dhāturājaiḥ śilāyām
　ātmānaṁ te caraṇapatitaṁ yāvadicchāmi kartum,
asraistāvanmuhurupacitairdṛṣṭirālupyate me
　krūrastasminnapi na sahate saṁgamaṁ nau kṛtāntaḥ. (102)

102. “我用红垩在岩石上画出你由爱生嗔的样子,又想把我自己画在你脚下匍匐求情,顿时汹涌的泪水模糊了我的眼睛,在画图中残忍的命运也不让你我亲近。”①

语法解析: tvām(人称,二、单、业)你。ālikhya(独立)描绘,绘画。praṇayakupitāṃ(阴、单、业)由爱生嗔的。dhātu(矿石,元素)-rāgaiḥ(红色颜料),复合词(阳、复、具)矿石颜料。śilāyām(阴、单、依)岩石,石头。ātmānaṃ(阳、单、业)自己。te(人称,二、单、属)你。caraṇapatitaṃ(阳、单、业)脚下卧,匍匐于脚下。yāvad(不变)还。icchāmi(√6 iṣ,现在、一、单)我想。kartum(不定式)做。asrais(中、复、具)眼泪。tāvad(不变)此时,确实。muhur(不变)不断,反复。upacitair(中、复、具)充满,积累。dṛṣṭir(阴、单、体)视线,眼睛。ālupyate(√6 lup,被动、三、单)中断,打断。me(人称,一、单、属)我。krūras(阳、单、体)残酷的。tasmin api 即使在那儿,即使在画

① 金克木译:《云使》,第 105 节。

中。na sahate 不能在一起。saṃgamaṃ 会见，结合。nau（人称，一、双）我俩。kṛtāntaḥ（阳、单、体）命运，天数。

मामाकाशप्रणिहितभुजं निर्दयाश्लेषहेतोर्
लब्धायास्ते कथमपि मया स्वप्नसंदर्शनेषु।
पश्यन्तीनां न खलु बहुशो न स्थलीदेवतानां
मुक्तास्थूलास्तरुकिसलयेष्वश्रुलेशाः पतन्ति॥१०३॥

=《丹珠尔》第 108 节

māmākaśapraṇihitabhujaṁ nirdayāśleṣahetor
laṣdhāyāste kathmapi mayā svapnasaṁdarśaneṣu,
paśyantīnāṁ na khalu bahuśo na sthlīdevatānāṁ
muktāsthūlāstarukisalayeṣvaśruleśāḥ patanti.（103）

103. “我有时向空中伸出两臂去紧紧拥抱，只为我好不容易在梦中看见了你；当地的神仙们看到我这样情形，也不禁向枝头洒下了珍珠似的泪滴。”①

语法解析： mām（人称，一、单、业）我。ākāśa（天空，空中）-praṇihita（伸出）-bhujaṃ（bhuja 手臂），复合词（阳、单、业），向空中伸出手臂。nirdayāśleṣa-hetor（阳、单、属）激情拥抱的原故。labdhāyās（阴、单、属）获得，达到。te（人称，二、单、属）你。katham api 好不容易。mayā（人称，一、单、具）我。svapna-saṃdarśaneṣu（中、复、依）梦里显现。paśyantīnāṃ（现分，阴、复、属）看见。na khalu na 确实，的确。bahuśaḥ（不变）多次，经常。sthalī（林地，地面）-devatānāṃ（devatā 天神），复合词（阴、复、属）林神，地神。muktā（珍珠）-sthūlās（sthūla 大量），复合词（阳、复、体）大量珍珠。tarukisalayeṣv（阳、复、依）树枝，长满嫩叶的树枝。aśruleśāḥ（阳、复、体）泪滴。patanti（现在、三、复）落下，掉落。

भित्वा सद्यः किसलयपुटान्देवदारुद्रुमाणां
ये तत्क्षीरस्रुतिसुरभयो दक्षिणेन प्रवृत्ताः।
आलिङ्ग्यन्ते गुणवति मया ते तुषाराद्रिवाताः
पूर्वं स्पृष्टं यदि किल भवेदङ्गमेभिस्तवेति॥१०४॥

=《丹珠尔》第 109 节

① 金克木译：《云使》，第 106 节。

bhitvā sadyaḥ kisalayapuṭāndevadārudrumāṇāṁ
ye tatkṣīrasrutisurabhayo dakṣiṇena pravṛttāḥ,
āliṅgyante guṇavati mayā te tuṣārādrivātāḥ
pūrvaṁ spṛṣṭaṁ yadi kila bhavedaṅgamebhistaveti. (104)

104. “南来的风(向南吹的风)会使松树上的芽蕾顿时绽开,它沾上了其中的津液从而芳香扑鼻;贤德的妻啊,我拥抱这从雪山吹来的风,因为我想它大概曾经接触过你的身体。”①

语法解析: bhitvā(独立)打破,分开。sadyaḥ(不变)瞬间,立刻。kisalaya-puṭān(阳、复、业)芽蕾。devadāru(松树)-drumāṇāṃ(druma树),复合词(阳、复、属)松树。ye 关系代词。tat 代词。kṣīra(乳汁,液汁)-sruti(流淌)-surabhayaḥ(芬芳的),复合词(阳、单、体),因所流淌的汁液而芬芳的。dakṣiṇena(阳、单、具)南吹风,向南吹的风。pravṛttāḥ(阳、复、体)转动,流动,移动。āliṅgyante(中间,现在、三、复)拥抱。guṇavati(阴、单、呼)贤德之人啊,贤德的妻啊。mayā(人称,一、单、具)我。te(代,阳、复、体)指风。tuṣārādrivātāḥ(阳、复、体)雪山之风,喜马拉雅之风。pūrvaṃ(不变)曾经,先前。spṛṣṭaṃ(过分,中、单、业)接触,触摸。yadi(不变)也许,如果。kila(不变)确实,据说。bhaved(√bhū,祈愿、三、单)成为。aṅgam(中、单、业)身体,肢体。ebhis(阳、复、具)风。tava(人称,二、单、属)你。iti(不变)如此。

संक्षिप्येत क्षण इव कथं कथं दीर्घयामा त्रियामा
सर्वावस्थास्वहरपि कथं मन्दमन्दातपं स्यात्।
इत्थं चेतश्चटुलनयने दुर्लभप्रार्थनं मे
गाढोष्माभिः कृतमशरणं त्वद्वियोगव्यथाभिः॥ १०५॥

=《丹珠尔》第 110 节

saṁkṣipyeta kṣaṇa iva kathaṁ kathaṁ dīrghayāmā triyāmā
sarvāvasthāsvaharapi kathaṁ mandamandātapaṁ syāt,
itthaṁ cetaścaṭulanayane durlabhaprārthanaṁ me
gāḍhoṣmābhiḥ kṛtamaśaraṇaṁ tvadviyogavyathābhiḥ. (105)

① 金克木译:《云使》,第 107 节。

105. “如何能够使漫漫长夜缩短成一瞬？如何能够使白昼任何时候都化热为凉？俊眼佳人啊，我的心怀着这样的空想（难以实现的愿望），已因与你分离的难堪痛苦（极度欲望）而陷于绝望（无所归依）。”①

语法解析： saṃkṣipyeta 压缩，使变短。kṣaṇa（阳、单、体）刹那，瞬间。iva（不变）可能，如同。kathaṃ（不变）如何。dīrgha（长的）-yāmā（yāma 时辰），复合词（阴、单、体）漫长的时光。triyāmā（阴、单、体）黑夜，夜晚。sarvāvasthāsv（阴、复、依）一切分位，任何时候。ahar（中、单、体）白天，天。api kathaṃ 又如何。mandamandātapaṃ 热度非常非常少的，凉爽的。syāt 可能。itthaṃ（不变）如此，因此。cetaś（中、单、体）心思。caṭula-nayane（阴、单、呼）俊眼佳人。durlabha（难以获得的）-prārthanaṃ（prārthana 心愿，请求），复合词（中、单、体）心愿难以实现的。me（人称，一、单、属）我。gāḍhoṣmābhiḥ（阴、复、具）极度欲望，灼热。kṛtam（中、单、业）足够，无需。aśaraṇaṃ（中、单、业）无所归依。tvadviyogavyathābhiḥ（阴、复、具）与你分离的痛苦。

नन्वात्मानं बहु विगणयन्नात्मना नावलम्बे
तत्कल्याणि त्वमपि सुतरां मा गमः कातरत्वम्।
कस्यात्यन्तं सुखमुपनतं दुःखमेकान्ततो वा
नीचैर्गच्छत्युपरि च दशा चक्रनेमिक्रमेण॥ १०६॥

=《丹珠尔》第 111 节

nanvātmānaṁ bahu vigaṇayannātmanā nāvalambe
tatkalyāpi tvamapi sutarāṁ mā gamaḥ kātaratvam,
kasyātyantaṁ sukhamupanataṁ duḥkhamekāntato vā
nīcairgacchatyupari ca daśā cakranemikrameṇa. (106)

106. “亲爱的，我多次辗转苦思还能自己支撑自己。好女人啊，你千万不要为我担心过分，什么人会单单享福？什么人会仅仅受苦？人的情况是忽升忽降，恰如旋转的车轮。”②

① 金克木译：《云使》，第 108 节。
② 金克木译：《云使》，第 109 节第 3—4 行。

语法解析： nanu（呼格小词）亲爱的。ātmānaṃ（阳、单、业）我自己。bahu（不变）许多，多次。vigaṇayan（现分）计算，考虑，幻想。ātmanā（阳、单、具）自己。na（否定）不，没有。avalambe（中间，现在、一、单）支撑。tat kalyāṇi（阴、单、呼）有福之人，好女人啊。tvam 你。api 即使。sutarāṃ（不变）更加，愈加。mā gamaḥ 不要去（做）…… kātaratvam（中、单、业）害怕，担心。kasya 疑问代词。atyantaṃ（不变）非常，完全，彻底，永远。sukham（中、单、业）快乐，幸福。upanataṃ（中、单、业）获得，出现。duḥkham（中、单、业）痛苦，不幸。ekāntato（不变）只有，总是，不变地。vā 或。nīcair（不变）下面，底下。gacchaty（现在、三、单）走，移动。upari（不变）上方，上面。ca 且。daśā（阴、单、体）时期，境地，命运。cakranemi（车轮）-krameṇa（krama 依次），复合词（中、单、具），旋转如车轮。

शापान्तो मे भुजगशयनादुत्थिते शार्ङ्गपाणौ
मासानन्यान्गमय चतुरो लोचने मीलयित्वा।　　=《丹珠尔》第 112 节
पश्चादावां विरहगुणितं तं तमात्माभिलाषं
निर्वेक्ष्यावः परिणतशरच्चन्द्रिकासु क्षपासु॥ १०७॥

śāpānto me bhujagaśayanādutthite śārṅgapāṇau
　　māsānanyāngamaya caturo locane mīlayitvā,
paścādāvāṁ virahaguṇitaṁ taṁ tamātmābhilāṣaṁ
　　nirvekṣyāvaḥ pariṇataśaraccandrikāsu kṣapāsu.（107）

107. “当毗湿奴从蛇床起身时，我的谪期就满，请你闭起两眼去度余下的四个月时间；以后你我就实现分离时积累的种种心愿，在秋天的满月光辉照耀下的夜晚。”①

语法解析： śāpānto（阳、单、体）诅咒结束。me（人称，一、单、属）我。bhujaga（用胸脯走的）-śayanād（śayana 床），复合词（中、单、从），蛇床。utthite（过分，阳、单、依）起来。śārṅga（弓）-pāṇau（pāṇi 手），复合词（阳、单、依）弓手。māsān（阳、复、业）月份。anyān（阳、复、业）其他的，剩余的。gamaya（独立）走过，度过。

---

① 金克木译：《云使》，第 110 节。

caturaḥ(数)四个。locane(中、双、业)眼睛,双眼。mīlayitvā(独立)闭上,关闭。paścād(不变)以后,然后。āvām(人称,一、双、体)我俩。viraha-guṇitaṃ(阳、单、业)离别后积累的。taṃ tam 种种。ātma(内心)-abhilāṣaṃ(abhilāṣa 愿望),复合词(阳、单、业),心中所愿,心愿。pariṇata(满月)-śarad(秋天)-candrikāsu(candrikā 月光),复合词(阴、复、依)秋天的满月。kṣapāsu(阴、复、依)夜晚。

भूयश्चाह त्वमसि शयने कण्ठलग्ना पुरा मे
निद्रां गत्वा किमपि रुदती सस्वरं विप्रबुद्धा।
सान्तर्हासं कथितमसकृत्पृच्छतश्च त्वया मे
दृष्टः स्वप्ने कितव रमयन्कामपि त्वं मयेति॥ १०८॥

=《丹珠尔》第 113 节

bhūyaścāha tvamasi śayane kaṇṭhalagnā purā me
nidrāṁ gatvā kimapi rudatī sasvaraṁ viprabuddhā,
sāntarhāsaṁ kathitamasakṛtpṛcchataśca tvayā me
dṛṣṭaḥ svapne kitava ramayankāmapi tvaṁ mayeti. (108)

108. 你丈夫还说:"有一次你和我交颈同眠,入睡后你忽然无缘无故大声哭醒;我再三问时,你才心中暗笑着告诉我,坏人啊,我梦中见你和别的女人调情。"①

语法解析: bhūyaś ca(不变)再次,又。āha(√1. ah,完成、三、单)说。tvam asi 你是。śayane(中、单、依)床。kaṇṭhalagnā(过分,阴、单、体)拥颈的。purā(不变)曾经,从前。me(人称,一、单、属)我。nidrāṃ(阴、单、业)睡眠。gatvā(独立)走近,进入。kim api 某个,不知何故。rudatī(现分,阴、单、体)哭泣。sasvaraṃ(不变)大声地,响亮地。viprabuddhā(阴、单、体)醒来的,唤醒的。sāntarhāsaṃ(不变)忍住笑容地,暗笑地。kathitam(中、单、业)交谈,言论。asakṛt(不变)反复,再三。pṛcchataś(阳、单、体)问,询问。tvayā(人称,二、单、具)你。me(人称,一、单、属)我。dṛṣṭaḥ(过分,阳、单、体)被看见,看见。svapne(阳、单、依)睡梦。kitava(阳、单、呼)流

① 金克木译:《云使》,第 111 节。

氓，坏人。ramayan（现分，阳、单、体）寻欢作乐。kām（阴、单、业）指其他女人。api 既然。tvaṃ（人称，二、单、体）你。mayā（人称，一、单、具）我。iti 如是说。

एतस्मान्मां कुशलिनमभिज्ञानदानाद्विदित्वा
मा कौलीनादसितनयने मय्यविश्वासिनी भूः।
स्नेहानाहुः किमपि विरहे ह्रासिनस्ते ह्यभोगाद्
इष्टे वस्तुन्युपचितरसाः प्रेमराशीभवन्ति॥ १०९॥

=《丹珠尔》第 114 节

etasmānmāṁ kuśalinamabhijñānadānādviditvā
　　mā kaulīnādasitanayane mayyaviśvāsinī bhūḥ,
snehānāhuḥ kimapi virahe hrāsinaste hyabhogād
　　iṣṭe vastunyupacitarasāḥ premarāśībhavanti.（109）

109.“凭这个表记你就知道我依然安好，俊眼的人啊！请莫信谣传对我怀疑；有人居然说，爱情在分别时就会减退，其实心爱之物得不到时滋味更加甜蜜。”①（充满滋味而尚未享受到的感情之果会越来越多。）

语法解析： etasmān（不变）由此，从此。māṃ（人称，一、单、业）我。kuśalinam（阳、单、业）安好，健康。abhijñānadānād（阳、单、从）给予证据，提供回想的，证据。viditvā（独立）知道。mā bhūḥ 不，不要。kaulīnād（中、单、从）谣言，诽谤。asitanayane（阴、单、呼）黑眼的。asita 非白、黑；nayana 眼睛。mayi（人称，一、单、依）我。aviśvāsinī（阴、单、体）不信任的。snehān（阳、复、业）爱情。āhuḥ（复）说。kim api 某个，某种。virahe（阳、单、依）分离。hrāsinas（阳、复、业）减退，减弱。te 他们。hi（不变）因为，确实，一定。abhogād（阳、单、从）没有享受，没有得到。iṣṭe（中、单、依）所爱，想要的。vastuni（中、复、体）事物。upacita（充满）-rasāḥ（rasa 滋味），复合词（阳、复、体），充满滋味。premarāśībhavanti（三、复）感情累积成堆。

① 金克木译：《云使》，第 112 节。

कच्चित्सौम्य व्यवसितमिदं बन्धुकृत्यं त्वया मे
प्रत्यादेशान्न खलु भवतो धीरतां कल्पयामि।
निःशब्दो ऽपि प्रदिशसि जलं याचितश्चातकेभ्यः
प्रत्युक्तं हि प्रणयिषु सतामीप्सितार्थक्रियैव॥ ११०॥

=《丹珠尔》第 116 节

kaccitsaumya vyavasitamidaṁ bandhukṛtyaṁ tvayā me
pratyādeśānna khalu bhavato dhīratāṁ kalpayāmi,
niḥśabdo 'pi pradiśasi jalaṁ yācitaścātakebhyaḥ
pratyuktaṁ hi praṇayiṣu satāmīpsitārthakriyaiva. (110)

110. 好友啊(贤士),你是否已决定为朋友办此事?我绝不认为你的沉默就是表示拒绝;你不声不响时还应饮雨鸟的请求给他雨水——善人对求告者的答复就是做他所求的一切。①

语法解析: kaccit(不变)是否。saumya(阳、单、呼)善人,贤士。vyavasitam(过分,中、单、业)行动,行为。idaṃ(代,中、单、业)这个。bandhukṛtyaṃ(中、单、业)友好的服务,友情帮助。tvayā(人称,二、单、具)你。me(人称,一、单、属)我。pratyādeśān(阳、复、业)拒绝。na(否定)不,不会。khalu(不变)确实,一定。bhavato(阳、单、属)您。dhīratāṃ(阴、单、业)坚定,沉稳。kalpayāmi(致使、一、单)使我有能力做……,与 na 连用,意为"我不想……"niḥśabdo(阳、单、体)无声,沉默。api 即使。pradiśasi(现在、二、单)授予,同意。jalaṃ(中、单、业)水。yācitaḥ 请求。cātakebhyaḥ(阳、复、为)饮雨鸟。pratyuktaṃ(阳、单、业)答复。hi(不变)因为。praṇayiṣu(阳、复、依)请求者。satām(现分,阳、复、属)是。īpsitārthakriyauva 实现愿望。

एतत्कृत्वा प्रियमनुचितप्रार्थनावर्त्मनो मे
सौहार्दाद्वा विधुर इति वा मय्यनुक्रोशबुद्ध्या।
इष्टान्देशान्विचर जलद प्रावृषा संभृतश्रीर्
मा भूदेवं क्षणमपि च ते विद्युता विप्रयोगः॥ १११॥

=《丹珠尔》第 117 节

etatkṛtvā priyamanucitaprārthanāvartmano me
sauhārdādvā vidhura iti vā mayyanukrośabuddhyā,

① 金克木译:《云使》,第 114 节。

iṣṭāndeśānvicara jalada prāvṛṣā saṁbhṛtaśrīr

mā bhūdevaṁ kṣaṇamapi ca te vidyutā viprayogaḥ.（111）

111. 不管是出于友情还是出于对我不幸的怜悯，请答应我的不情之请，为我做这个善行。之后，持雨者啊，请随意遨游去你想去的地方，带着雨季给你的壮观形象。不要像我一样（受分离之痛），一刹那也不要和闪电夫人相分离。

语法解析：etat（中、单、业）这个。kṛtvā（独立）做。priyam（中、单、业）善行。anucita（不合适的）-prārthanā（请求）-vartmanaḥ（vartman 方式），复合词（中、单、属）不适合的请求的方式，不情之请。me（人称，一、单、属）我。sauhārdād（阳、单、从）好心，友情。vā 或者。vidhuraḥ（阳、单、体）孤独的，不幸的。iti 如此想。vā 或者。mayi（人称，一、单、依）我。anukrośa（同情）-buddhyā（buddhi 念头，想法），复合词（阴、单、具），产生怜悯。anukrośa；iṣṭān deśān（阳、复、业）想要的地方，想去的地方。vicara（√vicar 动 1，命令、二、单）行走，游移。jalada（阳、单、呼）云。prāvṛṣā（阴、单、具）雨季。saṃbhṛta（聚集）-śrīr（śrī 美丽），复合词（阴、复、业），吉祥，优美。指雨季给雨云带来的壮观。mā bhūd 不要。evaṃ（不变）如此，如我。kṣaṇam（中、单、业）刹那，一刹那。api ca（不变）也。te（人称，二、单、属）你。vidyutā（阴、单、具）闪电，光。此处指闪电夫人。viprayogaḥ（阳、单、体）分离。

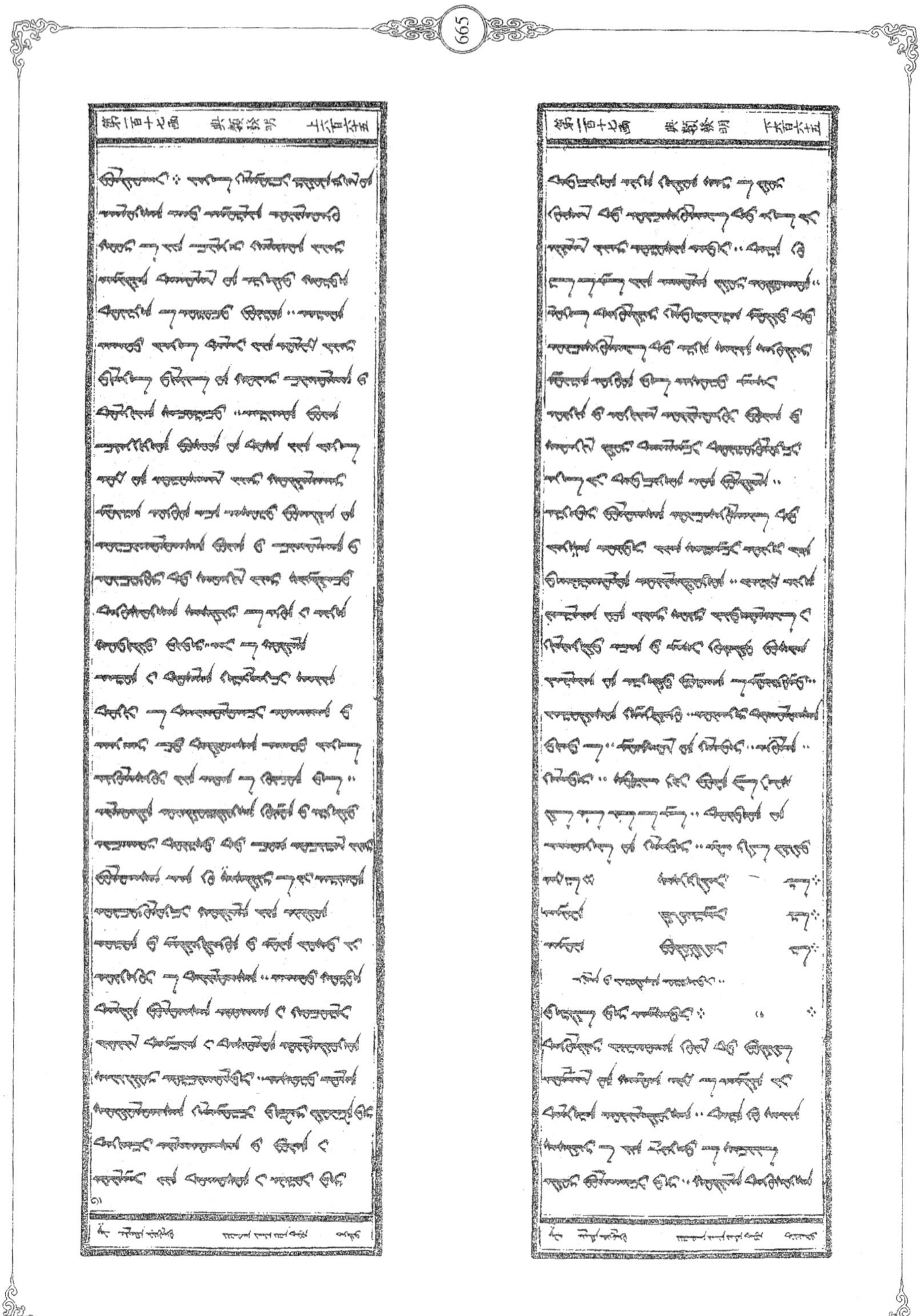

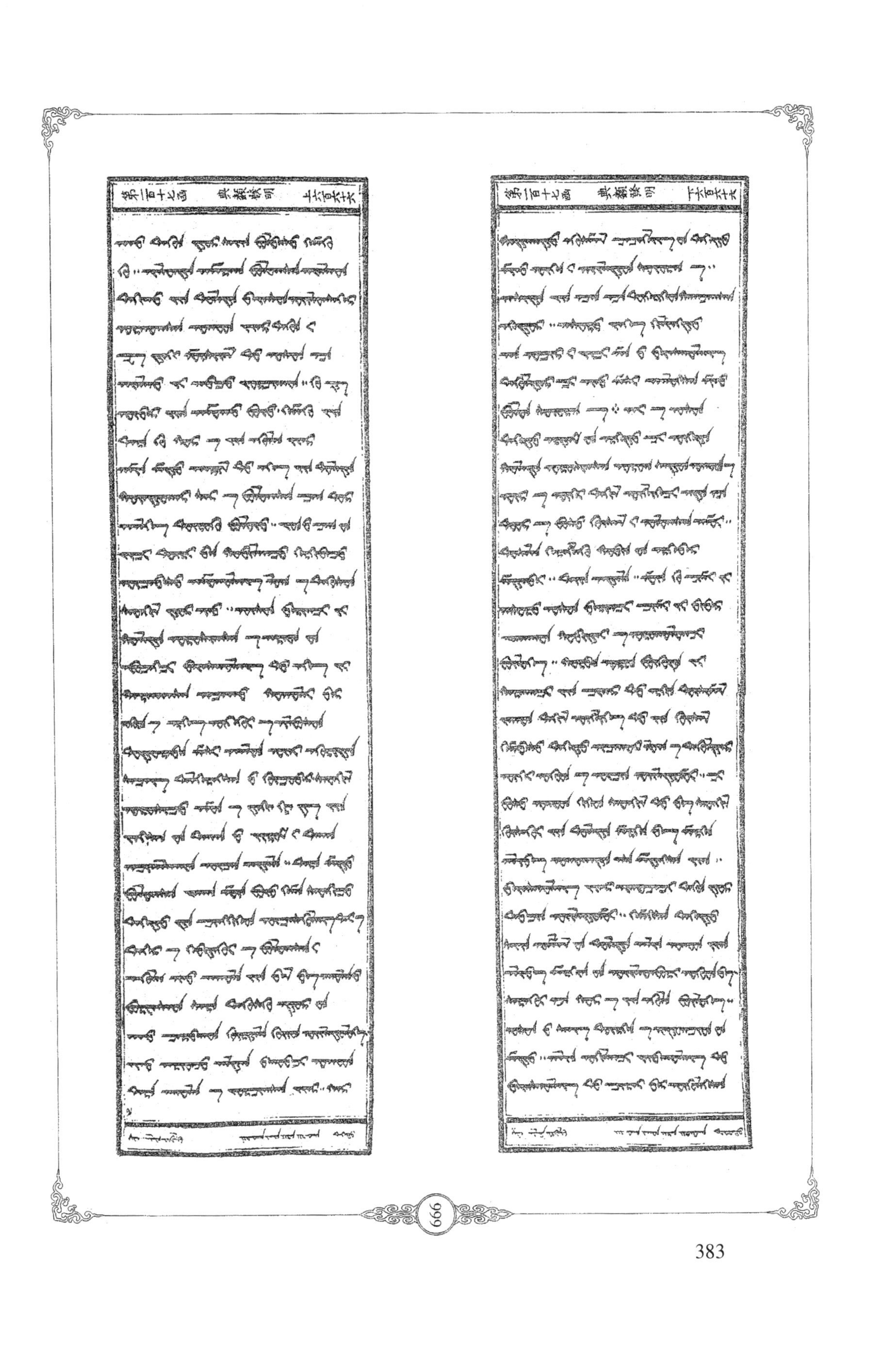

[illegible]

[illegible]

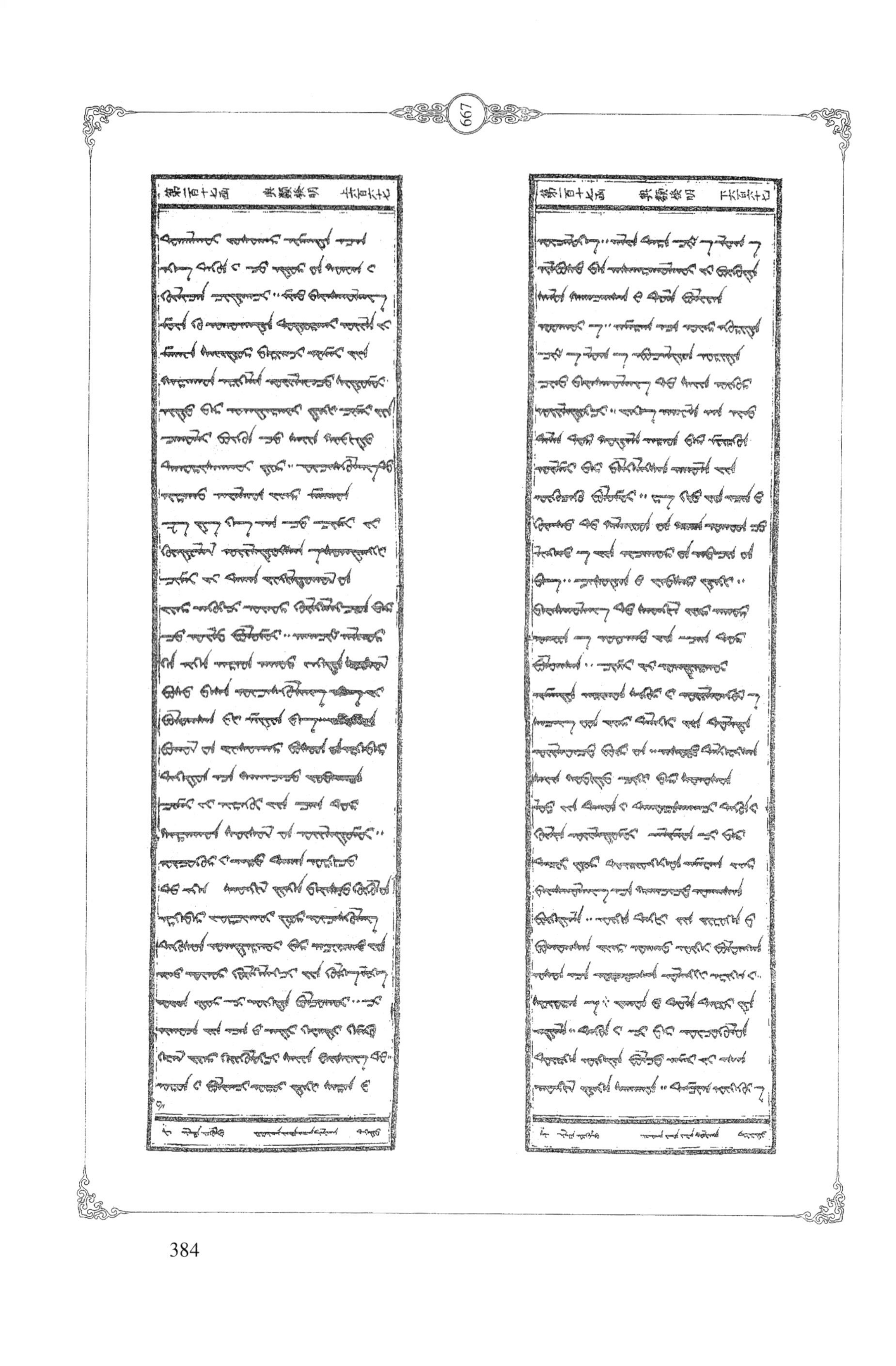

[illegible]

[illegible]

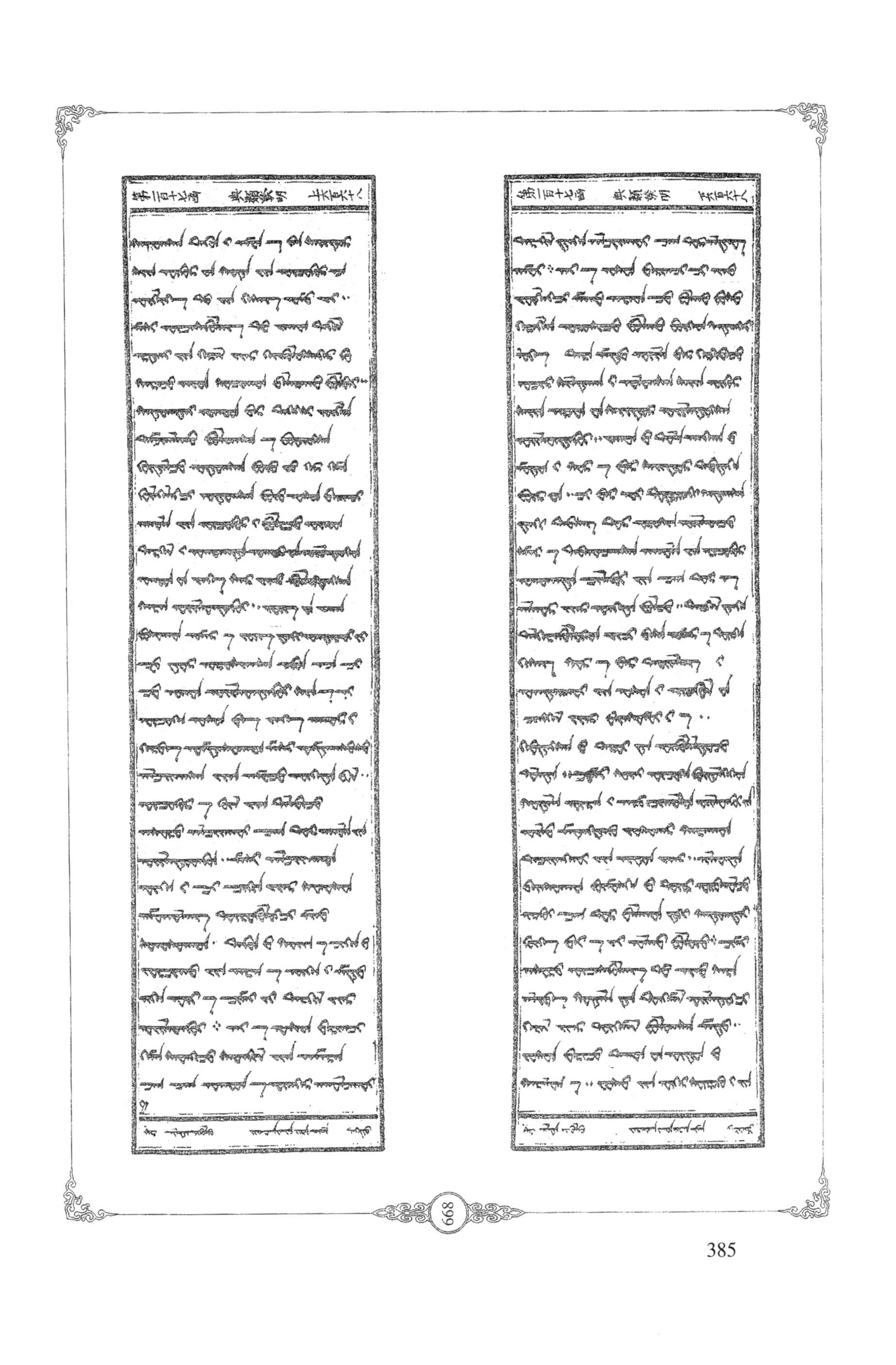

[illegible]

[illegible]

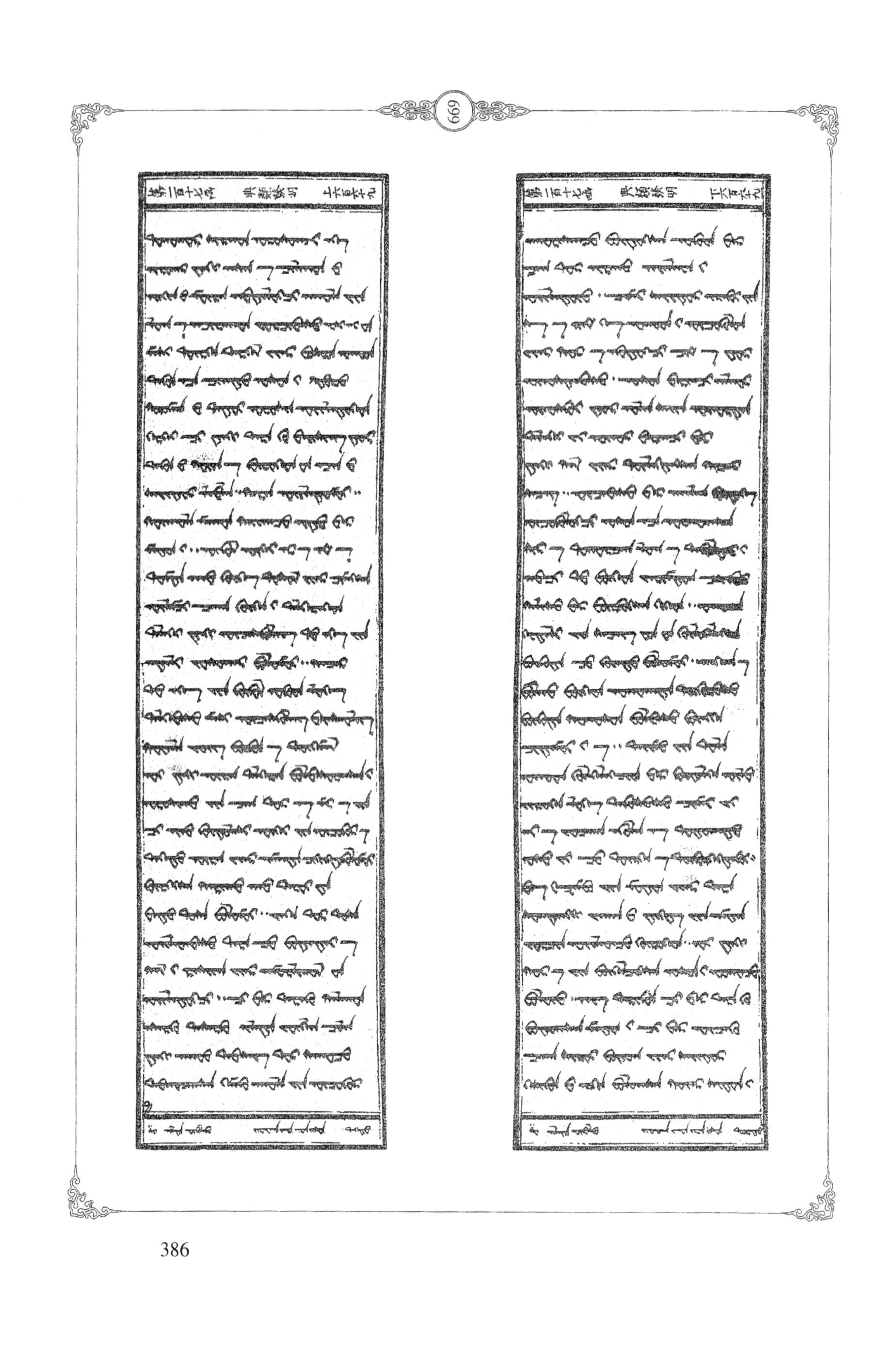

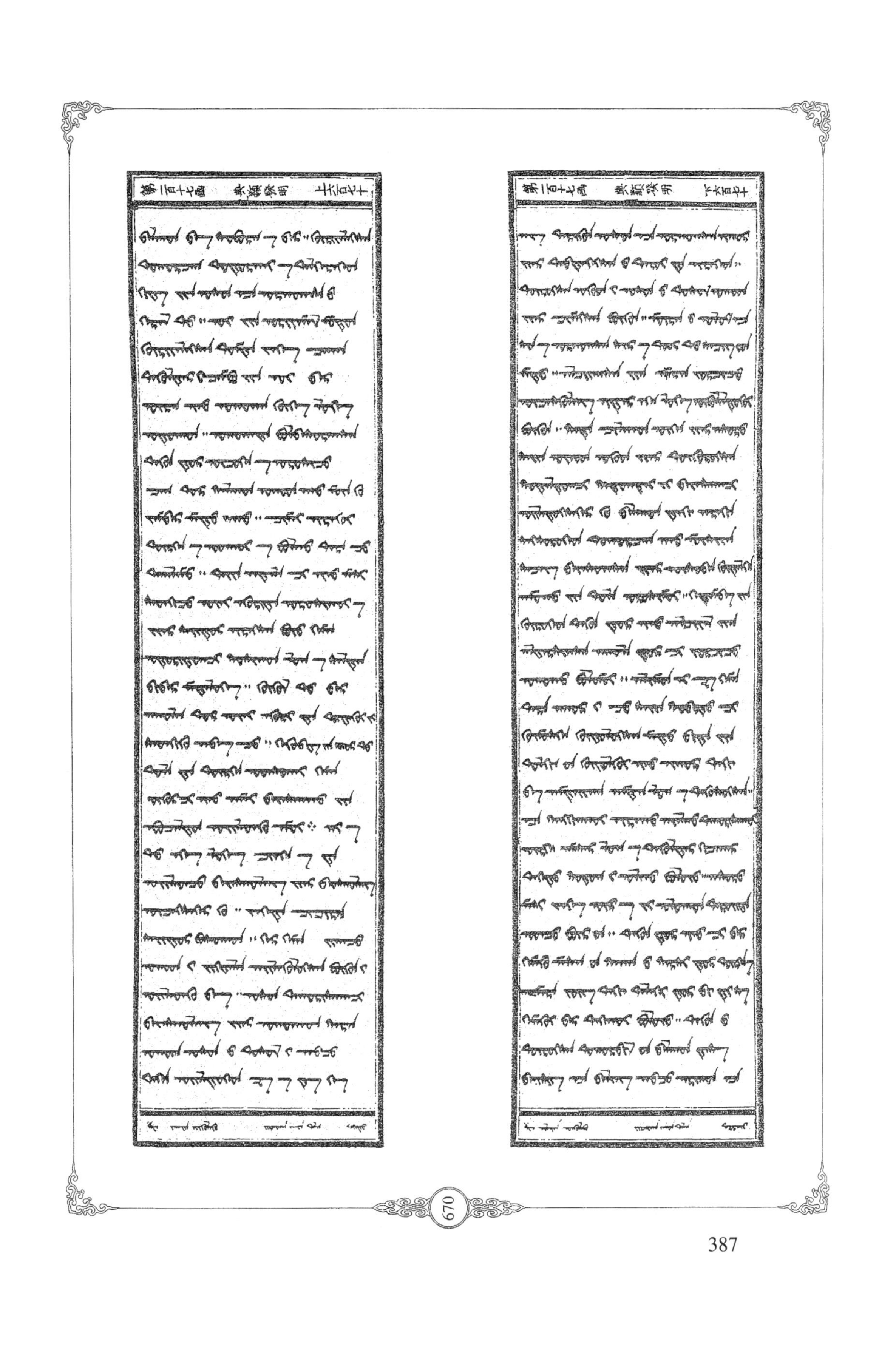

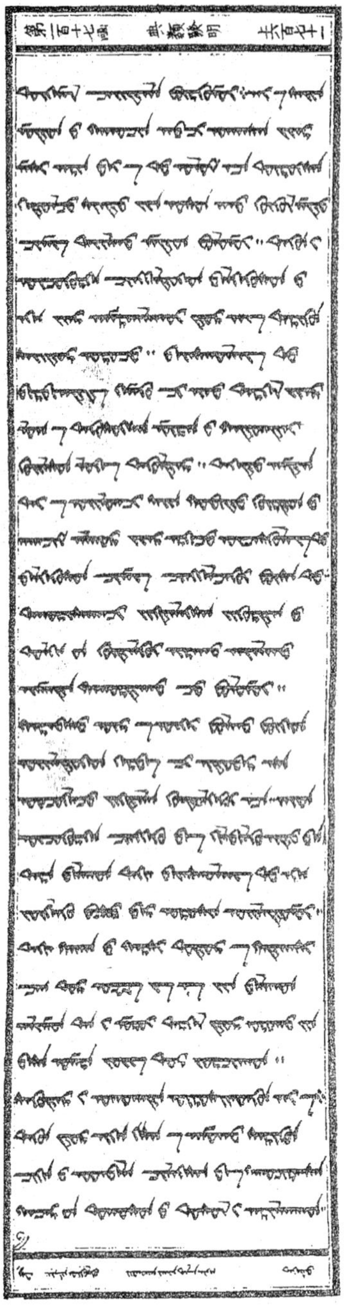

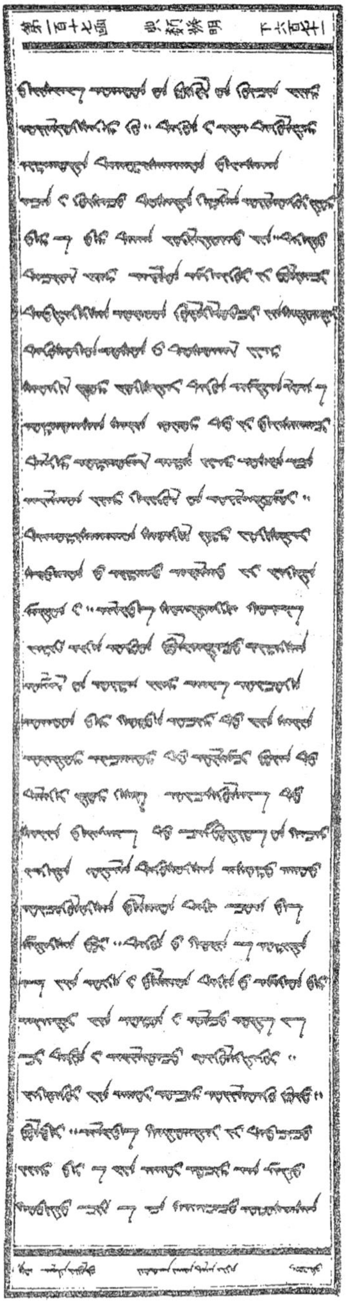

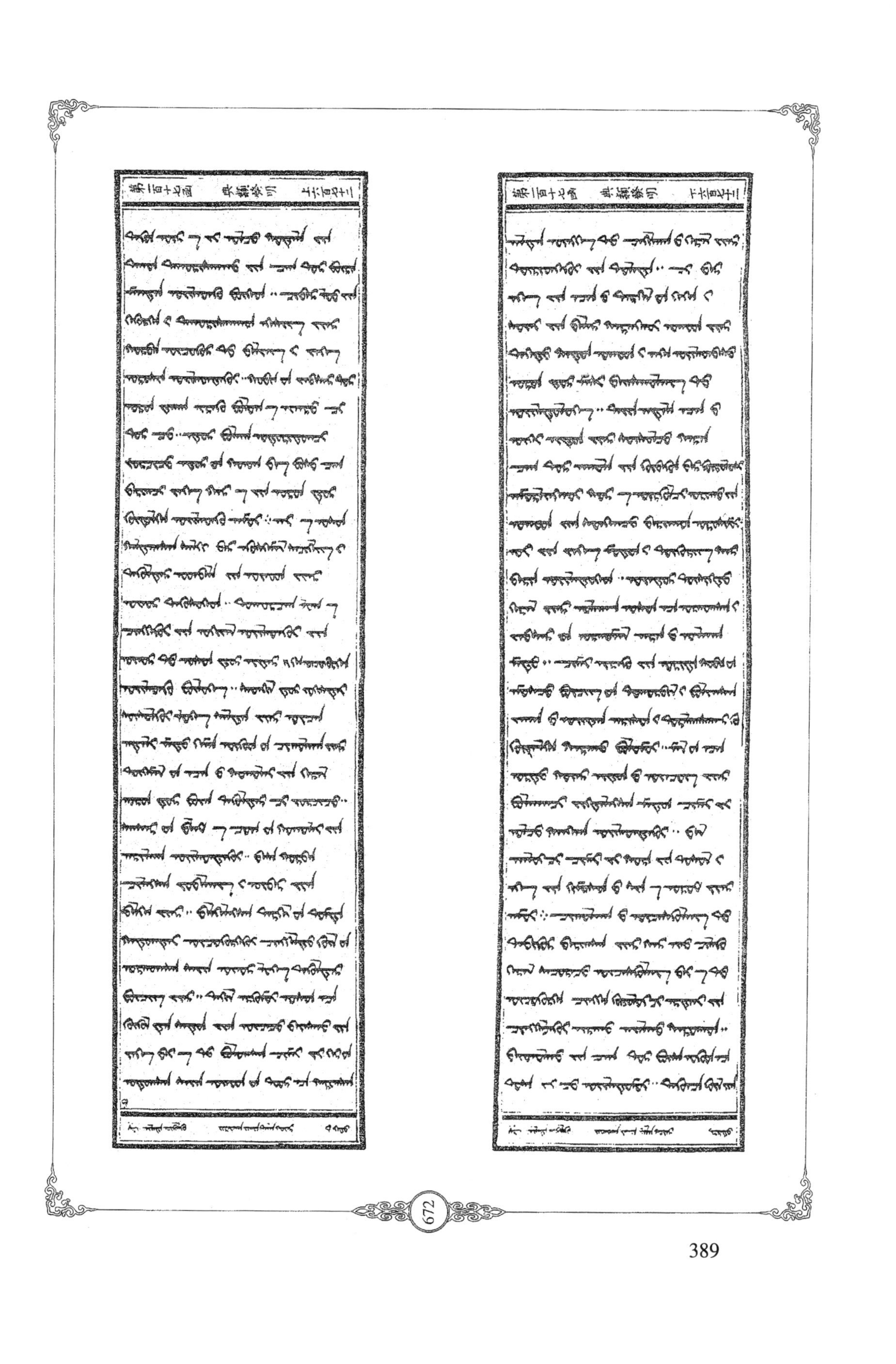

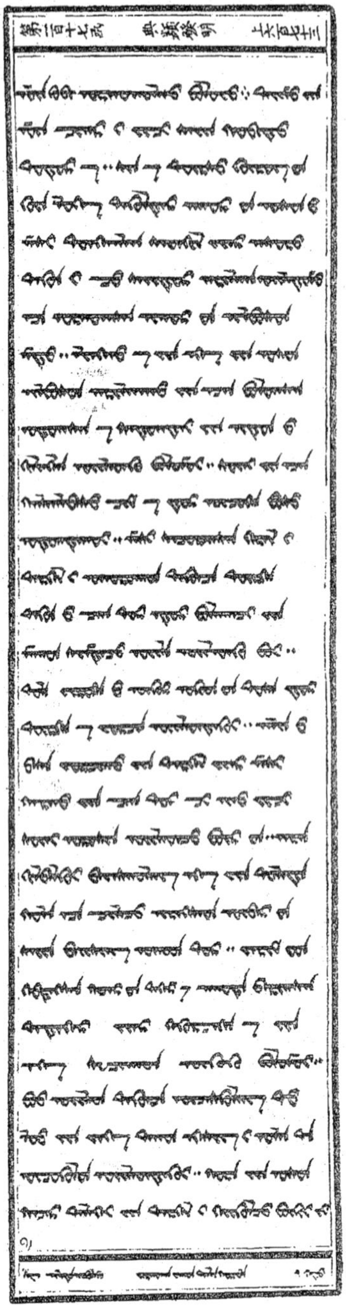

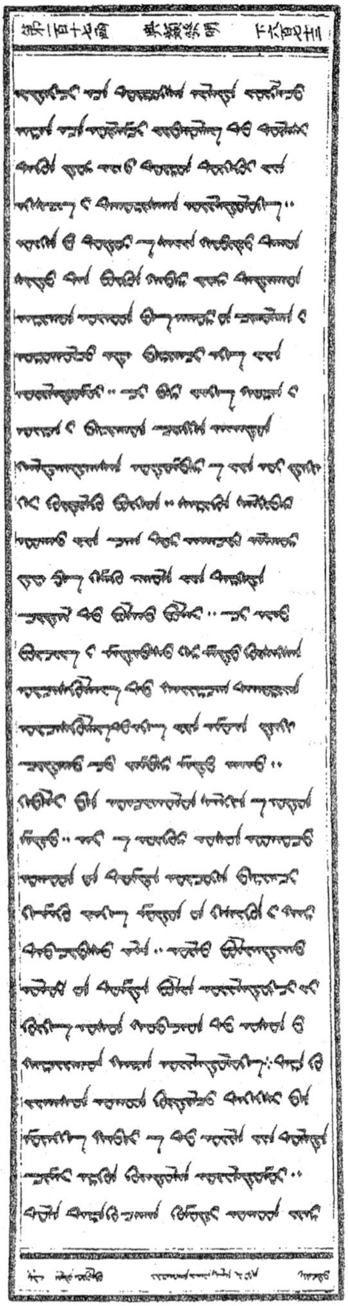

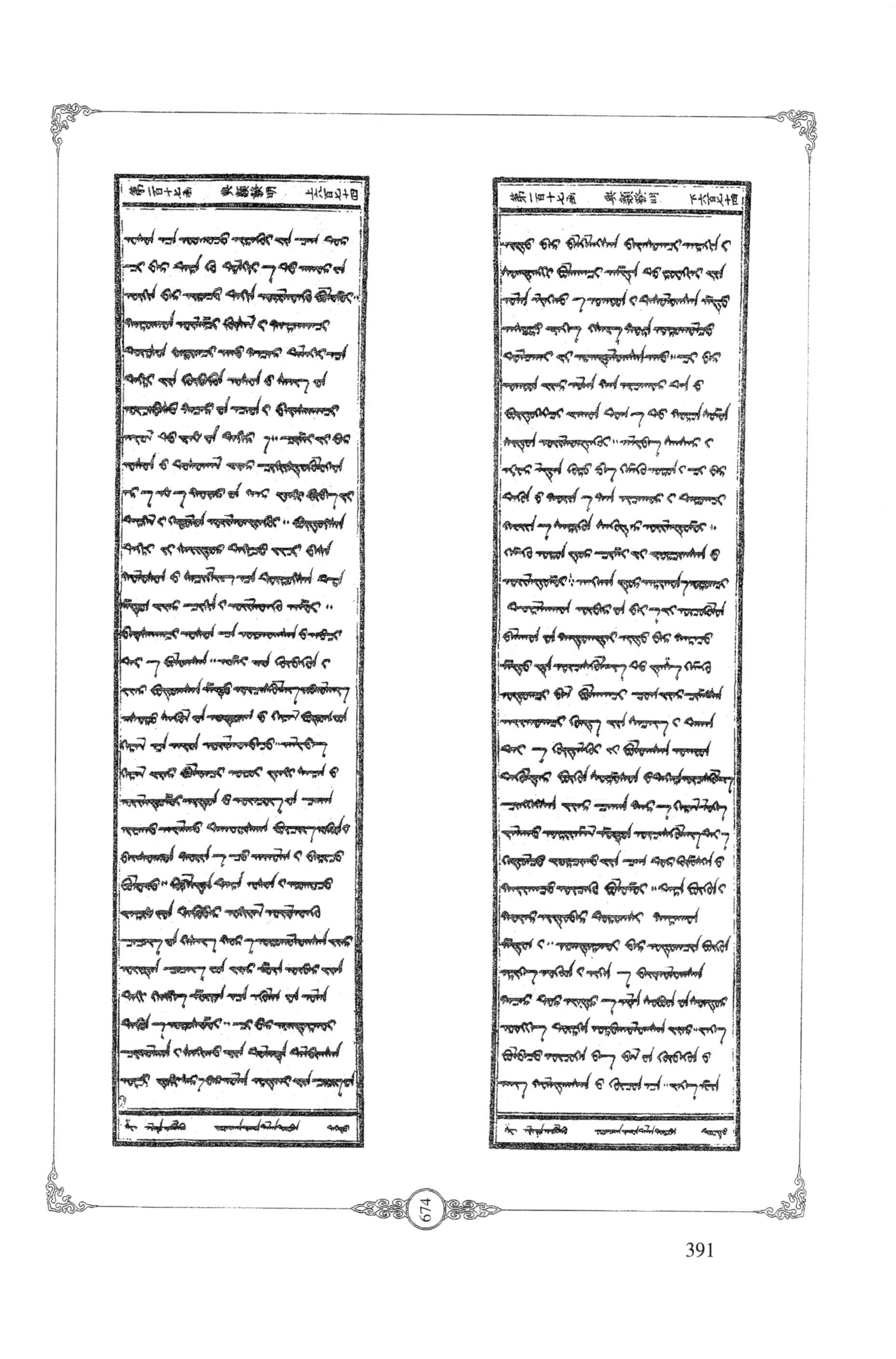

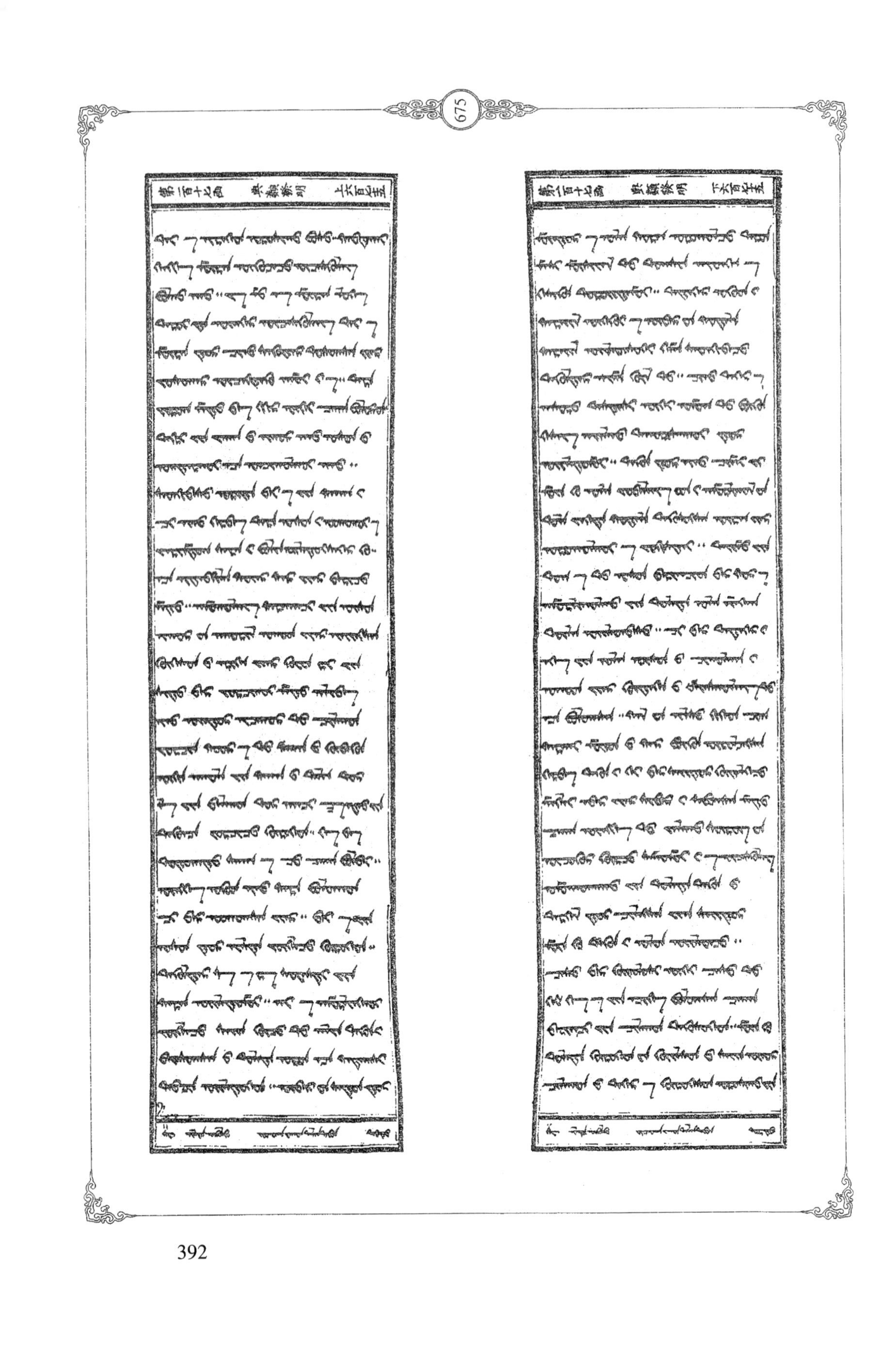

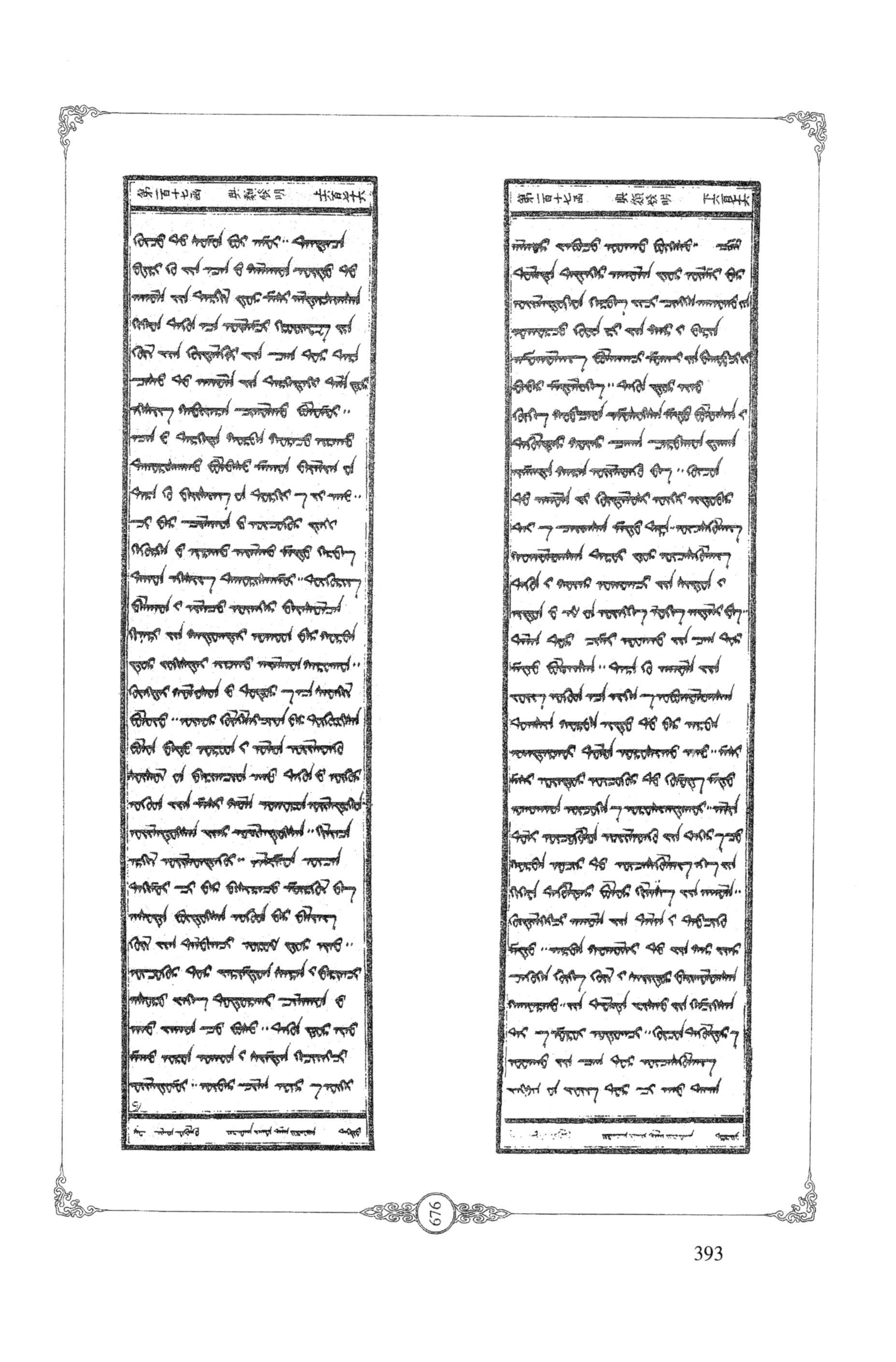

[illegible]

[illegible]

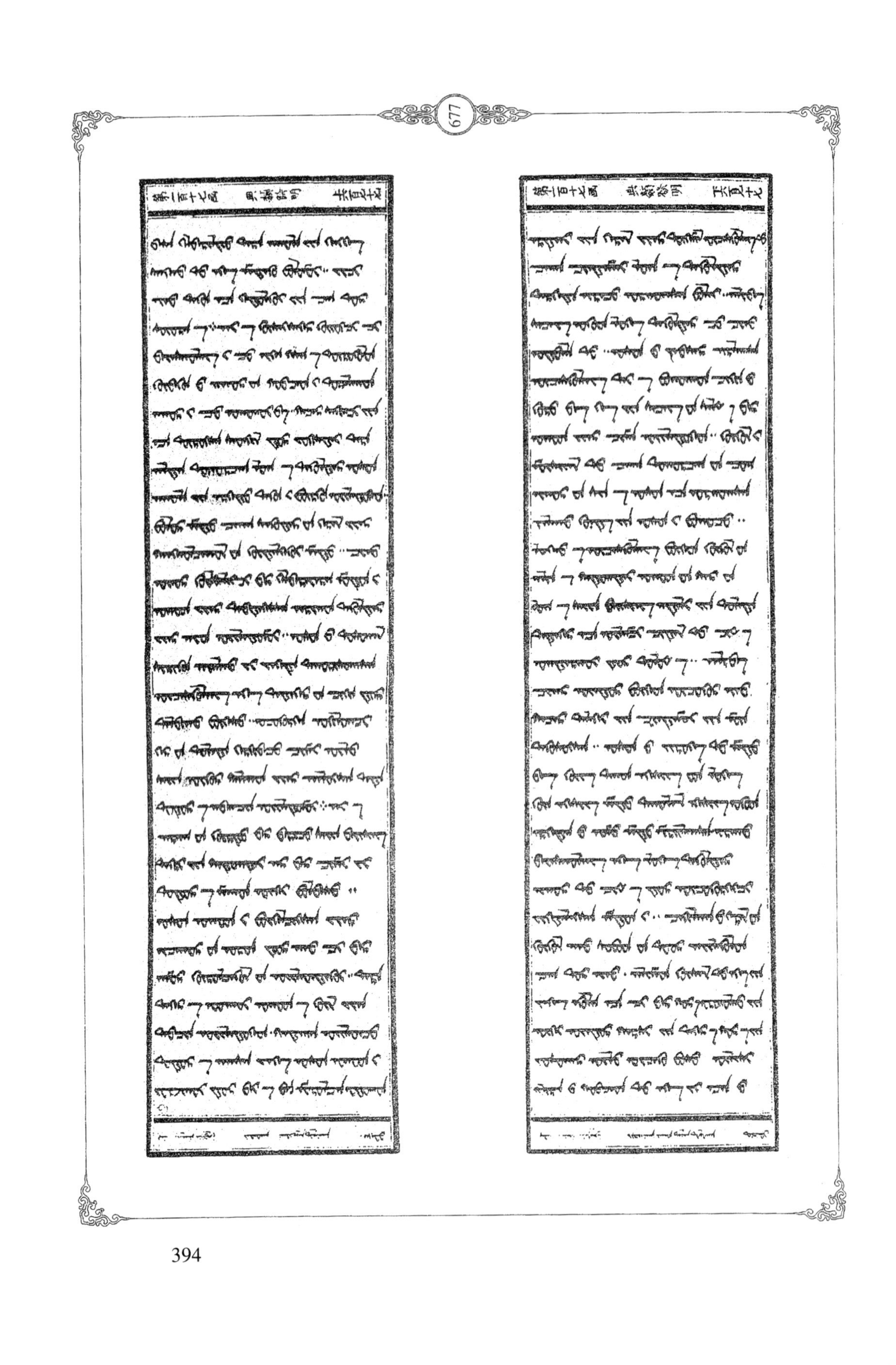

第一百十七函 典訓證明

[illegible]

第一百十七函 典訓證明

[illegible]

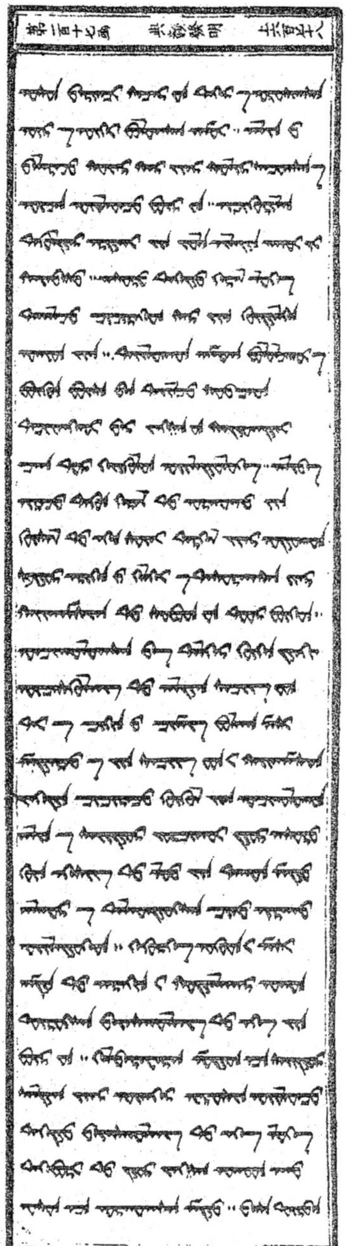
第二百十七函
上六百七十八

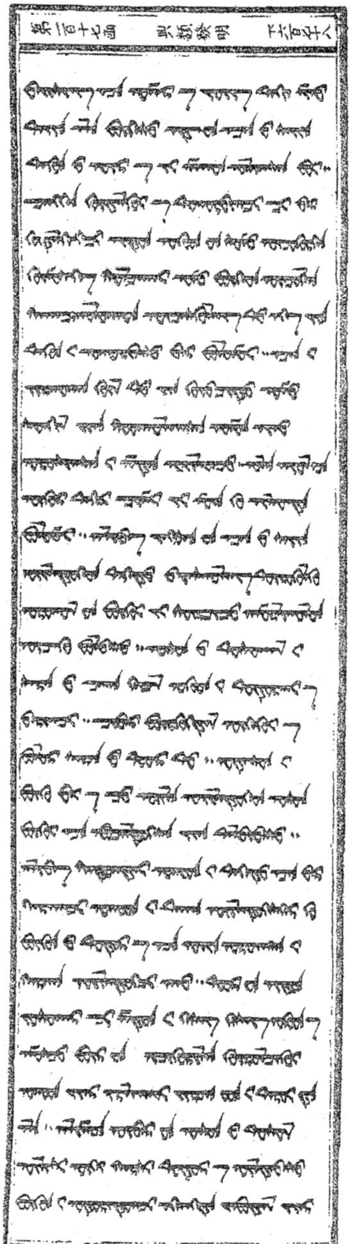
第二百十七函
下六百七十八

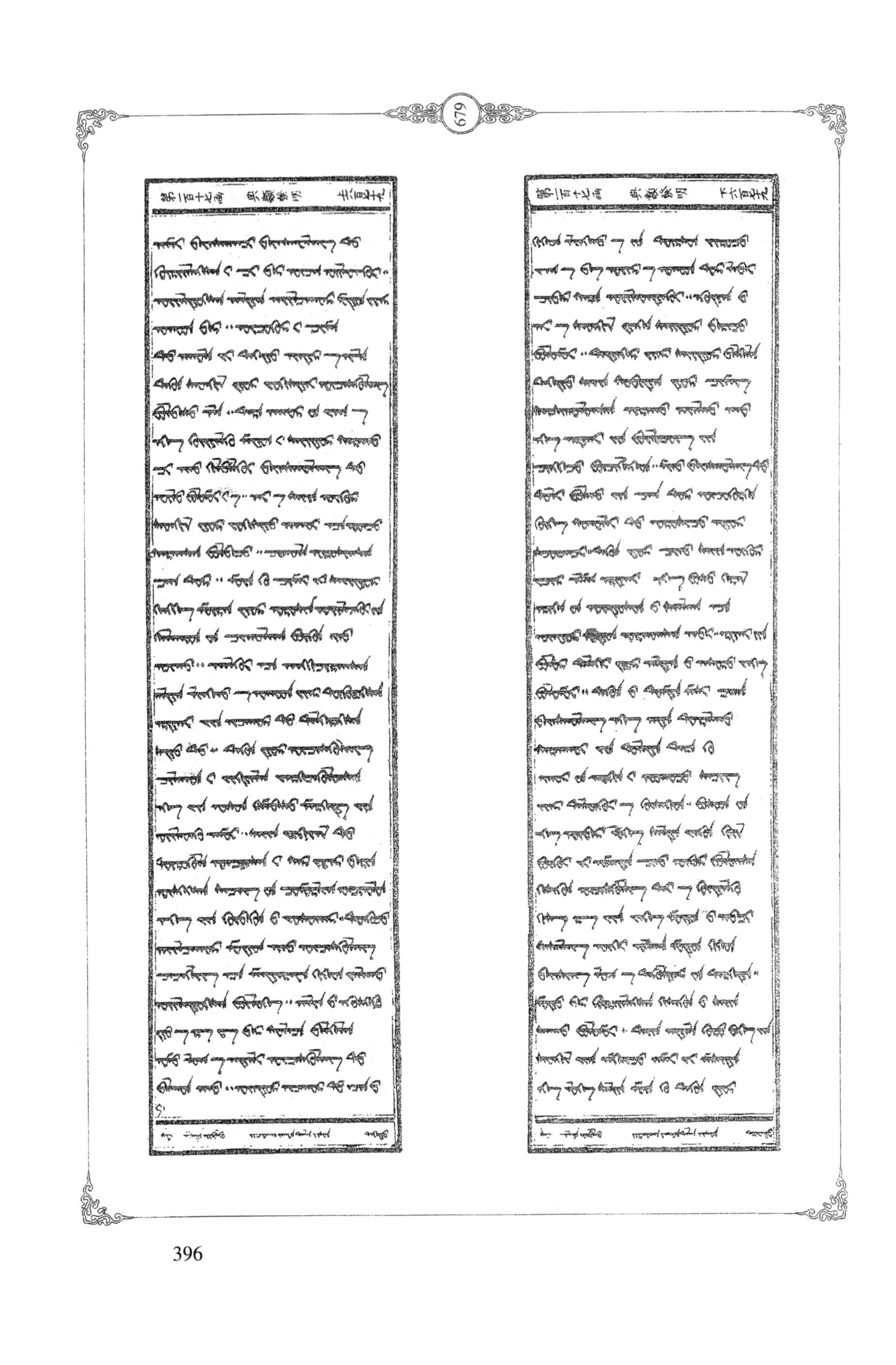

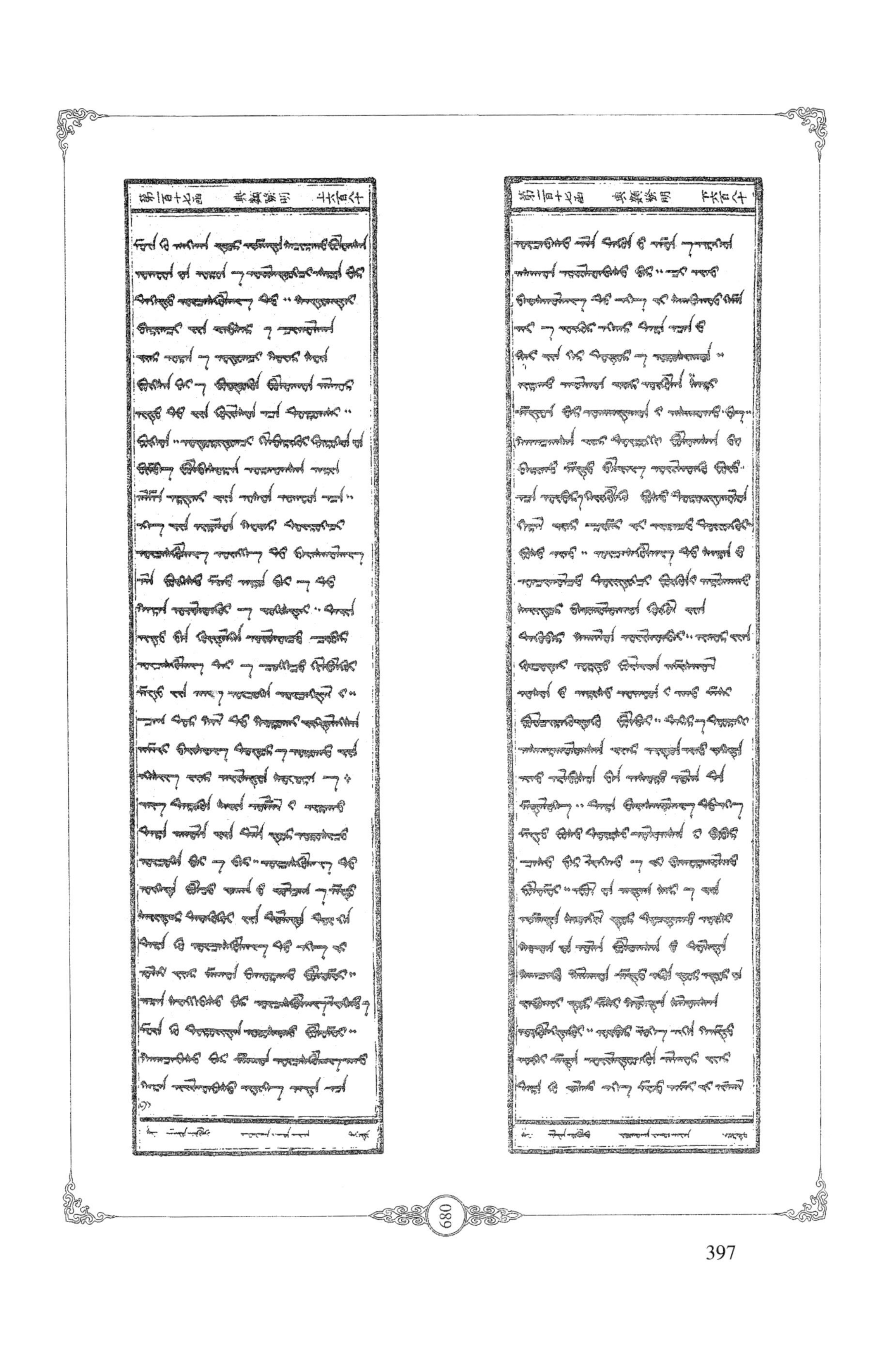

[illegible]

[illegible]

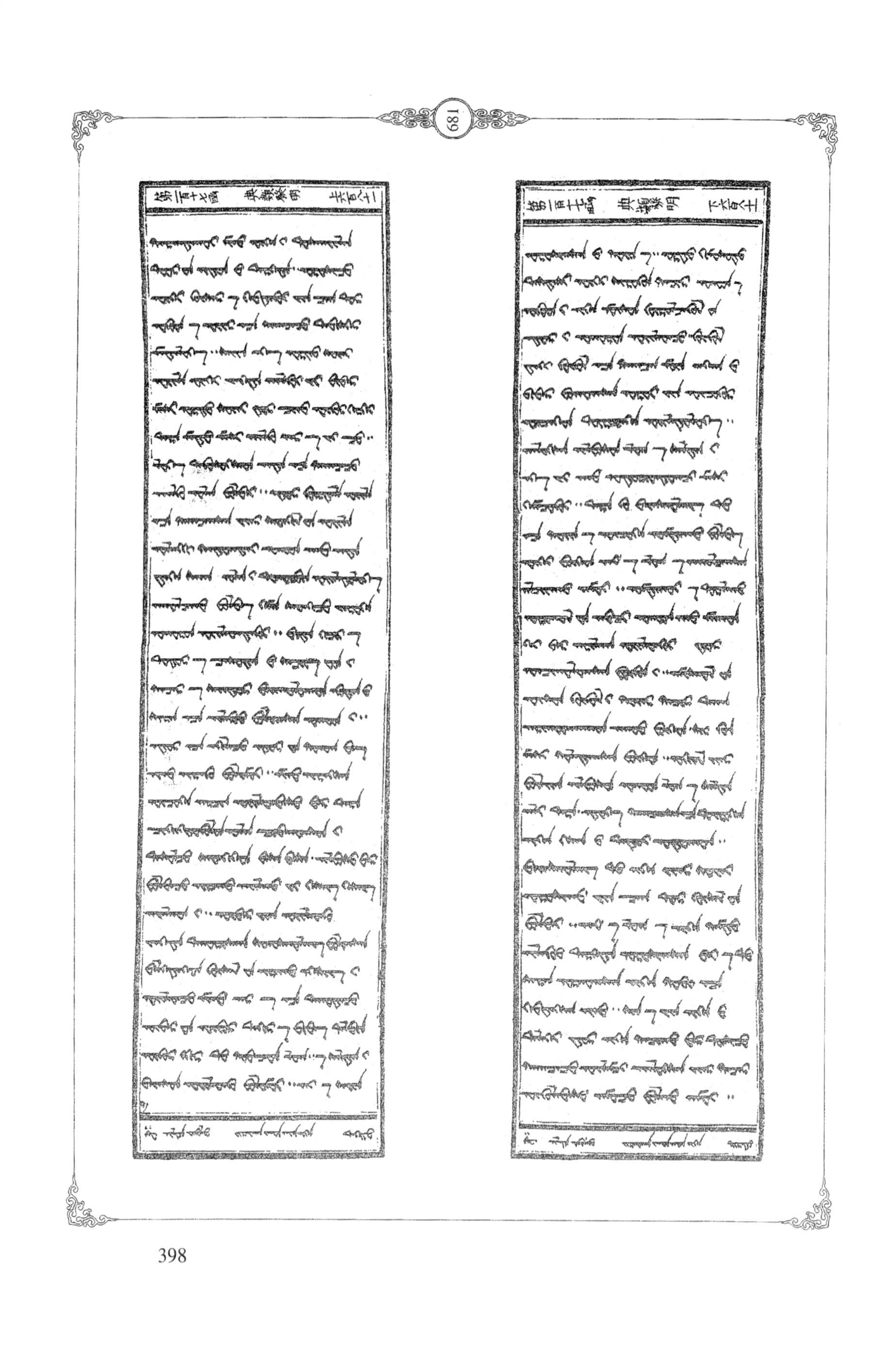

第一百十七函 典禮條明 上六百八十一

第一百十七函 典禮條明 下六百八十一

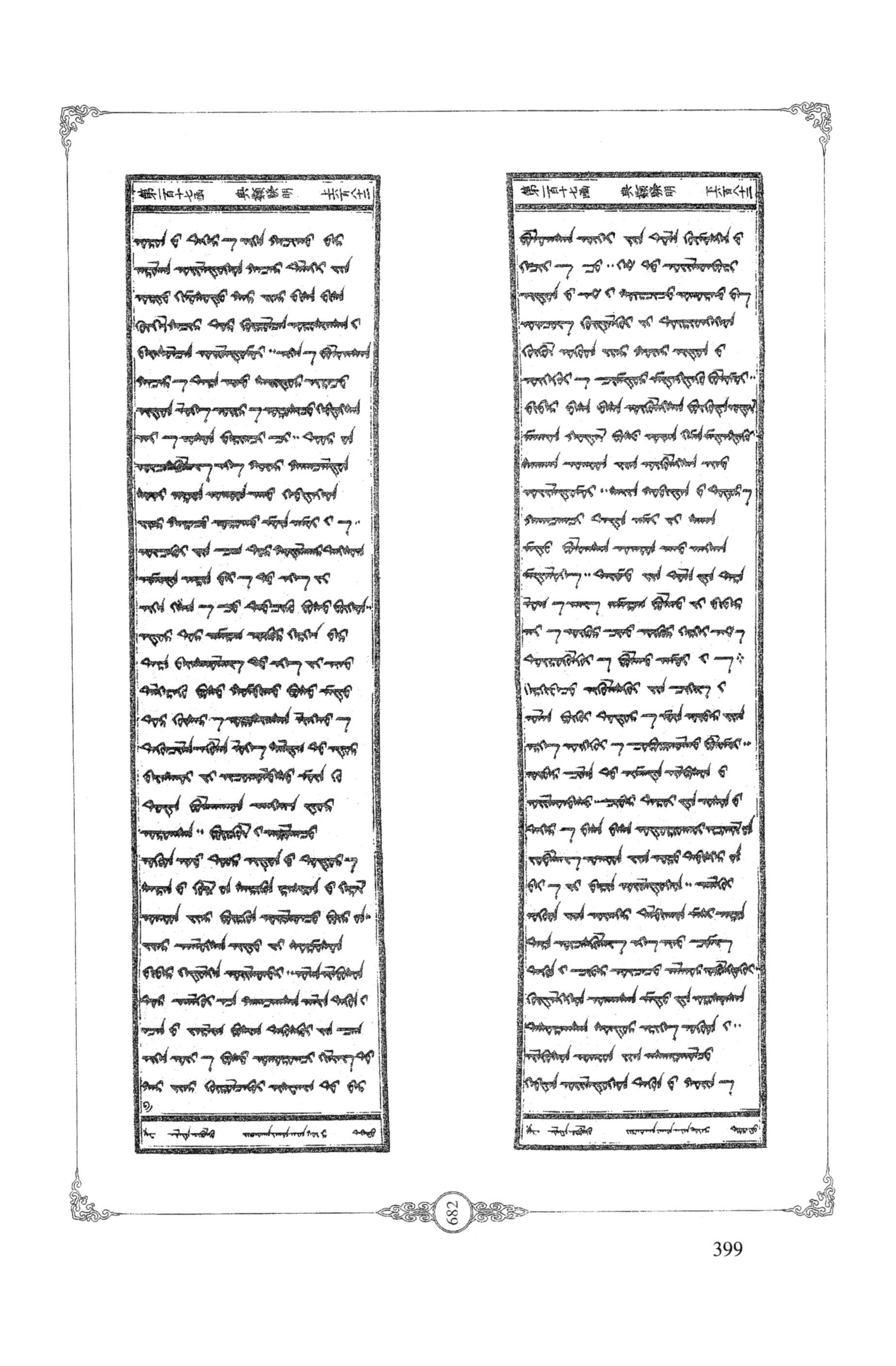

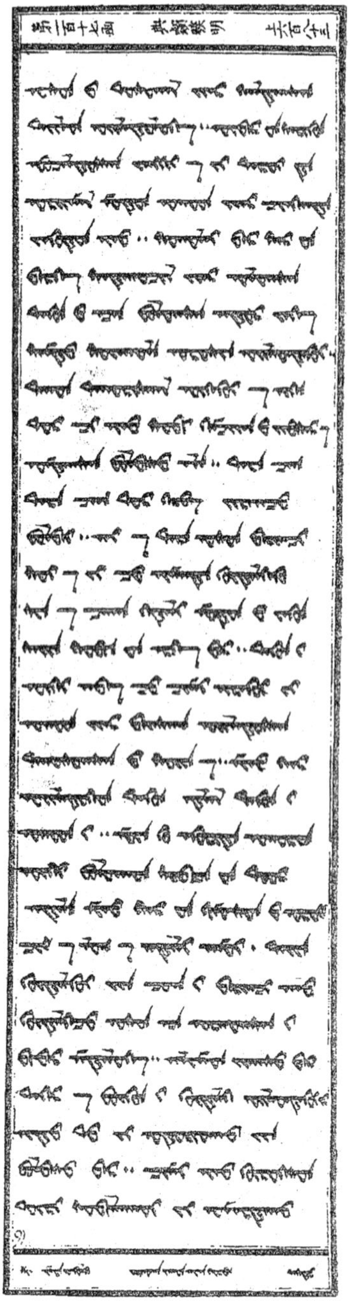

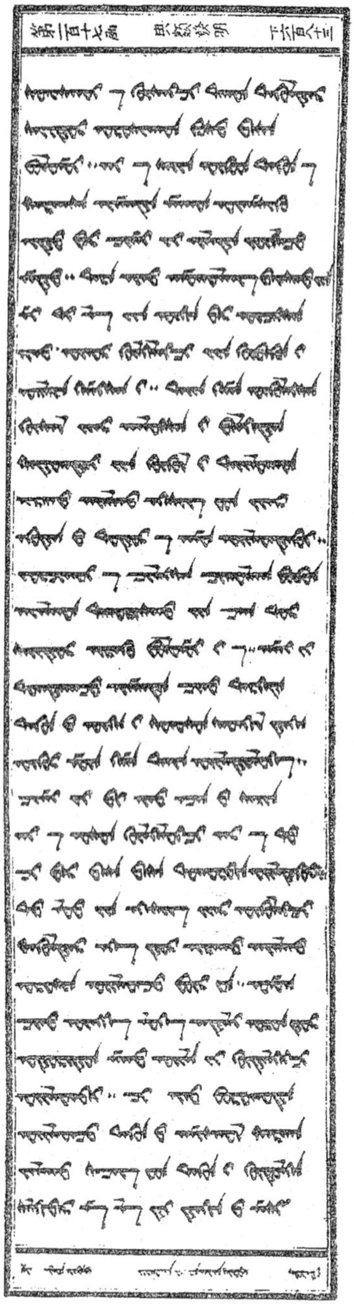

[illegible]

[illegible]

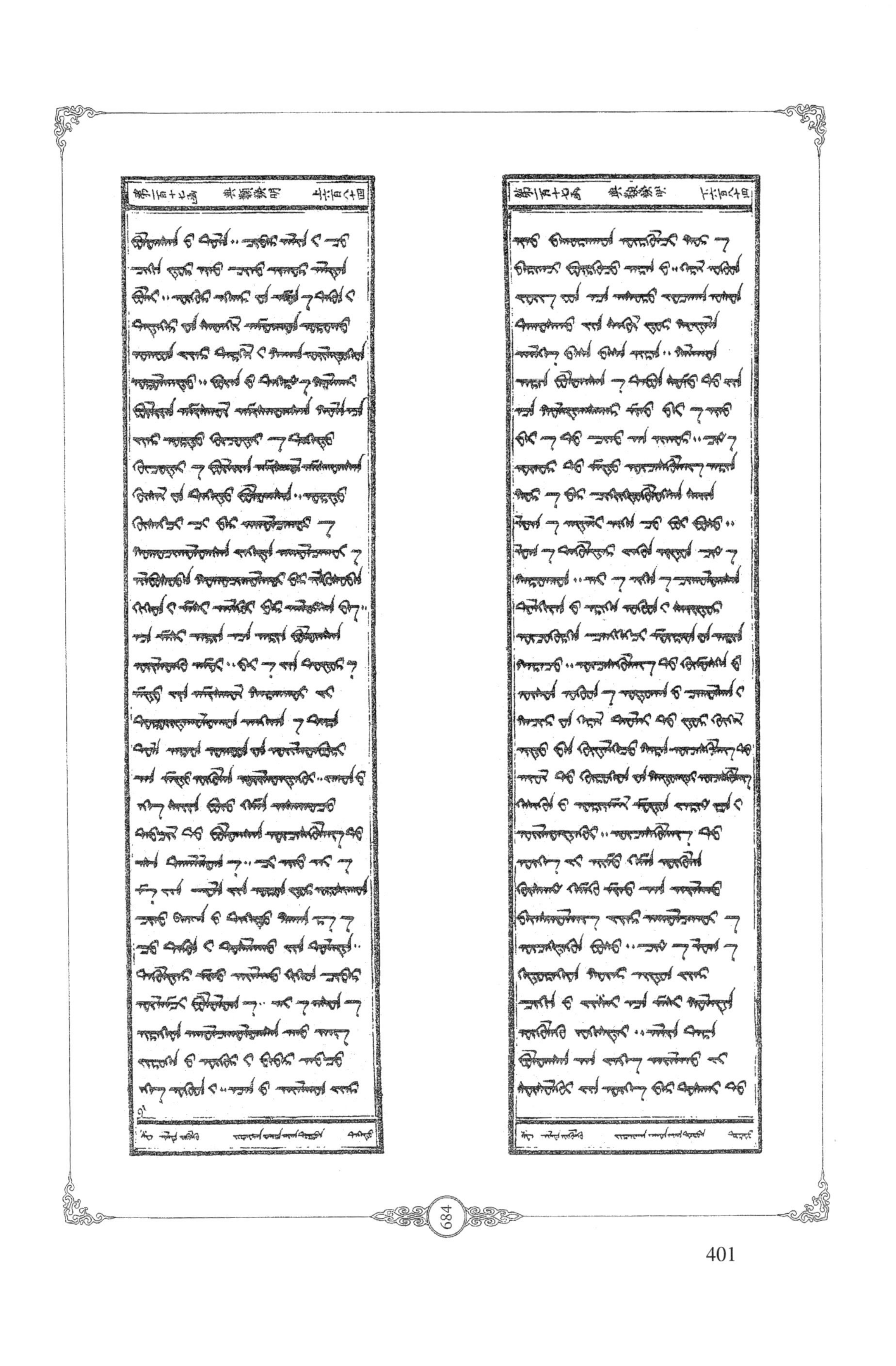

[illegible]

[illegible]

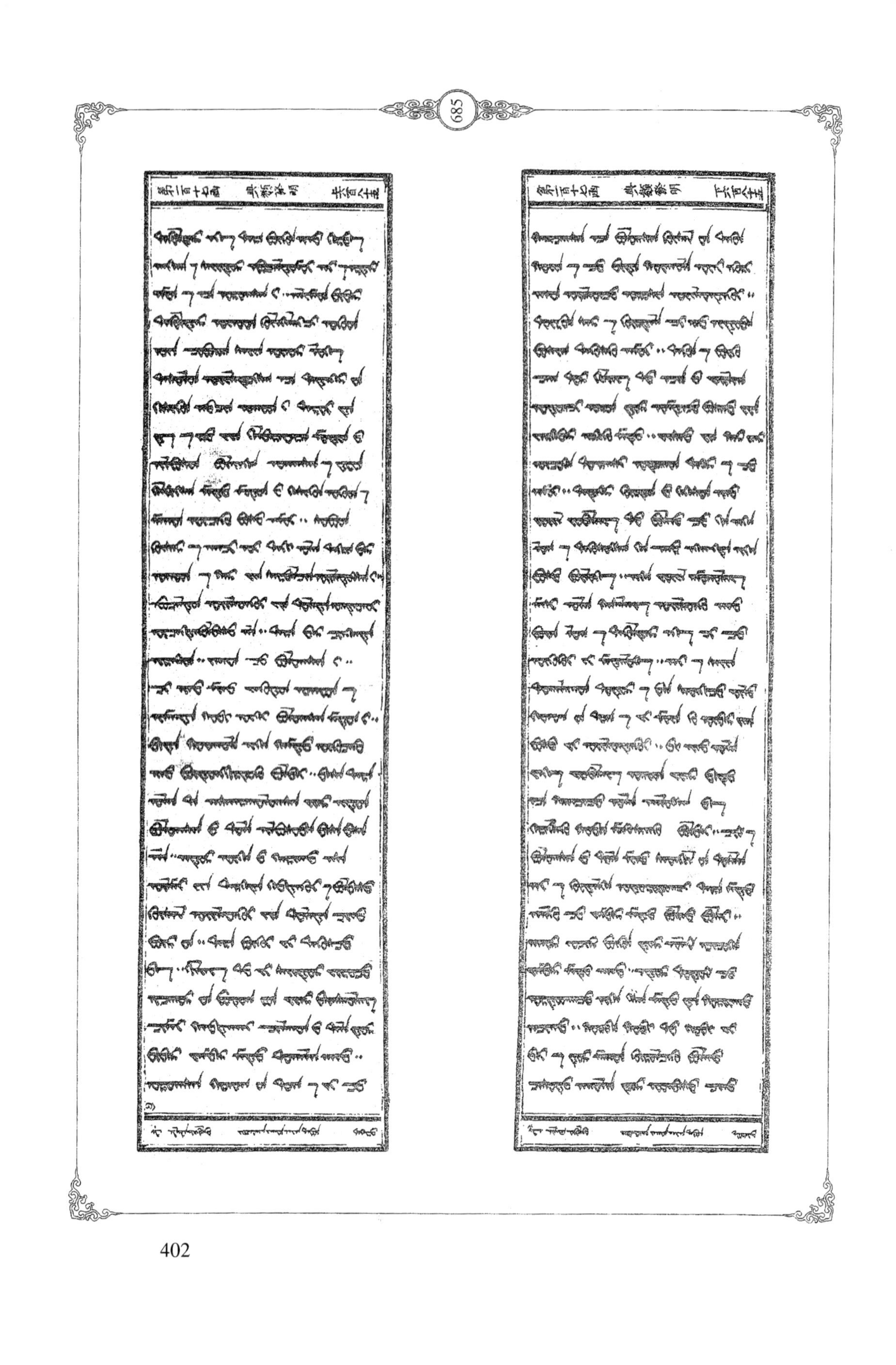

[illegible]

[illegible]

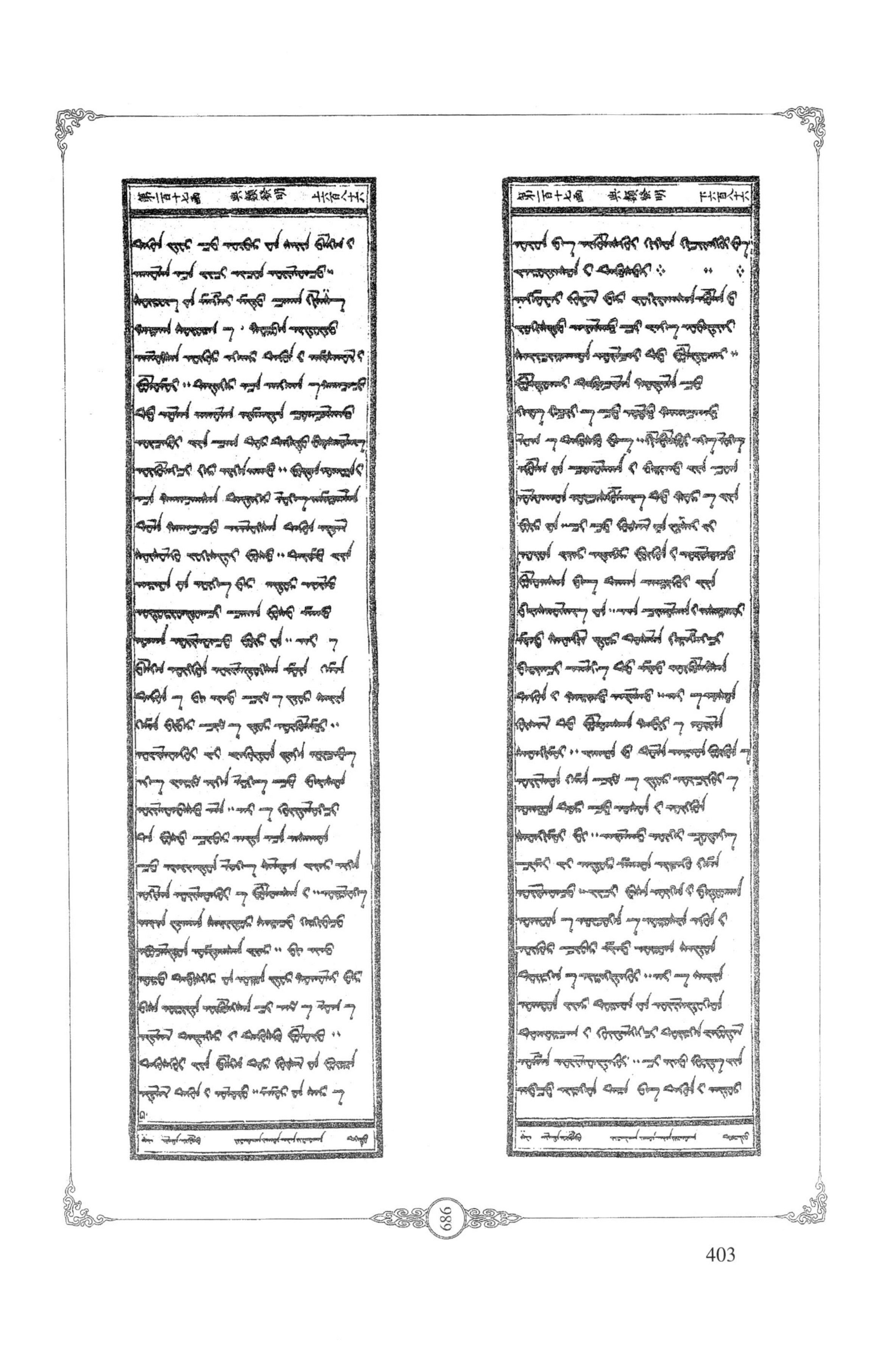

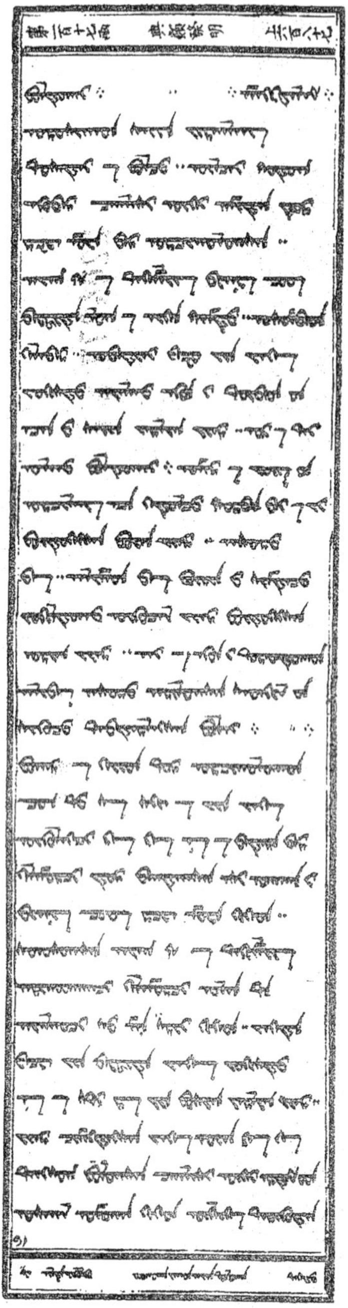

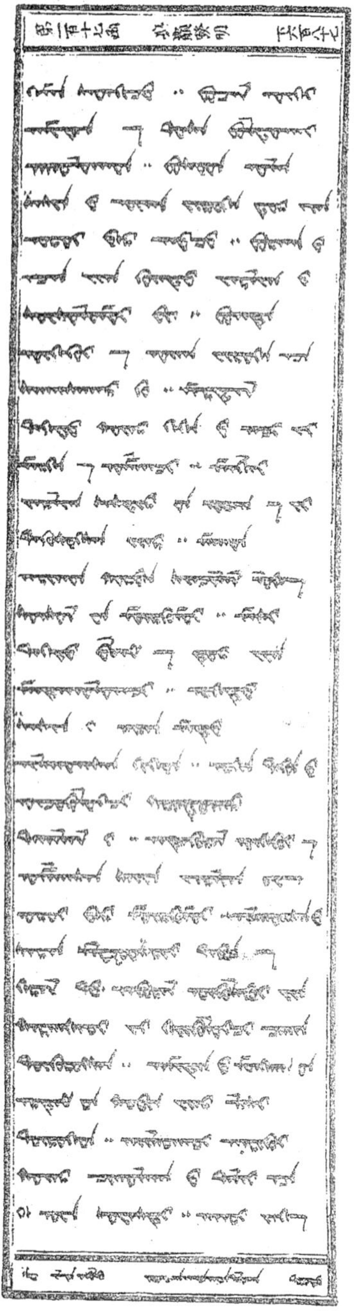

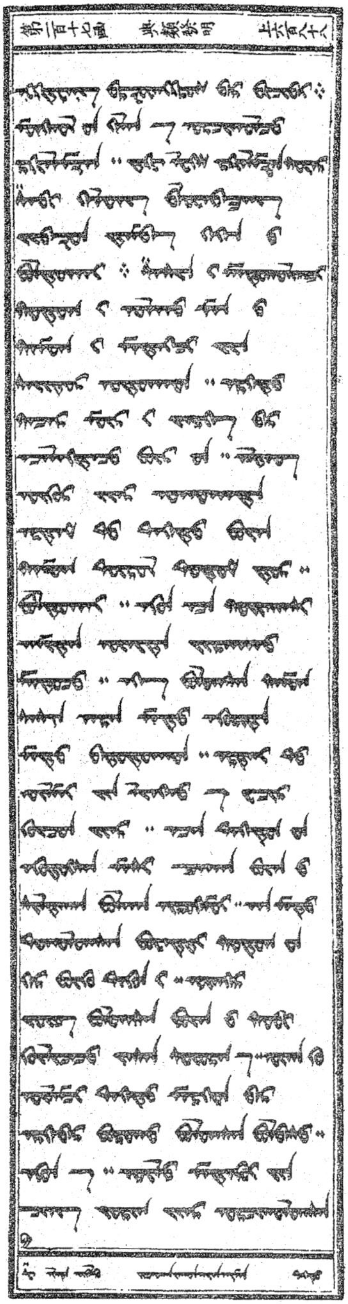
第二百十七回　典籍發明　上六百八十八

参 考 文 献

（此文献列表以出版年份为序，没有包括期刊论文）

一、西文文献

1. Horace Hayman Wilson. *The Meghadūta of Kālidāsa: a poem in the Sanskrit language*, by Kālidāsa. Translated into English verse with notes and illustrations, the 2nd edition, 1843 (1st in 1813), London, printed by Richard Watts.
2. Adolf Friedrich Stenzler. *Meghadūta*, *der Wolken bote*, *Gedicht von Kālidāsa*, *mit kritischen Anmerkungen und Wörterbuch*, Breslau: Max Mälzer, 1874.
3. Arthur A. Macdonell. *A History of Sanskrit Literature*. London, 1900.
4. S.C. Sarkar. *The Cloud Messenger or Exile's Message*, being a translation into English verse of Kalidasa'S Meghadutam with introduction and notes, Calcutta, 1906.
5. Hermann Beckh. *Ein Beitrag zur Text-kritik von Kālidāsas Meghadūta* (Berlin Univ. Diss.), Berlin, 1907.
6. M.R. Kale. *Kālidāsa's Kumārasambhava*, *Cantos* Ⅰ-Ⅶ. *the commentary of Mallinātha*, *a literal English translation*, *notes and intruduction*. 2nd edition, Bombay, 1917.
7. G.C. Jhala. *Kālidāsa-A Study*. Aryabhushan Press, Bombay. 1949 (2nd edition).
8. Translated with an introduction by Arthur W. Ryder. *Shakuntala and other writings by Kalidasa*, E. P. Dutton & Co., Inc.1959.
9. Franklin and Eleanor Edgerton. *Kālidāsa*, *The Cloud Messenger*, translated from the Sanskrit Meghaduta, with drawings by Robert I. Russin, the University of Michigan Press, America, 1964.

10. Franklin Edgerton, *The beginnings of Indian philosophy*, *selections from the Rig veda*, *Atharva veda*, *Upaniṣads and Mahābhārata* , translated from the Sanskrit with an introduction, notes and glossarial index, Harvard University Press, 1965.
11. Sushil Kumar De. *The Megha-Dūta of Kālidāsa*, critically edited by Sushil Kumar De, with a general introduction by Dr S. Radhakrishnan, second revised edition by Dr V. Raghavan, New Delhi: Sahitya Akademi, 1970, 2nd ed. (1st ed. in 1957).
12. M.R.Kale. *The Meghadūta of Kālidāsa: text with Sanskrit Commentary of Mallinātha*, *English translation*, *notes*, *appendices and a map*. By. Motilal Banarsidass Publishers Private Limited, Delhi. 8th Edition, 1974. (reprint in 1993).
13. Leonard Nathan (translation and introduction), *The Transport of Love: The Meghadūta of Kālidāsa*, University of California Press, 1976.
14. Heissig Walther. *The religions of Mongolia*, Routledge & Kegan Paul, 1980.
15. Rajagopalachari Chakravarti, *Ramayana*, Bharatiya Vidya Bhavan, 1989.
16. Chandra Rajan, *Kālidāsa: The Loom of Time: a selection of his plays and poems*, *translated from the Sanskrit and Prakrit with an introduction* by Chandra Rajan, Penguin Books, New Delhi, 1989.
17. Eugen Hultzsch, *Kālidāsas Meghadūta*, *edited from manuscripts with the commentary of Vallabhadeva and provided with a complete Sanskrit-English vocabulary*. 1998, 2nd edition (first in 1911, London), New Delhi: Munshiram Manoharlal Publishers Pvt Ltd.
18. Nyamdavaa Oidov. *Mongolia-India relations*, Bhavana Books & Prints, 2003.
19. Vālmīki. *Rāmāyaṇa*, New York University Press, 2005.

20. Coulson Michael. *Sanskrit*, Contemporary Books, 2006.
21. Sir James Mallinsontran. *Messenger Poems by Kālidāsa, Dhoyī & Rūpa Gosvāmin*, New York University Press and the JJC Foundation, 2006.
22. K.B. Archak and Michael. *Science, history, philosophy and literature in Sanskrit classics*. Edited by. Delhi, 2007.
23. Gary A.Tubb and Emery R.Boose. *Scholastic sanskrit: a handbook for students*, the American Institute of Buddhist Studies and Tibet House US, New York, 2007.
24. 14th World Sanskrit Conference, *Studies in Sanskrit grammars*, D.K. Printworld, 2012.
25. B. Enkhtuvshin edited. *the Study of Mongolian Literature in Tibetan*, Institute of Language and Literature, MAS, Ulaanbaatar, 2013.

二、蒙古文文献

（一）回鹘体蒙古文文献

1. Egülen-ü ǰarudasun orosibai.
（格勒坚赞、洛桑坚赞译：《云使》，1749 年北京木刻版蒙古文《丹珠尔》第 205 卷，内蒙古社会科学院图书馆馆藏。）
2. Mongγol uran ǰokiyal-un degeǰi ǰaγun bilig orosibai.
（〔蒙古〕呈・达木丁苏伦整理编辑：《蒙古文学精华一百篇》，乌兰巴托，1959 年。）
3. Nidün-i bayasqaqui subud-un unǰilγ-a.
（巴・格日乐图编注：《悦目集》，内蒙古文化出版社，1990 年。）
4. Arban dörbedüger ǰaγun-u iraγu nayiraγči Čoyiǰi-odsar
（〔蒙古〕德・策仁索达纳木著，宝音图转写：《十四世纪诗人——搠思吉斡节儿》，内蒙古人民出版社，1991 年。）
5. Monγolčud-un töbed-iyer tuγurbiγsan uran ǰokiyal-un sudulul.

（乌力吉著：《蒙古族藏文文学研究》，民族出版社，1996 年。）

6. Monγol silüg-ün uqaγan.
（苏尤格著：《蒙古诗歌学》，内蒙古大学出版社，2000 年。）
7. Merged γarqu-yin oron.
（章嘉·益喜丹必若美著：《智慧之源》，民族出版社，2002 年。）
8. Monγol γanǰur danǰur-un γarčaγ.
（《蒙古文〈甘珠尔〉〈丹珠尔〉目录》编委会：《蒙古文〈甘珠尔〉〈丹珠尔〉目录》（上、下），远方出版社，2002 年。）
9. Isibalǰur-un silüg ǰüi-yin sudulul.
（额尔敦白音著：《松巴堪布诗学研究》，辽宁民族出版社，2004 年。）
10. Monγol altan gerel-ün üges-ün sang-un sudulul.
（乌力吉陶格套著：《蒙古文〈金光明经〉词汇研究》，辽宁民族出版社，2008 年。）
11. Ündür gegen Janabazar-un namtar, uran bütügel.
（〔蒙古〕拉·呼尔勒巴特尔著，嘎拉桑转写，乌云毕力格主编：《哲布尊丹巴一世传》，西域历史语言研究丛书（卷六），2009 年。）
12. Tabun ǰüil-ün üsüg qadamal ǰokistu ayalγu-yin toli.
（王满特嘎，L.胡日乐巴特尔，D.苏米娅编著：《五体合璧〈诗镜论〉》，民族出版社，2012 年。）
13. Alaša lharamba Aγwangdandar-un ǰokiyal-un čiγulγan.
（G.朝格图编：《阿旺丹德尔文集》（前六册），内蒙古文化出版社，2014 年。）
14. Dayičing gürun-ü Mongγolčud-un töbed uran ǰokiyal-un sudulul.
（乌力吉巴雅尔著：《清代蒙古藏文文学研究》，辽宁民族出版社，2014 年。）
15. ǰokistu ayalγun-u gem-ün onol-un yerüngkeilegsen sudulγan.
（树林著：《诗镜“病论”综合研究》，内蒙古教育出版社，2015 年。）

（二）基里尔蒙古文文献

1. Ц. Дамдинсүрэн, *Монголын Уран Зохиолын Тойм*, нэгдүгээр

дэвтэр （XIII-XIV зууны үе）， Улсын хэвлэлийн газар， Улаанбаатар，1957.
（《蒙古文学概论Ⅰ》〔13—14世纪〕）

2. Калидаса，*Үүлэн Зардас*，Улсын хэвлэлийн хэрэг эрхлэх хороо， Улаанбаатар，1963.
《云使》古今四个蒙古文译本合刊本。

3. Ц.Дамдинсүрэн，*Монголын Уран Зохиолын Тойм*，гуравдугаар дэвтэр（XIX зууны үе），Улсын хэвлэлийн хэрэг эрхлэх хороо， Улаанбаатар，1968.
（《蒙古文学概论Ⅲ》〔19世纪〕）

4. Ц.Дамдинсүрэн，Д.Цэнд，*Монголын Уран Зохиолын Тойм*， хоёрдугаар дэвтэр （XVII-XVIII зууны үе）， Шинжлэх ухааны академийн хэвлэл，Улаанбаатар，1976.
（《蒙古文学概论Ⅱ》〔17—18世纪〕）

5. Д. Ёндон， *Төвд Монголын Уран Зохиолын Харилцааны Асуудалд*，Шинжлэх ухааны академийн хэвлэл，Улаанбаатар， 1980.
（《蒙藏文学关系问题》）

6. Ц.Дамдинсүрэн，*Монголын Уран Зохиолын Өв Уламжлалын Асуудалд*， Шинжлэх ухааны академийн хэвлэл， Улаанбаатар， 1984 он.
（《蒙古文学的传承问题》）

7. Л.Хүрэлбаатар，*Монгол Орчуулгын Товчоон*. Улсын хэвлэлийн газар，Улаанбаатар，1995.
（《蒙古文翻译史纲》）

8. Д. Цэрэнсодном， *Бурханы Шашны Уран Зохиол*， тэргүүн дэвтэр，Шинжлэх Ухааны Академийн Хэл зохиолын хүрээлэн， 1997.
（《蒙古文佛教文学》）

9. Ш. Бира，*Монголын Түвэд Хэлт Түүхийн Зохиол*（XVII-XIX）， Улаанбаатар，2001 он.

(《藏文撰写的蒙古族历史文学》〔17—19 世纪〕)
10. Л. Хүрэлбаатар, *Судар Шастирын Билиг*. Улаанбаатар, 2002 он.
11. Л. Хүрэлбаатар, *Дуун Утгын Яруу Зохист*, Улаанбаатар хот, 2005 он.
(《声义相辉》)
12. Д. Цэрэнсодном, *Бурханы Шашны Уран Зохиол*, дэд дэвтэр, Шинжлэх Ухааны Академийн Хэл зохиолын хүрээлэн, Улаанбаатар хот, 2007 он.
(《蒙古佛教文献史》)
13. Л.Хүрэлбаатар, *Огторгуйн Цагаан Гарди*, Ⅱ дэвтэр, Улаанбаатар, 2008.
(《天空中的白鹏鸟》)

三、汉文文献

1. (印度) 迦梨陀娑著, 季羡林译:《沙恭达罗》, 人民文学出版社, 1954 年。
2. (印度) 迦梨陀娑著, 金克木译:《云使》, 人民文学出版社, 1956 年。
3. (印度) 迦梨陀娑著, 徐梵澄译:《行云使者》, 印度室利阿罗频多修道院, 1957 年。
4. (印度) 迦梨陀娑著, 季羡林译:《优哩婆湿》, 人民文学出版社, 1962 年。
5. (英) 渥德尔著, 王世安译:《印度佛教史》, 商务印书馆, 1987 年。
6. (印度) R.塔帕尔著, 林太译, 张荫桐校:《印度古代文明》, 浙江人民出版社, 1990 年。
7. 固始噶居巴 · 洛桑泽培著, 陈庆英、乌力吉译注:《蒙古佛教史》, 天津古籍出版社, 1990 年。
8. 季羡林著:《比较文学与民间文学》, 北京大学出版社, 1991 年。
9. 季羡林主编:《印度古代文学史》, 北京大学出版社, 1991 年。

10. 姚卫群编著:《印度哲学》,北京大学出版社,1992 年。
11.(奥地利)勒内·德·内贝斯基·沃杰科维茨著,谢继胜译:《西藏的神灵和鬼怪》,西藏人民出版社,1993 年 5 月。
12. 热扎克·买提尼牙孜主编:《西域翻译史》,新疆大学出版社,1994 年。
13.(西晋)法显著,郭鹏注译:《佛国记注译》,长春出版社,1995 年。
14. 季羡林著:《梵文与其他语种文学作品翻译》(季羡林文集第十五卷),江苏教育出版社,1998 年。
15.(印度)D.D.高善必著,王树英等译:《印度古代文化与文明史纲》,商务印书馆,1998 年。
16. 金克木著:《梵竺庐集(甲)·梵语文学史》,江西教育出版社,1999 年。
17. 黄宝生著:《印度古典诗学》,北京大学出版社,1999 年。
18. 荣苏赫、赵永铣主编:《蒙古族文学史》(1—4 卷),内蒙古人民出版社,2000 年。
19. 徐梵澄著,中国社会科学院科学局组织编选:《徐梵澄集》,中国社会科学出版社,2001 年。
20. 义都合西格主编:《蒙古民族通史》(1—5 卷),内蒙古大学出版社,2002 年。
21. 郁龙余等著:《梵典与华章——印度作家与中国文化》,宁夏人民出版社,2004 年。
22. 康乐、简惠美译:《印度的宗教——印度教与佛教》(韦伯作品集 X),广西师范大学出版社,2005 年。
23. 乐黛云、王向远著:《比较文学研究》,福建人民出版社,2006 年。
24. 唐吉思著:《藏传佛教与蒙古族文化》,辽宁民族出版社,2007 年。
25. 崔连仲、武文著:《古代印度文明与中国》,岳麓书社,2007 年。
26. 李际宁著:《佛教大藏经研究论稿》,宗教文化出版社,2007 年。
27. 蒋忠新译:《摩奴法论》,中国社会科学出版社,2007 年。
28. 金克木著:《东方文化八题》,北京大学出版社,2008 年。
29. 黄宝生译:《梵语诗学论著汇编》(上下册),昆仑出版社,2008 年。
30. 沙尔玛著,张志强译:《印度教》,上海古籍出版社,2008 年。

31. 刘建、朱明忠、葛维钧著：《印度文明》，福建教育出版社，2008年。
32. 扎呷编著：《藏文〈大藏经〉概论》，青海人民出版社，2008年。
33. 侃本著：《汉藏佛经翻译比较研究》，中国藏学出版社，2008年。
34. 张光璘、王树英编：《季羡林论印度文化》，人民出版社，2009年。
35. 释妙舟著：《蒙藏佛教史》，广陵书社，2009年。
36. 王树英著：《宗教与印度社会》，人民出版社，2009年。
37. （德）A.F.施坦茨勒著，季羡林译，段晴、范慕尤续补：《梵文基础读本》，北京大学出版社，2009年。
38. 尕藏才旦著：《藏传佛教文化》，甘肃民族出版社，2008年。
39. 方梦之主编：《中国译学大辞典》，上海外语教育出版社，2011年。
40. 罗鸿译：《云使》，北京大学出版社，2011年。
41. 王树英著：《印度文化简史》，人民出版社，2011年。
42. 释传印著：《印度学讲义》，宗教文化出版社，2011年。
43. 胡日查、乔吉、乌云著：《藏传佛教在蒙古地区的传播研究》，民族出版社，2012年。
44. 邱永辉著：《印度教概论》，社会科学文献出版社，2012年。
45. 林承节著：《印度史》（修订版），人民出版社，2014年。
46. 马维光著：《印度神灵探秘——巡礼印度教、耆那教、印度佛教万神殿》，世界知识出版社，2014年。
47. （印度）K.M.潘尼迦著，简宁译，《印度简史》，新世界出版社，2014年。
48. 王向远：《翻译文学导论》，北京师范大学出版社，2015年。

四、藏文文献

1. 北京版藏文《丹珠尔》第205函，《云使》（*sprin gyi pho nya zhes bya ba*），sgra rig pa, zhe, 365b3－380a8。
2. 诺章吴坚（nor brang o rgyan）著：《庆云使者注解》（*sprin gyi pho nya'i 'grel pa ngo mtshar dga' ston*），中国藏学出版社，2004年。

后　记

本书，是在我博士学位论文的基础上修改完成的，并受到中国人民大学“中央高校建设世界一流大学（学科）和特色发展引导专项资金”的支持顺利出版。为此，我首先感谢中国人民大学国学院的乌云毕力格、诸葛忆兵、沈卫荣等老师和领导！博士毕业之后我有幸进入中国人民大学国学院博士后流动站学习和工作，如果没有国学院的大力支持，就不会有我珍贵的博士后工作体验，也不会有今天这本书的出版。能在中国人民大学国学院获得宝贵的学习和锻炼机会，我永远心存感激！

那么，这本书的写作要从七年前我刚上博士时说起。我的博导是北京大学外国语学院陈岗龙教授。陈老师在做人、做事、治学方面都对我影响很大，让我终生受益，并为培养我们付出了很多心血。老师，您辛苦了，感谢您！记得刚入学不久，陈老师找我谈博士阶段的学习计划，并提出要我去学梵语。当时我根本就不懂学习梵语的重要性。老师语重心长地说：“在蒙古学界别的领域已经是千军万马、尘土飞扬。而学梵语你可以打开一扇新窗，开辟一片新地。你自己选择吧。”听老师如此形象而入理的比喻，我别无选择，于是踏上了学习梵语的新征程。如今想来导师确实为我指出了一条非常正确的道路！

可道路是坎坷的。在第一堂梵语课上，帅气的梵语老师说道：“一堂梵语课的内容要以八倍的时间去消化，聪明的人可以缩短这个比例……”我并不认为自己是聪明的，所以顿时觉得青春要“毁于”梵语了。这位“吓唬”我的老师就是我的梵语启蒙老师、北京大学南亚系叶少勇副教授。我跟着叶老师上了三个学期的梵语课，始终佩服叶老师勤奋认真、热衷钻研的精神。感谢叶老师！第四学期的梵文文献阅读课，是由北京大学南亚系萨尔吉老师执教。无论是在萨老师的课堂上，还是在我博士论文写作中，我曾多次向萨老师请教问题。萨老师也参与了我博士论文预答辩和答辩环节，给予了很多指导性意见。感谢知识渊博，耐心答疑的萨老师！

更让我感到荣幸的是，在我综合考试、开题报告、预答辩、答辩等博士生培养的各个环节中，都有幸请到了北京大学南亚系段晴教授！每次段老师都会严厉地批评和鞭策我，并提出建设性意见。在答辩会上还大大地鼓励我，以至让我更加坚定要继续把梵语学好！段老师，您是一股清凉的晨风，总能让年轻人提起精神。感谢您，祝您永远美丽、潇洒！

同时感谢北京大学陈明老师、王邦维老师、中央民族大学乌力吉老师、那木吉拉老师、中国人民大学乌云毕力格老师、中国社会科学院斯钦巴图老师、内蒙古大学额尔敦白音老师、额尔很巴雅尔老师、内蒙古社会科学院树林研究员等在我博士论文写作过程中给予指导的各位老师！感谢四川大学中国藏学研究所罗鸿师兄提供了重要材料。感谢中国藏学研究中心、中国社会科学院、北京语言大学、中央民族大学、内蒙古大学、内蒙古图书馆、内蒙古社会科学院等的老师和朋友们的关心和支持！感谢我同门师姐妹们的鼓励和帮助！2014 年 3 月至 8 月，我在蒙古国短期留学期间，蒙古国乌兰巴托大学、国立大学、科学院语言文学研究所、国家图书馆的老师和朋友们也给予了热情帮助。在此，我向所有关心和支持我的人们表示诚挚的谢意！

在博士论文的选题上，我毫不犹豫地选择了《云使》，首先它的内容非常吸引我，通过阅读《云使》我被神秘的古印度文化深深迷住，也被十几个世纪以前的大诗人迦梨陀娑的才情所折服！《云使》早在 18 世纪中叶已被译成蒙古文，20 世纪又有了三四种蒙古文译本，但还没得到系统研究。我从梵文再次把《云使》翻译成蒙古文时，常常被其中的诗句感动得热泪盈眶。通过本书研究，我希望今后，具有浓厚印度文化特色的《云使》与蒙古草原诗歌碰撞出更多绚丽灿然的火花来。

整个博士论文的写作，是在导师陈老师的精心指导和认真修改下逐步成熟的。准备出版之时，我在内容上加了一章，在结构上做了调整。这些是我“自作主张”完成的。在后期修改中，当遇到拿不定主意的时候我常常想起老师,怀念那曾经由老师把关的时代。可我现在博士都毕业了,一定要有独立的钻研精神和能力,摆脱依赖老师的心理。博士后流动站正是锻炼我独立钻研精神的好时机,这本书就是我初出茅庐之作,希望大家多提出宝贵的意见和建议。要说此书亮点,应该在于“梵语”。因为,在蒙古语学界,掌握梵语的人才太缺乏,而且梵语对蒙古佛教文献研究尤其重要。由于我的悟性太差,这一点也是到了后来才强烈感悟的,以致觉得自己没有把握好当年学习梵语的黄金时期。在本书附录三的梵语语法解析中没有把复合词的类别写出来,这是一个遗憾。梵语的复合词分相违释、依主释、持业释、多财释等几种。初做分析的时候,我对有些复合词到底是属于哪一种并不确定,所以一律省略掉了复合词分类问题,再后来想补的时候时间已来不及了。我想,以后一定要把这项内容补齐。

蒙古学界的前辈们都很重视对梵语人才的培养,借此关系我也得到了老师们的厚爱,我时刻感恩在心。在这部书中,除了上述梵语语法分析中的一些怠慢以外,我确实尽心尽力了。多语种的文本分析是个细活,如同一针一线做女红,不仅要心细还一定要手巧,这是我在写作过程中的真实体会。最终成品如何,愿受时间和读者的考验。

拙作能由上海古籍出版社出版,又是一大幸事。上海古籍出版社的名誉和实力高高在上,拙作完全依靠中国人民大学国学院的平台,忝列“欧亚古典学研究丛书”,令我深受鼓舞!我向丛书主编乌老师再次表示由衷的感谢!书稿交给出版社后,曾有两次大改动,给责任编辑盛洁女史带来了很大的麻烦。但盛编辑始终耐心对待、认真负责,且尽量把出版的时间往前赶。书的及时出版,离不开出版社领导和编辑们的支持和付出,非常感谢你们!祝愿上海古籍出版社越办越好!

博士后出站近在眼前,我将面临新的生活。至此一路走来感恩的人太多,摄取的太多,希望自己在新的岗位上好好工作,回报社会,不忘初心,不负众望!

作者　萨其仁贵

于 2018 年 5 月 6 日　北京·时雨园

图书在版编目(CIP)数据

天竺云韵:《云使》蒙古文译本研究 / 萨其仁贵著.
—上海: 上海古籍出版社, 2018.6
(欧亚古典学研究丛书)
ISBN 978-7-5325-8841-1

Ⅰ.①天… Ⅱ.①萨… Ⅲ.①叙事诗—诗歌研究—印度—中世纪—蒙古语(中国少数民族语言) Ⅳ.①I351.072

中国版本图书馆 CIP 数据核字(2018)第 103324 号

欧亚古典学研究丛书
天竺云韵——《云使》蒙古文译本研究
萨其仁贵 著
上海古籍出版社出版发行
(上海瑞金二路 272 号 邮政编码 200020)
(1) 网址: www.guji.com.cn
(2) E-mail: guji1@guji.com.cn
(3) 易文网网址: www.ewen.co
常熟新骅印刷有限公司印刷
开本 710×1000 1/16 印张 26.75 插页 2 字数 372,000
2018 年 6 月第 1 版 2018 年 6 月第 1 次印刷
ISBN 978-7-5325-8841-1
K·2486 定价: 98.00 元